Belles
CICATRICES
Kristel Ralston

*Numéros d'immatriculation.* **2308235126082.**

**ISBN**: 9798862124934

Design de la couverture : Kramer H. ©AdobePhotoStock.
Traduction Française : Laetitia Rein.
Design d'intérieur sur papier : Lotus Ediciones.

*"Si tu te rappelles de moi, peu importe que le reste du monde m 'oublie."*

*Haruki Murakami.*

# SOMMAIRE

# REMERCIEMENTS

Ecrire un roman n'est jamais simple. Peu importe que j'ai déjà publié 20, 30 ou 40 livres et que j'exerce la profession d'écrivaine à temps complet depuis une dizaine d'années déjà. Chaque nouvelle histoire et chaque nouveau personnage diffèrent de mes écrits précédents. Je me lance toujours dans une nouvelle aventure, un nouveau défi. Les aventures impliquent des peurs, des doutes, des joies, de l'euphorie, des sourires, des larmes, de la frustration, et quelques fois, un verre de tequila pour célébrer la réussite ou accompagner la frustration.

Nous, les écrivains, devons apprendre à séparer notre vie quotidienne du monde fantastique (ou parallèle) que nous créons page après page pour en faire un livre. Mais parfois la réalité de la vie quotidienne retarde nos processus créatifs. Alors la seule option est de continuer, encore et encore. Le chemin est escarpé, jamais plat, jamais facile, mais ceux qui aiment écrire savent que c'est une course d'endurance. Une course qui devient plus supportable quand on a de merveilleux lecteurs au long du chemin.

Je ressens une profonde gratitude pour ces lecteurs, *vous*.

Peu importe que le livre que je publie soit considéré comme un best-seller ou qu'il reste sur une étagère poussiéreuse. L'histoire a été racontée et c'est l'essentiel. Lecteurs, soyez compréhensifs avec les auteurs. Comme vous, nous sommes des êtres humains : nous ressentons, nous pensons, nous avons des familles, nous avons des besoins, surtout si nous vivons uniquement de cette activité. Dans chaque page, nous mettons, outre nos talents, nos rêves, notre temps, et notre amour.

Vous ne pourrez pas comprendre, car c'est impossible, ce qui existe derrière ces écrans accessibles en un clic, ni les réalités que vit chaque auteur, mais faire la démarche d'essayer de comprendre est déjà un grand pas. Si vous n'aimez pas un livre, ne lui faites pas une mauvaise réputation en diffusant des opinions méchantes ou malveillantes. Abstenez-vous de le commenter, c'est tout. Les écrivains ressentent des émotions qui, à la différence d'autres professions non artistiques, sont projetées dans les fictions que vous tenez entre vos mains. Il y a dans chacun de nos livres une part de nous, de nos émotions profondes.

Lorsqu'une histoire est publiée, de la chaleur et des émotions tacites sont libérées. Un livre n'est pas un objet froid, un livre est magique. Si cette magie ne s'est pas exprimée pour vous, elle restera en attente, elle se présentera avec un autre auteur, ou bien un autre livre du même auteur. Cela m'est arrivé plusieurs fois.

Nous avons besoin d'évoluer dans un monde qui nous soutienne et qui ne soit pas destructeur. Le roman d'amour existe pour nous divertir, nous faire rêver, nous faire sourire et créer un sentiment de bien-être. C'est une suite de mots fantastiques, basée sur des événements réels ou non.

Merci de lire mes romans et de m'exprimer votre contentement. Ces dernières années ont été incroyables. Je ne sais pas quand tout cela prendra fin, mais d'ici là, je vais en profiter au maximum, et j'espère vous avoir à mes côtés dans mes prochaines aventures ! Amoureux des mots, lancez-vous joyeusement dans ces histoires universelles, et essayez de deviner comment évolueront les personnages.

Je tiens tout particulièrement à remercier mes bêta-lectrices pour leur patience, leur amour et leur soutien. Elles ont permis à mon livre "Belles cicatrices" d'arriver au bout de son voyage, jusqu'à sa version finale désormais disponible pour vous, lecteurs. Vos précieux commentaires et vos suggestions ont été importants pour moi. Merci mille fois. Liz (Libros Que Dejan Huellas, USA), Andrea P. (Argentine), Jonaria C. (Venezuela-Argentine), Claudia C. (Pérou), et Sonia P. (Amérique centrale), j'espère un jour pouvoir vous serrer dans mes bras en personne, malgré la distance géographique.

À mes Maîtres, ceux qui transcendent toutes les dimensions et mettent constamment à l'épreuve mon évolution. Malgré la complexité, je trouve toujours des récompenses. Merci, merci, merci.

Merci de tout mon cœur à celle qui me manque chaque jour, mon amie à quatre pattes qui m'a donné de la joie avec son amour inconditionnel et ses aboiements, Sookie. Je suis certaine que lorsque le monde s'arrêtera de tourner pour moi, nous nous reverrons. Je te serrerai alors dans mes bras et je te donnerai toutes les friandises que tu aimais. Tu me manques infiniment, le petit compagnon de mes nuits blanches.

Enfin, et surtout, merci à vous, mes lecteurs du monde entier. Merci de faire en sorte que l'écriture soit un plaisir, une joie constante, et merci de me permettre de continuer à esquisser des idées qui finissent par devenir des livres pleins d'espoir. L'amour est une force puissante qui fait bouger le monde et pour moi, en tant qu'auteure de romance contemporaine, c'est un privilège de raconter des histoires qui peuvent faire la différence.

Avec tout mon amour,
**Kristel.**

# CHAPITRE 1

*Los Angeles, Californie.*
*Brooke.*

— Je suis désolée, Mlle Sherwood — murmura l'infirmière en remarquant son expression dévastée et ses yeux remplis de larmes.

Elle tapota sa main, celle sans l'intraveineuse qui faisait couler le sérum.

— Il existe un groupe de soutien à l'hôpital pour les femmes qui ont vécu une expérience similaire. Voulez-vous que je vous mette en contact ?

Brooke secoua la tête et referma ses paupières. La dernière chose qu'elle voulait faire était de partager avec des étrangers la douleur qui la consumait en ce moment. Elle n'était pas capable d'assimiler complètement la situation. Elle était dans ce lit depuis deux jours et devait sortir de l'hôpital dans quelques heures, mais le diagnostic médical importait peu, car aucun médicament ne pourrait guérir son chagrin.

Il y a quelques jours encore, elle débordait d'optimisme, faisait des projets et cherchait sa robe de mariée. Le lendemain, elle saignait, avait des crampes et ressentait une angoisse déchirante. Ses parents, Vera et Nicholas, faisaient le trajet de Londres à Los Angeles pour venir la voir, mais ils n'arriveraient pas tout de suite. Ils n'étaient pas du genre à s'occuper de leurs enfants, car ils estimaient que leur personnel de maison était payé pour le faire.

Après la mort de son frère aîné à cause d'une overdose d'héroïne, le lien déjà fragile qui unissait Brooke à ses parents s›était fissuré, mais la relation n'était pas hostile. Les Sherwood n'avaient jamais été unis, mais d'une certaine manière, Raffe avait réussi à maintenir le lien entre eux tous. Maintenant, sans lui, ils se contentaient de renvoyer une image de famille unie sur les photos, et ils jouaient également ce rôle auprès de leurs amis.

Habiter à Los Angeles, c'était comme vivre sur un plateau de télévision imaginaire, où les habitants se conformaient aux attentes intangibles des milliardaires et des entreprises qui créaient des rêves et des histoires fantastiques. La célébrité, ou sa promesse, était un poison qui, *dans la Mecque du cinéma*, était autant consommé que les opiacés.

Kristy, la meilleure amie de Brooke, avait l'habitude d'être là pour elle en cas de problème, mais elle était en tournage sur un plateau à Istanbul depuis une semaine et ne pouvait pas rentrer en Californie tout de suite. Au moins, elles parvenaient à se parler par téléphone lorsque le décalage horaire le permettait.

La seule personne qui avait le devoir de traverser ce pont ardu avec Brooke, c'était Miles Laurentis, le père du bébé qu›elle venait de perdre car elle avait fait une fausse couche à onze semaines de grossesse. Ce fils de pute insensible lui avait dit, quarante-huit heures plus tôt, avec une froideur absolue, qu'il était en pourparlers pour signer le contrat musical de l'année pour sa société de production et que si son opération n'avait pas de conséquence risquée pour elle, alors il enverrait son assistante personnelle pour la raccompagner à la maison. Il lui assura que, puisqu'elle était jeune, la vie continuait et qu'ils essaieraient d'avoir un autre enfant ensemble. Il ajouta que cette grossesse avait été un accident, et que les prochaines seraient certainement moins traumatisantes.

— Bébé, le monde ne s'arrête pas de tourner, et tu es forte — lui avait dit Miles d'un ton condescendant, alors que des voix en arrière-plan le pressaient de se rendre à une réunion d'affaires. En moins de temps qu'il ne faut pour le dire, tu seras de nouveau sur pieds, nous profiterons à nouveau de la vie, et nous aurons d'autres bébés. Tu oublieras cet épisode...

— Comme tu es stupide, Miles ! C'est un être vivant, pas un accessoire qui, s'il est perdu, peut être récupéré, acheté ou remplacé ! — lui avait-elle crié, sous le regard inquiet des infirmières qui s'apprêtaient à retirer les restes du fœtus qui n'avaient pas été complètement expulsés. C'est notre bébé... c'était... notre bébé... Sa vie était importante, même si elle n'a pas été jusqu'à son processus final... Mon Dieu... — avait-elle murmuré en fondant en larmes, parce que c'était irréversible.

— La facture de l'hôpital est payée. Je ne peux plus parler maintenant, chérie. Je sais que tu dois être triste, mais dès que je quitterai cette réunion, je t'appellerai. Je veux t'épouser, n'oublie pas, bébé. Nous serons le prochain couple en vue de cette ville.

— Va te faire foutre — avait-elle dit, en raccrochant, profondément déçue.

Comme elle avait été naïve de croire qu'une bague de fiançailles, un an et demi de relation et des dizaines de photos romantiques publiées sur les médias sociaux suffiraient à faire de Miles le point d'ancrage émotionnel que ses parents ne lui avaient jamais offert. Il l'avait éblouie par son expérience et lui avait donné la certitude qu'elle pouvait lui faire confiance.

Elle n'avait jamais pensé que Miles pourrait l'abandonner à son propre sort, surtout au moment où elle avait le plus besoin de lui. Il avait choisi de faire passer une négociation en premier, plutôt que de s'occuper de la femme à qui il avait passé la bague au doigt en lui promettant de l'épouser et de prendre soin d'elle.

Après ce coup de fil, Brooke réalisa qu'elle avait donné plus qu'elle n'avait reçu, assombrie par le fantasme de l'amour. Elle était incapable de voir la réalité en face, non pas parce qu'il aurait été impossible d'enlever le bandeau qui lui voilait les yeux, mais parce que sa vanité romantique ne lui permettait pas de comprendre. Les fois où elle avait voulu faire quelque chose pour sa carrière d'ingénieur en développement de logiciels, Miles lui avait dit qu'elle était trop jeune pour être stressée et que sa jolie fiancée se porterait bien mieux en l'accompagnant à des événements d'entreprise.

Quelle idiote elle avait été de le croire, d'abandonner ses rêves et de parier sur l'amour. «Je ne ferai plus jamais cette grave erreur.» Elle essuya ses larmes du revers de la main, alors que l'infirmière se raclait la gorge. Le faible son qu'elle émit ramena Brooke au présent, l'incitant à ignorer ses tristes réflexions.

— Laissez-moi seule, s'il vous plaît... Merci pour tout... Je ne pense pas que cela me ferait du bien de converser avec d'autres femmes ou d'échanger avec des groupes de parole pour le moment... — murmura-t'elle à voix basse, en se concentrant sur son environnement : des murs blancs, l'odeur du désinfectant, une fenêtre qui donnait sur le coucher du soleil, et le son de la machine qui surveillait ses signes vitaux.

Brooke mit ses deux mains sur son ventre et retint un sanglot. Le gynécologue lui avait dit que, même s'il y avait une possibilité de nouvelle fausse couche, l'important était qu'elle reste en bonne santé et qu'elle se surveille plus fréquemment lorsqu'elle serait à nouveau enceinte. Brooke ne se sentait pas prête à avoir un autre bébé, car le traumatisme émotionnel de la perte de son premier enfant avait été douloureux et la peur de revivre un épisode similaire était encore plus grande.

*Sept mois plus tard...*

Au cours des mois qui suivirent, Brooke réussit progressivement à surmonter le sentiment de culpabilité, grâce à un soutien psychologique. Le vide et l'anxiété disparurent également. Après avoir quitté la maison qu'elle partageait avec Miles, malgré les supplications de ce dernier de lui donner une autre chance et de maintenir les fiançailles, elle choisit de louer un petit studio à Santa Monica et d'emporter toutes ses affaires avec elle. Avec la vente de la bague de fiançailles, elle fit un don à la clinique de désintoxication qui, à maintes reprises, avait été un refuge pour son frère Raffe.

Les Sherwood n'avaient pas toujours été une famille riche, mais lorsque l'argent avait commencé à affluer, Vera et Nicholas avaient complètement changé et ils avaient été bouleversés par les innombrables privilèges que leur nouveau statut de millionnaires leur accordait. Raffe avait payé le prix des profits illimités et de la débauche effrénée. Ses parents avaient commencé à avoir des liaisons et à se bagarrer. Brooke essayait de maintenir un équilibre, car les désastres familiaux avaient profondément affecté ses émotions. Elle était la plus jeune de la maison, mais elle savait déjà qu'elle ne voulait pas répéter l'histoire des autres ni être contaminée par ce genre de toxicité.

Habituellement, ni Vera ni Nicholas n'avaient de temps pour Brooke, mais cette année, ils avaient insisté pour organiser une fête pour son vingt-cinquième anniversaire. Cette date coïncidait avec le lancement de la nouvelle boutique de vêtements de l'entreprise familiale, LuxTrend. Deux célébrations en tandem, un clin d'œil à la presse, une réputation renforcée, les applaudissements de la foule, des célébrités et des boissons à profusion. Leurs intentions n›étaient pas malveillantes, mais calculées et axées sur les questions financières.

— Allez, secoue ton corps, tu as 25 ans aujourd'hui, ça se fête en allant danser ! Tes parents, au moins, ont eu un brin de conscience et ont organisé cette fête pour toi — dit Kristy en ajustant ses sandales à talons.

Elle portait une courte robe noire qui mettait en valeur sa silhouette élancée.

— Ajoute à cela le fait que cet idiot de Miles est banni de cette propriété, tu peux donc t'amuser. Et qui sait, peut-être trouveras-tu l'homme de ta vie parmi les superbes mannequins qui travaillent pour la société de vêtements de ta famille — dit-elle en souriant. N'oublie pas que l'un d'entre eux ressemble à Jamie Dornan. On ne sait jamais…

Brooke rit et secoua la tête. Elle riait plus souvent et elle avait l'intention de s'y habituer. Brooke et Kristy se trouvaient actuellement dans la salle de bains, qui ressemblait davantage à un dressing en raison de son espace et de son excellent système d'éclairage. Elles avaient fait une pause dans la fête pour se rafraîchir.

Brooke et Kristy s'étaient rencontrées dans des cours de danse quand elles étaient petites. Elles étaient très différentes, mais leur sens moral était élevé. Alors que Brooke avait les cheveux blonds, la peau blanche et les yeux verts, Kristy avait les cheveux et les yeux noirs, et une peau cannelle héritée de sa mère arménienne. L'une appréciait les comédies romantiques, l'autre préférait les films d'horreur. Brooke était logique et rationnelle, Kristy aimait incarner divers personnages à travers ses rôles d'actrice.

— L'amour, c'est fini pour moi pendant au moins vingt ans — répondit-elle sérieusement, en ajustant la pince qui retenait ses cheveux dorés sur le côté. Quant au sexe, je ne sais pas encore vraiment comment l'aborder. Pendant un an et demi, le seul homme dans mon lit, c'était Miles.

Elle retoucha son rouge à lèvres rouge.

— L'idée d'être avec quelqu'un d'autre ne me rebute pas, mais je ne peux pas me résoudre à visualiser ça pour le moment.

Kristy pencha la tête sur le côté, en regardant Brooke.

— C'est une question d'alchimie, de partage de fluides, d'amusement et d'oubli. Tu n'as pas besoin d'être amoureux ou de faire des exercices de visualisation, tu le sais, car tu as déjà eu quelques aventures de ce genre. Il s'agit juste de céder à l'attraction mutuelle. Au moins cet idiot de Miles n'était pas ton premier amour. Au fil du temps, il va s'estomper dans ta mémoire.

Brooke toucha la boucle d'oreille en saphir que son grand-père paternel, Charlie, lui avait offerte il y a de nombreuses années. Lui et Melody, sa grand-mère, lui manquaient, car les souvenirs créés avec eux dans ce manoir étaient tous empreints d'amour et de rires. C'était l'un des moments les plus heureux des Sherwood. Sa réticence à rendre souvent visite à ses parents n'était pas seulement due à la superficialité qu'ils affichaient désormais, mais parce que dans la maison se trouvaient les souvenirs de son frère, les années passées avec ses grands-parents, les rires perdus à jamais.

Faire face à ces souvenirs de temps en temps n'était pas facile. Elle avait accepté de fêter son anniversaire dans la maison et de laisser la sentimentalité de côté, parce qu'elle serait entourée de gens et qu'il n'y aurait pas le silence oppressant des murs qui retenaient les histoires de famille.

— Je ne suis pas aventureuse, ou peut-être que la personne qui peut capter mon intérêt vient d'une autre planète et n'est pas encore arrivée sur Terre.

Kristy rit et lui donna un léger coup d'épaule.

— Si tu étais consciente de ta beauté, et que tu es dans la fleur de l'âge, tu réaliserais combien d'hommes te regardent, Brooke. Si tu y prêtais attention, tu saurais s'il y a une alchimie ou non, mais tu les ignores. Le sexe est charnel et il doit y avoir un regard, un toucher ou une sensation intense. Si tu détournes le regard, il est évident que tu n'auras aucun atome crochu avec personne. Ce soir, pendant les heures que nous avons passées à danser et à nous amuser, je pourrais te dire exactement combien d'hommes ont hésité à t'inviter sur la piste de danse, mais ils ont abandonné parce que tu les as ignorés.

Brooke la regarda avec curiosité, parce que c'était peut-être vrai, mais elle n'avait pas remarqué.

— Il est temps de faire tomber tes barrières de protection. Mets Miles de côté une fois pour toutes.

Brooke soupira avec résignation.

L'épisode Miles l'avait marquée et elle doutait désormais de sa capacité à choisir les bonnes personnes pour elle. Elle ne s'interdisait pas la possibilité d'une liaison, mais elle n'avait pas trouvé, ces derniers temps, une personne qui parvenait à éveiller une flamme ou du désir sexuel. Ce sentiment était-il réel ou une projection des aspirations créées par le marketing de l›attraction ? Elle devait admettre que Miles avait été un bon amant, mais sa peau ne brûlait pas à son contact. Peut-être que la flamme ne s›était jamais complètement allumée et qu›elle s›était juste accrochée à l›idée de faire fonctionner la relation par peur de l›échec, de la rupture. Cependant, leur relation avait fini par s'écrouler comme un château de cartes.

— J'ai peut-être besoin d'un peu plus de temps — répondit doucement Brooke.

— C'est un bon début : reconnaître une possibilité, ne pas la rejeter, et ouvrir un espace.

— Au fait, Kristy — dit-elle en baissant la voix, bien qu'elle n'en ait pas besoin parce qu'elles s'étaient isolées toutes les deux, avant de retourner dans la cour pour la chanson de joyeux anniversaire, j'ai vu mon père se faufiler dans son bureau avec un groupe d'hommes qui semblaient de mauvaise humeur. Je n'ai pas eu l'impression que c'était une réunion très amicale. Tu penses que je devrais m'approcher ? Ma mère semble distraite par d'autres choses.

Ses yeux verts étaient soulignés par un trait d'eyeliner noir, et ses lèvres et ses courbes lui donnaient l'allure d'une beauté hollywoodienne des années 1960, à la Anita Ekberg. A plusieurs reprises, sa meilleure amie lui avait suggéré de faire du cinéma, mais Brooke aimait les défis que représentait la connexion de systèmes et de logiciels en réseau.

Le rêve de Brooke était d'ouvrir son propre bureau de conseil en sécurité informatique et de développer des logiciels personnalisés pour améliorer les processus en entreprise. Tout se mettrait en place progressivement, et la première chose qu'elle devait faire était d'acquérir une pratique professionnelle plus approfondie. Au moins, elle disposait, grâce à son cercle social, d›un large réseau de contacts sur lequel elle pouvait compter pour trouver un travail susceptible de lui apporter une expérience significative et des possibilités d›expansion.

— C'est aussi la célébration de l'ouverture d'une nouvelle boutique et d'une nouvelle collection. Alors ton père doit recevoir des demandes de dernière minute, même s›il ne préfèrerait pas. Je suis sûr qu'il n'y a rien d'inquiétant.

Brooke souffla.

Elle sentait que quelque chose n'allait pas, et ça la mettait mal à l'aise de ne pas pouvoir se débarrasser de cette sensation. Cependant, elle ne voulait pas se laisser submerger par de simples soupçons qui, comme l'avait dit Kristy, n'avaient aucune raison d'exister. En outre, elle voulait commencer ouvrir le nouveau chapitre de sa vie, où les hypothèses fatalistes n'avaient pas leur place.

— Peut-être que le fait d'être entourée de tant de gens, après les avoir évités pendant des mois à cause de tout ce qui m'est arrivé, m'a fait me sentir un peu dépassée — convint Brooke.

— Tu es prêt à faire ton retour dans l'arène sociale — dit Kristy en riant, alors continuons à utiliser ton anniversaire comme l'excuse parfaite pour te lancer.

Les deux hommes commencèrent à marcher vers la cour. Les décorations de la fête étaient incroyables. Elles mélangeaient les concepts du livre préféré de Brooke, Alice au pays des merveilles, avec des vêtements LuxTrend pour les serveurs et le reste du personnel. Le résultat était fascinant. Les invités n'avaient pas de dress code, mais ils avaient choisi de suivre la tendance.

Vera fit signe à sa fille de venir souffler les bougies. Elle aimait utiliser l'argent, mais ne se souciait pas de la manière dont il était amassé, aussi était-elle satisfaite des résultats ce soir-là. Elle aimait les photos et porter des bijoux.

Brooke, en traversant la cour jusqu'à l'endroit où Vera attendait, chercha des yeux son père. Elle ne le voyait nulle part. Elle se demandait qui étaient ces hommes à l'expression mystérieuse, et pourquoi ils mettaient tant de temps à quitter le bureau de Nicholas.

— Chère amie, je t'ai promis que mon cadeau pour toi serait spécial — dit Kristy d'un ton amusé, donc après que toute cette foule quitte cette grande fête, il nous restera cinq heures pour arriver à l'aéroport.

Brooke lui lança un regard intrigué.

— J'ai des billets pour Vegas ! On va voir Magic Mike au premier rang. Ça te va ?

Brooke éclata de rire et se mit à sauter de joie, sous le regard rieur des invités qui pensaient qu'elle avait hâte de partager cette journée avec eux. Des idiots. Les billets pour le spectacle de Channing Tatum se vendaient à peine mis en vente, que Kristy en ait obtenus était incroyable. Elles s'embrassèrent, ravies.

— Tu es la meilleure, je vais enfin voir ces canons en direct !

— Je sais, je sais, aujourd'hui c'est la fin de cette mauvaise série — répondit-elle en terminant son verre de champagne.

Un serveur arriva instantanément pour lui en donner un autre.

— À votre santé !

Brooke était aux anges. Ses parents semblaient encore plus généreux que d'habitude et lui avaient donné 5% des actions de LuxTrend comme cadeau d'anniversaire anticipé et partie de son héritage. Depuis lors, elle essayait de prendre une décision concernant sa carrière : elle hésitait entre travailler pendant un an pour l'entreprise familiale ou faire le grand saut et chercher un emploi dans d'autres entreprises.

— Je trinque à un nouveau départ — dit Brooke, certaine que l'univers avait enfin cessé de la punir avec des leçons de vie trop complexes et douloureuses. Tout le monde mérite une pause, et maintenant, c'est la mienne. A Magic Mike !

Kristy éclata de rire, alors que Vera mettait fin à leur bavardage en tapotant sur le verre de cristal pour attirer leur attention. Les murmures s'éteignent lentement.

Les invités provenaient des cercles sociaux habituels fréquentés par les Sherwood, mais Brooke préférait ne les croiser que si c'était indispensable ou pour entretenir des liens. Vera savait que cette fête serait l'événement dont tout le monde parlerait pendant les prochains jours, aussi avait-elle très soigneusement sélectionné ses invités. Parmi les invités, figuraient des chroniqueurs populaires du showbiz, des hommes d'affaires réputés, un couple de célébrités et des investisseurs. Vera voulait qu'ils se souviennent de la fête et diffusent un message positif : LuxTrend était là pour rester.

— Merci d'être ici pour célébrer l'anniversaire de ma fille Brooke, ainsi que la nouvelle boutique LuxTrend que nous avons ouverte ce matin sur Rodeo Drive. Merci d'être ici pour partager un moment si spécial pour les Sherwood et leurs partenaires commerciaux. À d'autres années de succès ! — dit-elle en levant son verre.

Elle portait une robe crème Valentino qui soulignait la beauté qu'elle continuait d'afficher avec prestance à la soixantaine.

— Maintenant, messieurs — dit-elle en regardant les musiciens et le DJ, chantons joyeux anniversaire.

Les invités commencèrent à chanter les premières notes. Brooke sourit de bon cœur et regarda sa meilleure amie, excitée, parce que bientôt elles se rendraient à Las Vegas. Elles allaient vivre une sacrée aventure !

En quelques secondes, Nicholas arriva dans le patio et donna à sa fille une accolade inattendue, qu'elle lui rendit, par réflexe et aussi par surprise. Il commença à chanter avec bonne humeur comme tout le monde, mais Brooke le sentit un peu tendu. Elle ne s'y attarda pas et fit semblant que tout allait bien, jusqu'à ce que ce ne soit plus le cas et que sa vie s'écroule à jamais.

# CHAPITRE 2

*Six mois plus tard.*

— C'est la dernière boîte — dit Giles, l'homme chargé de coordonner l'exécution de la saisie des biens de la famille Sherwood. Ce manoir était la dernière étape d'un long processus.

Il regarda la jeune femme devant lui d'un air inquiet :

— Vous devez partir maintenant, mademoiselle, ou nous allons appeler la police pour vous escorter dehors. Cette maison appartient à l'État. Votre présence ici est un problème.

Les mots de l'homme piquèrent Brooke, même s'ils étaient vrais. Elle n'avait pas besoin d'être là à ce moment-là, mais elle voulait remplir l'objectif qui l'avait poussée à s'approcher du manoir. Lorsque l'avocat de la famille, Yves Janison, l'avait informée que la fermeture officielle et définitive aurait lieu ce matin-là, elle avait su que c'était sa seule chance de retrouver les quelques souvenirs qui comptaient.

Il ne s'agissait pas de biens ayant une valeur monétaire. Il s'agissait de deux petits albums photo dans lesquels Brooke avait conservé des instantanés de sa vie, des clichés spéciaux, et les lettres que son frère lui écrivait lorsqu'il était en clinique de désintoxication.

Les semaines que Raffe avait passées à l'hôpital pour recevoir un traitement médical et psychologique avaient non seulement été dévastatrices pour Brooke, mais s'étaient également avérées être les rares moments où il semblait ouvert à montrer ses émotions. Pas oralement, mais par courrier. Dans ses lettres, il s'épanchait sur ses pensées, s'excusait de l'avoir mise dans une situation difficile la rendant témoin de ses débordements, lui disait combien il l›aimait et qu›elle s›en sortirait. Il n›y avait pas beaucoup de lettres, mais elles étaient très significatives.

Lorsque Brooke avait emménagé chez Miles, elle avait voulu laisser derrière elle tout ce qui l'empêchait de créer quelque chose de nouveau et de plein d'espoir, elle avait donc tout acheté neuf, et laissé ses albums et même une grande partie de ses affaires derrière elle. Elle n'avait jamais fait l'effort de les récupérer, car elle savait qu'elle pourrait toujours les retrouver à la maison lorsqu'elle serait prête à les ouvrir à nouveau.

Mais le jour où sa famille était descendue aux enfers, à part essayer de survivre au chaos, la dernière chose à laquelle elle avait pensé, c'était les albums photo. Sans l'appel de l'avocat ce matin-là, elle aurait manqué la seule occasion de récupérer des souvenirs tangibles.

— Je sais, ce n'est pas mon intention d'interrompre ce processus, c'est juste.....

— Que voulez-vous alors, mademoiselle ? — l'interrompit-il en croisant les bras.

Il avait plusieurs courses à faire, et il n'avait pas envie de perdre du temps.

— J'aimerais savoir s'il est possible de vérifier, parmi ce qui reste des pièces ici ou à la cave, s'il y a des albums photos. Ils sont importants pour moi. Je n'ai pas eu l'occasion de les chercher avant pour des raisons qui vous ennuieraient — murmura-t'elle. C'est ma dernière chance. Je dois les trouver avant qu'elles ne soient détruites, si ce n'est pas déjà — répondit-elle, mal à l'aise.

Elle savait que les trésors de la vie ne brillent pas et ne sont pas assurés contre le vol. Sa mère lui disait souvent qu'elle manquait d'ambition et de perspective, mais elle s'en fichait. Vera aurait été furieuse si elle avait vu sa fille aller demander un service pour quelque chose qui, à ses yeux, était simplement de la camelote. Brooke n'avait plus à supporter les opinions de ses parents, surtout depuis le jour où elle était devenue une paria sociale à cause d'eux.

Après avoir fini de chanter pour le 25e anniversaire de Brooke, les hommes qui s'étaient réunis avec Nicholas firent irruption dans la cour et menottèrent l'actionnaire majoritaire de LuxTrend, Nicholas James Sherwood, sous l'œil consterné de Vera, tandis que les invités continuaient à prendre des photos. Brook apprit plus tard, au cours de la procédure judiciaire, que ces individus étaient des agents infiltrés et qu'ils avaient arrêté son père, accusé d'avoir blanchi plus de quatre-vingts millions de dollars. Ce qui devait être une occasion agréable de faire la fête s'était transformé pour Brooke en chaos et en embarras.

À partir de ce moment, elle comprit qu'il n'y avait rien de plus sûr que ce qui était invisible : son esprit de survie. Il n'y avait pas de Magic Mike, pas de rêves exaucés, plus aucune chance d'avoir de jours sereins.

Tous ses plans de carrière tombèrent à l'eau. Personne ne voulait plus l'embaucher. Brooke était le dommage collatéral de son père. Même le propriétaire du studio lui avait demandé de quitter les lieux, arguant que la presse avait commencé à déranger les voisins en posant des questions.

Les titres des journaux pointaient du doigt les Sherwood, et annoncèrent même qu'il n'y aurait pas de caution pour Nicholas. Toutes les succursales de LuxTrend furent fermées et les employés intentèrent des procès. Tous les biens furent saisis, ce qui incluait les maisons d'été, les yachts, la résidence secondaire à Seattle. Tous les comptes bancaires furent gelés. Grâce à un ami de Vera, le manoir de Los Angeles fut saisi en dernier, mais la perte ne put pas être évitée.

Brooke avait une carte de crédit qui n'était pas liée à une banque américaine, et grâce à laquelle elle subsistait. Elle était dans le rouge. Elle avait plusieurs milliers de dollars de dettes, car sa mère avait refusé de séjourner dans un simple hôtel et de respecter un budget modeste. Vera était manipulatrice quand elle voulait arriver à ses fins, et Brooke, la voyant pleurer comme jamais depuis la mort de Raffe, ne se sentait pas capable de lui refuser quoi que ce soit.

Brooke avait un besoin urgent de travailler, mais personne ne voulait l'embaucher. Comment diable allait-elle s'en sortir ? Kristy était restée à ses côtés et l'avait aidé quand elle le pouvait, mais trois semaines après le début du procès de Nicholas, elle avait déménagé à Phoenix, en Arizona, parce qu»elle avait obtenu un rôle secondaire dans une série Netflix. En dehors de Kristy, un ami avec lequel elle entretenait un lien aigre-doux, Matteo Sarconni, l'avait contactée à plusieurs reprises pour lui proposer son aide. Comme Brooke ne répondait pas à ses appels, il lui avait envoyé plusieurs sms lui disant qu'elle pouvait compter sur son soutien pour tout ce dont elle aurait besoin.

Matteo avait été le meilleur ami de Raffe, mais il ne vivait plus à L.A. depuis des années. Avant de quitter la ville, il avait assuré à Brooke qu'il lui serait toujours redevable. Appeler Mateo alors qu'elle se trouvait dans la clinique, en dehors du fait que sa situation actuelle était privée et douloureuse, aurait été absurde et tout à fait maladroit, car il ne se racontait pas leurs vies. De plus, ils vivaient dans des villes différentes et, à part un message pour se souhaiter un joyeux Noël, ils se parlaient peu.

Elle n'était pas surprise qu'il lui ait proposé son aide, mais elle ne voulait pas faire pitié à qui que ce soit. Elle savait que Matteo n'était guidé que par la culpabilité et le devoir. Ce n'était pas par fierté, mais elle ne voulait pas en rajouter au tourbillon douloureux des derniers mois et remuer des moments qui, bien que beaux, avaient été gâchés par la déception.

Nicholas Sherwood avait non seulement été impliqué dans la mafia irlandaise, mais aussi dans la mafia italienne : il blanchissait de l'argent pour les deux mafias. LuxTrend avait été la façade parfaite pendant des années. Brooke et sa mère avaient témoigné au procès, en faveur de Nicholas, bien qu»elles l»aient fait à contrecœur. Elles avaient fait l'objet d'une enquête, bien sûr, mais elles n'avaient pas été inculpées. Rien n'avait prouvé qu'elles avaient connaissance des affaires ou des associations du défendeur. Le jury délibéra et le condamna à quarante ans d'emprisonnement, sans possibilité d'appel.

Vera, tandis que Brooke cherchait désespérément un emploi, avait trouvé un amant : un homme imprudent et plein d'argent qui l'avait invitée en vacances au Moyen-Orient. Elle n'avait pas hésité à abandonner sa fille, quelques semaines après la condamnation de Nicholas, et à se désengager de tout. Ses adieux et son explication prirent la forme d'un sms laconique, empreint d'indifférence : «*Ma fille, j'ai retrouvé l'amour et je vais voyager aux Émirats arabes unis. Bonne chance, même si je suis sûre que tu n'en as pas besoin.*»

Pour Brooke, découvrir que sa mère était perfide au point de la quitter sans sourciller était un coup de plus porté à l'armure lacérée qu'elle tentait tant bien que mal de maintenir au milieu de cette bataille pour survivre. Elle voulait oublier tous ces chapitres mouvementés de sa vie, et elle avait désespérément besoin de quelque chose qui lui redonne le goût de vivre et confiance en l'humanité. Elle ne savait pas ce qui était le pire : être rejetée par ses parents, par la personne qu'elle pensait aimer, ou perdre un bébé. Ou bien tout à la fois ? Oui, c'était la bonne réponse.

Après une longue lutte avec elle-même, durant laquelle elle hésita entre accepter les faits et prétendre qu'elle ne vivait qu'un cauchemar irréel, elle mit finalement un peu d'affaires dans une valise et quitta le matin même le motel où elle vivait depuis plusieurs semaines en se nourrissant de nourriture chinoise bon marché et de promotions 2 pour 1 au McDonalds, de café, de thé et d'eau.

Bien sûr, même si son budget était serré, elle pouvait manger, et c'était un privilège. Elle ne se plaignait pas, on ne pouvait pas dire qu'elle était déshydratée, ça c›était certain, mais elle avait besoin d'un régime plus sain. En cas d'anémie ou de gastrite, elle ne pouvait pas se permettre de dépenser chez le médecin l'argent qu'elle économisait sur la nourriture ou le transport.

Les offres d'emploi les plus rémunératrices qu'elle avait trouvées concernaient des postes en tant qu'escortes ou strip-teaseuses. Lorsqu'elle commença à envisager sérieusement d'enlever ses vêtements pour gagner de l'argent, Brooke sut qu'elle devait rassembler tous les morceaux brisés et se reconstruire loin de cette ville où le prix d'un verre d'eau potable équivalait, dans d'autres pays, à un repas complet pour une personne. Elle avait donc décidé de choisir une nouvelle destination en dehors de Los Angeles. L'incertitude et l'inconnu l'effrayaient un peu, mais elle n'avait pas d'autre issue.

Yves, l'avocat de la famille, l'appela pour lui signifier la fermeture définitive du manoir, et il lui demanda également de rester disponible. Selon lui, il y avait encore certains problèmes relatifs à Nicholas à résoudre, pour la famille, mais elle répondit qu'elle ne voulait rien avoir à faire avec cela et qu'il devait trouver un moyen de parler à Vera.

Brooke avait été dépouillée de tout sauf de sa dignité, et elle ne pouvait pas la mettre au service du désespoir. Une fois cette visite au manoir terminée, elle devait jeter son dévolu sur une ville pour partir sur de nouveaux chemins, loin de tout ce qu'elle avait connu.

— Je vous donne trente minutes pour trouver les albums dont vous parlez, mademoiselle — dit l'homme en donnant des ordres à ses subordonnés et en faisant des gestes avec ses mains potelées.

— Merci ! — s'exclama Brooke.

Elle ne perdit pas une seconde pour entrer dans la maison.

Elle courut à l›étage, et se rendit dans ce qui avait été autrefois sa chambre. Parmi tous les cartons remplis d'objets sans valeur, de draps, de lampes, elle trouva un album photo. Sa main trembla en l'ouvrant, car un seul des deux albums contenait les lettres de Raffe. Quand elle vit les dernières pages avec les quelques pages manuscrites, elle retint un sanglot.

Sa mère avait toujours été réticente à conserver des objets datant de l›époque où l›argent ne rentrait pas, mais elle n'avait pas refait la décoration en profondeur et tout envoyé à la poubelle. Vera était devenue presque feignante.

Le manoir est maintenant dépourvu d'objets de valeur, car ils faisaient partie du règlement de la dette de Nicholas aux autorités. Seules des bagatelles ou des éléments sans importance avaient été laissés sur place. La saleté ternissait l'éclat des lustres en cristal, ainsi que certaines surfaces, faisant regretter tout ce qu'était autrefois cette maison, indépendamment des événements qui s›y déroulaient.

Brooke descendit.

Elle était prête à partir quand elle remarqua un détail. Elle se racla la gorge pour faire connaître sa présence à Giles. Il la regarda d'un air renfrogné et haussa simplement un sourcil, car même parler lui semblait trop généreux maintenant.

— Cette poupée de porcelaine ? — demanda-t'elle dans un souffle, en désignant l'ornement aux couleurs vives sur une belle console en bois.

La petite poupée était un cadeau de son grand-père pour ses neuf ans et c'était un miracle que Vera ne l'ait pas jetée.

— Il ne faisait pas partie des actifs déclarés de mon père et...

— Si vous la voulez, prenez-la — dit-il avec impatience. Nous en avons terminé ici, il est donc temps pour vous de partir aussi.

Le dernier des hommes chargés de la saisie, qui avait déjà passé quatre heures à retirer chaque objet de la maison de Los Angeles, sortit par la grande porte en bois sombre. Seuls Brooke et Giles restèrent à l'intérieur. Le silence de la vaste propriété, autrefois théâtre de rires et de grandes fêtes auxquelles participait le tout Hollywood, n'était interrompu que par le bruit lointain des voitures.

— Oui, merci beaucoup — dit-elle en prenant la poupée avec un sourire triste.

Avec un soupir de résignation, Brooke se retourna et sortit dans la rue.

Le temps à Los Angeles était parfait toute l'année. Pas besoin des gros manteaux qui étaient nécessaires dans les autres villes pendant l'hiver. Du coup, c'était facile de se déplacer car les bagages n'étaient ni trop lourds, ni trop gênants.

Brooke marchait dans les larges rues de Beverly Hills, celles qu'elle avait connues toute sa vie. Aujourd'hui, elles semblaient fades et tellement éloignés de sa réalité. Alors qu'elle avançait péniblement avec sa valise de 23 kg et un petit bagage à main, la tristesse commença à l'envahir comme de l'encre noire versée dans un verre d'eau de source immaculée colore le liquide.

Elle se rappela des rires d'enfants qui jouaient à des jeux insouciants dans le jardin du manoir, ces jours où elle avait été heureuse, parce qu'elle l'avait été autrefois. A l'époque, elle ne connaissait pas le manque, la destruction, l'incertitude, la trahison et la solitude. Petit à petit, Brooke apprit à être discrète sur les rêves ou les projets qu'elle avait en tête. Elle n'en parlait pas aux autres, car elle avait compris qu'ils se réjouissaient du malheur des autres et aimaient dire du mal du soldat blessé au combat. L›expérience de sa famille, depuis le procès de Nicholas et la perte de tous ses biens, avait confirmé l'existence de la bassesse humaine.

Ses pieds lui faisaient mal à cause de la marche. Elle ne pouvait pas prendre un taxi jusqu'à la gare routière, c'était un luxe. Il ne lui restait plus que l'espoir.

Brooke n'avait que quatre cents dollars en liquide et devait les utiliser à bon escient. Ses biens étaient constitués d'un téléphone, d'un iPad, de vêtements de marque hors saison, de la poupée offerte par son grand-père, de son relevé bancaire, de son dossier médical, de son album photo, de son permis de conduire périmé et de sa carte d'identité. Elle n'était pas une bimbo blonde frivole comme certaines publications voulaient la dépeindre. Sa réputation avait été usurpée et elle était entachée de la corruption de son père.

Elle ne connaissait pas l'étendue réelle des crimes de Nicholas, d'autant plus qu'ils impliquaient la mafia, mais au moins elle avait le sentiment que justice avait été rendue. Dans son cas, le prix de la libre conscience était une dépossession matérielle absolue.

Brooke voulait un nouveau départ et cela ne pouvait se faire que dans une ville où elle était inconnue, une ville comme San Diego. Elle se fichait de devoir laver les sols. Mais, avant de prendre le bus vers la gare routière, elle prit une décision de dernière minute. Kristy avait insisté à de nombreuses reprises pour qu'elle rappelle Matteo Sarconni, mais Brooke était réticente à le faire parce qu'elle était accablée par tout ce qui lui était arrivé. Elle comprenait maintenant qu'il était le seul ami qui avait les ressources nécessaires pour la soutenir.

Elle avait le choix entre rester à Los Angeles et vivre de coupons de réduction, de s'aventurer à San Diego à la merci du destin, ou de demander à Matteo s'il était toujours partant pour lui venir en aide. Elle prit une longue inspiration et composa le numéro. Après quatre sonneries, Matteo répondit.

— La plus belle femme de Californie — répondit la voix virile en guise de salut, avec un indéniable accent italien. A quoi dois-je l'honneur de cet appel, Brooke ?

Elle sourit. Le fait qu'il n'ait pas supprimé son numéro était bon signe. Son histoire avec Matteo avait connu quelques passages compliqués, mais il n'y avait pas de rancune, même si cela ne rendait pas son appel moins difficile.

— Bonjour, Matt — répondit-elle un peu troublée, en utilisant son surnom de toujours. Je sais que ça fait longtemps qu»on ne s»est pas parlé, et je sais que je n»ai pas répondu à tes textos ou appels, alors.....

— Le temps est relatif — l'interrompit-il doucement. Je suis si heureux d'avoir de tes nouvelles, et je suis désolé de ce qui est arrivé à ta famille... J'ai entendu parler de tout cela par des amis à Los Angeles. Dès que j'en ai entendu parler, je n'ai pu m'empêcher de proposer mon aide, mais je comprends que tu aies décidé de te couper du monde pendant un certain temps et de ne pas répondre. Comment te sens-tu par rapport à tout cela ?

Brooke souffla. En dehors de la Californie, sa famille n'était pas populaire, il n'y avait donc aucun risque que sa famille fasse la une des grands médias. C'est pourquoi elle pourrait prendre un nouveau départ ailleurs, du moins c'était ce à quoi elle aspirait.

— La dernière saisie a eu lieu aujourd'hui — chuchota-t'elle, en regardant les voitures de luxe passer dans la rue. La résidence principale.

— Oh, merde, je suis désolé — répondit-il en passant ses doigts dans ses cheveux.

Il s'appuya sur le dossier de son fauteuil en cuir dans son bureau d'Austin.

— Tu restes à L.A. ?

— Non. Et je ne veux pas que tu prennes cela comme un service en échange d'un autre service, ni comme une dette à payer... J'ai juste besoin d'aide...

Matteo laissa échapper un rire insouciant.

— Tu es la sœur de mon ancien meilleur ami. Je sais que Raffe aurait voulu que je sois près de toi au cas où tu aurais eu besoin de moi, mais tu sais...

Il y eut un léger silence des deux côtés de la ligne. Matteo s'éclaircit la gorge et ajouta :

— S'il te plaît, dis-moi, en quoi puis-je t'aider ?

Elle regarda son reflet dans la publicité en face d'elle, un miroir aux paillettes colorées dont le cadre affichait le slogan «*Les couleurs que vous choisissez sont les couleurs qui définissent votre vie*». Elle fronça les sourcils. C'était une marque de maquillage. Ses cheveux étaient tirés en arrière en une queue de cheval, ses pommettes hautes se détachaient sur son visage aux yeux verts brillants, mais dont l'éclat avait diminué ces derniers temps. Brooke considérait le gris comme la couleur prédominante de sa vie. Etait-ce un peu trop mélodramatique ? Ce n'est que lorsque qu'on avait vécu des mois d'angoisse et le harcèlement de la presse comme elle qu'on pouvait comprendre son point de vue.

— La dernière fois que nous nous sommes vus, avant que tu ne retournes dans ton Texas natal, tu m'avais dit que tu allais devenir courtier en immobilier, parce que tu avais hérité d'un grand portefeuille dont tu voulais tirer parti. Je me demandais s'il y avait une chance que tu puisses me confier un travail. N'importe quel travail, vraiment — chuchota-t'elle.

Matteo éclata de rire à l'autre bout du fil.

— Tu sais quoi Brooke ? Avec ce cerveau fait pour les algorithmes et les systèmes d'information, je pense que ta demande me profitera plus à moi qu'à toi — dit-il. Je suis sur le point de devoir vendre une propriété du côté d'Austin, mais peut-être peux-tu empêcher que ça arrive.

— Je t'écoute — dit-elle, en serrant fermement le téléphone.

— C'est un ranch qui a été négligé pendant longtemps, mais il a un grand potentiel. Tu peux le rendre fonctionnel, et le remettre en état, et le gérer. J'ai besoin d'une personne pour s'occuper de son administration. La plupart des terres ont été laissées à leur propre sort. Les zones permanentes sont productives et permettent de payer les salaires sans que je n'aie à retirer de l'argent de mes comptes. Ce que le ranch génère est utilisé pour réinvestir dans le ranch et dans le personnel qui y travaille depuis des années.

— Oh, je comprends. Dis-moi, serait-il compliqué de trouver une location dans le coin ? — demanda-t'elle avec intérêt.

— Il y a une maison dans le ranch. Elle est simple, mais elle est propre et tu peux l'utiliser aussi longtemps que tu travailles pour moi. Bien sûr, si tu acceptes la proposition.

Brooke faillit pleurer d'émotion.

— Même si je n'ai pas la moindre connaissance des ranchs ? — demanda-t'elle en chuchotant.

— Je n'ai pas besoin que tu sois une *cowgirl* et que tu fasses du travail dans les champs, ne te méprends pas — dit-il en riant, j'ai juste besoin que tu organises l'administration pour que tout fonctionne à nouveau. Le précédent manager était un local, donc il ne vivait pas à Blue Oaks. Il a reçu une meilleure offre d'emploi et l'a acceptée.

Je n'ai donc pas publié d'annonce pour le poste car, comme je te l'ai dit, je pensais le mettre en vente. Mme Mildred Ferguson est la gouvernante, et vit à quelques minutes du ranch. Elle est également chargée de coordonner l'équipe de nettoyage de la maison.

— Je comprends — dit-elle en souriant, la maison serait donc pour moi... ?

— Oui. C'est une maison conçue pour un vrai ranch de campagne. Je n'y ai jamais séjourné, pour être honnête, car j'ai toujours voulu vendre le ranch, donc le réaménager était une idée non envisageable. Tu es libre de la décorer selon tes goûts. Les hommes du ranch pourront t'y conduire s'il le faut. Ce sont des gens bien. Mais si tu préfères, il y a aussi le camion que l'ancien directeur utilisait...

— Mon permis a expiré — marmonna-t'elle.

— Blue Oaks se trouve dans la région de Lago Vista, à moins d'une heure du centre ville d'Austin, et il y a des magasins tout autour, tu ne seras donc pas loin des principaux commerces. Tu peux opter pour un Uber. Jusqu'à ce que tu aies ton permis, ma société, Wild Homes, paiera ton transport pour le travail.

— Tout cela a l'air génial, Matt — répondit-elle sincèrement, mais j'ai l'impression que tu me donnes trop d'avantages alors que je n'ai aucune expérience. Et je ne voudrais pas...

— Si tu n'avais pas été là, j'aurais fini en prison la nuit où Raffe est mort. Je te dois ma liberté — l'interrompit-il. Le moins que je puisse faire est de t'aider. L'argent est une bagatelle pour moi. Je t'offre cette chance, saisis-la.

Quand il lui annonça le salaire, Brooke resta silencieuse pendant un moment. Cette somme était suffisante pour, en dix-huit mois environ, rembourser le débit de son compte, le prêt que Kristy lui avait consenti, le compte que Vera avait ouvert à son nom chez Bloomingdale's et Cartier, puis penser à créer sa propre entreprise.

— Tu es la première personne, à part Kristy, à me faire confiance malgré toutes les conneries racontées dans la presse — dit-elle en soufflant, tout en contrôlant un sanglot, et en plus, on ne s'est pas parlé depuis longtemps.

Matteo but le reste de son café. Brooke et lui avaient une conversation en suspens, mais il avait été lâche et avait évité de l'appeler pour discuter de ce sujet toutes les années précédentes. Les circonstances, semblait-il, les réunissaient à nouveau. Cette fois, il n'allait pas la laisser tomber.

— Les personnes qui comptent dans la vie n'ont pas d'heure d'arrivée, de départ ou de retour, mais elles laissent des empreintes. Tu en as laissé une en moi — dit-il, solennellement.

— Matt... — murmura-t'elle, en fermant les yeux.

— Je ne m'y sens pas obligé, et je te dois beaucoup plus que cela, mais j'honore une promesse faite à Raffe — dit-il honnêtement. Brooke, j'ai à peine le temps de me rendre à Blue Oaks pour superviser le ranch, mais tu as besoin d'un travail maintenant, et le ranch a besoin de quelqu'un en qui j'ai confiance pour le diriger. C'est un arrangement approprié.

— Je suis très persévérante lorsqu'il s'agit de réussir — déclara Brooke en souriant.

— Je sais que tu es une femme pleine de ressources, sans aucun doute. Dois-je comprendre que tu acceptes mon offre ?

— Tout à fait, et je peux commencer aujourd'hui — dit-elle joyeusement, tout en essayant mentalement de trouver la compagnie aérienne la moins chère pour aller de la Californie au Texas. Donne-moi l'adresse, s'il te plaît. Merci beaucoup. Tu ne sais pas...

— Mon assistante, Georgia, t'appellera et coordonnera ton transfert de Los Angeles à Austin. Un billet d'avion t'attendra pour que tu ne puisses pas changer d'avis.

Brooke rit. Si elle savait combien sa vie avait été difficile après le procès de son père, il comprendrait qu'elle ne revienne pas sur sa parole.

— À moins que tu n'aies des affaires à régler à L.A. et que tu aies besoin de plus de temps devant toi, bien sûr.

Brooke sentit une boule dans sa gorge semblable à celle qui précède un sanglot, elle la retint.

— Je n'ai pas d'affaires en cours — chuchota-t'elle.

Elle voulait quitter cette ville le plus vite possible, et ne plus se soucier de rien.

— Je te verrai dans ton bureau demain ?

— Je pars pour Miami ce soir, mais je garderai un œil sur toi. Nous aurons le temps de nous voir à mon retour, et de parler de choses qui ne sont pas nécessairement liées au travail — dit-il d'un ton détendu, même s'ils savaient tous deux que cela signifierait rouvrir de vieilles blessures.

— J'aimerais bien — dit-elle avec gratitude, mais aussi avec une certaine nervosité à l'idée de ce que cela donnerait lorsqu'ils parleraient des questions qui l'avaient interpellée quand il vivait encore en Californie. J'espère que tu ne t'imagines pas que je vais t'appeler «patron», hein ? — dit-elle sur un ton léger.

— Je me souviens que tu as une faible tolérance à l'autorité, donc je n'y pense même pas — dit-il en riant. Brooke, j'ai un client qui m'attend. On se parle plus tard, d'accord ?

— Oui... Merci — répondit-elle sincèrement.

— Bienvenue au Texas.

Quand il coupa la communication, elle prit une grande bouffée d'air et se leva. Elle était fauchée, mais son esprit de combat était intact. Elle voulait faire renaître sa vie de ses cendres.

# CHAPITRE 3

*Austin, Texas.*
*Lincoln.*

Rien ne lui faisait plus horreur que de mettre une putain de cravate et de passer la semaine dans un bureau à assister à des réunions ou devant un ordinateur à analyser des feuilles de calcul avec des projections financières. À 34 ans, Lincoln Kravath gérait avec brio l'exploitation familiale et l'entreprise de distribution de bétail. Son nom était même devenu une légende parmi les éleveurs de bétail d'Austin.

Le succès qui accompagnait ses activités commerciales s'accompagnait également de problèmes sérieux à résoudre au quotidien, ainsi que d'une vie sociale dynamique qui lui prenait du temps. Cette dernière était une ressource qu'il devait gérer avec précision, car son emploi du temps était toujours très chargé. Les fêtes et les dîners d'affaires étaient quelque chose qu'il abhorrait, mais il ne pouvait pas les éviter.

Malgré l'efficacité avec laquelle les ficelles étaient tirées au sein du conglomérat Golden Enterprises, qui englobait le ranch Golden Ties et la station Golden Light, la routine du grand bureau élégant qui surplombait le centre commercial d'Austin ne passionnait pas Lincoln. Il était habitué à l'aventure et à l'adrénaline du travail dans un ranch, à l'interaction avec les animaux et aux heures passées à travailler la terre avec son équipe. Rester trop longtemps au siège lui donnait l'impression d'être un animal en cage. Heureusement, il disposait d'une équipe de collaborateurs très efficaces à qui il pouvait déléguer et, les jours de chance, il travaillait depuis le bureau qu'il avait installé dans la maison de son ranch.

Le ranch Golden Ties était présent chez les Kravath depuis des générations et était légendaire parmi les entrepreneurs. Lincoln l'avait déployé après un accident qui avait paralysé son père, puis il avait été nommé PDG de Golden Enterprises. Sa gestion de la production et son éthique professionnelle lui avaient valu le respect de ses pairs. Sa parole était une garantie dans les négociations, mais, tout comme il pouvait construire des alliances, il pouvait aussi les détruire. C'est ce qu'il avait fait avec des concurrents déloyaux qui avaient tenté de ruiner sa réputation avec des calomnies. Ces concurrents pensaient qu'étant jeune, Lincoln allait faire des erreurs et accepter des accords douteux.

Lincoln intenta même un procès en diffamation contre un tabloïd local pour un million de dollars. Il gagna le procès. L'article avait été publié sur la base du témoignage d'un homme d'affaires, et il s'était avéré par la suite qu'il avait payé le journaliste pour réaliser l'article, selon lequel Golden Ties vendrait du bœuf malade aux supermarchés et éviterait les poursuites grâce à des pots-de-vin. Il fallut du temps à Lincoln et à son équipe pour réparer les dégâts causés par cette histoire. Le juge avait obligé le tabloïd à rédiger un article en première page, à la fois papier et numérique, pour rectifier les faits et présenter des excuses à la famille Kravath.

Lincoln et ses frères avaient été élevés avec des normes morales élevées.

L'enfance des Kravath s'était déroulée en compagnie des chevaux, dans l'agitation des après-midis ensoleillés dans les champs, à travailler sous les ordres des contremaîtres, à réparer les clôtures jusqu'à ce que leurs doigts n'en puissent plus, à aider à charger les marchandises et les matériaux, et à apprendre la gestion financière et commerciale pour que le ranch Golden Ties reste aussi prospère qu'il l'était. Les frères de Lincoln, Samuel et Tristan, avaient finalement opté pour une carrière dans la médecine. Outre son travail, Lincoln appréciait les aventures avec les jolies filles qui ne demandaient qu'à attirer son attention. Avoir une femme dans son lit était un voyage explorateur qu'il appréciait beaucoup depuis son adolescence.

C'était l'époque où il ne connaissait pas le niveau de perfidie auquel une femme pouvait être poussée par l'ambition ou la rancune. Dès lors, il avait choisi d'être distant et se satisfaisait d'une femme intelligente et détachée émotionnellement. Il était un amant généreux, mais une fois le plaisir terminé, il était aussi le premier à ouvrir la porte et à partir sans se retourner. Il avait fait des erreurs dans le passé qui lui avaient coûté trop cher. Il n'avait pas de temps pour les drames. Sa famille, ses amis et ses affaires étaient sa seule priorité.

En fait, cet après-midi-là, il avait fait de la place dans son emploi du temps pour retrouver son meilleur ami au Jeffrey's, un célèbre steakhouse de la rue Lynn. Il était intrigué, car ils avaient l'habitude de se retrouver avec d'autres amis pour boire un verre au moins une fois par mois, donc l'appel de Jonathan pour se voir au beau milieu de la semaine était inhabituel.

— Comment se passe l'achat de Blue Oaks ? — demanda l'homme aux yeux noirs et aux cheveux bruns après que le serveur ait apporté le plat principal.

Jonathan avait une société de conseil en investissement et conseillait Lincoln sur la manière d'obtenir un meilleur rendement sur les actifs qu'il possédait.

— Si tu achètes ce ranch, tu vas tripler ton investissement en six ans. Ce sera énorme.

Le projet le plus ambitieux de Lincoln, afin de consolider son pouvoir et son influence au Texas, était de planter un vignoble. Il ne s'agissait pas d'un projet purement professionnel, mais aussi d'un projet personnel. La possibilité de distribuer à l'échelle nationale des bouteilles de vin portant l'emblème de sa famille était son ambition depuis toujours, et pour la réaliser, il devait développer Golden Ties. Cela ne serait possible que s'il achetait le ranch à côté du sien.

Blue Oaks était apparemment négligé depuis des années et n'était pas rentable. Maintenant que le ranch était à vendre, Lincoln savait que c'était l'occasion idéale de devenir le nouveau propriétaire et de le rendre à nouveau rentable, en se concentrant uniquement sur la vinification. Au préalable, il avait étudié les forces et les faiblesses du terrain et il était convaincu que son projet de vignoble était viable.

Blue Oaks avait appartenu à son grand-père maternel, mais il l'avait perdu, des décennies plus tôt, lors d'une partie de BlackJack, au profit du grand-père du propriétaire actuel. C'est pourquoi Lincoln avait un dégoût pour tous les jeux d'argent.

— J'offre 9% de plus que la valeur demandée — déclara-t'il avec conviction, je vois ce temps d'attente comme un processus normal. Je fais une faveur au propriétaire avec mon offre.

— Ne penses-tu pas que ce serait plus bénéfique si tu allais parler à Matteo personnellement ? Si ça se trouve, il est civilisé — déclara-t'il en plaisantant.

Lincoln fit une grimace, car il n'aimait pas Matteo Sarconni. Il pensait qu'il avait une grande gueule et qu'il n'avait pas changé depuis qu'ils s'étaient vus la dernière fois, c'est-à-dire il y a des années déjà. Et il n'avait pas envie de vérifier sa théorie. Matteo et lui étaient rivaux dans l'équipe de football du lycée, se volaient leurs petites amies respectives, se battaient à coups de poing et s'affrontaient pour la moindre chose, comme, par exemple, qui pouvait boire le plus de bières ou qui gagnerait une course de moto illégale. Pendant ces années, ils avaient été arrogants, audacieux et irresponsables. La compétition entre eux deux avait duré jusqu'à ce que Matteo quitte le Texas à l'âge de 15 ans. Lincoln était alors devenu la coqueluche du lycée et le quarter back ayant remporté le plus de victoires.

— Mes avocats s'occupent de la négociation pour parvenir à un accord, c'est pour cela que je les paie. Je verrai donc Matteo quand je devrai signer le contrat en qualité de nouveau propriétaire — répondit-il en sirotant son pinot noir de Sancerre.

Il aimait les bons vins et ne se souciait pas des prix.

— Je n'ai pas le temps pour les plaisanteries inutiles.

Jonathan rit, et s'appuya sur le dossier de sa chaise. Ce restaurant était toujours bondé. Il avait commandé un *faux-filet sur os*, et Lincoln un *porterhouse*. Chaque assiette avait coûté près de deux cents dollars, mais elle en valait chaque centime et pour eux deux, c'était une aubaine.

— C'est drôle, la vie te remet en contact avec ton ennemi juré du lycée, et en plus, c'est lui qui détient le titre de propriété qui peut changer le cours de tes affaires et les faire prospérer — déclara-t'il en plaisantant.

— Tout ça, c'est du passé — répondit Lincoln en mettant un morceau de viande dans sa bouche. En fait, je n'ai pas vu cet idiot depuis que Sussy-Jane lui a fait une pipe quand elle était encore ma petite amie au lycée. Je lui avais cassé le nez en lui donnant un coup de poing — dit-il avec suffisance.

S'il y a une chose dont Lincoln se vantait souvent, dans sa jeunesse et maintenant à l'âge adulte, c'est qu'il n'avait aucun scrupule à se battre pour les siens ou pour une cause à laquelle il croyait. À cette époque du lycée, Sussy-Jane lui devait la loyauté et Sarconni n'aurait jamais dû ouvrir sa braguette sur un territoire charnel qui n'était pas le sien.

— Je m'en souviens, oui. En ce qui concerne les femmes, si l'on compte la dernière fois, je dirais que Matteo est en avance sur toi — dit-il pour taquiner Lincoln, car il ne semblait pas réceptif à tout ce qui n'était pas lié aux affaires.

Cela le chagrinait que les circonstances l'aient poussé à devenir cynique et à refuser aux femmes en particulier le bénéfice du doute. Son ami était aussi têtu qu'une mule lorsqu'il avait une idée en tête, et compte tenu des mois dévastateurs qu'il avait vécus il y a des années, il ne pensait pas que cela changerait. Comme c'était dommage.

— Je ne sais pas si tu as remarqué — dit Lincoln d'un ton sarcastique, mais nous avons largement dépassé l'âge de 30 ans pour continuer à tenir des dossiers avec le nom des femmes que nous avons baisées. Les concours idiots avec Sarconni, c'était il y a plus de dix ans — dit-il avec irritation face aux conneries de Jonathan. De plus, je me moque des femmes. Du moment qu'elles ne cherchent pas un engagement qui implique des exigences non sexuelles, ça me va.

Jonathan sourit au cynisme de Lincoln, mais après un moment, il devint sérieux.

— C'est pour cela que je voulais te rencontrer pour le déjeuner aujourd'hui, Linc — dit-il en l'appelant par le surnom que ses proches utilisaient pour son ami. Une femme.

Lincoln passa ses doigts dans ses épais cheveux bruns. Lorsqu'il jeta un bref coup d'œil au bar du restaurant, une femme aux cheveux roux dans un beau tailleur l'observait avec grand intérêt. En souriant à demi, elle leva le cocktail qu'elle sirotait, mais il se contenta d'hausser un sourcil. C'était une jolie femme, mais il n'eut pas envie de l'approcher lorsqu'il aurait fini de manger avec son ami.

Il reporta son attention sur Jonathan.

— Des problèmes avec Renatta ? — demanda-t'il en fronçant les sourcils. Parce que si c'est le cas, alors je t'assure qu'il n'existe pas de femme unique ou spéciale. Elles sont toutes faites dans le même moule. Ne laisse pas ta prochaine conquête te convaincre qu'elle est différente.

La cicatrice sur le dos de Lincoln justifiait son discours de mise en garde contre l'amour supposé d'une femme pour un homme. On accusait Lincoln d'être hostile et têtu, tout le contraire de la personne qu'il avait été cinq ans auparavant, mais l'opinion des commères de la haute société sur ces questions lui était égale.

— Non, Linc, je n'ai pas de problème avec Renatta — souffla-t'il devant la critique à peine voilée, bien au contraire. Elle est différente, et elle me rend heureux. Tu sais quel est le secret ?

Lincoln le regarda avec impatience.

— Je ne me suis pas basé sur mes échecs précédents pour me lier à Renatta. Si je les avais laissés me guider, je serais passé à côté d'une femme extraordinaire. La vie ne nous donne pas la possibilité de rattraper les occasions manquées, et je ne voulais pas rejoindre les statistiques des imbéciles qui regrettent d'avoir laissé partir l'amour de leur vie.

— Je ne savais pas que tu suivais un cours pour remplacer Oprah — répondit-il au commentaire de Jonathan. En tout cas, explique-moi à quoi rime tout ça. Qu'est-ce qui se passe, bon sang ? Tu me fais penser à une vieille dame bavarde qui aime prendre son temps pour parler. Crache juste ce qui te passe par la tête.

Jonathan rit de bon cœur.

— J'ai demandé à Renatta de m'épouser — dit-il d'un ton convaincu, devant l'expression incrédule de Lincoln. Je sais ce que tu penses du mariage ou des relations à long terme, mais tu es mon meilleur ami. Je sais que tu préfères changer les fers d'un cheval ou même nettoyer la merde dans une grange plutôt que d'aller à une cérémonie ou une fête de fiançailles, mais j'aimerais que tu sois mon témoin le jour de mon mariage. Ce n›est pas quelque chose que je pouvais t'annoncer comme n'importe quelle autre nouvelle, car l'étape que je franchis avec Renatta est très importante.

Lincoln pensait que ses amis faisaient parfois des erreurs non conscientes et parfois des erreurs en pleine conscience, comme le mariage. Il voyait que Jonathan souriait davantage lorsqu'il était avec Renatta et qu'il avait même arrêté de fumer depuis deux ans. Il supposait qu'elle avait une bonne influence à cet égard, mais s'il pouvait recommander quelque chose, ce serait de ne jamais baisser sa garde, car au moment le moins attendu, tout irait mal et les conséquences deviendraient alors irréversibles.

Toutefois, Jonathan était comme un membre de la famille Kravath. Le fait que leurs convictions en matière de relations soient marquées par des expériences diamétralement opposées ne signifie pas que Lincoln allait se comporter comme un imbécile. Ses façons de penser ne devaient pas être celles des autres.

Ses frères, Tristan plus âgé de trois ans, et Samuel, plus âgé de deux ans, étaient mariés depuis un certain temps. Ses belles-sœurs étaient des femmes charmantes, mais Lincoln imaginait qu'il ne pourrait jamais trouver quelque chose de semblable à ces unions de confiance et d'amour sincère. Peu d'hommes, selon lui, entraient dans ce club privilégié.

Il était l'exception dans la famille et n'avait aucun problème avec cette certitude. La question des enfants était un chemin qu'il n'avait pas l'intention d'emprunter. De plus, il avait trois neveux adorables qu'il voyait quand la famille se rassemblait. Dans la vie, on pouvait toujours compter les points positifs et faire le point. Lincoln avait déjà fait son compte et il avait accepté le résultat.

— Je serais honoré d'être garçon d'honneur à ton mariage, Jonathan — dit Lincoln sincèrement. Je promets de ne pas faire un discours qui t'embarrasserait trop.

— C'est une promesse que tu dois tenir, car toute la famille de Renatta vient de Géorgie — dit-il en riant.

Ils payèrent l'addition et quittèrent le restaurant.

— Renatta est fascinée par la maison de ton ranch depuis que tu nous as invités à la fête d'anniversaire que tu as organisée pour ton père lannée dernière. Linc, je me demande si tu pourrais nous louer le terrain des Golden Ties pour la réception — dit Jonathan, alors qu'ils attendaient que les voituriers amènent leurs voitures. C'était l'autre raison pour laquelle je voulais te parler, même si tu refuses d'être mon témoin.

Lincoln lui tapa sur l'épaule en riant. La maison du ranch n'était occupée que par lui, ses parents ayant déménagé en ville. Lincoln avait remodelé la propriété, qui comptait deux étages, six chambres, cinq salles de bains, deux salons, une salle de cinéma, une immense cour et une piscine. Il lui avait donné des touches modernes, l'avait repeint, avait changé les meubles et les canapés, les portes et le toit. La maison avait été présentée dans le célèbre magazine Architectural Digest pour sa beauté et son emplacement près du fleuve Colorado.

— Ne sois pas idiot, Jonathan, tu es comme un de mes frères ennuyeux, donc je ne peux pas refuser ta demande, je serai ton témoin. Ce n›est pas parce que je ne crois pas au romantisme que je vais m'opposer à ta décision et refuser de te soutenir. Ce serait stupide de ma part — dit-il en souriant. Tu peux compter sur Golden Ties pour organiser tout ce que tu souhaite. Fais-moi juste savoir la date exacte à laquelle tu décides de le faire et mon équipe s'arrangera pour stopper les opérations non essentielles afin que vous puissiez disposer d'un environnement calme. Tu peux dire à ta future épouse et à ses amies qu'elles ont un week-end gratuit au Golden Light si elles veulent se faire faire des massages et toutes ces conneries cosmétiques. Tu sais que ma mère est en charge de ce secteur de l'entreprise, donc je suis sûr qu'elle sera heureuse d'accueillir Renatta.

— Waouh, mec, merci. J'apprécie vraiment.

— Ce seront mes cadeaux de mariage pour toi — dit-il en la serrant fraternellement dans ses bras. Maintenant, au travail, tu dois faire fructifier mes investissements personnels.

Jonathan laissa échapper un petit rire et hocha la tête, puis ils se dirent au revoir.

Le bulletin météo avait annoncé qu'un orage se préparait, et il ne serait pas agréable d'être dehors lorsque le ciel déchaînerait toute sa fureur. Le mois de mai était l'un des mois les plus pluvieux à Austin, mais aussi l'un des plus dangereux car il pouvait y avoir des inondations susceptibles d'entraîner la perte d'animaux ou de récoltes. Lincoln monta dans son camion alors que les premières gouttes de pluie commençaient à tomber.

Il grommela silencieusement, car la mauvaise météo signifiait qu'il y aurait du grabuge au ranch et qu'il ne pouvait rien faire pour contribuer aux protocoles mis en place pour sauver rapidement les animaux. Dans ce cas, des mesures étaient prises, mais pour lui, rien n'était suffisant lorsqu'il s'agissait de la sécurité de son personnel, de ses animaux et de son ranch. Il devait conduire prudemment. Il appela Candace, son assistante personnelle, et lui demanda de remettre à plus tard les affaires non terminées.

Lincoln se mit en route pour Golden Ties, mais au fur et à mesure qu'il avançait sur la route, la visibilité diminuait à cause de la densité du rideau de pluie, il devait donc ralentir. Il alluma la radio et bientôt la voix de Tim McGraw l'accompagna dans son voyage.

— Quoi de neuf au ranch, Ben ? — demanda le manager.

Il activa l'option mains libres.

Lincoln était responsable et héritier du ranch, mais il n'était pas Superman et ne pouvait pas être à deux endroits à la fois. En raison de son emploi du temps chargé, il s'appuyait sur le travail de terrain quotidien de son homme de confiance, Ben Price.

Ben était responsable de trois cogestionnaires qui ne s'occupaient pas de l'aspect numérique ou financier, mais de la chaîne de commandement : c'était des contremaîtres et des directeurs d'exploitation dans différents domaines. Lincoln admirait son père, Osteen, qui avait su diriger l'entreprise familiale pendant tant de décennies, comme son grand-père et son arrière-grand-père, alors qu'il n'existait aucune technologie permettant de rationaliser les tâches ou de gagner du temps grâce à la communication digitale.

— Il a commencé à pleuvoir — dit Ben. Nous ne nous attendions pas à un tel orage, pour être honnête. Nous avons annulé la visite des étudiants en agronomie de l'Université Concordia du Texas. Deux paiements aux fournisseurs n'ont pas été effectués en raison d'une panne de système. Il y a une pénurie considérable de viande dans les supermarchés de San Antonio, et j'étudie la chaîne logistique avec les livreurs.

— Merde. Nous devons changer de société de livraison, ce n'est pas concevable que ces fils de pute d'employés nous volent. Nous devons étouffer le problème dans bœuf.

— Bien. Je vais les virer tout de suite et trouver une autre société de livraison et de logistique demain. Veux-tu que je dise à l'avocat d'intenter un procès ou d'exiger un paiement ?

Un éclair à l'horizon fut suivi d'un coup de tonnerre.

— Non, il suffit de faire une analyse du manque à gagner et de le déduire de la valeur totale de la facture pour les services du mois. Assure-toi qu'ils comprennent que s'ils essaient de nous baiser en mettant fin au contrat avant terme, j'enverrai Elister Reynolds et son équipe d'avocats pour régler toute non-conformité ou plainte de leur part. Autre chose ?

— J'espère que c'est tout, mais nous devrons voir à quoi ressemble la situation lorsque tu seras sur place. Le personnel sait qu'il doit parcourir le ranch à la recherche d'animaux qui pourraient s'être égarés ou de zones qui pourraient être inondées par la pluie et entraver la circulation des tracteurs demain. Les cultures sensibles sont protégées.

— Ok, merci pour la mise à jour. A plus tard.

Si Lincoln pensait que le rapport de Ben et la pluie était le plus gros problème du jour, ce qui allait suivre allait lui prouver le contraire.

Les quelques jours qu'elle avait passés au Texas avaient aidée Brooke à s'adapter à un endroit très différent de la Californie. Après des mois de désespoir et d'angoisse, elle pouvait enfin ressentir un sentiment de calme et d'excitation. Les gens semblaient amicaux à Austin. La météo était folle, c'est sûr, mais elle était contente d'avoir un objectif à atteindre : en tant qu'administratrice, elle devait empêcher la vente de Blue Oaks.

La maison du ranch avait deux étages, était propre, et possédait toutes les commodités nécessaires pour la vie au quotidien. Internet fonctionnait très bien, d'après ce qu'elle avait pu voir. La cuisine, le salon et la salle à manger étaient modestes, mais fonctionnels. Il n'y avait rien de fantaisiste, comme Matteo le lui avait dit, et la maison était un peu négligée. Rien de bien grave.

Dans la chambre principale, il y avait un lit king-size, une grande armoire en bois, un petit bureau fonctionnel avec une chaise pivotante, et une fenêtre donnant sur le grand jardin plein de blé. La salle de bain disposait d'une belle baignoire blanche, et l'espace était suffisant pour se déplacer confortablement. Cependant, les draps étaient troués, les oreillers étaient vieux et il n'y avait pas de rideau de douche autour de la baignoire.

— La dernière responsable, Mlle Sherwood, est partie il y a un mois, et c'est donc l'assistante de M. Sarconni, Georgia, qui a repris les fonctions de base à distance. Cependant, ce n'est pas la même chose que d'avoir une personne ici au ranch, et nous sommes heureux de vous avoir à Blue Oaks en tant que nouvelle directrice — lui avait dit Mildred Ferguson en lui souhaitant la bienvenue.

La femme avait des cheveux roux, était petite et ronde avec un sourire éclatant. Son mari, Pete, était le contremaître de la ferme. Il était venu accueillir Brooke et lui faire visiter rapidement une partie du ranch. L'endroit était à couper le souffle mais négligé, car les zones non plantées, qui étaient nombreuses, étaient sèches et envahies par les mauvaises herbes. Les quatre granges étaient un peu défraîchies, sans animaux, il y avait juste du foin. Tout pourrait être corrigé, mais un inventaire complet serait nécessaire.

— Je suis heureuse de commencer ce travail.

— C'est rafraîchissant de voir une femme prendre la tête de l'organisation de cette bande d'imbéciles. Appelez-moi Mildred. D'accord ?

Brooke avait souri devant l'ouverture et la chaleur de la dame.

— Merci beaucoup, j'apprécie vraiment. Mon travail ici est de gérer les comptes et les processus. Je n'ai pas d'expérience, je l'avoue, mais j'ai très envie de bien faire les choses.

— C'est très valable. Au fait, mon mari et moi vivons à quelques minutes d'ici, alors n'hésitez pas à nous appeler — dit-elle en tendant sa carte de visite. L'équipe de nettoyage vient trois fois par semaine, mais elle n'est pas intrusive, donc ne vous inquiétez pas pour votre intimité. Vous aurez toujours de la nourriture à disposition, parce que l'approvisionnement fait partie de mon travail. Si vous préférez commander à l'extérieur, j'ai laissé une liste de bons restaurants sur le tableau en liège dans la cuisine. Le quartier est très calme grâce à l'agent de sécurité, Philip. La seule chose que je vous recommande, c'est de ne pas vous promener trop tard dans la soirée sans une lampe de poche et un fusil à pompe.

Brooke éclata de rire, mais son rire s'arrêta quand elle réalisa que Mildred était sérieuse. Elle avait ouvert la porte de la petite pièce d'entrée où étaient rangées les vestes de travail et les bottes, et lui avait montré trois fusils de différents calibres. Elle en avait pris un et lui avait donné de brèves instructions sur la façon de l'utiliser comme un expert.

— Euh, Mme Ferguson, je n'ai jamais utilisé d'arme à Los Angeles — avait répondu Brooke mal à l'aise, alors que la femme sortait les munitions et ajustait la détente comme s'il s'agissait d'un simple porte-clefs ou d'un puzzle à cinq pièces. Je ne suis pas en faveur...

— Vous devez apprendre, car si un animal sauvage apparaît, vous devrez vous défendre — dit-elle en souriant. Le ranch le plus proche est celui de Golden Ties et il est relié au nôtre par une route commune qui commence à quelques mètres de l'arrière-cour, mais nous ne l'avons pas traversée depuis que le nouveau propriétaire a pris la relève il y a six ans. C'est une personne adorable et solidaire, comme le sont ses parents, ses frères et ses belles-sœurs, mais il aime sa vie privée et nous n'avons pas l'habitude d'y aller.

Brooke était intriguée, mais ne posa pas de questions. En s'adaptant au travail, elle s'adapterait aussi à la vie sociale. Elle n'allait pas rester au ranch tout le temps, car elle avait entendu dire qu'Austin était une ville formidable et elle voulait la découvrir dans toute sa splendeur. Elle avait l'intention de mettre ses craintes de côté et de créer de nouvelles amitiés.

Elle se disait que ce n'était pas parce que toutes ses connaissances l'avaient laissées tomber à Los Angeles que les gens étaient mauvais ici aussi. Elle décida qu'elle s'inscrirait à des activités collectives pour s'intégrer à la communauté. Petit à petit, elle construirait de petites bases à Austin et finirait par s'y installer. C'était un cri du cœur. Elle avait besoin de sentir qu'elle avait sa place quelque part, et de se sentir protégée et connectée à un endroit qu'elle sentait sien.

— Je vais laisser le pistolet pour plus tard, mais merci pour la suggestion, Mildred. Au fait, j'ai remarqué qu'il n'y a pas de lave-linge ni de sèche-linge - tout est nettoyé à l'ancienne ?

La femme avait ri et avait secoué la tête.

— Ils sont tombés en panne, donc dans vingt-quatre heures au plus tard, vous aurez de nouveau une machine à laver et un sèche-linge, ainsi qu'un nouveau réfrigérateur. L'assistante de M. Sarconni a envoyé cette carte de crédit — dit-elle en lui tendant la carte, pour que vous puissiez acheter de quoi équiper la maison. Remplir le placard et nourrir tout le monde au ranch, c'est mon travail. Il y a vingt employés qui tournent ici pour effectuer différentes tâches sur les terres, et nous ne sommes que cinq permanents. Pete supervise le blé et le maïs avec les hommes, car c'est tout ce qu'on récolte. Joseph, le gérant de l'écurie, se consacre entièrement à l'école d'équitation pour les enfants. C'est le secteur le plus prospère de Blue Oaks. Il a deux assistants : Douglas et Malcolm. Et Phillip est en charge de la sécurité.

— Oh, c'est chouette qu'il y ait des leçons d'équitation. Je pourrai peut-être m'entraîner un peu, car cela fait très, très longtemps que je ne suis pas montée à cheval.

— Bien sûr. Les enfants viennent deux fois par semaine à l'école et on leur offre le goûter. Les zones inutilisées, qui sont malheureusement nombreuses, étaient autrefois des exploitations porcines et avicoles. Les écuries sont vides et ne servent qu'à stocker le foin, les outils de travail ou les machines. Avec autant de zones abandonnées, le travail de sécurité que Phillip effectue avec son équipe est important. Nous ferons tout ce que nous pouvons pour vous aider, Mlle Sherwood.

— Merci, avait répondu Brooke.

Cette femme ne savait probablement pas que si Brooke échouait dans sa mission, tout le monde se retrouverait sans emploi car le ranch serait vendu.

— Mon permis de conduire est expiré, je ne peux donc pas utiliser le pick-up destiné au manager de Blue Oaks. Est-ce que cela revient à cher d'aller à l'épicerie la plus proche ou à un Lowe›s Home ?

— Non, le centre ville d'Austin est à 45 minutes de route. Bien sûr, vous pouvez utiliser votre carte de crédit. Nous avons tous une carte de crédit pour ce genre de situation. Le propriétaire est généreux. Ou, si vous préférez, faites savoir à l'avance à Joseph que vous avez besoin d'un coup de main. S'il n'entraîne pas les chevaux, il vous emmènera volontiers, d'autant qu'il en profitera pour faire des achats.

— Merci, je suis content que Matteo soit un bon patron — avait-elle dit sincèrement.

— Je vous suggère d'acheter des bottes, car vous n'arriverez pas à marcher en talons hauts ou en sandales à l'extérieur.

Brooke décida de se rendre au centre ville. Elle n'avait pas beaucoup de temps pour explorer le centre ville d'Austin, alors elle se promena autant qu'elle put pour s'en faire une première idée. Joseph lui proposa d'aller faire des courses avec elle, car il devait apporter des documents chez le notaire et c'était sur son chemin.

Le chef d'écurie était un homme barbu, chauve, costaud et très grand qui avait l'air intimidant, mais il lui suffisait de commencer à faire des blagues pour révéler sa personnalité bon enfant. Il était à Blue Oaks depuis neuf ans. Son épouse possédait une boulangerie artisanale dans les environs de Lago Vista, la région où se trouvait le ranch.

— Mlle Sherwood — dit Joseph en chargeant sur le siège passager les fournitures que Brooke avait achetées cet après-midi (de nouveaux oreillers, des couvre-lits et des taies d'oreillers, des couettes, un rideau de douche en plastique, du savon, du shampoing, un tapis pour sa chambre, et une petite poubelle, ainsi qu'une chaise de bureau et un assortiment de fournitures de bureau pour le travail), j'ai besoin de mettre à niveau des selles pour les enfants qui viennent à la leçon d'équitation après-demain. Ma femme vient de m›indiquer qu'elle veut que je l'aide à faire quelques livraisons. Vous avez besoin d'autre chose ici ou nous pouvons partir ?

Brooke baissa les yeux sur ses sandales à talons et se souvint qu'elle n'avait pas encore acheté de bottes. Cet après-midi-là, elle était vêtue d'un jean de marque, d'un T-shirt Gucci blanc et d'un sac Versace. Elle était habillée pour se promener dans les jolies boutiques ou les restaurants d'Austin, mais pas pour aller sur le terrain, surtout si elle voulait découvrir la partie du ranch que Pete n'avait pas pu lui montrer.

Elle avait décidé qu'elle allait être la meilleure version d'elle-même et voulait donc pouvoir sourire en se regardant dans le miroir, au lieu de voir des cernes et une expression de défaite, ce qu'elle voyait dans son reflet depuis la perte de son bébé et le procès de son père. Le processus de rétablissement personnel, du moins celui suggéré par la psychologue lors d'une de ses dernières consultations, consistait à se dorloter un peu et à ne pas se flageller sans raison. Se défaire de l'auto-sabotage était une prise de conscience quotidienne. C'était compliqué.

Brooke prit la résolution de se maquiller avec amour, de se coiffer avec soin, même si elle ne quittait pas le ranch, et de porter des robes ou des jeans, comme bon lui semblait. La résolution la plus importante était de profiter de chaque étape. Elle savait qu'elle avait besoin de chaussures appropriées et qu'elle allait devoir utiliser une partie du peu d'argent qu'elle avait sur son compte. Peu importe, car à la fin du mois, elle recevrait son premier salaire.

Matt avait prolongé son voyage d'affaires de Miami en Europe et il ne serait de retour au Texas que dans quelques semaines. Entre eux deux, il y avait une conversation en suspens, comme un éléphant dans une pièce qu'il n'est pas possible d'ignorer. Son ami ne lui avait pas donné d'échéance pour sa mission, mais Brooke supposait que le délai serait assez court. Après tout il avait besoin de voir que l'investissement qu'il avait fait en l'engageant était payant.

— En fait, je dois encore acheter quelques trucs. Le jardin est négligé et j'aimerais essayer de faire pousser mes fleurs préférées — dit-elle en souriant. Les gants que j'ai essayés étaient plutôt usés et ne m›allaient pas, je vais donc en chercher une paire. Je ne veux pas vous retenir, je peux prendre un Uber pour retourner au ranch. Merci.

Joseph leva les yeux au ciel et fronça les sourcils.

— On prévoit du mauvais temps pour aujourd'hui, mademoiselle — dit-il en regardant sa montre, et il n'est que 16h. J'apporterai vos dans la maison, je les déposerai dans l'entrée pour vous. Ne soyez pas trop longue, il ne pleut pas ici avec la même intensité que dans d'autres villes. À Austin, une tempête, c'est un vrai déluge — dit-il en touchant son chapeau marron.

Brooke fit un signe d'au revoir et regarda le van disparaître dans la circulation. Elle s'arrêta dans un centre commercial.

Après avoir essayé plusieurs paires de bottes, elle en trouva finalement une qui lui plaisait. Dans le miroir, avec ce beau chapeau bleu qu'ellc avait trouvé, elle ressemblait à une femme née au Texas, plutôt qu'en Californie. Peut-être que ça avait quelque chose à voir avec la couleur de ses yeux et de ses cheveux blonds. Lorsqu'elle trouva un Home Depot, elle se dirigea directement vers le rayon des fournitures de jardinage et acheta des gants.

Une fois dans son Uber, elle passa en revue ses achats : des bottes, une boîte de chocolats et des sachets de graines pour commencer à planter des fleurs dans le jardin. Elle avait oublié de charger la batterie de son téléphone portable et il ne lui restait plus grand-chose. Le chauffeur, Gorik, était un vieil homme bavard qui lui parla pendant un long moment, lui donnant des conseils sur la façon d'éviter les piqûres de moustiques, les meilleures techniques pour cultiver un ranch biologique. Il avait aussi raconté ses aventures du temps où il était soldat dans l'armée.

Ils s'arrêtèrent dans une serre, car Brooke voulait acheter des graines de tournesol. C'était sa fleur préférée. À Los Angeles, cela coûtait très cher d'avoir des fleurs fraîches tous les jours, alors elle allait profiter du fait qu'elle avait un jardin à sa disposition pour y faire ce qu'elle voulait. Après avoir payé, elle observa un éclair dans le ciel, puis remonta dans son Uber.

Quinze minutes avant d'atteindre leur destination, le ciel s'assombrit complètement. La pluie commença à tomber. Pendant les premières secondes, les gouttes furent épaisses, mais en un instant, elles se transformèrent en un rideau si épais que le conducteur dut ralentir. Il n'était pas possible d'avoir une bonne visibilité et Brooke commençait à s'inquiéter du fait que le tarif allait augmenter, qu'il y ait de la pluie ou non.

Elle ne voulait pas abuser de la carte de crédit et allait demander à l'assistant de Matteo de déduire la valeur de cette sortie de sa paie car elle avait refusé de retourner au ranch avec Joseph et ses achats étaient d'ordre personnel. Elle n'avait aucune idée de l'endroit où elle se trouvait, car c'était la première fois depuis son arrivée au ranch qu'elle le quittait. Elle se dit qu'elle devrait sortir plus souvent pour se familiariser avec la région.

— Je suis désolé, mademoiselle — dit l'homme en la regardant dans le rétroviseur alors que la voiture s'arrêtait brusquement, mais je ne pense pas pouvoir aller plus loin.

Brooke leva les deux sourcils.

— Qu'est-ce qu'il y a ? — demanda-t'elle pour la forme, car il était évident que la voiture avait calé.

Gorik avait essayé plusieurs fois de ramener le moteur à la vie, mais en vain.

— Le moteur de ma voiture ne démarre pas et il est inutile de descendre pour vérifier ce qui ne va pas. Si j'essaie d'appeler quelqu'un pour nous aider, personne ne viendra. La pluie ne va pas s'arrêter pendant au moins les deux prochaines heures et personne ne va s'aventurer par ici. Je n'ai plus qu'à allumer les feux de position et à prier pour ne pas me faire renverser. Je viens d'éteindre le compteur, donc ne vous inquiétez pas, vous ne serez facturée que pour le montant actuel. D'accord ? Ne vous inquiétez pas.

Brooke poussa un soupir de soulagement.

— Merci, M. Gorik.

Le vieil homme se toucha légèrement le front en hochant la tête.

— Je suppose que les autres conducteurs comprendront que je n'ai pas réussi à rapprocher la voiture du bord de la route — murmura-t-il, contrit, car il se considérait comme un bon conducteur. Quel dommage. La pluie à Austin est un vrai problème.

— Oh, oui, je m'en rends compte — marmonna-t'elle.

Elle regarda des deux côtés de la route, du moins elle essaya, car il était difficile de voir quelque chose à plus de deux mètres.

— Mm, à quelle distance se trouve le ranch ?

— Environ huit minutes en voiture, ce qui ferait quinze minutes de marche ou un peu plus, mais vraiment, mademoiselle, je vous demande de rester. Je ne pense pas que ce soit prudent pour vous de sortir. Pour vous faire patienter, je pourrais même vous révéler les secrets d'un beau jardin. Qu'en pensez-vous ? — demanda-t'il.

Il avait deux petites-filles, et il détesterait qu'elles aient à sortir sous une pluie battante pour marcher jusqu'à leur destination si elles se trouvaient dans ces circonstances.

— Je suis désolé que ma voiture soit tombée en panne.

Brooke sourit. Ils se regardèrent dans le rétroviseur.

— J'apprécie, vraiment, mais rester ici pour je ne sais combien de temps va être plutôt embêtant. Vous me dites que le ranch n'est qu'à un quart d'heure de marche d'ici, alors peut-être qu'une bouffée d'air frais me fera du bien. Ce ne sera pas tragique de se mouiller — dit-elle avec humour.

Elle devait se rendre à Blue Oaks rapidement, car elle voulait continuer à épurer la liste des clients qui n'avaient pas encore payé le blé et le maïs qu'ils avaient reçus ces derniers mois. Le précédent directeur n'avait jamais pris le temps de s'en charger. Ce n'était donc pas une surprise pour Brooke que le solde des bénéfices soit faible.

Elle voulait connaître le montant exact dû par chaque client, les périodes d'arriérés, puis procéder à l'élaboration d'une méthode de recouvrement efficace. Elle avait beaucoup de tâches à organiser, tout en apprenant en même temps. Elle trouvait cela fascinant, même si le fait d'ignorer presque tout ce qui se faisait dans un ranch, à l'exception du fonctionnement des ordinateurs, des chiffres et des tâches logiques, la mettait dans une position où elle devait constamment remettre en question ses décisions de peur de se tromper.

— Non pas du tout, mademoiselle, mais vous risquez d'attraper froid — dit-il en écrivant un message. Je viens d'envoyer un WhatsApp à mon fils pour qu'il vienne m'aider. Je peux vous donner mon parapluie, prenez-le, je n'en aurai pas besoin, je vais rester ici —dit-il gentiment.

— J'accepte le parapluie, merci — dit-elle en le prenant avec un sourire. Je vais le payer en ajoutant un pourboire à la course.

— Faites attention, mademoiselle !

Elle hocha la tête et enleva son chapeau, le mit dans le sac en plastique qui contenait ses achats. Au moins, elle n'abîmerait pas ses nouvelles bottes, car elle portait toujours ses sandales. Gorik lui dit qu'elle devait aller tout droit, puis tourner à gauche, puis à nouveau à droite si elle voulait traverser vers Blue Oaks. Elle le remercia et sortit de la voiture.

Dès qu'elle ouvrit la porte, elle fut accueillie par une trombe d'eau et un souffle de vent. Brooke rit et ouvrit le parapluie. Elle n'allait pas se plaindre.

Elle se mit sur le bord de la route pour être en sécurité, puis marcha. Son jean était assez humide, car avec le mouvement de la marche, il était impossible qu'il en soit autrement. Au moins, ses cheveux n'étaient pas en désordre et son T-shirt blanc était encore sec. «De petites victoires»— pensa-t'elle en fredonnant les paroles d'une chanson d'Amy Winehouse. Elle avait envie de prendre une tasse de café bien chaude, c'est donc la première chose qu'elle ferait dès qu'elle ouvrait la porte de la maison de Blue Oaks.

Suivre des directions n'était pas son fort, mais elle réussit à trouver le panneau indiquant le virage à gauche que Gorik lui avait indiqué. Des flaques de boue s›étaient formées sur la route, elle les évita donc en les contournant. Les voitures passaient assez près d'elle, mais ralentissaient. La pluie, au lieu de diminuer, ne faisait qu'augmenter.

Brooke aperçut un chemin et se dit qu'il menait au ranch de ses voisins. Elle n'avait pas encore parcouru la région et n'avait donc pas une idée précise des distances qui la séparaient des autres propriétés du ranch. Elle était soulagée de savoir qu'elle pouvait appeler à l'aide, avoir une chance de se sécher et recharger son téléphone jusqu›à ce qu›elle puisse parler à Mildred.

Elle avait déjà parcouru deux kilomètres depuis qu'elle avait quitté son Uber.

Elle décida de prendre le chemin inconnu qui débouchait sur un autre chemin, un long chemin, parallèle à la route principale. Elle avançait à la vitesse que ses pieds mouillés et glissants lui permettaient. Si elle mettait ses bottes maintenant, elle abîmerait le reste des objets contenus dans ses sacs. Elle préféra tenir sous la pluie.

Brooke tenta de rester sur le côté de la route et de chercher un panneau ou un virage qui lui indiquerait quand changer de direction pour entrer dans le ranch voisin. Tout le parcours était planté d'arbres à grand feuillage. Elle resserra ses doigts autour du parapluie, essayant de le maintenir contre la direction du vent.

Ce qui se passa ensuite, elle ne le vit pas venir, et elle n'aurait pas pu l'imaginer. Une énorme camionnette noire, probablement comme l'âme de son imbécile de conducteur, fonça sur une grande flaque d'eau qu'elle essayait d'éviter. Il la trempa complètement. Par réflexe, Brooke laissa tomber les sacs, mais elle les ramassa immédiatement et, ce faisant, le parapluie prit un peu de vent du mauvais côté et s'envola. L'eau se déversa sur elle comme une cascade.

— Espèce de crétin ! — cria-t'elle à tue-tête, consciente qu'il ne l'entendait pas et qu'il ne se souciait probablement pas de ce qui venait de lui arriver.

La camionnette s'éloigna et disparut sur la route.

— Espèce de bâtard sans cervelle !

Les pieds mouillés et glissants, les vêtements trempés de boue, les cheveux sales, collés à son visage, et ses courses à la main, Brooke continua à jurer tout le long du chemin. Sa semelle s'accrocha à une parcelle de terre, et elle faillit tomber face contre terre, mais elle continua à marcher. Comment les gens peuvent-ils être aussi salauds et ne pas s'arrêter quand ils voient quelqu'un sur la route, surtout quand il pleut comme si c'était le déluge ?

Elle n'avait finalement pas suivi les instructions de Gorik mais ses propres idées, et elle commençait à se dire que ce n'était pas forcément malin. Elle souffla et releva la tête. Elle avait envie de fondre en larmes devant son impuissance. Elle attint une énorme entrée en métal avec, à sa gauche, un panneau fantaisiste indiquant Golden Ties Ranch. La porte était grande ouverte. Brooke descendit la longue allée de graviers, parallèle à des pelouses parfaitement taillées. Elle fut surprise par l'immensité du terrain. Ça n'avait rien à voir avec Blue Oaks. Ce ranch avait l'air majestueux et grandiose.

Au bruit de la tempête, s'ajoutait celui de travailleurs qui allaient et venaient loin d'elle, et se criaient dessus. L'un d'eux la vit, mais au lieu de s'interroger sur les raisons de sa présence sur une propriété privée, il la salua en touchant son chapeau et poursuivit sa route. Brooke supposa qu'il était habituel pour les étrangers d'entrer et de sortir de Golden Ties. Peut-être que si elle était en voiture, alors on l'aurait questionnée. Peu importe, pensa-t'elle, en se dirigeant vers le magnifique manoir à deux étages, éclairé et accueillant. L›angoisse, à l›idée d›être perdue dans un environnement qui lui était si étranger, commença lentement à s'estomper.

C'était la plus belle propriété qu'elle n'ait jamais vue de sa vie. On aurait dit une carte postale hollywoodienne moderne. Il y avait de vastes écuries, plusieurs granges, et elle supposait que toute la terre qui s'étendait à l'horizon, désormais impossible à distinguer pour ses yeux trempés d'eau, c'était les champs de cultures. Elle ne s'attarda pas à faire une analyse pointue des lieux alors qu'elle était pressée par quelque chose de plus important : son corps avait besoin de chaleur. Elle frappa avec insistance à la porte d'entrée, en frissonnant.

Personne ne répondit alors elle frappa de nouveau. Quelques minutes passèrent. Toujours pas de réponse. Audacieuse, elle fit le tour de la maison pour voir s'il n'y avait pas une porte adjacente, afin de se faire remarquer. Le tonnerre et les éclairs grondaient. Elle n'avait jamais expérimenté ce genre de tempête à Los Angeles. Elle trouvait étrange et magnifique la façon dont la nature était capable de fournir tant de sons différents à l'humanité.

Après un moment, elle aperçut une porte qui semblait être l'entrée de la cuisine, à en juger par le peu que l'on pouvait voir à travers les fenêtres. Elle tapa plusieurs fois. Elle remarqua une ombre qui bougeait à l'intérieur, et poussa un soupir de soulagement.

— Hé, pouvez-vous m'aider ? Hé ? — demanda-t'elle d'un ton ferme et plein d'espoir.

Du coin de l'œil, elle remarqua soudain la gigantesque camionnette noire, dont le conducteur lui avait jeté de la boue au passage. Elle était négligemment garée. Si elle n'avait pas fait le tour de la maison jusqu'à l'arrière-cour, elle n'aurait pas su que cet imbécile, le responsable de son état actuel, vivait dans ce ranch.

— Bonjour — dit une voix masculine, profonde, quelque peu agacée.

Le propriétaire de cette voix délicieuse la regardait avec intensité.

— N'avez-vous pas de montre ?

Elle détourna son regard du camion Ford et se concentra sur l'homme en face d'elle. Elle aurait aimé être prête pour une réplique spirituelle, mais sa bouche était incapable d'articuler quoi que ce soit. Elle se tenait debout, ses sacs en plastique de chaque côté d'elle, dégoulinante d'eau et de froid, et fixait le spécimen masculin le plus séduisant qu'elle se souvenait avoir vu depuis longtemps. Elle n'était pas facilement surprise, d'autant plus qu'elle avait vécu dans une ville où il y avait pléthore de beaux hommes et où il était courant de croiser des acteurs de cinéma ou de télévision.

— Bonjour — dit-elle d'un ton sarcastique, comment osez-vous ?

L'homme passa ses doigts dans ses cheveux.

— Vous avez dix minutes de retard et le docteur Tarah vous attend à l'écurie, alors vous devez traverser l'écurie avec lui pour observer les dégâts, s'il y en a — interrompit-il sans la laisser s'expliquer, en lui tendant une serviette épaisse. Séchez-vous et changez-vous dans la salle de bain, s'il vous plaît, au bout du couloir — ajouta-t'il en soupirant.

— Pardon, le docteur ? — marmonna-t'elle, confuse et énervée par le ton autoritaire de son interlocuteur.

Elle tenait la serviette dans sa main comme si elle ne comprenait pas à quoi elle servait. La chemise grise de l'homme était déboutonnée, comme s»il avait été interrompu alors qu'il s'habillait. Ses abdominaux fermes étaient visibles, et ses manches dévoilaient des biceps bien définis. Il dégageait une puissance qui allait au-delà de son physique imposant.

Son menton était couvert d'une barbe de trois jours et sa bouche était sensuelle. Le pantalon noir qu'il portait semblait avoir été taillé sur mesure, et d'ailleurs il l'était probablement. La dernière chose à laquelle Brooke se serait attendue, c'était de voir un employé de ranch en costume Armani, et encore moins une personne aussi séduisante avec de beaux yeux bleus. Brooke n'avait aucune idée de ce qu'elle pouvait répondre, parce qu'elle ne comprenait pas ce qu'il demandait.

— Mademoiselle, je n'aime pas me répéter. Je sais que vous êtes novice, mais vous devez savoir qu'ici, on ne fait pas de défilé de T-shirt mouillés. Je descends dans quelques minutes et nous nous mettrons en route. Alors dépêchez-vous avec vos vêtements — dit-il en désignant les sacs en plastique. Mon temps, c'est de l'argent et le temps du docteur également. Demandez à ma gouvernante quelque chose de chaud à boire, je vais me changer. Il lui tourna le dos et disparut dans le couloir.

Brooke ne sut pas quoi faire pendant quelques secondes, mais dès qu'elle entendit la porte de l'étage claquer, elle se ressaisit. Quel homme insupportable. Elle ne vit aucune gouvernante dans les parages, alors elle se rendit directement à la salle de bain.

Elle ne savait pas pour qui cet homme l'avait prise, mais inutile de perdre du temps à se questionner maintenant qu'elle avait la possibilité de se sécher et de s'abriter au chaud. Quand elle alluma la lumière de la salle de bain, ses yeux s'écarquillèrent d'horreur devant son reflet dans le miroir. Son T-shirt blanc était pratiquement transparent, ses tétons dépassaient de son soutien-gorge en soie blanche, et son jean semblait avoir fondu sur sa peau. Si elle était sortie de sa léthargie et avait utilisé la serviette qu'il lui avait donnée en ouvrant la porte, elle se serait évité un grand embarras. Elle ne pouvait décemment pas reprocher à cet éleveur de lui avoir dit qu'elle avait l'air de sortir d'un concours de T-shirt mouillé.

# CHAPITRE 4

Alors que Lincoln était encore au volant, le gérant de l'écurie, Steven, l'avait appelé pour lui dire qu'une des juments avait été effrayée par le tonnerre et donnait des coups de pied désespérés à la porte de son espace dans l'écurie. Elle était enceinte et le chaos s'était installé quand elle avait commencé à mettre bas. Elle s'était blessée à la patte. Le Dr Tarah était déjà sur place, mais il avait besoin d'aide pour que quelqu'un s'occupe de Sterling, la jument, afin qu'il puisse se concentrer sur la naissance du poulain.

Le personnel de Golden Ties comptait quatre-vingt-dix personnes qui, selon leurs rôles et leurs horaires, donnaient vie au ranch. Les revenus annuels de ce dernier s'élevaient à cent dix millions de dollars. Il s'agissait d'un terrain de cent quinze mille hectares dans un emplacement de choix. Plusieurs fois par an, des étudiants en agriculture des universités locales étaient accueillis pour des travaux pratiques sur le terrain. Lincoln était fier du chemin parcouru par sa famille et souhaitait l'enrichir d'un vignoble.

Il contacta brièvement le vétérinaire pour obtenir plus de détails sur l'état de l'animal. Les perspectives n'étaient pas très encourageantes pour Sterling. Cela mit Lincoln de très mauvaise humeur, car il avait une affection particulière pour les animaux des écuries. Il aimait les chevaux et la connexion qu'il avait avec eux était unique. Les longues promenades à cheval autour de son ranch lui avaient permis de garder la raison dans ses heures les plus sombres.

Le Dr Tarah l'avait informé qu'une des praticiennes de sa clinique privée, Ingrid Fairchield, était en route pour le ranch, et lui avait demandé de l'emmener aux écuries car cela permettrait de gagner du temps. Le cas de Sterling était le premier problème qu'on lui avait signalé. Lincoln voulait rentrer chez lui aussi vite que possible pour pouvoir gérer les dégâts de la journée. Il était d'humeur maussade, même s'il essayait de se calmer.

Quand il prit la route vers le ranch, il fit tourner son moteur à plein régime. Seules les voitures des ouvriers passaient habituellement dans cette zone et, parfois, les propriétaires d'autres ranchs empruntaient la route pour gagner du temps. A cause de la météo, la route était un véritable bourbier, quand bien même Lincoln payait pour faire combler cette partie de la route pendant les mois de plus forte pluie. S'il ralentissait, il pouvait rester coincé.

L'appel suivant vint de Gerry, le directeur des opérations, pour signaler un second problème : le toit de l'une des granges s'était brisé d'un côté et la zone était inondée. Certains sacs de maïs avaient été endommagés, mais le personnel s'employait déjà à déplacer les marchandises vers une autre grange. Le poulailler avait également souffert d'infiltrations d'eau et les travailleurs tentaient de déplacer les volatiles vers un endroit sec, ce qui était compliqué à cause du mauvais temps. Avant de raccrocher, Gerry lui avait assuré que les granges où étaient abrités les cochons et quelques vaches étaient encore intactes.

Lincoln fit avancer son camion à toute vitesse dès qu'il atteignit l'entrée de Golden Ties. Il coulait des trombes d'eau, ce qui rendait les déplacements difficiles. Les cultures n'avaient aucun problème pour le moment, mais le lendemain, on ne pourrait pas en dire autant.

Un troisième problème se greffa à la situation : un des camions qui transportait les yaourts produits au ranch avait calé à mi-chemin sur l'autoroute vers Houston. Le chauffeur n'avait plus d'essence. Le système de refroidissement du camion ne tiendrait que quelques heures si l'un des employés de Golden Ties n'arrivait pas rapidement pour aider le chauffeur et faire en sorte que les marchandises ne soient pas gâchées.

Lincoln gara son véhicule dans la cour arrière du ranch, plutôt que dans le garage. Il se coordonna avec Ben, grâce à la radio qu'ils utilisaient pour communiquer à l'intérieur de Golden Ties. Ils mirent au point la logistique concernant le camion de yaourts, puis Lincoln entra dans la maison. Il monta les escaliers deux par deux. Il ne s'arrêta même pas pour enlever ses chaussures, car il n'avait pas de temps à perdre. Il payait très bien Willa Pageant, sa gouvernante, pour gérer le nettoyage de la maison. Puisqu'ils étaient dans un ranch, il y avait toujours de la saleté sur les semelles de chaussures. Cette fois-ci, ce n'était pas seulement de la terre, mais carrément de la boue.

Alors qu'il se changeait pour aller sur le terrain, car il était évident qu'il ne pouvait pas faire le travail en costume, Lincoln entendit frapper avec insistance à la porte de la cuisine. La voix féminine semblait mal à l'aise. Il supposa que c'était l'assistante du Dr Tarah qui venait d'arriver. Il était en colère que la femme soit en retard, car elle avait été prévenue suffisamment à l'avance. Elle savait qu'elle était demandée de toute urgence à Golden Ties. Lincoln ne tolérait pas les retards.

Il descendit les escaliers, d'humeur sombre à cause de tous les problèmes qu'il allait falloir résoudre. Il détestait la saison des pluies parce qu'il fallait redoubler d'efforts et de ressources.

Ce à quoi il s›attendait le moins en ouvrant la porte, c›est que la praticienne contactée par le Dr Tarah soit si belle, et qu'elle ait un corps fait pour être caressé et dévoré. Sans parler du fait qu'elle portait des vêtements mouillés qui laissait entrevoir de gros seins et des mamelons froncés qui se pressaient contre le tissu blanc. Le jean lui collait au corps comme si c'était une seconde peau. Malgré ses cheveux blonds sales, elle était éblouissante. Mais il avait beaucoup de choses importantes à régler qui n'incluaient pas la luxure.

Après avoir dit à cette femme de se dépêcher, de mettre une tenue plus adaptée au terrain pour des raisons de sécurité et de cohérence avec le travail qu'elle s'apprêtait à faire, Lincoln retourna dans sa chambre pour finir de s'habiller rapidement. Il s'assura ensuite que la radio, avec laquelle il communiquait avec ses employés, était sur le bon canal et suffisamment chargée. Puis il retourna au rez-de-chaussée avec empressement et s'arrêta brusquement dans l'entrée, incrédule.

L'assistante du Dr Tarah était assise très confortablement dans l'un des fauteuils en cuir noir près de la cheminée recouverte de pierres, comme si elle en avait le droit. De plus, elle avait enlevé ses sandales et avait les jambes repliées sur le siège. Lincoln était furieux. Pensait-elle qu'elle était invitée pour un thé et une petite conversation tranquille ?

En quelques pas, il était devant elle. Il croisa les bras.

La femme releva lentement son visage. Il n'y avait plus de trace de boue, et ses cheveux étaient attachés en un chignon bas. Elle n'était pas maquillée et était plus jolie que les filles qui avaient l'habitude d'appliquer d'innombrables couches de couleurs et de saloperies sur leur visage.

— Pourquoi n'êtes-vous pas prête ? — demanda-t'il, en serrant les dents.

Grâce à la radio, il pouvait entendre ses hommes se donner des ordres et faire le point sur la situation dans les environs.

— Levez-vous, mademoiselle, vous avez du travail à faire dans les écuries — dit-il en désignant la tasse de thé vide et les biscuits à moitié mangés. C'était de la courtoisie, mais pas une invitation à rester. Pensez-vous que vous allez rester assise là sans broncher ?

Elle inclina la tête sur le côté. Elle comprit qu'il l'avait prise pour quelqu'un d'autre. Elle décida qu'elle allait jouer le jeu. Il l'avait trempée avec sa voiture sans s'excuser, et ensuite il l'avait prise pour une autre personne, alors elle se sentait le droit de faire comme si elle était réellement cette personne.

Quelques instants plus tôt, la gouvernante s'était approchée d'elle pour se présenter et lui demander comment elle pouvait l'aider. Elle s'était aussi excusée de ne pas l'avoir accueillie, expliquant à Brooke qu'elle avait pris un appel de la mère du propriétaire à propos d'une réunion qui devait avoir lieu prochainement. Brooke l'écouta parce que Willa semblait vraiment sympa. Elle supposa que les visites inopinées de femmes, à en juger par le bel homme qui lui avait ouvert la porte quelques instants plus tôt, étaient monnaie courante.

Willa lui offrit une tasse de thé chaud et lui suggéra d'être patiente, car le propriétaire du ranch avait quelques urgences à régler. Elle l'invita à s'installer dans le salon. Brooke Se sentit très à l'aise dans cette pièce confortable : il y avait de grandes fenêtres, des étagères remplies de livres et un écran géant au-dessus de la spectaculaire cheminée. Elle avait visité le Montana il y a des années, avec des amis qui possédaient d'immenses ranchs, mais aucune des maisons n'avait le charme de Golden Ties. Elle se dit qu'en plein jour, les terres devaient être superbes.

— Qu'est-ce que je fais ? J'attends que mon portable se recharge pour pouvoir rentrer chez moi — répondit-elle en feignant l'apathie.

En fait, elle était impressionnée par le fait que, vêtu d'un jean usé, d'une chemise à carreaux noirs et rouges, de bottes de ranch et visiblement en colère, il était magnifiquement viril. Son aura était presque sauvage, bien loin de l'homme sophistiqué en costume Armani. Comment était-ce possible ?

— Je pensais que l'hospitalité était une des caractéristiques du Texas, quelle tristesse de constater qu'il n'en est rien. Vous n'avez même pas eu la décence de vous présenter — dit-elle d'un ton amer.

Ses vêtements étaient encore un peu humides, mais la serviette que l'éleveur lui avait donnée et celles de la salle de bain avaient suffi à la sécher. De plus, la chaleur du feu la réchauffait.

— Décence — dit-il en secouant la tête. Je ne sais pas d'où vous venez pour ignorer le nom de la personne qui va vous payer pour des heures que, à en juger par votre tendance à perdre du temps et votre manque de professionnalisme, vous ne méritez pas. Vous ne méritez pas de travailler avec le Dr Tarah — dit-il, exaspéré.

Stressé et énervé, il réprima son envie de soulever la femme et de la porter jusqu'à la camionnette, puis de l'amener à l'écurie pour s'assurer que la pauvre Sterling recevrait l'assistance dont elle avait besoin. Sa mère l'avait élevé pour qu'il soit un homme respectueux, chaleureux et accueillant, pas un homme des cavernes. Mais il ne se sentait pas très enclin à être agréable en ce moment. Heureusement, Willa était là.

— Je ne le mérite pas. Oh, je vois que vous jugez rapidement les gens —répondit-elle, irritée, en se tapotant un doigt sur la joue. Je suis de L.A. — dit Brooke simplement, sans aucune trace d'excuse dans sa voix.

En effet, pourquoi devrait-elle s'excuser ?

Il passa les doigts dans les cheveux, ce qui les décoiffa. Lincoln ne savait pas vraiment reconnaître l'origine des gens en fonction de leur accent. Il comprenait maintenant pourquoi le ton de cette femme semblait étrange, et il savait, par expérience, que quelqu'un de Los Angeles ne captait rien à la dynamique d'un ranch. Il avait déjà eu des employés venant de grandes métropoles comme L.A. et Houston : ils pensaient que la campagne fonctionnait comme la ville, et parfois même que les marques de vêtements qu'ils portaient allaient de pair avec la productivité et les résultats. C'était un enfer.

— Ici, à Golden Ties, *petite princesse*, on ne fait pas de défilé de mode, alors mettez vite vos chaussures, le docteur vous attend. Si vous voulez mettre de la boue sur vos pieds et vous casser la figure, eh bien, ce n'est pas mon problème — dit-il d'un ton amer. Si vous vous cassez un ongle et causez des problèmes, je vous poursuivrai. Je me fiche que vous soyez une étudiante diplômée ou une stagiaire. Je ne sais pas comment le Dr Tarah a pu vous choisir pour travailler à la clinique et ensuite vous recommander pour ce travail d'urgence.

Brooke se leva, comme si un ressort l'avait éjectée du canapé, et croisa les bras, imitant l'expression du *cow-boy*. Elle en avait assez de cet imbécile. Il devait mesurer au moins 1,90m. Elle était plus petite que lui.

— Pour résumer la situation, je ne connais même pas votre nom, mais vous supposez que je suis une «petite princesse» juste parce que je suis de Los Angeles. C'est un peu snob. Vous croyez que je serais ici si mon Uber n'était pas resté coincé sur la route, si je ne m'étais pas perdue dans un endroit inconnu, et si un *crétin de chauffeur* — dit-elle en le désignant du doigt, ne m'avait pas éclaboussée d'eau boueuse, ruinant mes vêtements et ma bonne humeur ?

Il regarda ses pieds nus, délicats, aux ongles de pieds laqués de rouge. Cette femme bizarre était une véritable tentation. Qui porterait des sandales pour travailler dans un ranch, surtout sous cette pluie ?

— Je suis Lincoln Kravath — dit-il en serrant les dents.

Cela faisait des semaines qu'il n'avait pas fait l'amour, c'était la seule explication qu'il trouvait à son envie irrésistible de mordre la bouche de l'impertinente beauté aux yeux verts et d'entendre ses gémissements. Sa réaction viscérale à son égard n'était pas dans ses habitudes.

— Peut-être pourrais-je vous présenter mes références, puisque vous sembler intéressée à bavarder. Cela satisferait-il votre intérêt ? — demanda-t'il avec sarcasme.

La radio se déclencha et un interlocuteur s'adressa à Lincoln pour lui dire que deux vaches s'étaient égarées, et qu'elles étaient très probablement tombées dans les eaux tumultueuses du fleuve Colorado, à quelques kilomètres de l'endroit où le bétail avait l'habitude de paître. Lincoln grogna, car la perte d'animaux était fort dommageable.

Il ordonna à ses hommes de patrouiller vers le nord pour s'assurer qu'il n'y avait plus d'animaux errants. Il posa la radio et attrapa le téléphone portable. Il appela l'employé en route pour rejoindre le chauffeur qui devait livrer les yaourts au centre de livraison de Houston, et lui donna des instructions. Au ranch, tous avaient une grande expérience de ce genre de journée chaotique due au mauvais temps, mais cela ne rendait pas les choses plus faciles.

Lincoln coupa la conversation, mais il ne quitta pas Brooke des yeux. Elle ne semblait pas non plus disposée à rompre le contact. Comme si c'était un défi qu'elle n'avait pas l'intention de perdre. Il se demanda si elle agissait ainsi dans tous les domaines de sa vie.

— Oh, quel plaisir de vous rencontrer, M. Kravath — répondit-elle d'un ton moqueur alors que Lincoln rangeait le téléphone. Je ne suis pas intéressée par un résumé de votre arbre généalogique. Mais vous pourriez peut-être vous entraîner à affiner un peu plus vos manières avec les étrangers qui ont le malheur de croiser votre chemin. Qu'en pensez-vous ?

Il fit deux pas de plus vers elle. Il avait envie de lui arracher son maudit T-shirt blanc, puis de déchirer son soutien-gorge, car il voulait goûter les mamelons qui semblaient l'appeler subtilement. Un coup de tonnerre gronda au loin, comme le reflet de l'excitation qu'il ressentait soudainement. La combinaison de la colère et du désir était-elle terriblement excitante pour lui ou était-ce juste la présence de la *petite princesse* qui lui faisait cet effet ?

Brooke sentit son pouls s'accélérer lorsqu'elle respira le parfum masculin et ses notes de bois de santal. Son corps et ses sens réagirent sans qu'elle ne puisse contrôler quoi que ce soit. Ce *cow-boy* ne se résumait pas à son air ravageur et autoritaire. Il y avait en lui une sensualité indomptée qui semblait s'être connectée à la sienne à un niveau subtil et puissant. Comme deux aimants qui s'attiraient. Elle avait envie de le toucher et de se rendre compte qu'i était dur, fort et viril à son contact. Brooke était aussi fascinée par Lincoln qu'elle était en colère contre lui.

Le désir en elle, qui était resté tous ces mois dans une sorte de léthargie désespérée, avait décidé de se réveiller avec une telle force qu'il l'avait prise au dépourvu. Lincoln Kravath semblait avoir activé un bouton de décongélation, sans même la toucher. En fait, elle pouvait presque sentir le feu sur sa peau et les pulsations dans son sexe. Elle perdait la tête, elle ne trouvait aucun moyen d'expliquer ce qui lui arrivait.

— Votre opinion n'est pas pertinente — dit-il en plaçant son doigt sous son menton, ce qui les surprit tous les deux.

Elle entrouvrit légèrement les lèvres, et remarqua le même intérêt sexuel dans les yeux aux cils épais de Lincoln.

— Maintenant, j'ai beaucoup à faire et vous m'avez retardé. Alors, Mlle Fairchield, me feriez-vous l'honneur de lever votre cul et de me suivre jusqu'aux écuries ?

Brooke s'éloigna et éclata de rire.

— Non, je ne peux pas vous rendre ce service, espèce de crétin — dit-elle en le regardant avec un air de défi.

Ses sens étaient en éveil et elle ne pouvait pas faire grand-chose pour les apaiser, mais elle avait quand même le contrôle de son cerveau.

— Je me fiche que vous soyez le propriétaire du ranch ou d'une édition limitée des funkos de Game of Thrones. C'est de votre faute si je suis dans cette maison, parce que vous avez déversé de la boue sur moi, alors je reste jusqu'à ce que mon téléphone soit chargé, que mes vêtements soient secs et que je puisse partir. Au cas où cela vous intéresserait, je m'appelle Brooke Sherwood — ajouta-t'elle avec sarcasme.

Lincoln la regarda fixement pendant quelques secondes. Il se pinça l'arête du nez avec ses doigts, puis expira doucement.

— Merde — marmonna-t-il, incrédule, en secouant la tête, devant le sourire narquois de Brooke, qui le regardait avec suffisance.

Il s'arrêta dans l'embrasure de la porte avant de s'exclamer à contrecœur :

— Willa, s'il te plaît, une autre tasse de thé pour la jeune femme du salon et appelle un taxi !

— Oui, j'arrive ! — répondit-elle au loin.

Il savait qu'aucun taxi n'allait sortir pour aider qui que ce soit dans cette tempête, et personne au ranch ne voudrait faire office de chauffeur, car il y avait d'autres priorités à gérer. Mais il n'en parla pas, car c'était hors sujet.

Willa était au service de cette aimable famille depuis vingt ans et, à la demande de Rosalie et Osteen, les parents des fils Kravath, elle était restée au manoir lorsque le jeune Lincoln en était devenu le propriétaire, tandis que le couple avait opté pour une vie en ville. Les autres fils Kravath, Samuel et Tristan, résidaient en dehors d'Austin, dans la région de Lago Vista.

— Je vais attendre que mon portable se charge. Vous n'avez pas à faire semblant d'être accueillant — dit Brooke avec ironie. Je suppose que le mot «excuses» ne fait pas partie de votre vocabulaire.

Lincoln voulait dire quelque chose à la *petite princesse*, mais il n'avait pas le temps de poser des questions ou de s'excuser pour son erreur. Cet échange ridicule avait déjà été assez chronophage. De plus, son corps avait besoin de se concentrer sur autre chose que la possibilité de fusionner avec les courbes de cette Brooke Sherwood de Los Angeles.

Il n'avait aucune idée de ce qu'une femme comme ça pouvait bien faire dans un ranch du Texas, et il s'en fichait. Plus tôt elle quitterait sa propriété, plus tôt il se calmerait.

Il quitta la maison en claquant la porte. À peine eut-il posé le pied sur le perron qu'une femme habillée en tenue de vétérinaire, avec un imperméable et des chaussures de randonnée, s'approcha, souriante. Il s'en voulut d'avoir pris la *petite princesse* pour elle, plutôt que d'avoir posé une simple question. Pour se justifier, il se dit qu'il avait tellement de problèmes à gérer pour la journée et qu'il était incapable de regarder plus loin que le bout de son nez.

Au moins, il avait tendu à Brooke une serviette pour qu'elle puisse se sécher. C'est vrai que dans l'urgence, il n'avait pas pensé à chercher des accessoires de toilette pour les donner à une étudiante vétérinaire qui venait lui apporter son support. Heureusement, la femme devant lui était équipée contre la pluie.

La radio diffusa à nouveau les voix de ses hommes qui lui rappelaient ses responsabilités. À en juger par la façon dont l'horizon noircissait, les heures à venir allaient être difficiles.

— M. Kravath ? Je suis Ingrid Fairchield, l'interne en médecine vétérinaire. Désolée pour le retard, c'est un calvaire de se déplacer par ce temps, et j'ai eu des problèmes avec le GPS — dit-elle, visiblement soucieuse. Je n'ai reçu aucun message concernant le poulinage de la jument. En chemin, le signal n'arrêtait pas de couper, donc je n'ai pas pu avoir d'information. Vous avez des nouvelles de Sterling ?

— Oui, je suis Lincoln Kravath — dit-il en serrant la main de la femme. Je vous attendais depuis un certain temps. S'il vous plaît suivez-moi, nous allons nous rendre aux écuries avec mon van et nous parlerons en chemin.

Willa proposa à Brooke de laver et sécher ses vêtements. En attendant que ses vêtements soient prêts, elle mit un peignoir marron que la gouvernante lui offrit, lui disant qu'il y en avait beaucoup parce que la mère de Lincoln était propriétaire de Golden Light, et qu'elle n'avait pas à le rendre. Brooke se contenta d'hocher la tête, car elle avait appris à ne pas refuser un cadeau, du moins pas si cela ne la compromettait pas et n'affectait pas son éthique.

— Merci, Willa — avait-elle répondu, car la femme avait refusé qu'elle l'appelle par son nom de famille, arguant que personne ne l'appelait autrement que par son prénom.

— Lincoln est habituellement très hospitalier. Je suis sûr qu'il se sent mal à l'aise de ne pas pouvoir rester en votre compagnie.

Brooke étouffa un rire, car il était évident que la perception de Willa envers son employeur était biaisée.

Le peignoir, qui descendait jusqu'à ses pieds, était confortable et très chaud. C'était agréable. Son téléphone chargé, elle appela Mme Ferguson et lui expliqua brièvement la situation. La femme suggéra qu'elle pourrait demander à Pete de venir la chercher à Golden Ties tout de suite, mais Brooke ne voulait pas avoir mauvaise conscience si jamais le mari de Mildred rencontrait des problèmes en chemin. Elle déclina donc la proposition et lui assura qu'elle la rappellerait lorsque la tempête se serait calmée.

— Rester dans cet endroit inconnu ne me plaît pas, mais je suppose que cela fait partie de ma nouvelle vie en tant qu'administratrice dans une région de ranchs et de fermes.

— Les Kravath comptent parmi les familles les plus accueillantes du Texas. Si vous vous sentez en danger pour une raison quelconque, rappelez-vous mon enseignement avec le fusil de chasse.

Brooke éclata de rire. Elle imaginait la tête que ferait cet insupportable Lincoln si elle se présentait à lui avec un fusil. Elle était sûre qu'il la désarmerait en un clin d'œil. Lincoln Kravath semblait toujours obtenir ce qu'il voulait quand il se fixait un objectif. S'il était aussi concentré au lit qu'il l'était sur son travail, les frissons étaient garantis !

— Y a-t-il quelque chose que je puisse faire en tant qu'administratrice de Blue Oaks ? — demanda-t'elle, se souvenant que Matteo lui avait dit que Mildred était son point d'appui.

— Non, Mlle Sherwood. L'administrateur n'a pas de travail sur le terrain, mais il doit être informé des incidents, des processus en cours, des flux de trésorerie, et, dans le cas spécifique de Blue Oaks, de ce qui se passe au centre équestre. Nous sommes habitués à ce genre de tempête. Même si aujourd'hui la force et la densité sont assez inhabituelles. Joseph s'est rendu aux écuries, avec ses deux assistants, Douglas et Malcolm. Ne vous inquiétez pas pour les cultures, Pete est toujours prudent quand il y a des annonces météorologiques inquiétantes. La maison, bien que simple, est solide et il n'y a aucune fuite.

— Et les machines... ?

— Ce sont des machines de terrain résistantes. Les équipements les plus sensibles sont en lieu sûr. Appelez-moi si vous avez besoin d'autre chose, mais pour l'instant, Blue Oaks n'a pas de problème. Demain, nous verrons si quelque chose doit être acheté, réparé, amélioré ou vous être signalé.

Brooke laissa échapper un soupir de soulagement.

Elle ne voulait pas que ses premiers jours de travail soient une perte de temps, c'est pourquoi, dès le lendemain de son arrivée, elle avait fait l'inventaire de toute la documentation numérique, qu'elle comptait ensuite rapprocher de la documentation papier. Le logiciel qui recueillait les données et les résultats n'était pas des plus sophistiqués, elle allait donc passer pas mal d'heures à faire des comparaisons de données. Elle supposait que Matteo, même s'il ne s'impliquait pas dans la gestion du ranch et ne s'y rendait pas, était un bon patron. En effet, aucun des employés n'avait formulé de plaintes ou de commentaires négatifs à son sujet, et le salaire et les avantages sociaux qu'ils avaient étaient très bons. Brooke allait redonner à Blue Oaks sa gloire d›antan, car c›était désormais sa maison et sa source de revenus.

— Oui, merci, Mme Ferguson.

— Vous avez eu de la chance de vous être perdue pas très loin — dit-elle avec humour. Vous êtes entre de bonnes mains, ne vous inquiétez pas. Willa est une personne très consciencieuse, et le jeune propriétaire est charmant, comme je vous l'ai dit l'autre jour.

Brooke souffla. Charmant ? Ah bon !

Après avoir accepté un sandwich, une tasse de chocolat chaud et un délicieux gâteau à l'orange offerts par Willa, Brooke se sentit plus à l'aise, moins inquiète. La nourriture parvenait toujours à la calmer, même si elle essayait de contrôler son envie, car elle savait qu'à long terme, ce n'était pas une façon saine de se réconforter. Elle imagina qu'une fois qu'elle aurait commencé à planter de la lavande et des tournesols dans l'allée, cela l'aiderait à se détendre et que son niveau d'anxiété resterait ensuite très faible.

Elle quitta la table et se rendit dans le grand salon. Le léger parfum de cannelle dans l'air, mélangé à de légères notes de pin, était très agréable. Le rez-de-chaussée était couvert d'un lambris de bois sombre et le décor était élaboré. Les meubles étaient massifs, les tableaux imposants, le coucou posé dans un coin, majestueux. Le plafond était haut et donnait une impression d'espace réconfortant. Elle n'entra pas dans les pièces, mais se contenta de les observer depuis le seuil.

Brooke avait le don de remarquer les objets de bonne qualité dans un décor, elle était donc certaine que cette maison était une pièce d'architecture de premier ordre. Après toutes ces années entourée de millionnaires, elle avait acquis cette connaissance, pas toujours utile, mais elle trouvait divertissant de s'en servir lorsqu'elle entrait dans des endroits agréables comme celui-ci.

Le bruit des gouttes de pluie, qui frappaient les vitres et le toit voûté de la maison, donnait l'impression d'être dans une autre époque où tout était fluide, cohérent et réel. Brooke aimait le silence rompu seulement par la musique de la nature. À Los Angeles, pour établir cette connexion, il fallait aller dans un parc, car la ville était si bruyante qu'on ne pouvait même pas entendre le chant des oiseaux.

Elle ressentit la curiosité soudaine de monter à l'étage et de découvrir quel genre d'homme était Lincoln, mais elle se retint et choisit d'errer dans le long couloir. Sur une grande console en chêne, un certain nombre de photographies étaient exposées. Les portraits représentaient presque tous des Kravath à différents stades de leur vie, à en juger par la similitude de leurs traits physiques.

Tous les membres de la famille étaient très beaux, mais Lincoln se distinguait dans la fratrie. Sur certaines photos, il était souriant, insouciant, à cheval. Sur d'autres clichés, il était sérieux et concentré sur l'horizon, tandis que ses frères souriaient d'un air entendu. Elle se dit que si les circonstances avaient été différentes, leur relation aurait pu commencer de manière moins hostile. Peu importe.

À en juger par une autre photographie, estampillée du logo de la prestigieuse publication Architectural Digest, il était clair que les magazines savaient qu'avec Lincoln en couverture, ils parvenaient non seulement à mettre en valeur la beauté du ranch en arrière-plan, mais aussi à attirer les regards des femmes pour qu'elles achètent le numéro. Dommage qu'il ne soit pas seulement beau, mais aussi idiot et grossier.

Cela faisait déjà quelques heures qu'elle se trouvait dans Golden Ties. Il était déjà plus de 22h. Elle se rendit à la buanderie et sortit ses vêtements pour les mettre dans le sèche-linge, qu'elle régla sur le cycle rapide. Willa insista pour prendre cette tâche en charge, mais Brooke refusa, car elle ne se sentait pas à l'aise, et elle n'était pas une invitée, juste quelqu'un qui était venu au ranch par accident. Elle avait hâte d'aller à Blue Oaks et de se coucher.

Les prochains jours allaient être très durs pour elle, car elle allait devoir parcourir tout le terrain, apprendre à connaître le rôle de chaque employé, comprendre comment fonctionnait un ranch, connaître les budgets dédiés à chaque activité, embaucher de nouveaux travailleurs pour nettoyer les zones abandonnées. Elle devrait aussi penser à vérifier si les permis d'exploitation étaient à jour, notamment celui de l'école d'équitation pour les enfants. Elle devait superviser le système d'irrigation informatisé du jardin biologique. La liste ne faisait que s'allonger au fur et à mesure qu'elle réfléchissait à sa to-do list, mais elle était satisfaite de ce changement de vie. Elle avait à peine le temps de penser au bébé qu'elle avait perdu, aux déboires de sa famille et à sa répudiation sociale imméritée à Los Angeles.

Le téléphone vibra dans sa main. Elle était contente que ce ne soit pas l'avocat de son père. Elle ne comprenait pas de quelles autres affaires Yves pouvait vouloir discuter avec elle, surtout maintenant que Nicholas était derrière les barreaux. Elle continua donc à ignorer ses appels. A part Kristy, personne ne savait qu'elle était au Texas. Elle n'avait même pas dit à Vera qu'elle était partie : pourquoi se soucier d'elle alors que sa mère l'avait abandonnée sans la moindre hésitation ?

**Kristy :** *Hé, comment ça se passe dans ta nouvelle vie de ranchera ? =)*

Elle sourit au message et s'assit sur le canapé en cuir du salon. Elle se pelotonna dans le tissu confortable de son peignoir et souffla. La chaleur était appréciable. Elle appuya sa tête en arrière contre le bras rembourré du divan.

**Brooke :** *C'est chaotique. Je suis à Golden Ties, un ranch qui jouxte celui de Matt (il te salue, même s'il est en Europe maintenant). Mon Uber est tombé en panne, et alors que je marchais vers Blue Oaks, un abruti est passé avec son camion et m'a éclaboussée d'eau boueuse. Je me suis perdue et j'ai atterri ici.*
**Kristy :** *Et à qui appartient le ranch Golden ?* *émoji interrogatif*

Brooke rit et bailla. Elle avait eu une longue journée, surtout que les corvées du ranch commençaient à l'aube. Elle s'était réveillée à 5h30, ce qui était inhabituel, mais elle devait prouver à Matt qu'il n'avait pas eu tort de lui donner cette chance.

**Brooke :** *Au crétin. Il fait sombre tout autour, mais l'intérieur de la maison est magnifique.*

**Kristy :** *Ce crétin, dis-moi : est-il beau, célibataire et a-t'il un nom ? *émoji clin d'œil**

**Brooke :** *Au lieu de me demander ça, tu aurais pu me demander si j'allais bien et si je n'avais pas chopé une pneumonie *émoji yeux au ciel*. Je pensais que tu te souciais de mon bien-être.*

**Kristy :** *Tu as une pneumonie ? *émoji* étonné*.

**Brooke :** *Ha ha ha. Non, je suis juste fatiguée, les horaires de travail ici sont très différents de ceux de Los Angeles.*

**Kristy :** *Alors ne nous écartons pas du sujet principal* *émoji *sourcils levés*. Je veux une réponse concise : nom, statut, apparence, et si possible, photographie.*

**Brooke :** *Il s'appelle Lincoln Kravath. Il est maladroit et irascible. J'ai hâte de partir d'ici. Mais c'est trop risqué pour le moment,* à cause de ce *déluge *émoji parapluie*.*

Il s'écoula plusieurs minutes avant que Kristy ne réponde, alors Brooke en profita pour attraper un des coussins et le serrer dans ses bras, puis elle releva ses jambes.

**Kristy :** *OMG ! Je viens de le chercher sur Google. Cet homme est le fils d'une dynastie d'éleveurs du Texas. Célibataire. 34 ans. Imagine qu'il te regarde avec ses yeux bleus remplis de désir ! Ouf, Brooke, il est juste ce dont tu as besoin pour te changer les idées* à cause des *hommes débiles qui sont passés dans ta vie ! Tu te souviens de ce dont on a parlé à propos de se laisser aller et d'ouvrir un peu le champ des possibles ?*

**Brooke :** *Je n'arrive pas à croire que tu aies arrêté de me parler pour le rechercher sur internet. Ce que les magazines disent n'est pas vrai. Ce type n'a aucun charme.*

**Kristy :** *Je t'ai déjà dit que le charme ne donne pas d'orgasmes, mais un homme viril qui sait se servir de son membre, si ! J'ai l'impression que Lincoln Kravath est l'un de ces gars qui sait comment utiliser son corps. Waouh, Brooke, sérieusement ! Je suis convaincue qu'il est le médicament dont ton corps a besoin. Et en plus vous êtes voisins, ce n'est pas génial ?*

**Brooke :** *Ha ha ha. Non, ce n'est pas génial. Je préférerais rencontrer quelqu'un ailleurs, mais tu sais que ce n'est pas ma priorité. En tout cas, j'espère que tu pourras me rendre visite bientôt.*

**Kristy :** *Nous allons organiser cela et je ne vais pas te laisser devenir une nana ennuyeuse. Pas moyen *émoji aubergine* *émoji yeux* ébahis*. *Maintenant, je dois retourner sur le plateau. C'est une scène d'horreur et, alerte spoiler, je suis le tueur. Si tu couches avec cet Adonis, profites-en au maximum, et plusieurs fois ;-)*

Elle rit en se disant que Kristy était vraiment un cas spécial !

**Brooke :** *je viens juste de le rencontrer !*

**Kristy :** *Eh bien, tant mieux, comme ça vous pourrez explorer ensemble. Bisous !*

Brooke régla l'alarme de son téléphone pour garder un œil sur ses vêtements dans le sèche-linge. Un coup de tonnerre à l'extérieur lui rappela qu'il était inutile de précipiter son départ. Elle ouvrit l'application Kindle et commença à lire un roman qu'elle attendait avec impatience. Elle se concentra sur son libre jusqu'à perdre la notion du temps. Au moment le plus important de l'histoire, une agitation à l'extérieur la tira de l'époque de la Régence dans laquelle elle était immergée. Elle mit son téléphone portable de côté et jeta un coup d'œil par-dessus le seuil de la porte du salon.

À bentrée, un cow-boy à l'expression bourrue aidait Lincoln à marcher. Brooke mit une main sur sa poitrine en remarquant le jean teinté de rouge du propriétaire de Golden Ties. Elle n'était pas du genre à avoir peur du sang. Elle n'avait pas réfléchi à sa réaction, ni au fait qu'elle était encore pieds nus, en plus d'être complètement nue sous le très épais peignoir. Elle se précipita et s'arrêta à quelques pas de l'entrée.

— Elle est toujours là ? — demanda Lincoln d'un air renfrogné en regardant la jolie blonde apparaître comme un mirage.

La tentation, maintenant qu'il était conscient des courbes de cette femme, lui faisait des appels. Il fit la moue, car il n'avait pas besoin de distractions. S'il n'était pas endolori, alors il penserait que cette Brooke essayait de le rendre volontairement fou.

— Vous avez prolongé votre présence plus longtemps que ce qui est approprié. Je vais devoir parler à Willa de sa trop grande hospitalité.

Alors qu'il essayait de soulever l'une des plaques métalliques, pour aider ses ouvriers à combler le trou qui s'était formé dans le toit d'une des granges, elle avait glissé des doigts de l'homme à côté de lui et la pointe lui avait entaillé la jambe. Le métal avait déchiré le tissu du jean, et le vêtement avait également empêché la blessure de s'approfondir, bien que cela n'ait pas arrêté ni le saignement ni la douleur.

Entre la pluie, le brouhaha des ouvriers, le vétérinaire et son assistante qui tentaient de mettre au monde le poulain, Lincoln ne voulait pas devenir un problème de plus, il avait donc accepté à contrecœur de rentrer à la maison. Il savait qu'il avait besoin de points de suture, mais il ne voulait pas aller dans une clinique. Il décida qu'il ne se plaindrait pas et résisterait sans anesthésie locale. Ce n'était pas la première fois qu'il avait un accident de travail, et ce ne serait pas la dernière.

— Et bien, la politesse ne fait pas partie de la liste de vos qualités — répondit-elle.

Elle regarda l'homme qui accompagnait Lincoln. Il semblait accablé :

— Puis-je aider d'une manière ou d'une autre ?

— Nous avons besoin d'un médecin rapidement, la blessure est contenue avec un bandage, mais elle nécessite une assistance et doit être vérifiée pour ne pas qu'elle s'infecte. Lincoln a insisté pour rester dehors plus longtemps que nécessaire et il a perdu du sang. Je vais l'emmener en haut.

— Tu es trop alarmiste, Kevin. C'est bon — marmonna Lincoln.

Il était sale, mouillé, sa chemise adhérait à sa peau comme si elle y était collée, et cette putain de blessure le gênait.

— Ah, Lincoln est un mauvais patient — dit Brooke, avant de partir à la recherche de Willa.

Elle la trouva en train d'éteindre le feu sur la cuisinière, car elle avait fait bouillir de l'eau. Lorsque Brooke lui dit ce qui se passait, la femme réagi comme si on lui avait donné un shot de caféine. Elle contacta le médecin, puis une aide-soignante, et appela finalement le contremaître du ranch pour obtenir plus de détails sur la situation. Brooke admirait l'énergie de Willa, mais elle pensait qu'elle en faisait trop, même si Lincoln était la personne dont dépendait son salaire.

— Mlle Sherwood, je vais être occupée, mais faites comme chez vous — dit Willa. Espérons que la tempête se calme bientôt pour qu'un des chauffeurs du ranch puisse vous emmener à Blue Oaks. Si le temps ne s'améliore pas, j'aménagerai la chambre d'amis pour vous.

— Ne spéculons pas sur des mesures extrêmes — répondit Brooke avec humour, en pensant à Lincoln et à son hostilité. Vous avez été gentille avec moi, et la plupart des employés de maison sont sur le terrain, alors laissez-moi vous aider.

— Le Dr Hutchinson arrivera rapidement, mais le jeune Lincoln devient grincheux quand il ne peut pas faire ce qu'il veut.

— Ah oui, il aime commander les autres et agir comme un homme préhistorique, c'est ça ? — demanda Brooke, incapable de s'en empêcher.

A sa surprise, Willa rit.

— Je suis désolée, je ne voulais pas être impolie.

— Sa vie n'est pas facile — répondit-elle avec un sourire qui marquait les rides aux coins de ses yeux, car il porte tout le poids de l›entreprise familiale, mais c›est une bonne personne. La journée d›aujourd›hui a été difficile pour vous, d›après ce que vous m›avez dit, mais elle a également été difficile pour M. Kravath. Si vous voulez m›aider, prenez des serviettes dans la buanderie et apportez-les dans la chambre du premier étage à droite. Vous ne vous perdrez pas, car vous entendrez forcément Lincoln jurer — dit-elle sur un ton complice.

Brooke sourit et regarda l'heure. Ses vêtements devraient être secs maintenant.

— Je vais chercher les serviettes — répondit-elle rapidement.

Elle avait remarqué que le jean de Lincoln était tâché de sang, il n'y avait donc pas de temps à perdre.

— Merci, mademoiselle, vous savez, peut-être que M. Kravath a besoin de nouveaux amis et que cette tempête vous a mis sur son chemin pour une raison ou une autre — dit-elle en lui tapotant l'épaule.

Brooke voulut rétorquer que la dernière chose qu'elle voulait, c'était d'être amie avec un texan sauvage dépourvu de bonnes manières et de sens de la courtoisie, mais Willa marchait déjà dans le couloir. «Je ne peux pas continuer sans vêtements» se dit-elle, en se dirigeant vers la buanderie.

Elle ouvrit le couvercle du sèche-linge. Son jean et son haut avaient commencé à sécher, mais pas autant qu'elle le souhaitait. Peut-être avait-elle programmé le sèche-linge moins longtemps que nécessaire. Sa culotte et son soutien-gorge étaient secs, elle enfila donc ses sous-vêtements. Elle programma le sèche-linge pour trente minutes supplémentaires. Elle se couvrit à nouveau avec le peignoir et se sentit moins nue, même s'il était impossible pour les autres de le voir à cause de l'épaisseur du tissu. Elle se dirigea vers les armoires en bois, opposées au lave-linge et au sèche-linge, où les serviettes étaient soigneusement rangées par taille. Elle en attrapa plusieurs, puis elle accéléra le pas et traversa le couloir jusqu'à la chambre principale.

# CHAPITRE 5

Brooke se dépêcha de monter les escaliers et s'arrêta quand elle vit la gouvernante agitée parler au téléphone. Elle serra les serviettes contre elle et essaya de ne pas interrompre ce qui ressemblait à une conversation avec le médecin. Elle l'entendit demander s'il y avait un autre moyen de se rendre au ranch avec l'infirmière. Willa était mécontente et inquiète, et Brooke se sentait mal pour elle. Elle prit donc une décision impulsive, car, même si Lincoln s'était comporté comme un idiot, Brooke devait lui porter assistance puisqu'il était blessé. Elle espérait que la blessure n'était pas grave ni profonde, car sinon, elle ne pourrait pas faire grand-chose.

Quand son frère était en vie, elle surveillait ses arrières quand il sortait. Sous emprise de l'héroïne, Raffe se battait souvent dans la rue et il se retrouvait avec des coupures ou des blessures nécessitant des soins médicaux. Il n'avait jamais voulu aller chercher de l'aide dans un hôpital, car il craignait que les médecins ne fassent appel à la police. Parfois, il était un peu paranoïaque. Grâce à lui, Brooke avait appris à suturer les blessures et à favoriser leur cicatrisation. Elle adorait Raffe, alors elle était prête à tout pour son frère, y compris à prendre un cours de secourisme et à falsifier un permis de conduire pour aller le chercher dans la rue s'il ne répondait pas au téléphone pendant des heures ou si le meilleur ami de Raffe ne répondait pas non plus.

— Willa — dit-elle doucement lorsque la femme coupa sa conversation téléphonique et remarqua sa présence, je peux vous aider. Je connais un peu les soins infirmiers, disons de manière empirique. La blessure ne peut pas rester sans soin. J'ai vu la quantité de sang qui a trempé le pantalon de Lincoln tout à l'heure. Si vous m'apportez du désinfectant, une trousse de premiers soins, du fil chirurgical et une aiguille, je peux fermer la blessure. Je vous promets que je ferai de mon mieux.

La femme se frotta l'arête du nez, regarda le téléphone comme si elle attendait une éventuelle réponse, puis reporta son attention sur Brooke. Elle hocha la tête.

— Le médecin ne pourra pas venir avant demain matin — dit-elle d'un ton angoissé.

Elle laissa échapper un soupir.

— Le sang me dégoûte, mais je peux vous aider en vous apportant des instruments ou tout ce dont vous pourriez avoir besoin.

Brooke acquiesça.

— Le Dr Hutchinson dit qu'il a un pneu crevé et qu'il n'a pas les outils pour le changer. Il attend un mécanicien qui va probablement prendre une éternité à venir. Si vous pouvez m'aider, je vous en serais reconnaissante.

— Je le ferai. S'il vous plaît, Willa, apportez-moi de quoi désinfecter la plaie — répondit-elle avec une expression résolue.

Puis elle entra dans la chambre.

L'espace était grand, peint en blanc, et il y avait un ventilateur en bois au plafond. Les petits conduits du système central de climatisation se trouvaient sur le côté droit. Le lit était grand et avait quatre grands montants en bois sombre, sans plafonnier. Il donnait l'impression d'un lit majestueux et moderne. Magnifique. Le sol était en parquet sombre, et les rideaux des fenêtres étaient ouverts. La pluie clapotait contre la vitre qui donnait sur un balcon. La pièce était simple, mais très confortable.

Brooke se sentait un peu mal à l'aise, car elle était en peignoir et en sandales, sans une goutte de maquillage pour servir de bouclier protecteur, dans la tanière d'un lion blessé et inconnu. Elle ne savait pas comment l'approcher, mais elle n'avait pas beaucoup de temps pour y réfléchir.

Allongé sur la couette bleue, se disputant avec Kevin, Lincoln ne semblait pas avoir perdu de sa force. Ses cheveux étaient ébouriffés, son visage un peu sale, son jean trempé de sang. Brooke se dit que malgré la situation, Lincoln était tout de même beau. Mais elle ne le dirait jamais, car elle savait qu'un homme aussi beau que ce *cow-boy* n'avait pas besoin de compliments… Ce serait ajouter à sa vanité.

— Je n'ai pas besoin d'un putain de docteur ! — s'exclama Lincoln, alors que Kevin lui tendait un verre de whisky, car il disait que l'alcool aidait à réduire la douleur. Apportez-moi un fil et une aiguille et je pourrai recoudre la blessure moi-même — dit-il en essayant de se lever, mais sa peau blessée lui fit mal, ce qui le fit grimacer. Bordel de merde.

Brooke choisit ce moment pour faire sentir sa présence dans la pièce.

— Lincoln, c'est une chance que vos prières aient été exaucées et que le médecin n'ait pas pu arriver au ranch à temps — dit-elle en l'appelant par son nom pour briser la glace.

Immédiatement, le regard perçant de Lincoln se posa sur elle, hérissa les poils de sa peau et accéléra son pouls. Elle s'éclaircit la gorge et ajouta :

— Il se trouve que je m'y connais en soins infirmiers, alors je vais suturer votre blessure. J'ai proposé mon aide par gratitude, car vous m'avez permis de m'abriter ici pendant la tempête.

Willa apparut à la porte et donna à Brooke tout ce qu'elle avait demandé.

— Disons que je n'ai pas le choix — dit-il en haussant un sourcil.

Puis il regarda Willa et lui demanda, en grimaçant :

— Pourquoi est-elle encore dans la maison ?

— Parce que vous m'avez dit que tant que nous pouvons abriter des personnes qui en ont besoin, nous le ferons — dit la gouvernante en le regardant d'un air inquiet, car elle ne voulait pas contrarier la gentille femme qui avait proposé son aide.

C'était la première fois qu'elle voyait son patron réagir comme ça avec une femme. Elle se demandait quelle mouche avait bien pu le piquer.

— Oh, je vois — bafouilla-t'il.

Remarquant que Brooke était vêtue d'un peignoir, il fronça les sourcils et dit :

— Où sont vos vêtements, mademoiselle ? Nous fournissons un abri, mais nous ne sommes pas un chenil pour animaux errants.

Brooke rigola. Elle secoua la tête en sortant les ciseaux de la boîte et se dirigea vers le lit. Elle regarda Kevin et lui fit signe d'enlever l'écharpe de son jean.

— S'il vous plaît, coopérez, Lincoln — dit Willa, puis, regardant Brooke avec une expression désolée, elle murmura : il n'est pas si grincheux, croyez-moi. Il est juste blessé.

— Oui, comme un animal sauvage temporairement handicapé — répondit Brooke avec ironie.

La proximité de Lincoln mit ses sens en alerte. Elle était consciente de ses moindres mouvements et elle essayait de ne pas le regarder en face. L'énergie qu'il dégageait était puissante et elle ne voulait pas être prise dans la tempête.

— Je suis là, alors merci de ne pas faire comme si j'étais absent — dit Lincoln sur un ton amer, tout en terminant son deuxième verre de whisky.

La femme à côté du lit, qui essayait de ne pas croiser son regard, le tentait. Ce n'était pas le genre de tentation que lui procuraient les belles femmes qu'il pouvait rencontrer dans un bar ou à une fête, non. Ce ressenti était si charnel qu›il semblait s›insinuer profondément dans son corps jusqu'à dominer tous ses sens. Incapable de comprendre l'impact de Brooke sur lui, son premier instinct fut de réagir en mode survie, comme si elle l'avait exposé à quelque chose de dangereux. Aucune femme n'avait jamais eu cette influence sur lui, surtout sans même essayer de flirter avec lui. C'était même plutôt le contraire, car Brooke semblait plutôt vouloir lui planter les ciseaux dans les yeux. Il ne pouvait pas lui en vouloir. Si les rôles avaient été inversés, il aurait certainement voulu faire la même chose.

— A force de grogner — dit Brooke d'un ton moqueur, on va finir par vous prendre pour une créature non humaine. Vous ne pourrez alors pas nous reprocher de parler de vous comme si, comme vous le dites, vous n'étiez pas présent.

Lincoln releva un coin de sa bouche.

— Quelle expérience avez-vous des blessures ? — demanda-t'il d'un air renfrogné.

Il n'aimait pas être cloué au lit et ne pas pouvoir se déplacer tout seul. Il était injuste envers la femme aux cheveux blonds, mais en remarquant qu'elle rougissait, il ressentit un intérêt pervers à la taquiner un peu. Ce n'était pas sa façon habituelle de se comporter.

Brooke souffla et le fixa du regard.

— J'ai suivi un cours de premiers secours et, depuis, j'ai recousu des plaies à plusieurs reprises. J'aurais aimé suivre un cours sur le traitement des idiots, mais je n'en avais pas les moyens. Maintenant, fermez-la pour l'amour de Dieu, je vais couper le tissu de votre pantalon. Vous pouvez m'appeler par mon prénom. Ce n'est pas un privilège spécial, juste au cas où votre ego s'embrouillerait, mais je préfère communiquer de cette façon — ajouta-t'elle, en se penchant en avant pour insérer les ciseaux dans le jean du grossier personnage et commencer la course ascendante.

La mâchoire de Lincoln se serra lorsqu'il remarqua que le devant du peignoir s'ouvrait légèrement, lui donnant un aperçu des seins couverts par le tissu du soutien-gorge blanc. Si quelque chose lui fit mal à ce moment-là, ce n'était pas la blessure, mais son membre. Elle était trop proche de lui. Il lui suffisait de tendre la main et de tirer sur la ceinture du peignoir pour savoir si elle portait ou non une culotte en plus de son soutien-gorge. Il se dit que Willa lui avait suggéré de laver les vêtements ou de les mettre à sécher.

— Ah, une amatrice — rétorqua-t'il, alors qu'il sentait le métal froid passer sur sa peau. J'autorise les expériences que vous comptez réaliser sur ma plaie, parce qu'il n'y a pas de médecin disponible et que c'est une urgence. Merci — murmura-t'il sur un ton moins combatif.

Elle fit un bref signe de tête.

— Une amatrice expérimentée. Si j'ai de la chance, je n'aurai plus jamais le déplaisir d'écouter les bêtises qui sortent de votre bouche — déclara Brooke.

Elle se rendit compte que Lincoln pouvait apercevoir le début de ses seins. Elle mit les ciseaux de côté et se leva, gênée. Elle avait envie de planter les ciseaux dans sa jambe pour se débarrasser de son expression arrogante.

— Je vais devoir vous demander d'enlever votre pantalon, car les ciseaux ne pourront pas aller plus loin que la zone blessée, à moins de créer une friction douloureuse et peut-être de vous faire saigner. Je ne pourrai pas travailler comme ça — dit-elle en croisant les bras. Ressentir un peu de douleur vous ferait sans doute un peu de bien — commenta-t'elle avec perfidie, mais je ne veux pas prolonger mon séjour dans cette pièce.

Lincoln fit un demi-sourire.

— C'est rafraîchissant qu'une femme me demande de me déshabiller devant d'autres personnes. Je découvre maintenant que vous êtes fétichiste du public et de la douleur. On apprend des informations intéressantes à des moments inattendus — répondit-il avec un clin d'œil.

Il croisa ses bras sur ses pectoraux et lui fit un demi-sourire. Il ne comprenait pas l'effet que lui faisait cette femme, car au lieu d'être distant et amical, il aimait en fait la confronter verbalement et la mettre en colère. «Mon Dieu, j'ai besoin de vacances», se dit-il.

Brooke ne put s'empêcher de sentir ses joues brûler. Elle détestait rougir, car sa peau blanche le laissait transparaître avec une intensité gênante.

— Vous êtes stupide...

— Monsieur Kravath — intervint Willa, incrédule, comprenez que Brooke est la seule aide que nous ayons car ce temps ne permet à personne de bouger, alors essayez de ne pas l'effrayer.

Elle regarda Kevin :

— Aidez-le à enlever ses bottes, s'il vous plaît, puis donnez-lui quelques minutes d'intimité pour enlever son jean à son propre rythme, parce que je suis sûr qu'il ne voudra pas que quelqu'un l'aide pour ça.

— Mlle Sherwood pourrait s'énerver si elle ne supervisait pas elle-même cette tâche — dit Lincoln d'un ton moqueur, alors qu'il commençait à retirer sa ceinture.

— Je veux juste vous aider, Lincoln.

— Comme vous voulez — répondit-il avec un petit rire.

Brooke leva les yeux au ciel et tourna le dos. Elle en profita pour ouvrir le flacon d'alcool et imbiber plusieurs cotons, puis passa le fil résorbable dans le chas de l'aiguille.

— Je suis prêt maintenant, Brooke — dit-il, après avoir retiré son jean avec précaution.

Cela lui avait pris quelques minutes, car le sang séché par endroits tirait sur la chair sensible de la blessure.

— Je ne vais pas vous distraire. Je sais que vous n'êtes pas médecin et que je ne suis pas votre patient.

C'était la première fois qu'il l'appelait directement par son nom. Elle se tourna vers le lit. Le drap recouvrait le bassin de Lincoln. Ses deux jambes musclées étaient bien visibles. Elle aurait aimé caresser chaque muscle de ses doigts. Elle resserra la ceinture de son peignoir, car elle ne voulait pas se donner à nouveau en spectacle. Non pas parce que la façon dont les pupilles de Lincoln brillaient d'intérêt lorsqu'il la regardait la mettait mal à l'aise, mais au contraire, parce qu'elle aimait cela plus qu'elle ne pouvait l'exprimer. Elle ne savait pas si ces coups de gueule mutuels commençaient à affecter ses pauvres connecteurs neuronaux ou si c'était juste une journée particulièrement riche en adrénaline.

— Exactement, et c'est pour cette raison que vous devriez être reconnaissant, au lieu d'être un mauvais patient et un mauvais hôte — répondit-elle en appliquant de balcool pour commencer à nettoyer la blessure.

Il grimaça et Brooke versa un peu plus d'alcool, juste pour lui donner une leçon. Lincoln serra les dents et ne se plaint pas de la réprimande. Il le méritait.

— C'est vrai — dit-il au bout d'un moment sur un ton calme, en la regardant procéder avec une agilité étonnante pour quelqu'un qui n'était même pas infirmière. Quelle est votre profession ?

Elle envisagea de répondre par le sarcasme, mais peut-être que poser des questions à brûle-pourpoint permettait à Lincoln d'ignorer l'inconfort de la douleur.

— Je suis ingénieur en programmation informatique — marmonna-t'elle en posant les cotons-tiges souillés sur un petit plateau que Willa lui avait apporté. Je suis au Texas pour le travail.

— J'imagine que la proposition était impossible à refuser. Ca fait longtemps que vous êtes à Austin ? — demanda-t'il, en regardant les mains délicates qui passaient habilement sur sa peau blessée.

Il avait consommé quatre verres de whisky, mais ses paroles étaient encore claires. Il lui fallait au moins une bouteille pleine pour perdre conscience, et c'était une stupidité qu'il n'avait pas répétée depuis qu'une ex-petite amie, Heidi, avait détruit sa foi dans les femmes. Penser à elle, aussi bref que soit le souvenir, impliquait une douleur émotionnelle aussi forte que la douleur physique qu'il ressentait quant Brooke le soignait.

— Non, c'est récent. Je suis arrivée il y a seulement quelques jours — répondit-elle sans le regarder, se concentrant sur la peau qu'elle cousait. La plaie était longue et un peu profonde, mais pas au point de ne pas pouvoir terminer le soin.

Son frère avait souffert d'une blessure similaire causée par un couteau, elle connaissait donc bien la situation.

— Je dois encore visiter la ville et prendre mes marques.

— Je suppose qu'à cause de moi, votre impression des Texans ne doit pas être très bonne — dit-il sur un ton léger.

Se faire coudre la peau à vif sans anesthésie était ultra douloureux, mais il y avait des anesthésiques topiques dans l'armoire à pharmacie du ranch, en l'occurrence la Lidocaïne. Ce n'était pas aussi puissant que l'anesthésiant liquide, mais au moins ça engourdissait la zone à suturer.

— J'ai rencontré des personnes sympathiques, je vous considère donc comme l'exception à la règle, jusqu'à ce que vous puissiez prouver le contraire. Si, après aujourd'hui, je vous revois un jour — répondit-elle avec un sourire en coin, sans quitter des yeux la peau qu'elle cousait.

Elle essayait de faire semblant d'être insensible à l'homme allongé sur le lit, à sa merci, tout comme elle faisait semblant de ne pas remarquer la façon dont ses muscles réagissaient à son toucher innocent. Il était impossible de ne pas avoir envie de le caresser, surtout lorsque sa main gauche avait besoin de s'appuyer pour équilibrer la droite, en action.

— Est-ce un défi, parce que vous ne seriez pas en paix avec votre conscience si ma jambe ressemblait au personnage de Frankenstein ? — demanda-t'il d'un ton calme, serrant les dents alors que l'aiguille entrait d'un côté de la peau et ressortait de l'autre.

Le visage sale, les cheveux ébouriffés, la chemise à moitié ouverte, les mains tachées de boue, Lincoln semblait pourtant avoir été mis dans cet état par une équipe de photographes pour une séance de photos. Brooke ne comprenait pas comment certaines personnes, hommes ou femmes, avaient cette *capacité* à être beaux, quelle que soit l'heure de la journée ou ce qu'ils portaient.

Elle le regarda pendant un bref instant.

— Je ne suis pas chirurgien, mais ça va bien cicatriser — murmura-t'elle.

La communication radio de Kevin fut interrompue par la voix de Ben, qui prenait des nouvelles de l'état de Lincoln. Kevin avait expliqué que Lincoln était pris en charge, et il devait retourner sur le terrain : le personnel de patrouille devait être renforcé aux limites de la propriété, car il y avait apparemment deux autres bovins qui s'étaient égarés et ils craignaient qu'ils aient, comme les premiers, fini dans le fleuve.

— Purée — dit Lincoln, furieux de la nouvelle. Kevin, règle ça. Toute cette merde ne peut pas recommencer à chaque début d'été.

L'employé hocha simplement la tête et partit.

Willa, remarquant que Brooke gérait le soin avec plus d'expertise que prévu, ramassa les serviettes souillées et les restes sanglants du jean et les mit dans un sac en plastique, puis descendit chercher des bouteilles d'eau et de Gatorade pour que Lincoln s'hydrate, ainsi que des analgésiques. Elle revint rapidement, et posa tout sur la table de chevet de son patron, qui, à sa grande surprise, avait cessé de se plaindre.

— Mlle Sherwood, avez-vous besoin d'autre chose ? — demanda la gouvernante.

Brooke la regarda en souriant et répondit par la négative.

— La pluie ne va pas cesser et c'est trop dangereux d'essayer de sortir d'ici. De plus, à cause des routes boueuses, il est presque impossible pour quiconque de se risquer à entrer dans Golden Ties.

Elle regarda Lincoln :

— Etes-vous d'accord pour qu'on installe la jeune femme dans une chambre ? — demanda-t'elle par politesse, car elle avait bien l'intention de lui faire passer la nuit à l'abri du ranch.

Après tout, c'est ce que la mère de Lincoln aurait fait sans hésiter. Son père l'aurait soutenue. Lincoln gloussa devant la menace à peine voilée de Willa de dire à ses parents qu'il avait été un mauvais hôte. La gouvernante était quelqu'un de bien, même si elle se disait que ni Lincoln ni ses frères n'étaient des adultes, car elle devait continuer à proférer des menaces lorsque quelque chose ne lui semblait pas correct.

— Préparez une des chambres d'amis pour elle, Willa, bien sûr. Demain, j'emmènerai personnellement notre invitée chez elle. Peut-être qu'alors elle comprendra enfin que je suis charmant — répondit-il à la gouvernante, en fixant Brooke. Parce que je le suis.

Willa se contenta de lever les yeux au ciel.

— La chambre est au bout du couloir, Melle. Je vais vous apporter des serviettes propres, du savon et du shampoing. Je vais aussi sortir le reste de vos vêtements du sèche-linge.

— Merci... C'est l'un des jours les plus étranges de ma vie — murmura Brooke. Je suis sur le point de finir la suture. Je vais appliquer de la gaze et la fixer avec l'adhésif imperméable. Demain, le médecin pourra faire son diagnostic. Heureusement que la perte de sang n'était pas continue, mais temporaire, sinon mon aide aurait été inutile.

La gouvernante sourit, hocha la tête et partit.

Lincoln observa la femme aux yeux verts comme le ferait un étudiant en art : consciencieusement. Son nez était retroussé, petit ; ses cils noirs, denses ; mais ce qui attirait le plus son attention était sa bouche, car elle était naturellement rouge, comme une fraise mûre. Lorsqu'elle lui avait souri, les lèvres sensuelles s'étaient écartées d'une manière magnifique qui avait illuminé tout son visage. Et cela lui avait donné des idées de ce qu'il pourrait faire avec cette bouche. Elle était dangereuse.

— Quelqu'un vous attend ? — demanda-t'il.

La situation était inhabituelle, notamment parce que Brooke s'était retrouvée à suturer une plaie alors qu'elle n'était pas infirmière.

— À l›heure qu›il est, vous devriez contacter votre famille, votre conjoint ou votre officier de garde pour l'assurer que vous n'êtes pas en fuite — dit-il ironiquement.

Brooke rit. Avant de répondre, elle alla se laver les mains dans la salle de bains, puis revint et croisa les bras en le regardant.

— Je suppose que c'est une façon de me demander si je suis mariée ou si je vis avec mon partenaire ici à Austin — dit-elle, moqueuse, en levant un sourcil. Quant à l'idée d'être un criminel en fuite et de devoir appeler mon officier pour lui signifier que je regrette d'avoir enfreint la loi, cela ne conviendrait guère à quelqu'un comme moi. Je ne choisirais pas de parcourir des milliers d'hectares sans bien connaître la région où je décide de m'échapper.

— Ah, vous êtes une *petite princesse* qui n'a jamais connu la vie sauvage de la campagne.

— Non, *imbécile*, parce que j'ai du bon sens — dit-elle en plissant les yeux.

Lincoln fit un sourire en coin. Sa lèvre inférieure, légèrement plus pleine que sa lèvre supérieure, adoucissait les lignes dures de son visage. Il affichait une expression sensuelle et naturelle.

Pour lui, aussi absurde que cela puisse paraître, la possibilité que Brooke ait un partenaire l'agaçait. Cela n'avait aucun sens, tout comme l'envie soudaine de mettre ses bras autour d'elle et de goûter sa bouche était inexplicable. Il voulait découvrir le corps caché sous le peignoir, dont il n'avait eu que de légers et insuffisants aperçus. Il voulait entendre les gémissements de plaisir de Brooke et trouver les endroits qui faisaient fondre sa détermination.

Les trente dernières minutes passées avec elle, qui était d'une beauté presque inaccessible et d'un calme apparent, le rendaient fou. Le fait qu'elle ait été si près de lui, à quelques centimètres de son sexe, avait été une torture. Ça n'avait pas d'importance si ce contact était innocent. Brooke aurait pu remarquer l'effet viscéral qu'elle avait sur lui si elle avait retiré le drap recouvrant son bassin et une partie de sa jambe saine. Elle aurait certainement été perplexe.

— Echanger sur votre statut marital ou amoureux ne m'intéresse pas Brooke, mais si vous voulez vous confier, je vous écoute.

Elle leva les yeux au ciel. Cet homme était vraiment arrogant.

— Ceux qui ont besoin de savoir si je suis en sécurité le savent déjà. Maintenant, si vous voulez que je vous donne des informations spécifiques sur mon statut, vous devrez rendre la pareille. Qu'en dites-vous ?

Lincoln la surprit avec un rire profond qui la fit frissonner. Brooke considérait le fait de porter un tissu aussi épais couvrant son corps comme un avantage : cela évitait que Lincoln ne remarque que ses mamelons s'étaient transformés en deux boutons durs.

— Je ne fais pas confiance aux femmes, les relations amoureuses sont donc au bas de l'échelle de mes considérations. J'aime passer du bon temps et je le dis ouvertement. Pour l'instant, ma seule maîtresse, c'est mon ambition de réaliser mes objectifs avec Golden Ties.

— Des objectifs ambitieux, j'imagine — répondit-elle doucement.

Elle ne savait pas pourquoi, le fait que Lincoln ne soit pas en couple lui donnait envie de sourire. C'est peut-être elle qui avait besoin d'un peu de ce whisky, pas lui.

Elle ne put s'empêcher de remarquer la légère pointe d'amertume de Lincoln lorsqu'il parlait des femmes. Non pas parce qu'elle se croyait médium, mais parce que c'était exactement le ton de voix qu'elle-même utilisait habituellement pour parler des hommes. Elle avait envie de sonder un peu le sujet, mais ils se connaissaient à peine. Si elle posait des questions, elle laisserait la porte ouverte à la possibilité que Lincoln en pose aussi. Elle ne voulait pas que ça arrive.

La chaleur de la pièce était parfaite et l'atmosphère sentait la légère note de bois de santal de l'eau de Cologne de Lincoln. Dans le silence, rompu seulement par leurs voix, la sensation d'intimité était puissante, même s'ils n'étaient pas nus. La tension était si intense que, s'ils étaient des allumettes et si le parquet était un combustible, il aurait été dévoré par la combustion des flammes.

— Brooke — dit-il, effaçant toute trace de moquerie ou de sarcasme de sa voix, merci de m'avoir soigné. Si vous n'aviez pas été là, j›aurais probablement fini chez le vétérinaire des écuries, piqué par une aiguille.

Elle sourit.

— J'ai séjourné chez vous et reçu l'hospitalité... de Willa — dit-elle en retardant délibérément la phrase.

Il laissa échapper un rire qui la fit sourire.

— Quand j'ai l'occasion d'aider, je le fais. Le médecin n'était pas prêt d'arriver, alors d'une certaine manière, nous avons eu de la chance de nous retrouver dans ce chaos et d'avoir un peu d'aide réciproque.

Lincoln aurait aimé être sur ses pieds, car en voyant Brooke sans son côté combatif ni ses répliques mordantes, il ne voulait rien d'autre que de dévorer sa bouche. Il passa sa main sur son visage, se rappelant à quel point il devait être sale. Lorsqu'il était arrivé avec de la boue et du sang partout sur lui, la première chose que Kevin avait fait c'était de l'aider à s'allonger sur la couette. Il n'avait pas eu le temps de se nettoyer, car il saignait.

— Si j'avais vu que quelqu'un se trouvait sur la route menant à mon ranch, j'aurais ralenti et même proposé de le déposer. Je ne vous ai pas vue. Vous êtes arrivée à un moment où j'avais trop de choses à gérer et je vous ai prise pour l'interne vétérinaire. J'aurais dû vous demander qui vous étiez, au lieu de faire des suppositions.

Elle le fixa un moment, ne sachant pas quoi dire. Les excuses, semblait-il, ne faisait pas partie du vocabulaire de Lincoln. C'était intéressant de voir comment il les présentait, sans utiliser les mots exacts. D'une certaine façon, malgré le fait qu'il soit parti du mauvais pied, Brooke trouvait ça louable quand quelqu'un acceptait ses erreurs.

— OK, merci pour le commentaire — murmura-t'elle, consciente qu'elle était toujours au pied du lit, trop proche.

Il acquiesça et posa ses mains sur le matelas pour se redresser.

— Qu'est-ce que vous pensez faire, Lincoln ? — demanda-t'elle, en posant sa main sur son épaule. Il est important que vous vous reposiez.

Il nia doucement.

— J'ai besoin d'un bain — répondit-il en grognant.

La douleur allait de paire avec le mouvement de son corps. Il n'était pas un rustre, alors il s'assura que le drap couvrant son sexe était bien serré. Brooke n'avait pas besoin qu'il fasse un spectacle de sa nudité, pour l'instant… Il était ridiculement intrigué par cette femme. Il devrait chercher où elle vivait, mais cela ne lui prendrait pas longtemps, puisqu»il allait la ramener chez elle le lendemain.

— Je suis sale à cause du travail dans les champs, de la blessure et des traces de boue. Je ne peux pas dormir dans cet état. Ça me met de mauvaise humeur.

Elle secoua la tête. Dans cette position, leurs visages étaient à quelques centimètres l'un de l'autre. Leurs regards se croisèrent et se connectèrent comme ces connexions électriques à haute tension.

— Est-ce que ça veut dire que j'ai été témoin de votre meilleure humeur ce soir, et que je suis maintenant témoin de votre pire humeur ? Waouh, c'est incroyable — dit-elle dans un sarcasme, vous ne devez pas bouger — dit-elle, en colère. La suture m'a pris du temps, je suis fatiguée, et je n'ai pas envie de recommencer à cause de votre obstination. Demain matin, la blessure sera moins fraîche. Demain, vous pourrez vous baigner.

— C'était juste une égratignure et vous avez fait quelques points de suture. Je peux prendre un bain — répondit-il en se redressant avec difficulté.

Brooke fut obligée de reculer un peu.

— A moins que votre demande réelle ne soit que vous voulez prendre un bain avec moi ? Nous faisons en sorte d'économiser les ressources, donc ce n'est pas une mauvaise idée.

Elle marmonna, se retourna avec l'intention de partir, mais la main de Lincoln saisit son poignet. Elle leva les yeux et son regard rencontra la lueur qui bouillonnait dans le sien. L'air s'emplit de particules de feu.

— Quoi ?

Il souffla. Il ne la laissa pas sortir. Son pouce se promenait distraitement sur l'endroit où le pouls de Brooke battait.

— La blessure ne s'ouvrira pas. Je ferai attention. J'apprécie le travail que vous avez fait, et je suis sûr que demain le Dr Hutchinson dira que ma jambe va bien — dit-il doucement. Ok ? — murmura-t'il en levant son menton du doigt pour qu'elle le regarde.

Elle acquiesça.

— Encore une chose, Brooke Sherwood de Californie — dit-il d'un ton grave avec une légère note d'humour, demain, j'ai non seulement l'intention de te ramener chez toi, mais j'ai aussi l'intention de t'embrasser. Tu crois que c'est une bonne idée ?

— Je ne sais pas — chuchota-t'elle, parce que c'était la vérité, elle ne savait pas.

L'alchimie sexuelle entre eux deux était indéniable, mais Brooke ne considérait pas cela comme une victoire. Elle ne voulait pas anticiper, mais elle avait le sentiment que Lincoln ne serait pas comme ces hommes dont elle appréciait les baisers avant de vite les oublier. Elle ne savait pas si elle était prête à tester cette hypothèse, car si elle s'avérait vraie, alors son séjour à Austin allait être compliqué. Vraiment compliqué.

Lincoln la relâcha lentement et acquiesça.

— Bonne nuit — dit-il avant d'entrer dans la salle de bains.

Brooke avait l'impression d'être dans la quatrième dimension. La seule certitude, qu'elle ne savait pas comment assumer, c'était que Lincoln Kravath allait être un gros problème pour elle qui ne voulait pas avoir de liaison compliquée à Austin.

# CHAPITRE 6

Après le départ du docteur Hutchinson, qui lui assura que la blessure guérirait bien, Lincoln revêtit un de ses costumes Tom Ford préférés. Il ne trouva pas aussi confortable d'enfiler le pantalon qu'il l'aurait espéré, et sa capacité à se déplacer rapidement était réduite. Il savait que la sensation ne durerait pas plus de deux ou trois jours, il devrait donc s'adapter à ce désagrément.

Malgré les incidents de la nuit précédente et le fait qu'il se soit réveillé à 4h30 du matin pour parler à ses employés, par radio et par téléphone, il ne se sentait pas fatigué. Les six heures de sommeil, les analgésiques et la Lidocaïne avaient contribué à son repos. Il avait été soulagé lorsque son directeur lui avait fait savoir que les pertes financières liées à la tempête étaient faibles et récupérables. Ce qui rassura le plus Lincoln, c'était de savoir qu'aucun de ses employés n'avait été blessé, car le bien-être de son personnel était une priorité.

Son emploi du temps, qui commençait généralement à 5h du matin, était chargé.

Au bureau, il avait dû régler certaines questions avec l'équipe en charge de la communication, car il voulait faire passer le message que Golden Enterprises travaillait de manière écologique. Cela faisait partie de la politique de l'entreprise bien avant le mouvement environnemental, il fallait donc renforcer le message.

Ensuite, Lincoln avait reçu le représentant d'une entreprise locale, Artic, qui créait des aliments spéciaux, dérivés du maïs, pour les personnes souffrant de problèmes gastro-intestinaux. Peu de gens savaient à quel point ceux qui comprenaient les besoins des consommateurs minoritaires qui, en plus d'être très sélectifs, souffraient de maladies, pouvaient devenir riches. Artic était une petite entreprise familiale que le ranch fournissait en matière première.

Avant de quitter le bureau, Lincoln avait l'habitude de voir avec son assistant s'il allait ou non assister à des événements professionnels ou personnels en fin de journée. En vérifiant son emploi du temps, il réalisa que deux jours plus tard, il devait assister à l'ouverture d'un nouveau magasin d'accessoires d'équitation dans le centre ville d'Austin.

Il n'aimait pas particulièrement cette activité, mais elle était importante pour rencontrer d'autres personnes dans le monde du cheval et entretenir les relations sociales qui lui permettaient d'élargir son réseau. La propriétaire de la chaîne de magasins House Horse s'appelait Alina Marcs et était l'héritière d'une vieille famille du Texas. Les Marcs étaient les amis des Kravath. Mais Alina souhaitait porter une alliance qui unirait les deux familles.

Ce n'était pas un problème pour Lincoln de coucher avec elle, car elle était non seulement belle, mais aussi intelligente. Ce qu'il faisait pour rendre la situation moins gênante, c'était de faire semblant de ne pas entendre ou comprendre le double sens des avances subtiles d›Alina. Il n›avait pas l›intention de mener la liaison jusqu'à l'autel, comme l'espérait son amie.

Il descendit les escaliers de la maison et entra dans la salle à manger. L'arôme du café et du pain fraîchement cuit s'infiltra dans ses narines et l'incita à sourire. L'une des choses qu'il appréciait le plus, c'était que les produits du ranch étaient utilisés pour préparer le petit-déjeuner américain à la maison, y compris les fruits de saison. Il s'installa dans son fauteuil et synchronisa les nouvelles financières sur son téléphone.

La nuit précédente, après s'être couché, Lincoln avait pensé à Brooke. Au-delà de l'attraction évidente, ce qui avait piqué son intérêt était le fait que, bien qu'elle ait répondu à ses questions, elle avait pris soin de ne pas donner plus d'informations que nécessaire. Bien sûr, il pouvait mettre cela sur le compte de la prudence ou du fait qu'ils étaient des étrangers, mais il soupçonnait que le déménagement de la Californie vers le Texas impliquait une raison autre que le travail.

Il n'était pas seulement curieux d'explorer l'alchimie qui existait entre eux deux, mais il voulait aussi connaître ce qui avait motivé Brooke à venir à Austin. Il était assez inhabituel pour lui de s'intéresser à une femme, mais les circonstances dans lesquelles ils s'étaient rencontrés étaient également inhabituelles. Il ne pensait pas qu'elle était différente ou spéciale, mais elle l'intriguait.

Il remarqua un mouvement à la périphérie de son champ de vision et détourna son attention des nouvelles pour la porter sur le catalyseur de ses hypothèses.

— Bonjour — dit Lincoln en frappant les doigts de sa main gauche sur le bois.

Brooke portait ses vêtements de la veille, secs, et ses cheveux étaient rassemblés en un chignon haut et négligé. Son look était charmant. Il l'aurait bien dégustée pour le petit-déjeuner, mais pour l'instant, il devait se contenter d'autre chose.

— Où vas-tu ? — demanda-t'il en fronçant les sourcils, tout en remarquant qu'elle avait son sac sur l'épaule et qu'elle avait l'intention de lui dire au revoir.

— Bonjour, Lincoln. Je pense, comme tu l'as évoqué hier soir, que j'ai prolongé ma visite plus longtemps que nécessaire — répondit-elle avec un sourire et un ton désinvolte. Je passais juste pour dire vous dire au revoir, à Willa et à toi, mais j'imagine qu'elle est occupée par les tâches ménagères.

— Me dire au revoir ? — demanda-t'il. C'est trop rapide. Bien que nous n'ayons pas d'invités très souvent, ma gouvernante prend toujours grand soin des personnes qui viennent, même à bimproviste — dit-il avec ironie, mais sans malice. J'espère au moins que tu t'es reposée. La vie à la campagne commence tôt le matin.

Elle fit un léger signe de tête.

— Oui, j'ai assez bien dormi. Willa est une bonne hôtesse, je suis sûre qu'elle n'a pas appris ça de toi.

Lincoln gloussa en entendant la réplique amère.

— Si tu décides un jour de vendre ce ranch, il y a des chances qu'il devienne un bon hôtel.

— Je ne vendrai jamais Golden Ties, car c'est l'héritage de ma famille. Tous les souvenirs qui sont gravés dans cette maison sont transmis de génération en génération, et ne seront jamais donnés ni mis en vente au plus offrant. Nous, les Texans, nous n'oublions jamais nos racines.

«C'est une nouvelle, c'est sûr, compte tenu des antécédents de ma famille», pensa Brooke.

Ce commentaire semblait indiquer que Lincoln était un homme du type «tout ou rien», lorsque les personnes qui lui étaient chères se trouvaient sur son chemin. Elle se demandait ce que cela ferait de se sentir protégée, implicitement, et d'avoir la conviction qu'un homme, que ce soit Lincoln ou non, la soutiendrait contre vents et marées. Elle n'avait eu que des déceptions.

— La Californie est peut-être un peu différente à cet égard, car le marché de l'immobilier évolue très rapidement, mais ce n'est pas quelque chose que je ferais non plus. Je pense que si j'avais une propriété à laquelle je tenais vraiment, j'en prendrais soin pour pouvoir y enraciner ma vie — dit-elle, sans savoir pourquoi diable elle se lançait dans une telle discussion de bon matin, ni pourquoi elle commençait à se sentir curieuse d'approfondir les idées de Lincoln. «C'est peut-être parce que mes cellules cérébrales se sont bien reposées la nuit précédente.» se dit-elle.

Il n'avait pas été difficile pour Brooke de s'endormir, surtout après une bonne douche chaude. Dès qu'elle avait posé sa tête sur l'oreiller, elle était tombée dans les bras de Morphée et elle ne s'était réveillée qu'à 7h du matin. Lorsqu'elle avait réalisé l›heure qu'il était, consciente que dans les ranchs et les fermes, tout le monde se levait à l'aube, elle ne voulait pas se comporter l'invitée classique qui se réveille tard alors que les propriétaires sont déjà debout. D'ailleurs, il était aussi temps pour elle de retourner à Blue Oaks. En fait, Mildred lui avait dit par sms que Joseph viendrait la chercher dans une vingtaine de minutes, car il finissait de changer un fer à cheval.

Elle rassembla donc ses affaires, mais ne voulait pas quitter le ranch sans dire au revoir. Elle se rendit dans la chambre de Lincoln, et n'y trouva qu'une dame qui rangeait la chambre. La femme se présenta comme Sarah, la gouvernante, et indiqua que le propriétaire de Golden Ties était soit en train de prendre son petit-déjeuner, soit parti pour le centre ville comme c'était son habitude à cette heure-là. Brooke descendit les escaliers, et suivit le son de la voix masculine.

Elle trouva Lincoln dans la salle à manger en train de terminer un appel téléphonique. Quant à Brooke, elle fantasma sexuellement sur lui et imagina ce que ce serait d'être avec Lincoln, tous deux nus, peau contre peau, pendant qu'il lui parlait à l'oreille, lui racontait en détail ce qu'il ferait à son corps pour la faire palpiter de plaisir. Elle imagina ses mains fortes en train de serrer ses courbes et sa bouche en train de la dévorer. «Je dois acheter un nouveau vibromasseur lors de mon prochain voyage en ville.» conclut-elle.

La scène qui s'offrait à elle était charmante : Lincoln, le port royal et l'air sûr de lui. En costume, on aurait dit que le *cow-boy* bourru avait été dompté par les exigences de la civilisation. Une illusion d'optique. Brooke se demandait à quel moment quelqu'un dirait «coupez», parce qu'à la lumière du jour, avec ses cheveux gominés, la cravate bien positionnée, la montre dépassant de la manche de sa chemise blanche, on aurait dit une publicité pour la télévision. Une publicité qui pourrait rapporter des milliers de dollars.

— Quoi qu'il en soit — dit-il, coupant court à la possibilité d'approfondir des sujets qu'il n'avait pas envie d'aborder pour l'instant, nous sommes d'accord sur le fait que la situation vécue hier était compliquée, alors prends le petit-déjeuner avec moi.

Il se leva et tira la chaise à sa gauche. Il fit un geste en direction de Brooke :

— N'oublie pas que cela fait partie de l'hospitalité texane. Au fait, le Dr Hutchinson est parti il y a une heure. Il semble que, lors d'une prochaine situation d'urgence, tes services en tant que stagiaire en secourisme pourraient s'avérer utiles.

Brooke laissa échapper un léger rire, et il sourit.

— Merci pour l'invitation, Lincoln — dit-elle, toujours dans l'embrasure de la porte, mais mon travail m'attend. D'ailleurs — ajouta-t'elle en faisant un geste de la main, il est évident que tu vas bientôt partir pour ton bureau et qu'il vaut mieux ne pas prolonger l'hospitalité de Golden Ties.

Le léger cliquetis des ustensiles de cuisine se fit entendre au loin, et le gazouillis des oiseaux se fit également entendre par la fenêtre de la salle à manger. Les sons des outils des ouvriers qui passaient à l'extérieur du ranch se mêlaient au cliquetis subtil des machines et des voitures.

De la fenêtre de la chambre d'amis, Brooke avait remarqué la beauté de Golden Ties. Le ciel bleu ensoleillé contrastait avec l'obscurité et le tonnerre. Les traces laissées par la pluie s'étaient évaporées. Les parties qu'elle put observer du balcon, la maison étant un peu éloignée des zones de travail, étaient en activité. Elle fut surprise de voir que le terrain s'étendait sans fin. Les écuries, les granges et les étables étaient bien entretenues. Cette vision la motiva encore plus pour faire briller Blue Oaks à nouveau, et boosta sa détermination à réussir.

— Je suis un homme très occupé, mais j'ai proposé de te ramener chez toi, et j'ai l'intention de le faire — dit-il avec détermination. J'ai encore un peu de temps avant ma première réunion, donc tu peux manger un morceau sans te presser. Je réitère mon invitation à prendre le petit-déjeuner avec moi.

Brooke pencha la tête sur le côté. Elle n'était pas très matinale. Un croissant et un café lui suffiraient, puis elle rentrerait chez elle. L'idée que Blue Oaks soit son foyer lui semblait encore irréelle, mais elle commençait à s'y faire.

— J'ai déjà appelé pour qu'on vienne me chercher — dit-elle en se mordant légèrement la lèvre inférieure.

Elle ne voulait pas faire la difficile, mais elle ne savait pas vraiment comment se comporter avec cette version moins hostile de Lincoln. Quand une circonstance ne lui était pas familière, elle préférait se mettre en retrait. De plus, elle avait beaucoup d'affaires à régler à Blue Oaks. Des affaires qui ne prendraient pas des heures, mais des jours. Plus tôt elle commencerait à atteindre ses objectifs, mieux ce serait. Pourtant, elle avait besoin de manger, alors elle accepta de petit-déjeuner.

Elle s'approcha de la chaise, dont il tenait le dossier en bois d'une main. Elle aimait sentir l'odeur de l'eau de Cologne masculine, magnétique comme l'homme qui la portait. De plus, elle avait trouvé que c'était un acte de galanterie d'avoir écarté la chaise pour qu'elle puisse s'asseoir. Ce n'était pas si fréquent de nos jours.

Leur proximité générait une tension qui menaçait de devenir dangereuse. Leurs regards se croisèrent. La vibration entre eux semblait résonner dans l'air comme un léger bourdonnement, plein de possibilités, un peu comme l'anticipation d'un ouragan. Lincoln regarda sa bouche et Brooke passa instinctivement sa langue sur ses lèvres. À ce moment-là, elle se moquait de ses craintes ou de ses réflexions de la nuit précédente, de la difficulté d'oublier Lincoln si elle l'embrassait un jour. Ses instincts semblaient avoir pris le dessus. Lorsqu'ils statuèrent, la raison perdit la partie.

De sa main libre, Lincoln lui caressa la joue.

— Aucune tasse de café ni aucun énergisant puissant ne pourra jamais me stimuler autant que la possibilité de découvrir le goût de ta bouche — murmura-t'il d'une voix rauque.

Il la sentit trembler, et ses sens s'aiguisèrent.

— Je veux parcourir les secrets que tu caches sous tes vêtements, brûler ta peau avec la mienne, jusqu'à ce qu'il ne reste plus que mon nom imprimé dans ta mémoire. Ai-je mal interprété les signaux entre nous, ou veux-tu la même chose ?

Ils se tenaient de bout et se regardaient.

Si elle ne pétait pas un câble, ce serait un miracle. Le courant érotique la faisait palpiter et touchait les particules les plus sensibles de son être. Son sexe palpitait à la perspective du contact intime de Lincoln. Elle voulait le goûter autant qu'il voulait la goûter. Même si la voix de la raison avait essayé d'intervenir, Brooke l'avait envoyée promener.

— Les signes que tu perçois sont corrects...

— On s'embrasse alors — murmura-t'il en baissant la tête jusqu'à ce que ses lèvres ne soient plus qu'à quelques millimètres de celles de Brooke, en guise d'apéritif.

Elle sourit à demi et leva un sourcil. Ils savaient tous les deux qu'ils ne pourraient pas aller plus loin ce matin-là. Et ils n'avaient pas prévu de se revoir.

— Fais-tu des promesses sans savoir si tu pourras les tenir ? — demanda-t'elle, retenant son souffle alors qu'il l'attrapait par la taille, la serrait contre son corps, lui faisant prendre conscience de l'effet qu'elle avait sur lui.

S'il glissait sa main sous le tissu de son jean et de sa culotte, alors il découvrirait qu'elle était humide de désir.

— En matière de sexe, je tiens toutes les promesses que je fais — dit-il en lui mordant la lèvre inférieure, et tant qu'elles n'ont pas été pleinement tenues, je ne m'arrête pas.

Il l'entendit ronronner alors qu'elle commençait à bouger ses hanches d'une manière très subtile.

— Et les promesses qui n'ont rien à voir avec le plaisir, tu les tiens aussi ?

— Je n'en fais aucune en dehors de ce domaine — répondit-il franchement. Je peux perdre les prochaines minutes à parler ou.....

— Embrasse-moi Lincoln — interrompit-elle dans un murmure, en enroulant ses mains autour de sa nuque alors qu'il l'entourait de ses bras puissants.

Elle eut le sentiment d'être protégée par ce mur de muscles qui l'entourait. Du moins, si elle ne considérait pas le fait que le plus grand danger c'était précisément Lincoln, dont l'érection se pressait contre elle et qui semblait capable d'effacer ses résolutions sans grande difficulté.

— Pour l'instant je t'embrasse — dit-il, avant de couvrir les lèvres de Brooke avec les siennes, laissant échapper un profond grognement de satisfaction.

Les lèvres de Brooke l'envoutaient. Il l'embrassa avec avidité et passion. Il sentit chaque frottement de leurs langues accélérer les battements de son cœur. Il aimait entendre le léger ronronnement venant de la gorge de Brooke. Elle était douce et s'emboitait dans son corps comme s'ils avaient été faits l'un pour l'autre.

Brooke confirma sa théorie selon laquelle un baiser avec Lincoln lui ferait oublier tous les autres. Il n'y avait pas d'amour, pas de promesses, pas d'engagement. C'était juste animal. C'était incroyable d'expérimenter ce mélange de curiosité et de désir avec un homme, car les vibrations de son baiser se répandaient dans tout son corps. C'était la rencontre du yin et du yang, du féminin et du masculin. Brooke avait envie d'attraper Lincoln et le déshabiller, le chevaucher et l'embrasser jusqu'à ce que ses lèvres soient incapables de bouger.

— Purée Brooke — marmonna-t'il alors qu'il glissait ses mains vers ses fesses et qu'elle caressait son sexe à travers le tissu de son pantalon.

Il savait que cette femme n'avait aucun scrupule à dire ce qu'elle pensait, mais découvrir qu'elle n'avait aucun scrupule à prendre et à donner ce qu'elle voulait était brutal.

— Si seulement j'avais plus de temps — dit-il, en levant les paumes de ses mains pour attraper ses seins et pincer ses tétons. Je suis impatient de te déshabiller et de goûter tes seins...

Elle en avait envie également, mais avant qu'elle puisse le lui dire, le baiser devint de plus en plus fort, presque envoûtant. On aurait dit qu'il n'en avait jamais assez, à en juger par les gémissements qu'il laissait échapper en dévorant sa bouche. Brooke ressentait la même chose. Les mains grandes et fortes qui parcouraient son corps essayaient de tirer le meilleur parti du peu de temps dont elles disposaient en maximisant les sensations, et lui procuraient une expérience explosive.

Lincoln tenait la tête de Brooke avec passion. Il n'en avait pas assez, et il savait qu'il en était de même pour elle puisqu'elle s'accrochait aux revers de son costume.

— Lincoln, j'ai un message rapide et important pour vous ! — interrompit la voix agitée de Willa depuis le couloir.

Brooke et Lincoln se séparèrent immédiatement, respirant difficilement. Ils se regardèrent. Leurs lèvres étaient gonflées et ils affichaient une expression de frustration évidente. Il passa son pouce sur sa lèvre inférieure. Il lui donna un dernier baiser fugace et alla s'asseoir sur sa chaise pour que Willa ne remarque pas son érection lorsqu'elle entrerait. Brooke fit de même. Elle avait les jambes en coton à cause de l'excitation. Elle se servit du thé d'une main un peu tremblante, pour s'occuper, alors que son cerveau essayait de se remettre de ce baiser.

— Merde — marmonna-t'il, ça ne peut pas s'arrêter comme ça. Dîne avec moi ce soir.

Elle rit doucement et secoua la tête.

— Je n'ai même pas fini mon petit-déjeuner — dit-elle en souriant, en prenant un croissant. Tu vois ?

Il n'eut pas le temps de répliquer, car Willa entra dans la salle à manger, catastrophée. Remarquant que Lincoln et Brooke se regardaient comme s'ils avaient oublié que le petit déjeuner était servi, elle marmonna quelque chose sur les incongruités de Lincoln et ses attitudes de la veille avec la jolie fille.

— Je suis désolée, je ne voulais pas tomber comme un cheveu sur la soupe, mais...

Lincoln sourit à sa gouvernante, même s'il aurait aimé que cette salle à manger soit équipée d'une porte en fer fermée à clef pour que personne ne puisse l'interrompre. Il ne se souvenait pas avoir été plus frustré sexuellement qu'il ne l'avait été au cours des cinq dernières minutes.

— Quel message as-tu à me transmettre ? — demanda-t'il, alors que Brooke commençait à manger en silence.

Les plateaux de fruits, de lard fumé, de saucisses, de fromages et de croissants, ainsi que de petits pots de beurre étaient soigneusement disposés au centre de la table. Il y avait aussi une bouilloire, une cafetière et un pot à lait.

— Kevin s'est précipité par la porte de la cuisine pour me dire qu'il n'arrivait pas à charger la radio et que c'est pour cela qu'il ne pouvait pas vous parler, monsieur. Apparemment, les pièces pour les deux épandeurs et la tondeuse sont enfin arrivées. Le fournisseur, selon Kevin, doit vous parler directement, et non à Ben, même s'il est le directeur. Le fournisseur veut discuter de prix et d'un don. Kevin m'a dit cette dernière partie à la hâte, donc il ne l'a pas bien expliquée.

Lincoln finit son café par petites gorgées rapides.

— Dieu merci, je suis toujours dans la maison — dit-il, en se redressant quand Willa partit.

Lincoln tendit son téléphone à Brooke pour qu'elle y indique son numéro. Il l'enregistra puis il l'appela pour que la jolie blonde enregistre également son numéro de téléphone portable.

— Nous n'en avons pas fini. On se revoit bientôt.

Brooke le regarda s'éloigner. Elle ne savait pas si c'était une promesse ou une phrase en l'air, mais ça n'avait pas d'importance. Les baisers de Lincoln resteraient dans une catégorie à part.

Après avoir arrangé la pièce grâce à ses nouveaux achats, et parlé à Mildred des procédures à suivre en cas de mauvais temps, Brooke descendit demander à Pete de lui faire faire le tour du ranch pour évaluer ce qui devait être changé, enlevé, réparé et acheté. La visite la tint en haleine pendant plusieurs heures, car Blue Oaks était magnifique. Malgré des zones à l'abandon, Blue Oaks provoquait d'intenses émotions de liberté et de calme.

Pete lui montra un ruisseau aux eaux cristallines, recouvert d'un feuillage dense de grands arbres et relié au célèbre fleuve Colorado. Il se trouvait à quinze minutes de la maison principale. Il semblait qu'un autre monde coexistait avec celui du ranch dans une atmosphère paisible. Le contremaître lui dit que si un jour elle voulait se baigner dans le ruisseau, elle pourrait avancer jusqu'à la taille, et qu'en plus, il n'y avait pas de courant. Il lui montra comment utiliser le Gator Crossover, une sorte de 4x4 convertible spécialement conçu pour des terrains extrêmes.

Ils passèrent devant la grange, les écuries et le jardin biologique. Elle fut attristée de voir que Matteo avait vraiment négligé le potentiel de la propriété, limitant l'investissement à quelques zones seulement. Peu importe qu'il paie les employés une fortune, ce n'était pas la question, les terrains méritaient d'être mieux traités.

Elle savait que les revenus financiers du ranch étaient suffisants, mais l'état dans lequel il était montrait l'arrogance des êtres humains quand la nature était à leur service et qu'ils la maltraitaient ou la négligeaient. Pour elle, habituée à une ville avec une plage et des montagnes comme Los Angeles, Austin et ses environs constituaient un contraste enviable. En fait, elle considérait comme un privilège de posséder un petit morceau de terre, aussi minuscule qu'il soit.

Presqu'au crépuscule, ils s'arrêtèrent aux écuries. Brooke était épuisée et avait hâte de prendre un bain avec des sels parfumés dans la baignoire de sa chambre. Dans les écuries, il y avait six beaux chevaux, et trois poneys. L'espace où les enfants apprenaient à monter à cheval ou suivaient une thérapie spécialisée s'ils étaient atteints d'asperger ou d'autisme, était bien entretenu. La peinture était récente, la zone était propre, autant que possible compte tenu de la présence d'animaux. Les chevaux avaient de la nourriture et de l'eau : la clôture couvrant le périmètre de l'entraînement était bien en place.

— C'est incroyable que cette école tienne si bien le coup. Félicitations, Joseph — dit Brooke avec sincérité, en caressant le cou de Crutches, un cheval noir.

— Merci, mademoiselle, il y aura deux nouveaux élèves dans quelques jours, ce qui signifie un revenu supplémentaire — dit l'homme en souriant.

— Rainbow Blue, c'est le nom de l'école, a été fondée bien avant que le grand-père du jeune Matteo ne l'acquière — dit Pete en s'essuyant le front avec un mouchoir. C'est une tradition vieille de plusieurs décennies dans la région. Si Blue Oaks est connu, c'est grâce à cette école. Parfois, les adultes viennent aussi pour apprendre à monter à cheval, et nous en profitons pour organiser une visite des lieux.

— Oh, nous pourrions promouvoir des excursions qui incluent un repas au bord du ruisseau — déclara Brooke avec enthousiasme. Je vais faire les calculs avec tout ce que j'ai rassemblé aujourd'hui et commencer à chercher des fournisseurs avec de bons prix.

— C'est une bonne idée — dit Pete en hochant la tête.

— Nous remplirons à nouveau les étables, non seulement de porcs, mais aussi de vaches. Je pense que la grange pourrait être agrandie un peu pour ajouter un poulailler. Nous pourrions peut-être mettre en place une ligne de produits laitiers à vendre dans un marché pour récolter un peu d'argent supplémentaire pour les dépenses de base. Bien sûr, ce ne sont que des projets, je vais devoir apprendre toutes les procédures d'achat etc... J'espère que vous pourrez m'aider — dit-elle en souriant un peu nerveusement.

Accepter d'être vulnérable devant d'autres personnes, surtout qu'il s'agissait de subordonnés et qu'elle était inexpérimentée dans un domaine qu'ils maîtrisaient, n'était pas facile.

Joseph se gratta la barbe, tandis que les chevaux mangeaient.

— J'aime l'idée, mademoiselle — dit Joseph. Vous connaissez le jeune Kravath de Golden Ties, il est l'un des ranchers les plus respectés d'Austin. Sa famille a des liens étroits avec la communauté et parraine de nombreuses causes sociales. Je pourrais lui demander de vous donner quelques directives. Il n'a pas l'air d'être un gars égoïste, et ce ranch ne ferait aucune concurrence au conglomérat que les Kravath possèdent.

Brooke savait qu'il parlait en connaissance de cause.

Dès que Lincoln partit pour s'occuper des affaires mentionnées par Willa, Joseph appela Brooke pour lui dire qu'il l'attendait à l'extérieur de la maison. La gouvernante lui dit au revoir, et ajouta qu'elle pouvait compter sur l'équipe de Golden Ties pour l'aider chaque fois qu'elle en aurait besoin. Brooke se contenta de sourire et de la remercier.

Elle n'était pas sûre du genre de lien qu'elle avait maintenant avec Lincoln après un baiser… et quel baiser ! Bien sûr, ils étaient voisins, mais elle n'était pas sûre qu'il le savait car, elle s'en rendait compte maintenant, elle ne lui en avait pas parlé. Elle s'imaginait que s'ils se revoyaient, comme il l'avait suggéré, il serait amusé de le savoir, et peut-être, juste dans l'intérêt de la conquête, l'aiderait-il. Ce n'étaient que des idées, elle ne pouvait être sûre de rien car elle ne le connaissait pas vraiment au-delà des réactions physiques ou du goût dans sa bouche. Un goût qu'elle ferait mieux d'oublier si elle voulait rester concentrée et faire du bon travail à Blue Oaks.

— Je ne l'ai rencontré qu'hier à cause de la tempête, qui m'a obligée à me mettre à l'abri, mais oui, je pourrai le consulter si besoin — dit-elle en souriant.

— Pete, au fait, tu crois que tu peux me montrer la route qui mène à Golden Ties ? Juste par curiosité. Pas pour alerter les résidents du ranch voisin, pour me faire une idée.

Pete hocha la tête et toucha son chapeau, puis conduit Brooke, après avoir dit au revoir à Joseph et à ses assistants, vers le 4x4.

— Ensuite, j'aimerais que nous envisagions un budget pour enlever toutes les mauvaises herbes et la saleté des zones qui ont été négligées. Le personnel tournant peut le faire, n'est-ce pas ?

— Certainement, Mademoiselle. On va s'y mettre.

— Merci, je suis heureuse de pouvoir compter sur vous.

Il n'avait pas échappé à Brooke que Lincoln dirigeait le ranch avec autorité, comme s'il avait des décennies d'expérience dans sa façon de commander les employés et de donner des directives, alors qu'il n'avait pas l'air d'avoir plus de 34 ans. Peut-être pourrait-il être un allié dans sa mission de reconquête de Blue Oaks, et aiderait Brooke à lui redonner sa force et son potentiel, pour l'empêcher d'être vendu. Elle pourrait même payer Lincoln en qualité de consultant externe, car elle avait vu que ce type d'embauche avait déjà été faite au ranch.

Les évènements, quels qu'ils soient, allaient-ils s'aligner pour que la longue mission entreprise par Brooke à Austin réussisse ?

# CHAPITRE 7

Après son interminable vidéoconférence avec des conseillers experts en risques financiers, ce que Lincoln voulait le plus, c'était rentrer chez lui, prendre un bain, passer en revue le bilan de sa journée de travail, et appeler la femme qui l'avait rendu furieux, mais qu'il désirait aussi, pour l'inviter à dîner. Ce n'était pas parce qu'il n'est pas intéressé par une relation à long terme qu'il avait oublié les règles de courtoisie de base. D'ailleurs, il était intrigué de savoir qui était Brooke et ce qui l'avait poussée à quitter Los Angeles. Il se doutait bien qu'il y avait une histoire en plus de la super offre d'emploi qui l'avait amenée à Austin. Tout comme lui, elle semblait en effet avoir une attitude réservée sur certains aspects de sa vie et garder ses tourments pour elle.

Il n'avait pas contacté Brooke car il était très occupé ces jours-ci et avait même fait un voyage rapide à Dallas pour l'anniversaire de sa nièce. Lincoln se moquait du nombre de fois où il devait se réorganiser au niveau professionnel, du moment qu'il pouvait être présent pour les moments importants de sa famille. Madelyn, âgée de sept ans, était l'unique enfant de Tristan et Helena, qui vivaient à Dallas. Brandon et Cyril étaient les fils de Samuel et Francesca, qui vivaient à Houston. Ses frères avaient reçu des offres d'emploi dans d'autres villes six ans plus tôt, de sorte que des allers-retours avaient lieu plusieurs fois par an. Lincoln aimait passer du temps avec ses neveux et nièces, et leurs visites à Golden Ties lui manquaient. C'était agréable de se rendre à Dallas pour que les Kravath passent du temps ensemble. L'avantage de l'avion privé, c'était l'économie de paperasse et la meilleure gestion du temps.

Malgré son emploi du temps chargé, Lincoln ne pouvait s'empêcher de penser à la douceur du corps de Brooke contre le sien, et au goût de sa bouche. Il se disait que ses lèvres contenaient un poison subtil, semblable aux effets d'un opiacé, car il avait envie de les goûter à nouveau. Il voulait finir ce qu'ils avaient commencé dans la salle à manger du ranch, bien conscient que ce serait comme avec ses maîtresses passées : il finissait toujours par se détacher, parce qu'elles perdaient leur charme ou essayaient de prolonger les moments ensemble avec des demandes inutiles. Il n'aimait pas les drames.

— Monsieur, puis-je vous servir une autre coupe de champagne ? — demanda un serveur.

Lincoln détourna ses pensées de Brooke et reporta son attention sur l'endroit où il se trouvait : la Maison du Cheval. Ce soir, c'était l'ouverture de la boutique haut de gamme de sellerie et d'accessoires pour chevaux. La nourriture servie était gastronomique, un subtile mélange de canapés et de verrines : des recettes issues de la cuisine française, espagnole et japonaise.

— Non, mais j'apprécierais si vous pouviez m'apporter du fromage Manchego et du jambon Serrano.

— A partager ? — demanda le serveur, en regardant les autres personnes à la table.

— Oui, bien sûr — dit Lincoln gentiment. Il y en a assez pour tout le monde.

Il avait l'habitude de donner de bons pourboires dans les restaurants, et il était toujours agréable avec le personnel de service. Bien sûr, en cas d'incompétence de ses employés, il les renvoyait. Il n'était pas condescendant, et il n'acceptait que le travail de qualité. Ses parents avaient veillé à ce que lui, Tristan et Samuel apprennent le travail des ouvriers pour éviter qu'ils ne pensent être meilleurs que les autres juste parce qu'ils avaient de l'argent.

Lincoln était heureux qu'il ne pleuve pas cette nuit-là, car cela impliquait le calme au ranch. Si le temps n'avait pas été au beau fixe, il aurait dû décliner l'invitation à l'ouverture de la Maison du Cheval, car sa priorité était le bon fonctionnement de Golden Ties. Mais s'absenter de cet événement, quelle que soit l'excuse, aurait été gênant pour la famille Marcs.

Chuck Marcs, le père de l'animateur de la soirée, était l'actuel maire d'Austin et se présentait comme gouverneur du Texas. La présence de Lincoln à la Maison du Cheval était stratégique. La rumeur courait parmi les gros éleveurs de la ville que Chuck avait l'intention de débuter une activité qui le pousserait à choisir un ou deux ranchs comme fournisseurs. On ne savait pas exactement quelle était cette nouvelle activité, mais le maire était un homme influent, donc tout projet mené avec lui était synonyme de gros profits et de nouveaux clients. Lincoln, bien sûr, était intéressé.

Son meilleur ami était également présent à la réunion avec sa fiancée, Renatta.

— Je n'aurais jamais pensé qu'un magasin de chevaux puisse avoir autant d'articles à vendre — déclara Renatta.

La fille était jolie. Elle avait des cheveux roux, des taches de rousseur et un grand sens de l'humour. Elle était maquilleuse professionnelle et connaissait peu l'agriculture, mais elle appréciait la beauté des espaces naturels.

— As-tu acheté quelque chose ? — demanda-t'elle à Lincoln en souriant, tout en sirotant sa coupe de champagne.

Tous les deux s'appréciaient, et c'était une chance, car la relation de Jonathan avec Lincoln était en jeu.

Lincoln pouvait être extraverti dans certains domaines, tant qu'il s'agissait de travail, mais il était généralement distant lorsqu'il s'agissait d'accepter de nouvelles personnes dans son cercle personnel. En fait, peu de gens entraient dans le cercle proche du jeune Kravath, car il préférait être sélectif, ayant compris avec le temps que la plupart des personnes qui l'approchaient le faisaient pour son argent ou ses relations. Il avait accueilli Renatta dans son cercle personnel à cause de Jonathan.

Ils se tenaient tous les trois à l'une des hautes tables en bois où étaient servies des collations et des boissons. L'endroit était très fréquenté, non seulement parce qu'il était nouveau, mais aussi parce que la propriétaire était la fille d'une personnalité publique. Les caméras des médias étaient partout, et enregistraient les histoires racontées.

— Oui, j'en ai profité pour passer une commande de six selles et de trois ajusteurs — répondit-il.

Puis il regarda le doigt sur lequel scintillait un diamant solitaire et dit :

— Au fait, bonne chance, car avec cet idiot, tu vas en avoir besoin.

Renatta rit et appuya sa tête sur l'épaule de son fiancé.

— Félicitations pour vos fiançailles.

— Merci, Linc — répondit Renatta en souriant, Jonathan m'a dit combien tu avais été généreux en nous laissant utiliser le ranch pour la cérémonie. J'apprécie vraiment. Mes amis vont être heureux d'y passer quelques jours. Je leur ai envoyé le lien vers le site web de Golden Ties, qui contient des photos des environs, et ils sont ravis.

— Ce n'est rien, ce cancre est comme un frère, alors c'est le moins que je puisse faire — dit-il en souriant. Ma mère, qui veut vous organiser un accueil VIP au ranch, adore ces histoires d'amour.

Renatta sourit, satisfaite.

— Linc, au fait, si tu n'as pas de partenaire pour nous rejoindre ce jour-là, j'aimerais te présenter ma meilleure amie, Selina. Elle est ingénieur en marketing, et en plus elle est magnifique.

— Renatta, ma chérie — dit Jonathan sur un ton d'avertissement, n'essaie pas de jouer les cupidons, car Lincoln préférerait se tirer une balle dans le pied plutôt que d'accepter un rendez-vous, à moins qu'il ne choisisse lui-même avec qui. Mieux vaut ne pas perdre ton temps… ni celui de Selina.

Lincoln gloussa et finit de mâcher sa tranche de prosciutto.

— Je ne m'intéresse à personne d'autre pour le moment — dit-il, mais il se rendit instantanément compte qu'il avait fait une erreur tactique, alors il ajouta : je concentre mon attention au ranch et à mon entreprise, Renatta.

— C'est intéressant, Linc — dit Jonathan avec un sourire sous-entendu. En quelques jours, quelque chose a changé dans ta façon de voir les choses. Tes activités professionnelles sont toujours complexes, mais cette fois-ci, il semble y avoir un petit quelque chose en plus — dit-il en faisant semblant de chercher ses mots pour taquiner Lincoln, une touche plus personnelle. C'est ça, c'*est personnel.* Tu ne t'intéresses à «personne d'autre», parce que tu es déjà concentré sur une femme en particulier ? Quand on travaille comme moi dans la gestion des investissements, on est très attentif aux paroles des autres, car cela permet d'obtenir des réponses qu'on n'obtiendrait pas autrement. C'est une stratégie qui fonctionne toujours.

— Tu peux utiliser tes stratégies pour nettoyer les toilettes.

Il regarda la fiancée de Jonathan qui sourit en secouant la tête. Lincoln lui dit :

— Je suis sûr que ton amie est adorable, mais si les choses se compliquent, je ne veux pas qu'il y ait ce genre de conflit entre nous, surtout que tu vas être dans les parages avec cet imbécile. Tu comprends ?

Jonathan ne croyait pas un mot de ce que disait Lincoln et s'interrogeait sur son commentaire, mais il savait quand se taire. Ou presque toujours.

— Je n'insisterai pas, mais si tu changes d'avis, Selina et toi pourriez avoir des atomes crochus. Elle aime les randonnées et les animaux, mais elle n'est pas vraiment intéressée par le mariage. Peut-être qu'elle a besoin de trouver la personne parfaite, comme toi — dit-elle, faisant allusion aux conversations qu'elle avait déjà eues avec Lincoln, dans lesquelles il avait mentionné, car ce n'était pas un secret, qu'il n'était pas intéressé par le mariage.

Jonathan secoua la tête : s'il n'avait aucun secret pour sa fiancée, cela ne signifiait pas qu'il partageait les secrets des autres avec elle. Bien sûr, sauf si ce dernier affectait directement leur relation, mais dans ce cas, ce n'était pas le cas. Il ne lui avait donc pas révélé pourquoi Lincoln préférait la vie en solo.

— Savez-vous si vous vous marierez en été ou en automne ? — demanda Lincoln pour changer de sujet.

Son ami semblait avoir trouvé la femme idéale dans sa future épouse. Il espérait juste que la jolie rousse ne deviendrait pas une mégère.

— Nous définirons le jour exact dans les prochains jours. Ma sœur vient de nous annoncer qu'elle attend son premier enfant, et nous devons discuter de tout ça avec elle, car sa grossesse s'annonce délicate. Nous sommes heureux ! Jonathan et moi voulons au moins quatre bébés — dit-elle en souriant sans regarder Lincoln, manquant ainsi son expression soudainement sinistre.

— Bien sûr, tenez-moi au courant — répondit-il de manière neutre.

Il regarda Jonathan :

— Je te vois samedi pour pagayer. Cette fois, il vaut mieux aller au lac Lady Bird.

— Ok — dit Jonathan en embrassant Renatta avec l'intention de partir, parce que cela faisait déjà un moment qu'ils étaient présents. Au fait, Ernest, Lenox et Billy sont en ville. Je leur dirai de se joindre à nous et nous irons chercher des bières.

— Nous verrons s'ils se montrent — répondit Lincoln.

Ses trois amis du lycée avaient participé à des compétitions professionnelles de rodéo de taureaux au Texas et au niveau national. Ils étaient en route vers Austin, et c'était rare qu'ils soient tous présents ensemble au même moment, alors il espérait les voir.

Renatta et Jonathan prirent congé, et Lincoln en profita pour saluer Tyron Remis, une vieille connaissance locale qui entraînait des chevaux de course et avait été le moniteur d'équitation des frères Kravath. L'homme était doué pour apprendre aux animaux les bons mouvements en peu de temps, et c'était un bon instructeur avec les jeunes cavaliers.

Après un moment, il dit au revoir à Tyron, et se dirigea vers la sortie à travers la foule. Avant qu'il n'atteigne la poignée métallique de la porte vitrée, une main féminine l'attrapa par le bras. Il tourna son visage pour rencontrer les yeux gris et le sourire aux lèvres rouges d'Alina.

— Tu pars déjà, Linc ? Ça fait seulement une heure que la soirée a commencé — dit-elle.

Elle portait une robe de cocktail noire à une manche, des talons aiguilles écarlates, et ses cheveux étaient coupés au niveau du menton. Elle était jolie et élégante.

— D'ailleurs, nous n'avons pas eu l'occasion de discuter depuis un moment, car j'étais prise par les invités qui venaient d'arriver, mais c'est moins agité maintenant. Nous ne nous sommes pas vus depuis des mois et tu sembles t'être isolé dans les Golden Ties — dit-elle en riant doucement. J'aimerais donc profiter de cette occasion pour te dire qu'il y a une question importante dont je veux discuter avec toi. Si tu n'as pas le temps maintenant, je peux demander à mon chef de préparer quelque chose pour le dîner de demain.

Lincoln était habitué à ce que les femmes le draguent, mais Alina était l'une des rares à dire exactement ce qu'elle pensait si le cadre était approprié, sinon, ses allusions étaient généralement un peu plus subtiles. Apparemment, ce n'était pas le moment pour les subtilités. Mais c'était sans importance, car Alina n'émoustillait pas Lincoln.

— J'ai été pressé par le temps, c'est vrai. Puisque nous sommes ici, nous pouvons profiter de l'occasion pour discuter de cette affaire inachevée que tu as mentionnée. De plus, si tu donnes du travail supplémentaire à ton chef, il risque de m'en vouloir et de tenter de m'empoisonner — dit-il en souriant, rejetant la possibilité de dîner seul avec elle.

— Comment trouves-tu le magasin maintenant que tu as eu le temps de parcourir les deux étages ?

Alina lui adressa un sourire radieux et lui fit un signe de la main pour le guider vers la zone la moins fréquentée. En passant parmi les invités, ils s'arrêtèrent pour les saluer. Lincoln détestait ce genre de cirque social, même s'il savait que cela fait partie du travail. La situation n'était tolérable que s'il rencontrait des amis avec lesquels il partageait des opinions ou des expériences communes.

— Dix Maisons du Cheval au total, c'est une belle réussite — dit-il. Et j'ai déjà apporté mon soutien de la meilleure façon qui soit — dit-il en faisant un clin d'œil, car j'ai acheté plusieurs outils. En raison de son emplacement, je pense que c'est une bonne stratégie que la boutique propose aussi des articles pour les ranchs, plutôt que pour les compétitions équestres uniquement. Le magasin, je le répète, est génial. Même si je suis sûr qu'on te l'a déjà dit plusieurs fois ce soir.

Elle acquiesça et son regard se posa sur la bouche de Lincoln.

— Je voulais te dire que mon père organise un barbecue entre amis pour discuter de ses projets en tant que candidat au poste de gouverneur. Je sais, confidentiellement, qu'il a l'intention d'ouvrir sa propre chaîne de restaurants, et que le chef est l'un des apprentis du célèbre chef José Andrés. Je sais que tu es très occupé, mais peut-être pourrais-tu envisager de venir. Mon père respecte ta famille et son éthique de travail, alors je suis sûr qu'il aimerait discuter avec toi, car il aura besoin de fournisseurs de bœuf. Qu'en penses-tu ?

Lincoln pourrait jouer et gagner au poker s'il le voulait, car il savait cacher ses émotions quand il le voulait, sans faire d'erreur.

— Cela semble prometteur, j'apprécie que tu m'aies invité — répondit-il, heureux d›avoir atteint son objectif de la soirée sans rien forcer. Préviens-moi à l'avance, car j'ai plusieurs voyages d'affaires prévus.

Elle hocha la tête et sourit, regarda par-dessus son épaule et fit un geste. Il suivit son regard et réalisa qu'il s'agissait de photographes de différents médias. Il fronça les sourcils.

— Linc, viens avec moi dans cette partie du magasin — dit-elle en désignant un coin où étaiet exposée une série d'accessoires pour cavaliers. Nous allons nous faire photographier. Je pense que ce sera une excellente publicité pour nous, car nous serons perçus comme des entrepreneurs jeunes et solidaires. Dans la légende, il y aura des informations sur chacun d'entre nous.

Il ne voulait pas se faire prendre en photos, mais il savait que ça faisait partie du spectacle. Cinq photographes étaient déjà en train de chercher le meilleur angle. Alina posa sa main sur le bras de Lincoln, s'accrocha à lui, et lui sourit. Son langage corporel était celui d'une femme sûre d'elle, bien dans son élément en posant avec un bel homme à succès. Son égal. Lincoln posa sa main sur la taille d'Alina, comme il le ferait avec n'importe quelle amie, et sourit. Les photographes notèrent les informations qu'elle leur donna pour la légende des photos.

— Depuis combien de temps sortez-vous ensemble ? — demanda le journaliste d'un magazine qui couvrait les événements en mettant l'accent sur les ragots.

— Nous sommes amis — dit Lincoln avec sérieux.

Il était sur le point de dire autre chose, mais son portable se mit à vibrer. Quand il le sortit pour voir de qui il s'agissait, il fronça les sourcils. Elister Reynolds, son avocat, ne l'appelait habituellement pas à cette heure tardive. Il regarda son amie avec un sourire un peu crispé :

— Je dois prendre cet appel, ma chérie. A bientôt.

Elle embrassa Lincoln sur la joue, prit son temps pour retirer ses lèvres, puis Lincoln quitta la boutique. Ce n'était pas le meilleur endroit pour parler au téléphone, alors il attendit d'être dans le van pour rappeler. A la troisième sonnerie, l'avocat répondit.

— M. Kravath, je viens de terminer une réunion avec mes collègues sur une affaire extrêmement complexe et je n'ai pas pu vous appeler plus tôt.

Lincoln démarra le moteur et le climatiseur.

— Y a-t'il un problème avec mes contrats ? — demanda-t'il d'un air inquiet.

La partie juridique avait toujours été un cauchemar à gérer, parce qu'elle impliquait une terminologie stupide qui finissait par embrouiller les gens. Lincoln préférait les chiffres, parce qu'avec les chiffres, tout était clair, il n'y avait pas de place pour une mauvaise interprétation. Son équipe d'avocats était très agile, et il leur versait un bon salaire.

— J'ai bien peur que oui, même s'il ne s'agit pas d'un contrat en tant que tel. Dans la matinée, j'ai contacté l'avocat de M. Sarconni, Felix Falcon, parce que nous n'avons reçu aucun commentaire ni mise à jour sur la proposition que nous avons faite, malgré notre insistance. C'est un peu étrange pour moi, étant donné que le montant de notre offre était élevé.

Lincoln serra son téléphone dans sa main.

— L'avocat m'a dit que la vente avait été suspendue.

Lincoln était furieux, car la suspension signifiait l'arrêt des procédures qu'il avait déjà mises en place, comme la recherche des meilleurs vignerons, viticulteurs et ouvriers viticoles. Il avait même fait les plans de ses futures constructions, notamment en termes de salle de dégustation. Son projet devait prendre cinq ans à se réaliser, il était donc essentiel de commencer le plus tôt possible. Et maintenant, Elister lui disait que la vente du ranch avait été mise en attente, alors que la signature du propriétaire était presque acquise.

— Qu'est-ce qui s'est passé ? — demanda-t'il, incrédule. Si je n'avais pas besoin de mon téléphone, je baurais balancé sur le trottoir tellement cette nouvelle m'énerve. Vous avez examiné les besoins avec mon comptable, puis avec le chef de projet de Golden Enterprises, puis nous nous sommes assis pour discuter de la meilleure proposition que nous pourrions faire à Sarconni. Et maintenant vous m'annoncez que la vente est suspendue ? Sarconni ne recevra pas de meilleure offre pour ce ranch mal entretenu, qui serait d'ailleurs déjà détruit s'il n'y avait pas le centre équestre créé par mon grand-père il y a plusieurs décennies, et le peu que les employés arrivent à produire.

— Comme vous le savez, la seule bonne nouvelle, c'est que M. Sarconni était prêt à accepter notre offre plutôt qu'une autre, car les autres n'incluaient pas un plan de paiement aussi intéressant. Du moins, c'est l'information que Felix m'a donnée. J'étais intrigué par le fait que je n'avais pas reçu d'autres nouvelles depuis...

Elister ajusta le col de sa chemise bleue, un peu mal à l'aise. Le problème ne relevait pas de sa compétence, mais il comprenait la frustration de son patron.

— Est-ce qu'il veut plus d'argent ? — demanda-t'il, en serrant les dents, parce qu'il donnait déjà plus que ce que l'ancien ranch de son grand-père valait.

— Non. L'avocat m'a expliqué qu'ils avaient même préparé le projet de contrat pour nous, mais qu'ils ont tout stoppé suite à une décision prise il y a quelques jours. M. Sarconni est en Europe pour affaires et a laissé les directives avant son départ. Il semble que ce soit une décision temporaire, pas définitive.

Lincoln se frotta l'arête du nez et ferma les yeux. Il ne pouvait pas concevoir que son rêve de vignoble soit en suspens, juste parce qu'il était impossible de compter sur la parole de Sarconni. Ni quand il était adolescent, ni maintenant. Ni en tant qu'homme, ni en tant qu'homme d'affaires. Dans une situation comme celle-là, il aurait dû envoyer un courrier ou une notification aux parties intéressées, par courtoisie et respect. «Putain de trou du cul.»

— Je ne sais pas si vous aimez les énigmes, Elister, mais moi, elles me rendent fou. Alors, s'il vous plaît, expliquez-vous clairement, comment se fait-il que la décision soit temporaire ?

— Bien sûr, je suis désolé. Mon collègue m'a dit qu'il y a une nouvelle personne en charge de la gestion et que son travail consiste à rendre Blue Oaks fonctionnel, à l'améliorer et à le faire ressembler à ce qu'il était au bon vieux temps. Si cette personne apporte des améliorations en moins de quatre mois, la vente ne se fera pas. Si cette personne n'atteint pas son objectif, mais M. Sarconni semble être très confiant, la vente pourra être reconsidérée. Les autres parties intéressées, cinq environ, se sont progressivement désengagées. Il ne restait que nous et la famille McLein, les propriétaires terriens du Montana qui sont venus à Austin il y a deux ans pour élever du bétail.

Lincoln frappa le volant de sa main libre.

— Qui est l'administrateur prodige ? Peut-être que je peux lui rendre visite et lui offrir un salaire chez Golden Ties pour qu'il quitte Blue Oaks et travaille pour moi.

— Euh, M. Kravath, ce n'est pas un administrateur.

— Vous venez de me dire...

— C'est une femme, une administratrice. Apparemment, la gestion des ranchs n'est pas sa spécialité en tant que telle, mais elle est agile avec les chiffres et l'organisation. C'est ce qu'a expliqué M. Sarconni à Felix quand elle a été engagée. M. Kravath, je n'ai pas d'autres informations concernant la suspension de la vente. Je vous tiens au courant, bien sûr.

Lincoln souffla. Tout l'alcool du monde ne pourrait pas lui faire oublier sa colère. Ce qu'il lui fallait maintenant, c'était chevaucher Silver, son cheval, jusqu'à ce que le contact avec la nature fasse disparaître ses émotions contradictoires. Ça marchait à tous les coups.

Il devait trouver un moyen de rencontrer cette administratrice et, comme il l'avait fait avec le responsable précédent, lui faire une meilleure offre d'emploi ou lui trouver un emploi ailleurs avec un meilleur salaire, grâce à ses contacts. Il voulait Blue Oaks et il allait l'obtenir par tous les moyens. Cette terre renfermait les souvenirs de son enfance, de sa famille, mais surtout, c'était l'endroit idéal pour réaliser son rêve le plus cher.

— A qui dois-je rendre visite et faire une contre-offre pour l'évincer de Blue Oaks ?

Elister bougea des papiers sur son bureau.

— Attendez, je vous dis ça, j'ai noté le nom. Attendez une seconde... Son nom est là ! Elle s'appelle Brooke Isabelle Sherwood.

Lincoln coupa la communication et appuya sa tête contre le dossier de son siège. Il laissa échapper un rire amer et ironique. Il n'en revenait pas. La seule femme qui avait réussi à capter son intérêt depuis plusieurs mois était aussi l'obstacle à la réalisation de ses ambitions. Brooke savait-elle qu'il était intéressé par l'achat de Blue Oaks, et faisait-elle juste semblant d'être perdue sous la pluie pour glaner des informations au profit de sa mission ? Elle était restée à la maison, seule avec Willa, pendant plusieurs heures et avait même dormi chez lui. Avait-elle été dans son bureau ? De multiples possibilités commencèrent à tourner dans sa tête, et aucune d'entre elles n'accordait à Brooke le bénéfice du doute.

Il était furieux, car il avait, pour la première fois depuis Heidi, laissé son désir passer avant la raison. Il n'était pas surpris que les femmes utilisent des astuces pour obtenir des informations, de l'argent ou de l'influence, aux dépens des hommes. Bien qu'il doive concéder à sa «nouvelle voisine» que cette stratégie de la demoiselle en détresse sous la pluie, perdue sur la route, et désireuse d'aider, était originale. Il comprenait maintenant que les cachoteries de Brooke étaient liées à son rôle à Blue Oaks.

La *petite princesse* n'avait pas l'air de savoir comment gérer un ranch. Il allait se faire un plaisir de perturber les résultats qu'elle espérait obtenir. Il s'arrangerait pour qu'elle échoue afin qu'elle soit renvoyée pour incompétence. La femme était indiscutablement têtue, il l'avait remarqué, alors il ne pensait pas que lui offrir de l'argent la ferait partir. La meilleure stratégie serait de saboter ses efforts jusqu'à ce qu'elle détruise le peu qui pouvait être sauvé.

Brooke n'était pas encore sa maîtresse, mais lorsque cela arriverait, car cela arriverait, il allait utiliser le plaisir à son avantage. Il s'amuserait, il la ferait échouer, et ensuite, lorsque Blue Oaks ne serait plus récupérable, Matteo n'aurait d'autre choix que de vendre le ranch. Bien sûr, Lincoln pouvait toujours recourir à un dispositif juridique pour rendre la vie misérable à son ancien camarade de lycée, mais cela impliquerait de mettre la propriété à la disposition du plus offrant.

Il était prêt à faire des coups bas si cela pouvait lui garantir de récupérer le ranch qui avait appartenu à son grand-père. Une fois le ranch entre ses mains, il allait le transformer.

Faire confiance à une femme était un pari qui se terminait toujours mal. Lincoln venait juste de constater de nouveau ce que l'expérience lui avait déjà appris dans le passé. Au moins, il n'était pas assez stupide pour tomber amoureux ou croire, comme son meilleur ami si naïf, que sa moitié existait. Lincoln appuya sur l'accélérateur de la voiture, et sa colère commença à s'apaiser... un peu.

*Lincoln.*
*Il y a six ans.*

*Ce samedi-là, Lincoln eut près d'une heure de retard à la fête organisée sur les rives du lac Travis, car l'un des tracteurs du ranch était tombé en panne et il est resté plus longtemps que prévu pour serrer les écrous avec le mécanicien. Lincoln vivait dans le quartier de Zilker, une zone éloignée de l'agitation du centre ville d'Austin. Il fallait près de quarante-cinq minutes pour faire le trajet quotidien depuis Golden Ties. Après s'être douché et habillé, il s'était rendu au garage pour monter dans sa Porsche. Il aimait la vitesse et les voitures.*

*Les horaires de Lincoln n'étaient pas réguliers, car l'élevage était une activité très différente de celle d'un bureau. Les occupations de ses deux frères étaient différentes de la sienne : ils avaient chacun un cabinet médical bien établi, ce qui leur permettait de contribuer à Golden Ties. Ils étaient mariés et ils préféraient les tâches administratives ou tout ce qui n'impliquait pas d'être sous un tracteur, de se faire chier dessus dans les écuries ou d'aider dans le poulailler ou les étables. Leurs épouses profitaient de leurs visites dans la région de Lago Vista pour organiser avec Rosalie des visites au centre de villégiature de la famille, et pour passer du «temps entre filles», comme elles appelaient les heures passées à profiter du sauna, de massages, et de soins du visage.*

*Osteen et Rosalie, bien que leurs trois fils soient désormais tous des hommes, ne toléraient aucune bêtise et s'attendaient à ce que, en contrepartie de la vie agréable qu'ils menaient (parce qu'ils n'avaient pas de difficultés financières ni de dettes dues à leurs études), ils fassent du bénévolat ou travaillent de temps en temps dans les bureaux d'Austin ou au ranch. Lincoln avait toujours choisi le ranch, dont il était maintenant le gardien officiel. Osteen avait choisi de confier la plupart des responsabilités à son fils cadet, pour qu'il se concentre davantage sur la gestion de l'entreprise, car à son âge, il n'avait plus la même agilité que Lincoln. Tout le monde était heureux de cet arrangement familial.*

*Lincoln traversa les rues d'Austin à toute vitesse. Il lui avait fallu vingt-cinq minutes pour se faufiler dans la circulation du vendredi et dix autres minutes pour trouver un parking. La zone où il avait rendez-vous était l'une des plus fréquentées, car il y avait de nombreux pubs, restaurants, et, pendant la journée, les gens aimaient y faire du sport ou du bateau.*

*L'Insomniac avait accueilli le vingt-huitième anniversaire de Lenox Branson qui, tout comme Ernest Tadheo, Billy Morris et Jonathan Martin, était un des meilleurs amis de Lincoln. Ses acolytes de réjouissances. La nuit promettait d'être festive, sources d'anecdotes marrantes qui resteraient dans les mémoires pour longtemps. Du moins, c'était comme ça depuis qu'ils étaient au lycée et faisaient des choses stupides ensemble.*

*L'endroit était bondé, la musique était à fond, les boissons affluaient. Il n'était pas facile de faire de la place parmi tous ces corps qui se balançaient au son de la musique qui sortait des haut-parleurs. Lorsque Lincoln attint la table de ses amis, ceux-ci avaient déjà vidé plusieurs bouteilles de Johnny Walker Blue. Ce week-end-là, Ernest, Billy et Lenox avaient été libérés de leur entraînement habituel et de leurs déplacements inter-États. Tous trois avaient choisi de se lancer dans la compétition de rodéo et étaient assez célèbres dans leurs catégories. Ils avaient encore un long chemin à parcourir, mais ils s'étaient beaucoup investis dans le processus. Leurs fans féminines semblaient les suivre partout où ils allaient.*

*— Hé, Linc, tu viens à Vegas avec nous le mois prochain ? — demanda Billy, après avoir noté le numéro de téléphone d'une de ses fans. Ça va être génial.*

*Il y avait peut-être dix filles à la table avec eux. Ernest avait suggéré de couvrir toutes les dépenses pour l'anniversaire de Lenox, alors sa facture allait s'élever à plus de deux mille dollars. Aucun d'entre eux ne s'en souciait tant qu'ils passaient un bon moment. Certaines des femmes qui semblaient fascinées par les cinq amis étaient des fans de rodéo, d'autres avaient simplement attiré l'attention d'un d'entre eux et étaient invitées à faire la fête.*

*— C'est la saison des récoltes — dit Lincoln, je ne peux pas laisser mon père seul avec toute la charge de travail, j'ai des responsabilités à Golden Ties. De plus, mes frères ne peuvent pas assurer mes arrières si j'ai envie de prendre une bonne cuite — dit-il en riant, en pensant à la réaction qu'auraient Tristan et Samuel dans ce cas. Ils sont sur le point de partir avec leur femme respective, l'un à Houston et l'autre à Dallas.*

*— Pff, c'est vrai. En tout cas, il y a quelque chose d'intéressant à voir ici — répondit-il en désignant une femme en robe bleue, que penses-tu de la blonde qui vient par ici ? Elle a l'air de vouloir te parler. Elle est sexy.*

*Lincoln la regarda. Elle était effectivement jolie, mais il n'était pas intéressé.*

*— Nan, je n'aime pas les blondes, tu sais que je préfère les brunes aux yeux clairs.*

*— La variété est l'épice de la vie, santé ! — dit Billy en riant avant de boire son verre.*

*Les autres l'imitèrent, et la conversation s'orienta vers les voyages récents et les aventures que Lenox avait eues après avoir gagné son dernier concours. Puis vinrent les anecdotes d'Ernest, qui avait un terrible sens de l'orientation et avait l'habitude de louper ses vols. Jonathan parla de son empoisonnement alimentaire chez son patron et comment il avait failli faire dans son pantalon. Lincoln leur raconta qu'il avait rompu avec sa dernière petite amie, Mélanie, parce qu'elle lui avait avoué qu'elle aimait aussi les femmes. L'histoire suscita quelques rires, accompagnés de plusieurs verres de whisky.*

*— Je suis tout à fait d'accord pour les trios, mais tant que ma copine préfère une relation émotionnelle avec moi seul et non avec une autre personne — déclara Ernest en riant.*

*— Linc a une réputation de séducteur, et les pages mondaines le présentent comme le célibataire favori d'Austin — dit Jonathan en lui tapant sur l'épaule.*

*— Le charme demande de l'entraînement — répondit Lincoln en riant.*

*Lincoln n'était pas réfractaire à l'idée d'avoir une relation exclusive, et il l'avait déjà expérimenté. La phobie de l'engagement ne faisait pas partie de son vocabulaire, surtout au vu des relations dans sa famille. Il voulait avoir une relation comme celle que ses frères avaient trouvée ou bien un lien inconditionnel comme ses parents avaient. Il ne savait pas quand cela allait se produire, mais il était sûr qu'un jour il serait père. La perspective d'avoir de jeunes enfants qui pourraient s'amuser dans le ranch et faire l'expérience de la vie en pleine nature semblait séduisante.*

*— Sans aucun doute — dit Lenox, en les poussant tous sur la piste de danse.*

*Lincoln termina le seul verre de whisky qu'il allait boire de toute la soirée, car il conduisait et devrait sûrement reconduire ses amis ivres chez eux. Il suivit le groupe avec enthousiasme. En comptant les filles, il y a avait une quinzaine de personnes. Une fan d'un de ses amis, une blonde bien sûr, s'était accrochée à son bras et s'était mise à se trémousser. Il ne la trouvait pas jolie, mais il n'était pas hostile ni distant, et il était là pour passer un bon moment.*

*Avant que la première chanson ne soit terminée, Lincoln leva les yeux vers le bar et se figea.*

*Une brune attira son attention. Sans trop réfléchir, il murmura une excuse à sa partenaire de danse et se détourna de la piste avec l'intention d'aller parler à l'inconnue. Il n'était pas timide et quand il était intéressé par quelqu'un, il essayait de concrétiser la relation. Comment aurait-il pu savoir que ce serait une erreur qui le changerait à jamais ?*

# CHAPITRE 8

Brooke vécut quelques jours frustrants, car elle devait être sur tous les fronts. Il lui fallut deux jours entiers pour dresser un inventaire des outils nécessaires et de ceux qui étaient hors d'usage. Elle apprit la carte du pays pour savoir où se trouvait exactement chaque zone du ranch et ses limites. Pour le jardin biologique, elle investit dans de nouvelles machines automatiques qui maintenaient la bonne température aux différents points d'irrigation. La principale source de revenus du ranch étant toujours Rainbow Blue, l'école d'équitation pour enfants, elle décida d'investir dans l'achat de chevaux supplémentaires, d'embaucher un autre instructeur et un publicitaire.

A l'aide d'un catalogue qui répertoriait les fournisseurs, elle avait demandé des devis en ligne pour des produits, parmi lesquels des engrais, des herbicides, des pesticides, des fertilisants etc... Son principal intérêt était de trouver de nouveaux distributeurs et de créer des alliances avec des entreprises de confiance.

Quand Brooke n'était pas coincée au bureau à se battre avec des chiffres et des algorithmes pour le nouveau logiciel de traitement des données de Blue Oaks, elle participait aux tâches non dangereuses avec les employés. Elle savait qu'elle ne gagnerait jamais le respect du personnel ni n'aboutirait à une véritable coopération si elle restait enfermée avec son ordinateur. Elle devait se salir les mains, mettre la main à la pâte, être présente et solidaire si elle voulait être considérée comme faisant partie d›une équipe qui allait améliorer Blue Oaks. Elle convoqua même une assemblée générale dans l'arrière-cour de la maison, où Mildred servit des rafraîchissements, pour se présenter au personnel tournant, soit vingt personnes.

— Encore du thé glacé, Mlle Sherwood ? — demanda la gouvernante.

— Non, merci, ça ira. Le dîner était délicieux. Vous n'étiez pas obligée de rester pour m'aider à planter les tournesols dans le jardin, mais j'apprécie.

— Les plantes sont l'un de mes passe-temps favoris, et comme c'est votre maison, je voulais vous aider à la rendre jolie — dit-elle en souriant. Au fait, le festival d'été a lieu ce week-end, et on y sert de la nourriture texane traditionnelle. Il a lieu une fois par an.

— De quoi s'agit-il ? — demanda Brooke avec intérêt.

— L'événement est organisé par l'un des propriétaires de la région, différent chaque année. Chacun apporte des produits à vendre, et ce qui est collecté à la fin de la journée est distribué par tirage au sort parmi les participants. C'est un moyen de créer une communauté, et puisque que vous êtes administratrice de Blue Oaks, je pense que ce serait bien pour vous d'y participer.

— Oh, c'est génial — dit Brooke avec enthousiasme. Comment puis-je m'inscrire ?

— Vous n'avez pas besoin de vous inscrire — dit-elle en riant, car ce n'est pas un gala, Mlle Sherwood. Dans ce quartier de Lago Vista, nous sommes informels, nous nous connaissons tous, alors quand l'événement est annoncé, nous savons déjà qui sera présent.

— Mais je suis nouvelle...

— Exactement, donc ce sera une bonne occasion de faire savoir qu'il y a une femme à la tête de Blue Oaks. Les ranchs, à l'exception des Golden Ties, se trouvent à une distance de 10 à 20 km, mais on ne sait jamais quand on peut avoir besoin d'aide. Comme vous voulez connaître le véritable esprit texan, assister à ce festival serai une bonne expérience pour vous.

Brooke s'était inscrite à un groupe de randonnée. Elle ne savait pas encore quelle serait sa prochaine activité, mais elle n'était pas pressée. Elle s'adaptait lentement à sa nouvelle ville.

— Tu as raison, Mildred, c'est une belle opportunité. Il y a juste une petite chose — murmura-t'elle, je ne sais pas cuisiner autre chose que des pommes de terre au four, du riz, du poulet au micro-ondes et des salades, car il s'agit simplement de mélanger des ingrédients.

L'expression horrifiée de la gouvernante fit rire Brooke.

— Ne vous inquiétez pas. Si vous êtes prête à apprendre, je vous montrerai comment préparer la marinade pour les côtes de porc au barbecue, et comment faire du maïs grillé.

— Les ingrédients seront achetés sur le budget du ranch, car il serait injuste de vous laisser payer pour quelque chose comme ça. Matteo ne le voudrait certainement pas.

— Oh, bien sûr, il est généreux. Nous lui transmettons les factures relatives au festival. Dès qu'il reçoit les papiers, il nous rembourse l'argent avancé.

Brooke hocha la tête.

— Dans quel ranch le festival aura-t'il lieu ? Matteo est en voyage, quel dommage.

— Le jeune Sarconni n'a jamais été à un de ces festivals, parce qu'il ne les aime pas beaucoup. Les employés de longue date nous connaissent — dit-elle en souriant. Initialement, c'est le ranch de la famille Anderssen, Rugrats Woods, qui devait accueillir les festivités, mais il y a eu un changement et le festival aura finalement lieu à Golden Ties. L›hôte de cette année est le jeune Kravath.

— Oh, bien… J'ai oublié de lui dire que je suis l'administratrice de Blue Oaks — marmonna-t'elle.

Trois jours s'étaient écoulés depuis sa rencontre avec l'éleveur acariâtre, mais elle n'avait aucune nouvelle de lui. Ca lui paraissait un peu étrange, vu comment le regard bleu l'avait brûlée de son intensité avant son départ. Toutes les femmes qui voulaient savoir ce qu'était un vrai baiser devraient embrasser Lincoln, se dit-elle. Ou peut-être que ce dont elle avait vraiment besoin était juste de se créer un profil sur Tinder.

Depuis Miles, sa vie amoureuse était désertique. Elle ne faisait pas confiance aux hommes facilement, mais comme Kristy le lui avait dit, peut-être qu'elle avait juste besoin de se laisser aller un peu sans réfléchir à la possibilité de s'engager sur la durée. Elle n'avait pas envie de risquer son cœur à nouveau, mais elle ne voulait pas non plus se condamner à un exil amoureux. Elle se demandait si elle voulait prendre le risque de s'ouvrir à un homme.

Brooke pensa à la suggestion de Joseph de demander de l'aide à Lincoln pour le ranch. Elle voulait lui dire qu'ils étaient voisins et lui demander s'il accepterait d'être son conseiller pour la rénovation de Blue Oaks. La nouvelle que Mildred venait de lui annoncer à propos du festival tombait à point nommé.

Les rénovations du ranch s'annonçaient compliquées. Brooke allait avoir besoin de personnes spécialisées dans la construction, le câblage, l'irrigation, le réaménagement paysager et les équipements de nivellement du terrain. Il n'y avait rien de mieux qu'une personne expérimentée pour offrir un point de vue commercial et technique à la fois.

— Eh bien, Mlle Sherwood, vous êtes entrée dans un ranch que vous ne connaissez pas et vous avez demandé de l'aide à un étranger au milieu d'une tempête. Il n'était pas évident de penser également à évoquer vos références — dit-elle en souriant gentiment. Ce festival, c'est l'occasion parfaite e vous présenter !

— C'est sûr, ce sera mémorable.

— Je m'en vais maintenant — dit-elle en se détournant, bonne nuit.

Brooke monta dans sa chambre pour prendre un bain.

La poupée en porcelaine que son grand-père lui avait offerte reposait sur la console dans le couloir de l'étage. En plus de son album photo, c'était tout ce qui avait de la valeur à ses yeux. Son dossier médical se trouvait dans l'unique tiroir du petit bureau, qu'elle avait placé devant la fenêtre qui donnait sur l'arrière-cour. Elle avait prévu de décorer la maison petit à petit avec des détails qui la rendraient plus accueillante. Peu importait combien de temps elle resterait à Blue Oaks, que ce soit un an ou deux.

Elle ouvrit le robinet et régla la température de l'eau. Elle souffla.

Le matin, elle était partie en 4x4 pour rejoindre le ruisseau. Trois des employés avaient déjà commencé à débroussailler le sous-bois. Elle en avait profité pour mettre les graines de lavande, qu'elle avait achetées, sur le bord de la route. Elle avait pensé que c'était une bonne idée : lorsque les fleurs pousseraient, le parfum se répandrait dans cet espace magnifique et si spécial. Elle avait ensuite visité la zone des cultures et avait passé quelques heures à apprendre ce que Pete et les quatre hommes travaillant sous ses ordres lui montraient. Son derrière était douloureux, car elle n'était pas habituée à ce genre de travail.

Après avoir lavé ses cheveux, elle appliqua du savon liquide sur ses mains et commença à se frotter le corps, tandis que l'eau chaude commençait à détendre ses muscles.

Bien qu'elle ait été occupée pendant ces trois jours, elle se souvenait parfois de la façon dont Lincoln l'avait caressée par-dessus ses vêtements et l'avait embrassée jusqu'à ce qu'elle perde la notion du temps. Elle aurait aimé rester dans ses bras, le sentir enlever ses vêtements et se découvrir l'un l'autre. Elle n'avait jamais fait l'amour sur la table de la salle à manger auparavant, mais elle était sûre qu'elle l'aurait expérimenté pour la première fois si Willa ne les avait pas interrompus. Expérimenter la caresse des doigts de Lincoln sur son sexe serait agréable, mais pas autant que de sentir la dureté de son membre viril la pénétrer, jusqu'à ce que leurs corps s'emboîtent.

Brooke ferma les yeux, imagina que Lincoln la caressait avec ardeur et sans retenue. Elle serra ses tétons, les tripota, tandis que les doigts de sa main libre ouvraient les plis de son vagin. Elle était mouillée et cela n'avait rien à voir avec l'eau de sa douche. Ses fantasmes sexuels n'avaient jamais eu un visage aussi clair que maintenant. Elle voulait connaître le corps de Lincoln Kravath dans les moindres recoins. Elle ne savait pas si l'occasion se représenterait un jour, mais elle était prête. Le bruit de l'eau étouffa ses gémissements.

Elle caressa son clitoris, puis commença à bouger ses doigts dans son sexe, se mordit la lèvre inférieure, la tête rejetée en arrière. Elle remua légèrement ses hanches. Elle serra fort son téton gauche, tandis que les doigts accéléraient les caresses sur son sexe. Ses halètements devinrent intenses. Penser à Lincoln en train de pénétrer son vagin par derrière dans cette douche la conduisit à l'extase. Elle cria, sachant que personne ne pouvait l'entendre.

Elle resta silencieuse un moment, finit son bain, puis attrapa une grande serviette pour se sécher. Après s'être mise en pyjama, elle ouvrit l'iPad sur le bureau de sa chambre. Il était presque 21h, et elle avait terminé son travail de la journée.

Les bruits de la campagne filtraient à travers la fenêtre de la chambre. Elle regarda l'horizon, qui s'étendait sur des centaines d'hectares. Le ciel était sombre et parsemé d'étoiles. Le vent nocturne était frais et il n'y avait pas de nouvel avis de tempête pour le moment. Brooke sentait que le contact avec la nature commençait à guérir ses blessures.

Brooke ouvrit son navigateur web et regarda les principaux journaux locaux. Puis elle se renseigna sur les prix des produits et les tendances du marché. Elle ne voulait pas trop approfondir le sujet ce soir là car elle baignait dans les chiffres depuis un moment et elle commençait à saturer. Elle consulta les activités sociales dans l'intention d'en trouver certaines auxquelles elle pourrait s'inscrire. Elle passa d'une publication à l'autre, jusqu'à ce qu'elle en trouve une mentionnant l'ouverture d'un magasin d'équitation. Elle s'intéressait aux chevaux. Elle cliqua donc sur l'article.

Elle aurait trouvé les photographies sympathiques si on n'y voyait pas le sujet de son dernier fantasme sexuel en train d'embrasser une belle femme. Le sourire de Lincoln laissait entendre qu'il était très à l'aise avec sa compagne, qui n'était autre que la propriétaire de la boutique, la Maison du Cheval, et fille du maire d'Austin.

L'autre photo avec cette Alina, plantant un baiser sur la joue de Lincoln, laissait entendre que la relation n'était pas nouvelle et qu'ils étaient bien sur la même longueur d'onde. Elle ne pouvait s'empêcher de s'en vouloir d'être jalouse, même si c'était le léger sentiment de déception qui la remuait le plus. N'y avait-il plus d'hommes dignes de ce nom ?

Lincoln lui avait dit qu'il n'y avait pas de maîtresse dans sa vie en ce moment, et elle l'avait cru. Son intérêt pour lui n'était pas romantique, mais si leur intention commune était de s'amuser un peu, ils devaient être honnêtes l'un envers l'autre. «Les fantasmes sexuels n'ont aucune répercussion émotionnelle une fois l'orgasme terminé», pensa-t'elle en se rappelant son orgasme quelques instants plus tôt.

La légende des photos était assez révélatrice : sur les deux clichés, la date était celle de la nuit précédente. *Lincoln Kravath, PDG du conglomérat Golden Enterprises, avec la propriétaire de la chaîne la Maison du Cheval, Alina Marcs. Deux héritiers à la recherche du succès et de l'amour.*

«Quel pauvre crétin», pensa Brooke avec colère en fermant la page. Elle mit l'iPad de côté et s'éloigna du bureau. Comment avait-il osé l'embrasser alors qu'il était intéressé par quelqu»un d»autre ? Peut-être qu'Alina était sa partenaire officielle et que Lincoln était si effronté qu'il mentait par commodité.

Brooke savait maintenant pourquoi il ne l'avait pas appelée et ne lui avait pas écrit alors qu'il avait dit qu'il le ferait. Ce n'était pas agréable de savoir qu'il lui mentait, mais il valait mieux le savoir avant de faire une erreur irréparable. Elle était reconnaissante d'avoir trouvé cette publication car maintenant, elle savait à quoi s'en tenir avec son voisin. Leur relation serait uniquement d'ordre professionnel.

Elle s'allongea et frappa deux fois l'oreiller, en s'imaginant que c'était le bras de Lincoln. Puis elle s'endormit rapidement.

Lincoln ne devait pas accueillir le festival d'été avant quelques années, mais devenir l'allié de Brooke pour la faire échouer dans ses tentatives de faire décoller Blue Oaks suffisait à le pousser à modifier légèrement ses plans. Bien sûr, pour tout organiser, il avait besoin de temps, donc contacter Brooke n'était pas à l'ordre du jour. Il devait préparer son conseil d'administration, alors il appela les Anderssen. Il leur proposa de reprendre l'organisation du festival cette année et de faire du Golden Ties le lieu de la manifestation. Le couple accepta sans objection, car leurs petits-enfants d'Italie leur rendaient visite et ils étaient ravis de ne pas avoir d'agitation supplémentaire.

Satisfait de la réponse de cette famille, Lincoln avait donné l'ordre à Ben, au contremaître et au reste des chefs d'équipe, d'organiser le défrichage de toute la zone située à l'avant du ranch, à l'exclusion des cultures et des structures de travail. Il avait engagé une entreprise de décoration pour s'occuper de tout, y compris de l'éclairage extérieur supplémentaire, au cas où les gens voudraient s'asseoir pour profiter du coucher du soleil.

Lincoln voulait innover avec un petit luxe, l'installation d'une grande roue, dans le respect des mesures de sécurité, naturellement. L'événement fut organisé en quatre jours. Lincoln passa quelques appels et délégua tout à son assistant, qui coordonna les opérations. Il ne se souciait pas du coût énorme de l'événement car seul importait son grand objectif : Blue Oaks.

Ce dimanche, il était déjà midi, et les familles arrivaient.

— Il me semble que ton plan pourrait fonctionner, mais nuire à cette nouvelle directrice en lui faisant perdre son emploi ne te ressemble pas — dit Jonathan, curieux de rencontrer Brooke.

Ils marchaient parmi la foule. Lincoln accueillait les gens et faisait la conversation tout en bavardant avec son meilleur ami. Renatta travaillait comme maquilleuse à un mariage, alors Jonathan s'était rendu seul au ranch. Il savait qu'il y aurait beaucoup de nourriture à manger et il aimait bien respirer l'air frais de la campagne.

— Ce n'est pas parce qu'elle perd son poste d'administratrice à Blue Oaks qu'on ne lui proposera pas un nouveau poste, mais elle ne connaît rien au vin et aux ranchs. Sa spécialité, c'est le développement d'applications et de logiciels ou quelque chose de ce genre.

Jonathan éclata de rire.

— J'ai l'air d'un clown ou tu en as avalé un ? Je ne vois pas la blague.

— J'ai parfois l'impression que tu es un peu trop imbu de toi-même, Linc — dit-il avec bonhomie en tapotant l'épaule de son ami. Aucune personne saine d'esprit, si elle a été victime d'une campagne de sabotage, n'accepterait de travailler pour l'auteur de cette campagne.

— Il y a toujours une solution à tout — répondit-il sévèrement. Elle ne sera pas au chômage, car je suis ambitieux mais j'ai un cœur, je ne laisse pas une personne sans aucun moyen de subsistance.

— Et que feras-tu alors ? — demanda-t'il en serrant la main d'une connaissance.

Le temps était idéal. Il y avait un vent frais sur fond de ciel ensoleillé. Marcher sur l'herbe fraîchement coupée était un vrai plaisir. Les odeurs désagréables du ranch où étaient élevés divers animaux étaient loin de la zone où se déroulait le festival. La grande roue tournait, les huit stands étaient pleins, et les enfants attendaient leur tour avec leur nounou ou leur mère. Les adultes pouvaient de se rendre dans la zone située avant la frontière avec le fleuve Colorado, guidés par l'équipe des écuries Golden Ties. Le reste des zones, utilisées pour le travail et les récoltes, étaient interdites. Elles ne pouvaient pas être visitées et elles n'étaient pas ouvertes au public.

— Dans ce cas, il n'y aura de relocalisation que lorsque Blue Oaks reviendra dans le portefeuille foncier et immobilier de Kravath. En plus, je te l'ai dit, elle est de Los Angeles. Si elle se lasse de jouer le rôle de l'éleveur de la saison, alors elle retournera à sa place. Si elle part, j'ai des contacts qui peuvent lui donner un travail en Californie. Tu vois ? J'ai pensé à tout.

— Jusqu'à ce que ça te pète à la figure — répondit Jonathan en secouant la tête, car l'ambition de Lincoln ne connaissait pas de limites et il utilisait toujours toutes les ressources exploitables pour obtenir ce qu'il voulait, dans le respect des règles.

Mais dans le cas de Blue Oaks, il était en colère face au manque de sérieux de Sarconni : le contrat était presque prêt à être signé, et cet abruti annulait tout !

— Il n'y a aucune raison que quelque chose se passe mal — dit-il, confiant.

Jonathan choisit de ne pas répondre et se contenta de hausser les épaules.

— L'autre jour, j'ai vu des photos de l'événement d'Alina. La rumeur dit qu'il y a une possibilité de romance avec toi. Tu avais l'air très à l'aise quand elle t'embrassait sur la joue — dit-il en riant. Est-elle la femme qui t'intéresse et qui t'empêche d'en rencontrer d'autres ?

Lincoln ajusta son chapeau Stetson. Ce jour-là, il portait ses vêtements préférés : un jean, des bottes et une chemise bleue.

— Ces publications sont problématiques — marmonna-t'il.

Il ne savait pas comment les photographes avaient réussi à capturer le baiser d'Alina, car ils avaient l'air d'être sur le départ quand cela s'était produit. La légende était un mensonge, bien sûr, mais inutile de se plaindre ou de clarifier les faits, cela ne servirait à rien, et puis, il n'allait pas perdre son temps avec ces conneries.

— Non, Jonathan, et arrête de me harceler, tu as l'air d'un ado. Ce n'est pas parce que tu as trouvé charmante l'idée ridicule de croire en l'amour que le reste de tes amis doivent adopter les mêmes idées suicidaires.

Jonathan s'esclaffa, puis arrêta de rire.

— Je suis sur le point d'épouser la femme de ma vie, mais j'ai toujours des yeux et un sens de l'esthétique développé. Qui est cette vision dans la robe jaune là-bas ? Elle ne me dit rien, et j'ai pourtant une bonne mémoire pour associer les visages et les noms, malgré le temps qui passe.

Lincoln fronça les sourcils et suivit le regard de son ami.

— Merde — marmonna-t'il en voyant Brooke, qui marchait, souriante, avec des personnes qui tenaient des plateaux de nourriture.

Pendant ces jours sans la voir, la tentation de l'appeler avait été grande, mais Lincoln avait préféré s'en tenir à son plan.

— C'est l'administratrice de Blue Oaks, Brooke Sherwood — dit-il, furieux de sa réaction face à elle.

En la voyant, il avait soudainement eu l'impression d'avoir bu un verre d'eau qui étanchait sa soif par une journée ensoleillée, et il n'aimait pas ça. La robe jaune pastel que Brooke portait mettait en valeur ses seins. Lincoln avait envie de les goûter. Après avoir touché les courbes de ce corps lorsqu'ils s'embrassaient, il s'était masturbé en visualisant ses mains arracher les vêtements de Brooke. Il la désirait comme il n'avait jamais désiré aucune autre femme. Savoir qu'elle était l'obstacle à la réalisation de ses projets personnels, ça l'énervait.

La robe à bretelles de Brooke lui arrivait aux genoux. Des bottes marron complétaient la tenue et lui donnaient l'air d'une banlieusarde : une fille de ranch et une fille de la ville à la fois. Elle était sensuelle, avec un visage d'ange et une touche de mystère. L'intérêt que les hommes de Golden Ties lui portaient n'était pas surprenant et ça ne plaisait pas du tout à Lincoln. Quand il se rendit compte qu'il serrait ses poings sur les côtés, il les relâcha.

— Il semble qu'elle se soit déjà liée d'amitié avec les gens du ranch de Matteo et, d'après ce que je peux voir, d'autres ici ont aussi envie de se rapprocher d'elle.

Jonathan nota que la nouvelle administratrice était éblouissante. D'après ce que lui avait dit son meilleur ami, elle lui avait caché qu'elle travaillait à Blue Oaks la nuit de la tempête et avait feint d'ignorer son identité. Lincoln considérait les mensonges et les ruses d'une femme pour profiter de lui de manière malhonnête comme une déclaration de guerre personnelle. Le fait que le ranch soit important pour les plans de Lincoln impliquait que sa détermination à se débarrasser de Brooke était encore plus forte. Bien sûr, Jonathan venait de comprendre que la jolie Californienne était la femme qui avait poussé son ami à refuser un rendez-vous avec la meilleure amie de Renatta. «Intéressant.»

— La fraternisation ne durera pas longtemps — répondit-il, s'éloignant pour se lancer dans son plan.

La peau de Brooke frissonna légèrement alors qu'elle regardait Lincoln avancer vers elle avec détermination et assurance. Ses yeux bleu clair pétillaient lorsqu'il la regardait. Le soleil se reflétait sur ses cheveux bruns et leur donnait une touche plus claire, presque blonde. Sa virilité semblait renforcée par l'environnement de Golden Ties.

Brooke ne pouvait pas éviter les réactions de son corps, mais elle pouvait essayer de contrôler ses pensées. Elle se souvint de deux choses importantes. D'abord, c'était un menteur parce qu'il l'avait embrassée alors qu'il y avait déjà une autre femme dans sa vie. Ensuite, le seul but de sa présence dans ce ranch était de bénéficier à Blue Oaks et de faire partie de la communauté.

— Je pensais que mes yeux me jouaient des tours et que je prenais quelqu'un d'autre pour toi, alors j'ai décidé de m'approcher — dit Lincoln lorsqu'ils se retrouvèrent face à face.

Il aurait aimé goûter à nouveau ces lèvres rouges, mais il écarta cette possibilité. Non seulement ils étaient entourés de gens, mais un baiser ne serait pas suffisant. Il ne lui faisait pas confiance, mais ce ne serait peut-être pas si mal d'explorer la luxure avec un adversaire dont il avait un avantage stratégique à tirer.

— Je suis content de voir que ma santé mentale est intacte. Tu t'es encore égarée ?

Brooke rit doucement. Elle se sentait mal à l'aise à l'idée de croiser cette Alina Marcs, car si c'était la femme avec laquelle Lincoln sortait, il y avait des chances qu'elle soit dans les parages. Elle ne voulait pas être l'idiote classique qui s'intéresse à un homme qui a déjà une maîtresse. Par commodité et crétinerie, Lincoln avait omis de lui parler de sa relation.

— Bonjour, Lincoln — répondit-elle, tu seras peut-être heureux d'apprendre que je ne suis pas perdue. Si je suis ici, c'est parce que je travaille à Blue Oaks. J'aurais aimé te le dire le jour où je t'ai rencontré, mais l'occasion ne s'est pas présentée — répondit-elle en souriant. Nous sommes voisins. La nuit de la tempête, comme je te l'ai dit, mon Uber est tombé en panne, donc Golden Ties était l'endroit le plus proche pour échapper à la pluie.

Il leva un sourcil.

— Tu ne savais pas que mon ranch était celui qui jouxtait le tien ? — demanda-t'il avec un soupçon de sarcasme que Brooke ne remarqua pas.

— Je suis dans le coin depuis moins de deux semaines — dit-elle en haussant les épaules. Je savais que Golden Ties était le ranch voisin, mais j'ignorais ton identité, ou plutôt, sans vouloir t'offenser, je n'avais aucun intérêt à connaître ce genre de détails. J'avais d'autres chats à fouetter.

Lincoln lui reconnaissait le mérite d'être douée pour les excuses.

— Quel est ton poste à Blue Oaks ? — demanda-t'il, feignant l'ignorance.

— Je suis la nouvelle administratrice — dit-elle en souriant fièrement, car elle avait un peu avancé, et elle était déterminée à continuer.

Il était inutile de lui dire que Blue Oaks était sa seule chance de reprendre le contrôle de sa vie et de s'éloigner de ceux qui avaient fait d'elle un dommage collatéral. À Blue Oaks, elle était libérée des déceptions qui l'avaient heurtée à Los Angeles.

— L'élevage n'a jamais été ma spécialité — répondit-elle honnêtement, mais je suis douée pour les chiffres et la technologie.

— Le travail d'un administrateur n'est pas facile — déclara-t'il en croisant les bras.

Ses muscles se pressaient contre le tissu de sa chemise. Ce détail n'échappa pas à Brooke, mais elle détourna son regard.

— On dit que la situation à Blue Oaks est compliquée — dit-il en choisissant les bons mots. Dans la région, nous savons ce qui se passe dans les ranchs, superficiellement du moins, alors ne me regarde pas avec cet air perplexe.

— Alors peut-être est-ce une le bon moment pour te faire une proposition.

Lincoln sourit sincèrement. Il pencha la tête sur le côté et la regarda avec une étincelle de désir sexuel. Elle le remarqua et s'éclaircit la gorge.

— Oui, quel genre de proposition ?

L'accent du Texas était un accent du sud avec un mélange d'autres accents de l'intérieur, de la côte et du milieu du sud des États-Unis, très distinctif et agréable à l'oreille. Si l'on ajoutait à cela que Lincoln avait la voix d'un baryton, il pourrait sans problème ouvrir une entreprise de narration de livres de romance érotique et il serait certainement très demandé.

Brooke rougit et se remit les idées en place.

— Mon expérience en tant qu'éleveur, au-delà de l'étude des processus et l'observation du terrain, est limitée. Je peux gérer le digital et gérer l'organisation, mais je n'ai pas d'informations sur les prestataires de services auxquels je peux faire confiance pour commencer à rénover le ranch et lui redonner sa gloire d'antan. Je peux utiliser une partie des ressources qui me sont allouées pour engager les professionnels que je juge nécessaires pour atteindre mes objectifs. Donc, Lincoln, j'aimerais savoir si tu voudrais bien m'aider.

— C'est ça, ta proposition ? — dit-il en souriant.

Son plan fonctionnait mieux qu'il ne l'avait prévu, car il n'avait même pas à lui proposer son aide, comme il y avait d'abord pensé. C'était elle qui ouvrait le champ des possibles. Tout allait donc être plus facile que prévu.

Par réflexe, elle tendit la main pour repositionner une mèche de cheveux blonds derrière son oreille. Elle le regarda avec étonnement mais ne fit aucun commentaire. La façon dont Lincoln serra la mâchoire et dont Brooke humidifia ses lèvres montrait clairement que le courant électrique qui passait entre eux les perturbait.

— Oui — dit-elle en reculant légèrement, car il était important de garder ses distances pour rester concentré.

D'ailleurs, pourquoi s'approcher si près alors qu'il avait une femme ? Elle aurait aimé le lui demander mais, mais sa priorité c'était le ranch. Se disputer avec Lincoln serait inutile. Et puis, il n'y avait aucune raison de perdre du temps à se plaindre de quelque chose qui ne la concernait pas.

— J'ai besoin de ton aide pour améliorer le ranch afin que mon patron sache qu'il ne s'est pas trompé en m'embauchant — dit-elle en souriant. D'après le peu que j'ai remarqué, tu es une personne très occupée, alors j'aimerais te payer à l'heure pour le consulting.

Lincoln n'avait pas besoin d'argent, alors il allait jouer la carte de l'altruisme.

— À Lago Vista, entre voisins — dit-il en faisant un bref geste vers les dizaines de personnes qui se promenaient, nous aidons les autres quand ils en ont besoin. Je ne te ferai rien payer.

Elle fronça les sourcils.

— Je préfère payer les services que je demande, alors accepte un paiement pour tes conseils, Lincoln. Je n'aime pas recevoir de faveurs. D'ailleurs, nous ne nous connaissons pas assez pour envisager ce genre de solidarité.

— On peut y remédier — répondit-il avec un demi-sourire.

«La petite princesse était donc fière». Heidi se comportait exactement de la même façon au début de la relation : elle prétendait être indépendante, vouloir tout gagner par ses propres moyens, mais au fil des mois, elle s'était montrée sous son vrai jour. Il s'en était rendu compte trop tard. Avec Brooke, il n'allait pas se laisser influencer par cette apparente démonstration d'autonomie.

Il détestait voir des points communs entre Brooke et son ex. Il n'aimait pas penser à ce serpent, mais la présence de sa nouvelle voisine semblait remuer son instinct et ses émotions.

— A quoi peut-on remédier ? — demanda-t'elle, confuse.

Brooke entendit Mildred l'appeler. Elle regarda par-dessus son épaule et la femme lui montra le stand où ils allaient vendre la nourriture qu'ils avaient préparée à la maison. Bien sûr, elle devait apprendre comment fonctionnait la dynamique du festival et, accessoirement, rencontrer ses voisins. Celui qu'elle avait devant elle était une tentation à laquelle elle ne pouvait pas succomber à nouveau. Elle fit signe à Mildred qu'elle arriverait dans un instant à la cabane en bois. Les douze stands étaient abrités par une rangée d'arbres, offrant ainsi une ombre naturelle aux cabanes.

Elle n'avait aucune idée du coût des agencements qui avaient transformé cette partie du ranch en une zone magnifique. Mais cela avait coûté une petite fortune. Les enfants des propriétaires, les petits, semblaient être sur un nuage, surtout ceux qui attendaient de monter dans la grande roue. Brooke avait prévu de monter dans l'une de ces cabines, car elle voulait voir le ciel changer de couleur au coucher de soleil. Elle savait que ce serait différent de Santa Monica, elle voulait donc profiter de l'occasion.

Pour le moment, elle devait se dépêcher de finir sa conversation avec Lincoln. Une conversation souvent interrompue par les convives puisqu'il était l'hôte du festival.

— Nous pouvons faire connaissance et devenir amis, Brooke.

«Les gens qui s'embrassent comme nous l'avons fait ne peuvent pas être amis», eut-elle envie de dire à Lincoln, mais elle se tut. Parfois, faire semblant d'oublier est le meilleur moyen d'avancer.

— A chaque fois que je t'aide avec le ranch, tu peux me confier quelque chose sur toi ou passer ensuite un moment avec moi.

Elle n'était pas prête à révéler ses secrets à qui que ce soit, et ses anecdotes de vie n'étaient pas particulièrement remarquables non plus. Passer du temps avec lui, au-delà du fait qu'il pourrait l'accompagner pour examiner les aspects du ranch à réparer ou à changer, était dangereux.

— Nous pouvons être amis, et je peux t'aider à améliorer le réseau de ton ranch. Je pense que ce serait juste.

Lincoln sourit.

— Ça me paraît bien, Brooke — répondit-il. Ça veut dire qu'on va passer plus de temps ensemble.

— Ta partenaire, ou la femme que tu fréquentes sera-t'elle d'accord avec ça ? — demanda-t'elle en croisant les bras et en regardant ailleurs.

La question était sincère, sans jalousie ni remise en question. Il s'agissait de morale, d'une question d'ordre très personnel. Elle avait vraiment besoin de l'aide de quelqu'un qui savait comment gérer un ranch, mais elle ne voulait pas de problèmes si «ce quelqu'un» avait l'habitude de flirter ou de séduire d'autres femmes alors qu'il était déjà en couple. Elle n'aimait pas qu'on la prenne pour une idiote.

Lincoln fronça les sourcils. Il enleva brièvement son Stetson pour ajuster ses cheveux, puis le remit. Ce geste innocent, sur lui, semblait quelque peu sensuel.

— Je t'ai dit qu'il n'y avait personne et que je n'avais pas de copine. Je ne sors pas avec des *petites princesses* non plus.

Brooke leva les yeux au ciel.

— Je prends juste du bon temps, et je m'amuse simplement, avec des aventures sexuelles temporaires...

— Bien sûr — dit-elle d'un ton moqueur. Je voulais juste insister sur le fait que toute relation amicale commence par de la sincérité, Lincoln. Je t'appellerai à l'occasion.

Avant qu'elle ne puisse partir, il lui attrapa le poignet doucement mais fermement.

— Explique-toi, car je n'aime pas les accusations voilées — dit-il.

Elle s'échappa facilement et croisa les bras en soufflant.

— L'autre jour, je regardais les nouvelles de la ville et j'ai vu un reportage sur un nouveau magasin. Une boutique d'accessoires pour chevaux. Il y avait des photos de toi et de la propriétaire. La légende était très instructive. Tes paroles d'aujourd'hui contredisent les images, pourtant très explicites.

En réponse, Lincoln rit et secoua la tête.

— Est-ce que tu es jalouse, Brooke ? — demanda-t'il, secrètement satisfait.

Cela validait l'idée que ce ne serait pas une si mauvaise affaire d'explorer le plaisir avec Brooke, tout en détruisant Blue Oaks. Il serait beaucoup plus facile d'accéder aux informations s'il acceptait de l'aider. Il connaissait Blue Oaks, du point de vue terrain, mais il avait besoin de statistiques internes, de données précises pour savoir quelles zones étaient les plus vulnérables afin de pouvoir les liquider plus rapidement. L'idée était de ne pas trop tarder. Plus c'était rapide, mieux c›était.

Quand Matteo n'aurait plus d'autre issue que de vendre le ranch, alors Lincoln n'aurait plus à s'inquiéter de rien. Son désir pour Brooke serait assouvi. Le vignoble serait enfin une réalité. Il serait gagnant à tous les niveaux. Il avait la main gagnante dans ce jeu qui avait commencé le jour où la *petite princesse avait mis les pieds* à Golden Ties.

— Tu n'as pas compris le message et...

Le sourire de Lincoln s'effaça complètement.

— Alina et moi sommes amis depuis des années. Quelques photos légendées dans un média à sensation ne représentent pas la vérité — la coupa-t'il avec sérieux. Je ne t'aurais pas embrassé s'il quelqu'un d'autre m'intéressait. Je ne tromperais jamais quelqu'un comme ça. Si tu penses que je ne t'ai pas appelée parce que j'étais avec quelqu'un d'autre, alors...

— Je me fiche de savoir ce que tu fais, Lincoln, parce qu'on va juste être amis, tu te souviens ?

Elle se tut. Elle ne voulait pas avoir ce genre de conversation avec lui, car elle savait que la température commencerait à monter et elle n'avait aucun self-control quand ils étaient si proches. Que cette Alina ne soit qu'une amie lui plaisait plus qu'elle ne l'aurait voulu, mais cela ne voulait pas dire qu'elle allait cesser d'être vigilante.

— Je te contacterai pour organiser une séance de consulting. Essaie de voir ce dont tu as besoin par rapport à ton système informatique. Je suis très douée avec les ordinateurs. Nous échangerons nos connaissances contre de l'expérience et vice versa. Alors nous avons un accord, ça y est ? — demanda-t'elle, en tendant la main.

Lincoln sourit. Il aimait le côté combatif de Brooke. Habituellement, les gens qu'il connaissait, à l'exception de son cercle familial, avaient un peu peur de lui tenir tête et de lui dire ce qu'ils pensaient vraiment. Depuis leur rencontre, cette femme rebelle n'avait aucun scrupule à aller droit au but ou à lui répondre. Il avait découvert que ça l'énervait et que l'excitait à la fois. Le stress commençait probablement à désorganiser ses neurones, car il ne trouvait pas d'autre explication.

Il aurait bien aimé sceller l'affaire avec plus qu'une simple poignée de main, mais il allait se contenter d'apprendre lentement à connaître qui était vraiment Brooke Sherwood. Il découvrirait chaque parcelle de peau et les sons qu'elle émettrait sous son contact. Ils allaient vivre un arrangement parfait. Il tendit la main et serra celle de Brooke, plus petite et plus délicate.

— Nous avons un accord — répondit-il.

# CHAPITRE 9

Blue Oaks était devenu un vrai chantier. Le système de plomberie était très ancien et le raccord de la salle de bains du rez-de-chaussée s'était effondré lorsque Brook avait décidé d›ouvrir le robinet pour se laver les mains. La trace d'humidité sur le mur venait de se transformer en une fuite d'eau qui s'écoulait sur tout le sol.

Brooke était seule à la maison, car Mildred ne restait pas dans les parages plus que le strict nécessaire. Elle était à Austin à ce moment-là. Brooke avait commencé à chercher des serviettes et avait même pris des rouleaux de papier toilette pour créer une grande barricade de fortune. Elle savait que la solution était momentanée, elle devait donc se dépêcher de trouver un plombier. L'eau n'arrêtait pas de jaillir et elle paniqua.

Elle n'était pas compétente en plomberie, et elle ne connaissait personne qui puisse faire ces travaux. De plus, les dernières quarante-huit heures avaient été assez inquiétantes, car l'un des poneys avait contracté une bactérie et était en observation. Les cours d'équitation étaient suspendus jusqu'à ce que le vétérinaire s'assure que le reste des animaux ne courent aucun risque. La suspension des cours réduisait le revenu hebdomadaire de Blue Oaks.

Puis il y eut un accident avec la faucheuse de blé. Brooke avait du se rendre à l'hôpital avec Pete et Hélion, l'opérateur dont l'épaule était disloquée et la main profondément entaillée, et maintenant c'était les canalisations qui faisaient des leurs !

Brooke appela Lincoln, car elle n'avait pas d'autre issue. Elle savait que cela ne faisait pas partie de l'accord, car le problème ne concernait pas une problématique agricole ou commerciale mais une maison, alors elle espérait qu'il ne la laisserait pas en plan. Elle avait prévu de l'appeler le lendemain pour commencer les séances de consulting, mais les circonstances l'avaient devancée.

— Bonjour, Lincoln — dit-elle précipitamment quand il répondit, je sais que ce sont encore les heures de bureau, mais j'ai un sérieux problème dans la salle de bain des invités. Il y a une fuite d'eau. Je ne connais aucun plombier dans la région. Peux-tu me recommander quelqu'un, s'il te plaît ?

Il savait que ce n'était qu'une question de jours avant que cet appel n'arrive. Il s'adossa à sa chaise de bureau et sourit, sa main libre faisant tourner un stylo Montblanc entre ses doigts. Après la discussion qu'ils avaient eue à Golden Ties, il ne l'avait pas revue, car il avait accompagné ses collègues ranchers lors d'une expédition le long du fleuve Colorado. Lorsqu'ils étaient revenus, le coucher du soleil était déjà bien avancé, les familles faisaient leurs adieux et l'entreprise de nettoyage avait tranquillement commencé son travail. Il n'y avait aucune trace de Brooke ou du personnel de Blue Oaks.

— Brooke, ma nouvelle alliée — dit-il d'un ton moqueur, en regardant l'horloge qui indiquait 17h. As-tu été inondée ou as-tu pu contrôler la fuite ?

Elle essaya de ne pas répliquer avec sarcasme, car elle n'avait pas de temps à perdre.

— J'ai couvert la zone avec des serviettes et du papier toilette, mais elle est de plus en plus trempée et à ce rythme, je vais manquer de serviettes pour amortir l'eau. J'ai besoin d'aide, sinon le plancher en bois va commencer à gonfler et cela me coûtera beaucoup d'argent pour le réparer.

— J&J Pipes — dit-il avant de lui indiquer les coordonnées. Leurs prix sont élevés, mais ils traitent les urgences à toute heure de la journée. Ils sont efficaces.

Il n'avait pas envie de ruiner la maison, car elle allait lui servir à long terme de lieu de dégustation pour ses vins.

Elle soupira de soulagement et enregistra les coordonnées.

— Merci, Lincoln.

Elle regarda autour d'elle. Elle ne savait pas combien de temps il faudrait pour résoudre ce problème, mais elle ne pouvait pas repousser plus longtemps la réparation du ranch.

— D'ailleurs, le bois des écuries est fissuré, et il y a des fibres cassées et des taches dues aux produits chimiques. Ma deuxième question est de savoir si je dois tout démonter ou simplement remplacer les parties concernées.

«Ce qui génère le plus de gaspillage de ressources et énerve Sarconni», pensa Lincoln.

— Une deuxième consultation en moins de cinq minutes ? — demanda-t'il en gloussant doucement. Je vais peut-être devoir demander une compensation pour cela.

Brooke sentit sa peau frissonner. Elle pouvait presque l'imaginer en train de sourire. Elle regarda son reflet dans le miroir de la salle de bain et remarqua que ses joues rougissaient. Elle s'éclaircit la gorge.

— Je ne savais pas qu'il y avait une limite au nombre de questions par jour — répondit-elle en essayant de garder un ton nonchalant.

La voix de Lincoln était agréable et érotique.

— Si c'est le cas, je peux me rattraper en travaillant. Comme je te l'ai dit, je suis douée en technologie.

Il éclata de rire. Si elle connaissait les images qu'il avait à ce moment-là à propos du «travail» qu'il aimerait faire, peau contre peau, la conversation prendrait sûrement une tournure différente.

— J'ai besoin de voir l'étendue des dégâts moi-même pour te dire avec certitude.

Encore un soir où rentrer tôt à la maison serait impossible, se dit Lincoln. Son principal client acheteur de maïs, Tyrone Müller, voulait discuter de la possibilité d'une alliance exclusive. Cela ne plaisait pas à Lincoln, car il préférait avoir un éventail d'options possibles, même si le prix payé par Müller était plus intéressant que les autres. Il considérait que ce n'était pas une bonne stratégie de concentrer tous les efforts sur un seul client. Il avait donc l'intention de discuter, mais sans mettre en péril le contrat qu'ils avaient déjà signé.

— Je passerai à Blue Oaks demain et je te donnerai un avis précis — dit-il en se levant.

Il prit sa veste bleue et se dirigea vers l'ascenseur.

— OK ?

— Oui, merci — dit-elle avant de couper la communication et de contacter les plombiers.

Cette nuit-là, Brooke termina sa journée de travail à minuit. L'état du mur était catastrophique car le remplacement de la partie endommagée du tuyau n'avait pas pu tout solutionner. Moyennant un supplément, les plombiers se proposèrent de poncer et peindre la zone réparée. Une fois la salle de bains des invités en meilleur état, elle leur demanda de vérifier l'ensemble du système de plomberie, car elle ne voulait pas avoir une autre surprise de ce style. Le diagnostic n'était pas aussi grave qu'elle l'avait pensé, mais on lui avait conseillé de faire une rénovation dès que possible pour éviter qu'un accident similaire ne se produise dans d'autres pièces. Cela ne prit pas moins de trois heures et coûta une somme faramineuse.

Quand elle fut seule, Brooke monta les escaliers en traînant les pieds. Son téléphone portable sonna, et quand elle vit qui c'était, elle sourit.

— J'imagine qu'il est 6 ou 7 h du matin en Europe — dit-elle en soufflant tout s'allongeant sur le lit.

Elle leva les yeux au plafond.

— Je pensais que tu avais été englouti par la Méditerranée.

Le rire de Matteo résonna à l'autre bout de la ligne.

— Bonjour, ma belle. Un jour, tu devrais envisager d'explorer l'Italie, c'est un pays divin. Je suis déçu de ne pas pouvoir être là, mais des opportunités se sont présentées pour développer mon entreprise là-bas, alors j'explore les options. Je voulais tout de même savoir comment tu t'en sors au ranch.

— Il y a beaucoup de beaux endroits dans la partie du monde où tu te trouves actuellement — répondit-elle.

Quand elle voyageait en Europe avec ses parents, une fois sur deux ils allaient en Italie.

— Quant au ranch, il y a encore beaucoup de travail à faire, même si j'ai déjà fait beaucoup de progrès. J'ai engagé une entreprise pour m'aider à défricher le terrain. Ça leur a pris quelques jours parce que vraiment, Matt, c'était la pagaille dans les zones inutilisées. J'ai décidé d'élargir le champ d'action de Rainbow Blue afin que les adultes puissent également venir y faire du vélo. Le personnel a fini d'enlever les mauvaises herbes et les plantes inutiles dans la zone du ruisseau, ma partie préférée, et maintenant ils la préparent pour qu'elle puisse être utilisée comme une zone de détente ou de baignade. Le coût de la rénovation va être élevé, même si je fais attention.

— Blue Oaks est entre de bonnes mains, alors, je suis content. Quand il s'agit d'argent, tu sais que je ne m'inquiète pas, utilise toutes les ressources dont tu as besoin. Mon assistant est conscient qu'il faut débloquer du budget pour que le ranch s'en sorte.

— Je crois que, d'ici deux mois, les nouvelles fondations du ranch seront assez solides pour repartir sur de bonnes bases.

— J'aime entendre à nouveau l'enthousiasme dans ta voix, Brooke — dit-il sincèrement. As-tu des nouvelles de tes parents ?

Elle fit une grimace que personne ne pouvait voir.

— Ma mère m'a écrit ce matin pour me dire que des amis de son compagnon l'avaient invitée à un safari en Afrique et qu'ils allaient faire le tour du continent. Elle ne sait pas quand elle pourra me rappeler. Quant à mon père, je n'accepte pas les appels de la prison et je ne réponds pas aux tentatives de contact de l'avocat de la famille — marmonna-t'elle.

— J'espère que tu te sentiras chez toi à Blue Oaks — répondit-il, tandis que le majordome de la villa qu'il avait louée sur la côte amalfitaine lui servait un café.

— Merci, Matt — murmura-t'elle.

Elle ne voulait pas lui dire qu'elle allait chercher de l'aide auprès de Lincoln, parce qu'elle ne savait pas s'ils étaient amis ou même s'ils se connaissaient. De plus, elle ne voulait pas que le mérite de son travail soit attribué à d'autres personnes. C'est elle qui faisait les efforts nécessaires à la réhabilitation du ranch, Lincoln n'était qu'un guide qui lui permettrait d'obtenir des résultats plus rapidement.

— Quand je rentrerai au Texas, je m'arrêterai au ranch pour faire une visite avec toi et ensuite nous irons dîner dans le centre d'Austin. Qu'en penses-tu ?

Elle savait que ce serait un défi de revivre les événements du passé, mais c'était nécessaire. C'était le seul moyen de redevenir amis en partant sur des bases saines.

— Ca me semble être une très bonne idée. Je suis certaine que lorsque tu viendras ici, tu verras Blue Oaks différemment.

— Je suis plus intéressé à te voir qu'à voir le ranch, car cela fait des années que je n'ai pas pu te regarder dans les yeux et t'embrasser — répondit-il. Je vais enfin y remédier.

Brooke rit doucement.

— Tant que tu ne m'étouffes pas avec tes câlins, comme quand on vivait à Los Angeles, tout va bien.

Il sourit, en regardant la mer bleue à l'horizon. Il devait une explication à son amie et il allait la lui donner. Ce serait difficile.

— Passe un bon moment en Europe — répondit Brooke, avant de raccrocher.

Elle était incapable de se tenir debout et c'était un effort de se déshabiller puis de mettre son pyjama. Bien que sa tête tente de retrouver les souvenirs de la nuit qui avait tout changé pour elle, Matteo et son frère, elle ne parvenait pas à organiser ses neurones. Elle s'endormit.

Lincoln avait l'impression d'avoir des hallucinations, pourtant il n'avait bu que du Coca-Cola. Ses yeux ne lui jouaient pas de tours. Il connaissait très bien la femme qui était en train de dîner avec un groupe d'amis dans le restaurant où il terminait sa réunion d'affaires. Ses cheveux étaient longs jusqu'aux épaules, coiffés sur le côté, et elle semblait avoir perdu du poids, car les pommettes de son visage étaient plus saillantes, mais son sourire restait toujours aussi mystérieux. Il espérait qu'aucun homme n'aurait le malheur de vouloir percer ce mystère.

Cependant, à en juger par la façon dont l'homme aux cheveux blonds avait mis son bras autour de ses épaules, c'était déjà trop tard pour lui. Il était manifestement épris d›elle. Le temps n›avait pas été tendre avec Heidi, bien au contraire. Elle n'avait pas bien vieilli. Elle avait toujours été vaniteuse, et au nom de cette vanité, elle avait toujours agi de façon perfide et égoïste.

Un frisson teinté de rage parcourut Lincoln. Son premier réflexe fut de se lever et de s'approcher pour lui reprocher de penser qu'elle avait le droit de rire ou d'être heureuse. Mais ce faisant, il romprait la promesse qu'il s'était faite il y a cinq ans de ne plus jamais parler ou prêter attention à Heidi Acheron.

Il devait vite quitter les lieux s'il ne voulait pas finir en prison.

— Même si nous aurions aimé avoir l'exclusivité de la distribution de tous vos produits agricoles, la contre-proposition nous va très bien aussi — dit Tyron, reportant l'attention de Lincoln à la table où il était assis avec deux autres cadres. Comme toujours, ce fut un plaisir de faire affaire avec vous.

— Je vais demander à mon personnel de contacter le vôtre pour modifier notre contrat initial — dit-il en se redressant.

Son self-control était habituellement assez bon. Mais ce soir, c'était différent.

— A propos, mes partenaires et moi aimerions que vous participiez à une convention locale sur les jeunes entrepreneurs. L'idée est d'inviter cinq éminents PDG, comme vous, à partager les défis du secteur de l'élevage et de l'agriculture à Austin en ces années post-pandémie. Il nous semble très utile de partager les expériences vécues.

Lincoln fit un léger signe de tête.

— J'ai une journée d›analyse de données sur Golden Ties qui s'annonce, je ne peux donc pas rester plus longtemps pour discuter, même si j'aimerais bien — répondit-il, en affichant son habituel sourire d'homme d'affaires, amical et distant à la fois. Que dis-tu, Tyron, de nous coordonner via nos assistants respectifs ? Si mon agenda est libre, je demanderai à Candace d'inclure ma participation dans le programme. Elle s'occupera également de mes frais professionnels.

— C'est super, merci — dit-il en serrant la main de l'éleveur.

Ils se saluèrent et Lincoln quitta le restaurant d'un pas rapide.

Il était sûr qu'Heidi ne l'avait pas vu, sinon elle serait venue lui dire bonjour à sa table. Elle aurait très probablement fait un commentaire stupide, comme si elle avait le droit de mentionner son nom, comme si elle ne l'avait pas émotionnellement détruit lorsqu'ils sortaient ensemble.

Si elle s'était approchée de lui, la situation aurait viré au désastre complet. Il ne la haïssait pas, car pour cela, il aurait fallu qu›il ressente encore une véritable émotion ou même l›espoir qu›elle se rachète. Non. Lincoln la méprisait, parce que c›était une ordure et une honte pour la gente féminine. La seule chose qu'elle lui avait laissée, c'était des cicatrices. Il savait que les autres femmes n'avaient pas à payer pour les péchés de Heidi, mais faire de nouveau confiance à une femme était un pas qu'il était incapable de franchir.

Lincoln conduisait avec un tel niveau de tension dans les épaules que son dos était brûlant de douleur. Il arriva chez lui à 22h et claqua la porte. Il se dirigea directement vers le bar de la bibliothèque, pris un verre et ouvrit une bouteille de Glenfiddich. Il s'assit dans le fauteuil recouvert de cuir bleu et se versa une quantité généreuse qu'il but entièrement.

— Lincoln — dit Willa en guise de salutation depuis la porte entrouverte.

Quelques nuits par semaine, elle avait l'habitude de rester dans sa chambre du rez-de-chaussée, surtout quand le propriétaire était en déplacement. Elle vivait avec son mari dans un appartement à un quart d'heure de route de Golden Ties, et sa fille restait avec lui quand Willa décidait qu›il était important d›aider au ranch de la famille Kravath. Grâce à cette famille, elle avait acheté sa propre maison et avait pu donner une bonne éducation à ses enfants.

— Votre souper est prêt si vous voulez que je vous l'apporte.

Il se versa un autre verre et regarda sa gouvernante.

— Ce n'est pas le bon moment et j'ai déjà dîné, mais merci.

Cela lui déplaisait de voir l'expression de contrariété sur le visage de Lincoln. C'était la première fois depuis des années qu'elle le voyait devant une bouteille de whisky avec la ferme intention de la boire entièrement. Ce n'était pas son genre de se mêler de la vie privée du maître de maison, mais elle aimait les fils Kravath comme s'ils faisaient partie de sa famille, et elle savait que c'était réciproque.

— Donnez-moi cette bouteille, je vais la ranger, et venez prendre un thé chaud avec du citron. Je pense que vous avez dépassé le stade de votre vie où vous pouviez considérer l'alcool comme de la nourriture — dit-elle avec humour.

Sa remarque fut récompensée par un regard renfrogné.

— Je vais vous préparer un petit plateau de fruits et de fromages. Je suis sûr que vous allez apprécier.

— Non. Bonne nuit, Willa — dit-il, tandis que la femme acquiesçait avant de partir et de fermer la porte derrière elle.

Il continua à se servir verre après verre.

Lorsqu'il arriva au point exact entre inconscience et derniers vestiges de vigilance, il posa la bouteille presque vide. Le verre tomba sur le sol et se brisa. Il essaya de se lever pour monter dans sa chambre, mais il ne réussit pas à garder léquilibre, alors il s'affala de tout son poids sur le canapé.

La brûlure dans ses yeux n'avait rien à voir avec le temps passé devant l'ordinateur à travailler sur des chiffres, à répondre à des courriels, ou à dialoguer activement au travail. C'était plutôt des larmes d'impuissance qui luttaient pour sortir, mais que son corps était incapable de libérer. Heidi ne le méritait pas. Il ne l'aimait pas, il n'était plus amoureux de cette sorcière démoniaque, mais la voir ce soir avait fait remonter des souvenirs amers et douloureux.

Lincoln souffla et rejeta la tête en arrière.

*Lincoln.*
*Il y a six ans.*

*Il traversa la foule d'un pas décidé. La femme brune qui l'intriguait était toujours au bar, comme si elle prenait tout son temps pour déguster son cocktail, au lieu d'aller bouger son corps sur la piste de danse ou de discuter avec ses amis. Il ne faisait pas attention aux autres femmes qui tentaient de flirter avec lui. Il s'installa sur le siège à côté de la femme et posa son coude gauche sur la surface du bar.*

*— Cet endroit est très animé, mais je vous ai vue depuis la piste de danse et vous ne dansez pas. Attendez-vous quelqu'un, ou ma compagnie est-elle la bienvenue ? — demanda Lincoln, en se rapprochant suffisamment pour se faire entendre.*

*Des notes de vanille et un effluve sucré envahirent ses narines. Il aimait aborder les femmes, flirter. Il aimait être de bonne compagnie, d'où sa question.*

*Elle tourna son visage pour le regarder et Lincoln sentit son souffle se couper. Les yeux bleu clair, bordés de noir, la bouche rouge pulpeuse, le nez retroussé, et le rideau de soie noire en guise de cheveux formaient un magnifique ensemble. Son attirance pour cette femme redoubla. La ressemblance avec la célèbre actrice Megan Fox y était peut-être pour quelque chose. Il se laissa emporter par ce désir soudain.*

*— Je suis la propriétaire de cet endroit — répondit-elle en souriant, et tout ce que j'attends, c'est des clients, plus le fait que vous passiez un bon moment et que soyez satisfait du service. Je me donne beaucoup de mal pour engager du personnel efficace.*

*Lincoln leva un sourcil et sourit lentement.*

*— Mes amis et moi passons un bon moment, et bien sûr, maintenant que je vous parle, l'expérience est encore meilleure — dit-il en tendant la main. Je m'appelle Lincoln. Je vous offrirais bien un verre, mais comme c'est votre établissement, ce n'est pas la peine — dit-il en lui faisant un clin d'œil. Et si je vous invitais à dîner demain ?*

*Elle jeta la tête en arrière et rit.*

*— Ah, un homme qui sait ce qu'il veut et qui n'a pas peur du rejet — répondit-elle. Donnez-moi une seule raison pour laquelle je devrais accepter de sortir avec vous alors que je vous ai rencontré il y a moins de deux minutes. Je m'appelle Heidi — ajouta-t'elle en serrant brièvement la main de Lincoln.*

*— Après être sortie avec moi, vous aurez envie de me revoir, et je ne parle pas nécessairement de ma conversation intéressante ou des endroits incroyables où je vous emmènerai dîner, bien sûr — répondit-il avec un sourire éblouissant.*

*Elle rit à nouveau avec légèreté. Elle tendit la main et la posa sur le bras de Lincoln. Elle inclina la tête sur le côté et leva un sourcil. La robe qu'elle portait était courte, avec un décolleté en V qui laissait entrevoir une petite poitrine bien galbée.*

*— Quel âge as-tu, Lincoln ?*

*— Vingt-huit ans.*

*— Voudrais-tu toujours sortir avec moi si je te disais que j'ai trente-sept ans ? — demanda-t'elle en souriant et en prenant une autre gorgée de Manhattan.*

*— Puisque cette femme, c'est toi, bien sûr — répondit-il avec toute la confiance d'un homme habitué à séduire et à profiter de la vie. La question est de savoir si tu as envie de sortir avec un homme qui a neuf ans de moins que toi.*

*— J'aime l'adrénaline, l'aventure et l'âge n'est qu'un chiffre.*

*— Alors nous nous comprendrons très bien.*

*Il regarda par-dessus son épaule et fit signe à Jonathan.*

*— Je pense que nous devrions poursuivre cette conversation ailleurs.*

*Heidi prit le visage de Lincoln dans ses mains et l'embrassa passionnément. Il l'embrassa avec la même intensité, mordit sa bouche, ne se souciant de rien d'autre que d'être consumé par ce baiser qui avait le goût du péché. Les pécheurs vont en enfer, dit-on, eh bien il s'y rendrait volontiers. Ils étaient tous deux enveloppés par l'obscurité, le son de la musique, les cris des gens, les conversations et les bavardages bruyants.*

*Ils quittèrent le pub avec la hâte de deux amoureux qui ne peuvent pas attendre.*

*Quatre heures plus tard, après avoir profité de tous les espaces de la maison de Lincoln, ils s'allongèrent nus sur le lit. Elle se mit sur le ventre, les fesses en l'air, tandis qu'il faisait courir le bout de ses doigts le long de la courbe de son dos sur son tatouage : un papillon et une clef de sol.*

*Il avait appris quelques trucs cette nuit-là et en avait mis d'autres en pratique. Cette femme était délicieuse et totalement désinhibée. Il avait goûté au mystère de sa bouche, et elle lui avait fait une fellation mémorable. Il voulait encore de son corps.*

*— Que signifient tes tatouages ? — demanda-t'il en mordant son épaule.*

*Elle se retourna paresseusement et le regarda en souriant.*

*— La vie est une suite de transformations, et les notes de musique que nous choisissons de jouer deviennent notre symphonie de vie — répondit-elle en sortant du lit pour commencer à s'habiller.*

*— Je veux te revoir — dit Lincoln.*

*Heidi finit de s'habiller en silence. Elle s'approcha du lit et embrassa son amant.*

*— Ce n'est pas mon style, mais je peux peut-être faire une exception à la règle — répondit-elle.*

*Il attrapa sa taille pour la coller à son corps.*

*— Peut-être que nous n'avons pas encore fini — dit Lincoln, avant de l'embrasser et de la déshabiller à nouveau.*

*Ils cessèrent complètement de parler pendant l'heure qui suivit.*

*Après avoir présenté Heidi à sa famille et à ses amis les plus proches, quelque chose changea. La femme qui, les deux premiers mois, riait facilement, faisait du parachutisme avec lui, était spontanée et pouvait parler pendant des heures de tout et de rien, commença à devenir ultra exigeante. La situation empirait chaque jour. Le jour de l'anniversaire d'un employé du ranch, Heidi arriva en colère parce que Lincoln n'était pas venu la chercher au studio de pilates où elle avait l'habitude de s'entraîner. Il lui expliqua qu'il était impossible de quitter Golden Ties pour un trajet de quatre-vingt-dix minutes alors que c'était l'anniversaire et le dernier jour de travail d'un collègue. Elle n'écouta pas et fut désagréable toute la soirée, mettant les employés mal à l'aise.*

*Osteen et Rosalie, qui ne se mêlaient jamais des relations amoureuses de leurs enfants, demandèrent à Lincoln de bien réfléchir au fait qu'Heidi reste ou non sa petite amie, car elle ne s'intégrait pas du tout à la famille. Ce n'était pas une question de statut, mais d'éducation.*

*— Cette fille est une personne grossière et sans considération pour les autres — dit Rosalie à son fils un après-midi. Nous avons fêté l'anniversaire et la retraite de Mario après vingt-cinq ans de service. C'était un de nos meilleurs employés, mais Heidi a piqué une colère, s'est montrée hostile, et quand elle et toi êtes partis pour Austin, Mario m'a demandé s'il avait dit quelque chose qu'il ne fallait pas dans son discours d'adieu.*

*— Réfléchis à ce que tu fais, fiston — dit Osteen.*

*— Je l'aime — répondit Lincoln à ses parents. Je vais lui parler et appeler Mario pour m'excuser. Elle est très préoccupée par ses affaires. C'est tout.*

*Excuser le comportement d'Heidi devint une habitude. Elle voulait qu'il cesse de fréquenter ses amis, parce qu'ils ne l'acceptaient soi-disant pas, et parce qu'elle pensait qu'ils profitaient de sa générosité au bar, puisqu'elle leur accordait une réduction de 50%. Lui, si idiot, commença à prendre ses distances avec eux, malgré le fait que Jonathan, Lenox, Ernest et Billy lui aient dit qu'ils n'aimaient pas Heidi et qu'il fallait faire attention, qu'ils ne lui faisaient pas confiance. Ce genre de commentaire avait poussé Lincoln à croire les accusations d'Heidi selon lesquelles elle ne se sentait pas acceptée, et il dit à ses meilleurs amis qu'ils n'avaient aucune raison de parler ainsi de sa partenaire.*

*Les mois passèrent, ponctués de disputes, de courts voyages, de sorties au restaurant et de plaintes d'Heidi qui réclamait plus d'attention.*

*— Pourquoi regardes-tu autant cette femme ? Tu veux coucher avec elle ? — avait demandé un soir Heidi à Lincoln alors qu'ils dansaient dans un pub à Las Vegas.*

*Lincoln l'avait regardée en fronçant les sourcils. Aucun des deux n'avait bu, il ne pouvait donc pas attribuer ce commentaire absurde à l'alcool. Il suivit le regard d'Heidi jusqu'à une fille blonde qui portait une courte robe rouge. Il ne l'aurait même pas remarquée si Heidi n'avait pas attiré son attention sur elle.*

*— Je ne la connais pas. D'ailleurs, pourquoi voudrais-je coucher avec quelqu'un d'autre alors que tu es ma partenaire ? — demanda-t'il en colère, car il détestait qu'elle remette en question sa loyauté.*

*— Parce qu'elle est plus jeune et que les robes lui vont mieux qu'à moi — avait-elle répondu. Tu n›as même pas remarqué que j'ai perdu du poids. Je viens d'avoir trente-huit ans, Linc. Que tu regardes des femmes plus jeunes, alors que j'ai presque dix ans de plus que toi, me désole.*

*Il avait passé ses doigts dans ses cheveux, en colère et frustré.*

*— Nous avons dit dès le début que l›âge n'était pas un problème, Heidi, je ne sais pas pourquoi tu te concentres soudainement sur ce genre de bêtises.*

*— Parce que je suis amoureuse de toi et que je sens que je n'ai pas une place importante dans ta vie. Je veux me poser, mais je pense que nous avançons dans des directions différentes — avait-elle affirmé, avant de le laisser seul sur la piste de danse.*

*Il rassembla le peu de patience qu'il lui restait et la suivit jusqu'à l'hôtel. Quand ils arrivèrent, elle claqua la porte et commença à démolir la pièce. Lincoln l'attrapa par le bras pour l'arrêter, mais Heidi continua à se débattre, le maudissant de la traiter comme si elle ne valait rien et l'accusant de ne plus l'aimer. Il n'avait pas envie de supporter ce genre de bêtises, alors il prit ses valises et quitta Las Vegas, la laissant seule.*

*Deux jours plus tard, elle retourna à la maison et s'excusa auprès de lui. Elle semblait être redevenue son Heidi habituelle : pétillante, drôle et séduisante. Les semaines suivantes, ce fut une vraie lune de miel entre eux.*

*Ses frères, Tristan et Samuel, organisèrent un voyage familial aux chutes du Niagara, mais Heidi dut s'occuper d'affaires administratives urgentes au pub et ne put donc pas y participer. Pendant le voyage, elle ne répondait pas à son téléphone ou répondait sèchement à Lincoln et essayait de le faire culpabiliser d'être parti sans elle. Lincoln fit comme si elle n'existait pas pendant cette semaine et apprécia son voyage.*

*— Les liens que j'entretiens avec les personnes qui ont le même ADN que moi, ma famille, sont au cœur de mon existence. Mon souhait le plus profond est de construire ma famille un jour, d'avoir des enfants et de les voir grandir dans le ranch. C'est ma vie, Heidi, c'est mon aspiration. Je ne pourrai pas rester loin du*

*Texas ou de mes proches. Le ranch est ce qui me fait palpiter de joie. La femme qui m'accompagne doit partager toutes ces expériences et on apprendra ensemble.*

*— Les enfants sont une complication, Linc — répondit-elle. Tu crois qu'avoir ce corps de rêve est facile ? — dit-elle en montrant son corps du doigt. Tu l'aimes bien, on baise fantastiquement, mais voudrais-tu de moi si je devenais grosse, si j'avais des vergetures et si je commençais à vieillir plus vite à cause de l'usure de la grossesse ? Penses-y, les enfants sont un problème. Laisse ça à tes frères, chéri.*

*— La femme que je choisirai pour être la mère de mes enfants, au-delà de son attrait physique, sera intéressante. Oui, la beauté est un méga plus, mais le passage du temps et les besoins émotionnels ne sont pas comblés par la beauté, mais par le cœur et la noblesse.*

*Elle rit et secoua la tête.*

*— Je pense que parfois tu es trop idéaliste, chéri.*

*Il avait ressenti de la colère devant ce ton condescendant. Il détestait quand Heidi montrait son côté irascible, possessif et condescendant, car elle était alors loin d'être la femme charmante, drôle, intelligente et aventureuse qu'elle était la plupart du temps. Ça énervait fortement Lincoln que le négatif commence à éclipser le positif.*

*— Tu ne peux pas me dire ce que je veux ou ne veux pas, tu ne peux pas conditionner mon existence en fonction de tes propres normes, aspirations ou craintes, Heidi. Je veux avoir des enfants. Nous en avons déjà parlé et tu étais d'accord que si notre relation allait plus loin, avoir des enfants serait important pour toi aussi. Est-ce que ton point de vue sur les enfants a finalement changé, et est-ce qu'il est juste basé sur des questions esthétiques ? Que se passe-t-il vraiment ?*

*— Je n'avais pas d'idée précise de ce que cela serait avant que tu ne commences à donner tout ton temps aux autres ! J'aime ce que nous faisons ensemble, les voyages, les fêtes, le sexe et les projets que nous faisons le week-end. Je t'ai dit que mes parents m'ont abandonnée quand j'étais petite et qu'ils m'ont laissée à mon oncle et de ma tante, c'est pour cela que t'avoir pour moi toute seule est si important. Tu es mon port d'attache et je ne veux pas te perdre...*

*Il leva les bras en signe d'incrédulité.*

*— L'amour en tant que couple n'a rien à voir avec l'amour en tant que parents. J'ai l'impression que nous avons moins en commun que je ne le pensais. Il est peut-être temps de prendre de la distance, Heidi.*

*Désespérée parce qu›elle pensait qu›il allait la quitter ou mettre fin à la relation, Heidi lui avait promis qu'elle reconsidérerait la question des enfants. Lincoln lui avait dit de laisser tomber, parce qu'il ne pensait pas se marier, parce qu'il était trop jeune et qu'il ne voulait pas jouer au jeu des hypothèses, surtout lorsqu'il s'agissait de questions importantes sur le long terme.*

*Lorsque Heidi lui dit que sa famille exigeait trop de lui au ranch, il se mit en colère et menaça de partir parce que Golden Ties, c'était sa passion, et c'était aussi l'héritage de sa famille. Il lui dit que si elle voulait lui poser un ultimatum entre sa famille et elle, alors au préalable, elle ferait mieux de réfléchir sérieusement au perdant. Heidi s'excusa, mais Lincoln avait parfois l'impression de ne pas l'aimer assez pour lui passer la bague au doigt et l'intégrer à sa famille.*

*Lincoln ne lui avait jamais dit qu'il l'aimait, c'est vrai, mais il l'aimait quand même.*

*— Nous sortons ensemble depuis dix mois, j'ai abandonné une grande partie de ma vie sociale pour toi, Linc — lui avait-il dit un soir après une dispute. Maintenant que nous vivons ensemble, j'ai l'impression que tu es plus distant qu'avant.*

*Il e sentait harcelé, car la femme qui semblait initialement très confiante s'était transformée en une personne jalouse, exigeante et contrôlante qui l'accusait de flirter avec des femmes plus jeunes. Lincoln ne lui avait jamais donné de raison de faire de telles suppositions, car lorsqu'il était avec quelqu'un, il ne détournait pas le regard. S'il n'était pas impliqué dans la relation, alors, bien sûr, il laissait sa libido prendre le dessus. Ce n'était pas le cas, et Heidi savait très bien que le travail de Lincoln incluait des événements de représentation.*

*— Qu'en dis-tu, Heidi ? — lui avait-il demandé, tout en ajustant sa cravate.*

*Il avait eu un dîner avec des éditeurs qui voulaient faire une biographie de sa famille. De toute évidence, sa petite amie ne faisait pas partie de la famille, et n'était pas conviée.*

*— Tout mon temps libre est pour toi. Tu vis avec moi — dit-il en montrant l'espace où ils se trouvaient, et tu connais les personnes qui sont importantes pour moi. Je ne sais pas ce que tu veux de plus, car tu es la première femme avec qui je vis.*

*— Je veux une bague à mon doigt, Lincoln. Nous nous aimons et nous avons tous deux des projets ambitieux.*

*— Je dois y aller maintenant, bébé, s'il te plaît n'en fais pas tout un plat. Le mariage n'est pas encore dans mes plans. Faisons un pas à la fois, d'accord ? — avait répondu Lincoln, en lui donnant un long baiser affectueux, avant de partir.*

*Les parents de Lincoln étaient inquiets, car ils trouvaient que Lincoln s'isolait de ses amis et qu'il était plus irritable qu'ils ne l'avaient jamais vu auparavant. Jonathan lui demanda de prendre du temps pour réfléchir loin d'Heidi, car il ne pensait pas qu'ils aient un avenir ensemble. Lincoln leur dit juste qu'il était amoureux d'elle et que les bons côtés l'emportaient sur les mauvais. Jusqu'à ce que la paix avec Heidi soit rompue un mois après par une nouvelle dispute parce qu'il ne voulait pas la demander en mariage.*

*Lincoln avait un événement qu'il ne pouvait pas manquer. Bien sûr, il y avait eu des photos dans la presse et quand Heidi les avait vues, elle était devenue folle de jalousie. C'était la première fois qu'elle agissait de la sorte. Et il n'avait pas l'intention de permettre qu'il y en ait une deuxième.*

*— Tu me trompes ! Qui est cette femme aux cheveux roux qui t'a attrapé par la taille ?*

*— Et l'autre là, qui te regarde comme si tu l'avais déjà baisée, c'est qui ? — demanda-t'elle en lui lançant un cadre photo, qu'il esquiva.*

*Il venait de sortir de la douche et ne portait qu'une serviette nouée autour de la taille. Heureusement pour lui, il ne marcha pas sur les tessons au sol.*

*— Je vais te demander de sortir d'ici, parce que tes accès de colère et ta folie toxique me fatiguent et je ne suis pas pour la violence, Heidi — avait-il dit sérieusement. C'est fini entre nous. Prends tes affaires et pars de ma propriété ce soir au plus tard. Je vais aller à l'hôtel pour que tu puisses faire tes bagages sans que je te gêne. Je déteste les drames et c'est tout ce que tu apportes dans ma vie, en plus de l'insécurité, les griefs, et la jalousie. Je ne peux pas continuer avec toi. Je ne t'aime plus.*

*Aveuglée par la colère et la jalousie, elle se jeta sur lui et le frappa. Il essaya de la repousser, mais elle semblait avoir perdu la tête. Il ne savait pas à quel moment elle glissa, mais il sentit quelque chose lui lacérer le dos de haut en bas. Lincoln hurla de douleur et Heidi tomba en arrière sur le sol. Il se rendit dans la salle de bains et regarda son dos dans le reflet du miroir. La salope lui avait fait une coupure qui saignait abondamment et qui faisait très mal.*

*Il ne voulait plus d'altercations, alors il ferma la porte de la salle de bains, tandis qu'elle tapait sur la porte en lui criant de lui pardonner, qu'elle regrettait, qu'elle croyait en sa fidélité. Elle répétait les mêmes choses, encore et encore. Lincoln appela un médecin et la police. Il appela ensuite Jonathan pour qu'il contacte immédiatement un avocat pour obtenir une ordonnance restrictive contre Heidi. La police rédigea un rapport basé sur les preuves apportées par Lincoln et l'intervention d'avocats. Lincoln obtint une ordonnance restrictive. Si Heidi ne la respectait pas, Lincoln demanderait à ses avocats de la poursuivre pour harcèlement et violence, ainsi que pour dommages matériels.*

*Au cours du mois suivant, Lincoln retrouva un esprit plus calme. Il engagea un nouveau décorateur pour sa maison, parce qu'il ne voulait rien qui lui rappelle le temps passé avec Heidi. La blessure dans son dos nécessita quelques points de suture et lui valut une cicatrice. Il ne se souciait pas de l'esthétique. Petit à petit, le tourbillon émotionnel commença à s'estomper. Sa famille fut soulagée qu'il ne soit plus avec cette femme, et ses amis décidèrent qu>il était temps d'aller dans un bar et de passer un bon moment. Lincoln se sentait enfin libre et heureux.*

*Il n'était pas pessimiste, mais lorsqu'il reçut l'appel d'une clinique privée d'Austin, il paniqua. Lincoln laissa tomber tout ce qu'il faisait au ranch et demanda à Jonathan de venir le chercher, car il ne se sentait pas capable de conduire. Heidi était à la clinique et son état n'était pas très encourageant, mais ils ne pouvaient pas lui donner plus d'informations par téléphone. Ils l'avaient appelé car son nom était toujours indiqué comme contact principal en cas d'urgence.*

*Lincoln aurait pu faire abstraction de la situation, mais il n'était pas ce genre de personne.*

*Lui et Jonathan entrèrent dans la clinique. Son meilleur ami n'étant pas autorisé à entrer dans la chambre d'Heidi, alors Lincoln dut se rendre seul au quatrième étage. Il s'identifia auprès de l'infirmière de service, qui le fit entrer dans la chambre. Heidi était sous perfusion et affichait une expression sereine. Il s'approcha, mais ne la toucha pas. La machine qui surveillait ses signes vitaux était le seul son qu'on entendait dans la chambre. Dehors, il pleuvait à verse. Il se dit que c'était une excellente décision d'avoir demandé à Jonathan de l'accompagner.*

*Il ne savait pas ce qui s'était passé, du moins jusqu'à ce que le médecin entre et lui demande de s'asseoir. Lincoln s'installa dans l'un des deux fauteuils qui faisaient face au lit d'Heidi. Elle dormait encore, ou du moins ne faisait pas savoir qu'elle savait qu'il était là. Le docteur regarda Lincoln en pinçant les lèvres, puis souffla en secouant la tête.*

*— M. Kravath — dit-il calmement, je m'appelle Andrew Loyd et je suis obstétricien-gynécologue.*

*Le cœur de Lincoln battait la chamade, et la sueur perlait sur son front. Il n'était pas stupide, même si son cerveau refusait de faire le rapprochement. Il laissa le docteur continuer son explication.*

*— Si je peux me permettre, dites-moi, quelle était votre relation avec Mlle Acheron ?*

*— On était en couple mais nous avons rompu il y a deux mois. Pourquoi m'avez-vous appelé ?*

*— Elle a été amenée dans un état très délicat, elle avait perdu beaucoup de sang, et nous ne pensions pas qu'elle serait capable de supporter les soins. Nous l'avons opérée. La situation était délicate, mais elle a été transfusée. Vous étiez sur la liste des contacts d'urgence, donc nous vous avons appelé. Mlle Acheron s'est fait avorter dans une autre clinique, mais l'opération s'est très mal passée. Nous avons contrôlé le...*

*— Non ! — cria Lincoln, désespéré, comme si le monde s'effondrait sous lui. Espèce de salope ! — cria-t'il à Heidi, en faisant un effort gigantesque pour ne pas la frapper.*

*Il s'accroupit, la tête basse, les doigts dans les cheveux, impuissant et désespéré.*

*— Maudit soit le jour où je t'ai rencontrée !*

*Elle ouvrit lentement les yeux, quelque peu désorientée, mais retrouva vite son sens de l'orientation. Elle prit une lente inspiration et cligna des yeux.*

*— M. Kravath, si vous ne vous calmez pas, je vais devoir...*

*— Je sais — dit Lincoln en baissant la voix, des larmes coulant sur ses joues.*

*Il les essuya tout en essayant de ramener sa respiration à un rythme normal.*

*Assis, il tourna le dos au lit et regarda les éclairs par la fenêtre. Il essayait de faire entrer de l'air dans ses poumons, car il avait l'impression qu'on le frappait avec un marteau dans le plexus solaire. Il se retourna et regarda Heidi au moment où elle grimaçait d'inconfort. Elle le fixa et remua. Elle avait l'air de souffrir mais Lincoln s'en fichait.*

*— Pourquoi ? — demanda-t'il, sur le ton d'un condamné à mort.*

*Elle mit un moment à répondre, mais elle le fit sans regret, en souriant faiblement, et en grimaçant de douleur. Le médecin vérifia ses signes vitaux, regarda Lincoln comme pour s'assurer qu'il n'allait pas faire quelque chose de fou, puis partit en lui demandant de ne rien faire qu'il pourrait regretter.*

*— Linc... — dit-elle dans un murmure.*

*Sa respiration était lente. L'intraveineuse contenait du sérum physiologique et des analgésiques.*

*— J'ai failli mourir... C'était terrible... Une vraie boucherie... Je n'aurais jamais pensé que quelque chose qui semblait si rapide...*

*— Je souhaiterais que tu sois morte. Dis-moi, salope, c'était le mien ? dit-il sur ton aussi dur et féroce que le fouet d'un tortionnaire. Ce bébé avorté était-il le mien ? — demanda-t'il, en serrant les poings sur les côtés.*

*Le sang affluait dans ses veines. Si quelqu'un lui avait dit que l'instinct de tueur n'était qu'une métaphore, il s'y serait opposé sur le champ.*

*— Oui — répondit-elle sans remords. Tu ne m'as pas aimé, donc tu n'avais pas le droit d'aimer un autre être humain non plus. Tu m'as pris ce que je voulais le plus... Tu étais ce que je voulais le plus... — dit-elle en toussant et se tordant de douleur. Je t'ai pris ce que tu voulais le plus et ce que je n'ai jamais voulu... Un bébé...*

*— Je te tuerais bien là, mais tu n'en vaux pas la peine. J'ai été maudit dès le jour où j'ai posé les yeux sur toi, tu ne mérites pas le privilège de porter un être humain dans ton ventre. Tu le paieras cher.*

*Lincoln fut dévasté à un point qu'il ne pensait pas possible. Cette salope lui avait caché sa grossesse. Même s'ils n'étaient plus ensemble, il avait le droit de savoir qu'il allait être père, tout comme il avait le droit de savoir si elle avait décidé ou non d'avoir ce bébé et d'en parler.*

*Heidi lui avait enlevé un de ses vœux les plus chers : être père et fonder une famille. Elle avait pris une décision égoïste et unilatérale pour mettre fin à une vie qui ne faisait que commencer, ce n'était même pas parce qu'elle était en danger. Elle l'avait fait pour se venger parce que Lincoln ne voulait pas être à ses côtés, parce qu'elle avait besoin de voir la douleur chez lui. Elle avait utilisé une stratégie ignoble pour se venger.*

*Lorsque Jonathan vit sortir Lincoln de l'ascenseur de la clinique, il s'approcha de lui avec appréhension. Lincoln ne put pas garder ce qu'il venait d'apprendre et il lui expliqua tout. Son ami le serra dans ses bras et le raccompagna chez lui.*

*S'il rentrait au ranch ce soir-là, ses parents hurleraient de le voir dans un tel état de choc et de chagrin, et exigeraient de savoir pourquoi il était ainsi. Lincoln ne pouvait pas accepter ce qu' Heidi avait fait, et encore moins le dire à sa famille. Cela les détruirait.*

*— Aucune femme ne mérite ma confiance ou mon affection... Qu'elles aillent au diable — avait-il dit en entrant dans le salon de sa maison du centre ville d'Austin et en ouvrant une bouteille de whisky.*

*— Ce n'était pas ta faute, Lincoln.*

*— Tu m'avais prévenu... Je n'ai pas écouté — répondit-il en finissant tout le contenu de son verre en quatre longues gorgées. Aucune femme ne vaut la peine que je risque ni mes sentiments, ni mes bonnes intentions. Je veux détruire Heidi et je sais comment faire : je vais prendre tout ce qu'elle possède. Tout.*

*Jonathan regarda Lincoln avec inquiétude mais se contenta d'hocher la tête.*

*Lincoln ne se souvint pas de la quantité d'alcool qu'il but cette nuit-là et les nuits suivantes. Il ne se souvint pas non plus de la façon dont il avait pu continuer à travailler sans révéler ce qui s'était passé à ses parents ou sans faire de bêtises susceptibles de provoquer un accident du travail. Il engagea des avocats et une équipe de relations publiques dans le seul but de détruire tout ce qui avait de la valeur pour Heidi : son entreprise, l'appartement qu'elle avait récemment acheté, et sa réputation. Lincoln n'épargna rien et éprouva une grande satisfaction lorsqu'on lui rapporta qu'Heidi avait perdu son pub, que le niveau de ses dettes semblait non remboursable, que personne ne voulait l'embaucher et que son amant de service l'avait quittée. Il ne récupérerait jamais ce qu'elle lui avait pris, mais au moins il avait le sentiment d'avoir rendu justice de la seule manière possible, sans aller en prison ni revoir Heidi.*

*La seule façon d'atténuer la douleur qu'il ressentait était de s›épuiser au ranch, de sortir à cheval la nuit, sans se soucier de personne, jusqu'à ce que son corps ne puisse plus supporter l'épuisement. Parfois, il montait à cheval à l›aube et il avait alors l'impression que la nature et lui ne faisaient qu'un. Il commença aussi à avoir des maîtresses qui allaient et venaient, mais dont les visages étaient flous dans sa mémoire.*

*Un jour, son père eut un accident avec l'une des machines du ranch : elle l'handicapa et le cloua dans un fauteuil roulant. Lincoln fut nommé PDG du conglomérat Golden Enterprises et superviseur de Golden Ties. Ses frères l'aidaient, mais ils résidaient dans d'autres villes, de sorte que la responsabilité de la transition retomba sur le plus jeune. Tristan et Samuel connaissaient la vérité sur Heidi, y compris l'ordonnance d'éloignement, mais ils acceptèrent de ne jamais en parler à Osteen ni Rosalie. Lincoln vendit sa garçonnière et déménagea au ranch.*

*Les années suivantes, il vécut comme un automate : il travaillait, couchait avec des femmes quand il en avait envie, concluait des marchés, montait à cheval, se plongeait dans tout ce qui pouvait lui rapporter de l'argent, améliorer la réputation de sa famille et se soustraire à tout attachement émotionnel à une femme. Lincoln rénova Golden Ties, en y apportant les touches nécessaires pour en changer complètement l'aspect, comme si le ranch n'avait jamais été utilisé par personne d'autre que lui. Ses parents, qui déménagèrent dans le centre ville d'Austin pour se rapprocher des médecins d'Osteen, furent ravis de visiter le ranch, tout comme ses frères et belles-sœurs. Ses nièces et neveux étaient un réconfort et une joie pour Lincoln. Il les adorait, mais il ne pensait pas pouvoir trouver un jour une femme en qui il aurait suffisamment confiance pour envisager de fonder une famille. La douleur de savoir que la paternité lui avait été retirée de façon si égoïste et cruelle perdura.*

*Lincoln décida que la seule chose qui valait la peine était le travail et tous les désirs personnels qui y étaient liés. Les émotions amoureuses étaient un luxe, dont il ne paierait plus jamais le prix car il était trop élevé et inutile. Lincoln décida de consacrer tous ses efforts à quelque chose de plus satisfaisant : développer le patrimoine des Kravath.*

*Son désir le plus cher était d'acheter le ranch qui avait appartenu à son grand-père et qui jouxtait Golden Ties : il voulait transformer Blue Oaks en un vignoble. Il savait que ce n'était qu'une question de temps, car le propriétaire actuel, Matteo Sarconni, finirait par se lasser d'entretenir une propriété dont il avait hérité, mais qu'il n'avait pas la capacité de gérer. La vente était inévitable et se produirait tôt ou tard. En attendant, Lincoln amasserait une fortune, affinerait ses compétences commerciales et profiterait de son éternel célibat.*

*Il ne serait plus jamais le Lincoln charmant, facile à vivre et galant qu'il avait été, car aucune femme ne méritait d'attentions au-delà des courtoisies habituelles. Il ne tomberait plus jamais amoureux. Il ne croirait plus jamais en une femme. La leçon tirée de son expérience avec Heidi l'avait changé à jamais. Il avait payé un prix élevé pour avoir osé faire confiance.*

# CHAPITRE 10

Le lendemain, entre les demandes d'augmentation de salaire du personnel tournant, l'analyse des données budgétaires pour commencer à acheter des vaches et des porcs, le devis des matériaux pour la construction des nouvelles étables, l'embauche de personnel supplémentaire pour nettoyer les étables et le terrain, et la rencontre avec la personne qui serait chargée de la communication de Rainbow Blue, Brooke eut l'impression que les heures de sa journée étaient comptées. Le logiciel qu'elle développait commençait à prendre forme, mais elle n'avait pas le temps de s'asseoir pendant une journée entière pour travailler à son amélioration.

Lincoln allait arriver sous peu et la perspective de le voir la rendait nerveuse, peu importe que ce ne soit pas un rendez-vous amoureux. Peut-être que son stress était lié au fait qu'il était le premier homme depuis de nombreux mois à attirer son attention. Elle ne dirait pas que cela avait à voir avec le charme de Lincoln, parce que ce type était un crétin, mais cela avait à voir avec l'impression de sensualité qu'il dégageait, mêlée à une touche de nonchalance et d'invulnérabilité.

Peut-être ressentait-elle ça parce que l'expérience lui avait appris à être moins confiante. En cela, elle se reconnaissait un peu dans

Lincoln. Bien sûr, ses manières étaient différentes des siennes. Elle n'était ni distante ni inaccessible, mais elle cherchait à bien choisir ceux à qui elle accordait le bénéfice du doute. Il s'agissait d'un processus d'apprentissage continu, car la peur de se tromper était latente.

Elle ne voyait pas très bien sur quel chemin elle s'aventurait, ayant proposé un arrangement professionnel au seul homme capable d'activer son érotisme en même temps que ses envies de meurtre. Revenir sur un tel accord ne ferait que créer une situation délicate, car elle devrait expliquer à Lincoln ses véritables motivations. Et il était sûr qu'il n'était pas du genre à laisser un mensonge sans réponse.

Elle se regarda dans le miroir et attacha ses cheveux en queue de cheval. Il était déjà 18h, sa journée de travail était donc terminée. Elle enfila un chemisier bleu à manches courtes et un jean, ainsi que des baskets. Elle descendait les escaliers quand on frappa à la porte. Elle posa sa main sur la poignée de la porte et prit une légère inspiration avant de l'ouvrir doucement.

Elle leva son visage et rencontra les yeux de Lincoln. Le bleu cobalt des pupilles aujourd'hui était celui d'une personne qui semblait avoir passé un mauvais moment la nuit précédente. A boire ? Avec une femme ? Elle n'aimait pas la direction que prenait le cours de ses pensées. L'énergie indomptée qui émanait de Lincoln était difficile à ignorer, car elle semblait envahir toute l'entrée de la maison.

— Brooke — dit Lincoln avec sérieux, en enlevant son chapeau Stetson noir. Il avait passé une nuit de merde, surtout qu'il s'était endormi sur le canapé et s'était réveillé avec des muscles douloureux.

Le malaise s'était estompé quand il était entré dans le jacuzzi du jardin. Les puissants jets d'eau chaude firent leur travail. Il opta pour un bureau à domicile ce jour-là.

— J'aurais aimé venir un peu plus tôt, mais mes responsabilités m'en ont empêché. Préfères-tu marcher ou conduire pour procéder à l'inspection des écuries ?

Elle remarqua qu'il était tendu, presque en colère. Elle ne lui demanda rien. Elle ne le prit pas personnellement, bien sûr. Quelque chose s'était passé, car le ton habituel de flirt léger ou de sarcasme qu'il utilisait habituellement pour lui parler était absent. Brooke sourit et feint l'indifférence.

— Bonjour, merci d'être venu. Les écuries sont à cinq minutes en voiture — répondit-elle, tandis qu'il lui tenait la porte pour qu'elle sorte de la maison. Il y a quelques points sur lesquels je veux te questionner, comme je l'ai mentionné, et je pense qu'il est préférable que tu voies l'état de certaines zones par toi-même, plutôt que de recevoir des photos ou des vidéos. Ensuite, je voulais passer en revue les statistiques de croissance. J'ai fait une corrélation. Je suis douée avec les chiffres, mais la mise en pratique concernant un ranch est quelque chose de nouveau.

Lincoln était un gentleman avec les femmes, mais pas quand il s'agissait de détourner le regard des fesses de Brooke. Même la nuit atroce qu'il avait passée ne semblait pas l'empêcher d'apprécier son corps. Cela allait être une torture de se concentrer sur ses questions et d'essayer d'y répondre. Elle lui avait dit qu'elle voulait rationaliser les processus et être efficace financièrement, elle avait donc besoin de conseils. Ces informations seraient utiles pour commencer à saboter le ranch et ralentir sa progression.

— OK — répondit-il, alors qu'ils s'installaient dans le van et qu'il démarrait le moteur.

— Combien de temps penses-tu qu'il me faudra pour remettre ce ranch en état ? — demanda-t'elle, car ses calculs n'étaient peut-être pas les plus précis en raison de son inexpérience. Une approximation me ferait le plus grand bien.

— Si tu suis mes suggestions et investis bien, environ trente ou quarante jours.

— Faudra-t'il engager du personnel supplémentaire ? — demanda-t'elle en regardant le profil de Lincoln, alors que la voiture roulait sur la route du ranch en direction des écuries.

— ... Oui, et faire d'autres choses encore, que j'aborderai progressivement. Suis mes suggestions. C'est ce qui te permettra d'atteindre tes objectifs plus rapidement — répondit-il.

— D'accord. J'ai commencé à m'habituer au silence de la vie dans un ranch. C'est très différent de ce à quoi j'étais habituée, mais...

— Pour une *petite princesse des villes*, tu ne t'es pas vite enfuie finalement — l'interrompit-il d'un ton moqueur.

Il n'était pas dans son meilleur jour. La seule raison pour laquelle il n'avait pas posé de lapin à Brooke, c'était pour gagner sa confiance, ce qui n'arriverait pas s'il commençait à manquer à sa parole. Il voulait régler le plus vite possible cette situation qui l'empêchait d'acquérir Blue Oaks.

Elle le regarda avec agacement.

— Je n'ai aucun problème à me salir les mains pour atteindre mes objectifs — répondit-elle. Si ta mauvaise humeur d'aujourd'hui est liée à la soirée que tu as passée, tu as peut-être besoin de gouttes pour hydrater tes yeux et t'aider à mieux voir la réalité. Comme je suis une voisine sympa, je peux te proposer des produits de ma boîte à pharmacie.

Il détourna son regard de la route et l'observa du coin de l'œil.

Malgré le nombre de filles qui avaient été dans son lit, Lincoln pouvait dire qu'aucune d'entre elles ne l'attirait autant que Brooke maintenant. Avant qu'elle ne croise son chemin, personne d'autre n'avait réussi à le distraire de ses objectifs. En fait, à cause de la vipère Heidi, il avait fait confiance et cru en une femme qui, sous la façade de l'indépendance, cachait sa nature jalouse, émotionnellement dépendante et vile.

Ça bénervait que Brooke soit à la fois une tentation et un obstacle à ses objectifs. Cela ne faisait qu'ajouter à sa mauvaise humeur. Son besoin d'évacuer sa frustration et de libérer son désir pour elle l'incitait à vouloir la déshabiller et à fesser ce cul parfaitement rond jusqu'à ce que Brooke le supplie de la pénétrer et de lui donner plus de plaisir. Il avait envie de la punir et de la dévorer, aucune autre ne ferait l'affaire. Son membre viril semblait particulièrement désireux d'explorer les secrets de Brooke.

Il avait prévu de retarder son rapprochement avec elle, mais ce qui ne lui avait pas traversé l'esprit, c'est qu'une fois le plan mis en œuvre, la proximité allait se transformer en torture, à moins qu'il ne parvienne à lui voler un baiser. Zut.

— Est-ce cela fait partie du consulting de t'informer sur ma journée ou mes yeux ? — demanda-t'il avec sarcasme. Mais si ce qui t'intéresse vraiment, c'est de savoir si j'ai baisé une femme hier soir et si c'est pour cela que je n'ai pas pu dormir, alors tu pourrais peut-être poser la question directement.

Il la regarda brièvement et lui fit un clin d'œil. Elle le va les yeux au ciel.

— Je me fiche de ce que tu fais de ta journée ou de ta nuit, du moment que tu me donnes ton avis sur Blue Oaks — répondit-elle en croisant les bras.

Il serra ses doigts autour du volant.

— Essaie de continuer comme ça, alors — dit Lincoln avec indifférence.

Il était en conflit interne entre son désir pour Brooke et sa colère contre lui-même après avoir vu Heidi. Il était tourmenté car il savait que ce qui s'était passé avec son ex était dû à ses propres décisions. Il avait choisi la mauvaise femme. Heidi avait brisé sa confiance en lui enlevant, par vengeance et ressentiment, la chance d'être père. Il ne lui pardonnerait jamais. Le dicton populaire selon lequel il fallait toujours essayer de devenir une meilleure personne ne s'appliquerait pas à lui. Il n'en avait rien à foutre.

Il avait vécu des choses horribles en passant d'un flirt à une histoire plus sérieuse parce que ses émotions avaient été impliquées. Il n'avait pas l'intention de revivre une telle expérience avec qui que ce soit, même si Brooke semblait extraordinaire.

— Ta conversation est très agréable — répondit-elle. Tu dois être la star des fêtes et des évènements sociaux.

Il sourit.

— Au moins, du bon travail a été fait avec le défrichage du terrain — dit-il, car il n'avait pas envie de se lancer dans une dispute qui se terminerait par un baiser de sa part.

Son attention avait été attirée par l'absence de mauvaises herbes et de saleté dans les zones qui n'étaient pas utilisées pour les cultures.

— Cet endroit a un potentiel incroyable qui a été négligé pendant des années. Les autres éleveurs ont fait beaucoup de commentaires à ce sujet, pas sur ton travail parce que tu viens de commencer, mais sur la négligence précédente. Tu as initié un changement, ça se voit.

— Quand es-tu venu ici pour la dernière fois ?

— J'ai vendu quelques outils au précédent gérant pour les écuries, et comme cet endroit est proche de chez moi, je suis venu déposer la commande. C'était l'année dernière.

— Je ne comprends pas pourquoi l'administrateur précédent n'a pas fait un meilleur travail — marmonna-t'elle. Je suis peut-être un peu novice en matière de ranchs, mais il est évident qu'il a été négligent. Il suffit d'un peu de bon sens pour remarquer et observer l'état général du ranch.

Il fit un léger signe de tête.

— Si tu investis dans de la main-d'œuvre supplémentaire, en moins d'une semaine, tu auras un ranch en bon état et tu pourras rénover les structures et entamer les développements que tu veux faire. L'investissement ne doit jamais dépasser 15% du bénéfice annuel escompté, car les facteurs de risque, dus au climat et aux maladies qui peuvent survenir chez les animaux et les cultures, sont élevés. Cela te conduirait à faire une erreur qui entraînerait la perte de l'argent initialement investi, mais aussi une diminution considérable des bénéfices. Cela créerait à un début d'année instable. La terre de Blue Oaks a des qualités bien particulières — dit Lincoln en pensant à son futur vignoble, mais sans le préciser. Tu dois bien choisir le personnel que tu recrutes en CDD. Je vais t'indiquer une liste de caractéristiques que tu dois exiger.

— Merci — murmura-t'elle.

Cette version professionnelle de Lincoln semblait moins intimidante.

— A propos, j'ai préparé un dossier avec des budgets, des comparaisons statistiques et des projections. Je te les montrerai quand nous sortirons du champ.

— Ok, donc j'analyserai tes forces et tes faiblesses pour pouvoir te guider plus sûrement.

— Comment se fait-il que tu en saches autant sur Blue Oaks ? — dit-elle, en fronçant les sourcils et en le regardant intérêt.

Elle avait toujours été fascinée par les hommes sûrs d'eux et qui maîtrisaient leur sujet, qu'il s'agisse de business, de travail ou d'art. Elle aimait les écouter exposer leurs opinions ou donner leur point de vue. Lorsque les connaissances provenaient de l'expérience et non de la répétition de faits tirés d'un manuel ou de tiers, elle les trouvait très stimulantes.

La capacité de condenser des informations complexes en mots simples n'était pas à la portée de n'importe qui. Cela semblait naturel pour Lincoln. C'était une des raisons pour lesquelles cet homme lui plaisait beaucoup. Un homme dénué de cellules cérébrales fonctionnelles n'était pas bon pour elle. Lincoln, elle commençait à le découvrir, était plus qu'un beau visage et un physique imposant. Elle était à la fois déstabilisée et excitée de le découvrir. Il avait réveillé des désirs physiques qu'elle avait laissé en sommeil pendant des mois, c'était vrai, mais Brooke veillait toujours à ne pas perdre de vue que Blue Oaks était sa priorité.

— Je suis expert en matière d'agriculture et d'élevage — répondit-il d'un ton moqueur, au cas où tu ne t'en souviendrais pas. Tu dois aussi jeter un coup d'œil au système informatique de Golden Ties.

Elle rit avec incrédulité.

— J'ai une excellente mémoire. Merci de souligner l'évidence, Einstein — dit-elle en levant les yeux au ciel. Tu as travaillé à Blue Oaks pour compléter ta formation peut-être ? —demanda-t'elle, consciente qu'ils avaient déjà atteint leur destination, mais qu'ils étaient encore dans la voiture.

Il avait coupé le moteur et s'était légèrement tourné vers elle. Il la regardait avec cette expression qui semblait capter tous ses secrets. Brooke essaya d'ignorer l'odeur d'eau de Cologne virile, mélangée à l'odeur subtile du cuir et de la campagne. S'il était arrivé vêtu en Armani ou en Tom Ford ou en toute autre marque adaptée à sa silhouette virile, elle n'aurait pas pu se concentrer.

Elle croisa ses jambes et regarda dehors.

Le soleil de fin d'après-midi brillait encore légèrement dans le ciel. La plupart du personnel était parti, à l'exception de ceux qui étaient de service la nuit. Brooke savait que les travailleurs la considéraient toujours avec suspicion, car il était inhabituel qu'une femme tienne les rênes administratives et prenne des décisions importantes dans une entreprise habituellement dirigée par des hommes. Elle ne ressentait aucun ressentiment à ce sujet, car elle pouvait le comprendre. Elle ne pouvait pas changer le monde en un coup de baguette magique, mais elle pouvait essayer de faire la différence à sa manière. Elle appréciait que Matteo soit un homme progressiste, à l'esprit juste. Il avait cru en elle, alors elle ne pouvait pas le laisser tomber.

— Ce ranch appartenait à mon grand-père il y a environ trois décennies — dit Lincoln simplement. Mes frères et moi avons grandi entre ces deux ranchs. La maison dans laquelle tu vis actuellement était la résidence de mes grands-parents. Mes parents et mes frères et sœurs ont toujours vécu à Golden Ties, mais nous aimions venir nous baigner dans le ruisseau et nous amuser — dit-il en souriant aux souvenirs de ces après-midis où seuls comptaient le plaisir, les baignades et les courses de chevaux lorsque leurs parents leur en donnaient la permission… à condition qu'ils respectent les mesures de sécurité imposées par les contremaîtres. Pour que nous ne traversions pas la route et ne nous mettions pas en danger, mon père a construit une route spécifique reliant les deux ranchs. Je ne l'ai pas traversée depuis des années.

— Oh, c'est une histoire intéressante — répondit-elle avec un sourire, percevant le désir de Lincoln. Pete a fait dégager le sentier que tu mentionnes, mais je n'y suis pas encore allée. Quel rôle jouent tes frères dans Golden Ties ?

Lincoln déboucla sa ceinture de sécurité et sortit du van. Il fit le tour du véhicule et aida Brooke à sortir. Il ne garda pas sa main sur la sienne et n'envahit pas son espace personnel, parce qu'il ne voulait pas faire un geste stupide alors qu'il devait commencer sa procédure pour la faire virer. Blue Oaks serait un vignoble de premier plan et porterait le nom de Kravath.

Il baiserait Brooke, et ils passeraient un bon moment, mais il ne donnerait plus jamais à une femme le pouvoir de lui jouer un mauvais tour. Il préférait anticiper et être celui qui ferait le premier pas. Puis il s'en irait, récoltait les fruits de son investissement en temps et en efforts, et oublierait tout ce qui n'impliquait pas la satisfaction d'avoir réalisé sa plus grande ambition.

— Mes frères sont médecins — dit-il en riant, en se dirigeant vers la première écurie, et ils ne jouent aucun rôle dans Golden Ties. L'un vit à Dallas et l'autre à Austin, chacun avec leurs épouses et leurs enfants respectifs. Et toi, tu n'as pas de famille qui te manque en Californie ?

Elle ouvrit les portes de métal et de bois avec facilité. Elle appuya sur l'interrupteur intérieur qui illumina l'espace. Il était assez grand, et les vestiges des enclos qui avaient été utilisés pour les porcs et les vaches étaient toujours visibles. Les environs étaient remplis de foin, de sacs de blé et de maïs. Cette grange et les deux autres avaient été transformées en site de stockage. Brooke voulait leur rendre leur usage initial.

Elle jeta un coup d'œil par-dessus son épaule à Lincoln qui s'avançait vers elle.

— Une famille comme les autres, même si je suppose qu'elle n'est pas aussi belle que la tienne — murmura-t'elle, évitant de donner des réponses précises.

Il avait répondu à ses questions avec franchise, mais cela ne signifiait pas qu'elle devait donner autant d'informations que lui.

— Concentrons-nous sur les affaires. Je suis désolé d'avoir ouvert la porte avec mes questions et laisser entendre que je veux en savoir plus sur toi.

Il rit et secoua la tête d'un air incrédule.

— C'est une réponse pour le moins évasive — répondit Lincoln, en jetant un regard critique sur les alentours, mais je comprends.

Lincoln se dit que les dommages du bois n'étaient pas si graves et qu'en fait, ces écuries se trouvaient exactement dans la zone où il avait l'intention de construire une petite salle pour les événements spéciaux. Il réfléchit donc au moyen de gagner du temps et de préparer le terrain.

— Je suis ici pour parler du ranch — répondit-elle en croisant les bras, tout en le regardant aller et venir, et évaluer les lieux avec une expression pensive.

Il étudia chaque recoin, et sembla mesurer mentalement l'espace.

— C'est tout...

Comme c'était un espace ouvert, vide et silencieux, leurs voix résonnaient.

— Ah, alors c'est compliqué — murmura-t'il au bout d'un moment, après avoir inspecté l'écurie sans parler.

Brooke haussa les épaules.

— On peut le dire, oui.

— Très bien — dit Lincoln en s'arrêtant au beau milieu de l'espace vide, je vais te faire part de mon diagnostic sur cet endroit : inutile de dépenser pour la maintenance.

— Qu'est-ce que tu veux dire par là ?

— Si les deux autres structures sont dans le même état que celle-ci — dit-il en pensant au vignoble qu'il avait l'intention de créer sur cette propriété, je suggère de les démolir et de n'en reconstruire qu'une seule, plus grande. Et il faudrait aussi un espace de stockage de taille moyenne.

— C'est une solution radicale — dit-elle, inquiète. Démolir pour reconstruire, c'est une chose, mais détruire trois écuries pour n'en construire qu'une, c'en est une autre. Je ne pense pas qu'il soit sage de démolir — dit-elle en se mordant la lèvre inférieure.

— Les surplus sont toujours vendus à un prix inférieur au marché pour pouvoir s'en débarrasser, ils ne sont jamais gardés en stock, parce que ce serait absurde. C'est ce qui me fait dire qu'une reconstruction est indispensable. Tout cela — dit-il en montrant le maïs, le blé, et le foin, c'est du gaspillage. Garder trois espaces au lieu de n'en faire qu'un seul, alors que tu repenses tout juste les capacités du ranch, c'est risqué. Tu voulais mon avis professionnel, alors je te le donne, Mlle Sherwood — dit-il d'un ton moqueur. À moins que tu ne veuilles plus de mon avis d'expert, et dans ce cas, tu peux avancer à l'aveugle. C'est ton choix.

Elle souffla.

— Je n'aime pas les ultimatums, Lincoln — dit-elle avec une grimace. Je veux acheter des vaches et des cochons, donc j'ai besoin d'un endroit pour eux. C'est pourquoi démolir les trois structures me semble contre-productif. C'est tout.

Selon Lincoln, qu'elle achète ou non des animaux, ils pourraient être déplacés à Golden Ties une fois le vignoble en cours de réalisation. De toute façon, quoi qu'elle fasse, cela finirait par bénéficier à Golden Ties.

— Tu peux les mettre dans le nouvel espace, tu n'as pas besoin d'en avoir trois. À côté, tu peux construire une grange, en mettant des mesures en place pour empêcher l'infiltration de l'humidité, pour protéger le foin et tout ce qui doit être stocké. Quand on débute, on ne peut pas tout avoir, et on a d'autres chats à fouetter, n'est-ce pas ?

Elle réfléchit pendant une seconde. Elle hocha la tête.

— J'ai besoin des meilleurs fournisseurs de vaches et de porcs — répondit-elle, alors qu'ils sortaient de l'étable.

Ils se rendirent dans les deux autres structures et Lincoln réitéra son premier diagnostic.

— Peux-tu me faire une recommandation de fournisseurs avec un bon rapport qualité-prix, autre que ton ranch, pour éviter un conflit d'intérêts ?

— Oui, je t'enverrai une liste par texto, parce que je ne les ai pas sur moi — répondit-il en cachant un sourire en coin. Si elle avait su qu'elle préparait son propre échec en suivant les conseils de Lincoln, elle lui aurait dit d'aller au diable. Mais il avait déjà connu l'enfer, et aucun feu ne pourrait plus jamais le brûler.

Il n'y avait pas pire conflit d'intérêts que de demander des suggestions à la personne qui voulait lui enlever le Blue Oaks et de lui fournir des informations chiffrées pour qu'elle arrive à ses fins. Mais ça, Brooke ne le savait pas, pensa Lincoln avec satisfaction.

— Bien — marmonna-t'il, alors qu'ils montaient dans le van.

Brooke écouta Lincoln lui donner un cours de quinze minutes sur les élevages de poulets, ainsi que les raisons pour lesquelles il n'était pas judicieux de se lancer dans ce secteur d'activité pour le moment. Il lui rappela également de démolir les deux granges et de n'en faire une seule pour gagner de la place. Plus tard, lorsqu'elle lui parla de donner une opportunité aux adultes d'apprendre à monter à cheval à Rainbow Blue, Lincoln lui indiqua le nom de quelques entraîneurs de chevaux qui pourraient contribuer à cet objectif.

Ils discutèrent travail pendant plus d'une heure et demie. Lincoln expliqua à Brooke que son grand-père avait fondé Rainbow Blue. Quand Lincoln croisa Joseph, il le salua avec enthousiasme, puis ils discutèrent pendant un moment.

Brooke remarqua que Lincoln avait un comportement aimable avec les employés de Blue Oaks, et qu'ils lui parlaient avec respect, car ils respectaient la qualité de son travail. Ce qui la frappa, c'est qu'il semblait sincèrement intéressé par ce que les autres avaient à dire. Cela rendait Lincoln moins arrogant à ses yeux : on aurait dit qu'il avait soudainement oublié qu'elle était là et qu'il s'était permis d'être plus ouvert. Pourquoi était-il parfois si insaisissable, puis parfois si chaleureux ?

Elle remarqua également que Lincoln semblait garder pour lui ses répliques rudes et sarcastiques. Elle ne savait pas si elle devait se sentir offensée ou intriguée.

Après avoir dit au revoir aux employés des écuries, Brooke et Lincoln montèrent dans la voiture. Le trajet fut rapide. Elle aurait aimé lui montrer la zone du ruisseau, mais il faisait presque nuit et il y avait encore un peu de nettoyage à faire pour marquer le chemin. Elle ne voulait pas prendre de risques.

Brooke comprit que Matteo n'avait jamais informé ses employés que le ranch était sur le point d'être vendu et qu'ils risquaient de perdre leur emploi. Elle était heureuse qu'ils n'en soient pas conscients. L'insécurité de l'emploi n'aurait pas servi sa cause.

Elle ne voulait pas parler à Lincoln de la probable vente du ranch pour lui éviter une certaine pression : impossible d'échouer car des emplois étaient en jeu. Maintenant qu'elle savait qu'il appréciait la propriété, elle trouverait injuste de le mettre mal à l'aise. Ce serait un trop lourd fardeau.

Une fois entrés dans la maison, elle offrit du thé glacé à Lincoln, mais il refusa. L'expression agréable et décontractée qu'il avait arborée dans les écuries avait soudainement disparu. On aurait dit que l'état de tension dans lequel il était deux heures auparavant était revenu. Brooke ignora la situation et lui expliqua les procédures qu'elle était en train de mettre en place. D'un ton distant et ennuyé, il pointa les erreurs de budget.

— Je pense que ce sera tout pour aujourd'hui... J'ai assez de matière pour commencer à travailler. Merci, Lincoln — dit Brooke, consciente qu'ils étaient seuls tous les deux.

Les faibles sons de la campagne et le petit coucou près de la console étaient leurs seuls compagnons.

— Je peux passer à Golden Ties dans quelques jours, tu pourras m'expliquer où se trouvent les serveurs et je verrai comment je peux faire fonctionner le système plus rapidement.

— Je n'ai aucune urgence à ce sujet — répondit-il en se penchant pour regarder les données sur l'ordinateur portable, devant endurer plusieurs minutes de douce torture.

Elle sentait les promesses de plaisir enveloppées d'orange et de miel. Il fallait qu'il sorte de la pièce de toute urgence.

— Je voulais simplement préciser que j'ai l'intention de faire ma part du travail, comme tu fais la tienne — ajouta-t'elle en reculant de sa chaise et en éteignant l'ordinateur portable.

— Ok — dit-il les mains dans les poches. Tu peux aller directement au ranch, demander Ben, mon directeur, et lui dire que je t'ai autorisée à examiner notre réseau. C'est un ingénieur système, donc il comprendra ce que tu lui expliqueras.

— Tu ne seras pas là ? — demanda-t'il en fronçant les sourcils. Je pensais que tu serais présent quand j'expliquerais ce que...

— J'ai beaucoup de choses à gérer, je ne peux pas changer mon agenda pour quelque chose que mon manager peut gérer.

Elle trouvait impoli qu'il délègue ce rendez-vous à quelqu»un d»autre alors que l»accord conclu ne les concernait qu'eux deux, mais elle se contenta d'acquiescer, car elle n'allait pas discuter.

— Alors je passerai bientôt et je demanderai Ben. Pas de problème.

— Ce n'est pas personnel — murmura-t'il.

Sa voix sortit comme un grognement.

— Quel est le prochain endroit que tu veux que je vérifie ?

Elle souffla.

— D'abord, laisse-moi te rendre service. Ensuite, je procèderai aux changements que tu as suggérés, et ensuite, je te ferai part de ma prochaine étape. D'accord ? — demanda-t'elle.

— J'ai d'autres activités en dehors du travail, mais je trouverai le temps de tenir ma promesse de t'aider — dit-il en souriant pour apaiser la tension.

Lincoln la regarda, en essayant de se concentrer sur les statistiques et non sur le fait qu'ils étaient seuls dans cette maison tranquille à deux étages. Les structures de base n'avaient pas changé, mais la décoration était différente, minimaliste. Il savait que cela n'avait rien à voir avec Brooke car elle venait d'arriver.

Il était curieux d'en savoir plus sur ce travail d'administrateur. Ce ne lui semblait pas logique qu'une personne inexpérimentée ait obtenu ce poste, et rien avoir avec le fait qu'elle soit une femme. Considérant la beauté de Brooke et la stupidité de Matteo, il se dit qu'ils étaient peut-être liés par autre chose que le travail. L'aurait-elle embrassé il y a quelques jours si elle était en couple avec Matteo ? Son côté possessif émergea soudainement avec une force qui le surprit au plus profond de lui-même et l'entraîna dans des pensées incohérentes et inutiles. Il savait que cet idiot avait vécu à Los Angeles. «En reliant tous ces points...». Il serra ses poings sur ses côtés.

— Qu'est-ce qui se passe ? — demanda Brooke, remarquant l'expression renfrognée de Lincoln, alors qu'ils entraient dans le couloir. Tu es d'une humeur étrange tout d'un coup... Si tu dois partir, alors pars. J'ai vraiment apprécié ton aide aujourd'hui. Tu n'as pas besoin de rester...

— C'est un peu inhabituel d'engager une personne qui ne connaît pas les ranchs pour venir au Texas et prendre une si grande responsabilité. Comment as-tu obtenu ce travail ? —demanda-t'il, en posant sa main sur la rampe d'escalier. Des faveurs spéciales ?

Elle fronça les sourcils en entendant le ton utilisé par Lincoln. La suspicion dans sa voix ne lui plaisait pas du tout.

—Je suis très enthousiaste à l'idée d'assumer cette responsabilité, et d'apprendre à bien le faire — dit-elle avec colère. Tu peux quitter ma maison maintenant. La porte est ouverte.

Elle passa devant Lincoln avec l'intention de monter à l'étage pour faire autre chose. Elle ne voulait plus écouter ses questions malsaines, ni subir sa suspicion inappropriée. C'était un idiot. Il attrapa son bras et stoppa sa fuite.

— Ce sont des questions pertinentes — dit-il en la regardant.

Brooke était sur une marche qui la mettait presque à la même hauteur que lui.

— Est-ce que c'est pertinent juste parce que tu penses que ça l'est ? Tu ne sais absolument rien de moi et tu te permets de faire des sous-entendus condescendants.

Il secoua la tête et enleva son chapeau qu'il jeta sur un fauteuil voisin.

—C'est juste inhabituel, car gérer un ranch demande généralement beaucoup d›expérience. L›emploi de nombreuses personnes en dépend. C'est tout. Je n'essayais pas de t'offenser et je ne doute pas de ta capacité à apprendre ou à développer ce que tu veux entreprendre — dit-il en la regardant dans les yeux.

Comment lui dire que la possibilité qu'elle ait une relation avec Sarconni le mettait hors de lui ? Il relâcha sa prise. Le bref contact de Lincoln, aussi innocent qu'il ait été, avait brûlé la peau de Brooke. Ca lui avait donné envie qu'il la touche ailleurs. Elle aurait peut-être dû opter pour du consulting via vidéoconférence.

— Le propriétaire est un de mes amis depuis des années et il connaît mon engagement et mes capacités. Je voulais un travail différent, loin de la Californie, alors quand il me l'a proposé, j'ai accepté — dit-elle simplement.

Les véritables causes étaient beaucoup plus compliquées à expliquer et elle ne devait rien à Lincoln à cet égard.

— Es-tu très proche de Sarconni ? — demanda-t'il d'un ton neutre. Comme tu as pu t'en rendre compte dimanche dernier, nous nous connaissons tous ici. Il n'est jamais venu aux événements des ranchers, mais nous savons qui il est.

Brooke remarqua une très légère touche d'amertume chez Lincoln.

— La valeur des amis ne se mesurent pas en niveaux de proximité — dit-elle en levant le menton.

Lincoln savait qu'il y avait quelque chose d'autre derrière cette apparente simplicité. Cela ne devrait même pas l'intéresser, mais la pseudo amitié de Brooke pour Matteo suffisait à l'énerver.

— Des amis, tiens donc ? — demanda-t'il d'un ton moqueur et irrité. Beaucoup de gens obtiennent de bons emplois par «amitié», surtout avec quelques nuits de sexe. Fais-tu partie de ces gens ?

Il ne vit pas venir la gifle sur sa joue, mais le son résonna dans le silence. Il serra sa mâchoire et attrapa Brooke par la taille, la tenant près de son corps. Elle ne bougea pas d'un pouce, elle était emprisonnée dans ses bras. Dans son corps, c'était un carnaval d'émotions.

— Ne m'insulte plus jamais, que ce soit de façon voilée ou directe, Lincoln. Cette fois-ci, c'était une gifle, mais la prochaine fois, ce sera pire si je trouve quelque chose à te jeter au visage — dit-elle en lui donnant un coup de poing dans le thorax.

La dureté des muscles lui fit comprendre que cela ne l'avait pas affecté le moins du monde. Les yeux de Lincoln brillaient de colère à cause de la gifle, mais Brooke ne se sentait pas du tout coupable. Il méritait sa baffe.

— Je n'ai pas eu besoin de coucher avec qui que ce soit pour obtenir cet emploi. Matteo est mon ami. Un point c'est tout.

— Juste ton ami ? Et n'a-t'il jamais été plus que ça ? — demanda-t'il, respirant avec difficulté, comme elle.

Il savait qu'il méritait la gifle.

Leurs torses se levaient et s'abaissaient rapidement. Ils étaient si proches que Brooke ne pouvait empêcher ses tétons de durcir, malgré la protection de leurs vêtements. Elle ne comprenait pas cette réaction inhabituelle. Avec ses amants précédents, les étincelles n'avaient jamais menacé de se transformer en feu vif.

— Mon passé ne te regarde pas et il ne te sert à rien de le connaître — marmonna-t'elle entre ses dents.

— Peut-être que si, Brooke — dit-il avant de perdre sa dernière once de raison.

# CHAPITRE 11

Ils s'arrêtèrent de parler. La bouche de Lincoln attrapa celle de Brooke avec un grognement féroce. Son besoin de satisfaire son désir sexuel refoulé augmenta au point de le consumer. Cette femme était tentatrice et dangereuse. Il n'avait jamais reculé devant le danger, mais il voulait maîtriser l'adrénaline qui allait de paire avec et en faire bon usage.

Elle ne résista pas et mordit durement sa lèvre inférieure. Ils s'embrassèrent avec frénésie. Le gémissement qui sortit de la gorge de la femme était un mélange de colère et de désir. Les mains de Lincoln descendirent vers ses fesses fermes, les pressèrent et lui firent prendre conscience de son érection.

Brooke détourna sa bouche à contrecœur. Le besoin impérieux de clarifier la situation avant de poursuivre l'emporta de peu sur le désir. Un désir si puissant qu'il transparaissait dans son regard et émoustillait les sens et la raison de Brooke. C'était fou.

— Je ne couche avec personne en échange de services — dit-elle avec ressentiment et colère, en respirant laborieusement. Ce n'est pas mon style de donner des gifles, mais je n'ai pas vu d'autres options face à ton insulte.

Lincoln ferma les yeux un instant, car il avait besoin de stopper le pilotage automatique sur lequel son corps se branchait quand il touchait Brooke. Son regard bleu cobalt se recentra sur les yeux verts de Brooke. Il expira doucement et hocha.

— C'était offensant de ma part. Je retire ce que j'ai dit — répondit-il sincèrement, en essayant de faire entrer de l›oxygène dans ses poumons pour articuler sans couper les mots. Je n›aime pas Sarconni.

Elle haussa un sourcil, car elle ne comprenait pas ce que Matteo avait à voir avec ça. Peut-être que le besoin d'être caressée et embrassée par Lincoln était plus fort que la possibilité de garder son cerveau en alerte. C›était pathétique. Elle ne se souvenait pas qu›une telle chose lui soit arrivée avec quelqu›un d›autre.

— Et donc ? — demanda-t'elle avec agacement.

— Lui et moi avons certains points de conflit, mais t'offenser n'était pas juste.

— Si les relations de travail entre éleveurs sont tendues, je m'en moque. Ce n'est pas bien de faire des commentaires comme ceux que tu as faits plus tôt. Je ne les tolérerai pas. Mon passé m'appartient, sauf si tu veux commencer à partager le tien.

Il rejeta la suggestion.

— Alors nous sommes d'accord. Le désir n'empêche pas le respect. D'ailleurs, est-il si difficile pour toi de dire «excuse-moi» ? — demanda-t'elle en grimaçant.

Il secoua la tête, mais ne s'excusa pas à proprement dit.

— Si je décidais de coucher avec toi, je ne le ferais pas parce que tu m'aides au ranch, mais parce que je le veux.

Lincoln souffla et appuya son front contre celui de Brooke.

— Notre accord n'est pas sexuel, mais intellectuel, Brooke. Ce que nous sommes sur le point de faire est une toute autre affaire — répondit-il.

Resserrant sa prise sur les fesses de Brooke, il ajouta avec détermination :

— Il n'est jamais trop tard pour demander, alors si tu es déjà en couple...

— Lincoln, si j'avais une relation, je te le dirais. Si c'était le cas, je ne t'aurais pas embrassé lors de mon séjour à Golden Ties. C'est clair ?

— De mon côté, il n'y a personne, je te l'ai déjà dit, et je le répète maintenant.

Elle fit un bref signe de tête.

— Nous avons tout mis au clair, alors ?

— Pour ce que nous avons en tête — répondit-il avec un clin d'œil.

Brooke rit, car Lincoln semblait plaisanter, mais elle se doutait aussi qu'il avait de nombreuses couches de protection sous son armure... tout comme elle. Brooke enroula ses jambes autour de la taille de Lincoln, et le frottement de leurs bassins était très suggestif. C'était une conversation peu orthodoxe, mais pas moins stimulante pour autant.

Brooke enroula ses bras autour du cou de Lincoln, enfouit fermement ses doigts dans ses cheveux, et Lincoln la souleva un peu plus haut pour la maintenir contre son corps. Il la porta en haut des escaliers.

Malgré les années qui s'étaient écoulées depuis la dernière fois qu'il était entré dans le ranch, il n'avait pas besoin de regarder pour se souvenir exactement du nombre de marches. Il était heureux que la propriété, où il avait passé tant de beaux moments avec sa famille, soit encore intacte. Et maintenant, il était sur le point de se créer un autre super souvenir qu'il ne pourrait pas oublier. Au moins pour quelques jours. Aucune femme n'avait la capacité de rester gravée en lui plus longtemps.

— Tu dors dans la suite parentale ou dans une autre pièce ? — demanda-t'il en mordillant la bouche de Brooke, qui lui rendit ses caresses avec le même enthousiasme.

Ses lèvres étaient douces et sensuelles. Il voulait tout absorber de Brooke, à commencer par ce baiser. Il ne pensait qu'au plaisir, et il avait l'intention de continuer. Au moins, cette fois, c'était clair pour lui.

— La suite principale — dit-elle en retenant son souffle.

Il sentit l'humidité de ses plis intimes. Elle aimait la sensation de la dureté masculine et se frotta délibérément contre lui. Lincoln émit des grognements… une vraie caresse sonore…

Il s'arrêta au milieu de la chambre et Brooke posa ses pieds sur le sol.

Lincoln fit glisser ses mains le long de son chemisier, sur son dos à la peau lisse, et détacha les crochets de son soutien-gorge, tout en l'embrassant avec une passion qui frisait la folie. Il enleva son chemisier, mit son soutien-gorge de côté et couvrit ses deux seins de ses mains. Il lui pinça fort les tétons, et en réponse Brooke attrapa son membre en érection par-dessus le jean. Ils gémirent.

— J'avais fantasmé sur le fait de goûter tes seins et de m'en délecter — dit-il en retirant sa bouche de la sienne.

Il frotta son pouce sur les sommets de ses seins en la regardant avec une expression affamée. Il remarqua avec plaisir ses joues rougies et ses lèvres gonflées par ses baisers, mais surtout la façon dont ses pupilles indiquaient un besoin sexuel. Le poids de ses seins dans ses mains était exquis. La peau blanche et les aréoles roses lui donnaient envie de laisser une empreinte sur elle, de la marquer. C'était ridicule, mais instinctif.

Brooke déboutonna à la hâte sa chemise, la dégagea pour faire courir ses doigts le long du torse fortement musclé, puis dézippa son jean et y glissa sa main pour saisir son membre viril. Elle le caressa, s'émerveillant de sa texture et de sa fermeté. Elle laissa échapper un grognement.

— Ne dit-on pas que certains fantasmes peuvent se réaliser ? — demanda Brooke en ronronnant.

Elle trouvait érotique de pouvoir lui parler si près, de le regarder dans les yeux, tout en profitant de ses caresses.

Son vagin humide et chaud avait besoin de goûter au plaisir que seul Lincoln pouvait lui donner. Elle voulait le sentir au fond d'elle, tout oublier sauf les sensations agréables et s'abandonner à ses caresses. Le raisonnement n'avait pas sa place, et son corps était impatient de rencontrer le corps d'un autre être humain sur un plan charnel, profond et vibrant.

Lincoln baissa la tête et prit un téton dans sa bouche, le suça, et Brooke rejeta sa tête en arrière, tandis que la main de Lincoln saisit l'autre sein, le pressant lascivement. Lincoln la parcourait de sa bouche, les caresses se faisaient douces puis fortes. Brooke se dit qu'il suffirait qu'il touche légèrement à son clitoris pour qu'elle explose. La stimulation de cette bouche, de ces mains, et le frôlement de la barbe de trois jours contre sa peau, c'était trop.

— Tu es délicieuse... Plus que je n'aurais pu l'imaginer.

— Lincoln… — murmura-t'elle.

Il voulait la voir toute entière, nue, et goûter chaque recoin de sa peau jusqu'à ce qu'il soit rassasié, puis recommencer. Il la prit dans ses bras et la déposa rapidement sur la couette. Elle se redressa sur ses coudes et sourit. Elle n'avait pas honte de ses courbes, même si du temps s'était écoulé depuis Miles et sa dernière rencontre sexuelle. Elle ne pouvait pas expliquer pourquoi, avec Lincoln, le sexe lui semblait naturel, même s'ils étaient, au-delà du désir mutuel, deux étrangers.

— Lincoln je veux faire l'amour avec toi — dit-elle avec un sourire arrogant.

Il enleva ses chaussures et le reste de ses vêtements jusqu'à ce qu'il soit nu. A part le consentement de son partenaire, il n'avait aucune restriction en matière de sexe. Il était passionné. Il regarda Brooke et soutint son regard.

Il s'approcha d'elle, très sûr de lui, et sourit face au regard avide qu'elle porta sur son membre. Il savait qu'il était séduisant et bien doté, mais surtout, il savait comment utiliser son corps pour créer du plaisir.

— Tu n'es pas mal, en fait — dit-elle dans un murmure, en le regardant de haut en bas.

Lincoln laissa échapper un rire rauque qui secoua son érection. Elle humidifia ses lèvres.

— C'est ta meilleure façon de dire que tu es très mouillée et que tu as envie de moi ? — demanda-t'il.

Brooke se disait qu'un spécimen masculin comme Lincoln était difficile à trouver comme amant. Au total, elle avait eu cinq compagnons, en comptant son stupide ex-fiancé, et aucun d'entre eux n'était à la hauteur de ses fantasmes sexuels. Ce cow-boy plaçait la barre très haut. Chaque muscle semblait taillé dans le marbre. Ses cheveux étaient ébouriffés, parce qu'elle les avait beaucoup touchés. Sa peau était gorgée de soleil. Ses pectoraux étaient modérément poilus. Ses jambes étaient fortes et fermement musclées. Son membre viril était épais et imposant. Elle remarqua l'éclat humide sur le gland. Son premier instinct fut de tendre la main et de le lécher, mais elle allait attendre.

— Oui — murmura-t'elle, pour l'instant.

— Aies confiance, tu es entre de bonnes mains avec moi dans ce lit ou sur toute autre surface sur laquelle je te possèderai ce soir — dit-il avec fierté. Je te le promets.

— Je sais que je le suis — dit-elle, je veux te prouver.....

— Tu le feras quand le moment sera venu.

— Très autoritaire, Lincoln — répondit-elle en haussant un sourcil.

— Je veux juste te donner ta dose de plaisir, Brooke.

— Embrasse-moi...

Il sourit et finit de la déshabiller avec frénésie jusqu'à se retrouver peau contre peau. Il la recouvrit de son corps et baissa la tête pour prendre un de ses tétons dans sa bouche et le suça fort. Elle frissonna de plaisir. Lincoln fit la même caresse à l'autre sein. Il embrassait enfin ces seins volumineux qu'il avait tant désirés. Brooke arqua son dos et caressa les cheveux de Lincoln, des cheveux étonnamment doux. Elle sentait la chaleur humide et palpitante dans son sexe. Le membre de Lincoln se pressait contre sa hanche, et elle remuait pour tenter de le diriger, mais il prenait son temps pour caresser ces monticules fermes et délicieux. La langue de Lincoln était chaude et sauvage.

— Tu es si belle, Brooke — dit-il d'un ton révérencieux, en la regardant dans les yeux.

Puis il embrassa son cou, la vallée de ses seins, et descendit jusqu'à son ventre. Il écarta ses cuisses et posa chaque jambe sur une de ses épaules, exposant son sexe. Ses lèvres scintillaient.

— Quelle chatte — dit-il en tenant sa hanche d'une main tandis que l'autre caressait son sein gauche. Te dévorer est un vrai plaisir.

Il ouvrit la bouche et commença à lécher son clitoris. Il la maintenait fermement et avait l'intention de la faire hurler de plaisir.

— Lincoln... Oh...

Brooke, appuyée contre les oreillers, sentait les doigts de Lincoln presser ses tétons tandis que sa langue l'explorait intimement. Les sensations étaient si fortes qu'elle ne pensait pas pouvoir résister très longtemps. Elle serra les draps fermement entre ses doigts, rejeta sa tête en arrière, en gémissant. Aucun de ses amants n'avait jamais trouvé la puissance et le rythme dont elle avait besoin.

Jusqu'à Lincoln. Sa langue chaude tournait autour de son clitoris et le suçait, la poussant à soulever ses hanches, mais la main ferme sur sa hanche la maintenait en place. Elle aimait cette façon possessive de la déguster.

Elle sentit deux doigts la pénétrer, tandis que la langue de Lincoln la léchait comme la plus exquise des délicatesses. Son corps était au bord de la jouissance, comme si chaque nerf avait été tellement stimulé qu'il n'était plus sous contrôle. Elle ferma les yeux pour profiter de ces sensations uniques.

Il sentit le moment exact où elle était prête à jouir. Il ne voulait pas que ce soit de cette façon. Il voulait qu'elle sente son membre en érection enfoui profondément dans sa chair tendre et humide. À contrecœur, il retira ses doigts, lécha une dernière fois les plis délicats et détourna son visage de ce paradis de sensations.

Il se lécha la bouche comme un lion satisfait d'avoir goûté la première bouchée de la lionne qu'il s'apprêtait à isoler des autres intrus potentiels, scellant son terrain. Le niveau de possession était si bestial qu'il se surprit à éprouver le besoin viscéral de lui faire comprendre par des caresses que ce n'était qu'avec lui qu'elle pourrait atteindre le nirvana.

— Putain, c'est trop bon — dit-il en se mettant à genoux et en positionnant son membre juste à l'endroit où les cuisses de Brooke convergeaient.

— Je ne veux pas flatter ton ego — dit-elle en se raclant la gorge et en faisant un geste du menton vers le membre épais qui avait besoin d'être soulagé, mais cela fait longtemps que je n'ai pas couché avec quelqu'un et je pense que ton sexe est un peu gros...

Il sourit, heureux d'apprendre que cela faisait un moment qu'elle n'avait couché avec personne. Le compliment sur la taille de son sexe augmenta sa libido.

— Ton corps est parfait — dit-il avec véhémence, et tu es toute mouillée — ajouta-t'il en faisant courir son doigt du haut en bas de son sexe.

Il le poussa en elle, puis le retira, et le lécha.

— Tu as le goût du péché, Brooke. Veux-tu pécher avec moi ?

Elle le regardait fixement, la respiration haletante, les seins marqués par les traces de succions et de la barbe de trois jours, la bouche gonflée par ses baisers... S'il pouvait capturer cette image, il l'exposerait dans un musée pour y symboliser l'érotisme.

— Oui... — déclara-t'elle avec excitation. J'ai besoin de toi en moi — gémit-elle en tendant la main pour dessiner le visage aux traits ciselés par les caprices des dieux de l'Olympe et l'embrasser.

Elle mordit sa lèvre inférieure.

— Prends-moi. Prends-moi *maintenant*. Je prends la pilule... Il n'y a aucun risque... Lincoln, prends-moi. Maintenant — insista-t'elle.

Il sourit, faisant un effort titanesque pour retarder la tension qui précédait le besoin de libération sexuelle. Il ne la connaissait que depuis peu, mais son instinct lui soufflait deux choses. D'abord, qu'il devrait se dépêcher de la posséder. Ensuite, que la beauté aux yeux verts ne lui mentirait pas sur le fait qu'elle prenait la pilule. Il était inhabituel pour lui de croire une femme sur parole, et il n'avait pas une confiance absolue en Brooke, mais en ce qui concernait ce point, il était certain qu'elle disait la vérité.

Il saisit son membre avec sa main droite et le frotta de haut en bas entre les plis gonflés et humides. Elle laissa échapper un gémissement, remua son bassin, pour essayer d'activer le mouvement.

— La patience est une vertu, bébé — dit-il, pour faire augmenter le désir de Brooke.

— Je n'en ai pas... Si tu continues à me faire attendre... Mon Dieu ! — s'exclama-t'elle alors que Lincoln, pour la faire taire, la pénétrait fermement.

Elle arqua son corps et laissa échapper un gémissement.

— Tu es si serrée, bon sang, comme si tu avais été conçue pour moi....

— Peut-être que je le suis — marmonna-t'elle en enroulant sa jambe autour des hanches de Lincoln, et en écartant ses cuisses pour lui donner un meilleur accès.

— Peut-être vas-tu devenir accro à moi ? — demanda-t'il en faisant une pause pour la rendre folle et entendre sa réponse.

— Pareil pour toi — répondit-elle en lattirant pour lui mordre la bouche. Lincoln...

— Oui ?

— Ne me fais pas attendre.

Il hocha la tête et ils ne parlèrent plus.

Les mains de Brooke s'agrippèrent à ses épaules, tandis qu'il la pénétrait avec force. Ils haletèrent et échangèrent quelques mots sexuels. Elle était ivre de désir, et son corps suivait le rythme de Lincoln. Elle caressa les muscles de ses bras, y enfonça ses ongles, remua ses hanches et apprécia chaque pénétration comme si c'était la dernière de sa vie. Elle l'enlaça alors qu'il dévorait sa bouche. Ses pectoraux se frottaient contre ses seins, le léger chatouillement des poils masculins augmentait la sensibilité de sa peau et enflammait ses sensations.

Lincoln ne se souvenait pas avoir expérimenté de sensation plus érotique, plus addictive et plus stimulante que celle-ci. Son corps tout entier était à l'écoute des besoins de sa maîtresse. Le corps de Brooke était exquis, voluptueux, lisse, chaud et réceptif. Il se retira un peu pour la pénétrer de nouveau avec vigueur. Le son de ses testicules claquait doucement au rythme de ses pénétrations, couplé aux gémissements de Brooke et à ses propres grognements. C'était la symphonie ultime de l'érotisme. Le plaisir allait crescendo. Lincoln se pencha et suça le mamelon de Brooke puis le tira avec ses dents. Elle cria de douleur et de plaisir.

— Encore... Mords mon autre téton... Oui... Oh, mon Dieu, oui — gémit-elle alors qu'il grognait.

— Je suis excité par une femme qui demande ce qu'elle veut — marmonna-t'il, la bouche dans ses seins, avant de se retirer pour embrasser ses lèvres et s'imprégner de son goût.

Il écarta ses cuisses un peu plus. Sans douceur, avec le besoin brut de saisir, mordre, goûter, embrasser, crier, pénétrer et hurler de plaisir. La façon dont leurs corps bougeaient ressemblait à une lutte pour que l'autre atteigne l'orgasme en premier. La victoire, c'était le plaisir. Lincoln aimait regarder leurs corps s'unir ainsi, il trouvait ça délicieux. Jamais une femme ne l'avait touché comme Brooke en ce moment.

Ses seins se balançaient au rythme des mouvements, ses mains caressaient ses bras, et finalement elle enroula ses deux jambes autour des hanches de Lincoln, l'attirant plus profondément en elle. Lincoln grignotait son cou, levait le visage pour voir le feu du plaisir se refléter dans ses yeux. A ce moment précis, ils étaient complémentaires, unis par le sexe.

— Brooke... — dit-il en serrant les dents alors qu'elle fermait les yeux, regarde-moi... Regarde-moi pour garder en mémoire le visage de celui qui t'a fait jouir !

Elle sursauta et croisa le regard de Lincoln. Jamais une paire d'yeux n'avait autant reflété la fureur de l'océan avant qu'il ne balaie tout sur son passage. Cet homme sensuel et libre lui procurait un plaisir sauvage qui la dévorait.

Il sentit le corps de Brooke commencer à trembler sous lui. Il bougea ses hanches plus vite, en changeant l'angle de pénétration. Elle se tordait avec urgence et désespoir, baignée de sueur, et l'embrassait sauvagement.

— Lincoln... Lincoln... — murmura-t'elle, mais ses mots furent coupés par des baisers profonds.

Ils ne faisaient plus qu'un.

Les vagues de l'orgasme balayèrent tous les sens de Lincoln, l'un après l'autre, tandis qu'il se déversait en elle. Il se retrouvait dans un monde de sensations qu'il n'avait jamais connu auparavant. Un monde paradisiaque où la félicité sexuelle était sans égal. Il sentait leurs corps toujours en mouvement, alors que les tétons en érection de Brooke effleuraient sa peau. Il pouvait même entendre leurs cœurs battre, instables, rapides.

— Continue, Brooke... Continue — lui dit-il en mordant le lobe de son oreille, haletant.

— Lincoln... ! gémit-elle, en arquant le dos, après qu'il ait frotté son clitoris avec son doigt, tout en continuant à bouger en elle.

Il continua à bouger rapidement et profondément en elle, même lorsque Brooke hurla son nom comme un appel à cesser la torture, même lorsque ses parois intimes avaient cessé de se serrer autour de son membre.

Il se laissa doucement tomber à côté d'elle, la recouvrant partiellement de son corps, et enfouissant son visage dans ses cheveux. Ils restèrent statiques jusqu'à ce que leurs respirations reprennent un rythme normal. Elle posa sa main sur son bras, et joua avec ses doigts, le caressant distraitement. C'était une tranquillité inhabituelle pour elle. D'habitude, lorsqu'elle en avait fini avec son amant, elle allait prendre une douche, seule, ou à deux. Parfois, ils faisaient à nouveau l'amour, mais elle n'avait jamais connu ce genre d'immobilité paisible qu'elle éprouvait avec Lincoln.

Le silence ne fut rompu que lorsqu'il détourna son visage pour enlever les cheveux de Brooke de ses joues, qu'il embrassa lentement. Elle ouvrit les yeux et le regarda en souriant.

— C'était comment, ma belle ? — dit-il en caressant distraitement sa poitrine, jusqu'à ce que le mamelon se dresse.

Il aimait les seins des femmes, et ceux de Brooke étaient une tentation à laquelle il pourrait succomber sans fin.

— Je suis comblée — dit-elle en riant doucement, mais à en juger par tes caresses, je ne pense pas que tu aies l'intention de partir de sitôt.

— C'est ce que tu veux ? — demanda-t'il en s'asseyant pour la regarder de plus près.

Il aimait cette version de Brooke : légère, souriante et enjouée, mais surtout ouverte aux caresses et aux provocations sexuelles.

— Tu veux que je parte ?

Elle fit non de la tête. Elle le poussa doucement pour se mettre à califourchon sur Lincoln. Elle leva les mains pour ajuster ses cheveux avec son élastique et resserra sa queue de cheval. Avec le mouvement, ses seins se soulevèrent légèrement et Lincoln en profita pour les saisir à deux mains.

— Je pense que je pourrais passer un long moment à profiter de tes seins. Ils sont parfaits — dit-il, tandis que son érection grandissait sous les mouvements de Brooke.

— Pour l'instant, tout ce que tu vas faire, c'est profiter de ce que j'ai prévu pour toi — dit-elle en se penchant pour l'embrasser longuement et sensuellement.

Il prit son visage dans ses mains et approfondit la caresse, tandis que Brooke soulevait ses hanches pour enfoncer son membre en elle. Il mordit sa lèvre inférieure, grogna de plaisir, et elle le chevaucha.

— Ah, une *cowgirl*, Mlle Sherwood ? — lui demanda-t'il avec un clin d'œil, avant de lui donner une fessée qui résonna dans la pièce silencieuse.

Elle gloussa.

— Juste une femme qui sait ce qu'elle veut, et pour l'instant, c'est toi et un orgasme.

Lincoln laissa échapper un rire rauque et profond. Elle bougea ses hanches lentement, puis plus rapidement. Il aimait qu'elle soit à l'aise au lit. Il aimait son petit côté coquin.

Ils bougèrent en rythme tout en s'embrassant et en gémissant. Lincoln fit glisser sa main et commença à masturber Brooke, tandis qu'elle remuait son bassin à la recherche du plaisir que le membre ancré fermement en elle lui offrait. Elle se pencha en avant, mit ses seins au niveau de sa bouche, et lui sourit avec audace.

— Prends-les...

— Bon sang, Brooke, je t'aime — murmura-t'il en dévorant ses tétons, qu'elle lui offrait alternativement l'un après l'autre.

Elle était de plus en plus agitée, elle allait de plus en plus vite, sans perdre le contrôle.

— Qu'est-ce que tu... ?

Ils roulèrent tous les deux jusqu'à ce qu'elle se retrouve sous son corps. Il déposa des baisers humides sur sa peau et lorsqu'il atteignit ses hanches, il s'arrêta, la regarda et lui sourit. Brooke réclama qu'il continue, mais Lincoln rit, attrapa sa taille et l'installa face vers le matelas. Elle le regarda par-dessus son épaule.

— Remonte un peu, bébé — chuchota-il dans son oreille.

Brooke rit, mais ne protesta pas, car elle aimait la tournure que prenaient les choses. Elle posa son visage sur le drap et souleva les fesses. Il écarta ses jambes.

— Le sexe anal ne...

— Un jour, si j'ai ton consentement, bébé, on verra pour le sexe anal, mais pour l'instant, j'ai envie d'aller plus loin en toi dans cette position — lui dit-il en lui tapotant une fesse, puis l'autre. Je veux laisser ma marque sur ton cul.

— Euh, oui... — répondit-elle alors qu'il lui donnait une nouvelle fessée, avant de caresser son bouton rose. Lincoln... — murmura-t'elle en le regardant par-dessus son épaule.

Il saisit son membre, le plaça juste au niveau de l'ouverture rose, et le poussa petit à petit, en l'élargissant, car il savait que, dans cette position, les sensations étaient plus fortes. Brooke était si mouillée qu'elle le rendait fou. Comme il s'en doutait, les frottements de sa main contre ses fesses plus l'excitation de l'acte lui-même la stimulèrent au-delà de toute espérance. Son érection lui faisait mal et la seule façon de dompter la bête que Brooke avait réveillée était de la pénétrer avec détermination jusqu'à l'orgasme.

Elle laissa échapper un gémissement et commença à se déhancher. Le fait qu'il lui ait donné une fessée était inattendu et loin de lui paraître inapproprié. Elle lui demanderait de recommencer sans hésiter. Elle était folle de désir, folle de lui, d'une façon étrange. Elle était dans un état de plaisir fébrile.

Elle aimait la façon dont il s'enfonçait en elle, elle aimait entendre le choc de leurs corps, elle aimait les caresses gourmandes des grandes mains légèrement calleuses. C'étaient les mains d'un homme qui travaillait dans les champs, qui savait comment diriger une entreprise, qui portait des Brioni et des vêtements de rancher. Un amant qui avait de l'expérience et qui était capable de la rendre folle.

— Femme, j'aime ton corps — marmonna-t'il en accélérant les mouvements.

Il se pencha pour attraper son sein droit et le caresser, le presser. Il lui pinça le téton et Brooke gémit.

Les mouvements de Lincoln étaient brusques et rapides. Elle fit pivoter ses hanches et suivit le rythme de Lincoln. Il y avait de la fureur, de la passion et du désir dans leurs gestes. Il se mit à la tenir par la taille, sa main serrant fermement sa chair douce. Dans ses fantasmes les plus fous, elle n'avait jamais imaginé qu'un homme la posséderait avec une telle passion sauvage. C'était au-delà de tous ses rêves érotiques. Lincoln était ancré en elle, la pénétrait tandis que ses testicules claquaient contre son sexe. L'orgasme commença à monter et elle s'abandonna dans ses bras.

— Linc... Je vais...

— Brooke... En même temps que moi — marmonna-t'il en la pénétrant une dernière fois en criant de plaisir.

Brooke laissa échapper un gémissement, serra les draps dans ses poings, écouta les jurons de Lincoln qui se retirait et éjaculait sur ses fesses. Elle sentit la chaleur liquide du plaisir masculin sur elle. Il s'éloigna ensuite du lit et revint après quelques secondes avec une serviette d'eau chaude pour nettoyer sa peau. Pendant tout ce temps, elle était restée allongée pour reprendre son souffle.

Quand elle sentit le poids de l'autre côté du matelas, Brooke se retourna et vit Lincoln, nu, allongé sur le dos. Elle aimait que Lincoln soit à l'aise avec la nudité, c'était quelque chose qu'ils partageaient. Cependant, il avait l'air pensif et un peu en colère à en juger par la façon dont sa mâchoire était serrée. Elle se déplaça jusqu'à ce qu'elle soit sur lui. Elle posa ses deux mains sur ses pectoraux, et son menton sur le dos de sa main droite. Elle leva les yeux vers lui en souriant.

— Habituellement, je ne suis pas aussi brutal. Est-ce que je t'ai fait mal ? — demanda-t'il d'un ton inquiet.

Il savait qu'il avait perdu le contrôle avec elle. Ça ne lui arrivait pas d'habitude. La possibilité de l'avoir blessée le rendait fou. Avec ses maîtresses, il essayait en général de ne pas trop s'emballer, pour ne pas tout donner de lui-même. Cette fois, c'était différent, et il était sorti de sa zone de confort.

Elle laissa échapper un léger rire, puis elle tendit la main et caressa sa joue.

— J'ai aimé ce que nous avons fait. Si on avait fait ça différemment, j'aurais protesté.

Il souffla et la regarda avec soulagement. Il prit son visage et l'embrassa doucement. Puis il hocha la tête.

— Je dois y aller — dit-il à contrecœur, je dois envoyer des documents en Angleterre pour des affaires personnelles, et il fera bientôt jour là-bas.

Brooke ne voulait pas lui dire qu'elle était déçue, alors elle se contenta d'acquiescer avec un sourire et se détourna. Il était hors de question d'insister pour que son coup d'un soir reste. Elle ne s'attendait pas à ce qu'ils couchent de nouveau ensemble, mais si l'occasion se présentait, elle n'allait pas refuser. Car oui, le sexe avec Lincoln Kravath avait été spectaculaire, et elle pensait marcher avec difficulté le lendemain. Elle attrapa le drap et se couvrit jusqu'aux seins. Lincoln s'assit, dos à elle, et elle laissa échapper une légère exclamation.

— Lincoln — dit-elle doucement, en passant sa main sur la cicatrice informe sur le côté gauche de son dos musclé.

Cette marque était la seule chose qui portait atteinte à la perfection de sa peau. Elle était longue et semblait avoir été profonde. Pendant les moments où elle s'était accrochée à lui et le caressait, elle n'avait eut conscience que de la sensation de ses baisers et de ses pénétrations.

Elle n'avait remarqué aucun autre détail, jusqu'à maintenant. Elle n'avait pas vu le dos nu de Lincoln en pleine lumière comme elle le faisait en ce moment.

— Que t'est-il arrivé ?

Il serra la mâchoire et s'éloigna de Brooke comme si elle avait rouvert une blessure fermée depuis des années. Il venait de passer la meilleure nuit de sexe qu'il avait passée depuis longtemps, sans aucun doute. Il ne voulait pas parler du passé et gâcher ce qui venait de se passer avec Brooke. Il avait la tête sur les épaules et savait où il en était. La romance et les illusions stupides n'étaient pas au menu du jour et Brooke était seulement un moyen d'arriver à ses fins. Il n'allait pas la blesser comme Heidi l'avait blessé, mais il n'avait pas non plus l'intention de perdre de vue la raison de sa présence à Blue Oaks ce soir-là.

D'autres maîtresses avaient touché sa blessure, mais il s'était moqué d'elles, leur disant que cela faisait partie du travail d'un éleveur. Aucune d'entre elles ne semblait avoir réussi à avoir de véritable réponse à leur question. Aucune ne semblait réellement intéressée par le motif sous-jacent, elles voulaient juste satisfaire leur curiosité. Il remarqua que les questions de Brooke relevaient d'un véritable intérêt pour les autres. Quand elle posait une question, c'était sincère. Cela le gênait car cela impliquait qu'elle pourrait franchir des limites s'il se laissait emporter par la chaleur de sa douce voix.

Cette femme était un délice au lit, et ses baisers étaient addictifs. La façon dont ce corps féminin se pliait à ses caresses venait de mettre la barre très haut pour ses prochaines maîtresses. Mais il n'était pas prudent de laisser Brooke occuper une position particulière par rapport aux autres femmes. Elle représentait l'attrait de la nouveauté, et il ferait mieux de ne pas l'oublier.

— Une mauvaise décision — répondit-il sèchement.

Il s'assit, rassembla ses vêtements, puis s'habilla à la hâte.

— As-tu eu un accident au ranch ? — se risqua-t'elle à demander quand il leva finalement les yeux vers elle en finissant de boutonner sa chemise.

Les mouvements de Lincoln étaient presque robotiques. Toute trace de chaleur avait disparu. Elle pensait que c'était à cause de la question qu'elle avait posée.

— Non — dit-il en croisant les bras, sans donner d'autres explications.

Elle inclina la tête et le fixa en haussant un sourcil. Elle laissa tomber pour l'instant.

— Lincoln, tu as été en moi — murmura-t'elle, consciente de leur stupidité à ne pas avoir utilisé de protection.

Elle imagina que cela pouvait être la raison pour laquelle il était soudainement tendu.

— Je te rappelle juste que je prends la pilule, si c'est ce qui t'inquiète.

— Non, je ne suis pas inquiet. Et si tu essaies de te jouer de moi, au cas où il y aurait une conséquence inattendue, alors mes avocats et mes médecins rappliqueraient illico.

Il n'y avait aucune trace d'humour, de regret ou de malaise dans l'expression de Lincoln. Elle soupira. Comment était-il possible qu'un homme puisse être un amant charmant, adroit, capable de lui voler la raison avec ses baisers, pour devenir un crétin le moment suivant ?

Elle avait serré le drap sous ses bras pour qu'il ne glisse pas et qu'elle ne se retrouve pas nue. Elle se sentit soudain vulnérable, car elle comprit qu'il y avait une douleur en Lincoln qu'il déguisait en sarcasme et en indifférence.

— Le commentaire que tu viens de faire est insultant — dit-elle en se recroquevillant dans ses bras. Nous étions deux à participer ce soir. Je suis responsable de mon corps, et je prends ma pilule avec régularité.

Il ait un bref signe de tête. Il ne voulait pas que la paranoïa prenne le dessus sur lui.

— Je passe fréquemment des contrôles médicaux pour m'assurer que je suis en bonne santé, et je le suis — dit-il en se frottant l'arête du nez.

C'était la première fois qu'il commettait un oubli de cette nature, car en général il se protégeait toujours. C'était aussi la première fois qu'il faisait confiance à la parole d'une femme.

— Si tu ne m'avais pas dit que tu prenais la pilule, et si je n'avais pas été aussi stupidement excité, je serais parti sans me retourner. C'était imprudent de ma part de me laisser emporter comme ça, je l'accepte. Aucune femme ne va me piéger avec le vieux truc de la grossesse.

Elle fronça les sourcils en le regardant, surprise et offensée. D'autres avaient-elles déjà essayé et le résultat aurait-il été désastreux?

— Je ne ferais jamais une telle chose — murmura-t'elle.

Lincoln passa ses doigts dans ses cheveux. Ce qu'il désirait le plus en ce moment était d'embrasser Brooke pour faire disparaître son malaise, mais il savait que cela signifiait franchir une limite qu'il s'était promis de ne plus jamais transgresser pour une femme.

Il ne fit que pincer brièvement les lèvres.

— Merci pour ce soir, Brooke. Demain, tu pourras aller parler à Ben au ranch — dit-il froidement.

Il n'avait aucune envie de rester plus longtemps avec cette femme, car elle le troublait au plus haut point. Il devait garder la tête froide, et il n'allait pas atteindre cet objectif en restant avec elle ou en lui faisant à nouveau l'amour.

— Lincoln — dit-elle alors qu'il était sur le point de quitter la pièce. Je ne sais pas ce qui s'est passé avec d'autres femmes, mais ne me juge pas selon les mêmes critères. Tu ferais une grosse erreur.

Il passa ses doigts dans ses cheveux, n'étant pas d'humeur à en parler. Il n'avait aucune envie de s'expliquer avec Brooke.

— C'est à moi de juger si je fais des erreurs — répondit-il.

Elle ne voulait pas se retrouver dans cette ambiance hostile, alors elle décida de couper court à cette discussion.

— Je n'ai pas voulu te faire la morale — dit-elle en souriant tristement, consciente que, malgré le fait d'avoir partagé quelque chose d'aussi intime et sensuel, la distance entre eux était encore grande.

Elle se demandait s'il était possible de la combler.

— J'aimerais que nous soyons amis.

Il sourit tristement.

— Je suis ton allié en affaires et maintenant ton amant — répondit-il sans ambages, mais je ne suis pas sûr de pouvoir partager plus que cela avec toi.

Elle baissa les yeux et hocha la tête.

— Comme tu préfères... Tu sais où est la porte.

Les propos de Lincoln soulevèrent de nombreuses questions. Elle savait qu'il était sincère. C'était quelque une qualité qu'elle appréciait, mais pas en ce moment.

Brooke ne réfléchit pas plus que ça et sortit du lit pour se rendre dans la salle de bain. Elle décida qu'elle n'allait pas ruiner ses chances de reconquérir Blue Oaks en cédant à la tentation. Bien sûr, elle n'allait pas se mentir, elle était blessée par le fait qu'il ait rejeté son offre d'amitié. Mais elle était adulte et savait gérer une relation amoureuse aussi bien qu'une relation d'affaires.

Lincoln resta un peu dans la pièce. Il écoutait l'eau de la douche couler abondamment. Il ne savait pas comment gérer cette situation, car depuis son expérience malheureuse avec Heidi, c'était la première fois qu'une femme parvenait à créer une légère faille dans son armure.

Il descendit les escaliers de la maison, non sans remarquer une poupée de porcelaine, une délicate ballerine. Il la prit et la retourna pour lire l'inscription. *A ma douce petite-fille. Que la musique de la vie ne te fasse jamais défaut. Avec amour, grand-père, Charlie.* Lincoln sourit et remit la poupée en place. Au moins, il avait un indice sur l'enfance de Brooke et sa famille.

Il quitta la maison, son objectif toujours en tête : pousser Brooke à ruiner le ranch de Sarconni pour qu'il n'ait d'autre choix que de le vendre. Il avait également un objectif supplémentaire : profiter du sexe avec cette belle femme jusqu'à ce qu'elle quitte Austin. Cela dépendrait de l'évolution de la situation à Blue Oaks.

Lincoln prit une longue douche en arrivant à son ranch et fut particulièrement heureux de constater les faibles marques des ongles de Brooke sur son dos, ainsi que la faible empreinte de dents sur son épaule droite. La meilleure relation sexuelle de sa vie, sans aucun doute.

Une fois couché, le souvenir du corps de Brooke bougeant en rythme avec le sien fut la dernière image qu'il visualisa. Avant qu'il n'ait eu le temps de se reprocher sa faiblesse, il tomba dans les bras de Morphée.

# CHAPITRE 12

Brooke se concentra pour aider Ben à trouver la raison pour laquelle il n'y avait pas de prévision météorologique correcte dans le logiciel, ce qui avait des effets sur les récoltes de Golden Ties. Ensuite, elle se rendit dans le centre ville d'Austin pour se renseigner sur la manière de renouveler son permis de conduire et prendre des dispositions pour l'achat de matériel. Elle profita également de l'occasion pour se rendre dans un salon de beauté après avoir suivi son cours de zumba. Brooke était en train de se reconstruire moralement et physiquement. En fait, à force de marcher tous les jours, elle avait même perdu quelques kilos et ses jambes étaient plus toniques.

Elle appréciait de commencer à voir de petits résultats : ils faisaient une grande différence dans sa nouvelle vie. Elle savait qu'elle avait un long chemin à parcourir, mais elle traitait les choses une par une.

Willa, sachant qu'elle était dans le coin, l'invita à prendre le thé et des biscuits au citron. Brooke était fascinée par Golden Ties. En plein milieu de la journée, la propriété semblait fonctionner avec une précision remarquable. Il faut dire que le nombre d'employés était trois fois supérieur à celui de Blue Oaks, ce qui n'était pas surprenant vu le volume de travail et de production.

Ben eut la gentillesse d'emmener Brooke faire le tour des environs à cheval, et lui expliqua l'importance d'une bonne collecte de données via le logiciel qu'elle venait de réparer. Il lui dit également dit qu»il devait vérifier les réplicateurs de signaux qui se connectaient au logiciel central, et examiner l'amélioration possible de certaines fonctionnalités à d'autres logiciels de récolte, d'empilage, de prélèvement et d'inventaire. Brooke lui promit qu'elle reviendrait l'aider dès qu'elle aurait du temps disponible dans son agenda.

— Ces biscuits sont délicieux, merci — dit-il en souriant lorsqu'elle finit de manger.

Elle n'avait pas beaucoup de temps devant elle, mais elle ne pouvait pas snober Willa.

Brooke avait coordonné la démolition des écuries avec l'entreprise recommandée par Lincoln et elle avait engagé les experts du cadastre pour construire une seule grande grange. Elle avait également demandé une amélioration des plans : elle voulait pouvoir abriter la récolte non vendue qui avait besoin d'être stockée. Elle était très enthousiaste car tout commençait à s'imbriquer.

Son prochain objectif fut de rencontrer un marchand de bétail pour acheter dix bœufs et quinze porcs. Selon Lincoln, Archibal Jones proposait les meilleurs prix du marché et de bonnes remises. Toutes ces procédures prirent quelques jours, pendant lesquels Lincoln fut également très occupé par ses affaires et se limitait à répondre à ses questions.

Leurs messages contenaient des commentaires voilés ou suggestifs qui laissaient clairement entendre, de part et d'autre, qu'une rencontre peau à peau allait bientôt avoir lieu. En fait, une nuit, Brooke et Lincoln firent l'amour par téléphone en utilisant l'appel vidéo. C'était une expérience qui l'excitait. Elle se toucha aux endroits et aux moments où Lincoln lui disait de le faire. Elle aimait aussi lui donner des ordres et le regarder se masturber jusqu'à ce qu'il éjacule sur son abdomen. Cela lui semblait fou, et au final, cela la fit rougir, ce qui fit rire Lincoln. Après cette journée, Brooke s'endormit en pensant qu'avec cet homme, elle pourrait se redécouvrir sexuellement et trouver du plaisir dans des situations qui, pour d'autres, semblaient habituelles, mais qui, pour elle, seraient une délicieuse nouveauté.

Elle désirait Lincoln avec une intensité qui la surprenait, mais qu'elle appréciait car elle savait que c'était réciproque. Elle devait cependant donner la priorité à son travail, et c'est précisément ce qu'elle faisait. Brooke avait donné à son cerveau le bâton de commandement tout en équilibrant ses instincts. Ce n'était pas facile. Peut-être que le fait que Lincoln ait eu des réunions tardives au bureau et qu'il n'ait pas pu aller à Blue Oaks pour concrétiser physiquement ce qu'ils se disaient tous les deux au téléphone l'aida à rester concentrée. Derrière cette façade d'hostilité, Brooke commença à découvrir un homme passionné dont elle partageait le sens de l'humour.

Même si la plupart de leurs conversations mélangeaient suggestions sexuelles et flirt, lorsqu'ils discutaient de questions d'affaires, c'était très stimulant. L'expérience de Lincoln, dont il s'était servi comme exemple pour expliquer quelque chose à Brooke, était intéressante. S'il le voulait, il pourrait écrire un manuel de travail agricole.

Malgré leurs longues conversations nocturnes, elle continuait à sentir qu'il cachait quelque chose. Il ne révélait pas ou ne faisait pas allusion à des informations qui pourraient laisser entrevoir ses motivations ou ses émotions profondes. Cela la bouleversa. Toutefois, parce qu'elle était habituée à naviguer dans les complexités, elle restait déterminée à détruire, avec subtilité et empathie, les couches d'autoprotection érigées par ce cow-boy sensuel et autoritaire. Elle savait que, tôt ou tard, elle devrait s'exposer, mais quelque chose en elle lui disait que cela en vaudrait la peine.

Elle fit savoir à Lincoln que lorsqu'elle aurait besoin de passer à l'étape suivante à Blue Oaks, elle lui demanderait de visiter la zone des récoltes. Pendant que Pete s'occupait de tout mettre à jour, Brooke voulait savoir quelles autres machines modernes pourraient aider, et donc faire de ce projet un investissement rentable. Seul Lincoln pouvait lui donner ce point de vue d'expert, non seulement parce qu'il était jeune et à la pointe de la technologie, mais aussi parce qu'il avait affaire à de féroces concurrents au quotidien et qu'il avait toujours une longueur d'avance sur eux.

— Si vous avez envie de venir, vous êtes ici chez vous, Miss Sherwood — répondit la femme en remplissant le verre de thé. Au fait, l'air de la campagne vous va très bien. Même vos joues sont un peu plus bronzées.

— C'est le dur labeur, et le réveil chaque matin avant l'aube — dit-elle en riant. La maison est si calme cet après midi, cela me permet de remarquer la beauté de cet endroit.

Willa fit un léger signe de tête.

— Dans le jardin, il y a un jacuzzi et une piscine. Si vous avez envie de vous baigner, il y a plusieurs nouveaux maillots de bain à disposition. Ils ont été apportés par Mme Kravath, car certaines marques connues lui font des cadeaux liés à l'activité du SPA. Je suis sûr que le jeune Lincoln n'y verra pas d'inconvénient. Après tout, il est à Austin pour travailler et si vous avez besoin d'un peu de détente, alors vous serez bien, surtout sous ce soleil.

— C'est gentil mais je ne peux pas — dit-elle en regardant sa montre, je dois aller en ville pour faire quelques courses. Je suis certaine que la piscine est délicieuse à cette heure-ci, mais je ne veux pas abuser.

Willa fit un léger signe de tête.

— Si vous êtes là, c'est parce que vous vous entendez bien avec le jeune Lincoln. Alors, qu'en pensez-vous, n'est-il pas un peu moins bougon qu'il n'y paraît ? — demanda-t'elle en retirant les soucoupes de la table. Vous êtes la première femme qu'il autorise à venir ici sans qu'il soit présent, que ce soit à titre professionnel ou personnel. Vous avez quelque chose de spécial, vraiment. J'en suis convaincue, je l'ai remarqué le premier jour où vous êtes venue ici.

Brooke rigola.

— Nous ne sommes que des alliés stratégiques — déclara Brooke avec bonhomie. La seule chose spéciale à mon sujet pour le moment, dans le milieu de l'élevage, c'est mon talent pour la technologie.

— Bah — dit-elle en souriant, je connais cet homme depuis qu'il est bébé. Je peux vous assurer qu'aucune femme n'est venue dans cette maison depuis des années sans qu'il ne soit présent.

— Il m'aide à améliorer Blue Oaks et en échange, je lui ai proposé d'analyser le logiciel du ranch. Nous avons commencé aujourd'hui. Nous avons échangé un service contre un autre.

La gouvernante s'assit en face de Brooke sans perdre sa bonne humeur.

— Avec le plus grand respect, Mlle Sherwood, je suis vieille, mais j'ai une grande capacité d'intuition. Je crois nécessaire de vous dire que Lincoln, bien que parfois grincheux, est un patron juste et un homme bon.

Brooke pencha légèrement la tête sur le côté.

— Je comprends que vous ressentiez le besoin de le protéger, mais nous ne sommes que des amis, Willa. Peut-être que vous voulez vous disputer avec moi — ajouta-t'elle en se redressant avec un sourire.

Tant que leur relation durerait, hors de question de parler à qui que ce soit de ses aventures sexuelles ou de ses intentions de profiter de son amant.

— Merci pour le thé. Au plaisir de vous voir bientôt.

— Mlle Sherwood — dit Willa alors que Brooke était sur le point de partir.

— Oui ?

— Lincoln est adulte, mais s'il a besoin qu'on lui serre les vis, il peut compter sur moi pour le faire. Je veux dire, puisque vous êtes amis.

Brooke éclata de rire.

— Je le prendrai en considération.

Après avoir quitté HomeDepot, un magasin qui vendait du matériel de peinture et des fournitures pour la maison et le bâtiment, et fait expédier l'achat à Blue Oaks, Brooke se rendit au siège de Wild Homes pour parler à l'assistant de Matteo et lui remettre les factures. Le quartier des affaires d'Austin était très convivial, d'autant plus qu'il comportait plusieurs parcs et petites places pour s'asseoir et se détendre. En général, l'ambiance de la ville était calme, sauf à l'heure de pointe, comme dans toutes les villes du monde, où les gens sont pressés.

Georgia accueillit Brooke avec son sourire et son amabilité habituels. Seulement dix personnes travaillaient pour Matteo. L'appartement se trouvait au vingtième étage d'un immense immeuble et il y avait suffisamment d'espace pour y rouler en scooter sans trébucher ! Le décor était fantastique et donnait envie de s'attarder. Peut-être était-ce intentionnel pour donner envie aux clients potentiels de Wild Homes d'acheter et de vendre leurs biens immobiliers.

Une fois que son remboursement fut approuvé, elle eut une brève conversation avec Georgia, qui lui fit savoir que tous les salaires pour ce mois avaient été payés en avance pour tous les employés. Elle lui suggéra de vérifier son compte bancaire dès qu'elle le voudrait, car il comprenait une prime de bienvenue, devenue habituelle depuis la création de Wild Homes. C'était une fabuleuse nouveauté pour Brooke.

— C'est une excellente nouvelle — dit-elle avec enthousiasme, merci.

Georgia affichait un sourire amical.

— Matteo m'a dit que vous étiez une personne très diligente, Brooke, et je remarque que, ces dernières semaines, vous avez commencé à donner à Blue Oaks les soins que son propriétaire n'a pas pu lui apporter. Je suis heureux que vous preniez en charge ce ranch, car j'ai toujours suggéré à Matteo qu'il ne devrait pas le vendre.

— Peut-être que je pourrai remplir mon objectif et éviter qu'un acheteur ne s'en empare — répondit Brooke avec optimisme.

Après tout, c'était la raison pour laquelle elle avait été engagée.

— Mon bon ami Matteo ne voudra pas vendre le ranch quand il verra à quel point il sera magnifique dans quelques mois, Georgia. Je vous inviterai à venir le voir !

Elle rit.

— L'un des acheteurs est très obstiné et persiste, mais nous verrons bien — dit-elle.

Brooke voulait se renseigner sur le nom de l'acheteur potentiel, car elle était sûre de réussir, peu importe quel acheteur était intéressé.

— Jusqu'à ce que vous mettiez à jour votre permis de conduire, vous pouvez utiliser Uber ou Lyft. N'ayez aucune hésitation, car notre patron sait que votre trajet est long et nécessaire.

— A-t'il discuté avec vous du coût de Uber ou Lyft ? — demanda-t'elle.

Avant de s'arrêter à Wild Homes, elle avait rempli les formulaires et payé les formalités administratives pour renouveler son permis de conduire. C'était juste une question de jours et de vérification pour l'obtenir.

— Brooke, Matteo et moi travaillons ensemble depuis cinq ans. Nous avons presque une communication télépathique — dit-elle en riant. Vous n'avez pas besoin d'en discuter avec lui.

— Ohhhh — murmura-t'elle, réalisant que derrière ce commentaire se cachait une information sur un type de relation qui semblait aller au-delà des heures de bureau. Je vois ce que vous voulez dire.

Georgia fit non de la tête.

— Ne vous méprenez pas — dit Georgia en remarquant l'expression de Brooke. Matteo est un grand frère pour moi — dit-elle en lui faisant un clin d'œil. S'il y a quelque chose entre vous, passé ou présent, ce n'est pas mes affaires. Je fais juste mon travail. Si vous avez besoin de quoi que ce soit, je suis là.

Brooke rit et secoua la tête.

— OK, merci — répondit-elle.

— Envoyez-moi tous les reçus des dépenses que vous faites. N'oubliez pas non plus de mettre Matteo en copie de tous les courriels que vous m'enverrez sur des questions administratives, afin d'accélérer les processus financiers internes. C'est d'accord ?

Brooke hocha la tête et partit.

Elle avait ses vêtements de sport dans un sac, car elle avait un cours de zumba cet après-midi. Elle s'était inscrite pour s'entraîner deux fois par semaine, car elle ne pouvait pas rester cloîtrée à travailler au ranch, aussi merveilleux soit-il. De cette façon, elle commencerait à se faire de nouvelles connaissances à Austin. Elle avait choisi la zumba, car la randonnée avait été un désastre : elle avait failli s'évanouir à cause de la chaleur excessive et avait dû s'arrêter à mi-chemin, retardant ainsi les dix autres personnes qui s'étaient inscrites. Afin de ne pas revivre la même épreuve, elle avait choisi de changer d'activité.

La bonne nouvelle, cependant, c'était qu'elle avait échangé des contacts avec des passionnés de randonnée. Elle ne pensait pas qu'ils deviendraient amis, mais elle se disait que ce serait toujours agréable de se saluer s'ils se croisaient en ville.

Elle trouvait curieux que les gens minimisent l'importance de serrer la main des autres. Savoir que l'on connaît quelqu'un d'autre, surtout s'il s'agit d'un nouvel environnement, donne le sentiment de faire partie d'un tout. Ce sont les petites choses qui changent les perspectives et esquissent de nouveaux horizons.

Une heure plus tard, le cours de zumba s'acheva. Les muscles de Brooke étaient épuisés et son corps était plus détendu. Elle venait de passer une heure pendant laquelle elle avait tout oublié. Elle s'était aussi fait deux connaissances : Jennie et Lola. Elles avaient convenu d'aller boire un verre après le prochain cours. Bien que ce ne soit pas encore des amies, au moins elle avait deux personnes supplémentaires sur sa liste de connaissances. Dans un monde en constante évolution, c'était une bonne chose.

Il y avait des douches dans le gymnase, alors elle en profita pour effacer la sueur de son entraînement. Elle changea ses vêtements sales contre ceux qu'elle avait dans son sac : un jean, des bottines et un chemisier rose. Sa journée avait été agréable. Elle se rendit au salon de beauté pour se faire couper les cheveux. Elle fit appliquer des mèches caramel sur sa crinière blonde, et la coupe donna un joli mouvement à ses cheveux. Le résultat était spectaculaire. Elle se regarda dans le miroir et rit. Elle semblait presque avoir retrouvé la Brooke d'il y a quelques mois : confiante, sans crises d'angoisse, en train de construire un meilleur présent pour profiter de l'avenir.

Il lui restait encore du temps pour se balader, alors elle flâna dans le quartier des affaires d'Austin, et entra dans quelques jolies boutiques. C'était plaisant de se distraire un peu après avoir eu de longues et intenses journées de travail. Quand elle estima qu'il était temps de rentrer chez elle, elle appela un Uber. L'heure d'arrivée étant fixée dans vingt minutes, elle traversa la rue et s'assit pour attendre sur l'un des trottoirs du parc voisin.

Elle jeta un œil à ses textos. Il n'y en avait aucun de sa mère, mais trois de l'avocat de la famille lui demandant de le rappeler sur une question non communicable par sms. Elle choisit d'ignorer cette demande d'Yves Janison. Il y avait aussi un message de Kristy. Avec un sourire, elle fit glisser son doigt sur l'écran, mais au lieu de lui écrire, elle l'appela. Son amie répondit instantanément.

— Hello, ranchera yiiiha ! — dit Kristy en riant.

Brooke sourit.

— Tu m'as manqué. Sais-tu quand tu pourras venir me rendre visite ?

— Oui ! C'est pour cela que je t'ai écrit, mais comme tu es désespérée — dit-elle en riant, tu n'as pas lu mon message. Le week-end prochain, je fais une pause. Je vais à Austin avec cinq amis. Nous avons déjà réservé un hôtel. Ça va être génial de se voir. Il faut que je te parle de ce caméraman avec qui je couche ! Il ne viendra pas à Austin, d'ailleurs, alors ça ne m›empêchera pas de m'amuser avec quelqu'un d'autre, puisque c'est juste une petite aventure. Mais, mon Dieu, cet homme est phénoménal. Tu ne sais pas quelles merveilles il fait avec sa bouche. J'y prends goût, autant qu'à la série Bridgerton ! s'esclaffa-t'elle.

Brooke rit. Elle aimait le côté authentique et loufoque de Kristy.

— Je peux vous loger tous à Blue Oaks — répondit-elle, dans des sacs de couchage, bien sûr. Je t'adore, je suis si heureuse de te voir, vraiment !

— Ne crois pas que cette vie de célébrité sur la route du succès soit facile — dit-elle en sirotant son verre de sangria. On a de petits privilèges quand on tourne sur un plateau à gros budget. Quant à mes amis qui viendront à Austin, il s'agit de célébrités qui ont une allergie au rustique. Je ne peux pas les laisser de côté et venir à Blue Oaks, surtout que venir à Austin était mon idée. Nous irons à l›hôtel, mais j›apprécie vraiment ton offre. À part ça, comment vas-tu ? Des nouvelles de ton voisin ?

Brooke se sourit à elle-même.

— Je vais très bien, ce travail est un véritable cadeau. La seule chose qui m'inquiète, c'est ma conversation future avec Matteo. J'imagine qu'il sera de retour d'Europe dans quelques jours... Je ne voulais pas discuter de notre séparation passée avec lui, mais maintenant c'est plus ou moins inévitable.

— Au moins, quand tu as quitté la Californie, vous étiez en bons termes. Tu trouveras bien quoi lui dire. À part ça, tu t'habitues à vivre à Blue Oaks ? La dernière chose dont nous avons parlé, c'est que tu commençais à t'habituer au réveil à l›aube, à la gestion d'un ranch, des contremaîtres et du personnel des champs ?

— C'est intéressant, oui. C'est très différent de Los Angeles. J'adore. J'ai l'impression de construire quelque chose d'incroyable avec mon travail. C'est épuisant, mais j'aime apprendre. Dormir dans le silence, avec la nature pour compagnie, c'est quelque chose que je n'aurais jamais cru pouvoir apprécier, mais c'est le cas. Maintenant, j'ai de l'argent pour commencer à rembourser mes dettes et je vais lentement me libérer de la débâcle financière dans laquelle mes parents m'ont laissée. Au fait, je t'ai déjà envoyé le premier acompte qui fait partie des cinq mille dollars que tu m'as prêtés.

Kristy souffla.

— Je t'ai déjà dit que tu n'as pas à me rembourser, tu es vraiment stupide — répondit-elle. Cela dit, n'oublie jamais que tu as une grande force intérieure, Brooke, il n'y a rien qui puisse détruire ton esprit. Et s'il y a la moindre menace, ne recule pas. Dès qu'on sera à Austin, on aura le temps de se soûler et de faire la fête. Au fait, je viens avec Robbie Darmot qui est aussi célibataire que toi, c'est fou, hein ? Juste pour que tu saches que je pense toujours à toi et aux parties féminines de ton corps que tu négliges.

Robbie était un croisement entre Johnny Depp et Brad Pitt dans ses jeunes années. Grand, blond, les yeux verts, avec d'incroyables tatouages sur les bras et un corps conçu pour rendre folles les femmes quel que soit leur âge. En plus de cela, il était un acteur à l'attitude rebelle et provocante qui réussissait toujours à obtenir ce qu'il voulait et à remplir les salles de cinéma du monde entier. Robbie était un Don Juan. Quand il était célibataire, ça ne durait jamais longtemps, car l'acteur né à New York et basé en Californie changeait de partenaire comme de pyjama.

— Kristy — dit Brooke en riant, je ne rêve pas d'être sur le radar de l'un des hommes les plus photographiés d'Hollywood. J'aimerais le rencontrer, mais après le scandale de ma famille, je ne veux pas apparaître dans la presse. Ce serait horrible.

— C'est compréhensible, tu as raison — dit-elle d'un ton pensif, alors on déplace la fête hors du pub et on l'organise dans la chambre d'hôtel où nous allons, ça va être épique ! Comme au bon vieux temps, Brooke. Il n'y aura pas de caméras. Je suis sûre que Robbie va t'apprécier et qu'une nuit au lit avec lui sera tout ce dont tu as besoin pour...

— J'ai couché avec Lincoln il y a quelques jours — l'interrompit-elle pour l'empêcher de parler de ses projets avec Robbie.

— Oh mon Dieu, oh mon Dieu, oh mon Dieu ! — s'exclama Kristy en sautant dans la remorque qui lui avait été attribuée pendant le tournage. Un cow-boy, sexy et sauvage, rrrr. Je t'envie à fonds. Je comprends maintenant tes scrupules à propos du pauvre Robbie. Comment c'était avec M. Kravath, le maître du Texas désormais maître de ton corps ?

Brooke rit tellement qu'elle dû essuyer des larmes de rire. Si quelqu'un l'entendait, il penserait qu'elle a perdu la tête. Rire était tellement libérateur. Son amie, vraiment, était unique en son genre.

— Kristy — dit-elle en riant, tais-toi, je ne peux pas parler si tu me fais pleurer de rire — dit-elle en se raclant la gorge avant de prendre une inspiration. C'était l'une des expériences sexuelles les plus incroyables que j'aie jamais eues. Lincoln est généreux et ses baisers sont high level !

— Tu as couché avec une bombe et tu as enfin oublié Miles, ce connard ! C'est trop excitant — s'exclama-t'elle avec son habituelle théâtralité.

— Je ne sais pas... Je lui ai proposé d'être amis, mais il a dit que nous étions amants et alliés professionnels.

— Aïe. Que vas-tu faire ?

— S'il ne se comporte pas comme l'abruti qu'il a été la première fois qu'on s'est rencontré, alors peut-être que je pourrai envisager de recoucher avec lui... plusieurs fois — dit-elle en riant doucement. J'aime ce qu'il me fait ressentir. Je ne sais pas, il y a une certaine magie qui émane de son corps et la façon dont il me touche. Je me sentais terriblement désirée et en confiance. De plus, son cerveau fonctionne bien et il sait utiliser son corps, le résultat est mortel. Je pense que toutes les femmes méritent d'avoir un amant aussi consciencieux et généreux que Lincoln Kravath.

— Chhhh, ne le dis pas si fort, sinon une salope essaiera te le prendre.

Brooke secoua la tête, parce que Kristy avait des mots d'esprit hors du commun.

— OK, je vais le prendre en considération.

Kristy éclata de rire. Un de ses compagnons lui fit signe qu'il était temps de retourner sur scène pour filmer, et elle répondit donc par un autre signal qu'elle y serait bientôt.

— Profite du sexe, chère amie. J'ai hâte de te voir, on va passer un super moment, je t'aime ! N'oublie pas, pas de regret ! — dit-elle, avant de mettre fin à l'appel.

Le sourire de Brooke resta figé sur son visage.

Maintenant qu'elle avait eu une connexion physique avec Lincoln, elle pourrait aussi envisager une relation plus personnelle sans attendre quelque chose en retour. Les attentes finissaient toujours par ruiner les relations. Peut-être pourraient-ils se lier progressivement d'amitié.

Les rires d'un couple l'incitèrent à rester assise sur le trottoir, au lieu de se lever pour aller chercher quelque chose à manger comme elle en avait l'intention. La femme était noire, grande et portait une robe bleu clair qui lui allait comme un gant. Elle avait un bébé en pleurs dans ses bras. L'homme à côté d'elle, aux cheveux blancs et noirs, caressait la tête du bébé. Jusqu'à ce que sa vision se brouille, Brooke ne s'était pas rendu compte qu'elle avait pleuré. Presque instinctivement, elle mit sa main sur son ventre et regarda vers le bas.

Elle se demandait ce qui se serait passé si sa grossesse était allée jusqu'à son terme et si l'infirmière lui avait tendu une petite fille ou un petit garçon à elle, un minuscule bébé. Mais la situation était bien différente puisqu'elle avait fait une fausse couche. Brooke savait qu'elle ne se serait pas souciée que ce connard de Miles la quitte et la laisse seule. Le fait d'être une mère célibataire n'aurait eu aucune importance pour elle, car elle aurait aimé son bébé à la folie. La vie lui avait arraché ce petit être avant même qu'elle n'ait pu le rencontrer. Chaque fois qu'elle voyait un bébé, son cœur palpitait d›émotion. Elle désirait ardemment en avoir un à elle.

Elle souffla longuement. Elle espérait un jour fonder une famille.

L'alarme de son téléphone lui signala que son Uber venait d'être annulé. Brooke grogna en silence, mais n'eut pas d'autre choix que de faire une autre demande, cette fois-ci via Lyft. L'application lui indiqua qu'elle devrait attendre jusqu'à ce qu'il soit possible de localiser une voiture, car il n'y en avait pas de disponible dans la région en raison de la forte demande.

Son ventre grondait, car il est déjà 16h et elle n'avait pas encore mangé. De plus, après avoir brûlé tant de calories, elle avait besoin de se nourrir. Elle rangea son téléphone portable et commença à se promener. Les restaurants étaient hors de prix, mais il était peut-être temps de s'offrir un petit plaisir. Elle choisit d'entrer dans un restaurant italien qui avait l'air sympa, et qui ne semblait pas bondé. On la guida vers une table pour deux. Elle posa son sac de sport sur la chaise voisine et son téléphone portable sur la table. Dès qu'elle aurait fini de manger, elle ferait une autre demande de transport.

— Que puis-je vous offrir, mademoiselle ? — demanda le serveur avec un sourire amical en tournant les pages du menu. Voulez-vous connaître la spécialité de notre chef ?

La pièce était décorée de pierres et de bois. La musique de fond était très faible. Brooke distinguait la voix d'Andrea Bocelli. Les convives de la table voisine étaient habillés de façon chic. Elle ne se sentit pas déplacée, car avec sa nouvelle coupe de cheveux, son cours de zumba et son récent chèque de paie à la banque, elle avait de nombreuses raisons de se réjouir. Elle ne voulait pas se laisser gagner par la tristesse de l'épisode qui s'était déroulé dans le parc, avec ce jeune couple.

— Non merci, je vais prendre des spaghettis carbonara et une tasse de thé.

— Le vin de la maison est très bon — dit-il dit en lui montrant le menu.

— D'accord, merci, je vous fais confiance. Je prendrai aussi un verre de vin, alors.

— Tout de suite, mademoiselle.

En attendant le repas, Brooke se mit au travail et répondit aux courriels des fournisseurs. Puis elle appela Mildred pour qu'elle lui fasse un rapport, car elle était à la maison ce jour-là. Elle demanda si les anciennes granges avaient été démolies et si les personnes qui avaient testé le sol pour construire la zone de stockage avaient fini. La gouvernante lui assura que tout se passait comme prévu, mais qu'elle ne comprenait pas pourquoi elle avait décidé de démolir ces structures, car elles constituaient une partie importante des ranchs et que, même si elle n'avait pas une grande connaissance des affaires, cela fournissait de d'espace pour mieux manœuvrer et stocker. Brooke lui dit simplement que cela faisait partie d'une nouvelle stratégie, et la gouvernante ne répondit pas.

Une fois les spaghettis servis, elle les dégusta avec enthousiasme. Elle s'arrêta pour boire le vin, un très on vin comme promis par le serveur, et regarda autour d'elle. Elle aurait mieux fait de rester concentrée sur sa nourriture ou son travail, plutôt que d'assouvir sa curiosité. A l'une des tables, à plusieurs mètres de là, se trouvait Lincoln, tout sourire, avec une femme que Brooke avait déjà vue auparavant. Alina.

— Je suis heureux que nous soyons parvenus à un accord avec ton père, Alina, et j'espère que nos équipes s'occuperont rapidement des aspects juridiques — déclara Lincoln en riant, après qu'elle ait fait une blague sur la difficulté d'obtenir un créneau pour lui parler. Dommage que Chuck ait dû partir au lieu de déjeuner avec nous.

Alina était venue le chercher au bureau avec son père, le maire d'Austin, parce qu'un barbecue prévu pour parler entre amis avait été annulé. Cependant, Alina assura à Lincoln que son père voulait faire des affaires avec Golden Enterprises et que cette soirée était le moment idéal pour agir.

Elle avait décidé de passer voir Lincoln à la société des Kravath. Comment pourrait-il refuser de parler au maire de la ville, aussi ami de sa famille ? Cela aurait été une énorme erreur tactique, puisqu'il était dans la short list des fournisseurs potentiels pour l'entreprise que Chuck allait développer d'ici trois mois. C'était un privilège.

L'accord promettait d'être très intéressant pour Golden Ties. Les restaurants que le maire avait l'intention d'ouvrir seraient exploités dans d'autres villes également, et il aurait besoin du bétail du ranch Kravath. Ce sont les avocats qui étaient chargés de concrétiser ces points par un contrat.

Lincoln savait que Chuck était un homme de parole, il pouvait donc considérer que ce marché d'un million de dollars pour sa société était une affaire conclue. Rien que pour cela, il ne reprochait pas à Alina, qui avait toujours su que son père ne pourrait pas manger avec eux dans ce restaurant, de ne pas lui avoir laissé de choix autre que d'accepter de manger ensemble. Elle agissait comme si c'était un rendez-vous amoureux, plutôt qu'un rendez-vous amical.

Lincoln n'avait pas encore déjeuné à cause de la quantité de travail qu'il avait à faire, et ça ne lui faisait pas de mal de faire une pause. Mais il n'aimait pas les tactiques de son amie pour passer du temps avec lui, et il ne trouvait pas le moyen de lui faire comprendre que leur relation n'irait jamais au-delà de ce qu'ils avaient depuis plusieurs années, c'est-à-dire de l'amitié. Il voulait être aussi franc que possible avec elle, mais sans la blesser. Cette femme était une bonne personne.

— Lincoln, j'aimerais te demander une faveur supplémentaire — dit-elle en lui souriant et en lui tendant la main.

— Alina, tu sais que tu es une amie très chère, mais je n'aime pas les démonstrations publiques d'affection — répondit-il doucement, bien que ce soit une excuse, parce qu›il n›aimait pas du tout son contact, surtout car il savait qu'elle s'intéressait à lui mais qu'il ne pouvait pas lui rendre la pareille.

Elle retira immédiatement sa main et murmura des excuses.

— Que puis-je faire pour toi ? — demanda-t'il avec sollicitude.

Elle sourit. Ce soir-là, elle portait une robe couleur menthe, un maquillage impeccable et ses cheveux en queue de cheval haute qui mettaient en valeur ses pommettes et ses lèvres.

— Tu sais que j'aime m'occuper des intérêts financiers et émotionnels de mes amis proches, et aussi des amis pour qui j'aimerais être plus qu'une amie — gloussa-t'elle doucement, en rougissant. Bref, Lincoln, il y a une fête organisée ce week-end pour des hommes d'affaires étrangers. C'est privé, mais ils sont venus au Texas parce qu'ils veulent acheter des terres et s'associer dans des affaires de bétail médiatisées. En tant que fille du maire, j'ai accès à ces évènements et à des informations privilégiées. Voudrais-tu te joindre à moi ? — demanda-t'elle en souriant. Cela aura lieu à l'hôtel W Austin.

Lincoln en avait assez d'Alina et de ses faveurs, même si elle était de bonne foi. Il y avait une limite à sa tolérance et, malgré les bons moments et leurs expériences de jeunesse, il ne voulait pas qu'elle continue avec ce genre d'insinuations, qu'elles soient directes ou indirectes.

—Je suis assez occupé, mais merci. J'apprécie ta générosité à mon égard et j'aime pouvoir te soutenir dans ta boutique et tes projets.

La seule chose que je veux clarifier, sans te blesser ou t'offenser parce que ce n'est pas mon intention, c'est que, quand nous nous rencontrons, que nous parlons, que nous allons dans des pubs ou que nous nous voyons dans les maisons de nos familles respectives, n'implique pas que je te voie comme autre chose qu'une amie. Je ne suis pas attiré par toi de cette façon, cela ne va pas changer, et je ne veux pas ruiner notre amitié. La dernière chose à laquelle je pense est de me fiancer. Je cherche juste du divertissement, et je ne veux pas cela avec toi.

Elle baissa les yeux et se mordit nerveusement la lèvre inférieure. Il grimaça, mais ne tendit pas la main pour prendre la sienne, car cela aurait ôté le sens de ce qu'il disait.

— Alina, tu mérites quelqu'un qui est prêt à faire n'importe quoi pour quelqu'un d'aussi précieux que toi. Ce quelqu'un n'est pas moi, ça ne peut pas être moi — dit-il sincèrement, sur un ton qui montrait clairement qu'il avait atteint ses limites. Je ne veux pas que ce genre de sujet revienne sur le tapis, et je ne veux pas que notre amitié devienne inconfortable. Est-ce clair ?

Elle pinça les lèvres et fit un bref signe de tête.

— Je comprends — murmura-t'elle en levant les yeux. Ça ne changera pas le fait que je m'occupe de toi ou de ton bien-être. Tu es d'accord avec ça ? Je me soucie de mes amis...

Lincoln soupira.

— C'est ce que tout bon ami ferait, Alina, veiller l'un sur l'autre. Merci, dit-il en regardant sa montre, je dois y aller maintenant. Je paie l'addition, naturellement.

Elle le remercia. Elle n'était pas blessée, mais elle aurait aimé que Lincoln la voie différemment après toutes ces années.

— J'apprécie... Merci d'être honnête avec moi.

— C'est ce que tu mérites, Alina, je ne pouvais pas continuer comme ça avec toi — répondit-il doucement.

— Au fait, vas-tu considérer la suggestion de mon père de commencer à envisager une carrière politique avec lui s'il est élu gouverneur ? Le poste de conseiller financier te conviendrait parfaitement, et les Kravath ont beaucoup de liens dans la société texane. Tu ferais un tabac, Linc.

Lincoln secoua la tête.

— Ce genre de chose transforme la vie personnelle de quelqu'un en un cirque médiatique. Je ne suis pas prêt à soumettre ma famille à cela.

— Oui, c'est une chose à laquelle je suis habituée depuis de nombreuses années. Je comprends ce que tu dis, mais, si tu es d'accord, mon père serait ravi. La vérification des antécédents et des dossiers financiers serait super rapide, car la réputation de ta famille est irréprochable. Pour le reste, il faudrait une équipe de communicants, de politologues, de sociologues, de stratèges...

— Ca ne me dit rien, Alina — l'interrompit-il, et j'apprécierais que tu ne mentionnes pas ce sujet à Chuck. Je veux vivre ma vie loin des reporters et des rumeurs.

Elle se contenta d'hocher légèrement la tête.

Lincoln leva la main pour désigner le serveur, mais ce faisant, ses yeux rencontrèrent un visage auquel il avait pensé 24h sur 24 ces derniers temps. L'expression qu'il remarqua sur le visage de Brooke ne lui plut pas du tout. Elle leva le verre dans sa main et prit une gorgée. Puis elle esquissa un sourire triste et méprisant, et s'adressa au barman. Lincoln se dit qu'elle faisait des suppositions qui étaient probablement fausses. Il se sentait mal, car c'était la deuxième fois qu'elle pouvait penser, à juste titre, qu'il lui avait menti au sujet d'Alina ou du fait qu'il ne voyait pas d'autre femme. Il n'aimait pas du tout cette situation.

Pourquoi commençait-il à se soucier de ce que Brooke Sherwood, la *petite princesse* de Los Angeles, l'obstacle sur son chemin, mais la seule capable de le captiver au lit, ressentait ou pensait ? Putain.

Le fait qu'il ne veuille pas de relation amoureuse officielle, mais qu'il la considère comme une aventure de passage, n'impliquait pas qu'il aime mentir et sortir avec plusieurs femmes en même temps. Plus maintenant, en tout cas. Cette étape était derrière lui depuis des années.

Le Lincoln d'aujourd'hui était plus mature et responsable. S'il était avec une femme ou s'il était intéressé par une femme en particulier, il le disait clairement et ouvertement. Il ne tournait pas autour du pot et ne faisait pas de demi-mesures. Et qu'avait fait Brooke à ses cheveux ? Elle était magnifique. Apparemment, il n'était pas le seul à l'avoir remarqué, car certains abrutis se permettaient de la fixer comme s'ils voulaient qu'elle soit leur dessert à la fin du repas. Bande de cons.

Le simple fait de se souvenir de ses baisers et de la façon dont son corps avait répondu au sien l'excitait. Ce matin-là, Ben l'avait informé que le logiciel du ranch fonctionnait parfaitement grâce à elle. Lincoln voulait l'appeler pour la remercier d'avoir tenu sa parole et respecté leur accord, mais à cause de ses réunions, il dut remettre cela à plus tard dans la journée. Sa mauvaise conscience lui disait qu'elle l'aidait pour les bonnes raisons, mais que lui le faisait pour des raisons égoïstes. Puisque son vignoble était impliqué, il n'avait vraiment pas envie de se lancer dans des réflexions sans fin.

D'un autre côté, il pensait qu'il était juste que Brooke ait l'impression qu'il soit un menteur à propos de cette liaison avec Alina. L'opinion que les femmes avaient de lui ne comptait pas pour lui, car il couchait avec elles pendant quelques nuits et passait ensuite à autre chose. Avec Brooke, cependant, c'était différent. D'une manière qu'il ne pouvait pas expliquer. Il en avait assez des femmes qui essayaient de lui plaire sans donner leur véritable avis, de peur qu'il ne les quitte, ou ne se mette en colère. Brooke savait guider une conversation, ainsi que lui dire d'aller se faire foutre quand elle le devait. Elle était son équivalent féminin.

Au fur et à mesure qu'il découvrirait d'autres aspects de Brooke, car cela serait inévitable puisqu'il passait du temps à Blue Oaks et elle à Golden Ties, il deviendrait plus difficile, mais pas impossible, de poursuivre sa croisade pour qu'elle quitte le ranch de Sarconni et dégage le terrain pour qu'il puisse continuer le processus d'acquisition de Blue Oaks. Il voulait son vignoble.

— Je vois qu'en fait tu me rejettes à cause de quelqu'un de précis. Cette femme a-t'elle un nom ? — demanda Alina, attirant l'attention de Lincoln sur elle.

Pendant un instant, il avait oublié qu'il était avec quelqu›un d›autre. Bon sang.

— Je ne sais pas de quoi tu parles — répondit-il en donnant sa carte de crédit au serveur et en remarquant que Brooke avait également eu son reçu.

Alina rit, en jetant un coup d'œil de côté à la jeune fille blonde.

— Allez, Linc, c'est l'une des rares fois où je t'ai vu aussi distrait par une femme. Je devrais être offensée d'avoir perdu ton attention, mais maintenant je comprends. Elle est très jolie et elle a des pommettes enviables. Peux-tu me dire qui c'est... ?

Lincoln regarda brièvement Alina.

— Son nom est Brooke et elle n'est pas du Texas — répondit-il. Je dois y aller. C'était sympa de te parler et merci pour ton père.

Elle le regarda en souriant.

— Tu aimes beaucoup cette Brooke, à ce que je vois — dit-elle. J'espère que ça en vaut la peine.

Lincoln l'embrassa sur la joue, mais ne répondit pas à son commentaire. Il n'y voyait pas l'intérêt. Il n'aimait pas parler de ses affaires personnelles, surtout quand une personne quittait un endroit avec l'impression erronée qu'il était un menteur.

Brooke laissa un généreux pourboire et quitta le restaurant.

Elle ne se souciait pas de l'endroit où elle allait, car elle voulait juste rentrer chez elle le plus vite possible. Elle espérait que des Uber étaient disponibles, sinon elle prendrait un taxi ordinaire, quel que soit le coût. Elle avança pour traverser le parc puis s'asseoir dans un café pour attendre. Elle voulait arriver au ranch et profiter du fait que le soleil soit encore à l'horizon pour se promener en 4x4 dans les environs. Le contact avec la nature atténuerait sa colère.

Comment Lincoln osait-il sortir avec une autre femme alors qu'ils avaient fait l'amour, physiquement et par téléphone ? Comment avait-il osé lui dire qu'il était très occupé, qu'il attendrait qu'elle l'appelle si elle avait besoin d'une visite pour vérifier les choses à Blue Oaks, alors qu'en fait il voyait une autre femme ? Comment avait-il osé lui mentir à propos de cette Alina, encore une fois ? Et bien sûr, comment pourrait-elle, elle, telle une idiote, le croire ? C'était comme si les leçons entraient par une oreille, mais ressortaient immédiatement par l'autre. Elle était en colère, car elle l'avait cru quand il lui avait dit qu'il n'y avait personne dans sa vie et que l'histoire du journal avec Alina n'était qu'une mascarade pour la presse. C'étaient des conneries !

— Brooke — appela Lincoln, qui lui emboîtait le pas, attends s'il te plaît.

Elle n'avait pas envie de l'écouter. Elle se sentait stupide. Très jolie, avec ses cheveux fraîchement retouchés, mais stupide quand même. Si elle n'était pas entrée dans ce restaurant, si elle n'avait pas décidé de faire ses courses à Austin, elle n'aurait rien su. Elle avait maintenant la preuve éclatante que Lincoln était un menteur.

Dieu merci, Kristy allait bientôt arriver à Austin. Elle allait prendre le temps de passer un bon moment avec Robbie Darmot, puisque le croiser n'arriverait qu'une fois dans sa vie. Pas parce qu'il était spécial, mais parce qu'il était acteur à Hollywood et vivait dans un monde à part. Elle allait passer un moment avec lui, puis l'oublier. Ce genre d'anecdotes, on les gardait pour soi et on ne les racontait qu'à un âge avancé.

Elle continua son chemin, franchit la porte du parc et marcha le long du chemin de pierre. La main de Lincoln la saisit rapidement, et d'une impulsion douce, mais non moins forte, il la retourna pour qu'elle le regarde.

— Brooke — dit-il fermement, écoute-moi.

Elle essaya de se libérer sans succès. Elle détourna le regard.

— Je suis occupé, éloigne-toi de moi, j'ai des choses à faire. Lâche-moi.

— S'il te plaît, regarde-moi — lui demanda-t'il doucement, en prenant ses deux mains dans les siennes. Il y a une explication à ce que tu as vu.

— Lincoln — dit-elle en le regardant d'un air hautain, tu m'as dit que tu n'avais aucun intérêt à être mon ami. Je l'ai accepté et compris. Tu m'as dit que nous étions amants et alliés stratégiques. C'est clair pour moi. Cependant, tu as affirmé que tu n'étais pas avec une autre femme, parce que je t'ai dit que je ne ferais jamais rien pour nuire à une relation et que je n'aime pas être la troisième roue du carrosse. Je t'ai cru sur parole, même si je vois maintenant que c'était une erreur.

Il fit non de la tête et prit son visage dans ses mains. Il la regarda avec férocité.

— Tu as tort.

Brooke leva les yeux au ciel et allait repousser les mains de Lincoln, mais celui-ci semblait déterminé à se faire entendre.

— Ce que tu as vu, c'est Alina et moi en train de discuter. Son père, le maire, est venu me voir pour affaires et elle a suggéré que nous déjeunions ensemble. Le maire ne pouvait pas venir déjeuner, nous étions donc seuls. C'était une ruse de sa part, mais je ne pouvais pas refuser, d'abord parce que sa famille est amie avec la mienne depuis de nombreuses années, ensuite parce qu'elle venait de me décrocher un contrat d'un million de dollars pour Golden Ties auprès de son père, et enfin parce que je lui ai clairement fait comprendre que je ne voulais pas être plus qu'un ami pour elle. Cela a toujours été le cas : Alina Marcs est une amie, c'est elle qui voulait être plus, mais je ne lui ai donné aucune raison de penser qu'il y avait une possibilité.

— Je ne t'ai demandé aucune explication, Lincoln — répondit-elle, satisfaite de l›explication, bien sûr, mais elle n›allait pas le lui dire.

Etait-ce immature ? Peut-être. Lincoln retira ses mains de ses joues et les prit à nouveau.

— Je n'ai pas l'habitude d'en donner non plus, mais j'insiste. Alina a remarqué que je te regardais et a compris pourquoi je n'avais aucun intérêt ou attirance sexuelle pour elle. Nous sommes amants, Brooke, et quand j'ai une maîtresse, je n'en baise pas une autre. Ma relation est exclusive. Si je ne te respectais pas, je ne serais pas venu te donner une explication que je ne donne jamais à personne. C'est la vérité.

Elle baissa les yeux, elle n'avait pas envie de se disputer. Il disait la vérité, elle pouvait le voir dans la façon de s'exprimer sans bégayer ni réfléchir. Ses propos étaient concrets et directs. Elle pouvait le dire parce que ses yeux bleu clair et regardaient dans les siens avec un pouvoir dévastateur, un pouvoir de vainqueur.

— Qu'est-ce que tu penses gagner en me donnant des explications ? — demanda-t'elle, consciente que leurs mains étaient toujours entrelacées.

Il aimait la sensation des doigts puissants de Lincoln qui s'agrippaient aux siens.

— Que tu me croies sur parole.

Elle expira et décolla ses doigts des siens.

— Je dois aller au ranch, j'ai perdu trop de temps dans le centre ville d'Austin avec mes affaires — dit-elle en se détournant pour demander une voiture sur son portable.

Il posa doucement sa main sur l'écran de l'iPhone de Brooke.

— J'ai fini ma journée de travail, je t'emmène à Blue Oaks — mentit-il, car il devait encore répondre à de nombreux emails et passer des appels.

Il dirait à Candace de les remettre au lendemain. Il ne voulait pas que Brooke rentre au ranch seule, et il ne voulait pas qu'elle ait le temps de se faire d'autres hypothèses erronées sur cet incident.

Ellc posa le téléphone et fronça les sourcils.

— Notre accord — dit-elle en se désignant elle-même puis lui, n'est en aucun cas une promesse. Mais quand j'ai un amant, Lincoln, je n'en ai qu'un à la fois. Je ne me balade pas avec d'autres amants potentiels et je ne vais pas de lit en lit. Il ne s'agit pas de questions émotionnelles ni romantiques, c'est simplement ma façon de vivre la vie, car c'est ma norme personnelle. Maintenant, si ce que tu veux, c'est mener plusieurs aventures en parallèle, alors vas-y, mais tu n'es pas le bienvenu dans mon lit. Est-ce clair ?

Lincoln tendit la main et attrapa sa nuque, massa son cuir chevelu. Elle ferma les yeux, tandis qu'il déposait un doux baiser sur le bout de son nez.

— Je ne veux aucune autre femme dans mon lit ni nulle part ailleurs, Brooke. Je te désire, dans toutes les positions possibles. La situation à laquelle tu as assisté pouvait être mal interprétée, je le sais. Mais je t'ai dit la vérité.

Elle fit une grimace.

— J'accepte que tu me ramènes au ranch — dit-elle, car elle n'avait pas envie de se battre avec les applications de transport qui, comme elle l'avait remarqué, n'étaient pas vraiment rapides.

Il hocha la tête, soulagé. Au moins, elle l'avait cru, du moins en apparence, car elle ne le rejetait pas.

— Je ne sais pas ce que tu as fait à tes cheveux — dit-il en les caressant, mais tu es magnifique.

— Je sais, mais merci de le souligner — répondit-elle.

Il attrapa le sac de gym avec un sourire malicieux à la réponse de Brooke.

— Qu'est-ce que c'est ?

— Je me suis inscrite à des cours de zumba, j'ai donc profité de mon après-midi pour faire d'autres courses. Mon permis de conduire va bientôt être renouvelé — dit-elle en haussant les épaules. Alors je ne serai pas dépendante des autres longtemps.

— Tu peux toujours demander mon aide, Brooke, même si tu es loin du ranch.

Elle hocha la tête.

— Je te fais visiter, puis je récupère ma voiture et on va à Lago Vista. Ça te va ?

— D'accord, ça pourrait être intéressant de connaître la caverne de l'ogre et du *crétin* qui vis sur des malentendus — murmura-t'elle.

Lincoln rit.

— Petite princesse, l'ogre peut te faire changer d'avis sur bien des choses — répondit-il en lui caressant la joue de manière suggestive.

Il aimait la sentir frissonner, et de bien des manières.

— On verra — répondit-elle.

Il souffla et sentit la pression sur ses épaules s'estomper. Il espérait que, sur le chemin de Lago Vista, elle croirait enfin en ses mots, la vérité. Lincoln posa sa main sur le dos de Brooke et commença à marcher avec elle pour la guider vers le bâtiment de Golden Enterprises. Il était fier de l'héritage de sa famille, et il était content de le lui montrer. Il se rendit compte que l'opinion de Brooke sur les installations de son entreprise comptait pour lui. Sa tête bouillonnait de questionnements, et la seule certitude qu'il avait, c'était qu'il ne voulait pas partager son corps ou son temps avec une autre femme que Brooke.

Peut-être que Brooke lui avait jeté un sort. Il ne savait pas quand il pourrait se libérer de ce sort alors il comptait en profiter maintenant, sachant que tout avait une date d'expiration dans sa putain de vie. Il ne croyait plus à l'amour et la romance, car à chaque fois qu'il y avait cru, on lui avait craché au visage.

— Linc ! Hé, Linc !

Brooke et lui se sont retournèrent en même temps et virent Alina s'approcher d'eux. Une fois la femme à leurs côtés, elle tendit son téléphone portable à son ami de toujours.

— Tu as laissé ton téléphone sur la table — dit-elle en le lui tendant. Tu es parti si vite que tu as oublié de le prendre. Heureusement que je suis sortie à temps, sinon j'aurais dû aller jusqu'à Golden Ties.

Elle regarda l'étonnante blonde.

— Tu dois être Brooke — dit-elle en tendant la main. Mon nom est Alina Marcs. Ravie de rencontrer la femme qui a réussi à capter l'attention de ce célibataire endurci — ajouta-t'elle en plaisantant. Linc m'a dit que tu n'es pas du Texas, mais il n'a pas précisé d'où tu étais.

Brooke n'eut pas d'autre choix que de sourire et de serrer la main d'Alina. Elle se sentait très jolie ce jour-là, surtout avec sa nouvelle coupe de cheveux, alors elle ne se souciait pas de savoir si Alina était belle ou pas. Brooke aurait pu simplement s'en aller, mais Alina était polie, alors elle resta. Il était évident que la femme d'affaires se donnait à fond pour Lincoln, même s'il était évident qu'il ne lui prêtait pas plus d'attention qu'à n'importe qui d'autre, et qu'il n'était pas attiré par elle. Cela permit à Brooke de valider l›explication que Lincoln lui avait donnée quelques secondes auparavant.

— Salut Alina — répondit Brooke, ravie de te rencontrer. J›ai vu des informations dans la presse sur ta boutique, elle est très belle. Félicitations. Et je suis de Los Angeles, mais je travaille à Blue Oaks maintenant. J'adorerais rester et discuter, mais je dois retourner au travail.

— Oh, donc tu travailles au ranch de Matteo Sarconni et tu es la voisine de Linc. C'est intéressant comme façon de se rencontrer.

— Merci de m'avoir rapporté mon téléphone portable — l'interrompit Lincoln, en prenant l'appareil et le mettant dans sa poche.

Il commençait à penser que l'univers se faisait une joie de le mettre sur la sellette. Pourquoi, parmi tous les lieux qui existaient à Austin, avait-il fallu que Brooke atterrisse au même endroit qu'Alina et lui ?

— Je te verrai une autre fois pour les affaires ou une soirée entre amis, Alina.

La fille du maire rit et hocha la tête, avant de se retourner vers l'endroit où son chauffeur l'attendait.

Brooke et Lincoln parcoururent en silence les quelques rues qui menaient à l'entreprise familiale Kravath. Ils ne commentèrent pas le fait qu'il tenait subtilement ses doigts dans les siens, un geste qui prouvait qu'ils avaient une liaison. Le mentionner aurait complètement rompu le charme de la situation si particulière.

Lincoln tint à faire visiter à Brooke les bureaux de Golden Enterprises, et lui présenta son assistante et quelques managers. Cela ne lui plut pas que deux idiots la regardent avec intérêt, mais il était le PDG et ne pouvait pas se battre comme un sauvage pour un simple regard. Brooke posa des questions assez pointues sur les procédures qui liaient les entreprises de la société familiale, et Lincoln se sentit à l'aise pour y répondre. Brooke était l'une des rares personnes qui comprenait les chiffres avec une facilité qui rivalisait avec la sienne. Il trouvait ça stimulant.

— J'aime tes bureaux. L'atmosphère de travail est calme. J'ai l'impression que tes employés sont vraiment à l'aise. Sous pression — dit-elle en riant, mais à l'aise — ajouta-t'elle au bout d'un moment, en regardant le centre commercial d'Austin depuis le bureau de Lincoln.

Elle allait classer l'affaire Alina, parce qu'elle était éclaircie.

— Ma famille avait une entreprise de vêtements. Ils l'ont fermée, mais l'atmosphère était différente, il y avait beaucoup de tension. Je ne pense pas que j'aurais tenu longtemps si j'avais travaillé là-bas — déclara-t'elle.

Peut-être que la tranquillité de ce bureau, ajoutée à la clarification qui avait eu lieu entre eux, l'incita à partager quelque chose de son passé. Ce n'était rien d'important de toute façon. Lincoln ramassa le brouillon d'un contrat, qui était l'une des raisons pour lesquelles il devait retourner à son bureau, et le mit dans sa mallette en cuir italien. C'était la première fois qu'elle lui parlait volontairement de quelque chose de personnel.

— Alors, tu es une héritière en fuite ? — demanda-t'il en souriant.

— Non, pas du tout — répondit Brooke en se détournant de la fenêtre pour le regarder, la société de ma famille a fait faillite et ils ont fermé toutes les filiales. J'ai donc dû trouver un moyen de trouver une nouvelle voie loin de la Californie, et il s'avère que cette voie, c'est le Texas.

Il fit un léger signe de tête.

— Je suis désolé d'apprendre ce qui est arrivé à ta famille. Parfois, dans le monde des affaires, la faillite, pour quelque raison que ce soit, est inévitable. Alors tu es ici pour construire un nouveau départ, n'est-ce pas ? — demanda-t'il gentiment.

— Oui, et c'est pourquoi Blue Oaks est important pour moi. J'apprécie que tu aies décidé de m'aider — dit-elle sincèrement, ignorant le fait que Lincoln avait pris cet aveu comme un coup de massue, parce que cela voulait dire que Brooke faisait bien plus que de jouer au rancher, elle avait vraiment besoin d'éviter cette vente dans le cadre de son nouveau départ. Elle avait besoin d'une fondation sur laquelle construire. C'était plus que les d'affaires, c'était une question personnelle. Merde.

Il se sentit comme un idiot, mais ce sentiment fut de courte durée, car il avait aussi baissé sa garde avec Heidi et qu'avait-il obtenu en retour ? Rien que du malheur. Il n'allait pas donner sa confiance aveugle ou s'impliquer à fonds pour une femme. Peu importe à quel point Brooke était sexy, intelligente ou intéressante.

— Comment s'est passé le travail au ranch ? — demanda-t'il, alors qu'ils descendaient dans l'ascenseur privé.

Ils se rendirent au garage pour monter dans la voiture de Lincoln, qui choisit d'utiliser la Maserati grise à quatre portes. Sa préférée.

— Les peintres que tu m'as recommandés arriveront demain, et j'ai déjà demandé à M. Jones un devis pour acheter les animaux — dit-elle en bouclant sa ceinture. Ce sera bientôt la fin de la journée à Blue Oaks, donc il n'y aura personne pour penser que je les espionne et que j'utilise ton point de vue pour juger leur travail. Penses-tu que tu pourrais passer et vérifier la zone des cultures ? J'ai peut-être besoin de nouvelles machines qui pourraient aider Pete. Tu dois être plus au fait des nouvelles technologies agricoles que moi, non ?

Lincoln hocha la tête.

— J'ai aussi effectué des travaux de modernisation dans la zone du ruisseau, j'aimerais que tu jettes un coup d'œil à ce qu'ils ont commencé à construire.

— Pas de problème, bébé, je peux aller à la zone de récolte. A propos du ruisseau, c'est quoi ton plan ? — demanda-t'il en se faufilant dans la circulation de fin d'après-midi.

— Je veux faire construire un petit bungalow à louer. Le sous-bois a déjà été débroussaillé, les buissons ont été enlevés et j'ai mis quelques graines de fleurs pour qu'elles poussent librement. J'ai fait élaguer les arbres pour créer une petite bulle de nature dans cette zone. Cela générera plus de revenus, que je réinvestirai dans de petites améliorations.

Lincoln sourit en conduisant.

— La zone du ruisseau était l'endroit préféré de mes frères et moi. Nous avions l'habitude de faire des feux de camp et d'inviter des amis à rester dans la maison de mes grands-parents. J'y ai appris à pêcher, et j'ai aussi reçu quelques coups pour avoir été un idiot qui se jetait dans l'eau peu profonde depuis la roue en caoutchouc que nous avions accrochée à l'un des plus grands arbres.

Elle rit doucement. Le ruisseau n'était pas très profond ni très rapide, mais il y avait des zones où l'eau pouvait atteindre les épaules. Pete l'avait prévenue à ce sujet. Quand elle avait vu la roue en caoutchouc suspendue à l'arbre, elle l'avait trouvée pittoresque et, au lieu de la démolir, elle avait demandé qu'elle soit peinte. Maintenant qu'elle connaissait l'histoire du pneu, elle était heureuse de ne pas l'avoir jeté.

— Pourquoi ton grand-père a-t'il décidé de vendre le ranch ? — demanda Brooke alors qu'ils entraient dans le domaine de Blue Oaks après presque une heure de route.

Lincoln grimaça.

— Il ne l'a pas vendu, il l'a perdu dans un pari avec le grand-père de ton ami Sarconni. BlackJack — dit-il d'un ton amer, c'est pourquoi ça m'énerve que cet idiot ne l'ait pas entretenu. Il a raté l'occasion d'avoir un endroit spectaculaire.

— Plus maintenant — dit Brooke avec enthousiasme, je suis ici pour le ramener à la vie et tu peux lui rendre visite et remarquer les changements. En plus, tu contribues à son amélioration et je suis sûre que Matteo l'appréciera — dit-elle en souriant. Donc, Matteo et toi êtes amis d›enfance ?

Elle attendit qu'il sorte de la voiture, le contourne et lui ouvre la porte. Lincoln lui tint la main jusqu'à ce qu'elle pose ses chaussures sur le sol. Ce faisant, leurs corps se rapprochèrent l'un de l'autre. Ils ne cherchèrent pas à mettre de la distance entre eux.

Elle releva son visage et en eut le souffle coupé. Elle respirait le délicieux parfum de l'interdit et avait envie de s'y noyer.

— Nous étions en compétition pour tout, et les bagarres n'étaient pas rares entre nous deux pendant nos années de lycée. Quand il a déménagé en Californie, Dieu merci, il a cessé de m'emmerder. Non pas que Sarconni aurait été un rival valable, mais il a enfin arrêté de s'immiscer là où il n'était pas désiré.

Brooke laissa échapper un léger rire. Maintenant elle comprenait mieux pourquoi Lincoln n'aimait pas Matteo. Peut-être que lorsqu'elle reverrait son ami, elle approfondirait ces détails avec lui.

— Matteo ne m'a jamais parlé de sa vie au Texas, si ce n'est que sa famille était très exigeante et qu'il ne voulait pas de responsabilités qui ne correspondent pas à ses désirs professionnels les plus profonds. J'imagine qu'il est allé essayer de se trouver à Los Angeles. Il y est resté avec sa mère pendant plusieurs années. Une dame très gentille. En plus de sa quête personnelle, il a trouvé ma famille : c'était le meilleur ami de mon frère.

Lincoln lui caressa la joue, car il pensait que la raison pour laquelle Brooke travaillait là était claire. Une question d'amitié. Il n'aimait toujours pas ça, bien sûr, parce que Sarconni était un idiot, et il ne semblait pas comprendre les règles des éleveurs qui, une fois leur parole donnée, ne reviennent pas dessus comme il l'avait fait pour la vente de Blue Oaks.

— Donc tu ne savais pas qui j'étais le jour de la tempête quand tu es venu à Golden Ties — affirma-t'il.

— Pourquoi aurais-je dû le savoir ? — demanda-t'elle en fronçant les sourcils. Matteo m'a donné ce travail, indiqué les noms des membres du personnel et où je pourrai avoir du soutien à Wild Homes, mais il ne m'a pas parlé des voisins. Ca n'aurait pas été pertinent.

Lincoln fit un léger signe de tête. Elle n'a donc jamais eu d'intentions cachées, car elle n'avait aucune idée de qui il était. Il secoua légèrement la tête. Peut-être que l'excès de zèle pouvait conduire à des erreurs non intentionnelles. Quoiqu'il en soit, il avait toujours intérêt à ce que Brooke trouve un emploi loin de Lago Vista.

— Ton frère a-t'il l'intention de te rendre visite ? J'imagine que tu dois lui manquer. Bien que mes idiots de frères Samuel et Tristan me rendent la vie misérable quand ils me rendent visite, je ne pense pas que nous pourrions vivre dans des États différents. Notre famille est très unie — dit-il en souriant.

Elle détourna le regard avec tristesse.

— Raffe est décédé il y a quelques années d'une overdose. Les quelques souvenirs que j'ai de lui sont dans un petit album que j'ai apporté avec moi à Blue Oaks. Après le décès de mon frère, au bout de quelques mois, Matteo est retourné au Texas, mais nous sommes restés en contact de façon sporadique. C'est pourquoi, lorsque l'entreprise de ma famille a fait faillite, je l'ai appelé pour lui demander un emploi. Me voici donc — dit-elle en souriant, en essayant d'avoir l'air fort, dans un État où je ne connais personne. J'apprends mon job à la dure, et je tente de renaître de mes cendres pour donner au ranch une nouvelle chance, comme il me l'a donnée.

Lincoln avala sa salive. Chaque découverte le rendait plus mal à l'aise face à la suite du plan.

— Oh bébé, je suis désolé — dit-il en la serrant dans ses bras.

Il effleura ses lèvres contre les siennes, doucement. Elle lui rendit son baiser d'un geste léger, en le mordillant lentement. C'était un baiser qui avait un goût sucré et salé à la fois, un goût de consolation. Ils s'embrassèrent pendant un long moment, puis Brooke l'enlaça et posa son visage contre ses pectoraux. Il resta dans ses bras, un refuge contre les tempêtes du passé.

— Merci, mais j'essaie toujours de penser aux bons moments.....

— Je suis désolé que tu aies vécu quelque chose comme ça — dit-il en la caressant. Mais tu ne peux pas dire que tu ne connais personne ici. Quoi qu'il arrive entre nous deux ou avec ce ranch, Brooke, et même si tu en viens à me détester, tu peux venir me voir. Je t'aiderai sans poser de question ni porter de jugement — dit-il sincèrement.

Quelques instants passèrent avant qu'elle ne se détourne pour le regarder.

— C'est un engagement trop important pour quelqu'un qui s'échappe du lit et ne fait pas de promesses en dehors des draps — répondit-elle en penchant la tête sur le côté.

— Ma famille m'a appris que la plus grande valeur est la capacité à donner un coup de main aux autres, indépendamment de leurs sentiments et de leur mérite. Tu es seule au Texas, loin de tes proches et de tes racines.

— Oui, mais je suis forte — répondit-elle, reconnaissante que Lincoln n›ait pas posé de questions plus profondes ou cherché à obtenir des détails sur Raffe, parce qu›en l›état actuel des choses, dans ce moment d'honnêteté absolue, elle lui aurait tout raconté.

— Tu sais, un jour, mon père s'est disputé avec son premier partenaire commercial. Ils se détestent depuis lors, mais cet homme, Vanonni, est tombé malade : il a eu une pneumonie et a tout perdu dans le casino et les femmes. Mon père lui a dit la même chose que ce que je te dis maintenant, avant que Vanonni ne tombe en disgrâce et se brouille avec papa. Alors que cet homme n'avait nulle part où dormir, rien à manger, personne pour l'aider dans sa maladie, c'est mon père qui a veillé à ce qu'il ne manque de rien jusqu'à la fin de ses jours. C'est un engagement de solidarité. Je le fais avec toi et c'est ce que je ferai pour toute personne qui, selon moi, a lutté pour avancer. Tout comme tu le fais.

Elle baissa les yeux et ne put empêcher les larmes de couler sur ses joues. C'était la remarque la plus noble qu'elle n'ait jamais entendue. Si elle rencontrait un jour le père de Lincoln, elle l'embrasserait pour avoir élevé un homme ainsi.

— Je... Lincoln... — murmura-t'elle. Je... — répéta-t'elle, submergée par l'émotion, parce qu'il n'était pas de sa famille, ni même son ami, mais il lui apportait un soutien inconditionnel. Si tu continues à faire ce genre de commentaires, tu vas me troubler et je vais finir par penser que nous sommes amis — dit-elle sur le ton de la plaisanterie. Je... Mon Dieu, je ne sais pas quoi te dire...

— Pour la première fois, la *petite princesse* est sans voix, j'aime ça — dit-il en riant, ce qui éclaira le visage de Brooke d'un sourire. Tu peux essayer de dire quelque chose comme : Merci, Lincoln, j'accepte ta proposition de soutien — répondit-il en essuyant ses larmes.

Elle hocha la tête.

— Peut-être que tu as arrêté d'être con — marmonna-t'elle.

— Mes amis m'appellent Linc — dit-il en la regardant dans les yeux. Ca me plairait que tu m'appelles comme ça.

Brooke le regarda avec surprise.

— Est-ce une autre petite ouverture dans ton armure de gladiateur ? — demanda-t'elle en souriant.

Il rit et nia.

— Ah, c'est une petite concession jusqu'à ce que tu décides d'enlever ton armure, c'est ça ?

— Tu pourras compter sur moi, quoi qu'il arrive entre nous, dans ce ranch, ou dans n'importe quelle circonstance. Je tiens toujours parole — dit-il fermement en lui faisant un clin d'œil.

Brooke sourit. Elle commençait à découvrir les prémices d'un Lincoln plus profond, et cela l'inquiétait, car ces prémices étaient puissantes. Elle se sentait touchée.

— D'accord — dit-elle doucement, l'attirant pour l'embrasser. Merci, Linc — murmura-t'elle, en l'attirant pour l'embrasser.

Leurs bouches se heurtèrent dans une exploration lente et sensuelle. Il enroula ses bras autour de sa taille, la serra contre son corps, tandis que Brooke caressait sa barbe de quatre jours. Ils se délectèrent du goût de leurs lèvres, de la texture de leurs bouches, de leurs gémissements.

Brooke se rappela pourquoi ils étaient là : Blue Oaks. Elle se détourna à contrecœur.

— Comme c'est l'été, la nuit va tomber un peu tard — dit-elle en levant les yeux au ciel. Gagnons du temps et profitons de la lumière naturelle pour procéder aux inspections dont je t'ai parlé tout à l'heure.

— OK — répondit-il.

Le sourire de Brooke s'éclaircit.

— Génial, je serai de retour dans un petit moment. Je vais déposer ce sac de linge sale — dit-elle en montrant le sac sur son épaule, et ensuite nous partirons en 4x4. J'ai planté des graines de tournesol, alors peut-être pourras-tu me conseiller un engrais pour les faire pousser sainement — dit-elle avec de l'excitation dans la voix.

— Ce sont tes préférés ? Les tournesols, je veux dire ? — demanda-t'il, les mains dans les poches.

Il nota que, chaque fois qu'elle mentionnait quelque chose qui l'excitait, ses yeux brillaient.

— Oui, je les aime bien, et je ne pense pas qu'un ranch serait complet sans tournesol.

Lincoln rit, car c'était une projection des fantasmes que les gens avaient sur les ranchs et la vie qui allait avec. Ce n'était pas une vie glamour, mais il se sentait chanceux d'avoir des millions de dollars en banque à utiliser à bon escient et, en même temps, de pouvoir consacrer un peu de son temps à des affaires personnelles. Il essayait d'être reconnaissant et de contribuer à des organisations à but non lucratif : en donnant de l'argent à des projets agricoles de petites entreprises ou en donnant des *cours magistraux* à bhuniversité d›Austin sur bhentrepreneuriat agricole. Il était peut-être né avec une cuillère en argent dans la bouche, mais il avait travaillé dur pour maintenir son héritage.

— Je peux te faire quelques suggestions, te donner des secrets de jardinage de ma mère, mais il faudra du temps pour que tes tournesols fleurissent. Dans le jardin de la maison, maman a planté des tournesols. Ils font une superbe toile de fond pour la piscine et le jacuzzi. Je suis certain que tu ne les as pas encore vus.

— Non, je suis juste allé faire les réglages du logiciel, bien que Willa m'ait suggéré d'utiliser la piscine — dit-elle en riant, comme si elle avait le temps de se baigner.

— Nous pourrions convenir d'un jour pour que tu viennes à la piscine avec moi — dit-il. Au fait, Ben a dit beaucoup de bien de toi. Ce n'est pas un homme qui fait facilement des compliments, alors tu as dû l'impressionner. J'apprécie que tu aies tenu ta parole en allant à Golden Ties.

Elle sourit.

— Je me suis arrangée pour faire d'autres choses, puisque tu m'aides, donc je suis sûr que Ben et moi allons nous revoir — dit-elle en souriant.

— Peut-être que la prochaine fois je serai à la maison pour te recevoir — dit-il en lui caressant la lèvre inférieure, et je te montrerai d'autres parties de la maison.

Elle pencha la tête sur le côté, se détournant de Lincoln, même si elle avait envie de le câliner, mais le temps et les cultures pressaient, et son projet au ruisseau lui semblait plus important que de se laisser aller à ses instincts personnels.

— Je suppose que tu aimerais faire plus que me montrer des astuces de jardinier, n'est-ce pas ? — demanda-t'elle en riant.

Lincoln glissa ses mains vers le bas pour attraper ses fesses et la tirer contre son corps pour sentir son désir. Il la regarda avec ferveur et hocha la tête.

— Tout prend du temps, Brooke, et te séduire est l'une activité des plus agréables.

Elle rougit et laissa échapper un petit rire.

— N'est-ce pas beau de voir le fruit de ses efforts émerger petit à petit ? Je pense qu'il en sera ainsi avec les graines que j'ai dispersées sur ce ranch et aussi avec cette «non-amitié» que nous avons, Linc — dit-elle en lui faisant un clin d'œil avant de rentrer dans la maison.

Lincoln attendit qu'elle revienne. Le matin même, il avait envoyé une plainte anonyme au département de la santé pour qu'ils vérifient les terrains du ranch, car il avait remarqué, lors de la visite avec Brooke quelques jours plus tôt, que certaines zones étaient désaffectées, mais aussi insalubres. Cela justifiait une amende et constituait une atteinte à la réputation de Blue Oaks. Quand Lincoln rachèterait le ranch, il le renommerait.

D'autre part, avec la démolition des écuries, il n'était pas possible de construire sans un permis spécifique octroyé par la municipalité et, à en juger par la naïveté de Brooke, elle croyait qu'elle n'avait pas besoin d'approbation préalable. Cela signifiait qu'elle pouvait être condamnée à payer une amende supplémentaire. Si elle commettait plusieurs infractions, le ranch serait fermé jusqu'à ce que les autorités sanitaires et de construction civile décident que les directives légales aient été respectées. De plus, les peintres que Lincoln avait suggérés à Brooke pour donner un meilleur aspect aux façades des abreuvoirs, des écuries, du petit magasin abandonné etc… étaient de la pire espèce.

Non seulement ils étaient paresseux et oisifs, mais ils étaient surpayés et inefficaces. Cela signifierait que Sarconni réprimanderait Brooke et commencerait à réaliser qu'elle n'était pas si bonne que ça pour prendre des décisions, aussi simples qu'elles soient. Lincoln ne faisait que des suggestions, ce n'était pas son problème si Brooke les prenait pour argent comptant.

Tous ces petits détails accumulés, Lincoln ne doutait pas que les coffres de Blue Oaks allaient se vider, que Sarconni allait s'énerver, et que Brooke allait comprendre que ce n'était pas un travail pour elle. Elle pourrait alors commencer une nouvelle vie ailleurs. Le ranch traverserait une crise grave, et Lincoln choisirait ce moment pour faire une offre financière imbattable pour acheter les terres. Il solliciterait ses contacts pour que Brooke ne soit pas sans emploi, car la mettre au chômage n'était pas son but. Il ne voulait pas lui nuire, mais juste l'éloigner de son objectif, son futur vignoble.

En fait, Lincoln était décidé, comme il l'avait mentionné à Jonathan précédemment, à mettre ses sentiments de côté pour pouvoir démolir Blue Oaks et reconstruire à partir de zéro. Y compris la maison qui avait appartenu à ses grands-parents.

Il savait que Brooke investissait ses espoirs et ses efforts, mais le plan qu'il avait était bien plus ambitieux et bien plus visionnaire. Parfois dans la vie, des sacrifices étaient nécessaires pour obtenir de meilleurs résultats, et c'était le cas pour concrétiser ses rêves concernant le patrimoine des Kravath.

# CHAPITRE 13

Après avoir visité la zone des cultures, Lincoln dit à Brooke qu'il lui enverrait un catalogue de fournisseurs de machines, mais il l'informa que le coût d'un tel investissement risquait d'être un peu élevé. Brooke répondit que tant que c'était pour le bien du ranch, cela n'avait pas d'importance. Ils arrivèrent à la zone du ruisseau. Il remarqua qu'elle était effectivement débarrassée des broussailles et des sous-bois. Les arbres étaient taillés de façon régulière, et les branches créaient maintenant une voûte de feuilles vertes qui laissaient passer les rayons du soleil tout en créant de l'ombre le long de la route. Cela créait une bulle protectrice, isolée du monde.

— Qu'en penses-tu ? — demanda Brooke en remarquant les pas prudents de Lincoln, sur le chemin de gravier et de terre.

Le 4x4 était garé à plusieurs mètres de là. Le bruit du ruisseau baignait l'air d'une musique douce et naturelle.

— Le travail a été réalisé avec beaucoup de soin — dit-il.

Elle avait supervisé les fondations du bungalow, qui étaient recouvertes de plastique au cas où il pleuvrait. Il s'attendait à ce que le travail effectué soit de piètre qualité, comme il fallait s'y attendre avec l'entreprise qu'il avait suggérée à Brooke. Le bungalow ne s'était pas effondré, mais avec quelques averses, les problèmes commençaient à apparaître. Peut-être, que lorsqu'il achèterait le ranch, il préserverait cet espace et reconstruirait le bungalow avec de meilleurs matériaux.

—Je suis très excitée. Tout ce que tu m'as suggéré jusqu›à présent se déroule bien, même si les prix ne semblent pas toujours en phase avec le marché — commenta-t'elle en fronçant les sourcils. Je fais confiance à ton jugement, surtout en ce qui concerne Archibald Jones. Si tu me dis que c'est une personne avec qui il faut travailler, alors je le ferai.

— C'est le cas — dit-il sans s'étendre sur la question.

Pour l'instant, il n'avait pas envie de continuer à parler du ranch ou des situations foireuses qu'il impliquait. Ça l'excitait douloureusement d'être seul avec Brooke, loin de tout, dans cette petite bulle de nature, et il mourait de désir de l'imaginer, comme chaque nuit depuis la première fois qu'ils avaient couché ensemble, nue sous son corps pour qu'il puisse la goûter à nouveau. Il voulait se perdre dans sa bouche et voir son expression d'extase.

Brooke remarqua que la luminosité du ciel avait baissé. Elle regarda Lincoln d'un air inquiet alors que les premières gouttes de pluie commençaient à tomber, car avant d'arriver à la maison, ils seraient trempés. Il était encore habillé de son costume de bureau, et elle pensait qu'il serait dommage de l'abîmer. Elle ne connaissait aucun homme aussi beau que lui avec ou sans vêtement. Lincoln ne partageait pas son inquiétude au sujet de la pluie qui commençait à devenir plus forte.

— On ferait mieux de partir bientôt — dit Brooke, mais il lui fit un sourire narquois en retour. Lincoln ? — demanda-t'elle à voix basse, alors qu'il s'avançait vers elle, et que la pluie tombait de toute sa force.

— Tu sais que je peux tout voir de toi, à travers ce chemisier que tu portes ? Ce tissu colle à tes seins et à ton soutien-gorge, et tes tétons sont dressés, alors Brooke… dit-il en tendant la main pour caresser ses tétons avec ses doigts par-dessus le vêtement.

Il les pinça fort et elle gémit.

— J'ai envie de toi — murmura-t'elle en enlevant sa cravate.

— Moi aussi, j'ai envie de toi — répondit Lincoln en ouvrant son chemisier.

Elle retira son soutien-gorge et ses vêtements.

— Voilà une vue imprenable — déclara-t'elle, tandis que l'air frais et l'eau caressaient sa peau nue.

Les seins de Brooke étaient volumineux. Les pics roses avaient un goût de victoire, pensa Lincoln, alors qu'il les suçait et qu'elle s'accrochait à ses cheveux pour l'inciter à continuer à la caresser. Lincoln était expert pour dorloter ces seins. Avec le sexe oral, il la faisait jouir, et avec son membre en érection, il la conduisait carrément au bord de la folie.

— Linc... Oui...

— Tu es si sexy — dit-il en l'embrassant.

Elle arqua son dos, dirigeant vers la bouche de Lincoln le sein qu'il convoitait. Il pressa cette partie du corps de Brooke avec gourmandise entre ses lèvres. Il fit tournoyer sa langue autour de l'aréole puis se concentra sur le mamelon, tandis que sa main pétrissait le sein libre. Il aimait entendre Brooke gémir. Il mordilla doucement un téton puis l'autre, alterna ses caresses avec ses mains, sa langue et ses dents. Il suça et tira ses mamelons jusqu'à ce qu'ils soient rouges, puis il calma le jeu en les léchant.

— Mais ce n'est pas suffisant — dit-il en s'éloignant un peu pour enlever le reste de ses vêtements.

— Sous cette pluie... ? — demanda-t'elle dans un murmure, en le regardant se déshabiller à une vitesse étonnante.

Ils se retrouvèrent bientôt comme Adam et Eve au paradis. A la différence près que le péché était autorisé et qu'ils avaient l'intention de s'y adonner.

— Mais c'est encore mieux chérie — répondit-il en la prenant par la main et en la conduisant vers le ruisseau.

La pluie ne cessait de tomber, créant des éclaboussures dans le ruisseau. Il y avait peu de rochers au fond, seuls d gros rochers dépassaient la surface de l'eau, et Lincoln avait un plan. Mais c'était sans compter sur l'espièglerie de Brooke qui, avant qu'il n'atteigne la rive, s'accroupit devant lui.

— Aujourd'hui, c'est moi qui commence — dit-elle en saisissant le membre en érection dans sa main. Quand j'aurai fini, alors nous le ferons à ta façon — murmura-t'elle en approchant son pénis de sa bouche trempée par la pluie, comme si Mère Nature avait décidé d'approuver de telles caresses de la manière la plus évidente qui soit.

— Purée... marmonna Lincoln en serrant les dents alors qu'elle suçait son gland.

Il prit ses cheveux blonds caramel entre ses doigts, les rassembla en queue de cheval, parce qu'il voulait la voir engloutir son membre avec sa bouche pécheresse. Il haleta au contact de sa langue qui le léchait. Elle était peut-être physiquement plus fragile, mais cette femme avait des manières coquines qui le rendaient fou. Elle l'hypnotisait par ses paroles, sa beauté, sa sensualité, et son culot.

En le masturbant et en le léchant, la main douce de Brooke pouvait sentir les palpitations du membre de Lincoln. Sa peau lisse et satinée allait et venait sur le sexe dur. Elle pouvait à peine fermer sa main autour du pénis. Tout en s'occupant de Lincoln, son excitation augmentait elle devenait de plus en plus humide. Elle passa sa langue sur le sexe dur comme sur une sucette. Ce goût érotique était sans pareil.

Elle suça son gland, leva les yeux vers Lincoln et lui fit un clin d'œil. Elle attrapa ses testicules, les caressa légèrement, puis porta ses deux mains à ses fesses durcies par l'exercice quotidien.

— Bébé, si tu continues à faire ça, je vais jouir dans ta bouche... — marmonna Lincoln alors qu'elle appuyait sur ses fesses pour le pousser plus profondément dans sa gorge.

— Eh bien — murmura-t'elle en libérant son membre un instant, je vais te déguster tout entier — dit-elle.

Elle reprit de plus belle. La vitesse de sa bouche augmenta, et elle enfonça ses ongles dans les fesses dures de Lincoln. Elle aimait les hommes bien musclés, et l'anatomie de Lincoln était un véritable festin. Elle le suça de plus en plus rapidement. Il se pencha pour attraper son téton, mais elle le fit reculer d'un geste, parce que c'était elle qui était censée dicter les règles.

— Brooke... Je vais jouir...

Elle continua à le sucer et bientôt, elle sentit le membre palpiter au fond de sa gorge, lui indiquant qu'elle avait fait plus que lui donner du plaisir, elle l'avait fait jouir. Brooke lécha jusqu'à la dernière goutte. Elle leva les yeux et sourit avec le sourire de quelqu'un qui vient de relever un défi avec brio. Lincoln souffla.

— Je n'ai jamais fait l'amour à l'extérieur avant — dit Brooke, mais je pense que je pourrais m'habituer à l'idée de laisser libre cours à mes instincts primaires.

Il rit, et attrapa ses épaules pour la relever.

— Je suis ravi d'être le premier à te le faire expérimenter — répondit-il, en mettant une main autour de sa taille et l'autre autour de sa nuque pour la tirer vers sa bouche et l'embrasser.

— La façon dont tu viens de me donner du plaisir est la chose la plus sensuelle et la plus incroyable que je n'ai jamais vécue — dit-il en mordillant sa lèvre inférieure.

— Je suis ravie d'être la première à te le faire expérimenter — dit-elle en reprenant les mots de Lincoln.

Il rit, puis son rire se transforma en grognement lorsqu'il l'embrassa. Leurs lèvres étaient affamées. Leur baiser s'approfondit tandis que leurs mains parcouraient leurs corps avec une liberté absolue. À un moment donné, elle passa ses bras autour de son cou, se serrant le plus possible contre lui pour sentir l'érection reprendre vie. Elle le laissa explorer sa bouche, et sa langue vint à la rencontre de cette langue chaude qui exaltait ses sens. Lentement, Lincoln ralentit le baiser et appuya son front contre celui de Brooke.

— Allons-y — dit-il en la prenant par la main et en l'entraînant dans le ruisseau.

— C'est froid — s'écria-t'elle, en marchant avec lui jusqu'à ce que l'eau leur arrive à la taille. Faire l'amour sous la pluie… — dit-elle en souriant et en regardant le ciel.

— Avec une femme comme toi, c'est presque comme réussir toucher le ciel des mains — dit-il en l'embrassant.

Ses mains pressaient le corps galbé de Brooke. Il lécha et caressa tous les coins et recoins de la peau qui étaient à sa disposition. Il glissa ses doigts jusqu'au point où convergeaient les cuisses de Brooke et sentit son humidité, malgré l'eau de la rivière. Il était content que Brooke puisse se lubrifier sans problème dans des circonstances comme celle-ci. Elle était fascinante comme tout, il commençait à être accro.

Brooke tremblait comme si elle avait été frappée par la foudre et avait reçu un choc de millions de volts. Il était le courant auquel son corps était branché. Elle appréciait Lincoln beaucoup plus qu'elle ne l'aurait cru. Elle avait l'impression de le connaître depuis des mois. Personne ne pouvait égaler les sensations et les émotions qu'elle ressentait avec lui. Chaque moment à ses côtés était une expérience sensorielle intense. Elle ne savait pas comment cela pouvait être possible, même si, dans ce ruisseau, sous l'œil vigilant des gardiens de la nature, elle pouvait l'attribuer au calme qui renforçait l'alchimie entre eux deux.

Ils plongèrent tous deux dans l'eau en même temps. Lorsqu'ils sortirent, elle rit tandis qu'il la prenait dans ses bras et la déposait sur un grand rocher plat.

— C'était une erreur de plonger avec toi, je meurs de froid — dit-elle alors qu'il se positionnait entre ses jambes.

Le rocher n'était pas inconfortable et ne présentait pas de pics susceptibles de la blesser. Il était plutôt lisse et beau autour coulait à vive allure. Elle avait l'impression d'être dans un rêve érotique, mais il n'y avait rien d'imaginaire. Tout était bien réel.

— Laisse-moi te réchauffer — murmura-t'il en se penchant pour sucer ses seins.

Elle gémit avec abandon, car les seuls témoins de leurs gestes étaient les éléments de la nature.

— Comme c'est doux — dit-il en lui attrapant les fesses pour que son poids repose entre ses mains. Prends-moi dans tes bras, chérie — murmura-t'il en se rapprochant le plus possible jusqu'à ce que son bassin soit près de celui de Brooke.

Elle attrapa son membre en érection, le caressa, puis le positionna à l'entrée de son sexe.

— Prends-moi, Linc....

Il la pénétra. Elle l'enlaça et ils s'embrassèrent passionnément, tandis que leurs corps se mirent à exécuter ces pas enregistrés dans l'ADN de l'humanité depuis des siècles. Les mouvements de Lincoln étaient fermes, puissants et sans retenue. Il aimait sentir les seins de Brooke s'agiter. D'habitude, il n'était fasciné que par les fesses des femmes, mais Brooke le fascinait sous toutes les coutures. Il voulait la dévorer, et devenir son seul et unique souvenir sexuel valable.

— Est-ce que je te fais mal ? — demanda-t'il entre deux halètements.

— Non... Continue... Oui, plus profond... Oh, mon Dieu, Linc... Oui...

La pluie continuait à tomber sur eux. Au fur et à mesure qu'il la pénétrait, leurs baisers devenaient plus pressants et il comprit qu'il ne serait pas facile d'oublier cette femme. Plus important encore, il ne voulait pas l'oublier. Cette prise de conscience le poussa à accélérer le rythme, désespérément.

— Linc — dit-elle en mordant sa bouche avec force.

Leurs corps avides étaient lisses et humides.

— Je vais... Oui... ! — s'exclama-t'elle alors que l'orgasme envahissait tous ses sens.

Lincoln laissa échapper un long gémissement semblable au rugissement d'un lion satisfait de lui. On aurait dit deux animaux sauvages qui s'accouplaient en pleine nature.

Il continua à bouger en elle doucement, jusqu'à ce qu'il s'immobilise et que les gémissements de Brooke se transforment en ronronnements. Ils se regardèrent avec une ferveur inattendue. Leurs yeux reflétaient des flammes vertes et bleues, les couleurs de leur passion débridée. Les deux amants avaient synchronisé leurs corps pour atteindre le nirvana.

— Brooke — dit-il en reprenant son souffle.

Il la souleva et ils se remirent debout dans l'eau.

Elle lui adressa un sourire éblouissant et il la serra très fort dans ses bras. Ils restèrent ainsi d'innombrables minutes, baignés par la pluie battante, entourés par l'eau vive, laissant le rugissement dans leurs veines s'apaiser. Lincoln lui caressa le dos et les fesses avec une lenteur apaisante. Elle fit de même. Ils s'embrassèrent, et c'était comme le toucher d'un ange qui apportait de la paix et du sens au-delà de la luxure.

Ce qu'ils venaient de partager était plus que du sexe. C›était la sublimation d›un sentiment intemporel, intangible, non mesurable, inqualifiable. L'environnement autour d'eux pouvait facilement nommer cet acte, mais eux, humains imprudents, ignoraient encore de quoi il s'agissait vraiment. Chaque chose en son temps, disait-on.

— C'était incroyable, Linc... Je n'ai jamais...

Elle secoua la tête.

— Je n'ai jamais vécu quelque chose comme ce je viens de le faire avec toi — dit-elle franchement.

— C'est un privilège immérité pour moi, mais dont je profite de toute façon — répondit-il en lui mordant la lèvre inférieure, ce qui la fit sourire.

— Je veux qu'on recommence un autre jour.

Lincoln rit doucement.

— Tout ce que madame souhaite — répondit-il en lui donnant une fessée, et elle rit.

Au bout d'un moment, lorsque les frissons commencèrent à devenir inconfortables, il la prit par la main et la conduisit vers la rive, en veillant à ce qu'aucun d'entre eux ne marche sur un rocher qui pourrait blesser leurs pieds nus. Les doigts tremblants, à cause du froid, de la nuit qui était tombée, et d'un léger vent remuant les arbres environnants, ils se rhabillèrent. Lincoln tourna le dos à Brooke pour attraper sa chemise mouillée qui gisait sur le bord du chemin, ce qui lui permit de voir à nouveau sa cicatrice.

Une fois habillés, ils se regardèrent en souriant. Quelque chose avait changé entre eux, mais ni l'un ni l'autre n'osait se risquer à analyser la situation. Il lui prit la main, ils croisèrent leurs doigts, et se dirigèrent vers le 4x4.

Une fois arrivés à la maison, ils laissèrent leurs vêtements mouillés à l'entrée de la chambre et entrèrent dans la douche ensemble. Ils ouvrirent l'eau chaude pour prendre un bain, mais ils firent plus que se baigner. Brooke réalisa le fantasme qu'elle avait imaginé la première fois qu'elle s'était masturbée dans cette même baignoire, en pensant que Lincoln la prenait par derrière. Car c'est ce que fit Lincoln.

Lorsqu'elle lui savonna le dos, elle se pencha pour embrasser la cicatrice de Lincoln avec douceur et amour, et il la laissa faire sans rien dire. Enhardie par cette légère concession silencieuse, Brooke traça la cicatrice avec ses doigts, puis se tourna vers lui, prit son visage entre ses mains et l'embrassa avec ferveur. Avec ses baisers, elle lui fit savoir que, quel que soit son passé, elle ne le jugerait pas. Il l'embrassa à son tour, et l'appuya contre le mur.

— J'ai encore besoin de toi — murmura-t'il.

— Oui, Linc — dit-elle en haletant alors qu'il la pénétrait avec passion.

Deux orgasmes plus tard, la douche effaça toute trace de leurs fluides. Ils étaient épuisés et repus. C'était la meilleure journée de sexe qu'ils aient connue, mais aucun d'entre eux ne le verbalisa. Ils n'avaient pas besoin de le faire, car l'envie de se toucher, de se frotter et de s'embrasser parlait d'elle-même.

Au bout d'un moment, alors qu'ils étaient allongés sur le lit de Brooke, la pluie battante et les vêtements de Lincoln dans le sèche-linge, elle roula sur le côté et posa sa joue sur sa main pour le regarder.

Il lui rendit son regard en souriant. Il haussa un sourcil, car il commençait à saisir que cette expression impliquait qu'elle voulait poser des questions, réfléchir ou converser.

— Pourquoi est-ce si difficile d'avoir accès à toi ? Je n'ai jamais eu d'amant aussi incroyable et généreux, mais tu sembles refuser de partager plus que du sexe. Je comprends ça, cependant...

— Je ne fais pas confiance aux femmes, et la raison, c'est cette cicatrice — dit-il en perdant son sourire.

Elle acquiesça et se prépara à se retourner pour s'endormir, mais Lincoln la surprit en la poussant à se mettre sur lui. Puis il tira le drap sur eux. Ils étaient dans une petite bulle propice à la confession. Elle posa son menton sur le dos de ses mains, qui étaient l'une sur l'autre, sur ses pectoraux. Elle hocha la tête.

— Les cicatrices sont belles lorsqu'elles représentent les batailles que nous avons gagnées ou surmontées. Elles montrent notre courage et nous donnent confiance afin que nous ne refassions pas les mêmes erreurs.

— C'est justement de ça que j'ai peur — dit-il en la regardant dans les yeux.

Il avait un bras derrière la tête, et de sa main libre il lui caressait la joue.

Brooke le regarda avec regret.

— Avec moi ? — demanda-t'elle doucement.

Elle savait qu'il marchait sur un champ de mines, et qu'un faux pas ferait exploser ce pont fragile entre eux.

Lincoln détestait admettre que ses tripes lui criaient qu'il pouvait faire confiance à Brooke. Et s'il pouvait lui faire confiance, alors il ne voudrait pas la laisser partir. Il la voudrait à ses côtés pour toujours, et c'était terriblement dangereux pour son armure protectrice. Cela bouleversait son plan pour Blue Oaks, mais il n'était pas prêt à reculer car son niveau d'obstination était élevé. Pourquoi ne pouvait-il pas tout avoir ? Elle ne soupçonnerait jamais qu'il aurait pu avoir un rôle dans la dégradation du ranch puisqu'en fin de compte, il ne faisait que des suggestions. Le libre arbitre consistait à considérer ou non cette suggestion et à la mettre en œuvre ou à l'écarter. Certes, c'était un fils de pute cynique persuadé qu'il pouvait faire les choses à sa façon et s'en sortir, mais qu'avait-il à perdre ?

C'était ironique que ce soit lui qui n'ait pas confiance en Brooke alors que c'est Brooke qui devrait se méfier de lui. Si elle avait su que c'était lui qui avait l'intention d'acheter ce ranch et qui le sabotait petit à petit avec ses «conseils d'expert»... Il hésitait. Pour lui, la transformation de ce ranch en vignoble représentait la réalisation d'un rêve et ajoutait du panache au patrimoine des Kravath. Pour elle, Blue Oaks était une seconde chance, et elle pourrait prouver sa valeur loin de ce qui était arrivé à sa famille en Californie. S'il s'entêtait avec cette histoire de vignoble, Brooke perdrait cette chance.

Jamais ses projets professionnels n'avaient été en tel porte-à-faux avec ses intérêts personnels, d'autant plus qu'après Heidi, les femmes ne représentaient plus que des moments de plaisir. Il se souciait de Brooke et se sentait possessif envers elle. Il n'aimait pas du tout les tours et les détours que les vents prenaient dans sa vie.

Leur histoire allait au-delà du sexe, car il voyait en Brooke des qualités comme la détermination, le charisme, la compassion envers les animaux du ranch, l'empathie pour ses employés, et l'intelligence. De plus, elle avait respecté sa part du marché avec intégrité et sans attendre de rappel. Elle pouvait rire des choses les plus stupides comme des plus subtiles. Au lit, elle était aventureuse et il n'avait jamais connu de maîtresse plus réceptive et sensuelle. Cependant, son passé pouvait les catapulter tous les deux vers un point de basculement. Il suffirait d'un petit rien pour qu'il envoie Brooke aux oubliettes.

Peut-être qu'il n'avait pas peur d'elle, mais de lui-même. Peut-être que parler à Brooke lui ferait comprendre pourquoi il n'avait pas de relation à long terme ou ne faisait pas de promesse. Il ne s'agissait pas juste d'échanger des souvenirs avec Brooke. Il craignait qu'elle ne soit pas une femme dont il pourrait oublier le visage en un claquement de doigt. C'était le genre de femme qui vous prenait aux tripes et, même si vous n'étiez plus avec elle, son souvenir restait avec vous jusqu'au dernier souffle de votre vie. Une femme dangereuse et unique. Il ne savait pas comment faire face à cette situation qui réveillait des émotions congelées, conservées sous une couche épaisse de cynisme.

S'il existait une ère de dégel émotionnel, il était en train de la vivre. C'était douloureux de ressentir des émotions à nouveau après s'être plongé dans un nuage d'indifférence et d'aveuglement. C'était comme se heurter soudainement à un mur. Soit vous surviviez et vous appreniez, soit vous vous éteigniez, sans possibilité de faire demi-tour. Une fois la connaissance de quelque chose devenue évidente, il n'est plus possible de l'ignorer. C'est pourquoi le premier baiser de Brooke avait été le catalyseur d'un dégel que Lincoln n'avait jamais pensé pouvoir vivre, surtout quand il mettait un point d'honneur à toujours refuser d'enlever son anesthésiant émotionnel.

— Ce n'est pas personnel, chérie — dit-il en l'appelant ainsi parce qu'il n'y avait pas d'autre nom envisageable vue la façon dont elle le regardait à ce moment-là. Ça va bien au-delà, et ce n'est pas agréable. C'est une période qui m'a bouleversé au point que j'ai presque dû laisser le soin à quelqu'un d'autre de s'occuper du ranch, parce que je buvais trop. J'étais tellement épuisé, les femmes défilaient, et je ne trouvais de repos que dans de longues promenades à cheval.

Brooke était triste de l'entendre, mais il lui ouvrait une porte qui était fermée depuis longtemps, c'était évident. Elle apprécia le cadeau d'une telle confession.

— Je ne vais pas te juger, Linc — dit-elle sincèrement, avant d'embrasser Lincoln tendrement. Tu peux me parler.

— Je ne m'attends pas à ce que tu me parles de toi en retour — dit-il.

— Je sais que ce n'est pas ta motivation, mais quand je me sens prête à parler de moi, alors autant le faire — sourit-elle doucement.

Il prit une profonde inspiration et hocha la tête.

— Seuls mes meilleurs amis, mes frères et belle-sœurs sont au courant, mais pas mes parents.

— Merci pour la confiance que tu me portes, Linc — chuchota-t'elle.

Lincoln écarta une mèche de cheveux de sa joue et la glissa derrière son oreille.

— Dans ce domaine, oui — dit-il sur un ton énigmatique qui interpela Brooke, mais elle ne l'interrompit pas. Il y a plusieurs années, j'ai rencontré une femme que je croyais sincère. Elle avait presque dix ans de plus que moi. Nous sommes restés ensemble plusieurs mois — commença-t'il sur un ton monocorde.

Brooke semblait prête à l'écouter sans jugement, ce qui l'enhardit, mais il était aussi penaud car elle lui donnait quelque chose qu'il ne méritait pas.

— Au début, cette femme m'a dit que la différence d'âge n'avait pas d'importance pour elle et que l'âge n'était qu'un chiffre. Nous avons emménagé ensemble. Elle a complètement changé en quelques semaines. Elle est devenue jalouse, possessive, peu sûre d'elle, violente même, me lançait des objets au visage, mais ne me frappait pas. Je me suis éloigné de mes amis, parce qu'elle disait qu'ils ne l'acceptaient pas, alors j'ai choisi de lui donner la priorité.

— Est-ce que Jonathan ou un de tes amis t'a prévenu à son sujet ? — demanda Brooke doucement.

— Oui. J'ai été idiot de m'aveugler. Ce qui m'a ouvert les yeux, c'est quand elle s'est plainte du temps que je passais avec ma famille. Il n'y a rien de plus important pour moi que mes parents, mes frères, belles-sœurs, mes nièces et neveux — déclara-t'il avec ferveur. J'ai dit à Heidi que ma famille n'avait aucune concurrence possible, que je donnerais tout pour elle, et que je ne la laisserai jamais tomber. Elle s'est excusée et a promis de changer.

Brooke supposa que ce prénom, Heidi, était désormais synonyme de poison pour Lincoln.

— Vers la fin de notre histoire, lors d'une énième dispute, elle m'a attaqué parce qu'elle était jalouse de quelques photos. Elle a saccagé la chambre qu'on partageait et, dans un excès de colère, elle m'a profondément lacéré dans le dos. Il y a eu une procédure judiciaire, j'ai consulté des médecins, et une ordonnance restrictive a été prononcée. Je lui dois la cicatrice que tu vois sur mon dos. Elle me rappelle que faire confiance à une femme a été la pire erreur que j'ai faite dans ma vie... Bien que ma vie ne soit pas finie.

Brooke haussa les sourcils. Rien de pire qu'une relation agressive comme celle-là.

— Oh, Lincoln, je suis vraiment désolée — dit-elle en caressant sa joue.

— Ce qui s'est passé ensuite m'a presque détruit — ajouta-t'il. Elle ne m'a jamais dit qu'elle était enceinte de moi, mais lorsque j'ai mis fin à notre relation, elle a décidé de se faire avorter pour se venger.

Brooke resta bouche bée.

— Je ne savais pas qu'elle était enceinte jusqu'à ce que la clinique m'appelle, car elle m'avait inscrite dans ses contacts d'urgence. L'avortement qu'elle a subi a mal tourné et elle a été emmenée aux urgences.

— Oh, Lincoln — chuchota-t'elle, consternée et en colère contre cette femme.

— Elle a tué l'être que nous avions conçu parce que je ne voulais pas être avec elle, parce qu'elle a toujours su qu'être père et avoir une famille était mon désir personnel le plus cher. Elle m'a brisé le cœur en détruisant cette vie. Elle m'a dit que si elle ne pouvait pas avoir ce qu'elle voulait, c'est-à-dire moi, alors elle ne me laisserait pas avoir ce que je voulais : un enfant, une famille — ajouta-t'il en pinçant les lèvres. J'ai fait une erreur en la choisissant comme partenaire, j'ai fait une erreur en lui donnant une chance, j'ai fait une erreur en faisant confiance à une femme.

Brooke ne pouvait pas empêcher les larmes de couler sur ses joues. La douleur qu'il essayait de masquer avec cette voix lointaine ne masquait pas la déception dans son regard. Comme si, malgré les années, il continuait à se sentir coupable de la monstruosité de quelqu'un d'autre. Brooke ressentait la douleur de Lincoln comme si c'était la sienne, comme si l'écouter avait rouvert ses propres blessures. Il avait été abusé physiquement et émotionnellement par cette femme. Au moins, il était libéré maintenant, mais Brooke pouvait comprendre que les séquelles de cette toxicité pouvaient revenir par moments. Comment une femme de cet acabit pouvait-elle concevoir un enfant alors que Brooke avait perdu ce bébé qu'elle désirait tant ?

— Je suis tellement désolée, Linc — dit-elle, en s'avançant jusqu'à ce que son visage soit tout près du sien, de sorte qu'il la regarde dans les yeux. Je suis désolée du fond du cœur. Tu ne mérites pas ce qui t'est arrivé, et tu n'es pas non plus responsable des actions de quelqu'un d'autre. Tu ne peux pas mettre toutes les femmes dans le même panier, car tu donnerais à Heidi du pouvoir sur ta vie. Combien de chances d'aimer as-tu laissé passer parce que tu te crois coupable de la méchanceté de cette femme ? Tu mérites d'aimer et d'être aimé. Tu mérites d'avoir la famille à laquelle tu aspires et les enfants dont tu rêves. Le choix t'appartient, Linc.

Il la fixa du regard et enroula son bras libre autour de son dos, couvert par le drap.

— L'autre jour, après de nombreuses années, j'ai revu Heidi — dit-il sans répondre au dernier commentaire de Brooke sur le fait d'avoir des enfants.

Il était terrifié à l'idée de vivre une épreuve similaire à celle que son ex lui avait fait subir.

— J'ai bu et je me suis réveillé avec un putain de mal de tête.

— Tu lui as parlé ? — demanda-t'elle, en passant le bout de son doigt le long de ses sourcils touffus. Peut-être aurait-il été intéressant de lui dire...

Il l'interrompit en riant avec ironie.

— J'étais en réunion d'affaires dans un restaurant. Si elle m'avait remarqué, elle m'aurait abordé, car cette femme n'a ni honte ni morale. Donc, Brooke, si ça s'était produit, tu aurais vu ma photo dans les faits divers des journaux, j'aurais été arrêté pour meurtre. Je ne ressens rien d'autre pour cette femme que le mépris le plus total. Je suis malade de voir la simplicité avec laquelle elle a pris une vie pour se venger de moi. Elle n'était même pas malade, elle n'était pas en danger, rien. Je le sais, parce que j'ai engagé un détective privé pour trouver toutes les informations qu'elle m'avait cachées.

Il pourrait dire pire sur cette Heidi, mais ce n'était pas son combat.

— Linc, dit Brooke doucement, alors qu'il essuyait ses larmes, et si tu laissais tout tomber pour de bon ? Parce que tu as eu une partenaire comme ça et que tu as peur que l'histoire se reproduise, vas-tu renoncer à la possibilité d›avoir une famille ? Penses-tu qu'il est juste pour toi de continuer à vivre renfermé et méfiant ?

Il resta silencieux pendant un long moment. La compagnie de Brooke était un puissant sédatif pour ses souvenirs douloureux. L'écouter, c'était presque comme planter des fleurs pour couvrir la terre desséchée de couleurs et de douceur, le guérir.

Les mots pouvaient détruire, mais la capacité d'empathie de Brooke semblait métaphoriquement refermer la cicatrice dans son dos, à vif pendant cinq ans à cause du souvenir d'une bataille perdue. Il n'avait jamais vu cette cicatrice comme l'empreinte d'une croisade émotionnelle à laquelle il avait survécu et qu'il devait maintenant laisser derrière lui pour toujours. Mais c'était nécessaire.

— Je n'ai jamais analysé les choses de cette façon — murmura-t'il.

Brooke sourit.

— Cette histoire d'amitié fonctionne, alors — répondit-elle sur un ton léger pour effacer le froncement de sourcils sur le visage de Lincoln. C'est vrai, Linc.

Il rit doucement, un rire qui ne portait pas le poids du passé.

— J'ai envie d'être plus que ton amie, Brooke — dit-il en les faisant tourner tous les deux jusqu'à la couvrir de son anatomie imposante, mais sans intention sexuelle.

Il voulait simplement la serrer contre son corps, respirer son parfum et se prélasser dans sa chaleur. C'était rare pour lui.

— Au fait, je n'avais pas besoin de gouttes hydratantes pour mes yeux le premier jour où je suis venu inspecter le ranch — grogna-t'il, et elle sourit au souvenir de ce jour et de la discussion qu'ils avaient eue.

— Et de quoi avais-tu besoin ?

Lincoln l'observait comme s'il pouvait regarder dans son âme, mais en réalité il avait l'impression de regarder le reflet de la sienne.

— D'un refuge — dit-il en l'embrassant doucement.

Brooke l'embrassa aussi. Elle ne pouvait plus penser que Lincoln était un abruti, après ce qu'il lui avait avoué et les moments intimes qu'ils avaient partagés, notamment l'expérience passionnée au ruisseau. Elle ne regarderait plus jamais cette zone de Blue Oaks de la même façon, elle était désormais empreinte de beaux souvenirs. Peut-être avait-elle enfin cessé de croire que tous les hommes étaient mauvais.

# CHAPITRE 14

Assister au lever du soleil avec Lincoln la fit sourire. Elle mit longtemps à ouvrir les yeux, parce que le sentiment de l'avoir à ses côtés était si chaleureux et puissant qu'elle voulait le faire durer encore un peu, peu importe que le réveil ait déjà sonné. Après qu'il ait exposé une partie si intime et difficile de lui-même, Brooke avait senti que le lien qu'ils avaient créé allait au-delà de «simples amants». À une personne qui ne représente rien d'autre qu'un bon moment au lit, il n'exposerait pas un épisode aussi délicat de sa vie. Lincoln ne l'avait peut-être pas encore compris, mais leur relation commençait à se transformer en une relation plus profonde. Elle n'avait jamais pensé que quelque chose comme ça pouvait arriver, d'autant plus qu'ils étaient partis d'un mauvais pied le jour de leur rencontre. Mais cet épisode n'allait pas se mettre en travers de ce qui se passait entre eux.

— Tu vas faire semblant de dormir et de ne pas avoir entendu l'alarme, bébé ? — lui demanda-t'il à l'oreille.

Il la tenait dans ses bras. Son dos était contre sa poitrine. Ils étaient tous les deux nus, enveloppés dans le drap. Le ciel commençait à montrer les premiers signes de l'aube. Il était temps de commencer le travail dans les ranchs et les bureaux. C'était un de ces moments où la placidité, après une nuit de sexe inoubliable, transformait le travail en quelque chose d'absurde et d'inutile. C'était généralement à cette heure-ci que Lincoln terminait son petit-déjeuner pour parler à Ben du programme du ranch. Ensuite, il écoutait un podcast d'informations sur le chemin de l'entreprise et gérait son itinéraire avec Candace. Il se dit qu'avoir Brooke dans ses bras était un délice paisible et érotique. Il n'avait jamais connu ça avec personne. Les sensations étaient toujours intenses avec ses maîtresses, mais avec aucune d'entre elles, il n'avait atteint l'équilibre dont il jouissait maintenant.

— Ça dépend — murmura-t'elle en sentant la main de Lincoln glisser de son ventre à son sexe pour l'ouvrir doucement.

Les doigts de Lincoln bougeaient en elle.

— Peut-être... Mm, je crois que je commence à me réveiller — dit-elle en ronronnant.

Elle sentit le sourire de Lincoln qui embrassait son cou, puis mordillait le lobe de son oreille.

— Il est important d'être vigilant — répondit-il pendant qu'elle gémissait et que ses doigts la pénétraient, entrant et sortant avec une lenteur délibérée. Il est si tôt et tu es déjà toute mouillée... Brooke — murmura-t'il, tu veux qu'on recommence ce qu'on a fait la nuit dernière ?

Elle acquiesça en gémissant.

— Linc... — murmura-t'elle alors qu'il écartait ses doigts pour attraper sa jambe droite et la placer sur la sienne.

Dans cette position, il écarta ses jambes pour pouvoir positionner son membre puis la pénétra par derrière, s'enfonçant dans les plis glissants.

— Oh, oui... — marmonna-t'elle en s'agrippant au cou de Lincoln et en bougeant légèrement ses hanches pour suivre le rythme de ses mouvements.

C'était une position dans laquelle Lincoln avait le dessus. Il pouvait entrer et sortir d'elle facilement, mais si Brooke bougeait à son goût, alors il sortirait automatiquement de son corps. Elle ne pouvait pas se permettre de le faire, alors elle suivit la cadence.

Il attrapa son sein droit, le caressa durement, juste comme elle aimait, juste comme il aimait. Leurs gémissements s'entremêlèrent dans une danse rapide et accélérée.

— Brooke — dit-il, tandis que ses doigts masturbaient la zone clitoridienne, entrant et sortant. Tu es tendue à chaque fois que je te pénètre... Comme si ton corps avait besoin de s'élargir.

— Parce que c'est agréable... et j'aime te sentir en moi... Lincoln, plus vite, plus vite... — demanda-t'elle d'un ton agité. Lincoln !

Il grogna contre son oreille, lui disant toutes les choses qu'il avait encore l'intention de lui faire, plongea plus profondément dans son sexe, et éjacula après quelques mouvements supplémentaires.

Lincoln, était d'accord pour que Brooke prenne la pilule, mais il essayait en général de se retenir et de jouir en dehors d'elle. Dans certains moments, comme celui-ci, cela ne se passait pas comme prévu, parce que ses sens s'étaient emportés.

— Tu es la femme la plus sexy que je connaisse — dit-il au bout d'un moment, tout en se retirant d'elle et en la poussant à se tourner vers lui. Tu es incroyable — dit-il lui en lui caressant la joue. Je le pense vraiment.

— Est-ce que le sexe avec moi est si bon ? — demanda-t'elle en plaisantant.

Il laissa échapper un rire guttural et viril, une vraie caresse sur la peau de Brooke.

— Spectaculaire, même — répondit-il sérieusement, et je risque de devenir accro.

— Une excellente addiction si nous nous réveillons de cette façon souvent — dit Brooke, en s'éloignant pour se préparer pour la journée.

À contrecœur, Lincoln la laissa sortir du lit. Il se régala en observant une femme sexuellement satisfaite, et un corps conçu pour le séduire. Elle le regarda, nue et rougie par cet interlude satisfaisant, et lui dit :

— Prends une douche avec moi.

Un rire rauque vibra dans la gorge de Lincoln.

— Si je viens avec toi, la dernière chose que je ferai sera de me laver — répondit-il en se redressant dans le lit et en tirant le drap de côté pour commencer à s›habiller. Je dois aller à la salle de sport et ensuite replanifier des réunions que j'ai mises en attente hier, donc je dois y aller. Mais j'adorerais rester au lit avec toi — dit-il sincèrement.

Aucune femme n'avait réussi à le retenir entre les draps au beau milieu de la journée, alors qu'il avait des milliers de dollars de contrats qui l'attendaient. Brooke fit le tour du lit. Elle s'approcha de lui, se déhancha doucement tandis que ses courbes se balançaient imperceptiblement. Elle ne s'arrêta que lorsque ses seins furent à portée de la bouche de Lincoln. Il sourit et attrapa un téton dans sa bouche, le mordit. Puis il toucha le sexe de Brooke. Elle était humide, et le membre de Lincoln commença à réagir à nouveau. Elle lui faisait de l'effet.

— Tu es sûr que tu veux aller à la salle de sport ? — demanda-t'elle, en retirant ses seins, puis en lui tournant le dos.

Elle se dirigea vers la salle de bain et le regarda par-dessus son épaule :

— Tu pourrais faire d'autres exercices plus stimulants si tu le voulais.....

— Petite coquine — marmonna-t'il.

Il s'approcha d'elle, l'attrapa par la taille en riant, et ils entrèrent dans la baignoire. Ils firent couler l'eau chaude.

Lincoln était en retard au bureau pour la première fois de sa vie. Avant de partir, il dit à Brooke qu'il voulait l'inviter à dîner dans un restaurant arabe à Austin le lendemain. Ce soir, il devait assister à l'inauguration du nouveau ranch d'un ami dans le Kentucky. Elle lui dit que si elle était disponible, ce serait avec plaisir. Lincoln l'embrassa jusqu'à ce que Brooke accepte fermement de dîner avec lui.

Elle était sur un nuage de sensualité et de calme. Elle sentait que la tâche qui l'attendait serait plus supportable à effectuer, parce que Lincoln n'était pas seulement son allié, son amant, mais aussi son ami. La brèche de l'hostilité s'était refermée.

Les jours suivants, Brooke se plongea à corps perdu dans les projets du ranch, mais trouva du temps en fin d'après-midi ou en soirée pour Lincoln. Ils allaient à la dernière séance de cinéma, dînaient dans de bons restaurants, montaient des chevaux dans les zones éclairées de Golden Ties, et s'ils avaient terminé leurs obligations avant la tombée de la nuit, ils en profitaient pour visiter les quartiers d'Austin que les touristes n'avaient pas l'habitude de voir. Brooke continua à aller à ses cours de zumba et renouvela son permis de conduire.

Il était impossible pour eux de ne pas se toucher. Quand ils rentraient chez eux, peu importe ce qu'ils faisaient dans les environs, Lincoln et Brooke finissaient au lit. Une nuit, après s'être assurés d'une totale intimité, ils firent l'amour dans le jacuzzi de Golden Ties. C'était tout simplement mémorable.

Ce furent des jours que Brooke n'oublierait jamais, des jours intenses. Lincoln avait réussi à remplir son monde de sensualité, de rires et d'activités qu'elle n'aurait jamais imaginé pratiquer : rafting, tyrolienne et escalade. C'était de l'adrénaline pure et, d'une certaine manière, cela l'aida à canaliser ses peurs passées, qui s'estompèrent.

Il s'impliqua pour l'aider avec le ranch comme promis : il lui fit des recommandations, lui envoya divers spécialistes, mais Brooke était frustrée, parce que les fournisseurs étaient plus lents que prévu et que les coûts étaient supérieurs d'au moins 9% aux normes du marché. Pour quelqu'un qui, comme elle, avait besoin d'une gestion efficace, la situation commençait à devenir stressante. Quand elle en avait parlé à Lincoln, il n'avait voulu lui donner que le nom d'un seul fournisseur supplémentaire.

— Quand ils travaillaient pour moi, je n'ai eu aucun problème, bébé — lui avait-il dit quand Brooke s'était plainte des peintres, ayant remarqué que la peinture qu'ils utilisaient pour retoucher le ranch commençait à s'effriter en moins de deux jours.

Elle leur avait pourtant commandé de la peinture imperméable et anti-humidité !

— Ils utilisent des matériaux inadéquats. En plus, ils me volent du matériel — avait-elle dit, frustrée.

— Tu ferais mieux de les virer, mon cœur. Note ce nouveau contact.

— Merci, je ne sais pas ce que je ferais sans ton soutien.

Sept jours plus tard, elle eut une autre mauvaise nouvelle de la part de ses employés : il y avait une fuite d'eau dans la zone des machines d'irrigation. Le moteur principal qui faisait fonctionner tout le système était pourtant neuf ! La situation commençait à la faire douter de sa capacité à relever Blue Oaks. Ça la stressait.

Elle ne pouvait pas appeler Lincoln au sujet des machines, car il ne travaillait pour son ranch, et il avait ses propres obligations. En fait, il avait déjà suffisamment participé avec ses suggestions. Brooke ne voulait pas profiter de la générosité de quiconque, et ce n'était pas la faute de Lincoln si les fournisseurs, même s'ils avaient travaillé avec Golden Ties ou d'autres entrepreneurs, n'étaient plus aussi efficaces qu'avant. Elle pourrait s'en sortir toute seule. Bien sûr qu'elle le pourrait.

Brooke assura à Pete qu'elle achèterait un autre moteur dès que possible, car l'eau détruisait la zone et c'était une perte financière. Elle passa plusieurs appels, puis une entreprise, choisie par ses soins, arriva dans les deux heures pour mettre de l'ordre dans ce chaos. Brooke fit des allers-retours, supervisa, puis finalement, le problème fut résolu.

Elle ne voulait pas penser au coût total des deux moteurs, achetés en moins de cinq jours. Les factures ne cessaient de s'accumuler, mais les revenus ne cessaient de baisser. Les frais enclenchés suggéraient qu'en moins de dix jours, des investissements d'envergure avaient été réalisés, mais en fait, il s'agissait juste de dépenses courantes. Elle espérait que Matteo, lorsque son assistante l'informerait des énormes dépenses effectuées à Blue Oaks ces jours-ci, ne perdrait pas confiance en ses compétences et qu'il ne vendrait pas le ranch.

Sa seule échappatoire était d'aller à la zumba, d'apprendre à connaître Austin, de prendre le van pour faire des courses, d'apprécier la conversation et l'humour de Lincoln, de lui faire l'amour, puis de se réveiller dans ses bras, chez lui ou chez elle. Quand Willa la voyait prendre un petit déjeuner matinal avec Lincoln, elle lui adressait un sourire amical et lui disait qu'elle espérait la revoir bientôt. Le temps passé avec le *cow-boy* sexy l'avait encouragée à poursuivre la tâche difficile qu'elle avait entreprise au Texas. Elle avait toujours été consciente que reconstruire sa vie à partir de zéro ne serait pas facile. Elle avait réajusté ses horaires de travail, et commençait désormais à 5h du matin, car c'était le seul moyen d'atteindre les objectifs qu'elle s'était fixés.

Brooke était en train de quitter la zone des cultures, quand un employé arriva en courant, visiblement inquiet. Elle arrêta son 4x4.

— Qu'y a-t'il ? — demanda-t'elle, sans vraiment vouloir connaître la réponse.

— Un autre cochon vient de mourir — dit Patrick. Le vétérinaire nous a suggéré de les faire piquer. 60% des porcs achetés étaient porteurs d'un virus. Il sera impossible de les commercialiser, et encore moins de les faire se reproduire.

Brooke appuya son front contre le volant pendant un bref instant et prit une longue inspiration, avant de regarder à nouveau Patrick. Cette situation était inédite. Elle avait payé Archibald Jones très cher pour les vaches et les cochons. Elle était en colère et déconcertée.

— J'ai payé pour des animaux en bonne santé et j'ai investi pour qu'ils soient à l'aise dans le grand hangar que nous avons réaménagé pour eux, jusqu'à ce que déménagions quand nous aurons fini de construire le nouvel espace. Est-ce que ce genre de problèmes arrive souvent ?

Jones lui avait offert une remise de 15%, ce qui semblait être une aubaine jusqu'à ce qu'elle commence à recevoir des rapports d'animaux malades ou mourants et qu'elle compare les prix de Jones avec ceux du marché, qui, majorés des taxes, étaient élevés.

Le bâtard, voyant qu'elle était une femme inexpérimentée dans un monde d'hommes, l'avait considérée comme une cible facile. Bon sang, elle était tombée dans le piège. Elle allait le dire à Lincoln pour qu'il n'achète plus d'animaux à ce crétin.

— Non, mademoiselle, parce qu'on n'achète jamais d'animaux malades — dit-il sans chercher à insulter l'intelligence de la femme, mais il était évident qu'elle n'avait aucune compétence en matière d'élevage. Excusez-moi de vous poser la question, mais n'avez-vous pas demandé un certificat médical pour chaque animal que vous avez acheté ? C'est l'un des prérequis avant tout achat.

Elle pinça les lèvres, déçue par elle-même.

— Je ne savais pas que c'était nécessaire — dit-elle en maudissant son ignorance.

Elle aurait dû demander à Lincoln les procédures, au lieu de supposer qu'il s'agissait simplement de passer un accord, de signer, de payer et de recevoir les animaux. Elle laissa tomber ses épaules en signe de défaite.

— Cela signifie qu'il n'y a aucun moyen de se plaindre à M. Jones, c'est ça ?

— Exactement, Mlle Sherwood. Même si vous avez la facture d'achat. S'il vous avait donné le certificat médical pour chaque animal, vous auriez pu vérifier que le document était faux ou pas, et ensuite négocier ou vous désister. Au moins les vaches sont en bonne santé... On peut considérer que c'est positif.

Brooke souffla. Elle avait envie de fondre en larmes.

— Y a-t-il un moyen d'éviter l'abattage des porcs ? — demanda-t'elle, peinée.

— Oui, mais le traitement est trop cher — répondit-il, et je ne pense pas que cela en vaille la peine. Avec tout mon respect, ce ne sont pas des animaux domestiques — dit-il sur un ton bienveillant en touchant son chapeau. On les abat s'ils ne sont pas utiles.

L'idée de tuer des animaux rendait Brooke folle.

— Dites au vétérinaire de commencer à les traiter. Une fois guéris, ils pourront au moins servir d'animaux de compagnie ou se promener sans risque d'infecter d'autres porcs, n'est-ce pas ?

L'homme acquiesça lentement, et il la regardait comme si elle était une extraterrestre.

— Eh bien, faites donc ça, Patrick. Ils resteront à Blue Oaks en tant qu'invités permanents.

— Comme vous voudrez, mademoiselle, je vous recommande seulement de superviser les constructeurs des zones réservées aux animaux — marmonna-t'il en s'éloignant vers l'endroit où l'attendaient ses compagnons de travail et les hommes qui construisaient la nouvelle étable.

Ces crétins semblaient faire n'importe quoi, et tout était en désordre. Cependant, il avait peut-être porté un jugement hâtif. C'était son premier emploi en tant que chef d'écurie. Son salaire était plutôt décent. Il décida de leur donner un délai, à la fin duquel il les signalerait.

— Merci de m'avoir avertie, Patrick ! — s'exclama Brooke.

Elle s'installa dans le fauteuil et pencha la tête en arrière. Elle laissa échapper une longue expiration et démarra le 4x4 pour se rendre à la maison. Elle se dépêcha de monter les escaliers et prit une douche. L'eau contribua à détendre ses muscles, même si sa tête s'emballait. Elle descendit déjeuner, remercia Mildred pour son aide avant de partir.

Brooke s'arrêta pour apprécier le bouquet de tournesols que Lincoln lui avait envoyé le matin même, et sourit. Une des choses qu'elle aimait chez lui était qu'il semblait se souvenir de chaque petit détail de sa conversation. Lincoln, en effet, était attentif.

Elle se rendit ensuite rendu aux écuries pour parler à Joseph de la promotion qui circulait sur Internet et qui proposait une réduction sur les leçons d'équitation si les étudiants recommandaient à d'autres de s'inscrire. Elle vouait savoir comment les parrainages se déroulaient. La femme qu'elle avait engagée pour la communication était très douée dans son domaine. Elle avait trouvé cette *freelance* sur internet, en comparant les critiques et en vérifiant les résultats.

Alors qu'elle sortait de la maison, elle reçut des visiteurs inattendus : deux inconnus, en tenue de bureau municipale, sortaient d'une voiture portant le sceau de la santé publique de Lago Vista. Elle se tint immobile à l›entrée et attendit qu'ils s'approchent. Elle n'était pas en danger, elle le savait, mais elle se rappelait où se trouvaient les armes dans la maison du ranch. Au cas où.

— Bonjour mademoiselle, êtes-vous Brooke Amelie Sherwood ? — demanda l'homme moustachu aux yeux bleus, qui tenait un document dans sa main potelée.

Il s'approcha.

— Bonjour, oui c'est moi. Qui êtes-vous et que faites-vous ici ?

— Mon nom est Oswald Jenkin et voici mon collègue, Solomon Faster. Nous sommes inspecteurs sanitaires et nous avons reçu une plainte rapportant que ce ranch ne répond pas aux normes sanitaires requises dans la région.

— Qu'est-ce que vous dites ? Qui a déposé la plainte ?

— Ce n'est pas une information que nous pouvons partager, nous faisons juste notre travail. Nous avons un mandat — dit-il en le lui tendant. Nous devons accéder aux locaux du travail et vérifier que l'allégation est vraie ou fausse.

Elle lut le document à contrecœur.

— Je peux parler à mon avocat — dit-elle en bluffant, parce qu'elle ne voulait pas appeler Georgia pour annoncer encore une autre catastrophe à Matteo.

— Bien sûr, même s'il vous dira que cet ordre est valide et qu'il faut le respecter. Il vous dira également que l'inspection du terrain ne contrevient à aucun droit lorsqu'il existe un aval de l'autorité compétente, comme dans le cas présent. Nous pouvons vous donner une amende pour rébellion, si vous préférez. Nous avons beaucoup de travail à faire, mademoiselle, et nous ne voulons pas perdre de temps — dit l'autre homme aux cheveux bruns, qui la regardait avec un intérêt qui la mettait mal à l'aise.

Elle croisa les bras, saisit la radio qu'elle emmenait toujours partout avec elle et demanda à Phillip, le responsable de la sécurité de Blue Oaks, de venir accompagner les inspecteurs. Cinq minutes plus tard, la silhouette imposante de Philip apparut dans une voiture.

— Messieurs, allez-vous mener votre inspection en voiture ou à pied ? — demanda-t'il sur un ton sarcastique. Vous allez avoir beaucoup de terrain à couvrir.

— Nous prendrons aussi longtemps qu'il le faudra, mais en voiture — répondit l'inspecteur Jenkin, tandis que Solomon faisait un clin d'œil à Brooke avant de partir.

Pour le punir de son insolence, Brooke aurait bien saisi le pot de fleurs le plus proche et lui aurait bien écrasé sur la tête. Les gestes étaient parfois plus explicites que les mots pour communiquer. Quel imbécile.

Déstabilisée par cette visite et incapable de trouver le nom d'une personne capable de dénoncer le ranch pour quelque chose d'aussi ridicule, elle s'occupa en attendant les résultats de l'inspection. Une heure plus tard, elle avait en main une liste d'exigences à respecter. Certaines zones du ranch, même s'il n'y avait pas d'animaux ni d'humains, risquaient de devenir insalubres. Si Brooke décidait d'y garder du bétail, dans le but de vendre des produits, des mesures immédiates devaient être prises, sinon Blue Oaks serait placé en surveillance constante.

— Mademoiselle — dit Solomon, nous ne vous infligeons pas d'amende cette fois-ci, mais si lors de la prochaine inspection, les zones où arrivent les eaux usées du ranch ne disposent pas d'un nouveau système, nous fermerons ce site jusqu'à ce qu'il soit dans un état optimal. Nous vous donnons une semaine.

— Une semaine, c'est trop court ! — s'exclama-t'elle, perdant sa patience.

— C'est comme ça, mademoiselle — intervint doucement Oswald. Nos collègues ou nous-mêmes reviendront vérifier que la suggestion a été mise en application.

— Suggestion mon cul — dit Brooke tranquillement.

En regardant les inspecteurs quitter Blue Oaks, elle se demanda qui diable avait bien pu avoir l'outrecuidance de bousiller ainsi le travail d'amélioration fait au ranch. Elle vivait un véritable cauchemar : même si elle réorganisait son budget pour les mois à venir, elle serait dans le rouge. Elle s'imaginait que l'un des employés tournants, vexé qu'elle n'ait pas accepté d'augmenter les salaires horaires de 8%, lui avait fait un sale coup. «Ce n'est pas juste», pensa-t'elle avec inquiétude.

Cela faisait presque deux mois que le peu d'argent généré provenait uniquement de Rainbow Blue. Et maintenant, elle devait utiliser cet argent pour payer les réparations et les erreurs. Et juste au moment où elle pensait que tout cela commençait à aller dans le bon sens, bam, *une série* de désastres commençait à se produire. Etre un bon gestionnaire ne consistait pas à dilapider l'argent d'un propriétaire millionnaire, mais d'utiliser les ressources à bon escient et de les faire fructifier.

À la fin de la journée, Brooke s›assit dans son lit, puis s'allongea sur le dos, totalement épuisée. Elle souffla. Dieu merci, Kristy serait ici ce week-end, ça allait être génial ! Pour l›instant, elle allait se faire belle parce que Lincoln l›avait invitée à une fête. Bien que son énergie soit faible, la perspective de le voir la rendait heureuse.

Elle mit du fard à paupières doré et de l'eye-liner noir, souligna ses pommettes et appliqua du rouge à lèvres rouge qui s'enlevait avec un démaquillant spécial, un rouge à lèvres que lui avait suggéré Kristy un jour. Elle utilisa le sèche-cheveux pour créer une coiffure de style négligé, tout en mettant en valeur sa nouvelle couleur blond caramel. Elle mit une robe courte de couleur bordeaux, avec de petites manches et un décolleté en cœur. Elle enfila de fines sandales à trois brides qui mettaient en valeur les ongles vernis de ses pieds. Si quelque chose pouvait lui remonter le moral en ce moment, c'était son apparence.

Elle lut le message de Lincoln sur son portable et sourit, car elle venait d'avoir une idée géniale. Elle avait remarqué un changement très sensible chez Lincoln depuis la nuit où il lui avait avoué son expérience amère avec son ex-petite amie. Il semblait cependant prudent, comme s'il était parfois sur le point de lui parler de quelque chose de précis, mais qu'il changeait soudainement d'avis et commençait à parler d›autre chose. Brooke se disait qu'il faisait un effort pour lui faire confiance, alors elle a essaya de ne pas insister. Elle aimait la relation fluide qu'ils avaient tous les deux.

**Lincoln :** *Je t'attends dans la voiture, parce que si je monte là-haut, nous n'irons pas à cette fête.*

**Brooke :** *Je peux toujours me refaire une beauté après ;-) Et puis, je mérite un orgasme, surtout après la terrible journée que j'ai passée au ranch. Tu t'en occupes ou je dois m'en occuper moi-même ?*

**Lincoln :** *Je veux en savoir plus sur ce qui s'est passé pendant ta journée, ma belle.*

**Brooke :** *C'est assez ennuyeux... ;-(*

**Lincoln :** *Nous en parlerons en chemin. Pour l'instant, descends s'il te plaît, ne me tente pas, je n'ai pas pu aller avec toi à l'ouverture de ce magasin de chocolats hier, et je n'ai que très peu de self-control.*

**Brooke :** *Tu n'aimes pas être tenté ?*

**Lincoln :** *Par toi, toujours.*

**Brooke :** *Mm, j'ai mis une culotte noire en soie. Je devrais remercier la personne qui a conçu cette robe, car elle offre un soutien suffisant et je n'ai pas besoin de soutien-gorge...*

Après quelques minutes, Brooke entendit la porte d'entrée s'ouvrir et se fermer, puis les pas de Lincoln qui montaient les escaliers. Elle l'attendit au milieu de la pièce avec un sourire sur le visage, car elle savait qu'il n'allait pas rester dans la voiture.

— Le premier idiot qui a l'audace de te regarder avec ne serait-ce qu'un soupçon de désir reçoit un coup de poing de ma part — dit-il en la voyant.

Il l'avait vue dans différentes tenues : sport, travail, cocktail, jeans, robes décontractées, et dans toutes, Brooke le fascinait.

Elle rit et marcha vers lui. Elle jeta ses bras autour de son cou.

— Bonsoir Linc — dit-elle en lui souriant, tout en sentant ses mains fortes autour de sa taille. C'est bon de te voir.

Il sourit.

— Tu es la plus belle femme que j'aie jamais vue. Je suis sérieux — dit-il en la regardant dans les yeux, tout en glissant ses mains jusqu'à ses fesses avant de les saisir fermement. Est-il facile de remonter la jupe de cette robe jusqu'à la taille sans l'abîmer ?

Brooke pencha la tête sur le côté. Elle n'eut pas le temps de répondre, car la bouche de Lincoln s'empara de la sienne de manière possessive, tandis qu'il remontait sa jupe et décalait sur le côté le tissu qui recouvrait son pubis.

— Tu es tellement lubrifiée… Tu pensais aller à cette fête comme ça ? — demanda-t'il contre sa bouche voluptueuse, tandis que ses doigts caressaient son sexe.

Il la pénétra avec deux doigts et accéléra progressivement. Il buvait ses gémissements dans sa bouche, sentait ses ongles sur son cuir chevelu. Il ne se souciait de rien d'autre que de l'entendre apprécier ces caresses. Cette fête était organisée à l'occasion de l'anniversaire de Jonathan, il ne pouvait pas la manquer, mais il n'allait pas non plus se priver de toucher Brooke.

Ses doigts continuèrent à stimuler les plis doux et humides. Elle lui mordit la lèvre inférieure, mais il n'arrêta pas son mouvement circulaire et vertical. Il l'humidifiait avec ses propres fluides, la pénétrait, la rendait folle.

— Lincoln — chuchota-t'elle contre sa bouche, gémissant et respirant fort.

— Laisse-toi aller, ah, bébé, j'aime être en toi — dit-il en accélérant les mouvements de ses doigts avec la frénésie dont elle avait besoin pour jouir.

— Je pense...

— Viens, Brooke — dit-il, et en quelques secondes, ses parois vaginales se contractèrent autour de ses doigts. Tu es impatiente — dit-il en embrassant son cou. Rougie par l'orgasme, tu as l'air très appétissante, comme un fruit défendu, qui est à moi seul.

Elle sourit et hocha légèrement la tête, en essayant de reprendre son souffle.

— J'aime que tu sois bien monté, Linc — dit-elle.

De la main qu'il n'utilisait pas pour la masturber, il attrapa son cou.

— J'aimerais bien continuer cette escapade sexuelle, mais je ne veux pas écouter les conneries de Jonathan si je ne vais pas à son anniversaire — répondit-il après l'avoir embrassée passionnément.

Puis il se rendit aux toilettes pour se laver les mains. Quand il revint, Brooke avait réarrangé ses vêtements et on aurait dit qu'il ne l'avait jamais touchée.

— Plus détendue maintenant, chérie ? — demanda-t'il avec un clin d'œil qui la fit rire.

Elle avait découvert qu'elle entendre Lincoln rire et exprimer sa joie.

— Tout à fait — dit-elle en rougissant, tandis qu'il lui prenait la main et l'entraînait dans l'escalier. Tu sais, je suis moi-même assez rapide, et je pourrais.....

Il s'arrêta dans l'escalier, une marche plus bas qu'elle, et fit non de la tête.

— J'aime quand tu mets ta bouche sur mon sexe, Brooke, mais je me concentre pour ne pas déchirer cette robe et de te prendre dans cet escalier.

Elle sourit légèrement.

— Comme toutes les nuits où sommes ensemble, et que plus rien ne compte ? — demanda-t'elle avec un clin d'œil.

Lincoln rit et remarqua combien il était à l'aise avec elle.

— Exactement — répondit-il avec bonne humeur, alors qu'ils s'installaient dans la Maserati et qu'il démarrait le moteur pour se diriger vers la maison de Jonathan et Renatta.

Il appréciait la simplicité des gestes de Brooke, parce qu'ils étaient sans artifice, il y avait toujours de la générosité en eux. Il aimait qu'elle ait pris un *selfie* avec le bouquet de tournesols qu'il lui avait envoyé. Elle y souriait comme s'il lui avait offert un collier de saphirs au lieu de simples fleurs. Il commençait à découvrir, au-delà des préjugés initiaux qu'il avait sur Brooke, qu'elle était en fait une femme chaleureuse, sincère et passionnée, qui connaissait la valeur du temps et écoutait les opinions des autres.

Il ne connaissait que trop bien la raison de la journée chargée de Brooke, ainsi que les problèmes survenus au ranch ces derniers jours. Après tout ce qu'ils avaient partagé intimement, il se trouvait en contradiction constante entre ce qui était juste à faire pour son rêve d'homme d'affaires et d'héritier Kravath, et ce qui était juste à faire pour la femme qui commençait à s'insinuer dans sa peau.

Le plus inquiétant, c'était que le poids d'Heidi ne pesait plus sur ses épaules. Il s'était débarrassé de la culpabilité ridicule qu'il portait depuis des années, et qu'il utilisait comme excuse pour s'éloigner de toute relation exclusive avec une autre femme. Maintenant, tout semblait commencer à avoir un sens et Blue Oaks était à la merci de son offre financière. Il comprenait que Brooke était sincère, et que l'amour n'était pas un concept mort pour lui. L'amour s'était fait discret, s'était autoprotégé pour ne pas être détruit par une autre personne, mais maintenant il s'était remis sur pieds. Lincoln était en train de tomber amoureux de Brooke.

Le plan visant à mettre fin à la gestion de Blue Oaks avait un goût amer et n'avait pas le goût de victoire escompté. Concernant l'inspection sanitaire, Lincoln avait déposé plainte avant la première nuit où il avait couché avec Brooke, car Lincoln savait que les opérateurs publics étaient lents et incompétents et qu'ils mettraient du temps à traiter la plainte. L'autre plainte avait été déposée auprès des inspecteurs de la construction civile, et Lincoln était certain qu'ils allaient bientôt visiter Blue Oaks également. Ce n'était pas une démarche qu'il pouvait arrêter maintenant, d'autant plus que c'était son avocat qui avait coordonné le tout. Lincoln avait dit à Elister de s'occuper de ces démarches discrètement, car il n'avait pas le temps de remplir de formulaires.

Lincoln ne pouvait pas reconstruire les granges et les écuries que Brooke avait fait démolir. Il savait que Jones lui avait vendu, pour un prix stupidement élevé, quinze porcs qui étaient pour la plupart malades. Seules les six vaches qu'elle avait achetées étaient en bonne santé. L'idée de Brooke, comme elle l'avait confié à Lincoln, c'était de fabriquer des produits laitiers pour la consommation immédiate, quelque chose d›artisanal, et de les vendre sur un marché pour créer une autre source de revenus.

Lincoln ne pouvait pas stopper le plan dans son élan, car il avait déjà été brillamment exécuté. Bien sûr, maintenant qu'il connaissait Brooke d'une manière plus charnelle et plus personnelle, ce succès était amer.

Tous les revers essuyés par Brooke entraînaient des pertes financières importantes, progressives mais régulières. Il le savait, car c'était l'intention sous-jacente de sa stratégie de sabotage. De plus, il connaissait parfaitement les chiffres car elle, si naïve, lui avait montré les bilans afin qu'il puisse lui indiquer les postes à prioriser. Ces derniers jours, Brooke lui avait dit, alarmée, que les pertes dues aux accidents, aux machines défectueuses, aux systèmes qui, bien que neufs, s'effondraient soudainement, se chiffraient en milliers de dollars.

S'il s'agissait de Golden Ties, et que Brooke était sa directrice, il l'aurait licenciée dès les premiers milliers de dollars de perte. D'après des calculs approximatifs, elle avait perdu plus de vingt mille dollars et les pertes allaient crescendo. Lincoln se dit que lorsque Sarconni aurait les chiffres, il ne voudrait plus garder Brooke à son poste.

Le départ de Brooke de Blue Oaks, qui lui avait d'abord semblé être une excellente idée, ne lui procurait plus le moindre plaisir. En fait, la perspective de ne plus jamais la revoir, de ne plus goûter à sa bouche, de ne plus entendre sa voix, le faisait se sentir très mal. Il ressentait un étrange tiraillement dans sa poitrine.

Lui, qui pensait avoir une éthique, recevait une gifle et une leçon de Brooke, sans qu'elle ait conscience de la manière dont elle influençait désormais sa vie. Malgré tout le chaos qui régnait à Blue Oaks, Brooke continuait à aider Ben à Golden Ties, améliorait considérablement la structure interne des applications liées au logiciel principal qui synthétisait des processus très importants. Elle était intègre et c'était admirable. À cause de cette intégrité de Brooke, Lincoln se sentait plus que minable.

Il profitait d'une femme qu'il ne méritait pas, et son plan pour détruire Blue Oaks commençait à avoir les résultats escomptés. Comment allait-il réparer les dégâts qu'il avait faits sans qu'elle ne soupçonne son sabotage ? Qu'allait-il faire pour trouver un moyen pour que Sarconni remette le ranch sur le marché sans que Brooke ne parte ? Aurait-il besoin de faire appel à ses avocats pour faire un procès à son rival du lycée et le forcer à lui vendre le ranch, garantissant ainsi l'emploi de Brooke ? Ses questions restaient sans réponse, même s»il espérait en trouver, car il devenait de plus en plus amoureux de Brooke chaque jour.

Non seulement c'était une situation inattendue, mais c'était la meilleure chose qui ne lui soit jamais arrivée. Il savait bien que tout cela pouvait aussi filer comme du sable entre ses doigts si elle en venait à soupçonner son influence sur les problèmes qui lui étaient arrivés. Si Brooke apprenait le rôle du *cow-boy* dans la débâcle quotidienne de Blue Oaks, pourrait-elle lui pardonner, ou la déception serait-elle trop grande pour lui donner une seconde chance ?

La prise de conscience qu'après tant d'années, il était finalement tombé amoureux, vraiment amoureux, au point que le simple fait de la connaître lui apportait calme, passion et joie, l'avait pris au dépourvu. Lincoln n'était habituellement pas un homme jaloux. Il n'aimait pas partager ses partenaires, c'était vrai, mais avec Brooke, le niveau de possessivité était inégalé. La pensée que quelqu'un d'autre puisse la toucher, capter ses sourires, recevoir ses commentaires, réveillait un instinct irrationnel de jalousie. Il voulait la marquer comme sienne. «Mon Dieu, je perds la tête», se dit-il.

Il avait besoin de clarifier ses pensées, d'assimiler l'ampleur de ses émotions, et lorsqu'elles seraient bien définies et stabilisées, alors il trouverait un moyen de changer les effets de ce qu'il avait fait à Blue Oaks. Pour l'instant, il devait contrôler la façon dont son cœur battait à cause de la femme à ses côtés.

— Linc — dit-elle, en remarquant qu'il réfléchissait en conduisant.

Ils se promenaient généralement en discutant. En fait, Brooke venait de lui raconter le chaos de sa journée.

— Tu as entendu ?

Il se gara devant la maison de son meilleur ami. Oui, il l'avait entendue parler de cette journée chaotique qui, Dieu merci, était terminée. Même si demain, ça allait recommencer avec la visite des inspecteurs civils pour l'interroger sur les permis de construire, qu'elle n'avait bien sûr pas.

— Oui chérie — répondit-il en la regardant avec un sourire, mais il suffit de suivre les règles d'inspection et tout ira bien. Je t'assure.

— Est-ce que quelque chose comme ça t'est déjà arrivé ? Je ne comprends pas qui a pu déposer une plainte anonyme au sujet d'un simple ranch — dit-elle en secouant la tête. En tout cas — dit-elle en souriant, je ferais mieux de profiter de cette fête pour oublier tout cela.

— Sauf pour la partie la plus importante — dit Lincoln, avant de faire le tour de la voiture et d'ouvrir la portière pour l'aider à sortir. Tu sais ce à quoi je fais référence ?

Elle sourit et lui fit un clin d'œil.

— J'ai tout compris et j'ai hâte de retourner à Lago Vista — dit-elle en riant.

Il la guida en mettant sa main sur le bas de son dos. C'était la première fois qu'il emmenait Brooke dans un cadre très personnel. À cette fête, il y aurait ses frères et ses belles-sœurs. Ce n'était pas une grande fête, mais Jonathan était apprécié de sa famille, qui ne manquait jamais ce genre de réunions. Samuel et Tristan, parce qu'ils étaient venus avec leurs enfants, avaient décidé de faire plaisir à leurs parents et de rester à la maison avec eux, plutôt que d'aller à Golden Ties, comme le proposait Lincoln.

Lincoln franchit une étape qu'il s'était juré de ne pourtant jamais répéter : faire entrer une femme dans son cercle intime. Il avait fait le vœu de ne plus tomber amoureux, mais il avait rompu cette promesse, et il n'avait pas de regrets.

Il n'avait aucune idée de la manière dont il allait se comporter au cours des prochaines semaines pour tenter de régler l'affaire Blue Oaks. Peut-être pourrait-il trouver un terrain d'entente avec Sarconni. Il savait qu'il avait encore du temps et qu'il n'y avait aucun risque que Brooke découvre quelque chose.

Lincoln déposa la carte cadeau payée par ses soins mais offerte au nom de Brooke et Lincoln, pour un voyage à la Riviera Maya pour deux, sur la petite table où étaient placés tous les cadeaux d'anniversaire. Puis ils entrèrent dans la maison. Elle aimait qu'il soit solide et qu'elle puisse physiquement s'y appuyer et se sentir à l'aise.

Ils se retrouvèrent dans un décor en bois magnifique avec des touches sophistiquées, de hauts plafonds et d'une grande cheminée, ce qui créait une atmosphère chaleureuse. Il y avait aussi des ballons marqués du nombre 35, qui était l'âge de Jonathan, et des détails que Brooke savait être coûteux. Tout était superbe.

Ils marchèrent un peu plus loin, et Jonathan s'approcha d'eux avec un large sourire.

— Hé, merci d'être venu ! — s'exclama Jonathan, qui tenait la main de Renatta, en saluant ses invités. Je pensais que comme c'est un jour de semaine, tu ne viendrais pas. Et je suis heureux que tu sois venu en bonne compagnie… une femme qui connaît maintenant la torture de te supporter — dit-il avec bonne humeur. Bienvenue dans ma maison, Brooke.

— Merci de m'avoir invitée, joyeux anniversaire ! — dit-elle en lui souriant.

— Si tu étais venue seule, ma fiancée et moi aurions été contents, tu n'avais pas besoin d'amener Lincoln avec toi — dit-il en haussant les épaules.

Brooke rigola.

Jonathan remarqua quelque chose de différent chez son meilleur ami, comme si un poids avait été enlevé de ses épaules. Il le sentait très détendu avec cette jolie Californienne. Il était temps. Il n'allait pas faire de commentaires incisifs, car il savait que Lincoln était le genre de personne qui avait besoin de résoudre ses problèmes et ensuite, s'il le jugeait nécessaire, il lui en parlerait. Ou pas.

— Tu ne me pardonnerais pas si je ratais ton anniversaire, idiot — fit remarquer Lincoln en riant et en lui serrant la main.

Puis il regarda Renatta.

— C'est bon de te voir. Jonathan connaît déjà Brooke, parce qu'il a fait la commère, comme à son habitude, un après-midi à Golden Ties. Renatta, voici ma petite amie, Brooke Sherwood.

Au moment où il prononça ces mots, sortis si naturellement de sa bouche, Lincoln, pensait que c'était la bonne chose à dire. C'est comme ça qu'il voulait que ça se passe avec Brooke. Il voulait avoir une relation amoureuse avec elle. Qu'il l'ait rencontrée il y a quatre, six ou huit semaines, n'avait pas la moindre importance. Il savait que le temps, en réalité, n'était qu'une invention stupide de l'humanité pour tenter de rationaliser ce qui était impossible à expliquer : le changement. Alors, au lieu de continuer à résister - en plus c'était épuisant - il allait se laisser conduire par la certitude qu'il avait à ce moment précis : il voulait Brooke comme compagne. Quant à Blue Oaks, il s'en occuperait plus tard.

Lincoln détourna le regard de l'expression surprise de Renatta, qui se transforma rapidement en un large sourire. Jonathan haussa les sourcils et acquiesça en levant sa coupe de champagne vers Brooke, qui laissait entrevoir ses émotions : de la surprise, de la confusion et de l'acceptation. Le cœur rouillé de Lincoln s'était mis à battre.

Brooke était sans voix. Elle n'avait jamais pensé qu'après ce qui s'était passé avec Heidi, il penserait un jour à avoir une relation. En fait, Lincoln lui avait carrément dit dès le début, le jour même où elle l'avait rencontré, qu'il ne s'engagerait avec aucune femme et qu'il n'aurait aucune relation romantique. Et pourtant, maintenant, il déclarait ouvertement et publiquement, devant son meilleur ami et sa fiancée, qu'ils étaient en couple. Qu'est-ce qui avait donc changé ?

Cette annonce lui donnait des papillons dans le ventre. Oui, les fameux papillons dont tout le monde parlait et qu'elle avait tués pour toujours après l'horrible aventure avec Miles. Pourtant, les papillons étaient de retour en force.

Pour la première fois depuis de très nombreux mois, elle avait senti sa vitalité émotionnelle se renforcer. Elle avait raison après tout : coucher ensemble n'était jamais seulement une question de sexe, le temps passé au ruisseau les avait changés tous les deux. Elle n'avait pas osé regarder ses émotions en face, car, dans d'autres situations, elle s'était  précipitée et avait été déçue. Elle préférait naviguer sur ces eaux avec prudence, en les savourant.

— Quelle bonne nouvelle ! Je suis ravie de te rencontrer en personne, car tu sais, les hommes sont bavards, et Jonathan a mentionné que tu diriges Blue Oaks — dit-elle en faisant un clin d'œil complice à Brooke. Eh bien, aujourd'hui nous avons deux raisons de faire la fête, l'anniversaire de mon cher fiancé, et le fait que Lincoln ait une si belle petite amie. Au fait — dit-elle en regardant Brooke, à la fois incrédule et joyeuse. Jonathan et moi allons nous marier à Golden Ties, alors j'espère que tu pourras te joindre à nous. Lincoln nous a très généreusement offert le ranch pour la cérémonie et la réception.

— Oh, merci beaucoup, Renatta. Je serai ravie d'être là en ce jour si spécial.

— Je ne vais pas vous ennuyer avec les détails, je vais faire en sorte que mon wedding planner vous contacte parce que je sais que Linc est plus porté sur les chiffres que sur les événements — dit-elle en plaisantant.

Elle regarda Lincoln :

— J'espère que tu n'as pas oublié.

Lincoln éclata de rire.

— Bien sûr, je serai là, Renatta, avec Brooke. Je ne vais pas monopoliser ton attention, même si je sais que tu dépends de mon approbation — dit-il en plaisantant. Je vais aller saluer mes frères qui devraient être déjà arrivés.

— Oh, oui, et tes belles-sœurs sont là aussi. Ils sont, comme d'habitude, sur la piste de danse dans le jardin. J'imagine qu'ils veulent rattraper le temps qu'ils ne peuvent pas passer à s'amuser ensemble à cause des enfants — dit-elle en souriant avant de lever la main en voyant un autre groupe d'amis arriver. A bientôt, profitez bien de la fête.

Une fois qu'ils furent seuls, Lincoln prit Brooke par la main. Il ne voulait pas encore la présenter à ses frères et sœurs, car il devait d'abord lui parler du petit détail qu'il venait de communiquer à Jonathan et Renatta. Avant qu'il ne puisse dire quoi que ce soit, Brooke entrelaça ses doigts dans les siens.

— Maintenant, je sais quelque chose de plus sur toi, Lincoln Kravath — lui chuchota-t'elle à l'oreille d'un ton enjoué. Tu aimes donner des titres à certains détails de la vie. Alors on est officiellement amoureux, hein ?

Il posa sa main sur sa taille, en serrant ses doigts.

— Tu préfères que j'annule ce que j'ai dit ? — murmura-t'il, tendu, en la regardant.

Elle lui donna un doux baiser sur la joue qui dura plusieurs secondes.

— Seulement si tu veux dormir seul ce soir — dit-elle en plaisantant, mais un frisson indescriptible remplissait son cœur.

— Dire que tu es ma petite amie était quelque chose qui ne faisait pas partie des sujets dont nous avons discuté, si tu penses que j'ai franchi un...

Elle mit ses doigts sur ses lèvres et fit non de la tête.

— Parfois, dans la vie, Linc, ce sont les choses que tu planifies le moins qui fonctionnent le mieux. Ce n'est pas une formalité, et je ne pense pas non plus que tu aies dépassé les bornes. Tu sais pourquoi ? — demanda-t'elle en caressant sa joue avec sa main libre.

— Non...

— Parce que j'aime beaucoup cette idée — dit-elle en souriant.

Sans se soucier de son aversion à s'épancher en public, ni du fait qu'ils étaient dans une pièce entourés de proches, une quarantaine de personnes issues de cercles amicaux et familiaux, Lincoln attrapa la nuque de Brooke et l'embrassa avec douceur et révérence, tout en la serrant plus étroitement contre son corps. Elle lui rendit la pareille avec empressement, et entoura la taille de Lincoln de ses bras.

— Je pense que c'est une façon un peu particulière de nous présenter à ta petite amie, Linc — dit Samuel Kravath à Lincoln, en donnant un coup de coude à son frère, Tristan, qui rit, tandis que leurs épouses secouaient la tête de façon désapprobatrice pour l'avoir incité à interrompre ce joli baiser.

Quand ils étaient tous les trois ensemble, ils s'amusaient comme s'ils avaient vingt ans. Ils formaient un trio très soudé.

Lincoln s'éloigna doucement de Brooke et jeta un regard agacé à ses frères.

— Tu devrais rester plus souvent en service de nuit à l'hôpital de Houston, Samuel, car tu sembles être déconnecté des nouvelles tendances sociales — répondit-il, alors que son frère le serrait dans ses bras.

Il regarda sa belle-sœur :

— Bonjour, Francesca. Un jour, j'aimerais que tu me dises comment tu fais pour supporter cet idiot.

L'étonnante femme sourit et appuya sa tête contre l'épaule de son mari.

— Je suis Tristan Kravath — dit son frère aîné en tendant la main à Brooke, qui la serra en souriant. Et elle — dit-il en désignant une jolie femme aux yeux bleus vifs, c'est Helena, ma belle épouse.

— Ravi de vous rencontrer tous — déclara Brooke, notant que les frères Kravath étaient à la hauteur des Hemsworth. Chacun à sa manière et dans son style, mais aucun, selon son jugement partial, n'arrivait à la cheville de Lincoln.

— Brooke, voici mes frères et leurs femmes. Tout le monde, voici ma petite amie, Brooke Sherwood, et je n'apprécie pas que vous ayez interrompu ce baiser.

Ses frères éclatèrent de rire et se mirent à bavarder, mais ils ne manquèrent pas l'occasion, pendant que les femmes papotaient ensemble, de parler de Brooke. Lincoln leur parla brièvement d'elle, de son arrivée à Austin. Lorsque Tristan lui demanda ce qui s'était passé avec Blue Oaks, Lincoln lui répondit qu'il essayait de régler quelques détails et qu'il ne voulait pas aborder ces questions ce soir-là.

— Tu as bonne mine, Linc — dit Samuel, le plus réfléchi des trois, et qui avait les mêmes yeux bleus que son jeune frère. Je suis content que tu aies mis le passé derrière toi. Brooke semble être une très gentille fille. Tu t'es enfin donné une chance d'avoir une compagne.

— Nous espérons que, lors d'une prochaine visite, vous ne nous accueillerez pas en faisant l'amour au ranch dans votre empressement à nous montrer que vous avez une vie sexuelle saine. Cela ne conviendrait pas à vos neveux.

Lincoln éclata de rire et donna un coup de poing à Tristan dans l'épaule, tandis que Samuel riait aux éclats. Puis ils changèrent de sujet et commencèrent à parler de football, des frasques de leurs neveux, et de la santé de leurs parents.

Brooke se sentait à l'aise pour parler à Helena et Francesca, et elle ne perdait pas de vue à quel point Lincoln semblait heureux avec ses frères et ses belles-sœurs. La chaleur qui existait dans cette famille était tout ce qu'elle avait perdu lorsque ses parents avaient commencé à privilégier l'argent, le statut social et les folies financières au détriment de la famille. Elle trouva un peu gênant de devoir rencontrer le clan Kravath juste au moment où elle embrassait Lincoln, mais à aucun moment elle ne se sentit mal à l'aise. Au contraire, après avoir ri et parlé de voyages et de projets avec les belles-sœurs de Lincoln, elle se sentie envahie d'un étrange sentiment d'appartenance, comme si elle avait enfin pris racine au Texas.

Des heures plus tard, après avoir dansé et passé de bons moments, Brooke demanda à Lincoln de partir. Au lieu d'aller à Blue Oaks, il l'emmena à Golden Ties. Il voulait l'avoir à ses côtés, une fois de plus, quand il regarderait le ciel se teinter de lumière à l'aube. Car si chaque matin commençait avec elle, nue, si appétissante, sereine et belle, alors Lincoln pensait pouvoir renoncer à son rêve de posséder Blue Oaks. Il pourrait oublier beaucoup de choses pour cette femme, et ça le terrifiait. Le pouvoir exercé par cette beauté aux yeux verts était trop dangereux.

— J'aime me réveiller avec toi — chuchota-t'il en la déshabillant. Peu importe où nous sommes, dans quel ranch, dans quel hôtel, c'est un délice — dit-il en lui mordant la lèvre inférieure.

— En moi, surtout — répondit-elle en riant et en caressant son pénis.

— Entre autres — dit-il avant de l'embrasser avec un grognement de plaisir.

Cette nuit-là, ils firent l'amour lentement, d'une manière qui exprimait tous les non-dits. Leurs yeux parlaient pour eux quand ils s'enlaçaient dans un balancement possessif, chaleureux et émotionnel. Lorsque Brooke s'endormit profondément, Lincoln la serra contre lui, un bras autour d'elle, comme s'il craignait qu'elle ne le quitte. Il n'aimait pas du tout cette perspective.

Il embrassa son cou, même s'il savait qu'une fois endormie, presque rien ne pouvait réveiller Brooke. A moins que ce ne soit un son strident ou l'alarme de son téléphone portable.

Cette nuit était importante, car il avait réalisé que ses sentiments pour elle découlaient de la confiance, qu›il n›aurait jamais cru pouvoir éprouver à nouveau pour une femme. Il comprit que la véritable raison pour laquelle il était en contradiction constante depuis quelques semaines, entre son rôle d›homme d›affaires et son rôle d›amant, c'était qu'il avait plus qu'une simple attirance primaire ou un béguin passager pour Brooke. La voir avec sa famille avait tout clarifié en quelques heures seulement. Cela commençait à émerger au cours des semaines précédentes, mais sa réelle prise de conscience venait de se produire cette nuit même.

Il souffla et appuya sa tête contre la sienne. Il ne savait pas comment il allait naviguer les prochains jours, ni comment il allait se comporter avec Brooke, mais il était conscient qu'il devait être honnête sur ses motivations concernant le vignoble puisqu'il avait appris qu'elle était la gérante du ranch. Après cela, il devrait trouver le temps et le courage de la regarder dans les yeux et de lui dire ce qu'il venait de réaliser au niveau sentimental.

— Je t'aime, Brooke — chuchota-t'il, mais bien sûr, elle ne l'entendit pas.

# CHAPITRE 15

Vingt-quatre heures après la fête de Jonathan, des inspecteurs municipaux arrivèrent pour demander pourquoi Brooke construisait sur le ranch sans avoir demandé de permis au préalable.

— Putain, voilà une matinée de merde qui s'annonce — dit Brooke.

— Messieurs, c'est un ranch privé, si je veux construire une maison pour le petit chaperon rouge, je peux le faire — leur avait-elle dit, les mains sur les hanches, en colère.

— Vous avez tort — avait répondu l'officier avec un sourire dédaigneux et un regard supérieur. Toute construction, sur le terrain d'une maison privée ou d'un ranch, nécessite un permis municipal. Nous avons été alertés des travaux effectués ici, vous n'avez donc qu'un seul choix, Mlle Sherwood, obtenir un permis ou nous fermons cette grange, et ce bungalow à moitié terminé au bord du ruisseau. C'est comme vous voulez. Pour l'instant, si vous continuez à construire, vous recevrez une amende de la ville pour non-conformité.

— Qui vous a parlé de la situation sur le ranch de M. Sarconni ?

— Nous n'en avons aucune idée, les plaintes arrivent et nous les traitons. Nous ne fouinons pas. Nous nous limitons à faire notre travail. Voici l'amende que vous devrez payer aux bureaux concernés — dirent-ils en lui tendant un document avec un code qu'elle prit à contrecœur. Ce sera tout, nous espérons que vous n'êtes pas une récidiviste, car sinon, le problème va se compliquer, mademoiselle.

L'après-midi continua sur la même lancée et Brooke envisagea sérieusement de faire appel à un chaman pour faire un nettoyage énergétique. Est-ce que tous les administrateurs devaient faire face à tant d'acharnement ? Peut-être que coordonner les problèmes à Blue Oaks était trop lourd pour elle et qu'il lui fallait un assistant. Elle n'était pas incompétente, bien au contraire. Le fait est qu'avec tant d'urgences à gérer, les problèmes la retardaient et ne lui permettaient pas d'avancer comme elle l'avait envisagé dans son plan.

A 16h, Brooke dut appeler les pompiers. L'un des nouveaux assistants de Pete avait oublié la règle principale dans un ranch : ne pas fumer. Le gamin stupide avait jeté son mégot au pied d'un arbre qui jouxtait les restes de la récolte de blé.

Le vent avait fini par transporter une étincelle qui avait consumé une petite partie de la plantation. Pete, en colère et énervé, avait tenté d'éteindre le feu du mieux qu'il pouvait, mais comme il s'agissait d'une imprudence sur le lieu de travail, et que Brooke devait avancer un motif de licenciement pour ne pas être poursuivie, elle appela les pompiers. Lorsqu'elle raconta à Lincoln ce qui s'était passé, il se rendit à Blue Oaks, avec ses propres employés, pour aider à restaurer les terres brûlées avec son propre matériel. Il lui assura qu'il ne le faisait pas pour Sarconni, mais pour elle, parce qu'elle était sa petite amie et qu'il voulait s'assurer que le dur labeur qu'elle accomplissait ne serait pas retardé plus longtemps par des événements imprévus.

Le soir, Brooke l'invita à dîner chez elle. Il ne fit pas de commentaire sur le fait que la nourriture était précuite, car il savait qu'elle ne cuisinait pas. Il se contenta de l'embrasser et la remercia d'avoir pris la peine de préparer la table et le dîner. Ils eurent une conversation sur leurs préférences musicales et improvisèrent même un petit jeu de questions-réponses. Brooke finit par gagner.

— Merci d'avoir aidé Pete, Linc. J'ai accepté l'embauche de son neveu éloigné parce que je croyais qu'il pouvait jouer un rôle dans l'équipe. Le pauvre Pete s›est excusé auprès de moi et il a cru que j'allais le virer.

— Maintenant que tout est réglé, après ce jeu, que je t'ai laissé gagner, bien sûr — dit-il, je pense que tu dois danser avec moi. J'aime sentir ton corps se balancer avec le mien dans un lit, mais aussi en dehors.

Elle rit doucement.

— C'est vrai ? — demanda-t'elle en s'approchant du centre de la cuisine, dont le sol était en parquet.

Elle prit sa main tendue et appuya son visage contre sa poitrine. Ils dansaient sur Say You Won't Let Go d'Arthur James.

— Brooke — dit-il à son oreille, en posant une main sur sa taille et l'autre sur sa main, en la faisant tournoyer doucement sur les notes de musique, tu es une femme spéciale pour moi.

— Linc... — chuchota-t'elle, tu es quelqu'un de spécial pour moi aussi...

— Reste avec moi.

— Où devrais-je aller ? — demanda-t'elle en souriant, détournant son visage de sa poitrine pour le regarder, toujours en mouvement.

Elle aimait bien la mélodie qu'il avait choisie.

— Reste — murmura-t'il en l'embrassant.

Elle hocha la tête.

Pour Lincoln, cette demande avait une signification plus profonde que Brooke ne pouvait interpréter. Cette demande était liée à la nécessité qu'elle l'écoute et lui donne une chance de s'expliquer quand il lui avouerait qu'il était responsable des pertes financières et des fournisseurs minables engagés à Blue Oaks.

Il ne pouvait pas lui dire qu'il l'aimait et lui avouer ensuite la vérité sur son rôle dans le sabotage du ranch, car elle penserait alors qu'il la manipulait. Il serait stupide d'agir à la hâte. Il n'était pas patient, mais il pouvait mettre en place une stratégie cohérente qui serait gagnante pour tous les deux. Jusqu'à ce que cela arrive, et il espérait que cela arriverait bientôt, il contribuerait à résoudre les problèmes qui n'auraient jamais dû se produire, même en payant des heures supplémentaires à son propre personnel pour qu'il aide à compenser le temps perdu.

Le temps que Brooke passa avec Kristy à Austin passa trop vite, mais au moins elle put s'amuser et d'oublier les problèmes de Blue Oaks. Lincoln sympathisa avec son amie et les acteurs de la nouvelle émission à succès de Netflix, Deafening.

— Ca m'a fait plaisir de rencontrer Lincoln. Il n'est pas seulement d'une beauté dévastatrice, mais il est aussi gentil et semble avoir un faible pour toi. Constater à quel point il est attentif et protecteur envers toi me rassure. En tant qu'amie, parce que je sais combien ta vie personnelle a été difficile ces derniers temps, cela me rend joyeuse — lui avait dit Kristy, lorsqu'elles étaient seules, s'éclatant de fête en fête.

— Oh, merci de dire ça..... Ces dernières semaines ont été intenses. La façon dont Lincoln s'est ouvert à moi et ce que nous avons partagé m'a donné une sensation de vitalité et d'excitation qui me manquait et que je ne savais pas comment trouver. Je n'ai jamais eu un copain aussi incroyable que lui. Et puis, il est très attirant. Le célèbre Robbie Dermont n'est rien en comparaison de mon *cow-boy* — avait-elle dit d'un ton fier qui avait fait rire Kristy. C'est la vérité. Et puis, c'est bizarre, mais avec Linc, je me sens possessive.

— Oh Brooke, si j'avais un homme comme lui dans ma vie, crois-moi, aucun Robbie n'attirerait mon attention — lui avait-elle dit en lui faisant un clin d'œil. D'ailleurs, le fait qu'il ait pris le temps de nous emmener visiter la région de Lago Vista, alors que nous n'étions disponibles que ce week-end, c'était formidable. Golden Ties est un magnifique ranch et mes amis étaient ravis de pouvoir monter à cheval sans être poursuivis par des paparazzis ou des idiots. Blue Oaks, comme tu l'as dit, a du potentiel et je sais que, malgré toutes les catastrophes qui te sont arrivées, tu t'en sortiras. Je pense que cela fait partie de ton inexpérience, et ça arrive à tout le monde. Mais tu as réagi avec bonne foi. Tu continues à essayer et c'est important.

— J'espère que Matteo ne sera pas déçu, car la bonne foi n'est pas une excuse quand on a des milliers de dollars de pertes — avait-elle déploré. Après la visite des responsables sanitaires, puis des agents municipaux chargés des permis de construire, j'ai passé quelques jours de merde à essayer de tout régler. J'ai dû appeler l'assistante de Matteo qui, Dieu merci, est un rayon de soleil. Pour l'instant, je dois juste être patiente et prier les cieux pour que Blue Oaks m'accorde un jour de répit. Kristy, tu es arrivée pile au bon moment.

— Tu ne vas pas me dire que malgré Lincoln, tu es encore stressée ? — demanda-t'elle en haussant les sourcils.

— Tu es impossible ! Tu ne peux pas être sérieuse très longtemps — avait répondu Brooke en souriant. Pour répondre à ta question, j'ai moins de stress, et Lincoln ne fait rien à moitié.

— Ouf, vraiment, ma fille, cet homme est un péché ambulant. Je devrais peut-être envisager de déménager de façon permanente à Austin, tu ne crois pas ? Apparemment, l'eau d'ici a des effets intéressants sur l'espèce masculine — avait-elle ajouté en lui faisant un clin d'œil, et elles avaient ricané.

— Matteo serait idiot de s'énerver : au cas où il n'en aurait pas conscience, c'est grâce à toi qu'il n'a pas fini en prison — avait marmonné Kristy en faisant une grimace. Il ferait bien de s'en souvenir.

— Oui, mais c'est son ranch, et ça n'a rien à voir...

Kristy s'approcha pour lui faire un câlin, puis elle lui tapota la main.

— Je suppose que non, mais peu importe. Quand revient-il à Austin ?

— Dans dix jours... Je pensais qu'il allait s'installer en Europe à ce rythme — avait-elle plaisanté. Nous ne devons pas seulement parler business, nous avons aussi des affaires personnelles à traiter.

— Oui. Au fait, lorsqu'il a quitté la Californie, il nous devait plusieurs dîners dans des restaurants branchés, j'espère que tu lui rappelleras de ma part.

Elles avaient ri car il n'y avait personne au monde plus que Kristy qui aimait faire la fête et voir de nouveaux endroits, à part Matteo. Non seulement c'était un bon danseur, mais c'était aussi quelqu'un qui savait s'adapter aux gens et qui aimait vraiment être en la compagnie des autres, dans n'importe quel environnement. C'est peut-être cela qui les avaient rassemblés Raffe et lui, et les avait conduits à devenir de si bons amis.

— Je te rappelle...

— Quant à Lincoln — avait-elle dit très sérieusement, es-tu amoureuse de lui ? Je te le demande, car je ne t'ai jamais vue aussi heureuse avec un homme qu’avec lui. Je pense que ma question découle, non seulement de tout ce que tu m’as dit, mais aussi de la façon dont tu le regardes, et comment, sans que tu ne t’en rendes compte, ton corps semble chercher le sien, et vice versa.

Brooke, au cours de ces derniers jours, avait pris le temps d’analyser ce qu’elle ressentait, car au fur et à mesure qu’elle passait du temps avec Lincoln, ses émotions devenaient plus profondes, comme les racines d’un très vieil arbre profondément ancrées dans la terre. Cet homme avait pris beaucoup d’espace dans son cœur.

Lincoln était spontané, affectueux, ne se souciait pas de savoir si quelqu’un les regardait. Un soir, avant que Kristy n’arrive de Phoenix, il l’avait emmenée chez Osteen et Rosalie, car il voulait dire au revoir à ses frères, à ses belles-sœurs, ses neveux et nièces. Il l’avait présentée à sa famille, le groupe de personnes qu’il gardait habituellement jalousement pour lui. C’était un geste qui exprimait sa confiance en elle.

Le cœur de Brooke se serra en voyant Lincoln jouer et plaisanter si naturellement avec ses neveux. Il ne faisait aucun doute qu’il était né pour être un père de famille, mais elle était terrifiée à l’idée de vivre une autre fausse couche. Elle savait que c’était un sujet dont elle devrait discuter avec lui. Non pas parce qu’elle anticipait cette relation ou qu’elle nourrissait des attentes, mais parce que c’était une partie de sa vie qui, comme la sienne avec Heidi, l’avait marquée et avait créé certaines craintes. Elle estimait qu’il était juste de lui faire cet aveu, car elle savait maintenant que l’un des plus grands désirs de Lincoln était d’avoir des enfants.

Lorsque ses yeux bleus la regardaient, pendant que leurs corps se balançaient, ils semblaient révéler des émotions profondes. Lorsqu’il l’embrassait, lui tenait la main ou la serrait dans ses bras, et lorsqu’ils partaient en van au fin fond de Golden Ties pour voir les étoiles, elle sentait que son cœur battait pour lui.

— Je l’aime — avait-elle avoué franchement, et tu ne sais pas à quel point je suis terrifiée.

— Tu aurais des raisons d’être terrifiée si tu étais incapable de ressentir à nouveau, mais regarde-toi, tu es guérie, tu as changé, tu as évolué et tu es retombée amoureuse ! C’est une belle réussite, Brooke.

— Je ne sais pas si je serai capable de prononcer ces mots en le regardant dans les yeux un jour. J'ai peur de m'ouvrir à lui et que ce ne soit pas réciproque ou qu'il se ferme à nouveau à moi. Je ne sais pas — avait-elle dit avec une pointe de frustration dans la voix.

Kristy avait penché la tête sur le côté, en souriant légèrement.

— Quand tu seras prête, qui sait, peut-être sera-t'il le premier à te surprendre en te disant qu'il t'aime. Pour l'instant — dit-elle en baissant la voix de manière conspiratrice, sois heureuse, car s'il y a une chose dont tu peux être sûre, c'est que cet homme ne peut pas garder ses mains loin de toi.

— Kristy, comment peux-tu changer d'humeur et de sujet comme ça ?

Son amie avait haussé les épaules avec une expression d'innocence.

— Et bien quoi ? C'est vrai. Tu le tiens par les couilles, comme on dit. Et s'il sait comment les utiliser, eh bien, tu as de la chance.

Brooke rit si fort qu'elle en avait les larmes aux yeux.

— C'est peut-être le secret d'une vie sexuelle saine.

Elles éclatèrent de rire.

— Ton sourire a retrouvé l'éclat qu'il avait perdu pendant des mois. Je rentrerai à Phoenix heureuse de le savoir.

Cependant, la vie à Austin, pour Brooke, était sur le point de prendre une autre tournure. Les larmes ou les sourires dépendraient non seulement de sa maturité émotionnelle, mais aussi de sa capacité à faire confiance à nouveau ou à accepter qu'à un moment, les adieux étaient nécessaires.

*Las Vegas, Nevada.*
*Lincoln.*

Il n'aimait pas être loin de ses responsabilités à Austin, et encore moins de la femme qu'il aimait, mais c'était l'enterrement de vie de garçon de Jonathan et il ne pouvait pas jouer les trouble-fête. Lorsqu'il était plus jeune, Las Vegas était le lieu idéal pour la débauche estivale. Il n'était plus d'accord avec ce genre de bêtises, mais cela ne l'empêchait pas d'y passer un bon moment avec ses meilleurs amis.

Il fit de son mieux pour réparer les problèmes et les pertes financières qu'il avait causés à Brooke. Blue Oaks commençait à retrouver sa stabilité. Les nouveaux peintres, diligents et professionnels, terminèrent les façades et leur donnèrent un aspect neuf. Ils peignèrent non seulement la maison principale, mais aussi le reste des infrastructures, en particulier l'arc-en-ciel bleu.

Lincoln fit venir son responsable marketing de Golden Enterprises pour rencontrer Brooke et la conseiller sur le projet de marché. Les cochons soignés par le vétérinaire allaient devenir des animaux de compagnie. Elle avait choisi de se concentrer uniquement sur les vaches laitières.

Il ne se moqua pas, car il comprenait que le cœur de Brooke ne pouvait pas supporter la perspective d'abattre des animaux. Même les vaches ne seraient pas commercialisées pour leur viande, mais pour leur lait. C'était tout le contraire de l'éducation que Lincoln et ses frères avait reçue : dès qu'ils commençaient à marcher, ils comprenaient la différence entre un animal de compagnie et un animal qui fait partie d'une entreprise.

Sa famille avait mis en place une politique qui protégeait les animaux, bien sûr : ils n'étaient pas impitoyables ni inhumains, mais c'était un business. Lincoln ne pouvait pas se permettre de considérer tous les animaux comme des animaux de compagnie, sinon il ferait faillite et se retrouverait chez un psychiatre.

Son avocat l'avait appelé trois jours plus tôt pour lui dire que le statut du ranch, en termes de vente, restait le même : Blue Oaks n'était pas disponible sur le marché. Pour l'instant, Lincoln avait changé d'objectif : sa priorité était d'ouvrir la voie pour qu'il puisse dire la vérité à Brooke. Ce qui ne serait pas une conversation facile. Il était également curieux d'en savoir plus sur sa vie en Californie, mais il y avait un temps pour tout.

— Tu es très méditatif — dit Samuel en le regardant, alors qu'autour de lui les gens riaient, parlaient fort, jouaient, perdaient, gagnaient et buvaient. Une fête de vingt-quatre heures. C'était Las Vegas, la ville du péché, et où l'interdit, c'était précisément de ne pas pécher.

— J'ai quelques plans en tête — dit-il en regardant les cartes.

Le séjour à Las Vegas fut court, mais c'était une des rares périodes où les emplois du temps de chacun coïncidaient. Le billet de retour était prévu samedi pour midi, et six heures plus tard, la cérémonie aurait lieu.

Pour le moment, ils jouaient au BlackJack au Bellagio. Tristan, qui avait toujours eu de la chance, avait déjà gagné six mille dollars en une heure. Jonathan, qui n'était pas encore tout à fait ivre, avait déjà pas mal perdu. Ni Tristan ni Jonathan ne voulait quitter la table. Lincoln s'en sortait bien, même s'il ne jouait pas autant que ses amis.

— Est-ce que ça a quelque chose à voir avec Brooke ? — demanda-t'il.

Lincoln fit un bref signe de tête.

— Mm, je ne pense pas que ça va être très facile de lui dire ce que tu as fait. Est-ce que tu l'aimes... ?

Lincoln soupira. Il ne le savait que trop bien.

— Plus que tout. Oui — dit-il avec certitude. Que ce soit réciproque ou pas, ou qu'elle décide de m'envoyer au diable après tout le tapage que j'ai fait à Blue Oaks.....

— Frère, si tu ne te débrouilles pas pour arranger les choses, tu resteras sur un échec et tu n'arriveras plus à faire confiance à personne à nouveau. Tu auras du mal à aimer. Parfois, le gain n'est pas l'atteinte de l'objectif, mais le voyage que l'on fait pour l'atteindre — dit-il en tapotant son dos, alors qu'ils étaient assis côte à côte à la table de jeu. Francesca m'a dit que Brooke lui semblait être la femme parfaite pour toi. Je suis d'accord avec ma femme.

— Merci, Samuel.

— La prochaine étape est un club de strip-tease ! — s'exclama Ernest, interrompant la conversation.

Ernest avait déjà bu plusieurs verres. Il était secondé par Billy qui mit un coup de poing en l'air. Jonathan, qui avait été habillé de rose et de violet et portait un diadème de princesse, se contenta de rire. Il avait promis à Renatta de ne rien faire qu'il regretterait plus tard, mais pour l'heure, il ne trouvait rien de plus stupide à faire que de se remettre entre les mains de Billy et Lenox.

— Nous voulons voir de jolis seins et de beaux culs — bredouilla Ernest, car notre ami Jonathan se marie demain. Le pauvre gars ne pourra plus voir d'autres seins et d'autres culs que ceux de sa femme pour le reste de sa vie.

— Ferme ta gueule — dit Lincoln en marmonnant des excuses aux autres joueurs qui se contentèrent de rire, tu n'es pas au cirque.

— Ahhhhh, tu es ennuyeux, petit Linc — dit Ernest.

Il tituba pour aller vers Linc et le serrer dans ses bras.

— Es-tu tellement amoureux de la blonde californienne que tu n'aimes plus voir de nouveaux seins et de nouveaux culs ? Ouh. Quel rabat-joie !

Il regarda autour de lui et demanda :

— Ce type n'est-il pas un véritable rabat-joie ?

— Ernest — dit Lenox en le secouant, si tu ne te tais pas, je te jure que je t'emmène moi-même dans ta chambre et que je t'y enferme jusqu'à demain matin.

Samuel secoua la tête, en gloussant. Tristan rit.

— Pff — répondit Ernest, en s'asseyant et en posant ses jetons pour un autre tour. Cette histoire de mariage m'enlève mes amis.

Jonathan leva les yeux au ciel et tendit un jeton de cinquante dollars au croupier en guise de pourboire. La nuit promettait d'être longue, mais pas du tout ennuyeuse.

# CHAPITRE 16

Brooke sortit du bureau quand elle entendit la voix animée et excitée de Mildred. Sa gouvernante n'avait pas l'habitude d'avoir ce genre de réaction, et Lincoln n'avait pas l'habitude de rendre visite aux gens à 11h du matin. Elle ne pensait pas qu'il puisse y avoir un nouveau désastre à Blue Oaks, car l'endroit était calme depuis des jours, grâce à l'aide personnelle de son beau compagnon.

Elle laissa l'ordinateur allumé, car le test du logiciel pour Blue Oaks avait réussi, et elle s'avança jusqu'à l'entrée. Elle s'arrêta immédiatement. Elle resta statique pendant un moment, et observa la silhouette masculine qui s'avançait. Un tourbillon d'émotions la submergea.

Les années avaient été clémentes avec Matteo. Ses cheveux noirs étaient gominés, il portait une courte barbe et ses yeux bruns étaient toujours aussi malicieux. Il avait l'air en forme, et il était très élégant dans son costume de bureau. Il était bronzé, probablement sous l'effet de l'été européen.

— Je croyais que tu arriverais lundi ! — s'exclama Brooke en portant sa main à sa bouche, car c'était l'information qu'il lui avait donnée. C'est un vendredi inattendu.

Mildred sourit et marmonna qu'elle avait terminé son service. Elle reviendrait à la fin du week-end.

— Surprise ! Inattendu mais dans quel sens, agréable ou désagréable ? Je suis terriblement fatigué par le décalage horaire... peut-être que mes neurones ne fonctionnent pas bien — dit-il en riant et en lui ouvrant les bras.

Brooke rit et le rejoint.

— C'est agréable, Matt.

Le passé et le présent se croisait. Elle était contente de voir Matteo, surtout qu'il lui avait donné la chance de recommencer sa vie.

— Cela fait tellement d'années... — dit-elle en s'éloignant doucement, en souriant. Quelle surprise.

La situation semblait irréelle. Elle avait souvent imaginé ce que ce serait de revoir Matteo Sarconni en personne. Et maintenant, au moment où ça arrivait, ça semblait aussi naturel que s'ils s'étaient vus hier. Ils n'avaient jamais été amants, car Brooke avait compris, non sans déception, que Matteo n'avait pas d'attirance spécifique pour elle. Toutes les filles de son entourage recevaient les mêmes attentions de sa part. Et puis, bien sûr, il allait devoir s'expliquer car le ressentiment et la tragédie avaient pris le dessus dans leurs vies.

— Tu es magnifique et tu as fait beaucoup d'efforts pour ce ranch. J'apprécie. Je suis sûr que Blue Oaks s'est épanoui rien qu'avec ta présence — dit-il en lui faisant un clin d'œil.

Elle attribua son charme à ses racines italiennes.

— Je sais que je t'ai dit que je t'inviterais à dîner pour parler, mais je voulais te surprendre pour que tu n'aies pas la possibilité de refuser de manger avec moi.

— Tu n'as pas changé, arrête de flirter — dit-elle en souriant, et tu sais que je n'allais pas refuser de dîner avec toi, parce qu'on se connaît depuis belle lurette. Même si je n'étais pas venu au Texas, tu serais allé en Californie à un moment donné.

Il hocha la tête avec un sourire. L'amitié entre eux était intacte, et ça lui faisait plaisir.

— Au fait — dit-il avec enthousiasme, je viens de tester le logiciel que j'ai créé pour automatiser les processus du ranch et il fonctionne très bien. Je vais le laisser fonctionner pendant quelques semaines et je le corrigerai si je trouve des défauts.....

— Brooke — dit-il d'un ton doux en l'interrompant, allons-y doucement. D'abord, je veux savoir si tu vas bien et si tu as été traitée avec respect ici. Je sais que tu as toujours été assez indépendante, mais un ranch est un travail d'équipe. Dis-moi honnêtement comment tu vas.

Elle soupira et hocha la tête.

— Bien que la période d'adaptation ait été longue, je me sens à l'aise ici. Les employés ont été d'un grand soutien. Non seulement ils ont une éthique, mais ils sont aussi très gentils. Ils l'ont été dès mon arrivée.

Il regarda autour de lui, cela ne ressemblait plus à la maison sans chaleur qui avait été laissée par le précédent directeur. Il aimait que Brooke ait ajouté sa touche personnelle. En effet, l'ambiance était chaleureuse.

— Tu as fait un bon travail sur la propriété, la maison est très agréable. Je vais dire à Georgia d'envoyer un décorateur professionnel pour peaufiner les détails en tenant compte de ton opinion. Qu'en penses-tu ? — demanda-t'il en tapant du doigt sur son menton.

— C'est ton budget, c'est toi qui vois, mais la maison me convient comme elle est.

— C'est fait — dit-il en envoyant rapidement un sms à Georgia. Elle va programmer le rendez-vous et tu diras ce que tu en penses.

— Tu attends de moi que je ne donne pas mon avis ? — demanda-t'elle en riant.

— Oh, absolument pas, ma chère amie.

— Viens — dit-elle en tournant le dos à l'escalier, je vais te montrer comment j'ai décoré le reste de la maison. Avec un petit budget, j'ai réussi à me débrouiller.

Ils étaient à l'étage, et il fut heureux de constater qu'il n'y avait plus de chaises cabossées ni de pièces inoccupées. Brooke avait tout arrangé. Ce qu'il avait considéré comme un endroit à fuir était maintenant un espace très agréable. Ils se rendirent dans le jardin, où elle avait planté de la menthe, du thym, et du basilic. Ensuite, il accepta le verre de limonade fraîche qu'elle lui donna, et il s'assit à la table avec son amie.

— J'aime la maison comme elle est, merci d'avoir fait revivre cet endroit.

Brooke hocha la tête.

— As-tu fait des affaires en Europe ?

— J'ai passé des contrats, le reste est en négociation jusqu'à ce que nous parvenions à un accord final. Brooke, que dirais-tu de me faire visiter le ranch, de m'expliquer tes projets, les problèmes rencontrés, et de me montrer les statistiques ? À moins que tu n'aies prévu autre chose, parce que je sais que je suis ici sous l'impulsion du moment, alors nous pouvons nous caler la semaine prochaine.

Elle n'avait rien de prévu, elle avait eu son cours de zumba la veille, et Lincoln était avec ses meilleurs amis et ses frères à Las Vegas, pour célébrer l'enterrement de vie de garçon de Jonathan. Renatta et Jonathan se mariaient le lendemain au coucher du soleil à Golden Ties. Brooke avait trouvé une robe longue divine à col V sans manche, en soie et organza, dans une teinte violette. La robe était superbe, sensuelle, et élégante. Elle l'avait acheté à une vente qu'elle avait vue chez Neiman Marcus.

— C'est les heures de bureau, Matt — dit-elle en se redressant avec un sourire. Le seul problème, c'est que tu es en costume. La journée va être longue et tu vas te salir.

— Bah — répondit-il en se regardant, ce n›est pas grave. Je n›ai pas l›intention de faire de ces visites une habitude. De plus, c›est toi la responsable. Au fait, le style *cowgirl,* bottes, jeans et tout le reste, ça te va bien. Quand on aura fini la visite à Blue Oaks, je retournerai à mon appartement en ville, je prendrai une douche et ensuite, j'irai dîner avec toi. C'est une bonne idée, non ?

Brooke sourit. Elle devait donc se préparer mentalement pour la soirée à venir, car rouvrir les dossiers du passé n'était pas toujours agréable.

— C'est ce que nous avions convenu il y a longtemps, donc c'est bon. D'abord, je te montrerai les statistiques et les dépenses, leurs justificatifs, et les projets — dit-elle en désignant le bureau, cela prendra au moins deux heures. Alors, c'est parti — dit-elle en attrapant les clefs du 4x4, nous allons visiter le ranch, qui est beaucoup mieux maintenant que si tu étais venu quelques semaines plus tôt.

Ils entrèrent dans le bureau qui avait une vue latérale sur le champ.

— Comment ça ? — demanda-t'il avec curiosité, alors qu'elle ouvrait le document Excel et le programme comparatif qu'elle avait créé spécifiquement pour les résultats.

— Je suis entourée, comme je te l'ai dit, de personnes généreuses qui m'ont aidée — dit-elle de manière énigmatique, car elle se souvenait que Lincoln avait des différends avec Matteo. Grâce à cela, j'ai pu commencer à faire prospérer le ranch. J'ai commencé à réduire les dépenses — dit-elle en montrant les montants, mais après la débâcle initiale que je vais t'expliquer, cela prendra un certain temps pour arriver à des chiffres corrects. J'y arriverai, c'est sûr.

— Brooke, je n'en doute pas — dit-il en la regardant, alors qu'elle continuait à lui présenter feuilles de calcul après feuilles de calcul.

— Merci, Matt. J'ai pu augmenter lentement les profits grâce aux nouvelles machines dans lesquelles j'ai investi pour les cultures, et j'ai même acheté des animaux pour créer un marché et vendre des produits laitiers, pour générer des liquidités et ne pas dépendre de la caisse de Wild Homes. Qu'en penses-tu ? – demanda-t'elle en souriant.

— J'aime ce que j'entends et ce que tu me montres à ľécran.

— C'est juste que je suis encore dans le rouge — déclara-t'elle avec une certaine appréhension.

— Prenons les choses étape par étape — répondit-il en prenant son visage dans ses mains dans un geste fraternel. Puis tu me feras visiter mon ranch, ok ?

Elle fit un bref signe de tête et il la relâcha doucement. Puis ils entamèrent une conversation sur les chiffres, les projections et des anecdotes.

Lorsqu'ils en eurent fini avec la partie administrative, ils prirent le 4x4 et Brooke lui raconta toutes les situations ridicules qu'elle avait vécues, notamment les plaintes concernant les permis de construire et le problème d'assainissement. Matteo se contenta d'écouter attentivement. Puis ils se rendirent à chaque poste de travail de Blue Oaks. Matteo salua ses employés, bavarda avec eux, jusqu'à ce qu'ils atteignent la clairière où se trouvait le ruisseau. Puisque Brooke avait eu les permis, le bungalow était construit.

La visite leur prit jusqu'à 18h. Matteo avait prévu de partir pour son penthouse, avec l'intention de retourner ensuite à Blue

Oaks pour emmener Brooke dîner. Il se fichait de devoir faire plusieurs allers-retours entre Lago Vista et Austin, du moment qu'il tenait sa promesse de faire table rase du passé. Brooke l'attrapa par le bras. Il la regarda attentivement. Il aimait le sentiment que, malgré le temps, leur relation semblait avoir repris là où elle s'était arrêtée, avec quelques cicatrices en plus dans la vie de chacun.

— Matt — dit-elle prudemment.

Il pencha la tête sur le côté.

— Oui, ma belle ?

— Avec toutes les dépenses que j'ai faites, les projets que je planifie, et le fonctionnement actuel de Blue Oaks, j'ai besoin que tu me dises si tu penses que je peux continuer à faire ce travail. Je veux ton point de vue sincère d'homme d'affaires.

Matt fronça les sourcils.

— Brooke, tu as fait mieux que je n'aurais pu faire, même avec mes connaissances. Tu es une meilleur administratrice que personne ne l'a été avant toi. Je ne vais pas te virer, j'aime que tu sois à Austin, mais surtout, j'aime la façon dont tu donnes lentement mais sûrement ta touche personnelle à ce ranch et le relooke. Tu lui as redonné vie ! Les pertes sont inévitables, dans n'importe quelle entreprise. En outre, et c'est une chose que je prends en compte, tu manques d'expérience pour gérer un endroit aussi important. Cependant, je dois être honnête, il y a quelque chose qui ne correspond pas tout à fait à ce que tu m'as dit.

— Qu'est-ce que c'est ? — demanda-t'elle, soulagée, plus qu'elle ne pourrait le décrire, de savoir que Matteo était confiant malgré le désastre.

Il n'allait pas la virer.

— Mes employés ont des rôles et des horaires de travail très spécifiques. Je suis curieux de savoir lequel d'entre eux s'est le plus impliqué ces derniers temps, au point que le ranch, malgré de terribles revers, ait pu se stabiliser ? Je pense qu'il mérite une augmentation. Ce serait une chose juste à faire.

Brooke souffla. Elle n'aimait pas la tournure que prenait la conversation. Elle n'avait pas parlé à Lincoln de l'arrivée de Matteo, car il n'était pas prévu qu'il atterrisse à Austin avant le mariage de

Renatta et Jonathan. Elle avait prévu de lui en toucher deux mots à la fin de la cérémonie, ainsi que de sa fausse couche.

— Il n'a pas été employé et n'a rien coûté.

Matteo se gratta la tête en réfléchissant.

— Comment ça, ma belle ?

— C'est un de tes vieux amis qui m'a aidé... Matt, je sais que toi et lui ne vous entendez pas très bien aujourd'hui. Je ne sais pas à quel point vos disputes d'adolescents étaient violentes ou stupides, alors je ne voulais pas t'en parler. Ça n'a pas de sens.

— Brooke.

Elle souffla.

— Lincoln Kravath.

La réaction de Matteo la prit complètement au dépourvu : il rit longuement et bruyamment. Puis il la regarda un moment, prit son visage dans ses mains et l'embrassa sur le front, comme il le faisait depuis très longtemps quand elle lui donnait des réponses qui lui semblaient soit naïves, soit adorables.

Brooke fronça les sourcils et croisa les bras.

— Je ne comprends pas pourquoi tu ris — dit-elle.

— Je suis amusé que mon rival de toujours t'aide — répondit-il simplement, mais il n›était pas stupide et mettait les choses en place dans son esprit, surtout après la contre-offre qu'il avait reçu de Lincoln.

Kravath avait fait la proposition financière la plus élevée et la plus rentable de toutes, mais Matteo avait reçu l'appel de Brooke et ça avait tout changé. Il savait à quel point cet abruti prétentieux était ambitieux et déterminé, il avait donc une petite idée de la réponse que Brooke allait donner à sa prochaine question :

— Ma belle, dis-moi pourquoi voudrait-il améliorer Blue Oaks ? Lincoln a une société de plusieurs millions de dollars à gérer. C'est très étrange — dit-il en se grattant la barbe et en feignant la naïveté.

Elle soupira.

— Parce que je sors avec lui et qu'il me soutient en me recommandant des fournisseurs, et en faisant des suggestions. Grâce à sa contribution, j'ai une ligne directrice pour travailler — dit-elle en levant les yeux au ciel. C'est une question sans importance, car ce qui compte vraiment, c'est le ranch.

— Et quand ces désastres ont-ils commencé à se produire ? Ont-ils eu lieu avant que vous ne sortiez ensemble ou après ?

— Où veux-tu en venir ? Si c'est le décalage horaire qui te rend un peu groggy, alors je te propose un café pour te réveiller.

Il rit et passa son bras autour de ses épaules, et l'attira contre lui.

— Je devrais peut-être lui envoyer un mot de remerciement pour t'avoir aidée.

— Matteo, sérieusement, laisse tomber. Si tu le fais pour l'ennuyer, ne le fais pas. Si tu le fais sincèrement, alors ça en vaut la peine. On peut arrêter de parler de Linc ?

Il hocha la tête et la regarda fixement. D'abord, il devait éclaircir le passé avec elle, puis il lui ferait la grande faveur d'enlever le bandeau de ses yeux. Brooke ne connaissait pas les tenants et aboutissants de la négociation de Blue Oaks, et apparemment elle n'avait pas non plus réalisé que son «petit ami» avait essayé de la saboter. Qu'est-ce qui aurait pu faire changer d'avis Lincoln à la dernière minute ? Ça semblait suspect. L'homme était un requin quand il s'agissait du business.

— Je passe te prendre dans une heure. Tu aimeras le restaurant que j'ai en tête — dit-il sur son ton nonchalant habituel.

Elle sourit, notant qu'il n'avait pas approfondi le sujet de Lincoln. Il lui semblait absurde que deux hommes de 34 ans continuent à se disputer inutilement depuis leur adolescence. Ils n'avaient plus l'âge de ces bêtises. Brooke pensait que Matteo devrait faire la paix avec Lincoln et le remercier de l'avoir aidé avec le ranch.

— C'est noté — dit-elle en souriant, avant de fermer la porte et de monter à l'étage.

Après avoir pris une longue douche, elle choisit une paire de boucles d'oreilles papillon avec des cristaux Swarovski. Elle allait avoir besoin d'avoir l'esprit clair pour cette conversation avec Matt. Elle se dirigea vers l'endroit où se trouvait l'album de Raffe et s'assit, avec l'album sur ses genoux, sur le bord du lit. Pour la première fois depuis de nombreux mois, elle l'ouvrit. Elle lut les quelques lettres dans lesquelles il s'excusait de ne pas avoir été honnête avec elle, de l'avoir impliquée dans des situations dangereuses, de l'avoir abandonnée pendant des mois quand il était en clinique de désintoxication. Il y promettait de ne pas rechuter et d'aller mieux.

C'étaient des promesses non tenues, mais Brooke n'avait jamais cessé d'aimer son frère. En dépit de tout.

*Brooke.*
*Il y a des années.*
*Los Angeles, Californie.*

*Le plus bel homme du monde s'appelait Matteo Sarconni et était le camarade de classe de son frère au lycée. Il venait d'arriver du Texas, donc il parlait avec un accent assez particulier. Il avait 15 ans, le même âge que Raffe. Très vite, le nouvel arrivant devint un invité récurrent de la maison Sherwood, alors que la mère de Matteo préférait passer son temps en société. Elle n'était pas une mauvaise personne, mais il semblait que l'influence de la vie à Los Angeles ait eu raison de cette femme.*

*Brooke vit Matteo grandir, tout comme lui la vit grandir. Elle aimait qu'il ne la tienne jamais à l'écart, même si Raffe invitait beaucoup d'amis à la maison lors des fêtes qu'il organisait. Raffe avait neuf ans de plus que sa sœur, et Matteo était son meilleur ami.*

*Vers l'âge de 16 ans, alors que son frère en avait 25, Brooke commença à se rendre en cachette à des fêtes dans le jardin, auxquelles ses parents lui interdisaient d'assister. Comme il y avait toujours beaucoup d'invités, il était difficile de savoir si elle avait obéi ou non aux ordres de ses parents. Parfois Brooke et Kristy étaient encore plus audacieuses, elles se cachaient sur le siège arrière de la voiture de Raffe, et il ne le remarquait pas jusqu'à ce qu'ils soient déjà loin, déjà à une fête avec Matteo.*

*Matteo, au lieu de gronder Brooke, riait et lui disait de ne pas faire de bêtises, mais que si jamais elle en faisait, il serait là pour s'occuper d'elle. Au début, elle crut qu'elle était amoureuse de lui. Elle aimait ses attentions, son sens de l'humour, sa manière de l'embrasser sur le front quand elle disait des choses drôles, gentilles ou naïves, mais il semblait que son coup de cœur n'était pas vraiment réciproque. Il ne lui donna aucun signe positif. Elle était troublée par sa gentillesse et son affection et elle se demandait parfois si elle ne devenait pas folle. Mais la réponse n'avait pas d'importance. Elle avait d'autres idées en tête, et son corps mince commençait à montrer des courbes plus prononcées.*

*— Je veux qu'il soit mon premier — dit-elle à Kristy un soir, alors qu'elles s'habillaient pour une fête.*

*Elles allaient fêter l'anniversaire de Raffe dans un manoir à près d'une heure de Beverly Hills, mais bien sûr elles n'étaient pas invitées à cause de leur âge. La famille Sherwood avait déjà organisé un barbecue pour fêter l'anniversaire de Matteo en compagnie de sa mère, qui, bizarrement, s'entendait très bien avec Vera et ses manières pétulantes.*

*— Mais chaque fois que j'essaie de l'approcher ou de lui faire des avances, il m'arrête d'une manière qui me met en colère.*

*— Qu'est-ce que ça veut dire ?*

*— Qu'il préfère garder ses couilles en place, parce que Raffe le tuerait s'il se passait quelque chose avec moi, et qu'il m'aime comme une petite sœur. Ne voit-il pas les efforts que je fais pour lui ? — demanda-t'elle en montrant son chemisier rouge sans bretelles et sa jupe courte qui montrait ses hanches et ses fesses. Regarde mes Louboutins — dit-elle en remuant ses pieds pour que Kristy puisse les admirer. Je peux te dire que s'il me rejette aujourd'hui, alors, crois-moi, je ne lui parlerai plus jamais.*

*Kristy rit.*

*— Le fait est que Matteo a beaucoup de femmes de son âge à sa disposition, Brooke. Il n'est pas avec quelqu'un en particulier. Il flirte, mais je ne l'ai jamais vu faire plus que ça. Peut-être qu'il attend la femme parfaite.*

*Brooke se désigna du doigt.*

*— Allez, idiote, calme-toi un peu, d'accord ? Il y a un détail très important à ne pas oublier : il va avoir 26 ans et toi 17. Tu n'es pas majeure. Tu imagines les ennuis qu'il aurait s'il couchait avec toi ? Ce serait imprudent : tu créerais une situation très gênante, pernicieuse et triste. Tu peux tenir encore un peu... N'est-ce pas ?*

*Brooke rit.*

*— Je veux juste un baiser ! Je veux juste qu'il me touche un peu et ressentir ces émotions dont on parle tant au lycée ! — dit-elle en soufflant, tout en appliquant son rouge à lèvres.*

*Kristy sortit du lit et s'arrêta devant Brooke, en croisant les bras.*

*—-Tu peux peut-être lui faire un strip-tease, mais sérieusement, ne mets pas Matteo dans une position difficile. Attends d'avoir 18 ans. Si tu lui fais un strip-tease volontaire, il n'a pas besoin de te toucher. Quand ses pupilles se dilateront et que sa respiration s'accélèrera, tu auras réussi à capter son attention. Puis tu regarderas sa braguette, et si le renflement appuie sur son*

*pantalon avec une dureté évidente, au moins, tu sauras que tu l'intéresses vraiment.*

*— Comment sais-tu tout cela ? — demanda-t'il en riant.*

*— Je l'ai fait il y a quatre jours avec Craig Burson — dit-elle en lui faisant un clin d'œil.*

*— C'est pas vrai ! Et tu ne m'as rien dit ! — dit-elle en attrapant un oreiller et en le jetant sur sa tête.*

*Kristy rigola.*

*— Comment ça s'est passé ? Comment tu t'es sentie ?*

*Kristy passa quinze minutes à lui donner tous les détails de la façon dont elle avait perdu sa virginité avec le capitaine de l'équipe de football du lycée dans une des salles de classe vides. Quand elle finit de tout raconter, Brooke sourit, parce qu'elle voulait vivre la même chose avec Matteo. Ce soir serait le soir.*

*Après la cure de désintoxication de son frère, les pleurs de Vera, la colère de Nicholas, la décision de l'envoyer de nouveau en centre de désintoxication pour la troisième fois, Brooke avait besoin d'une pause. Savoir que Raffe était sorti de sa dernière cure depuis un mois et qu'il allait mieux lui avait remonté le moral. Son frère était un homme brillant avec un avenir incroyable, et parfois elle ne comprenait pas pourquoi les gens se faisaient du mal. Les drogues n'avaient pas pour but de se faire du bien, mais de se faire du mal et, avec cela, de faire du mal aux proches, que ce soit les parents, les frères et sœurs, les conjoints, les enfants, ou les amis. Le plaisir de ces «voyages» n'en valait pas la peine, car, dans la grande majorité des cas, s'ils ne s'arrêtaient pas, ils se terminaient par la mort.*

*Brooke garda les lettres que Raffe lui écrivait lorsqu'il était en cure. Il lui disait combien il l'aimait et lui conseillait de ne jamais essayer la drogue. Il lui racontait à quoi ressemblait sa vie quotidienne, avec quel type de patients il vivait, comment se déroulaient les séances et combien les premiers jours étaient difficiles quand il n›avait pas de médicaments. Son corps souffrait du manque de cocaïne ou d'héroïne jusqu'à ce qu'il finisse par s'en libérer. Brooke souffrait avec lui, mais elle n'avait jamais cessé de le considérer comme le meilleur frère du monde.*

*— Comme je viens de te le dire, c'était mémorable. Bien sûr, si tu enlèves la douleur lorsqu'il m'a pénétrée — dit-elle en haussant les épaules. Le reste est intéressant. Quoi qu'il en soit — dit-elle en agitant la main, es-tu prête à partir ? La maison de Caroline Drover est à 20 minutes d'ici. On va prendre un taxi, parce que si c'est une surprise, on ne peut pas demander à Raffe de nous amener. La jeune sœur de Caroline est mon amie, donc on est sur la liste d'invités VIP, on n'aura aucun problème à l'entrée.*

*Brooke tapota ses mains en signe d'excitation.*

*— Ah, tu as pensé à tout ! — s'exclama-t'elle en prenant la main de son amie pour descendre et commencer cette aventure.*

*Elle allait tenter de séduire Matteo. Elle savait que, lors de ces fêtes privées, certains couples montaient dans les chambres pour faire l'amour ou se retrouvaient dans des endroits un peu à l'écart pour se tripoter. Ils avaient tous une vingtaine d'années, contrairement à elles deux, mais elle trouverait où Matteo serait et le surprendrait ensuite.*

*Brooke adorait Raffe et essayait d'apprendre son mode de vie sophistiqué. La seule chose qu'elle n'aimait pas, c'était de savoir qu›il consommait de la cocaïne et c›est pourquoi, ce n›était pas un secret dans la maison, il avait l›habitude d'être dans un état d'euphorie presque constant. Il partageait un penthouse avec Matteo et, quand il en avait envie, il passait quelques jours dans le manoir familial. Elle savait aussi que Matteo essayait de le sortir de la drogue, mais Brooke pensait que, d'une certaine manière, ils y avaient tous deux succombé. Le Texan avait seulement un peu plus de volonté que Raffe.*

*La fête d'anniversaire organisée pour Matteo se déroulait dans une maison à deux étages à Laguna Beach. Il y avait une piscine au dernier étage et les gens dansaient, mangeaient et, bien sûr, flirtaient. Tout le monde était habillé très chic. Une fois à l'intérieur, Brooke était heureuse de porter ses vêtements de marque. Kristy était superbe dans sa robe Gucci argentée et sa sandales assorties.*

*— Joyeux anniversaire ! — s'exclama Brooke en voyant Matteo, entouré de femmes superbes dans des robes qui dissimulaient à peine leurs attributs physiques.*

*Il sourit.*

*— Je ne pouvais pas manquer cette fête, merci de m'avoir invitée — dit-elle avec sarcasme, car ils étaient tous deux conscients qu'étant mineure, elle n'avait pas été invitée à cette méga fête.*

*Il mit ses bras autour d'elle et l'embrassa sur sa joue.*

*— C'est une surprise. Merci d'être venue — dit-il avec un clin d'œil.*

*Puis il regarda Kristy.*

*— Une meilleure amie ne peut pas être moins belle que l'autre. Tu es éblouissante. Quand vous serez plus grandes, vous allez briser beaucoup de cœurs.*

*— Sarconni, tes compliments sont sympathiques, mais ils ne m'émeuvent pas — répondit-elle avec son sarcasme habituel, mais je les tolère aujourd'hui parce que c'est ton anniversaire. Félicitations !*

*Matteo rit. Il chercha Raffe, qui était avec un groupe d'amis. Ses nouveaux fournisseurs de drogue. Cela le peina de voir qu'il recommençait. Dommage qu'il avait de l'argent pour se droguer, et en consommer de plus en plus. Tout ce qu'ils avaient construit ensemble s'effondrait à chaque fois qu'il prenait le mauvais chemin. Il était sorti il y a moins d'un mois d'un centre de désintoxication, et maintenant il semblait être de nouveau sur la voie de la consommation à outrance.*

*Il ne supportait pas cette situation, car il avait tout fait pour éloigner Raffe de sa dépendance : retraites de désintoxication spirituelle, méditation, voyage au Tibet, consultations de psychiatres, discussions avec d'autres toxicomanes qui disaient à Raffe qu'il était encore temps de ne pas tout perdre, menaces de ne plus se voir, mais rien. Rien n'avait fonctionné. Même s'ils vivaient ensemble, il ne pouvait pas garder un œil sur Raffe tout le temps, surtout qu'ils travaillaient tous les deux dans des entreprises différentes. Il savait que son meilleur ami sortait tôt le matin chercher désespérément un fix pour soulager son besoin de drogue et dissiper son stress. Brooke l'appelait souvent, désespérée et angoissée, pour lui demander d'aller chercher son frère parce qu'elle n'avait pas de nouvelles de lui depuis deux jours. Elle lui demandait de le faire sortir de là où il était.*

*Lorsque Raffe était sobre, il vivait entre la maison de ses parents et le penthouse qu'il partageait avec Matteo, à vingt minutes de route à Beverly Hills. Mais lorsqu'il consommait, alors personne ne savait avec certitude s'il était dans un hôtel ou chez un autre toxicomane en train de se shooter. C'était violent.*

*Alors que Brooke et Kristy se dispersaient parmi les invités, Raffe s'approcha de Matteo.*

*— Comment ces deux-là sont-elles entrées ici ?*

*— Tu sais que Kristy et Brooke sont malignes. Personne ne va leur dire quoi que ce soit, laisse-les faire.*

*Raffe lui dit qu'il voulait lui parler de quelque chose, et Matteo hocha la tête. Tout en marchant, il saluait des amis et des connaissances, il était assez populaire. Contrairement aux habitants d'Austin, les habitants de Los Angeles avaient tendance à faire la fête plutôt que d'organiser des activités en plein air ou de passer la nuit dans une cabane en dehors de la ville.*

*La mère de Matteo avait choisi de venir à Los Angeles pour lui donner la chance de découvrir qui il était vraiment. Et il avait, trois ans après son arrivée, enfin réussi à le faire. Au Texas, il subissait la pression de son grand-père qui le poussait à devenir avocat, la pression de ses amis pour prouver qu'il aimait chasser et qu'il était macho, et il ne gérait pas bien tout ça. Il n'aimait pas la pression.*

*A Austin, il ne s'était jamais senti dans son élément. La seule façon de rompre le statu quo, d'une certaine manière, c'était de se déchaîner contre la personne qui représentait, au lycée, tout ce que Matteo détestait, tout ce que son grand-père voulait qu›il soit, mais ne pourrait jamais être. C'est pour cela qu'il avait pris l'habitude de s'opposer constamment à Lincoln Kravath.*

*Kravath était le «golden boy» du lycée et le mondain le plus populaire d'Austin. Comme ses frères. Lincoln avait toujours les filles les plus sexy à son bras, il baisait qui il voulait, il avait de bonnes notes, et ses performances sur le terrain de football étaient impressionnantes. Matteo, pour prouver à son grand-père et à son père qu'il était aussi capable que n'importe qui d'autre, et qu'il pouvait relever n'importe quel défi, se lança dans la compétition avec Lincoln. Rafting, course de moto, kayak, escalade, qui pouvait baiser le plus de femmes à une fête, qui pouvait obtenir le meilleur score sur le campus contre l'équipe de football adverse…*

*Chaque fois qu'ils se croisaient quelque part, Matteo le défiait. Lincoln avait le même esprit de compétition que Matteo. S'ils n'étaient pas d'accord, ils se battaient à coups de poing. Si Kravath avait une femme à son bras qui attirait l'attention de Matteo, alors il trouvait un moyen de la baiser tôt ou tard, et vice versa. Le but était toujours de s'affronter, d'embêter l'autre et, dans la mesure du possible, de gagner.*

*Matteo passa plusieurs années dans ces querelles, mais il en arriva au point où ses troubles émotionnels étaient trop importants. Il ne supportait plus de se regarder dans le miroir et il avait reçu plusieurs avertissements au lycée. Il n'irait pas à l'université s'il restait à Austin. Lorsqu'il expliqua à sa mère et à son père ce qu'il pensait, pourquoi il ne se sentait pas à sa place, ils décidèrent qu'il devait quitter le Texas pendant quelques années jusqu'à ce qu'il se trouve. Ses parents étaient compréhensifs, mais pas son grand-père. Moins d'un an après l'arrivée de Matteo en Californie, les Sarconni divorcèrent.*

*Matteo avait trouvé sa vérité, et il la partageait avec Raffe. Il savait que Brooke était amoureuse de lui, mais il était conscient qu'elle était mineure, et qu'il ne voulait pas la blesser en lui expliquant qu'il ne ressentait pas la même chose. Il aimait flirter avec elle, parce qu'il trouvait amusant de la voir rougir, mais il n'aurait jamais posé la main sur elle. Matteo se mentait à lui-même depuis longtemps déjà, mais c'était une explication qu'il ne pouvait pas donner à une fille comme elle : innocente, avec les rêves d'une personne de neuf ans sa cadette. Peut-être, plus tard.*

*— Matt, la maison est surpeuplée, mais Caroline m'a assuré que nous pourrions utiliser sa bibliothèque — dit Raffe. Ce que j'ai à te dire ne peut pas attendre.*

*— Est-ce que ça a à voir avec ces gars qui étaient avec toi ? – demanda-t'il, en colère. Je pensais qu'on avait réglé la question des substances. Tu as été en cure de désintoxication deux fois, Raffe, ne fais pas ça aux gens que tu aimes. Arrête.*

*— Je sais que nous avons traversé des moments difficiles, tu as toujours été là, j'apprécie beaucoup, mais je ne veux pas discuter de ce que je dois te dire en public.*

*Matteo grimaça et hocha la tête. Il tapa l'épaule de Raffe. Ils se dirigèrent vers l'intérieur de la maison, dans une zone à laquelle les invités n'avaient pas accès. Ils savaient tous deux que les amis proches de Caroline, l'hôtesse et organisatrice de la fête d'anniversaire, avaient accès aux sept pièces du manoir, mais ni Matteo ni Raffe n'allaient ouvrir une de ces portes qui pourrait leur réserver une surprise désagréable. La bibliothèque était un territoire plus confidentiel. Aucun des deux ne remarqua que Brooke et Kristy étaient derrière eux. Les deux filles se regardèrent comme si le plan de Brooke allait marcher.*

*Brooke avait décidé qu›elle attendrait qu'ils terminent leur conversation et quand elle verrait son frère quitter la bibliothèque, alors elle dirait à Matteo de ne pas partir. Elle savait qu'il serait d'accord, car il lui refusait rarement quelque chose. Parfois quand ils étaient dans la piscine du manoir de Sherwood, alors il faisait semblant de ne pas remarquer les positions provocantes qu'elle prenait. Elle voulait lui avouer qu'il l'attirait et qu'elle voulait faire sa première fois avec lui, mais que jusqu'à ce qu'elle soit assez grande, elle se contenterait d'un baiser.*

*— Tu crois que ça fait assez longtemps ? — demanda Kristy d'un ton calme.*

*Elles étaient accroupies derrière un pilier près d'un long rideau, attendant que Raffe sorte. Elles étaient là depuis presque quarante minutes, et il n'y avait aucun signe de sortie. Quelle conversation pouvaient-ils avoir ? C'était des colocataires ! Parfois les hommes étaient ridicules.*

*— J'ai l'impression qu'ils se disputent — marmonna Brooke quand elle entendit des sons aigus. Il s'est peut-être passé quelque chose au travail. Qui sait ?*

*— Je vais aller à l'entrée du couloir, si l'une des amies commères de Caroline a l'idée de venir ici, je te préviens.*

*— Attends, Kristy — dit Brooke en attrapant son avant-bras, je ne vais pas attendre des heures. Que dois-je faire ?*

*— Honnêtement, même s'ils sont en train de discuter, tu peux quand même les interrompre. Après tout, ce n'est pas la première fois que tu fais ce que tu*

veux et que tu entres sans frapper à la porte d'une bibliothèque ou d'un bureau — dit-elle en gloussant doucement. Je suis certaine que Raffe te regardera avec son habituelle expression d'incompréhension, mais quand tu lui diras que tu veux poser une question à Matteo, alors il reportera sa discussion à plus tard.

— Tu as tout compris. Parfois, tu me fais peur, Kristy.

— Peut-être que quand je serai grand, je deviendrai détective — dit-il en faisant un clin d'œil avant de s'éloigner furtivement et de se diriger vers le couloir.

Brooke fit signe qu'elle pouvait la voir parfaitement. Brooke compta jusqu'à dix. Elle ne voulait pas attendre plus longtemps. C'était le moment ou jamais.

Lorsqu'il ouvrit la porte, son cœur se déchira en deux, son esprit se posa mille questions chaotiques et elle voulut s'enfuir. Cependant, ses pieds semblaient ancrés à la porte, incapables de bouger, comme s'ils avaient été collés avec du ciment.

Devant elle, se tenaient son frère et Matteo en caleçon et chemise ouverte, s'embrassant et se serrant le pénis, par-dessus leurs vêtements. Maintenant, elle comprenait les sons forts qu›elle avait entendus. Ce n›était pas des disputes, mais des putains de gémissements de plaisir masculin. «Oh, mon Dieu. Oh, mon Dieu. Oh, mon Dieu.»

Ils entendirent le souffle de Brooke et se retournèrent en même temps. Matteo se rhabilla rapidement et Raffe fit de même, en jurant.

— Putain, Matteo, je t'avais dit de fermer cette putain de porte.

— Je suis désolé, parfois mon cerveau me fait défaut, bébé — répondit-il avec indifférence.

Raffe avait demandé à Matteo de lui prêter vingt mille dollars, car il avait commandé de la drogue avant la dernière cure et n'avait aucun moyen de la rembourser maintenant. Les hommes à qui il devait de l'argent l'avaient retrouvé et avaient réussi à se faufiler dans la fête; ils avaient menacé de le tuer. C'était signe qu'il était suivi. Sa vie était en danger.

Il demanda à Matteo de lui prêter l'argent, et lui dit qu'il le rembourserait dès que possible. Il lui expliqua que c'était sa seule issue, parce que son compte en banque était vide et qu'il serait impossible de justifier un prêt d'un montant aussi élevé auprès de Nicholas ou de Vera, et encore moins de parler à son patron et de demander une avance sur salaire alors qu'ils lui accordaient déjà des autorisations spéciales pour aller en cure de désintoxication pendant des mois. Il assura son petit ami qu'il le rembourserait avec des intérêts. Matteo lui avait dit que s'il promettait de ne plus consommer, alors il lui donnerait l'argent sans exiger de le récupérer. Raffe promit, puis Matteo l'embrassa et la situation devint incontrôlable.

*Le résultat de leur négligence était l'expression blessée et déçue de Brooke. Raffe regarda sa sœur avec beaucoup de culpabilité et de perplexité.*

*— Brooke, ce n'est pas quelque chose dont j'aurais pu parler ouvertement — dit-il doucement. Je n'étais pas prêt. La dernière chose que j'aurais voulu, c'est que tu le découvres de cette façon. Je sais que tu es assez adulte pour comprendre ce que tu as vu, mais nos parents ne sont pas capables de m'accepter comme je suis. La société dans laquelle nous vivons est très compliquée à cet égard. L'entreprise pour laquelle je travaille n'est pas en faveur des droits des gays et des lesbiennes. Mon patron est homophobe et je veux réussir dans cette entreprise, mais je dois accepter que, socialement, je ne puisse pas toujours tout faire à ma façon. C'est dur, c'est compliqué, comprends-moi.*

*Brooke essuya ses larmes à contrecœur.*

*— S'agit-il de ce dont tu parlais dans tes lettres ? Cette «situation intérieure que la société m'empêche d'explorer ouvertement et qui, grâce à la cocaïne ou à l'héroïne, m'aide à croire que dans un monde différent tout pourrait être mieux» ? Tu voulais dire que tu es gay ? Je t'ai toujours soutenu, toujours, et tu n'as pas pu me faire confiance pour quelque chose d'aussi important, tu as préféré faire confiance à la drogue. Comme si ça m'intéressait que tu aimes les hommes, les femmes ou les deux !*

*— Tu as retenu le contenu de mes lettres — murmura-t'il, surpris.*

*Rendre triste sa sœur qui l'adorait était comme un coup de poignard dans le cœur.*

*— Brooke...*

*Elle sentit les larmes rouler à nouveau sur ses joues, déçue qu'on lui ait caché une telle chose, tandis qu'elle les regardait s'habiller à la hâte. Son cœur était lourd, et elle se sentait comme une idiote pour toutes les fois où Matteo l'avait repoussée doucement ou avait flirté avec elle pour la taquiner, mais jamais sérieusement. Elle comprenait maintenant pourquoi. Son esprit réagit.*

*Elle n'avait jamais été capable de voir les signes, les gestes ou les regards complices entre eux deux, parce qu'elle ne voulait tout simplement pas voir en eux autre chose que de l'amitié. Bien qu'ils n'aient jamais été amis. Son frère était gay et l'homme qu'elle aimait aussi. Cela ne la dérangeait pas qu'ils soient gays, mais cela la dérangeait qu'ils lui aient menti, se vantant toujours de leur honnêteté avec elle et de l'importance d'être franc. Depuis Combien d'années ?*

*— Pourquoi... ? Qu'est-ce que... ? — demanda-t'elle, horrifiée, en se dirigeant vers Matteo et en le frappant à la poitrine.*

*Puis elle se tourna vers son frère et fit de même :*

*— Pourquoi ? Tu sais que j'ai toujours été amoureuse de Matteo. Tu l'as fait exprès ? — demanda-t'elle dans un sanglot, consciente que la question était injuste, mais elle était tellement blessée par leur mensonge qu'elle s'en fichait.*

*Elle regarda à nouveau Matteo.*

*— Tu aurais pu m'en parler, ça m'aurait évité de me conduire comme une idiote et de venir m'offrir à toi.*

*— Je t'en prie, je sais que c'était une grosse erreur de te l'apprendre comme ça. Tu es très précieuse pour moi et tu es une fille spéciale à tous points de vue. Je t'ai toujours dit que tu es comme une sœur pour moi. J'aime te voir sourire, mais je n'aime pas que la situation évolue de cette façon. Raffe et moi pensions en parler quand nous nous sentirions prêts à le faire.*

*— Et toutes ces femmes avec qui tu as couché, Matteo ? Tu as trompé mon frère aussi ? Je ne comprends rien, je te méprise juste en ce moment !*

*Matteo allait ouvrir la bouche pour s'expliquer, mais Raffe leva la main pour le faire taire.*

*— Brooke, je suis désolé, ma sœur — dit Raffe, inquiet de l'avoir blessée. Ca n'a pas été facile, premièrement, d'accepter que je suis gay, et deuxièmement, de réfléchir à organiser mes pensées pour pouvoir m'asseoir, à un moment donné, et en parler ouvertement avec toi. Troisièmement, à propos de ce que tu as demandé à Matteo… Il ne m'a pas trompé, ce qui se passe, c'est que nous avons des préférences un peu différentes. Matteo...*

*— Vous êtes des menteurs, vous entendez ? Des menteurs ! — dit-elle sur un ton blessé, parce qu'elle ne voulait pas d'excuses.*

*Elle ne voulait plus entendre parler d'eux pour le moment, ni de leurs explications, ni de leurs préférences. La seule chose qui était claire pour elle, c'est qu'ils lui avaient menti. Elle ne voulait plus les revoir avant un bon moment.*

*À ce moment-là, Kristy arriva. En voyant l'expression désolée de Brooke et les visages tristes de Raffe et Matteo, elle comprit que les choses ne s'étaient pas bien passées. Elle serra son amie dans ses bras, marmonna un au revoir aux deux hommes et elles quittèrent la maison. Sur le chemin, Brooke ne fit que pleurer de manière inconsolable, mais elle ne mentionna pas la scène à laquelle elle avait assisté. Peut-être était-elle blessée, mais elle était consciente que le sujet était sensible et que l'évoquer, parce qu'elle se sentait trahie, ne serait pas juste. Peu importait que ce soit Kristy.*

*— Raffe était-il très en colère quand il a remarqué tes intentions envers Matteo ? Est-ce pour cela qu'ils semblaient confus, accablés, voire coupables ?*

*— Oui...*

*— Oh, c'est inadmissible, mais ça leur passera, tu verras. Nous trouverons un autre moyen de conquérir Matteo Sarconni — dit-elle en lui faisant un clin d'œil.*

*Brooke ne répondit pas. Ce soir-là, elle demanda à Kristy de passer la nuit à la maison avec elle, elle n'avait pas du tout envie d'être seule. Sa meilleure amie acquiesça avec un sourire.*

*— Tu ne m'as toujours rien expliqué, et puis à cette heure-ci, je suis trop paresseuse pour rentrer seule en taxi — dit-elle en lui tapotant la main. Ça va aller.*

*Quatre jours plus tard, ce n'était toujours pas le cas.*

*Brooke était dans la maison quand elle reçut un appel téléphonique absolument dégoûtant. Elle venait de sortir de la douche et le téléphone était à proximité, elle y répondit sans attendre que la gouvernante, Marina, le fasse. Sa colère contre Raffe et Matteo s'était calmé, mais elle n'avait toujours pas envie de leur parler. Elle voulait une clarification. Une explication approfondie, surtout de la part de Matteo qui, depuis tant d'années, la faisait se sentir spéciale même s'il n'avait jamais eu la moindre intention de faire quoi que ce soit à ce sujet, parce qu'il préférait les hommes. Il préférait son frère ! Elle trouvait humiliant que la personne en qui elle avait placé ses espoirs et son affection préfère quelqu'un d'autre. Elle détestait le mensonge.*

*A l'autre bout de la ligne, une voix d'homme rauque et moqueuse lui demanda si elle voulait rejoindre un groupe d'hommes qui tripoterait sa chatte et ses seins, qui lui mordraient le trou du cul alors qu'elle serait attachée à un lit avec des cordes, tandis qu'ils la fouetteraient et lui lacèreraient la peau. La voix masculine lui demanda si ça lui dirait de rester allongée sans pouvoir bouger pendant que lui et ses amis la pénétreraient à tour de rôle dans l'anus, la bouche et le vagin. Puis la voix lui demanda son nom et son prénom.*

*— Qui êtes-vous ? — avait-elle demandé sur un ton qui se voulait ferme, mais son pouls battait à tout rompre et elle était terrifiée.*

*Le personnel était dans la maison, mais ses parents, comme d'habitude, étaient sortis à une soirée. Elle regarda autour d'elle. Bien sûr, il n'y avait personne, mais ça ne l'empêcha pas de se sentir mal à l'aise.*

*— Que voulez-vous ?*

*Un rire macabre résonna à l'autre bout du fil.*

*— Ton frère est avec nous, veux-tu l'entendre, Brooke ? Ce n'est pas un bon client — dit la voix en faisant claquer sa langue. Au fait, à cette fête à Laguna Beach, j'ai pu voir que ton cul était fait pour se faire prendre. Je te regarderais bien saigner pendant que tu cries et que je jouis. Ca te dit un peu de sexe violent ?*

*Le cri de Raffe résonna en fond. Il cria son nom, lui disant de ne rien leur donner, mais quelqu'un sembla le faire taire, car Brooke entendit un gémissement de douleur. Elle sentit son cœur s'emballer.*

*— Raffe ? — cria-t'elle d'un ton apeuré.*

*Elle ignora la remarque vulgaire et horrifiante de la voix.*

*— Pourquoi avez-vous kidnappé Raffe ? Que voulez-vous ? — exigea-t'elle de savoir.*

*— Note cette adresse, petite pute — répondit l'homme en dictant des instructions de livraison.*

*Si elle ne se trompait pas, cette zone était l'une des pires de Los Angeles.*

*— Ton frère nous doit 20 000 dollars. Et un bonus pour la seringue qu'il a utilisée avec la meilleure héroïne qu'on avait. La caution s'élève à 22 000 dollars avec les intérêts. Si tu veux qu'il reste en vie, alors tu nous donnes cet argent. Tu as jusqu'à l'aube. Pas de flics. Mes cinq amis et moi, nous acceptons aussi d'être payés en chair tendre comme la tienne. Qu›en dis-tu, petite pute ?*

*Brooke serra la mâchoire.*

*— Donnez-moi la preuve que vous le garderez en vie — avait-elle avancé courageusement, se souvenant d'une phrase qu'elle avait entendue dans un film il y a quelque temps.*

*— Quelle taille de bite aimes-tu habituellement, chérie ? Comme je sais où tu vis, j'ai des photos de toi et de ta riche famille. Tu as donc plutôt intérêt à suivre mes consignes. Tu n'as pas le droit de demander quoi que ce soit. C'est à toi de nous faire confiance. Rappelle-toi, avant l'aube, petite pute.*

*Brooke resta longtemps debout, tremblante, alors que l'homme avait déjà raccroché. L'horloge indiquait 21h. Elle ne pouvait pas parler à ses parents. Appeler Kristy ne servirait à rien, car son amie se couchait généralement tôt s'il n'y avait pas de fête en vue, et ce n'était pas le week-end. Elle appela la seule personne qui, même si elle était en colère contre lui, pouvait l'aider.*

*Le téléphone sonna plusieurs fois dans le penthouse que son frère partageait avec Matteo. Puis elle essaya le portable de Matteo, sans succès. Personne ne répondait, et elle devenait folle en pensant à Raffe. Elle continua à appeler jusqu'à ce que, au moins à la neuvième sonnerie, elle entende la voix agitée de Matt.*

*— Je viens juste de rentrer, j'ai laissé mon téléphone à la maison et le personnel est en congés. Que se passe-t'il, chérie, comment se fait-il que tu m'appelles avec autant d'insistance ? Il s'est passé quelque chose ?*

*— Matteo — dit-elle en sanglotant, j'ai besoin de toi. Raffe...*

*— Brooke, calme-toi. Explique-moi calmement. Que s'est-il passé ? Respire profondément d'abord, c'est ça, respire. Ok, maintenant, chérie, je t'écoute.*

*Elle lui expliqua tout de A à Z.*

*— Putain. J'ai donné cet argent à ton frère pour payer ses fournisseurs, mais il semble qu'il l'ait dépensé pour autre chose. Il n'est pas venu à la maison depuis deux jours, mais on avait prévu de sortir dîner ce soir. On voulait t'inviter.*

*— Il n'est pas venu ici non plus — murmura-t'elle.*

*Cette nuit-là, même si son frère le lui avait demandé, elle ne l'aurait suivi nulle part. Pour la première fois, elle regretta de ne pas être partie à sa recherche, de ne pas avoir ravalé son stupide ressentiment et de ne pas lui avoir montré plus d'empathie en allant le chercher au penthouse. Au lieu de cela, elle était restée dans la maison et avait reçu cet horrible coup de téléphone.*

*— Je ne lui ai pas dit que je l'aimais et que je lui pardonnais. Je te pardonne aussi... — dit-elle en sanglotant. C'est un cauchemar.*

*— Merci, ce n'est pas nécessaire, je sais que ce n'était pas les conditions idéales pour que tu apprennes notre relation, mais pour le moment, notre priorité, c'est Raffe. Quoi que nous ayons à régler, nous le ferons après l'avoir trouvé.*

*— Matteo...*

*— On doit appeler la police, chérie.*

*— Non, Matteo, non. Ils ne veulent pas de flics. Ton entreprise est très en vue et s'ils t'associent à des trafiquants de drogue, cela te ruinera. Une photo ou un rapport de témoin sur place suffira. Mon frère... Mon frère a quitté son travail, après ta fête d'anniversaire. C'est la dernière fois que j'ai entendu parler de lui. Il a dit à mes parents qu'il avait besoin de temps pour réfléchir... Mon Dieu... C'est ma faute ?*

*— Non, chérie, non. Viens au penthouse, je vais t'envoyer mon chauffeur qui est un ancien de la Marine. Tu ne peux pas rester seule dans ce manoir, surtout si ces hommes savent où tu vis. D'accord ? Mets des vêtements dans un sac. Laisse un mot à Marina et tes parents. Dis-leur que tu viens dormir avec Raffe. Ne les avertis pas de quoi que ce soit. Je vais m'occuper de ça. Je vais appeler mon avocat, car tu es mineure et tu ne peux pas parler, du moins dans une situation comme celle-ci, sans avocat.*

*— Mes parents ne sont-ils pas censés venir avec moi ?*

*— Un adulte responsable, en qui tu as confiance, suffira pour l'instant. Le reste, c'est Hugo, mon avocat, qui s'en chargera. Va faire ce que je t'ai demandé, chérie.*

*Ils parlèrent pendant plusieurs minutes et finalement, Brooke suivit les recommandations de Matteo.*

*Ils convinrent qu'elle ne pouvait pas risquer sa vie en allant remettre l'argent, et donc ils contactèrent l'unité anti-kidnapping de la police. Ils leur donnèrent tous les détails, firent enregistrer leur déclaration, mais comme Brooke était mineure, son nom ne pouvait pas figurer sur les registres, elle ne pouvait pas assister à certaines procédures, donc tout fut fait en présence de l'avocat Hugo Morris. Ensuite, ils demandèrent à Brooke, pour éviter de la perturber, d'aller se reposer un moment, pendant que l'unité spéciale travaillait depuis le penthouse conjointement avec les agents qui travaillaient dans la rue.*

*Elle choisit de rester dans la bibliothèque, pendant que Matteo s'occupait de la police.*

*Les experts demandèrent à Matteo s'il y avait des indices qui pourraient leur donner plus d'indications sur l'identité des personnes éventuellement impliquées. Ils cherchaient des carnets de notes, vérifiait l'ordinateur de Raffe, les chambres, la bibliothèque pour trouver des indices supplémentaires. Matteo leur avait dit qu'il était accro à l›héroïne et à la cocaïne, qu'il venait de quitter son emploi, qu'il était dans une période émotionnellement dure, mais qu'il n'avait pas d'ennemis. Sauf ces hommes qui exigeaient le paiement de la drogue qu'ils avaient vendue à Raffe.*

*Brooke ferma la porte de la bibliothèque derrière elle.*

*Elle ne se souvenait pas avoir fait autant de va-et-vient sur un tapis qu'à ce moment-là. Elle savait qu'ils allaient fouiller la maison. Ce n'était pas possible que son frère consomme 20 000 dollars de drogue en deux jours. La théorie de Matteo selon laquelle il avait dépensé l'argent pour quelque chose de stupide était plus probable. Elle savait aussi que, si son frère avait de la drogue, il la conserverait dans le penthouse. De plus, si la police anti-kidnapping et la police des stupéfiants, qui étaient dans le salon et fouillaient les pièces, trouvaient des échantillons de drogue sur la propriété, alors non seulement Raffe serait en état d'arrestation une fois qu'il aurait été secouru, mais Matteo serait également soupçonné. Si elle ne pouvait pas aider son frère à ce moment précis, elle pouvait au moins aider son meilleur ami.*

*Elle savait que Matteo et Raffe se droguaient tous les deux. Matteo le faisait avec prudence ou de manière très sporadique, et il n'était pas dépendant, contrairement à son frère aîné.*

*Brooke profita de la solitude pour commencer à fouiller les tiroirs du bureau à la recherche de substances suspectes. La fameuse poudre blanche. Son frère avait toujours été un grand lecteur. Alors elle fouilla et tandis qu'elle passait ses doigts sur les dos de plusieurs livres de collection, elle remarqua que l'un d'entre eux était un peu bizarrement placé. Expiation d'Ian McEwan.*

*C'était le livre préféré de son frère. Elle le sortit avec précaution et l'ouvrit. Le livre n'avait pas de pages, mais un faux fond qui contenait un sac en plastique rempli de cocaïne. Effrayée, elle agit par instinct, en pensant à Matteo. Ce serait un cauchemar pour lui s'il était soupçonné, arrêté ou condamné. Des scénarios plus tragiques les uns que les autres commencèrent à se former dans son cerveau.*

*Elle sortit le sac en plastique, remit le livre à sa place et se rendit dans la salle de bains. Elle alluma la lumière et ouvrit le couvercle des toilettes. Après avoir versé la drogue, elle tira la chasse. Elle versa du savon liquide et s'assura de ne laisser aucune trace. Puis elle retourna dans la bibliothèque et sortit une paire de ciseaux du tiroir du bureau. Elle retourna dans la salle de bain, découpa le sac en plastique et jeta les petits morceaux dans les toilettes.*

*Quand tout fut fini, Brooke sentit son cœur battre la chamade. Elle posa ses mains sur le lavabo et se regarda dans le miroir. Ses joues étaient roses et ses yeux étaient gonflés d'avoir tant pleuré. Elle pensait qu'elle venait de faire quelque chose de bien.*

*Cinq minutes plus tard, la porte de la bibliothèque s'ouvrit et les inspecteurs entrèrent, suivis par Matteo. Il semblait inquiet. Brooke comprenait maintenant que la drogue appartenait aussi à Matteo. C'était lui et Raffe qui étaient responsables de tout ça. La seule différence, semblait-il, c'était que Matteo parvenait à contrôler ses impulsions. Il ne parvenait pas à cesser de faire plaisir à son «petit ami» pour qu'il abandonne les substances. Peut-être qu'ils se battaient quand Matteo n'était pas d'accord avec ce que Raffe voulait. Elle ne pouvait pas savoir avec certitude comment cela se passait entre eux deux, mais son cerveau ne pouvait pas supporter plus de suppositions.*

*— Melle Sherwood, vous pouvez vous asseoir là-bas — dit l'un des officiers, alors que l'avocat entrait. Nous allons passer tout cela en revue.*

*— Prenez tout le temps qu'il vous faut — dit Matteo.*

*Brooke connaissait ce ton de voix apparemment détendu, mais elle savait que l'attention de Matteo portait sur l'endroit où se trouvait le livre d'Ian McEwan. Elle fit semblant de tousser et demanda si elle pouvait aller boire de l'eau. Les agents lui dirent que c'était bon, qu'elle était libre de partir si elle le voulait, mais qu'ils préféraient qu'elle reste au cas où les unités de secours auraient des nouvelles de son frère. Elle hocha la tête.*

*— Matteo, tu viens avec moi à la cuisine ? Je ne me souviens pas où sont les verres.*

*Il fronça les sourcils, car elle connaissait très bien la disposition des lieux. Mais il acquiesça et la suivit.*

*— Qu'est-ce que tu veux boire ? — demanda-t'il, tendu.*

*— J'ai envie d'un milkshake à la vanille, mais comme j'ai déjà mangé, je pense que je finirai par le jeter dans les toilettes ou dans l'évier — dit-elle sérieusement. Je veux juste de l'eau et peut-être un livre.*

*Matteo la regarda fixement pendant un long moment. Le commentaire fit tilt et il baissa la tête.*

*— Les milkshakes sont interdits dans cette maison, mais parfois…*

*— Oui, la tentation du sucre — répondit-elle doucement. Même les petites choses laissent des traces, il est donc important de bien nettoyer les récipients. En tout cas, Matteo, essaie de te focaliser sur de la nourriture plus saine, et ensuite tu pourras vraiment abandonner les sucreries pour de bon. Ce n'est pas bon pour ta santé.*

*Sur une impulsion inévitable, il embrassa Brooke. C'était un baiser chaste, rapide, presque fraternel, puis il la serra dans ses bras.*

*— Merci, tu m'as sauvé la vie — murmura-t'il à son oreille. Je ne l'oublierai jamais. Je prendrai toujours soin de toi, par parce que ton frère m'a fait promettre de prendre soin de toi si quelque chose devait lui arriver, mais parce que je t'aime, Brooke. Comme ma sœur, mon amie, et aujourd'hui, avec ce que tu as fait, encore plus qu'avant. Tu as pris un risque et tu as été si intelligente. Comment peux-tu si bien connaître ton frère...*

*— Nul besoin de me rembourser, je suis contente d'avoir été utile — l'interrompit-elle avec un sourire triste. J'espère seulement que mon frère reviendra bientôt. Tu me dois une longue conversation.*

*— Je sais, mon cœur.*

*Elle sourit tristement, et c'était son premier sourire depuis toutes ces heures, c'était important.*

*Quelques heures après que Matteo l'ait appelée, l'équipe anti-kidnapping trouva Raffe. Il était allongé dans la rue, là où Brooke l'avait laissé. Il ne portait pas de marque de torture sur le corps mais son visage avait des signes de coups. Il était apparemment mort d'une overdose.*

*La police contacta Vera et Nicholas pour les informer de ce qui s'était passé. Puis vint l'enquête approfondie sur les ravisseurs présumés. Il s'agissait d'un petit gang très influent dans les quartiers aisés de Los Angeles. Ils se liaient avec leurs clients potentiels, leur offraient de la drogue à bas prix, et lorsqu'ils devenaient accros, ils augmentaient les prix, et ils commençaient à demander des services en échange de leur silence. Vera et Nicholas apprirent l'homosexualité de leur fils par l'un des membres du gang qui n'avait pas participé à l'enlèvement, car il leur avait dit que s'ils ne lui versaient pas un demi-million de dollars, il répandrait l'histoire de l'homosexualité de Raffe et sa relation avec Matteo dans tous les tabloïds.*

*La police intervint à temps et attrapa ce salaud. Brooke ne savait pas quoi dire à ses parents. Elle relut les lettres de son frère encore et encore, car c'était son seul réconfort les soirs où elle avait envie de lui parler, de rire ou d'aller au cinéma avec lui. Pendant plusieurs mois, jusqu'à ce qu'elle parte à l'université, Kristy emménagea pratiquement chez Brooke. Elle la soutenait et essayait, de lui remonter le moral. Brooke n'était pas dépressive et ne s'autodétruisait pas, elle accepta donc toute l'aide que Kristy pouvait lui apporter, et elle consulta aussi un psychiatre pour l'aider à naviguer dans les eaux troubles de la perte, de la culpabilité et du deuil. Sans savoir qu'elle ressentirait à nouveau ces trois émotions à l'âge adulte avec un homme égoïste et imbécile nommé Miles.*

*Depuis cette nuit fatidique, Brooke eut de nombreux moments de tristesse. Les câlins de son frère lui manquaient. Et Matteo, quelques mois après la mort de Raffe, retourna au Texas avec sa mère pour développer une entreprise immobilière. Il lui promit qu'il serait toujours là pour elle, et qu'il tiendrait ses promesses malgré la distance. Il promit notamment de toujours prendre soin d'elle. Matteo assura à Brooke que sa loyauté était indéfectible, car elle avait protégé son innocence et sa liberté. Pour cela, il lui serait éternellement redevable et espérait un jour pouvoir lui rendre ce geste.*

*À partir de ce moment-là, Brooke essaya d'éviter les appels de Matteo. De temps en temps, elle répondait à ses cartes de Noël ou le remerciait pour ses cadeaux d'anniversaire. Mais ce n'est pas elle qui initiait le contact, non pas parce qu'elle lui en voulait, non pas parce qu'elle ne voulait pas éclaircir la scène de la bibliothèque chez Caroline, mais parce que lui parler signifiait se souvenir de son frère. Le temps guérirait les blessures, mais il ne ramènerait jamais Raffe. Kristy, ignorant tout de l'épisode chez Caroline, suggéra que Matteo voulait sûrement lui parler pour partager le poids du chagrin, car après tout, il avait toujours été le meilleur ami de Raffe. Brooke répondit que seul le temps permettrait aux pièces du puzzle de s'assembler.*

# CHAPITRE 17

— Le vert mousse du chemisier fait parfaitement ressortir tes yeux — déclara Matteo en faisant entrer Brooke dans le restaurant.

Elle portait un chemisier à fines bretelles, un jean noir et des bottes assorties. Elle avait profité de son shopping pour le travail pour acheter de nouveaux vêtements pour sa garde-robe.

— Je ne devrais pas être surpris, parce que tout est parfait sur toi. Je suppose que tu as hérité de ton bon goût en ma compagnie pendant ton adolescence, n'est-ce pas ? — demanda-t'il en lui faisant un clin d'œil.

Elle rejeta sa tête en arrière, en riant de bon cœur. Ils s'assirent à table.

— Arrête de me draguer — dit-elle en riant, tandis qu'on leur apportait les menus et qu'ils commandaient tous deux des huîtres en entrée. Qu'est-ce que cela te fait de voir ton ranch ?

L'endroit était magnifique, décoré à l'européenne. Brooke comprit le choix de ce restaurant car Matteo aimait l'Europe. Il allait certainement devenir un client fréquent.

— Je l'apprécie comme le reste de mes biens, ni plus ni moins. Tant que tu en es responsable, et je souhaite vraiment que tu gardes ce poste parce que tu travailles avec ton cœur, alors je sais que Blue

Oaks est entre de bonnes mains. Il n›y a rien, même quand tu es en colère — dit-il en souriant, que tu ne fais sans passion et sans cœur. Mon ranch ne fait pas exception, et je suis heureux de t'avoir fait confiance.

Elle hocha la tête.

— Ton frère et moi pensions que c'est toi qui allais envisager une carrière d'actrice, pas Kristy. En tout cas, je suis content qu'Austin soit ta maison maintenant.

Brooke sourit. Elle mettait toujours son cœur dans tout ce qu'elle entreprenait. C'était vrai. Le problème, c'était que les autres ne la comprenaient pas et la laissaient tomber.

— Merci, Matt — dit-il en sirotant du vin blanc. Pourquoi m'avez-vous caché pendant tant d'années que vous aviez une relation ensemble ? — demanda-t'elle à brûle-pourpoint.

Ils savaient tous deux quel était le contexte de cette réunion, et cela n'avait rien à voir avec des chiffres ou des statistiques.

Matteo baissa les yeux un moment et prit une inspiration. Puis il la regarda avec franchise, tendit la main et serra celle de Brooke.

— Je vais essayer de faire court, car je ne veux pas t'ennuyer avec les détails.

— Tu ne vas pas m'ennuyer, Matt, dis-moi juste la vérité. Explique-toi, parce que je ne veux plus que ce chapitre de notre vie soit un boulet pour moi. Le ressentiment s'est estompé avec le temps, mais l'absence de réponses est insupportable.

Il fit un léger signe de tête.

— Tout a commencé quand mon grand-père et mon père ont exigé que je réponde à leurs attentes absurdes, du moins pour moi, comme le rodéo, pour prouver quel Texan «macho» en devenir j'étais, comme mes ancêtres italiens— grimaça-t'il. J'avais environ dix ans à l'époque. J'étais confus, car parfois je tombais amoureux d'une fille, et parfois d'un garçon. Dans ce dernier cas, je me sentais coupable.

— Cela m'attriste de savoir la pression que tu as dû subir pour être comme ta famille voulait que tu sois.....

—-Oui — soupira-t'il. Quand je suis entré au lycée, j'ai rencontré Lincoln Kravath.

— Oh... — murmura-t'elle. Lincoln s'est-il mal comporté avec toi ?

— Non, chérie. Laisse-moi continuer l'histoire, tu vas comprendre — dit-il en souriant.

Elle fit un bref signe de tête.

— Mon grand-père et mon père n'arrêtaient pas de me dire que je n'étais pas digne de porter le nom de Sarconni, juste parce que je préférais aider ma mère au jardin ou apprendre quelque chose d'artistique ou de numérique, plutôt que de faire du sport. J'ai vu en Lincoln tout ce que mon grand-père et mon père auraient voulu que je sois. Je l'ai détesté à la minute où je l'ai rencontré parce qu'il représentait ce que je ne pourrais jamais être : brillant, habile avec les chevaux et les travaux de la ferme, populaire, le fils d'une des plus anciennes familles d'Austin, adulé par les femmes. Tu n'as pas idée du nombre de filles qui ont essayé d'attirer son attention — dit-il en levant les yeux au ciel.

— Même si cela s'est passé pendant l'adolescence, crois-moi, cela ne m'amuse pas — dit Brooke, ressentant une légère pointe de jalousie pour toutes les filles qui étaient passées avant elle. Quand nous sommes dans la rue, les femmes le regardent avec intérêt — dit-elle avec une légère grimace. Il ne semble pas le remarquer. Je ne comprends pas comment il peut l'ignorer alors que pour moi, c'est évident. Elles le regardent avec une telle intensité que c'est gênant. Je ne comprends vraiment pas comment Linc peut ne pas s'en rendre compte — dit-il en riant et en secouant la tête. C'est absurde.

Matteo avait tout compris. Ce commentaire de Brooke boucla la boucle : le sabotage de Blue Oaks était évident, même si Brooke ne s'en était pas rendu compte. Il comprenait pourquoi, par la suite, il avait commencé à l'aider, sincèrement, jusqu'à ce que Blue Oaks soit rétabli et qu»elle puisse enfin faire prospérer le ranch. Bien sûr, c'était des hypothèses, mais il n'était pas un imbécile, et il faisait preuve de bon sens. Cet idiot de Kravath avait des sentiments sincères pour Brooke. Un requin des affaires ne changeait pas d'avis aussi facilement, et encore moins si la propriété concernée était un ranch qu'il voulait acquérir. Est-ce que Lincoln avait été assez stupide pour ne rien avouer à Brooke ? Ressentirait-elle la même chose pour Kravath ? La cécité émotionnelle n'a pas de sexe.

— Elles sont probablement attirées par ses yeux bleus, qui semblent être la seule chose agréable chez cet idiot — répondit

Matteo avec un clin d›œil, et elle rit, secouant la tête au commentaire stupide de son ami. Quoi qu›il en soit, Brooke, j›ai essayé de l›imiter et de le défier pour prouver à mon père et à mon grand-père que j'étais capable de faire tout ce que je voulais, mais que, si je ne faisais pas ce qu'ils demandaient ou exigeaient de moi, c'était parce que je n'en avais pas envie. Point final.

Brooke fronça les sourcils et posa une question gênante, mais, vu les circonstances, justifiée.

— Etais-tu attiré par Linc… ?

Matteo rit et fit non de la tête.

— Non, à cette époque, je ne savais pas vraiment qui j'étais, pour toutes les raisons dont je t'ai parlé. Je détestais Lincoln parce qu'il aurait été le fils ou le petit-fils parfait pour un Sarconni. Quand je le voyais, je me sentais nul. Pour ce qui est de définir si j'aimais les hommes ou les femmes, en dehors de ce que je ressentais pour l'un ou l'autre, cela m'a pris du temps. J'avais besoin d'expérimenter. Cela a commencé sérieusement quand j'avais 14 ans, avec des amis de mon âge, généralement dans des activités ou des cours extrascolaires, mais ils n'en parlaient jamais. Peut-être parce que nous étions tous en train d'expérimenter, de découvrir, de chercher, je ne sais pas.

— Oh… Et le concours de petites amies avec Lincoln ? — demanda-t'elle.

— C'était pour ennuyer Kravath. J'aimais essayer ce qu'il avait déjà essayé ou avoir quelque chose qu'il voulait, et je le devinais à la façon dont il regardait une fille. Je me battais avec lui sur le terrain de football pour le battre, je le frappais à la moindre provocation. Je détestais ça — dit-il en riant, mais je suppose que j'évacuais une partie de ma colère contre moi-même. La colère que j'avais parce que je ne me comprenais pas complètement, parce que je n'étais pas à l'aise dans ma peau. Je ne sais pas…

— Tu as reproché à Lincoln ton manque de connaissance de toi — murmura-t'elle, ce n'était pas bien, Matteo, mais je ne te juge pas. Donc coucher avec une fille ou un garçon faisait partie des expériences pour toi ?

— Oui, chérie. J'aimais la sensation de pénétrer un vagin, j'aimais aussi la sensation d'avoir un pénis dans l'anus, de le sucer ou qu'on me le fasse. Oups, je suis trop direct ? — demanda-t'il quand elle toussa. Je suis désolé, chérie, parfois je perds ma finesse quand je parle de sujets comme le sexe.

Elle fit un signe de la main pour qu'il continue. Elle s'essuya la bouche avec sa serviette en papier.

— Finalement, quand j'ai eu 15 ans, j'ai compris. J'aimais les hommes, et je l'ai avoué à ma mère.

— Oh Matteo, c'était très courageux.

— Oui, mais elle pensait juste que je traversais une phase de ma vie et que ce n'était pas grave. Quand mon père et mon grand-père l'ont découvert, alors c'était différent. Ils m'ont tous les deux dit qu'ils avaient honte et qu'il valait mieux que je quitte le Texas. Et pourtant, je suis enfant unique, dit-il en grimaçant. Puis ma mère, qui avait une amie, Pennie, à Los Angeles, a suggéré que nous partions quelque temps.

— C'est là que tu es arrivé au lycée et que tu as rencontré mon frère… Et tu es resté de nombreuses années en Californie.

Matteo sourit.

— Oui… Le jour où j'ai rencontré ton frère, c'est comme si mon monde entier faisait sens. Il semblait lutter contre les démons contre lesquels je me battais avant de venir à Los Angeles. Bien qu'il ait été plus discret et plus méditatif que moi. Tout semblait le frapper plus fort. Je me suis approché de lui, je lui ai dit que je voulais lui confesser un secret. J'ai avoué que j'étais gay, sans crier gare. Il m'a regardé pendant un long moment et, sans un mot de plus, il m'a invité chez lui pour manger un morceau car — disait-il, Marina était la meilleure cuisinière qu'il connaissait au monde.

Brooke rit et hocha la tête, parce que c'était vrai. Leur gouvernante était la meilleure.

— Nous sommes devenus de bons amis. Petit à petit, notre relation a changé.

— Tu venais à la maison et tu flirtais avec moi — dit-elle tristement, et je crois que tu étais le premier garçon qui m'attirait vraiment.

— Chérie, tu étais une enfant, comment pouvais-tu être attirée par quelqu'un de si vieux ?

Elle rit.

— Le jour où je t'ai rencontré, tu ne devais avoir que 9 ou 10 ans.

— Je ne sais pas, mais c'était comme ça — dit-elle en croisant les bras. Au début, tu me fascinais, parce que tu étais toujours gentil avec moi et tu me faisais me sentir spéciale. Et puis, au fil du temps, ça s'est intensifié. Surtout quand j'ai eu 16 ans. En fait — dit-elle en baissant la voix et en rougissant, j'avais prévu de te faire un strip-tease le jour de la fête de Caroline, mais au lieu de cela je me sus retrouvée... Je me suis retrouvée dans une situation qui m'a blessée.

Matteo s'approcha et couvrit la main de Brooke, puis caressa affectueusement ses jointures.

— Je suis désolé de ne pas avoir été assez direct pour t'éviter tout ces problèmes. Je suis désolé d'avoir été celui qui a suggéré à ton frère d'essayer la cocaïne. Je ne pensais pas qu'il pourrait devenir accro, mais c'est devenu incontrôlable. C'était stupide.

— Tu n'as pas à t'excuser pour Raffe, vous étiez des adultes, il avait la possibilité de dire non, il a fait son choix...

— On s'est beaucoup battu pour qu'il arrête la drogue. Je lui ai même dit qu'il n'avait pas besoin de l'abandonner complètement, mais petit à petit. C'est pourquoi tu as trouvé ce sac de cocaïne. L'idée était de diminuer sa consommation, petit à petit, jusqu'à ce qu'il l'abandonne complètement. Je ne sais pas, c'était peut-être de la stupidité ou de l'ignorance.

— Je ne te blâme pas, Matt — dit-elle chaleureusement. Je n'ai rien contre toi, rien du tout. Je suis heureuse que mon frère ait trouvé sa vérité et quelqu'un avec qui la partager, sans être jugé ou maltraité, jusqu›à ses derniers jours.

Il hocha la tête et tendit la main pour caresser sa joue. Elle ferma les yeux, retenant ses larmes. D'une certaine manière, la proximité de Matteo la ramenait à ces années où Raffe était encore en vie, où les rires et les blagues étaient à l'ordre du jour.

— À la fin, quand notre flirt est devenu plus sérieux, j'ai dit à Raffe que ce n'était pas juste de ne pas te mettre dans la confidence, parce qu'à 16 ans tu étais déjà tout à fait capable de comprendre et que tu avais de l'empathie, que tu n'allais pas nous juger.

— Je ne l'aurais jamais fait, jamais — dit-elle avec ferveur.

— Je sais, ma chérie, je sais. Il m'a fait promettre de toujours m'occuper de toi, même si on se disputait, parce qu'il savait que je t'aimais beaucoup. Avant sa mort, Raffe et moi avions envisagé de parler avec toi... Je ne flirtais pas avec des femmes parce qu'elles m'intéressaient, mais parce que, dans une société hypocrite, ça permettait de détourner l›attention de qui j›étais vraiment. Cela protégeait aussi Raffe, et toi. Tu es une belle femme, j'espère que le fait que je ne me sois pas intéressé à toi ne t'as pas fait pensé le contraire. A l'époque, faire son coming out était très difficile. Je ne pense pas que cela ait beaucoup changé de nos jours, mais au moins, dans la société, il y a un peu plus de tolérance.

— Tu es parti et nous n'avons jamais eu cette conversation. J'aurais aimé l'avoir plus tôt.

— Ce n'était peut-être pas le bon moment — répondit-il en souriant, mais je suis heureux d'avoir mis tout cela au clair, ma belle. J'ai quitté la Californie parce que je ne supportais plus d'aller dans les endroits que je fréquentais avec Raffe, de vivre dans le penthouse et qu'il ne soit pas là. Et puis, l'avocat de mon grand-père m'a appelé pour me dire qu'il m'avait laissé un héritage. Le ranch et d'autres propriétés faisaient partie de ce portefeuille immobilier, j'ai donc décidé de revenir à Austin. Ma mère vit en Toscane maintenant — dit-il en souriant. Je lui ai dit que tu es en charge du ranch. Elle te dit bonjour. Elle s'est remariée et elle est très heureuse.

Brooke fit un léger signe de tête.

— Je suis heureuse pour elle. Commencer une nouvelle vie n'est jamais facile.

— Exactement, ma belle, mais nous, les êtres humains, avons la capacité de nous réinventer. Voulais-tu me demander autre chose ?

— Les situations se sont produites comme elles devaient se produire. Et même la débâcle avec ma famille — dit-elle en baissant les yeux.

Elle ne voulait pas lui parler de Miles, car c'était un sujet qu'elle abordait d'abord avec Lincoln, quand elle en aurait l'occasion.

— D'accord — dit-il en lui souriant. Au fait, tu n'as pas de nouvelles de tes parents ?

— Quand j'ai quitté la Californie, Vera a pris un nouvel amant en Afrique et un autre en Europe. Tu sais que la fidélité n'a jamais été le point fort de mes parents, et puis la peine de Nicholas est si longue qu'il sortira mort de prison — dit-elle avec dédain. Mon père a essayé de me contacter pendant des mois par l'intermédiaire de son avocat, mais j'ai ignoré ses communications. Du moins, jusqu'à aujourd'hui.

— Qu'est-ce qui s'est passé ? — demanda-t'il, tandis que le serveur lui versait du vin.

— L'avocat qui s'occupe des affaires des Sherwood, Yves Janison — dit-elle en faisant sauter un délicieux morceau de poulpe à l'ail dans sa bouche, m'a informé que mon père avait un compte de trois millions de dollars dans une banque des îles Caïmans depuis des années. Au nom de Raffe. Et c'est légal.

— Putain...

— En cas de décès de mon frère, il est stipulé que je suis bénéficiaire de l'argent. Puisque ce détail n'a jamais été discuté au procès, que ce compte n›a pas été tracé, parce qu'il n'était pas du tout lié à papa, et que je n'ai pas été soupçonnée dans la procédure judiciaire contre Nicholas, alors je suis l'héritière légitime de tout cet argent — dit-elle distraitement.

— Tu es millionnaire, chérie... C'est tellement...

— Inattendu et effrayant ? Sans doute, mais Yves m'a assuré que c'était de l'argent propre et que mon père l'avait mis de côté en cas de pépin, avant de se lancer dans la mafia — dit-elle en secouant la tête. Je ne comprends pas cette ambition. C'était stupide et inutile. Nous avons absolument tout perdu parce qu'il pensait que le blanchiment d'argent n'aurait aucune conséquence. Il a passé des années à dépasser la ligne entre la loi et la criminalité, des années à jouer sa vie et même la nôtre, car si l'une des parties avait découvert que Nicholas n'avait aucune loyauté, elle se serait vengée sur la famille. Peut-être que c'est une chance que mon père ait été arrêté et que la DEA et le FBI aient été derrière tout ça.

— Je ne sais pas, chérie — dit-il. Tu pourras fêter des choses en toute tranquillité à l'avenir, sans te soucier des traumatismes du passé. Que vas-tu faire de cet héritage ?

La nouvelle l'avait choquée, mais elle avait essayé de rester calme sur le trajet entre Blue Oaks et le restaurant du centre ville d'Austin, car elle voulait d'abord se concentrer sur une autre question, plus importante : faire table rase du passé. C'était désormais chose faite. Maintenant, elle se sentait en paix avec ce qui s'était passé presque dix ans auparavant.

— Janison m'a dit que je devais prouver, avec tous les documents nécessaires, que mon frère était mort, et prouver mon identité aux dirigeants de la banque et à leurs avocats. C'est de la paperasse ennuyeuse, mais, comme je viens de te le dire, il s'agit de 3 millions de dollars. Tout sera bientôt réglé. Janison a même proposé d'être mon avocat, mais j'ai refusé.

Matt acquiesça en finissant son dessert.

— Tu dois retourner en Californie — murmura Matteo. Je peux te trouver les meilleurs cabinets d'avocats, et tu pourras choisir celui qui te convient le mieux.

— Merci, ce serait génial — dit-elle en souriant. Rentrer à L.A. pour faire des papiers au sujet de mon frère, c'est accablant. ....

— Brooke, tu dois gérer ça le plus vite possible. Je pense que c'est le dernier chapitre de ta vie à fermer. Considère cet argent comme une compensation pour toutes les mauvaises choses que tu as vécues depuis l'arrestation de ton père. Yves n›a pas fait de commentaires sur Nicholas, à part l'argent ?

— Mon père veut me voir, mais j'ai refusé. Après ce qu'il a fait à mon existence et à celle de ma mère, il est mort pour moi. Quant à Vera, je suppose qu'elle s'est perdue dans les hauts et les bas de la vie dissipée qu'elle mène désormais avec son amant du moment. Depuis la mort de Raffe, elle n'est plus la même, surtout depuis que l'argent est devenu son Dieu, puis sa perte. Nous partageons le même l'ADN, mais pas les mêmes principes. Je suis mieux sans mes parents.

— Je comprends, ma belle — dit-il alors que le serveur lui apportait l'addition. Ce fut une merveilleuse soirée, merci pour cette compagnie privilégiée — dit-il en jetant un coup d'œil à l'horloge qui indiquait 23h. Quelqu'un m'attend à la maison, et je dois d'abord te déposer au ranch.

Brooke rit.

— Si c'était une relation sérieuse, je te présenterai, je pense que vous pourriez vous entendre. Il est l'une des raisons pour lesquelles j'ai retardé un peu plus mon retour d'Europe. J'ai eu du mal à convaincre Zenetto de venir au Texas pour quelques mois, tu ne peux pas imaginer — dit-il en levant les yeux au ciel.

— Tant que cela te rend heureux, c'est parfait — dit-elle en souriant. Que vais-je faire de Blue Oaks pendant que je règle mes affaires à Los Angeles ?

— L'équipe pourra se débrouiller seule, car les bases ont été posées pour se mettre au travail — dit-il en la guidant avec sa main sur le bas du dos. A ton retour, tu seras sereine, et tu reprendras ton poste. Millionnaire ou pas, c'est ton job.

Elle rit.

— Prends le temps qu'il te faut, jusqu'à ce que tu aies l'argent sur ton compte.

— Je le ferai, merci, Matt.

Lorsqu'ils quittèrent les lieux, la ville était brillamment éclairée et l'air était frais. Il n'y avait pas d'avis de tempête imminente, et c'était agréable. Le voiturier mit un certain temps à amener l'Audi de Matteo, et ils passèrent donc du temps à discuter des endroits branchés d'Austin, ainsi qu'à échanger sur les anecdotes des nuits de Matt en Italie, en France, en Espagne, en Allemagne et en Belgique.

Aucun des deux ne réalisa que quelqu'un avait pris deux photos d'eux ensemble. Elle posa sa paume sur la poitrine de Matteo, puis entra dans l'Audi tandis qu'il récupérait les clefs de la voiture.

Sur le chemin de Blue Oaks, leur conversation fut animée. Il la raccompagna jusqu' à la porte de la maison.

— Matt, il y a quelque chose que tu ne me dis pas — dit-elle en croisant les bras. Je connais cette expression qui veut dire que tu prépares quelque chose.

— Moi ? — demanda-t'il en se désignant d'un ton nonchalant. C'est absurde, chérie, tu divagues. Et je suis déjà en retard. Mon compagnon m'attend au penthouse, où j'aimerais t'inviter à dîner un de ces jours, bien sûr.

Elle hocha doucement la tête.

— Le voyage de retour sera rapide, mais pas assez — dit-il en lui faisant un clin d'œil.

Elle ne rit pas, et Matteo souffla. Cette femme était rusée, sans aucun doute.

— Dis-moi ce qui se passe ? — demanda Brooke.

— Même si nous avons cessé de parler de Lincoln il y a longtemps, j’aimerais savoir ce que tu penses de lui. Précisément.

Elle fronça les sourcils.

— Raffe n’est pas là, alors je m’inquiète pour toi, surtout si Kravath est la personne qui vit à côté. Tu es dans ma ville, tu connais peu de gens, les fous de la zumba ne sont pas vraiment dignes de confiance, tu les connais à peine, et Kristy est à Phoenix, alors est-ce que je dois apprendre à me servir d’une arme ?

Brooke secoua la tête en riant du commentaire.

— Le problème n’est pas ce que je ressens — marmonna-t’elle. Nous n’avons pas encore eu l’occasion d’en parler.

Il pencha légèrement la tête sur le côté.

— Oh, tu es amoureuse de Kravath ? Waouh — siffla-t’il alors qu’elle hochait la tête, je ne l’avais pas vu venir. Je pensais que c’était une aventure passagère.

— Pourquoi penses-tu une chose pareille ? Sa réputation de coureur de jupons, c’était il y a des années, Matt. C’était un enfant. Vous n’êtes pas amis, alors si tu as entendu des rumeurs, dis-toi que nous avons tous un passé. Il y a des parties de sa vie que tu ne connais pas et, bien sûr, je ne pourrai jamais te les raconter, mais c’est un homme bon.

— Alors tu es vraiment amoureuse de ce minable.

Brooke le frappa à l’épaule.

— Si c’est le cas, je suis heureux pour toi — répondit-il en lui caressant la joue. Si tes sentiments sont sincères, il est peut-être temps que tu le lui dises et que tu découvres s’il est amoureux de toi. Parce que s’il ne l’est pas, cela ne ferait que corroborer mon opinion selon laquelle c’est un idiot.

Elle éclata de rire.

— J’avais prévu de lui parler demain lors d’une fête — dit-elle en souriant. Maintenant que nous avons parlé de nos affaires passées, il est peut-être temps de prendre un café tous les trois, et de parler civilement. Lincoln est un homme merveilleux et un grand communiquant. Que dirais-tu de faire amende honorable ?

Il rit et se pencha pour l'embrasser sur le front.

— Chérie, ça n›arrivera pas. Parce que maintenant il fréquente une personne qui fait partie de mes meilleurs souvenirs : toi. S'il ose te faire du mal, je le frapperai.

— Matteo, pour l'amour de Dieu, ne sois pas ridicule ! — dit-elle en riant. Si Lincoln me fait du mal, je peux me défendre toute seule. Un coup de poing suffirait, je ne veux pas blesser son beau visage.

Matteo se couvrit le visage de ses mains et laissa échapper un grognement de dégoût, ce qui fit rire Brooke.

— Aujourd'hui, je vais méditer sur la question de la Californie qui, comme tu l'as dit, doit être réglée le plus rapidement possible. Mets de côté tes pensées violentes sur Lincoln, d'accord ?

— Pourquoi le ferais-je ?

— Parce que je l'aime, juste pour ça.

Il resta bouche bée.

— Laissons tomber le sujet, s'il te plaît. Ca ne va nulle part.

— Ok, parfait — dit-il avec résignation. Appelle-moi pour tout ce dont tu as besoin et n'oublie pas que mon jet est à ta disposition pour te rendre où tu veux — déclara-t'il sincèrement. Merci d'avoir fait du bon travail à Blue Oaks, malgré les catastrophes — dit-il sur un ton énigmatique qu'elle ne comprit pas, mais qu'elle laissa passer, car Matteo avait l'habitude d'être excentrique. Merci d'avoir dîné avec moi. Et surtout — dit-il en l'enveloppant dans une étreinte fraternelle, de m'avoir accepté tel que je suis.

Les yeux de Brooke s'emplirent de larmes. Elle s'éloigna doucement.

— Je suis sûr que Raffe serait très heureux de nous voir ensemble.

Il hocha la tête et se retourna pour monter dans la voiture. Matteo ne voulait pas la contrarier, surtout si elle disait qu'elle aimait cet abruti de Kravath. Il allait donner à Brooke quelques jours pour digérer tout ce dont ils avaient discuté à propos de Raffe et de l'héritage. Si Matteo confiait à Brooke sa théorie sur le sabotage de Kravath et qu'elle avait tort, cela la blesserait vraiment et créerait un fossé difficile à combler. Il ne voulait pas de ça.

La meilleure chose à faire était de se taire, d'analyser le terrain et d'observer les circonstances. S'il avait mal jugé Kravath, il ferait comme si ses soupçons n'étaient pas fondés et il reconsidérerait la vente du ranch, en tenant compte de la clause que Kravath avait proposé d'ajouter au contrat : aucun employé de Blue Oaks ne pouvait être licencié.

Lincoln rentra au Texas plus en colère qu'il ne l'aurait imaginé. En colère et jaloux. Pendant tout le vol depuis Las Vegas, aucun de ses amis n'avait osé lui dire quoi que ce soit, et encore moins ses frères, car il semblait émaner de lui une vibration presque meurtrière. Cependant, alors que l'avion privé des Kravath était sur le point d'atterrir sur le tarmac de l'aéroport d'Austin, Jonathan s'approcha, le tabloïd à la main, et le brandit sous le nez de Lincoln.

— Tu vas croire ces bêtises ? C›est juste des ragots — dit Jonathan. Il doit y avoir une explication cohérente à cela. Tu sais que Brooke et Matteo sont amis. Allez, il lui a confié le poste à Blue Oaks. Ne sois pas absurde.

— Je ne sais pas s'il te reste de l'alcool dans les veines, Jonathan — dit Lincoln, déçu et en colère, mais elle a la main sur la poitrine de ce connard et elle rit comme s'il lui avait raconté la meilleure blague jamais entendue dans l'histoire de l'humanité. Ils sont partis ensemble. Elle m'a trompée avec Sarconni. Tu crois que ça me fait plaisir ?

Lenox, Ernest et Billy rirent car c'était la première fois qu'ils voyaient Lincoln jaloux et agir comme un adolescent irrationnel et trahi. Il ne voulait pas entendre raison et semblait vouloir maintenir sa position pour justifier cette colère ridicule.

— Peut-être — dit Samuel sur un ton sérieux, que tu ferais mieux de commencer à lui dire ce que tu ressens vraiment pour elle. Tu sauras alors si elle t'aime, au lieu de dire des bêtises et de te persuader que quelque chose va mal tourner tôt ou tard. Quand vas-tu cesser l'auto-sabotage sentimental ?

— Brooke est la sirène que tu croyais inexistante — dit Jonathan.

— Tu te prends pour un conteur maintenant ? — demanda Lincoln en levant un sourcil.

— Linc — dit Samuel, arrête de croire aux pages mondaines des tabloïds. C'est quelque chose que tu n'as jamais considéré comme digne de ton temps. Considère qu'il n'y a pas si longtemps, tu avais une femme différente à ton bras chaque week-end, que les paparazzis t'appelaient par ton prénom à l'entrée des pubs, et que tu t'en fichais. Tu as toujours su que les paparazzis des tabloïds prennent une photo et en font des histoires tordues. C'est comme ça qu'ils gagnent de l'argent. Comme la fois où tu as été photographié avec nos cousins, les jumeaux, et qu'ils ont inventé que tu avais eu un plan à trois. Qu'as-tu fait à l'époque ? Tu as ri et tu es passé à autre chose. Fais de même maintenant.

Lincoln regarda son frère d'un air hautain. Jamais une femme n'avait réussi à le pousser à une jalousie aussi irrationnelle. Sa jalousie semblait se répandre comme un poison à travers ses pores, remuait son cœur, le rendait vulnérable. Il craignait d'avoir perdu la tête, tout ça parce qu›il avait baissé ses barrières émotionnelles pour laisser Brooke entrer. Bon sang, il l'avait fait. Elle était profondément ancrée dans son être. Chaque fibre de son réseau neuronal et cellulaire était imprégnée de son rire, de son ironie, de sa douceur, de sa passion, de son plaisir, de ses réflexions, de ses facéties, de sa détermination et de son intelligence. Brooke était l'air qu'il respirait, la paix de ses nuits. Quand elle l'embrassait, elle faisait tourner son monde dans la direction parfaite.

Il était devenu ce qu'il avait juré de ne jamais devenir : vulnérable avec une femme. Il lui avait donné sa confiance et elle, en une seule nuit, alors qu'il était en voyage, l'avait trahi.

L'idée qu'un autre homme, Sarconni plus précisément, l'ait touchée, embrassée, entendue rire ou senti son corps chaud près de lui, le déstabilisait. La jalousie qu'il éprouvait à ce moment-là le rendait incapable de voir la réalité en face, comme s'il avait bu trois bouteilles de whisky. Il détestait ce sentiment d'impuissance.

— Vous m'avez vu avec une «amie» dans cette situation ? Lorsque la strip-teaseuse d'un des clubs de Las Vegas s'est approchée de moi et a essayé de me proposer quelque chose de plus qu'une danse, ai-je réagi, l'ai-je touchée ou ai-je essayé de la toucher ? — demanda-t'il à son frère, en colère.

— Linc, ils ne s'embrassent pas, et si tu les regardes avec la tête froide, les gestes sont complètement innocents. C'est le titre du tabloïd, *«Un agent immobilier séduisant semble avoir trouvé l'amour avec une belle blonde»*, qui te remplit la tête d'idioties — déclara Tristan.

Puis il mit de côté le tabloïd.

— Ils inventent des histoires stupides. Et alors ? Sarconni est l'un de ces types qui aiment faire du travail philanthropique, côtoyer des personnes influentes comme lui et qui ont toujours quelque chose à dire avec leur grande gueule. Il est presque «normal» qu'ils en aient profité. Il n'y a rien de plus à en dire.

— Ne fais pas quelque chose que tu regretteras, Linc — dit Billy sur un ton sérieux. Ernest, Lenox et moi apprécions peut-être la vie de célibataire, mais on ne t'a jamais vu refuser une offre de plaisir avec une femme avant, et encore moins à Vegas. On ne t'a jamais entendu non plus hurler au milieu du Strip que tu aimais Brooke, même si tu étais ivre (et les gens ivres disent toujours la vérité). Tu as crié comme si tu voulais que même le plus lointain habitant de Las Vegas le sache. Considère que nous t'avons entendu, même si nous étions aussi ivres que toi, voire plus, hein. Alors n'essaie pas de te trouver des excuses.

— J'étais ivre et je n'avais pas les idées claires — répondit-il en toute mauvaise foi.

— Ah, le déni — dit Billy en riant, tu es parfois tellement idiot, Kravath.

Ernest secoua la tête. Lenox haussa les épaules. Ils étaient tous deux conscients que leur ami était un cas désespéré d'engouement inattendu et de jalousie. Aucun d'eux n'avait l'intention de se caser. C'est pour cela qu'ils s'amusaient tant à tourner en tant que concurrents dans des compétitions de rodéo, d'une ville à l'autre, sans racines fixes. Ils n'avaient pas l'intention de devenir des âmes perdues par amour comme Jonathan ou les Kravath.

— Dis-lui juste ce que tu ressens. Tu gères une entreprise d'élevage, tu diriges une grande équipe, et tu es le cerveau derrière ce succès. Tu as plus de couilles que Tristan et tu t'occupes de tout le charabia qui accompagne le conglomérat d'entreprises Kravath. Comment ne peux-tu pas être capable de dire à la femme que tu aimes ce que tu ressens ? Comment peux-tu faire confiance à un tabloïd avant même de lui parler ? — dit Samuel.

L'hôtesse demanda à tout le monde d'attacher sa ceinture. Comme Samuel était assis à côté de Lincoln, il baissa la voix et ajouta : «Mon frère, tu lui caches aussi quelque chose de très compliqué. Les mensonges ne tiennent pas longtemps, alors devance-les avant qu'ils ne t'explosent à la figure. Ne fais pas l'erreur de juger avant d'agir.

Lincoln se frotta l'arête du nez et regarda, par la fenêtre, l'avion se poser sur le tarmac. Il allait parler à Brooke. Bien sûr qu'il allait lui parler.

# CHAPITRE 18

Brooke avait déjà choisi, dans la liste d'avocats que Matteo lui avait envoyée, le cabinet ayant les meilleures critiques et la meilleure réputation. Elle leur avait même envoyé un courriel, auquel elle espérait recevoir une réponse rapide afin de pouvoir organiser son voyage en Californie. D'un autre côté, elle était heureuse, car cet après-midi-là, elle allait voir Lincoln. L'avion privé n'allait pas tarder à atterrir sur le sol texan. Tomber amoureuse de cet homme fier et complexe avait été l'une de ses plus grandes joies et surprises. En prime, Lincoln n'était pas seulement beau, mais c'était aussi un amant sensationnel. Il la rendait folle avec ses caresses et la faisait gémir de joie. Il était une addiction dont elle n'avait pas l'intention de se débarrasser.

Elle était impatiente de pouvoir le tenir dans ses bras et d'être enveloppée de son parfum, sa force et sa passion. Aucune petite amie ne serait heureuse de voir son partenaire faire un enterrement de vie de garçon à Las Vegas avec ses amis, mais Brooke avait appris à faire confiance à Lincoln. D'un autre côté, elle avait hâte d'être à son bras au mariage de Jonathan et Renatta.

Ce matin-là, elle s'était rendue au Golden Light pour rejoindre le groupe d'amies de la mariée afin de se faire faire un soin du visage et de se faire belle. Elle aimait les amies de Renatta, parce qu'elles semblaient être simples, avec un grand sens de l'humour. Brooke se fit épiler à la cire, appliqua un masque capillaire, se fit faire une manucure et une pédicure, et brossa les cheveux pour les rendre lisses et soyeux.

Elle se maquillait elle-même, car elle savait quels produits convenaient à sa peau et préférait ne pas en tenter de nouveaux. De plus, elle avait découvert que se maquiller la détendait et la divertissait. Il lui restait encore trois heures avant le mariage. Elle appliqua un soin hydratant pour le corps, puis prit une douche rapide pour le rincer, en prenant soin de ne pas mouiller ses cheveux. Elle avait laissé son bonnet de bain sur un crochet à côté du porte-serviettes.

Elle ouvrit la porte avec l'intention d'enfiler les sous-vêtements qui étaient sur le lit. C'était un ensemble de lingerie très sexy dans une teinte *nude*. L'idée était de rendre Lincoln fou. Elle devait ensuite se maquiller, puis enfiler sa robe et ses talons hauts. Elle avait hâte de voir le visage de Lincoln quand elle serait dans sa tenue complète. Elle était fascinée par sa robe violette.

Dès qu'elle mit le pied dans la pièce, elle vit l'homme le plus sexy du Texas. Immédiatement, Brooke esquissa un sourire et son cœur se mit à battre plus vite. Lincoln était debout, les bras croisés, les sourcils froncés. Il portait un jean bleu, et une chemise blanche. Brooke n'avait jamais vu autant de colère et de retenue chez lui en même temps. Du moins, pas envers elle. Jamais.

Elle imagina qu'il avait passé une mauvaise nuit, entre deux fêtes, à Las Vegas. Mais elle ne comprenait pas. Elle s'approcha de lui pour le serrer dans ses bras et lui demander si tout allait bien, mais Lincoln tendit la main pour l'en empêcher. Brooke fut choquée par ce rejet soudain et brutal. Ça ne lui ressemblait pas du tout. Que se passait-il ? Elle était sur le point d'ouvrir la bouche pour l'interroger, mais Lincoln la devança.

— Tu es seule, *petite princesse* ? — demanda-t'il de but en blanc, en la regardant.

Lincoln remarqua que ses cheveux étaient raides, que ses pieds étaient nus et que ses ongles étaient vernis en rose. La serviette la couvrait à peine. Il se dit que Brooke était le fantasme de tous les hommes, mais la possibilité que quelqu'un d'autre puisse la toucher, comme il l'avait fait, le rendit furieux.

Il était partagé entre l'envie de l'embrasser, de la déshabiller et de la pénétrer, ou de lui raconter toutes les bêtises que sa tête avait imaginées… comme si Brooke avait ourdi un complot émotionnel contre lui. Bien sûr, il ne lui avait pas avoué qu'il l'aimait, elle ne pouvait donc pas savoir à quel point Lincoln était envahi par la jalousie. Il avait besoin d'une explication concernant les photos du tabloïd.

Voir de la lingerie sur le lit ne lui plaisait pas, car des idées chaotiques fourmillaient dans son esprit. Il l'imaginait avec Sarconni. Mon Dieu, comment cette petite blonde au tempérament impétueux avait-elle réussi à l'hypnotiser ainsi ?

Brooke remarqua le ton moqueur dans l'expression qu'il avait utilisée pour se référer à elle. Elle a commença à ressentir de la colère, car elle ne comprenait pas pourquoi il était si arrogant et si distant.

— Hé Lincoln, je me faisais une joie de te voir, mais ton attitude me déçoit — répondit-elle en ajustant le nœud de la serviette qu»elle tenait au centre de ses seins. Si tu as eu un problème à Vegas, tu aurais dû y rester pour le régler.

Il sortit le tabloïd roulé de la poche arrière de son jean et le jeta avec mépris sur le lit. Il prit la peine d'arracher la page où elle était avec Sarconni, car il n'aurait pas eu la patience d'attendre qu'elle la cherche.

— Je ne suis pas ravi de te voir — mentit-il, mais c'est la vie. Regarde la merveille qui est arrivée dans mes mains, et, bien sûr, dans celles de mes amis et de mes frères.

Elle avala sa salive et détourna le regard. C'était la première fois depuis qu'ils étaient devenus amants qu'il la traitait comme si elle était son ennemie ou une simple étrangère faisant irruption sur son chemin. La réaction blessée de Brooke brisa presque la volonté de Lincoln de rester à l'écart jusqu'à ce qu'il obtienne une explication.

Puis il se mit à regarder autour de lui, comme s'il cherchait une trace de quelque chose, une preuve, qui lui confirmerait l'insinuation du tabloïd : Brooke et Sarconni avaient couché ensemble. Il semblait avoir besoin de cette excuse pour accepter qu'elle ait brisé sa confiance et confirmé qu'il n'aurait jamais dû céder à l'impulsion d'ouvrir son cœur. Avant même de se rendre dans la chambre, il avait fouillé chaque pièce comme s'il allait trouver son ennemi caché quelque part.

Bien sûr, il ne trouva rien. Tout ce qu'il fit, c'est s'énerver contre lui-même, parce qu'il s'était comporté de façon stupide comme s'il était au lycée, au lieu d'agir comme un homme réfléchi de 34 ans. Putain.

— Que veux-tu que je fasse avec ce morceau de papier ? — demanda-t'elle sans bouger.

— Lis-le, s'il te plaît, *petite princesse* — dit-il avec sarcasme.

— Si tu me parles encore une fois sur ce ton, Lincoln, je vais te jeter dehors, alors fais bien attention à la façon dont tu t'adresses à moi. Tu es dans ma maison.

Il rit et leva un sourcil, la regardant avec insolence de la tête aux pieds.

— Si je veux te donner du fil à retordre, je peux. Grâce à Mildred, ici dans ma chambre, j'ai un revolver. Arrives-tu à imaginer comment tu monterais à cheval avec un pied blessé ? C'est compliqué, non ?

Il fit un geste de la tête vers le lit où était posé le papier et ignora la menace, car ils savaient tous deux qu'elle ne tirerait jamais sur un autre être vivant. Bien sûr, cela n'éliminait pas la possibilité qu'elle le frappe à la tête avec le revolver. Cette dernière option était plus réaliste.

— Je sais que tu es curieuse, alors lis ce journal — dit Lincoln, s'il te plaît — ajouta-t'il d'un ton neutre, mais presque comme s'il avait dû cracher une dent.

Cette attitude la mit en colère. Elle prit le papier à contrecœur.

Ses yeux s'agrandirent quand elle vit les photos d'elle et de Matteo devant le restaurant. Ajoutées au titre, elles laissaient entendre qu'elle et Matteo étaient en couple. Elle ressentit de la colère face à ce texte malveillant.

Sa relation avec Lincoln n'était pas publique, ce qu'elle appréciait, notamment en raison de sa mauvaise expérience à Los Angeles. Lorsqu'elle lui avait confié toute la galère vécue en Californie, la difficulté de trouver un emploi alors que son cercle d'»amis» lui avait tourné le dos et la traitait comme une paria, Lincoln avait essayé de se montrer discret en public. Il lui avait témoigné son soutien et lui avait assuré qu'il ne la jugerait jamais à la lumière des actes de son père.

Il l'avait écoutée, avec patience et un véritable intérêt, parler de ses réflexions et de la déception que lui inspirait la trahison de sa famille. Lincoln lui avait assuré que, peu importe les aléas de la vie, il la soutiendrait toujours. Elle tomba un peu plus amoureuse de lui ce jour-là. Elle savait qu'elle pouvait compter sur sa promesse : peu importe à quel point il était en colère ou leur relation était affectée, si elle demandait de l›aide, Lincoln la lui donnerait. Ce genre de certitude était étrange dans son monde où la seule constante était l›amitié de Kristy et, désormais, celle de Matteo. Lincoln était peut-être un éleveur têtu et obstiné, mais sous cette carapace de suffisance, d'impétuosité et d'arrogance, se cachait une grande bonté.

Matteo était le genre de personne qui aimait se rendre à des événements, avec une fille différente à son bras à chaque fois. De plus, il était engagé dans des projets à but non lucratif, et sa société immobilière avait une bonne image publique. Ce n'était pas la faute de Brooke si elle n'était pas attentive, ni sa responsabilité si les paparazzis étaient à l'affût des personnes populaires à Austin ou dans les villes texanes où les tabloïds avaient des antennes. Cette fois, c'était son tour et celui de Matteo. Manque de bol.

Dans sa vie personnelle et intime, Matteo était très discret. En fait, il avait avoué à Brooke qu'il sortait avec des hommes ou des partenaires loin des yeux du public, dans des clubs d'élite où il payait une cotisation très élevée pour préserver sa confidentialité. Des milliers de dollars. À aucun moment elle n'avait pensé que sa photo avec Matt apparaîtrait dans la presse, car elle était préoccupée par un sujet plus important : faire le ménage dans son passé pour pouvoir éprouver de la gratitude pour son présent.

Les images la montraient en train de rire avec Matteo. Il l'avait enlacée par la taille, tandis qu'elle avait posé sa main sur ses pectoraux. Il y avait aussi une photo qui les montrait en train de monter dans la voiture. Il n'était pas difficile de comprendre la colère de Lincoln. Compte tenu de son expérience avec Heidi, de son mensonge et de l'atrocité qu'elle avait commise, Brooke comprenait, dans une certaine mesure, sa colère.

Elle froissa la page du tabloïd et la jeta dans la corbeille à papier.

— Après la fête de mariage de Jonathan et Renatta, j'allais te dire que Matteo serait de retour à Austin, mais il a pris les devants et s'est arrêté à Blue Oaks hier. Il y avait des problèmes du passé que nous devions régler.

Lincoln leva un sourcil.

— De plus, techniquement, c'est mon patron, et je devais lui faire un rapport sur tout ce que j'ai fait ici ces derniers mois.

— Ne t'approche plus de lui — dit-il, furieux.

Le bleu des yeux de Lincoln était devenu dense, profond et sombre.

Elle croisa les bras. Ce geste desserra légèrement la serviette et ses seins dépassèrent un peu du tissu.

— Et pourquoi pas, Lincoln ?

Il raccourcit son pas pour lui faire face. Il se pencha, jusqu'à ce que son visage soit à quelques centimètres de celui de Brooke.

— Parce que tu es à moi.

Elle éclata de rire.

— Tu t'es comporté comme un *con*, je ne veux pas t'appartenir, ni à qui que ce soit d'autre.

Lincoln saisit fermement son menton.

— Tu me touches maintenant ? — dit-elle sur un ton blessé. Quelques secondes plus tôt, tu ne semblais pas intéressé par le fait que ma peau touche la tienne.

Il caressa sa lèvre inférieure avec son pouce.

— Je veux toujours te toucher, te dévorer et marquer ta peau, Brooke.

Elle contrôla le léger frisson qui parcourut son corps à cause de la façon dont il la regardait et à cause du ton de sa voix, profond et sensuel, plein d'émotions contradictoires.

— Tu as dit que vous deviez parler du passé avec Sarconni, c'est ça ? Lui as-tu dit que tu aimes qu'on te caresse les seins, qu'on t'enlace par derrière, qu'on te pince les tétons d'une main pendant que l'autre te masturbe ?

Elle le gifla. Le son résonna dans la pièce. Lincoln ne bougea pas, car il savait qu'il le méritait amplement. Avec cette femme, sa stupidité semblait émerger plus souvent que d'habitude. Brooke n'aimait pas la violence, mais Lincoln semblait faire ressortir son côté sauvage. Il l'avait offusquée avec cette question grossière et elle avait simplement répondu. Dans ces moments-là, aucun des deux ne se conduisait mieux que l'autre. Ils le savaient pertinemment.

— Tu es un connard — dit Brooke.

Ses yeux emplis de larmes attristèrent Lincoln, et il comprit qu'il avait fait exactement ce que son frère lui avait suggéré de ne pas faire : se précipiter et se laisser guider par son entêtement.

— Je ne t'ai pas trompé et je n'ai pas abusé de ta confiance. Je suis sorti dîner avec Matteo. Je le connais depuis que j'ai 9 ans, il était le meilleur ami de mon frère, donc mon seul lien avec Raffe. Matteo est la personne qui m'a donné la chance de tout recommencer à zéro. Nous devions parler des problèmes de mon frère et je devais aussi lui fournir un rapport, en face à face, sur ce que j'ai fait au ranch en tant qu'administratrice — dit-elle, tremblant de colère.

Elle ressentait une rage énorme parce que Lincoln avait été offensant.

— Je peux comprendre ta méfiance, mais je t'ai prouvé que j'avais des principes et une morale.

Il fit un bref signe de tête, car c'était vrai.

— Tu ne peux pas te comporter comme un idiot et jouer avec notre vie intime comme tu viens de le faire. Est-ce que j'aime qu'on me fasse toutes ces choses que tu viens de mentionner ?

— Brooke... — l'interrompit-il en marmonnant.

— Bien sûr que j'aime ça, et ça m'excite d'être touchée comme ça. J'adore qu'on me prenne et qu'on me baise — cria-t'elle avec colère, alors que les yeux de Lincoln clignaient, mais tu sais quoi ? Je peux le faire avec toi ou avec n'importe qui d'autre. Je n'ai pas besoin de toi pour me satisfaire sexuellement, le seul détail, c'est que je n'ai rien fait avec Matteo.

— Brooke... — dit Lincoln en serrant sa mâchoire si fort que ça lui fit mal.

Après s'être emporté stupidement, il savait que la réponse de Brooke, qu'il n'aimait pas du tout puisqu'elle suggérait que d'autres puissent lui donner le plaisir qu'il aimait tant lui prodiguer, était plus que juste. La crise de jalousie qu'il avait faite à la vue de Brooke sur ces photos l'avait terrassé. Il n'avait jamais vécu quelque chose comme ça avant, et il avait agi de façon erratique.

— Quoi ? — demanda-t'elle, les mains sur les hanches, le menton relevé, le défiant.

Il passa ses doigts dans ses cheveux, frustré et en colère contre lui-même.

— D'abord, je ne suis pas jaloux, sauf en ce qui te concerne. Si je te vois proche d'un autre homme que moi, en faisant des gestes qui suggèrent l'intimité, je me sens mal...

Il secoua la tête, consterné par son propre emportement.

— Tu sais que tu me rends fou, depuis le moment où tu t'es présentée sur le pas de ma porte. Mais que tu me dises que tu aimerais faire ce que je fais avec toi et ce que nous faisons ensemble avec quelqu'un d'autre, c'est méchant, aussi méchant que ce que je viens de te demander à propos de Matteo et de votre sortie. Il est vrai que ma question était stupide.

Brooke s'approcha et enfonça son doigt dans sa poitrine.

— Je m'en fous, Lincoln — répondit-elle en larmes, parce qu›elle détestait se battre, parce qu›elle était fatiguée après toutes ces semaines de merde au ranch, parce qu›elle venait de clore un chapitre difficile de son passé, parce qu›elle devait encore revivre la mort de Raffe pour récupérer ces millions de dollars, parce qu›elle aimait cet homme impossible et qu›elle était terrifiée à l›idée qu›il ne veuille plus d›elle, surtout s›il semblait facilement douter à son sujet.

— Dis-moi, Lincoln : que s'est-il passé quand tu mangeais dans ce restaurant italien et que je t'ai vu avec Alina ? Ai-je choisi de t'écouter et de te croire, ou ai-je choisi de poser des questions ridicules et sans intérêt ? Parce que si ma mémoire est bonne, j'ai choisi de te croire.

Lincoln attrapa ses épaules et la regarda dans les yeux.

— Je te demande pardon, Brooke — dit-il d'un ton sincère et contrit.

Toute sa jalousie s'évapora et le regret prit le dessus.

— Je me sens comme un con. Au lieu de contrôler ma jalousie et de t'écouter, au lieu de te poser une question respectueuse, j'ai fait l'erreur de venir ici en colère depuis l'aéroport et prédisposé à porter un jugement... Je suis désolé... — murmura-t'il avec regret. Je sais que tu ne trahirais pas ma confiance. J'ai perdu ça de vue et je t'ai blessée avec mes doutes, chérie — dit-il en secouant la tête. Je suis un idiot.

Elle hocha la tête, parce que bien sûr, c'était un idiot. Brooke accordait du crédit à un homme lorsqu'il acceptait ses erreurs au lieu de blâmer les autres, et s'excusait. Pas n'importe quel homme dans ce cas, mais un homme très fier et arrogant. Elle savait combien il était difficile pour Lincoln d'admettre ses erreurs, mais il n'y aurait eu aucun autre moyen de poursuivre cette conversation ou cette relation s'il ne s'était pas excusé sincèrement.

Elle prit une profonde inspiration et ferma les yeux un instant.

— Je suis désolée d'avoir dit que je pouvais faire avec d'autres hommes ce que j'aime faire avec toi... Pas parce que c'est un mensonge, mais parce que ce qui m'intéresse, c'est juste de le faire avec toi.

Lincoln laissa échapper un rire inattendu.

— C'est quoi ces excuses ? — demanda-t'il, en penchant la tête sur le côté.

Elle sourit à demi.

— Je veux juste que mes fantasmes sexuels se réalisent avec toi. Et ça ne m'intéresse pas de faire entrer les autres dans l'équation. Si tu n'es pas présent, je peux me faire plaisir comme le ferait normalement toute femme qui apprécie sa sexualité et sait que se donner du plaisir est aussi sain que le partager. C'est ce que je voulais dire, peut-être que je ne me suis pas bien exprimée — dit-elle d'un air de défi, mais tous deux savaient qu'elle profitait de la jalousie de Lincoln.

Il pinça les lèvres et secoua lentement la tête. Puis il caressa sa joue.

— Assurons-nous que c'est moi qui te donne du plaisir, d'accord, mon cœur ?

— Je pense que nous sommes d'accord — murmura-t'elle, alors qu'il la serrait très fort dans ses bras. Comme s'il craignait qu'elle ne s'enfuie à tout moment.

Elle se laissa embrasser pendant un long moment, parce qu'elle aimait se sentir étreinte par la force et la vitalité de Lincoln. Ce faisant, toute la colère, la jalousie, la tristesse et l'incrédulité fondirent. Ils restèrent de longues minutes dans les bras l'un de l'autre. Il caressa ses cheveux, encore et encore, jusqu'à ce que leurs respirations se calment. Les tempéraments cessèrent d'être incendiaires et la raison sembla revenir.

Après un moment, Brooke se détourna de Lincoln et le regarda dans les yeux.

— Pourquoi devrais-je accepter tes excuses ? — demanda-t'il soudainement.

— Parce qu'elles sont sincères et que je les pense de tout mon cœur — répondit-il.

Elle réfléchit pendant quelques secondes, qui semblèrent longues, puis hocha la tête.

— Tu ne vas pas demander à en savoir plus sur Matteo ?

Lincoln était bien conscient que s'il y avait un menteur dans la pièce, c'était lui, pas Brooke. Même s'il était jaloux, il n'avait aucun droit de porter de jugement sur les actions de Brooke, car dans son esprit, il savait pertinemment qu'elles ne seraient jamais malveillantes ou déshonorantes. Après le mariage de Jonathan, il lui révélerait la vraie raison pour laquelle il avait accepté d'être son allié pour l'aider à Blue Oaks. Il savait que ce serait une pilule amère à avaler, et que la confiance de Brooke était en jeu. Néanmoins, il préférait, une bonne fois pour toutes, lever le voile d'obscurité qui flottait encore entre eux.

Son intention d'être honnête avec elle et d'assumer les conséquences de ses actes le consolait. La seule chose à laquelle il ne pouvait consentir, c'était de la perdre. C'était pourtant un risque très élevé. Il devait avouer son mensonge s'il voulait poursuivre sa relation avec Brooke toute sa vie.

Être un homme ne signifiait pas savoir utiliser son membre, obtenir de gros contrats ou avoir une force physique. Non. Être un homme, c'était avoir les couilles d'être franc et vulnérable et de laisser la femme dont il était amoureux décider si elle pouvait ou non lui pardonner en apprenant la vérité qu'il avait cachée.

— Ta parole est suffisante pour que je sache qu'il ne s'est rien passé et que c'était juste un dîner — répondit-elle honnêtement en lui caressant les joues. Je n›aurais pas dû douter de toi, chérie. Acceptes-tu mes excuses, Brooke ? — demanda-t'il.

— Merci — dit-elle en l'embrassant doucement sur les lèvres.

Puis il appuya son front contre le sien.

— Tu es la seule femme qui peut me rendre fou.

Brooke rit doucement, mais quand son rire s'arrêta, elle ferma les yeux un instant. Elle savait que Matteo était une personne loyale, mais elle savait aussi que, si elle ne parlait pas de cette affaire à

Lincoln, deux hommes importants dans sa vie continueraient, pour une raison ou une autre, à se quereller. Il décida de se confesser pour le bien de ces deux primates, car il n'y avait pas d'autre façon de les appeler.

— Lincoln — dit-elle en tenant sa main contre sa joue, Matteo est gay.

— Quoi... ? — demanda-il en fronçant les sourcils. Mais...

— C'est une longue histoire et ce n'est pas à moi de la raconter. Je voulais juste que tu le saches. Cette information ne peut pas être divulguée. Je l'ai partagée avec toi, parce que je ne peux pas permettre que cette querelle ridicule que vous avez tous les deux depuis que vous êtes adolescents continue. Cela n'a pas de sens et je ne veux pas être au milieu de tout ça ! — dit-elle en se détournant.

Lincoln saisit son poignet, caressa son pouls qui battait rapidement sous le contact de son pouce. Elle avait raison, l'histoire de Matteo n'était pas une histoire qu'il allait creuser, car c'était à Sarconni de la raconter, si jamais il le faisait. Il ne le respectait et ne l'aimait pas plus qu'avant. Cet homme était insupportable et détestable, point final. De plus, avec ces photos, il l'aimait encore moins, car il avait touché à Brooke. Elle lui appartenait et il était très possessif avec elle.

— Il reste encore presque trois heures avant la cérémonie, dit Lincoln en continuant à caresser la peau délicate avec son pouce dans un mouvement circulaire. Et tu m'as manqué.

Elle sourit.

— Tu m'as manqué aussi, Linc, mais il y a quelque chose dont je veux te parler.

— J'aimerais pouvoir t'embrasser d'abord — dit-il avec ferveur en la rapprochant de lui. Je peux ou tu m'en veux encore ?

Brooke rit.

— Linc, je me suis excusée auprès de toi. On s'est réconcilié, donc non, je ne suis plus en colère.

La bouche de Lincoln recouvrit la sienne et le baiser emporta tout ce qu'il allait dire.

Il attrapa sa taille, la tint fermement et avec véhémence contre son corps. Il ne pensait pas pouvoir continuer sans lui dire ce qu'il ressentait pour elle. Pendant tous ces mois, il était tombé petit à petit amoureux de cette femme. C'était comme une chute dure, rapide, exaspérante d'une falaise, mais l'amour qu'il éprouvait était sans égal. Brooke l'obsédait et elle était devenue la raison de ses sourires.

Brooke dévorait la bouche de Lincoln comme il le faisait avec la sienne. Leurs lèvres se heurtaient avec désespoir, comme si l'intensité était la clef qui ouvrait un portail vers un autre monde. Un monde humide, sensuel, ardent, sauvage, où eux seuls pouvaient comprendre l'ampleur des émotions qui s'exprimaient sans mot, parce que leurs corps les avaient comprises dès leur première rencontre. Ils s'exploraient, fusionnaient dans une félicité totale.

— J'aime tes baisers — dit-il en lui mordant les lèvres, avant d'approfondir la conquête de sa langue.

Tous deux poursuivaient leurs caresses avides et provocantes, dans lesquelles chacun essayait de dominer l'autre.

— Linc — dit-elle en haletant, alors qu'il retirait la serviette qu'il portait sur lui.

— Tu es la plus belle et la plus sensuelle des femmes, et tu sais ce qu'il y a de mieux ? — demanda-t'il en prenant ses deux seins dans ses mains et en pressant ses tétons.

— Quoi ? — dit-elle en gémissant et en s'abandonnant au désir.

— Que tu es à moi et que je ne te partagerai avec personne — dit-il en regardant les délicieux monticules avec avidité, avant de baisser la tête et de prendre l'un des tétons dans sa bouche chaude, tandis qu'elle s'agrippait à ses cheveux.

Brooke sentit les vagues de désir l'envahir. Lincoln connaissait son corps comme une carte. Il savait comment le parcourir d'un côté à l'autre, jusqu'à trouver l'endroit parfait où ils trouveraient, ensemble, l'explosion d'un plaisir intense. Elle sentit ses dents mordre dans son autre sein, puis apaiser la douleur de la caresse avec sa langue. Elle gémit.

— Tu es à moi aussi, Lincoln — répondit-elle en attrapant son visage, l'éloignant de ses seins juste un instant pour le regarder. Seulement à moi.

— Je ne prétends pas appartenir à quelqu'un d'autre — murmura-t'il en lui faisant un clin d'œil, avant de lécher ses seins, s'y attardant délibérément.

Puis il retira sa main de l'un d'eux pour la descendre vers son sexe.

— Tu es mouillée... Tu es prête, bébé, tu es si sexy — dit-il en enfonçant son doigt dans son sexe.

Puis il le retira et se redressa. Il la regarda avec un sourire narquois et suça son doigt.

— Mm, exquis.

— C'était plus qu'un baiser — dit-elle, tremblante de désir, en commençant à enlever les vêtements de Lincoln.

Il la laissa faire, lui donna le contrôle, jusqu'à ce qu'ils soient tous les deux nus.

— Allons dans le lit, Linc — dit-elle en prenant sa main, je veux faire plus que t'embrasser.

— C'est agréable que nous pensions de la même manière, chérie — dit-il en la prenant par la taille et en l'allongeant au centre du lit. Je ne peux pas écouter la raison si elle ne valide pas la pénétration de ton corps — dit-il en lui caressant le visage. Fais-moi tien — dit-il avec un sourire malicieux.

Elle aimait à quel point cet homme était sexy : sa façon de bouger, de parler, d'affirmer sa présence, surtout au lit, seul avec elle.

Elle ouvrit ses cuisses petit à petit, pour le tenter, et elle remarqua que les pupilles de Lincoln se dilatèrent et que son expression devint féroce, comme ces guerriers prêts à tout conquérir. Elle aimait le provoquer.

— Charmant — murmura-t'il en faisant courir son pouce le long de ses plis sensibles.

Puis, à genoux sur le lit, il s'installa mieux, il écarta davantage les cuisses de la jeune femme et se positionna au niveau de son sexe humide. Il attrapa son membre avec sa main et le positionna devant l'entrée glissante. Il regarda l'endroit où ces lèvres roses attendaient d'être séparées par son pénis épais et excité, et caressa l'ouverture de haut en bas avec son gland.

— Brooke...

— Oui ? — haleta-t'elle. Oh...

Elle se cambra légèrement lorsque Lincoln plongea en elle avec un grognement sauvage. Ses parois vaginales étreignaient et comprimaient le membre d'acier et de soie qui la pénétrait. Elle laissa échapper un gémissement aigu. Il était ancré aussi profondément qu'il le pouvait en elle. Elle le regarda dans les yeux et le sentit se retirer lentement d'elle, puis revenir.

— Linc... oh, Linc...

Les muscles du visage de Lincoln se tendirent, ses abdominaux se contractèrent et se tendirent avec effort tandis que son membre entrait et sortait de Brooke. Elle tendit la main et caressa ses pectoraux, puis baissa ses mains pour s'agripper à ses hanches et le pousser à venir plus loin en elle. Elle voulait toujours plus de Lincoln. Elle était insatiable.

Le rythme accéléra et aucun d'entre eux ne détourna le regard. Ils étaient connectés physiquement, mentalement et émotionnellement. Il mit plus de force et d'intensité dans les mouvements, à tel point qu'ils étaient à la limite du plaisir et de la douleur, une limite si exquise, qui n'appartenait qu'à eux.

Lincoln aimait regarder l'expression lascive de Brooke, ses seins qui se soulevaient, ses tétons dressés et sa peau marquée par ses baisers. Il appréciait les gémissements qu'elle laissait échapper de manière sensuelle, c'était sa musique préférée. Il aimait la façon dont leurs sexes verrouillés ensemble dansaient. Elle pressait sur son membre avec son vagin serré, et ça l'enflammait de savoir qu'il allait plus profondément à chaque coup de hanches. Brooke était sexy et audacieuse au lit. Et en dehors, elle l'émouvait et le ravissait.

Ils haletaient tous les deux, et Lincoln savait qu'il ne pourrait pas se retenir plus longtemps. Car les mots le brûlaient.

— Brooke Sherwood — dit-il contre ses lèvres, en la regardant droit dans les yeux, c'est la façon la plus vraie et la plus charnelle d'être avec toi. Je n'ai pas osé te le dire depuis des semaines, mais je suis follement amoureux de toi.

— Oh, mon Dieu, Lincoln — murmura-t'elle, ravie, choquée et excitée.

C'était un mélange impressionnant d'émotions.

— Je t'aime comme je ne pourrais jamais aimer aucune femme — dit-il en mordant sa lèvre inférieure, tout en la regardant avec intensité.

— Je ne savais pas si tu le pensais aussi — murmura-t'elle à travers ses larmes retenues. Je t'aime, Lincoln, je t'aime à la folie — dit-elle en l'embrassant, avant qu'il ne pousse un soupir de soulagement et ne lui sourie. Embrasse-moi, Linc.

Il l'embrassa, le cœur serein. Leurs corps bougèrent au rythme de la passion puissante, brûlante, baignée d'un amour avoué. La cadence et la passion créaient un charme magique.

Leurs lèvres s'enflammèrent et ils se dirent des mots d'amour. Ils dévorèrent respectivement leurs corps. Leurs mains devinrent des outils avides, leurs gémissements chantèrent au rythme des mouvements des hanches de Lincoln. Ils grimpaient vers le sommet ensemble. Ils se mordaient et s'embrassaient, ils se léchaient et haletaient, ils s'enfonçaient dans ce gouffre délicieux d'où il n'était possible que d'éprouver du plaisir. Ce n'était pas du sexe, mais une sublime passion romantique.

— Brooke... Je vais jouir — marmonna-t'il en la sentant se resserrer autour de lui.

Son membre commença à palpiter avec le besoin de se soulager.

— Je suis si proche... Lincoln — gémit-elle en levant les hanches.

Leur orgasme arriva en même temps, les secouant tous les deux. Ils étaient concentrés sur eux, sur l'amour profond qu'ils ressentaient, et sur l'extase.

Lincoln s'effondra sur elle, puis resta en elle. C'était une union brute et authentique. Les émotions de leurs corps ne pouvaient être ni inventées ni feintes. Chaque orgasme, chaque gémissement, chaque halètement, chaque cri et chaque caresse était le résultat d'une passion et d'un amour débordants. Pour la première fois depuis des années, Lincoln comprit qu'il fallait bien choisir la femme à aimer et à qui faire confiance. Il se sentait complet.

Après quelques minutes, il retira son visage du cou de Brooke et la regarda en souriant. Il frotta son nez contre le sien.

— Bonjour, belle Brooke — dit-il en lui souriant.

Elle rit doucement et caressa sa joue.

— Je suis amoureuse de toi, donc aucun autre homme ne m'intéresse, je voulais juste te le répéter — dit-elle en se mordant la lèvre inférieure. Un seul cow-boy arrogant qui me rend folle avec ses caresses me suffit.

Il laissa échapper un rire profond. Il lui donna un long et lent baiser.

— Tu es la femme que je n'attendais pas, mais j'ai de la chance que tu m'aimes.

— Oh, Lincoln — dit-elle avec enthousiasme. Je te fais confiance, et il serait impossible de ne pas t'aimer, car derrière cette attitude grincheuse....

— C'est sexy, quand même, n'est-ce pas ? — demanda-t'il, l'interrompant malicieusement.

— Un peu, oui — dit-elle en riant, tandis qu'il lui donnait une fessée. J'aime ton cul.

— Ah, aujourd'hui est un jour de déclarations importantes — dit-elle en lui faisant un clin d'œil.

Elle ne se souvenait pas s'être sentie aussi heureuse depuis très longtemps : elle était rassasiée et aimée. Avec Lincoln, le champ des possibilités s'ouvrait, et ça lui plaisait. Avec ses défauts et ses qualités, elle l'aimait, à la folie. Pourtant, il y avait quelque chose qu'elle devait lui dire. Elle ne pouvait pas le remettre à plus tard, surtout maintenant qu'elle venait d'entendre sa déclaration d'amour sincère.

— Linc...

— Oui, mon cœur ?

— Mm — chuchota-t'elle en tripotant distraitement les poils de ses pectoraux. Je ne veux pas que tu penses que j'augmente les attentes concernant notre relation, mais je veux te parler de quelque chose d'important.

— Mon amour, tu peux avoir toutes les attentes que tu veux à notre égard — dit-il en lui souriant, nous pouvons en parler. Je te veux avec moi, à mes côtés, alors pose toutes les questions que tu veux, il n'y a pas de secrets entre nous, Brooke. Qu'est-ce qui se passe ?

Elle se mordit la lèvre inférieure et hocha la tête. Ils étaient sur le côté, se regardant l'un l'autre, nus et sereins. Brooke s'éloigna et marcha jusqu'au bureau. Elle sortit le dossier qui contenait les détails d'un des moments les plus difficiles de sa vie.

— Il me semble nécessaire de t'informer à ce sujet. Plus que nécessaire, Linc, c'est juste — soupira-t'elle.

Lorsqu'elle se retourna sur le lit, elle s'assit et il fit de même.

— Qu'est-ce qu'il y a, chérie ? — demanda-t'il avec inquiétude.

— Tu m'as parlé de ton expérience avec Heidi.

Il acquiesça et remarqua qu'il avait un dossier estampillé avec le logo d'une clinique privée en Californie.

— Je veux te poser une question importante et j'ai besoin que tu sois honnête avec moi.

— Bien sûr, mais, chérie, es-tu malade ? — demanda-t'il d'un ton inquiet, en tendant la main et en touchant sa joue. Ne me fais pas peur, Brooke.

Elle fit non de la tête.

— Veux-tu avoir des enfants un jour, ou bien l'épisode avec Heidi a-t'il changé cette perspective ?

Lincoln fronça légèrement les sourcils.

— Avoir des enfants est l'un des objectifs les plus importants de ma vie, j'en ai toujours voulu... La liaison avec Heidi m'a rendu méfiant à l'égard des femmes, elle m'a fait beaucoup de peine, mais l'idée d'être père ne m'a jamais quitté. La question a-t'elle un rapport avec le contenu de ce dossier ? — demanda-t'il en la regardant d'un air inquiet.

Elle prit une profonde inspiration et fit un bref signe de tête.

Pendant les vingt minutes qui suivent, elle lui donna des détails superficiels sur ce qu'avait été sa vie à Los Angeles, puis sur sa relation et ses fiançailles avec Miles. Le jour où elle avait découvert qu'elle était enceinte et le processus qui avait suivi quand elle avait soudainement commencé à saigner. Le temps qu'elle avait passé dans la clinique et combien il était douloureux d'avoir perdu cette vie.

Elle parla de ses sentiments de culpabilité et d'inadéquation. Elle lui parla ensuite des thérapies psychologiques, de leur importance pour qu'elle se remette de cette dépression et de cette tristesse. Faire du yoga et trouver un emploi à temps partiel l'avaient vraiment aidée.

Elle expliqua que c'était quand son père avait été arrêté pour blanchiment d'argent qu'elle avait été enfin prête à relever de nouveaux défis. Elle passa les détails de cette dernière partie, car elle lui en avait déjà parlé, et avait terminé en lui disant que Blue Oaks avait sauvé sa santé mentale et lui avait donné de l'espoir. Elle était reconnaissante envers Matteo, mais aussi au fait que ce ranch avait été une nouvelle leçon de vie : elle pouvait se reconstruire, relever des défis sans perdre courage et, surtout, aimer à nouveau, cette fois pour de vrai.

— Oh, ma chérie — dit-il en la serrant contre sa poitrine. Je suis vraiment désolé que tu aies dû traverser une période aussi difficile, sans personne pour te soutenir. Si je rencontre un jour ce Miles, crois-moi, il apprendra que nous, les texans, savons comment casser quelques os à des gamins stupides et lâches comme lui.

Elle rit et tendit le dossier à Lincoln, car elle voulait qu›il comprenne ce qui s›était réellement passé. Pour corroborer son histoire.

— Je n'ai pas fait de fausse couche, Linc, c'était un...

Il l'interrompit en mettant ses doigts sur les lèvres de Brooke. Il mit le dossier de côté. Il n'avait pas besoin de vérifier ce qu'elle lui disait avec des preuves médicales, car il la croyait sur parole. Brooke était une femme d'honneur.

— Je sais que tu ne serais jamais capable de commettre un acte comme l'avortement juste parce que tu voudrais te débarrasser d'un bébé, Brooke, alors que mon ex l'a fait par vengeance et par méchanceté. Je sais qu'avant de choisir l'avortement, tu aurais examiné toutes les possibilités de le sauver, si ta vie ou celle du bébé avait été en danger, et même dans ce cas, tu aurais demandé d'autres avis médicaux pour te donner des alternatives. Ce n'est pas un sujet facile et je suis désolé pour la torture physique et émotionnelle que tu as subie. Je t'aime, Brooke, ton passé ne te définit pas.

Brooke baissa les yeux et fut incapable de parler pendant plusieurs secondes. Lincoln respecta sa volonté de se taire.

— Un de mes souhaits est d'être maman, mais, Linc...

— Oui, chérie ? — demanda-t'il gentiment.

Ça n›avait jamais été comme ça avec une autre femme. Avec Brooke, c›est comme s›ils étaient parfaitement synchronisés. Il lui devait une vérité, et il allait l›avouer. Ce n›était pas juste qu›elle lui ouvre son âme, et qu'il conserve toujours un ignoble secret entre eux. Ses tripes lui criaient d'avouer, et Lincoln savait que c'était le seul jour possible pour faire sa confession.

— Je t'ai posé cette question — dit Brooke, parce que le médecin m'a fait savoir que je pouvais retomber enceinte, mais qu'il y avait aussi le risque de faire une fausse couche... Donc, si tu cherches à fonder une famille, je ne suis peut-être pas la femme qu›il te faut

— dit-elle, la voix légèrement cassée. Je ne veux pas t'enlever la chance de trouver la personne avec laquelle il n'y a pas de risques, parce que je sais que tu es né pour être un père de famille. Un bon père, et tu le mérites, Lincoln.

Il ressentit une grande douleur pour elle. Il se sentait comme un bâtard, parce qu'il ne méritait pas une femme avec un cœur comme Brooke. Il l'attrapa doucement, la poussa à se mettre sur ses genoux. Elle enroula ses bras autour de son cou et le regarda doucement.

— Brooke — dit-il en plaçant doucement ses cheveux derrière ses oreilles, crois-tu que je préférerais être père plutôt que d'être sans toi ? Crois-tu que je donnerais la priorité à mon désir d'être père plutôt qu'à ta santé et à ta décision de vouloir ou non être mère ?

Elle appuya son front contre celui de Lincoln, les larmes aux yeux.

Cette conversation était difficile, mais nécessaire pour lever les éventuels doutes, malentendus ou épisodes cachés entre eux deux. Brooke ne voulait pas que quelque chose se mette entre eux. Peu importe si ça avait duré deux mois, deux ans ou toute une vie.

Elle était fatiguée des mensonges qui avaient fait tant de mal à son existence. Elle avait besoin que leur relation soit exempte de secrets qui pourraient les blesser, c'est pourquoi elle s'était confessé sincèrement à Lincoln. Il ne pouvait en être autrement.

— Je ne sais pas...

Il sourit et caressa son dos nu avec ses deux mains.

— Ma vie, tu es simplement tout pour moi. Un enfant n'est pas seulement celui qui est conçu avec amour, mais aussi celui qui est choisi avec amour. Il existe de nombreuses façons de fonder une famille, mais aucune ne peut remplacer l'amour que je ressens pour toi. Seulement pour toi.

Elle sentit son cœur battre la chamade, les papillons revinrent dans son ventre et les larmes commencèrent à glisser sur ses joues. D'habitude, elle n'était pas du genre à pleurer, mais remuer toutes ces émotions, ces circonstances, ces frustrations, ces douleurs et ces joies, en moins de quarante-huit heures, lui semblait écrasant. Ses sentiments étaient à fleur de peau.

— Oh, Lincoln... Je t'aime tellement — sourit-elle en l'embrassant doucement.

Il la regardait avec excitation.

— Si on en est aux confidences — dit-il sérieusement, il y a quelque chose de très important que tu dois apprendre de ma bouche. Je sais que tu vas te mettre en colère et penser que...

Le téléphone de Lincoln sonna, et celui de Brooke également. Ils se regardèrent.

— Dis-moi simplement ce que tu as besoin de me dire, comme je viens de le faire, Linc, nous trouverons un moyen d'arranger les choses, ensemble — répondit-elle.

Putain, je ne la mérite vraiment pas, se dit-il.

Les téléphones continuèrent à sonner.

— Et si on répondait et qu'on parlait ensuite, Linc ? — demanda-t'elle. Disons-leur de nous rappeler dans environ trente minutes ?

— Non, mon amour, ceux qui appellent vont se lasser.....

— Non, ils ne se sont pas las.

Leurs téléphones cessèrent de sonner. Lincoln jura et allongea Brooke sur le lit, dévora sa bouche d'un long baiser.

— Brooke, je t'aime. N'oublie pas que je t'aime, d'accord ? — demanda-t'il, en décrochant le téléphone.

Elle hocha la tête et embrassa le coin de ses lèvres.

— Et je t'aime — murmura-t'elle en prenant son portable sur la table de nuit.

Elle remarqua que sa culotte et son soutien-gorge *de couleur nude* étaient éparpillés à deux extrémités différentes de la pièce. Elle sourit, car c'était l'un des meilleurs jours de sa vie.

Lincoln fit glisser son doigt sur l'écran.

— Qu'est-ce que tu fais, Lincoln ? — Il reste trente minutes avant la cérémonie de mariage et mon témoin est introuvable ! Arrête de pleurnicher sur un putain de tabloïd et ramène ton cul ici.

Lincoln rit et regarda l'heure. La cérémonie était sur le point de commencer.

— Calme-toi, bordel de merde. Je serai à l'heure — dit-il. Je suis à Blue Oaks. Même le jour de ton mariage, tu ne peux pas te défaire de cette codépendance toxique que tu as envers moi. Ressaisis-toi et arrête de m'emmerder. A partir de maintenant, tu es le problème de Renatta, plus le mien.

Jonathan rit de cette imbécillité.

— Tu as arrangé les choses avec Brooke ? Renatta veut qu'elle soit présente, et je ne peux pas tolérer qu'à cause de votre idiotie, ma future femme se mette en colère.

Lincoln rit. Maintenant il comprenait pourquoi Renatta était importante pour Jonathan. Maintenant, il comprenait les regards complices et comment ils semblaient communiquer juste en se regardant l'un l'autre. Maintenant il comprenait qu'il commençait à construire le même genre de relation avec Brooke. Il ne trouvait plus l'idée de l'amour à vomir, car les relations qu'il avait eues avant Brooke n'avait jamais été de l'amour, mais des expériences ratées, jusqu'à ce qu'elle vienne, accidentellement, sur son chemin.

— Ma veste de smoking est là-bas. Brooke s'habille généralement très vite, on sait qu'elle est jolie et que tout lui va.

Brooke le regarda et rit doucement.

— On s'habillera là-bas, alors Renatta et toi, ne vous inquiétez pas.

— Dépêchez-vous, bon sang, Renatta veut que l'éclairage soit parfait et calé avec le coucher du soleil ! Et puis...

Lincoln raccrocha le téléphone et secoua la tête. Jonathan avait l'air hystérique. Brooke avait aussi répondu à son portable, mais il s'agissait d'un de ces opérateurs ennuyeux qui proposait des offres de vacances, des options pour plus d'économies, etc....

— Bébé, Jonathan pense qu'il va devoir se marier sans moi, je ne veux pas qu'il souffre — dit-il en riant. Que dirais-tu de faire un sac et de te préparer dans ma chambre ?

— Oups — dit-elle en se détournant du lit et en cherchant sa culotte et son soutien-gorge, je ne veux pas être en retard à ce mariage. Oui, bien sûr, je vais tout préparer maintenant.

Lincoln fit le tour du lit, attrapa sa taille et la tira contre lui.

— Toutes tes danses sont pour moi — dit-il contre la bouche de Brooke.

— N'est-ce pas trop exigeant, M. Kravath ? — demanda-t'elle en riant, en le poussant sur le côté pour prendre la robe, son maquillage et ses bijoux, puis elle les fourra dans un sac et enfila à la hâte un jean et un chemisier. Ce sera plus pratique, c'est vrai. Attends, Lincoln, qu'est-ce que tu voulais me dire ?

— Je te le dirai après la fête, quand on sera seuls, d'accord ?

— Oui, chéri, pas de problème.

Il hocha la tête et ils partirent en vitesse.

— Au fait, Brooke — dit-il, alors qu'ils franchissaient main dans la main la porte de la cuisine de Golden Ties, à l'abri du regard des invités.

La réception devait avoir lieu dans la cour, pas à l'intérieur de la maison, sauf pour la séance photos, mais ce serait après que Renatta soit officiellement devenue Mme Martin, dans au moins soixante minutes.

— Je n'ai jamais assez de toi, j'en voudrais toujours plus. Je t'aime.

— Et je t'aime aussi — dit-elle en souriant.

Brooke n'aurait jamais pu imaginer qu'une fête symbolisant l'amour et le bonheur puisse se transformer en véritable cauchemar pour elle. Elle n'aurait jamais pu concevoir qu'après une belle soirée de confessions, de douceur, de confiance et de plaisir avec l'homme de sa vie, elle trinquerait non pas à la romance, mais au désir d'oublier qu'elle avait connu et fait confiance à Lincoln Kravath.

# CHAPITRE 19

Jonathan promit fidélité et amour à Renatta. Les vœux de mariage furent très émouvants, car les mariés avaient décidé de les écrire eux-mêmes. Brooke regarda Lincoln, depuis le siège des invités, avec une émotion indescriptible tout au long de la cérémonie. Il était beau dans son smoking noir, rasé de près. Il ressemblait à quelqu'un d'inaccessible. Mais elle le connaissait bien et savait à quel point il pouvait être gentil. Au moment où les mariés échangèrent leurs alliances, elle lui sourit et Lincoln lui fit un clin d'œil complice depuis l'autel. Elle ne put s'empêcher de baisser les yeux, comme si elle était une adolescente dont le premier amour lui avait donné un geste de reconnaissance public, mais privé. Peut-être que Lincoln était, d'une certaine manière, son premier amour, car avec lui, elle s'était sentie libérée et libre d'aimer sans retenue.

Brooke remarqua, alors qu'elle se mêlait aux invités avant le début de la cérémonie, que certaines des amies de Renatta essayaient de faire la conversation avec Lincoln ou de flirter, mais il se contentait de les saluer poliment. Son attention était toujours portée sur Brooke, et il essayait de garder un contact physique subtil avec elle, même s'il y avait des gens autour. Il pouvait s'agir du frôlement de ses doigts, d'un baiser sur la joue, d'une caresse rapide sur l'épaule, ou parfois il remettait simplement une mèche de ses cheveux en place. Elle n'était pas possessive, mais la possibilité que Lincoln s'intéresse à une autre ne lui convenait pas. Elle savait que c'était ridicule, mais maintenant elle pouvait comprendre pourquoi ça le dérangeait tant de voir les photos de Matt avec elle. L'intensité de leur passion et de leur amour l'un pour l'autre les consumait.

Golden Ties avait été magnifiquement décoré. Il y avait des fleurs, des chapiteaux, et un superbe buffet. Des serveurs et des hôtesses avaient été embauchés pour répondre aux besoins des cent cinquante invités. La musique était assurée par un groupe local populaire et par un DJ. Après que les mariés furent officiellement déclarés M. et Mme Martin, les acclamations fusèrent, et la séance photos dura au moins une heure.

Brooke profita du rôle de témoin de Lincoln pour prendre une collation et dire bonjour à Willa. Par la suite, la mère de Renatta la présenta à la plupart des membres de la famille, venus de l'extérieur de l'État, comme la fiancée du propriétaire de Golden Ties et administratrice de Blue Oaks. Brooke se dit que c'était Renatta qui avait pensé à ajouter la précision concernant l'administration du ranch. Elle aimait être reconnue pour son travail, plutôt que parce qu'elle était la partenaire de l'un des hommes les plus riches d'Austin. Elle bavarda un moment, puis entra dans la pièce principale de la maison qui avait été aménagée et décorée comme un studio, et posa pour la photo parmi les amis des mariés.

Avant de laisser la place au groupe suivant, Lincoln demanda au photographe de prendre quelques clichés de lui et Brooke uniquement. Elle rougit et refusa, mais Renatta lui dit que ce n'était pas un problème et qu'elle adorerait avoir une photo de couple d'eux deux. Donc Lincoln finit par obtenir ce qu'il voulait.

Le photographe prit trois photos, et sur l'une d'elles, Lincoln tenait la taille de Brooke et l'embrassait. Les meilleurs amis du marié, tout comme les personnes présentes dans la pièce, applaudirent et rirent.

— J'aimerais sortir d'ici tout de suite, déchirer cette robe qui m'a torturé pendant toute cette cérémonie et te faire l'amour — lui dit Lincoln à l'oreille, avant de se laisser entraîner par le photographe pour la photo de groupe avec les meilleurs amis de Jonathan, Renatta et les parents de Renatta.

— Je le prends comme une promesse — avait-elle répondu en souriant et en l’embrassant rapidement. Je t’attendrai pour danser. Si je me souviens bien, tu voulais t’amuser avec moi.

— Je veux faire plus que m’amuser avec toi, mon cœur — avait-il dit, avant de tourner le dos pour s’asseoir sur un joli canapé que le décorateur avait suggéré pour le studio improvisé.

Brooke avait fait un signe d’au revoir à Lincoln de la main, lui avait souri, puis était allée chercher quelque chose à boire.

Pendant les trois heures suivantes, ils firent la fête, dansèrent, et Brooke rencontra les parents de Lincoln. Ils formaient un couple poli et amical. Rosalie et Osteen semblaient sincèrement intéressés par les progrès de Blue Oaks, même s’ils étaient beaucoup plus curieux des hobbies qu’elle avait développés dans sa nouvelle vie à Austin. Elle discuta avec les belles-sœurs de Lincoln, ainsi qu’avec ses frères.

La plupart des invités dansaient au rythme des chansons que le DJ passait, et Brooke aurait aimé changer de chaussures, car elle avait mal aux pieds. Elle reconnaissait que ce n’était pas la meilleure idée d’avoir décidé de porter des talons, même si un faux plancher en bois avait été installé dans toute la zone où se déroulaient la fête et la cérémonie pour servir de piste de danse afin que les chaussures des femmes ne s’enfoncent pas dans la terre ou l’herbe. Cela ne l’avait pas empêché d’avoir mal aux pieds après avoir tant dansé.

— Nous te volons un moment cet imbécile — dit Lenox à Brooke, alors qu’ils attrapaient le bras de Lincoln et l’éloignaient d’elle en riant, nous allons nous souvenir du bon vieux temps entre amis, avant que Renatta n’enlève Jonathan pour toujours et que nous ne le revoyions plus jamais. Ils partent en lune de miel en Irlande ! C’est pas la classe ?

— Je pense que c’est une excellente destination — dit Brooke avec un sourire, Amusez-vous bien, et assurez-vous de me ramener Lincoln en un seul morceau.

Ernest rigola.

— Nous allons essayer, mais je ne pense pas qu’il va te manquer.

— Elle va me manquer — intervint Lincoln, qui avait déjà bu quelques verres de whisky, mais pas assez pour perdre conscience ou son bon sens, juste assez pour parler plus franchement que d’habitude.

— Quel sort lui as-tu jeté ? S'il te plaît, ne le dis pas à ma cavalière ce soir — dit Billy doucement, en jetant un coup d'œil de côté à une rousse éblouissante qui dansait avec l'un des cousins de Renatta — parce que je ne veux pas avoir la malchance de tomber amoureux.

Brooke éclata de rire, alors que les cinq amis, plus les frères et belles-sœurs de Lincoln, rentrèrent dans la maison. Elle s›attarda, discuta avec la meilleure amie de Renatta, Selina. La femme semblait connaître plein d'anecdotes sur le mariage de ses amis. Bientôt, d'autres filles se joignirent à elles et elles trinquèrent au champagne aux côtés de la toute nouvelle Mme Martin, jusqu'à ce que, sans qu'elles s'en rendent compte, il soit minuit passé.

Brooke chercha Lincoln, car elle voulait lui dire qu'elle allait prendre une douche avant de se coucher et qu'elle l'attendrait dans la chambre. Elle ne rentrait pas à Blue Oaks car ça n›avait pas de sens. Elle voulait le laisser passer un bon moment avec ses amis, elle voulait juste l'informer qu'elle partait. Elle ne le vit nulle part. Elle l'appela au téléphone, mais elle tomba sur la messagerie vocale.

Après avoir dit au revoir aux convives, Brooke entra dans la maison. Elle vit Willa préparer plusieurs tasses de café chaud et quand elle lui en proposa une, elle refusa poliment. Pas une goutte de plus n'irait dans son estomac : elle était rassasiée, car le repas avait été délicieux.

— Vous savez où est Lincoln, Willa ? — demanda-t'elle en étouffant un bâillement.

La femme la regarda en souriant.

— Oh, oui, le jeune homme est avec Samuel dans la bibliothèque. Francesca dort dans une des chambres d'amis. Les autres Kravath sont partis à Austin, et vous avez manqué de peu de dire au revoir aux nouveaux mariés.

— Lenox, Billy et Ernest sont-ils partis aussi ?

Willa acquiesça.

— Oh, c'est dommage, je les aime bien. Bon je vais aller dire au revoir à Lincoln. Je meurs de sommeil.

Brooke ne trouva pas étrange que son petit ami ne soit pas venu la chercher, car c'était le mariage de l'un de ses meilleurs amis, et en plus elle pouvait partager Golden Ties avec ses frères. Elle voulait juste lui dire bonne nuit.

— Avec plaisir, Mlle Sherwood, c'est toujours un plaisir de vous avoir dans cette maison.

— Oh, merci — répondit-elle avec un sourire.

Elle enleva ses chaussures et soupira de soulagement. Elle descendit le couloir, passa devant plusieurs pièces, dont le salon qui avait servi de studio photo et qui était désormais fermé. Elle aperçut finalement la porte de la magnifique bibliothèque. Une ou deux fois, elle avait emprunté des livres à Lincoln et il lui avait dit qu'elle pouvait entrer et prendre ce qu'elle voulait sur l'étagère quand elle le souhaitait. Dès qu'il lui avait dit ça, elle l'avait embrassé. Ils avaient fini par faire l'amour, sur le tapis, de manière sauvage et sensuelle. Des livres quand elle le voulait ! Un orgasme que non seulement son corps avait apprécié, mais aussi son intellect.

Brooke sourit au souvenir de ce dimanche après-midi. La porte de la chambre était partiellement ouverte, elle avait donc posé sa main sur le bois pour l'ouvrir complètement et faire connaître sa présence. Mais les mots qu'elle entendit de la part de Samuel l'arrêtèrent dans son élan. C'était son l'intuition ou son sens de la survie qui se manifestait, au choix, alors elle décida de se taire et de ne pas trahir sa présence.

— Et que t'a dit Sarconni lorsque tu l'as informé que tu étais toujours intéressé par la transaction ? — demanda Samuel, après que son frère lui ait parlé de l'email envoyé à Matteo concernant l'achat de Blue Oaks.

Lincoln enleva sa cravate et la posa sur le bureau. Puis il desserra trois boutons de sa chemise et posa sa veste sur le dossier d'un des fauteuils. Il alla se servir un peu de whisky, mais se ravisa et retourna s'asseoir en face de son frère.

Il avait passé un bon moment. Le fait de savoir que Brooke s'entendait bien avec ses parents et son entourage le plus proche, sans faux-semblant, avait confirmé sa décision de passer le reste de sa vie à ses côtés. Il l'adorait, car elle avait fait de lui une meilleure version de lui-même, et avait donné un sens particulier à sa vie. Pour cette raison, et parce qu'il était amoureux d'elle, il voulait lui parler au ranch, dès le lendemain matin.

— Le fils de pute, pour une fois, ne m'a pas donné de réponse concrète. Les conditions que j'ai offertes incluaient de ne pas renvoyer le personnel travaillant actuellement à Blue Oaks. Je n'ai pas envie qu'ils perdent leur emploi — répondit-il, car il mettait un point d'honneur à être un patron juste.

Lincoln remonta les manches de sa chemise jusqu'au coude.

— Sarconni devrait m'écrire une lettre de remerciement pour la beauté de son ranch.

— Ne sois pas cynique — dit Samuel en riant de manière incrédule, le plan initial n'a pas fonctionné. La dernière chose à laquelle tu t'attendais était de tomber amoureux de la personne que tu avais l'intention de saboter afin de la faire virer pour que tu puisses obtenir de Sarconni de reprendre la négociation qu'il avait soudainement mise en attente. Nous ne t'avons pas soutenu, ni Tristan, ni moi, et je t'ai toujours dit que je pensais que c'était une mauvaise idée, Lincoln. Maintenant, tu es à la croisée des chemins.

Brooke grimaça de douleur, en silence, et son cœur se brisa en mille morceaux. C'était comme si un couteau venait d'être plongé profondément en elle. Elle sentit son corps trembler, tandis que son cerveau rassemblait les détails qui semblaient évidents maintenant, mais qu'elle n'avait jamais remarqués ou soupçonnés au départ. Comment son esprit aurait-il pu être clair si elle avait été trompée par le maître du cynisme ? se demandait-elle amèrement.

Et que devenait leur couple ? Que faisait-il maintenant de toutes ces promesses murmurées ? Que faisait-il des baisers sous les étoiles ? Que faisait-il de la passion de leurs corps entrelacés ? Rien ne se brisait plus bruyamment et brutalement qu'un cœur. Le sien.

— J'ai corrigé mon erreur. Je ne t'ai pas dit que Blue Oaks est beaucoup mieux maintenant qu'avant ? Lorsque j'ai réalisé la stupidité de mon comportement, j'ai réagi et j'ai décidé d'essayer de faire amende honorable. Parce que j'aime Brooke plus que tout au monde. J'ai réparé mes erreurs. En ce qui concerne les inspecteurs de merde, je n'ai pas pu arrêter l›affaire, car elle a été initiée par mon avocat, bien avant que je ne tombe amoureux de Brooke. Ce ne sont pas des allégations que l'on peut annuler. Les inspecteurs ont dû se rendre sur place pour faire un état des lieux.

— Surtout si c'est un avocat qui lance la procédure — dit Samuel avec reproche.

— Ouais... Merde, j'aurais aimé pouvoir arrêter ces conneries, mais j'ai fait ce que j'ai pu, Samuel. J'ai donné à Brooke la liste des bons fournisseurs, les bons conseils qui allaient l'aider. Je me suis même impliqué personnellement avec les ouvriers de mon ranch et mes propres matériaux. Démolir les vieilles structures m'a aidé, même si, bien sûr, ce n'était pas l'intention initiale. Maintenant, il y a une nouvelle grange, et tout est peint. Le ranch est beaucoup mieux. Alors, j'ai écrit à cet abruti et je lui ai fait une meilleure offre. J'ai compris qui était Brooke, combien il était important que Blue Oaks remette sa vie sur les rails. Brooke le mérite, alors j'ai essayé de réparer tous les dommages matériels et financiers que j'ai causés — déclara Lincoln, sincère.

Samuel fit tournoyer le liquide ambré dans son verre et en but deux gorgées.

— L'intention initiale était de la détruire jusqu'à ce que Sarconni la déclare incompétente, Lincoln — dit-il en secouant la tête. Je vais te dire quelque chose : la famille s'est prise d'affection pour Brooke. Nous avons trouvé que c'était une femme merveilleuse et chaleureuse. Nous, les Kravath, n'acceptons pas facilement les étrangers dans notre cercle, mais elle a gagné sa place. Mon frère, les mensonges ne durent jamais, je ne sais pas combien de temps encore tu vas garder ce secret et attendre le bon moment, mais ne gâche pas ce qui, j'en suis sûr, est la meilleure chose qui te soit arrivée depuis des années.

— Elle l'est — dit-il avec une conviction totale.

— Alors tu dois trouver un moyen de parler à Brooke. Tu ne peux pas repousser ce moment plus longtemps. Elle a le droit de savoir, surtout si tu restes sur l'idée d'acheter Blue Oaks, de tout démolir et de le transformer en vignoble. Au fait, c'est toujours ton projet de créer un vignoble, que Sarconni te vende le ranch ou non ?

Les deux frères ne savaient pas qu'à ce moment-là, le monde s'écroulait pour Brooke. Les doigts tremblants, elle texta sur son téléphone.

**Brooke :** *Dis-moi s'il te plaît, tu es réveillé ?*

Quelques secondes passèrent et les trois petits points apparurent. Les trois petits points les plus importants qu'elle se souvenait avoir vus sur un écran de téléphone.

**Matteo :** *Oui, ma chérie, je reviens d'un gala. Qu'est-ce qui se passe ?*
**Brooke :** *Sois honnête avec moi, s'il te plaît. Qui était le principal acquéreur pour Blue Oaks ?*
**Matteo :** *Mon cœur...*
**Brooke :** *Dis-moi, s'il te plaît ! Ne me mens pas, Matt !*
**Matteo :** *Lincoln...*

Lincoln, l'homme qu'elle aimait, l'avait trompée d'une manière ignoble. Il prétendait être son allié, lui apprendre des trucs pour améliorer le ranch, lui recommander des fournisseurs, lui suggérer des budgets et des stratégies. Tout avait échoué. Elle avait vécu des semaines d'enfer, des désastres sans fin, et des pertes incommensurables. Tout avait été orchestré par Lincoln, y compris la visite des inspecteurs. Ca avait été un cauchemar de régler tout ça ! La seule chose authentique avait été la rencontre avec le responsable projet de Golden Enterprises qui l'avait guidée au sujet du marché. Au moins sur ce point, elle était sûre qu'elle n'avait pas tort, car elle avait partagé son idée avec Matteo et il lui avait assuré que c'était un très bon plan.

Elle avait du mal à accepter que tous ses efforts, tout le stress, toutes les nuits tardives à essayer de coordonner des stratégies pour maintenir le budget sur la bonne voie, tous ses espoirs pour le ranch, avaient été contournés et invalidés par un sabotage calculé. Lincoln savait, depuis des semaines, que Blue Oaks était le moyen pour elle de commencer une nouvelle vie, mais il s'en fichait.

Qu'il ait rectifié son comportement à la dernière minute au ranch, en lui indiquant des fournisseurs qui fonctionnaient, en allant personnellement travailler côte à côte avec ses employés de Golden Ties à Blue Oaks, silencieusement repentant, ne changeait rien au coup de poignard de la trahison. Elle ne voulait pas l'effacer.

Alors qu'elle mettait à nu son corps et son cœur, ses craintes et ses appréhensions les plus intimes, Lincoln profitait de son corps et lui disait qu'il l'aimait, mais il aimait davantage son véritable intérêt : une propriété. C'était à mourir de rire... un rire jaune.

— Mon Dieu, tout ça pour de l'argent sale !

Le destin ne pourrait-il pas respecter ses sentiments ? Comment pourrait-elle continuer à croire en la bonne volonté des autres, dans un monde qui ne faisait que de lui jeter de la merde ?

— Bien sûr, elle a le droit de savoir. Le fait est que je ne sais pas comment le lui dire — dit Lincoln en fronçant l'arête de son nez. Est-ce que j'aime Brooke ? Oui, plus que quiconque. Est-ce que je vais acheter le ranch ? Tout dépend de si ce stupide Matteo accepte mon offre. Le faire tomber n'est qu'une option. Mon principal objectif est de lui parler. C'est tout.

À ce moment-là, Brooke ouvrit la porte. Elle ne se souciait pas du fait que son visage était plein de larmes, que son corps tremblait, et en entrant, elle laissa son téléphone portable sur une table de nuit. Elle regardait Lincoln avec un mélange d'amour empoisonné, de profonde déception, d'immense souffrance. La polarité de ses émotions avait atteint des sommets inimaginables, au point qu'elles s'annulaient mutuellement.

— Tu n'as pas besoin de «*lui parler*» — dit Brooke, citant les mots de Lincoln.

Les yeux de Samuel s'élargirent. Lincoln se tenait debout, sans bouger.

— J'ai entendu, je ne voulais pas espionner. Je venais juste dire bonsoir parce que j'allais dormir — dit-elle avec un rire creux qui se transforma en sanglot.

Elle essuya ses larmes à contrecœur. Mais j'ai entendu chacune de tes phrases, alors je suis heureuse. C'est peut-être de cela, et non de sommeil, dont j'avais besoin.

Lincoln sortit enfin de sa stupeur, se redressa rapidement et se dirigea vers elle. Il sentit son cœur se déchirer de regrets pour avoir retardé si longtemps sa confession.

Le poison de sa longue omission lui rongeait la gorge. Son expression était celle d'un homme qui venait d'être condamné à la prison à vie et dont le juge n'était pas en mesure de déterminer s'il aurait ou non la possibilité de faire appel. Il sentit son monde trembler, car l'axe de ce monde se trouvait devant lui.

Si Brooke avait tout entendu, son destin était scellé. Sous aucun angle, il n'avait l'avantage, bien au contraire. Néanmoins, Lincoln n'avait pas peur des défis, et celui-ci était le plus grand de tous : recommencer à zéro avec Brooke, car il savait qu'il venait de la perdre. Les vents étaient contre lui, mais même s'il échouait, il tenterait de trouver un moyen de rejoindre Brooke. Même si elle le rejetait, même si elle lui disait qu'elle ne l'aimait plus, il continuerait à se battre. Parce que, comme les navigateurs, il ne pouvait être guidé que par le nord. Ce nord, cette étoile dans sa vie, c'était Brooke Sherwood. Ses épaules tremblaient légèrement à cause des pleurs silencieuses et des larmes. Il était le seul à blâmer.

— Brooke... — dit-il, le cœur battant la chamade, inquiet et peiné par la dévastation qu'il voyait en elle. Ça me tue de te voir comme ça — murmura-t'il, chérie, écoute-moi s'il te plaît.

Mais elle leva la main pour qu'il s'arrête et se taise.

Samuel ne bougea et ne dit pas un mot, mais au bout d'un moment, il marmonna des excuses pour dire qu'il allait dehors. Personne ne l'entendit ni ne l'écouta. Il avait l'intention de rester à proximité, mais pas en empiétant sur leur vie privée.

Heureusement, ce soir-là, il avait décidé que ses enfants resteraient chez leurs grands-parents et qu'il resterait avec Francesca à Golden Ties. Il connaissait son jeune frère et il savait à quel point Lincoln aimait cette femme. Si après Heidi, il s'était déjà perdu dans un va-et-vient de garces et d'alcool, après Brooke ça pouvait être bien pire. Il pouvait même envoyer le ranch au diable ou prendre une décision qui pourrait impliquer un accident inquiétant. Il était le seul à pouvoir faire entendre raison à son frère car, de toute évidence, Brooke n'allait pas l'écouter ce soir-là.

Samuel se glissa dehors et ferma la porte.

Brooke leva son menton. Le regarder lui faisait tellement mal.

— Alors tu peux continuer à me mentir, Lincoln ? — demanda-t'elle avec déception. Pff. Tu vas démolir ce que j›ai travaillé si dur à construire… juste pour créer ton vignoble. Quel plan intéressant. Tu aurais pu t'épargner beaucoup d›efforts si tu avais commencé par être honnête. Nous aurions même trouvé un terrain d'entente avec Matteo, car, crois-le ou non, il a plus de bon sens que toi. Tu as pris ta décision et tu exécutes le plan à ta convenance. Tu m'as exclue, aveuglément, pendant des mois. Tu m'as menti. Toi, qui te targuais d'avoir besoin de confiance — dit-elle avec un sourire ironique. Ah, Lincoln, quel hypocrite.

Lincoln remarqua qu'elle était pâle, recroquevillée sur elle-même, comme si elle avait été déchirée en deux et qu'elle luttait pour se maintenir. Et il était à blâmer. Il était le boucher qui avait tenu le couteau qui avait causé une telle blessure. Il alla au mini-bar, remplit un verre de whisky, puis le lui tendit. Contrairement à ce qu»il aurait pensé, elle le but. Cela la calma un peu, les couleurs commencèrent à revenir sur ses joues.

— Tu en veux d'autre... ?

— Non, merci — marmonna Brooke en lui rendant son verre.

Il hocha légèrement la tête.

Ce qui inquiétait le plus Lincoln était le manque d›émotion dans le discours de Brooke. Elle avait parlé d'un ton monotone. Lincoln aurait préféré une gifle, des cris, ou qu'elle lui dise d'aller au diable. Cette absence de réaction supposait qu'elle n'avait même pas le désir ou l'intérêt de se battre pour obtenir des explications, comme l'aurait fait Brooke d'habitude. Cela l'inquiétait beaucoup, car elle lui semblait émotionnellement détachée de lui. Et d'eux.

— Sarconni peut avoir et le ranch et le putain de vignoble, je m'en fous — dit-il le cœur sur la main, avec une sincérité absolue.

— Ne me dis pas que tu t'en moques maintenant — répondit-elle en haussant un sourcil.

— Brooke, si tu n'es pas avec moi, je m'en fiche. Ce que j'ai fait était mal, je le sais et je l'accepte. J'aurais dû trouver le temps de te dire la vérité, au lieu de laisser passer les jours et les semaines. Peu importe ce que je fais ou dis maintenant, je ne peux pas refaire ou défaire le passé ; je ne peux pas changer le temps, mais je t'aime, cela ne changera jamais. J'ai besoin de toi à mes côtés, Brooke, parce que sans toi, je ne suis pas entier. Même si maintenant tu ressens de la colère pour moi, même si maintenant tu me vois comme le crétin que j'étais au début, cet homme n'est plus moi. Tu m'as changé.

— Apparemment, je n'ai pas fait un si bon travail que ça — répondit-elle d'un ton blessé.

Lincoln se pinça les lèvres, malheureux à cause de la situation.

— J'accepte ma responsabilité pour l'omission volontaire et pour les erreurs. Je te demande pardon, mais mes sentiments pour toi n'ont jamais été et ne seront jamais un mensonge.

Elle sanglota, et le cœur de Lincoln se brisa un peu plus, car il était responsable de cette tristesse.

— Ce que je regrette le plus, c'est d'avoir brisé ta confiance. Moi, mieux que quiconque, à cause de mon vécu, j'aurais dû valoriser ce que tu m'as donné, pourtant je ne l'ai pas fait, et je regrette d'avoir abîmé cette confiance — dit-il en tendant la main de peur qu'elle ne le rejette.

Comme il avait besoin d'air pour respirer, il avait besoin de la toucher pour vivre. Cette fois, elle ne s'éloigna pas, alors Lincoln posa sa main sur le bras de Brooke. Le contact était comme un rayon de soleil après une nuit d'orage, mais il ne dura pas longtemps ; elle s'éloigna.

— Lincoln, en ce moment, je suis tellement blessée par toi que je suis incapable de gérer mes propres émotions...

Il baissa les yeux, prit ses mains dans les siennes, mais la chaleur qui en émanait habituellement avait disparu. Brooke n'essaya pas de se retirer ni même de remuer les doigts. Elle était comme une reine inaccessible et lui un simple roturier qui avait osé bombarder ses biens les plus précieux : sa confiance et son amour.

— Brooke, je sais que je n'ai pas le droit de te demander quoi que ce soit...

— Non, tu ne peux pas — répondit-elle de manière hautaine.

Sentir les doigts de Lincoln frotter les siens doucement et désespérément lui permit de savoir qu'il souffrait autant qu'elle. Cependant, il n'était pas de son ressort d'endosser la responsabilité et les erreurs des autres.

Il laissa échapper une expiration de détresse.

— S'il te plaît, trouve dans ton cœur la force de ne pas me haïr — demanda-t'il, les yeux tristes.

Elle aurait pu jurer qu'ils étaient pleins de larmes non versées, mais peut-être étaient-ce ses propres larmes qui commençaient à la tromper.

— Je donnerai tout pour effacer la douleur que je t'ai causée. Abandonner n'est pas dans mon ADN, et j'ai la force de me battre pour toi, pour nous deux. Brooke, je veux arranger les choses entre toi et moi.

— J'ai bien compris. C'est très clair, Lincoln. Chercher une explication supplémentaire serait redondant et ennuyeux. Je ne suis pas d'humeur — répondit-elle d›un ton monocorde en lâchant les mains qui lui avaient montré tant d›amour.

Elle ne voulait pas qu'il la touche, mais en même temps, elle en avait besoin. Cette stupide contradiction émotionnelle et physique l'épuisait.

Il passa ses doigts dans ses cheveux, les ébouriffant, créant un chaos semblable à celui qu'il avait maintenant dans son cœur, son esprit, et sa vie !

— Brooke, j'allais te parler de ça, j'allais le faire, crois-moi — dit-il en essayant de se rapprocher, mais elle s'éloigna immédiatement.

Il laissa tomber ses mains sur les côtés, car il avait déjà poussé sa chance trop loin.

— Dis-moi au moins que tu comprends que je t'aime, que tu sais que c'est vrai.

Elle avala sa salive et fit deux pas de plus en arrière. Cela lui faisait mal de savoir qu'il souffrait aussi, parce qu'elle ne cessait pas d'aimer, même avec le cœur en lambeaux. L'amour ne s'effaçait pas comme ça. Le processus prendrait du temps, mais elle savait que cela arriverait.

Il devait maintenant veiller à leur bien-être.

— Tu ne mérites pas de réponse, c'est trop tard, Lincoln.

— Brooke, attends — dit-il en attrapant sa main, alors qu'elle s'éloignait, ne t'en va pas.

Elle lui tourna le dos et se dirigea vers la porte.

— Au revoir, Lincoln — dit-elle sans le regarder, avec l'intention de retourner à Blue Oaks.

— Brooke... — murmura-t'il, mais ses mots se perdirent dans la solitude de la pièce.

En quittant la bibliothèque, elle était certaine qu'il y aurait quelqu'un pour l'emmener au ranch, chez elle. Elle n'allait pas quitter Blue Oaks, car elle était fatiguée de fuir. Elle avait décidé de s'enraciner à Austin, et la personne qui pouvait le lui permettre, Matteo, avait confirmé que le poste de directrice resterait le sien.

Au début, Brooke avait envisagé d'utiliser Blue Oaks comme site de transit jusqu'à ce qu'elle se remette sur pied financièrement, mais maintenant elle était millionnaire, donc tout ce dont elle avait besoin était de récupérer son argent et ensuite de continuer à renforcer ses racines. Le ranch allait être encore plus beau qu'il ne l'était maintenant. Cet endroit l'avait guérie quand elle était arrivée de Californie. Elle était certaine que la magie curative de la nature allait encore l'aider.

— Tu veux que je te ramène chez toi ? — demanda Samuel quand il la vit, assis sur une petite chaise au bout du couloir, loin de la bibliothèque, pour respecter leur vie privée.

— Ça serait bien, oui, merci.

— Bien sûr.

Alors qu'elle montait dans la Porsche de Samuel, elle vit Lincoln sortir de la maison et tenter de s'approcher de la voiture, mais il s'arrêta, les mains dans les poches, alors qu'elle lui lançait un regard agacé. La désolation que Brooke vit sur son visage était similaire à celle qu'elle ressentait dans son propre cœur.

Samuel, pendant le trajet, ne fit pas de commentaire sur ce qui s'était passé. Ce n'était pas sa bataille. Il s'excusa seulement d'avoir été un témoin silencieux.

— Je ne t'en veux pas. Je sais que tu es loyal, et il serait prétentieux de ma part de considérer que tu pourrais briser un secret fraternel — dit-il sincèrement. D'ailleurs, j'ai aussi entendu la partie de votre conversation qui stipulait que ni toi ni Tristan n'aviez accepté l'idée de Lincoln.

Il fit un bref signe de tête.

Une fois qu'ils atteignirent les environs de Blue Oaks, elle ouvrit la portière.

— Brooke — dit-il avant qu'elle ne sorte de la Porsche.

— Oui, Samuel ?

— Je suis peiné de te dire cela, bien que je sache que c'est la chose la plus juste à mes yeux : mon frère t'aime, je ne l'ai jamais vu si heureux ni si amoureux d'une femme, mais tu as parfaitement le droit de le laisser tomber.

Elle sourit d'un sourire faible et triste.

— Bonne nuit, merci pour le trajet — murmura-t'elle en fermant la portière.

Samuel attendit qu'elle soit à l'intérieur de la maison pour repartir vers Golden Ties. Il savait que son jeune frère allait passer un mauvais moment. Mais c'est lui qui avait créé ce chaos. Samuel allait prier pour que son frère trouve une issue, car la route était ardue. Et en plus, il savait que Lincoln cachait encore un secret à plus d'un demi-million de dollars.

# CHAPITRE 20

Après avoir épuisé toutes ses larmes la nuit précédente, Brooke décida que ça suffisait. Elle alla prendre une douche et commença à organiser ses affaires, à les déplacer, car cela l'aidait à se vider la tête. Puis elle se rendit aux écuries, et demanda à l'un des assistants de Joseph qui était de service ce dimanche-là, de lui seller un cheval.

Elle balada pendant près d'une heure, à Blue Oaks, sur le dos de Rebel Thunder, un pur-sang noir. Elle descendit au bord du ruisseau, se dévêtit de son bikini et profita de l'eau fraîche. En sortant, elle mangea le sandwich qu'elle s'était préparé pour le déjeuner avant de commencer son plan de désintoxication émotionnelle. C'était comme si la combinaison de l'eau, du cheval et du soleil l'avait débarrassée de sa peau morte et lui en avait donné une nouvelle. Elle se sentait triste, vraiment triste, mais avec une force intérieure revitalisée. Elle n'allait pas abandonner. Pas encore une fois.

Lorsqu'elle rentra chez elle, elle trouva, au pied de la porte d'entrée, un bouquet de tournesols et un mot. Elle n'avait pas besoin de savoir de qui cela venait, ni de savoir si cela avait été déposé en personne ou envoyé par l'un de ses employés ou par un service de fleuristes. Elle regarda autour d'elle, comme si elle avait peur de voir Lincoln, mais elle ne perçut que le vent, le parfum de la nature et les sons lointains des employés en service. Elle prit le bouquet, entra puis déposa les tournesols sur la table de la salle à manger. Ce n'était pas parce que l'expéditeur était un idiot qu'elle allait jeter un si beau bouquet.

*Aujourd'hui, je me suis souvenu du premier jour où je t'ai embrassé : sublime.*
*Je suis désolé de t'avoir fait autant de mal, Brooke.*
*Avec amour,*
*L.K.*

Elle prit une profonde inspiration et mit la note dans l'un des petits tiroirs de l'étagère de la salle à manger, où étaient habituellement rangés les couverts spéciaux. Elle ne s'était endormie qu'au milieu de la nuit, car son corps ne pouvait plus supporter la charge émotionnelle. Lorsqu'elle se réveilla soudainement, elle tendit instinctivement la main pour caresser la joue de Lincoln, comme elle avait l'habitude de le faire lorsqu'ils dormaient ensemble. En remarquant le drap et l'espace froid, elle sentit une boule dans sa gorge. Cependant, elle se força à contrôler sa respiration et ferma les yeux jusqu'à ce que le sommeil la rattrape.

Celui qui l'enlaçait et l'embrassait dans ce rêve était l'homme qu'elle aimait, celui qui avait détruit sa confiance. Quand elle s'était réveillée, ses joues étaient légèrement humides et c'est alors qu'elle avait décidé que rester à bintérieur serait une terrible erreur, surtout quand elle avait tant de kilomètres à sa disposition pour se perdre de la réalité, à travers la nature. Le privilège du ranch était de pouvoir en profiter quand elle en avait envie. Son cœur semblait un peu plus à l'aise.

Brooke monta à l'étage et appela Kristy. Cette conversation ne pouvait pas attendre.

— Quel fils de pute ce Lincoln — dit Kristy en finissant de mâcher un morceau de pastèque.

Elle venait de terminer un tournage à Phoenix il y a deux jours et elle était de retour dans son appartement de Los Felices, une banlieue de Los Angeles.

— Non pas que je le défende, mais il a reconnu son erreur, et il a dit à son frère qu'il avait essayé de trouver un moyen de se racheter auprès de toi. Tu sais, il ne savait pas que tu écoutais à la porte, donc il a dit la vérité. Ses excuses ne sont pas bidons. Qu'il se soit comporté comme un idiot et qu'il n'ait pas compris le concept de confiance, ça, personne n'en doute.

— De quel côté es-tu ? Sérieusement, Kristy, je ne suis pas intéressée par les points positifs.

— Eh bien, je suis de ton côté, mais, je disais ça pour que tu le prennes en considération avant de commettre un meurtre émotionnel.

Brooke leva les yeux en entendant les paroles de sa meilleure amie.

— Le contexte définit la méthode : vandalisme, indifférence totale, rencontres avec de nouveaux gars, club de strip-tease pour femmes, etc. Dis-moi simplement quelle est ta préférence et je t'aiderai.

— Kristy... — dit-elle en riant.

Au moins, le rire était un remède pour l'âme.

— Okééé, alors qu'est-ce que tu vas faire ? Parce que je ne pense pas que ton amour se soit évaporé en vingt-quatre heures. Je sais que tu es folle de ce *cow-boy*.

Brooke était allongée dans son lit. Elle ferma les yeux. Elle voulait juste continuer à habiter à d'Austin, apprendre à mieux connaître la ville. Pour randonner, elle irait plus loin. Elle allait continuer à aller à ses cours de zumba, et faire en sorte que Blue Oaks continue à prospérer. Elle aurait souhaité ne pas être aussi blessée par ce qui s'était passé, mais c'était impossible, car elle aimait Lincoln profondément.

Il savait que Lincoln lui donnait le temps de laisser la colère, la déception et la douleur s'apaiser avant de commencer sa croisade pour se rapprocher d'elle à nouveau. Il lui avait fait comprendre qu'il n'allait pas abandonner, du moins, c'est ce que Brooke avait compris.

Les fleurs et la carte étaient juste un avertissement : le guerrier en lui se préparait. L'envoi était une gentille attention, mais Brooke en avait marre des mensonges, donc à part la joie d'avoir un bouquet des tournesols, rien ne changeait pour elle. Alors que Lincoln élaborait des stratégies pour la reconquérir, Brooke avait besoin de se renforcer.

— A propos de l'héritage, je vais aller en Californie, Kristy. C'est par là que je dois commencer.

— Tu ne vas pas à l'hôtel, tu restes avec moi. Tu as besoin d'une thérapie entre copines : sorties, cocktails, promenades sur la plage, soirée cinéma, films et glaces, n'est-ce pas ?

Brooke sentit les larmes lui monter aux yeux. Elle pouvait toujours compter sur sa meilleure amie pour sauver les moments amers et célébrer les moments spéciaux.

— Oui, bien sûr, j'ai besoin de cette thérapie par l'amitié, merci — chuchota-t'elle.

— Tu as toujours été là pour moi, comment pourrais-je ne pas te rendre la pareille ? Brooke, je suis désolée que tu doives déterrer le passé, mais c'est nécessaire pour aller de l'avant.

— Oui — soupira-t'elle, les papiers de décès de mon frère sont là-bas, donc je dois y aller en personne. Ensuite, j'écouterai ce que les avocats ont à me dire et je ferai transférer l'argent sur mon compte. J'attends une réponse à ma demande d'entretien pour pouvoir leur présenter mon cas. Lorsque je les informerai qu'il s'agit de trois millions de dollars, ils s'empresseront de m'accepter comme client, puis de trouver une solution rapide, car ils sauront que leurs honoraires seront payés instantanément. Matteo m'a donné une liste d'avocats, n'importe lequel d'entre eux fera l'affaire.

— L'argent ouvre des portes, mais il ne garantit pas que les cœurs battent avec sincérité — murmura Kristy. Tu devrais considérer cet argent comme une compensation, après la merde que tes parents t'ont fait subir. Bref, une fois que tu auras ces millions à ta disposition, quel sera ton plan ? — demanda-t'elle d'un ton empathique.

Elle aimait Brooke comme une sœur. Elle était affectée par ce qui lui arrivait, alors elle essaya de lui remonter le moral et de ne pas se sentir désolée pour elle comme si elle était une victime, parce qu'elle ne l'était pas, elle était juste dans une période foireuse. D'accord, c'est très tordu, mais elle finirait bien par s'en sortir.

Kristy Dionni croyait dans les histoires d'amour qui durait au maximum deux semaines et dont l'objectif principal était d'atteindre le plus grand nombre d'orgasmes possible. Sans blessé ni mort en cours de route. Cependant, elle savait que Brooke était faite d'un matériau beaucoup plus sensible.

— Pour payer toutes mes dettes. Le plus important est de démarrer un projet pour créer ma société virtuelle spécialisée dans les logiciels, atteindre plus de rentabilité à Blue Oaks et...

— Oublier Lincoln ? — demanda-t'elle, l'interrompant d'un ton soupçonneux que Brooke ne connaissait que trop bien, car sa meilleure amie était toujours en train d'inventer quelque chose. Parce que j'ai la solution parfaite.

Brooke éclata de rire.

— Puisque tu l'as, quelle serait la solution ? — demanda-t'elle en souriant.

— Tu as laissé passer ta chance avec Robbie Dermont, mais un de mes grands amis, un réalisateur, est célibataire. Son nom est Xander Bulokov. C'est un nom exotique, non ? En plus, un super plus, il a un corps de rêve, comme les sauveteurs de Huntington Beach qui, au lieu de nager, t'obligent à être au bord de la noyade pour te venir en aide. L'été n'est pas tout à fait terminé, mademoiselle !

— Kristy, ne sois pas sans cœur — dit-elle en riant comme une enfant, vraiment, c'est la goutte d'eau qui fait déborder le vase. Nous venons de parler d'une situation douloureuse et tu penses que la meilleure chose à faire est de flirter avec un autre homme.

— N'est-ce pas le dicton populaire ?

Brooke rit de nouveau.

— Je t'aime, Kristy, à bientôt.

— Je laisserai le double de la clef à l'endroit habituel et j'enverrai un chauffeur, car je profiterai de mon statut de quasi-célébrité — réflexion dont elles s'amusèrent tous les deux, pour venir te chercher à l'aéroport de Los Angeles. Et je t'arrange le coup avec Xander ? Parce que si tu me donnes le feu vert, je peux le faire dès aujourd'hui !

— Pour l'instant, je préfère d'abord oublier complètement un certain *cow-boy* — dit Brooke, et si je change d'avis, je t'en parlerai, d'accord ?

— Ok. Ah, attends ! Tu vas aimer ce plan. On m'a parlé de massages érotiques. Si ton corps est triste, les doigts magiques de Paolo, car c'est le nom de l'expert en éveil de la joie, l'égaiera rapidement.

Brooke laissa échapper un long rire qui lui fit monter les larmes aux yeux, car elle entendit Kristy rire aussi.

— Tu as perdu la tête, Kristy, on se revoit dans quelques jours.

— Oui, capitaine — dit-elle, toujours en riant, avant de couper l'appel.

Quand la conversation s'acheva, Brooke se sentit plus légère. Puis elle appela Matteo pour lui dire qu'elle allait partir pour Los Angeles dans quelques jours. Elle lui raconta d'abord brièvement et concrètement sa discussion avec Lincoln.

— Tu veux que je le batte à mort ? — demanda Matteo, notant que ses hypothèses sur Kravath et ses motivations avec Brooke n'étaient pas exagérées.

Il était ennuyé que cela se confirme. C'était l'une des rares fois où il aurait voulu avoir tort.

— Parce que je peux le faire sans aucun inconvénient. Une promenade dans la campagne, un dimanche soir... Je pense que l'air frais de la nuit d'été de Golden Ties me conviendrait parfaitement.

— Non, je ne veux pas que tu en viennes aux mains, pour l'amour de Dieu, Matt — dit-elle en riant. Il faut vraiment que je règle cette histoire d'argent à Los Angeles. La seule chose qui m'inquiète est de savoir qui va reprendre le ranch. J'y tiens beaucoup — dit-elle en soupirant, et je sais que Lincoln veut te l'acheter. L'idée qu'il soit propriétaire est dure pour moi, il va tout démolir pour faire un vignoble. Ce serait dommage pour ce qui a été réalisé au cours de ces derniers mois, malgré les «accidents». Les animaux, le personnel, et moi, nous formons une bonne équipe — dit-elle, fière du lien qu'elle avait créé avec les salariés. Et puis, je n'aimerais pas travailler dans une entreprise où Lincoln, par le biais de sa société, paie mon salaire. Je préférerais...

— Brooke, calme-toi — l'interrompit-il, s'il te plaît, pendant quelques jours, pendant que tu prends soin de toi, oublie les problèmes de propriété du ranch ou tout ce que cela peut impliquer. Rien ne sera démoli, parce que Blue Oaks est à moi. Nous allons parler affaires, toi et moi. Pour l'instant, ma chérie, c'est à moi de m'occuper de la propriété — persiffla-t'il. En ton absence, le personnel saura quoi faire, car tu as déjà laissé des directives. Il existe désormais un processus qui n'existait pas auparavant. Au fait, le logiciel que tu as créé, peux-tu le surveiller à distance ?

— Bien sûr, oui. L'idée est de te montrer comment faire pour que tu puisses t'en servir quand tu veux.

— Excellent, laisse-moi régler les problèmes à Austin. Si j'ai des nouvelles en ton absence, je te contacterai. Tu peux utiliser mon jet si tu veux — lui dit-il.

— Oui, merci, Matt.

— Dommage que tu ne veuilles pas que j'écrase la tête de Kravath. Profite bien de Los Angeles !

Brooke souffla et rit.

— J'essaierai, parce qu'après tout, je serai avec Kristy — dit-elle en souriant.

Lincoln avait vécu les pires nuits de sa putain d'existence. Il était d'une humeur massacrante, mais il savait qu'il était imprudent d'approcher Brooke. C'est pourquoi le lendemain du mariage de Jonathan, il lui avait envoyé ses fleurs préférées et une carte. Il n'était pas du genre à faire ce genre de geste romantique, mais pour elle, il pourrait décrocher la lune. Le soir, il lui avait fait livrer des sushis commandés dans l'un des restaurants préférés de Brooke. Il lui avait envoyé un texto disant qu'il espérait qu'elle apprécie son repas. Elle ne répondit que par un simple «Ok. Merci». Ca lui avait fait mal, mais il n'allait pas la laisser l'oublier. Il était prêt à supporter ses rejets.

Le lundi, il lui avait envoyé un spécialiste pour l'aider avec le jardin de devant, où elle avait planté quelques fleurs, dont ses préférées, et il avait envoyé un paysagiste pour suggérer des façons de façonner la végétation dans la zone du ruisseau afin qu'elle soit plus accrocheuse et élégante, sans perdre la touche rustique. Le paysagiste était retourné au bureau d'Austin et lui avait dit que Mlle Sherwood l'avait invité à prendre un café, lui avait fait visiter le ranch, puis lui avait présenté un magnifique bouquet de tournesols à offrir à sa femme, mais qu'il avait décliné.

Lincoln rit doucement, parce que c'était du Brooke tout craché.

S'il y avait quelqu'un d'aussi têtu que lui, c'était bien elle. Après le spécialiste et le paysagiste, Lincoln avait envoyé une équipe pour aider Joseph à dresser les chevaux et à supporter, gratuitement, au processus d'enseignement des petits à Rainbow Blue. Brooke prit une photo de tous les enfants sur les chevaux avec son téléphone, mais n'envoya aucun mot à Lincoln.

Au moins, la photo était une sorte de réponse indirecte, et Lincoln appréciait les victoires, aussi petites soient-elles. Mais il se demandait si la chance allait continuer à lui sourire. Les évènements à venir lui donnèrent rapidement une réponse.

Ce mercredi-là, son envie de la voir commençait à devenir incontrôlable. Il décida donc de l'appeler. Quatre fois. Elle ne répondit pas. Il voulait avoir de ses nouvelles, parce que cela lui manquait d'entendre sa voix et de l'entendre parler de ses projets. Il avait simplement besoin de se connecter un peu à elle, même si c'était à travers un putain de téléphone, parce qu'il savait que, s'il se présentait à sa porte, Brooke mettrait à exécution sa menace de sortir un revolver comme dans le Texas des années 1920. Elle lui manquait terriblement, surtout son sourire et sa façon de le provoquer. Il n'avait jamais été aussi déçu par lui-même, et ses bras n'avaient jamais été aussi froids que maintenant, sans la chaleur de Brooke entre eux.

Il finit par opter pour les SMS, apparemment elle y était moins réfractaire.

**Lincoln :** *Brooke, j'ai besoin de toi… j'ai besoin de te voir, même si c'est juste pour un moment. Même si c'est en silence. Accepterais-tu de sortir dîner avec moi, ce soir ? En tant qu'amis. A tes conditions.*

**Brooke :** *Je ne suis pas ton amie, parce que ça implique de la confiance et tu as trahi la mienne. Je ne veux pas avoir d'ulcère et je préfère manger ailleurs, sans toi.*

Il souffla. Ce n'était que le début de nombreux rejets. Il le savait, mais il était prêt à les accepter, même si cela ne voulait pas dire qu'ils ne faisaient pas mal.

**Lincoln :** *Je t'attendrai chaque jour dans un restaurant différent en ville. Je vais engager un chauffeur juste pour venir te chercher. Tu n'as pas à faire d'effort* *ni à passer du temps à conduire. Même lorsque j'aurai épuisé la liste des meilleurs endroits où je t'attendrai, je recommencerai encore, jusqu'à ce que tu m'accordes le privilège de dîner avec toi. A 20h30, tous les jours. Qu'en penses-tu ?*

**Brooke :** *Tu pourrais t'habituer à manger seul. N'envoie pas de chauffeur. Passe une bonne journée.*

Il décida de ne pas abandonner son plan initial, qui consistait à créer une routine : l'attendre tous les jours pour dîner dans un endroit différent. Qu'elle se montre ou non était une autre question, mais au moins il avait clarifié son intention : ce serait quand elle le voudrait.

Il trouverait un moyen d'équilibrer ses responsabilités professionnelles pour faire sentir sa présence partout où se trouvait la femme qu'il voulait à ses côtés : aux cours de zumba, en tournée au ranch… tout en s'occupant des formulaires et factures au bureau. L'idée était d'être présent à ses côtés en permanence, par petites touches. La possibilité que Brooke entame un processus pour le rayer de sa vie l'avait alarmé.

**Lincoln :** *Je t'enverrai les adresses des sites d'ici midi. Je suis* têtu *et je sais ce que je veux. Toi.*

**Brooke :** *Je ne sais pas comment tu peux apprécier de gaspiller tes données mobiles ou d'abuser du wifi avec tes bêtises, Lincoln.*

**Lincoln :** *Cela vaut toujours la peine d'investir pour te revoir.*

**Brooke :** *Dommage que les résultats ne soient pas ceux escomptés.*

**Lincoln :** *Tu veux parier ?*

**Brooke :** *Je ne traite pas avec le Diable.*

**Lincoln :** *Et avec l'homme que tu aimes ?*

**Brooke :** *Je ne sais pas de qui tu veux parler. Au revoir, Lincoln.*

Sa gouvernante avait découvert que Brooke était en colère contre lui et qu'ils avaient rompu. C'était donc le troisième matin que les croissants du petit-déjeuner étaient à moitié brûlés et cuits au micro-ondes (et non faits à la main et croustillants comme d'habitude), que le beurre avait un goût rance (Willa avait probablement fouillé le supermarché pour trouver un beurre de mauvaise qualité sur le point de périmer, juste pour lui), que le café était fade (il n'avait pas l'air d'être caféiné, parce qu'il s'était pratiquement endormi au bureau et avait dû demander du café) et que le fromage était moisi. C'était particulièrement déprimant, car Golden Ties produisait un fromage excellent.

— Je te conseille d'y repenser à deux fois la prochaine fois que tu veux me servir ce genre de petit-déjeuner. Je sais combien tu aimes cultiver les fleurs dans le jardin, et j'ai entendu dire que parfois tu parles même aux anthuriums dans la zone de la piscine. Donc, si je manque à chaque fois de caféine et de produits frais dans le repas le plus important de ma journée, je peux demander à quelqu'un d'autre de le faire.

Elle le regarda avec horreur et porta sa main à sa poitrine comme si on avait piétiné son bien le plus précieux : les géraniums et les anthuriums. A ses heures, Willa était facétieuse, et Lincoln, comme ses frères et sœurs quand ils étaient petits, avait l'habitude de lui faire des farces.

— Peut-être était-ce une erreur dans le choix de la nourriture — répondit-elle. Je suis sûr qu'elle sera corrigée dès demain. J'ai vu qu'on avait un stock de café Arabica, je pourrais vous en servir un avec du sucre, comme vous l'aimez.

Lincoln se retint de rire.

— Quelle coïncidence, Willa, juste au moment où tu parles du stock de café, je me dis qu'il n'y a personne de mieux que toi pour s'occuper du jardin.

— Au moins, nous sommes parvenus à un accord, jeune Kravath.

— Je suis content, Willa, maintenant apporte-moi mon café, s'il te plaît — répondit-il en lui lançant un regard furieux.

Elle partit en marmonnant quelque chose sur le fait que les hommes sont des idiots qui laissent partir des femmes belles et intelligentes qui pourraient faire de bonnes épouses. Il l'ignora.

Comment sa gouvernante savait-elle que Brooke avait rompu avec lui ? Facile. Lorsque Samuel était parti avec Brooke pour Blue Oaks, Lincoln était retourné à la bibliothèque et avait fini deux bouteilles entières de whisky.

Willa l'avait approché pour savoir pourquoi elle entendait des bruits de verre, et il lui avait répondu qu'il trinquait à toute la merde qu'il avait créée et qui lui explosait à la figure. Il avait ajouté que, puisque Brooke ne voulait plus jamais le revoir, même sa collection de verres du 18ème siècle ne valait pas la peine d'être conservée, et il avait brisé ces joyaux. Il s'agissait d'une collection estimée à soixante mille dollars et composée de neuf pièces. Maintenant réduite en petits morceaux.

— C'est en rapport avec le départ soudain de Mlle Sherwood, qu'avez-vous fait à cette pauvre femme ? — demanda-t'elle en le regardant avec une expression de reproche.

— Eh bien… — avait-il dit en riant, ivre.

Il avait pris un autre verre d'une collection vintage de l'époque napoléonienne et l'avait brisé contre l'intérieur de la cheminée, qui comme c'était le printemps, était éteinte.

— Je ne pense pas être fait pour cette relation absurde. Par contre, je vise bien avec les verres — avait-il dit en riant.

Willa leva ses mains en l'air.

— Ou peut-être qu'il faut apprendre de vos erreurs, vous bouger le derrière, et trouver un moyen de reconquérir cette femme qui, d'après ce que je vois, vous ne méritez pas, parce que vous préférez utiliser l'alcool pour oublier, au lieu d'utiliser votre temps pour trouver un moyen de vous faire pardonner. Quelle bêtise avez-vous encore fait pour faire partir cette perle ?! Soyez heureux que vos parents n'aient pas été témoin des faits, car ils vous auraient déshérité sur le champ.

Lincoln éclata de rire.

— Apparemment, je suis l'ennemi numéro un dans ma propre maison, hein, Willa ?

Elle avait haussé les épaules.

— Je pourrais empoisonner votre café demain, jeune homme, mais comme vous le savez, j'aime travailler pour votre famille — avait-elle dit, avant de le laisser seul avec ses démons dans la bibliothèque.

Brooke avait atterri mercredi soir à l'aéroport de Los Angeles. Le chauffeur engagé par Kristy, un homme très bavard, l'avait aidée à porter ses bagages et avait roulé sur l'autoroute encombrée pendant près d'une heure. Arriver à 19h, dans une ville avec tant d'événements et d'habitants, était toujours chaotique. Et ce, peu importe qu'elle soit arrivée dans un garage privé, grâce à Matteo.

En passant dans les rues qui lui étaient si familières, elle pensait qu'elle aurait le mal du pays et que ses blessures se rouvriraient. Mais rien de tel ne se produit. Ce qu'elle ressentit à la place, étrangement, c'est la certitude que ce n'était plus sa ville, qu'elle n'appartenait plus à cette partie du monde, même si elle y avait vécu plus de 25 ans.

Son cœur et son âme s'étaient déplacés au Texas et, apparemment, ils n'avaient pas l'intention de se déraciner de cette terre avant très longtemps. Au cours de ce voyage, Brooke s'était rendu compte que, quelle que soit la gravité des expériences de la vie, elles devaient se produire de cette façon, et impliquer les personnes qu'elles avaient impliquées. Il fallait tirer les leçons de la vie de ces expériences, voire pendant, car il n'y avait pas de «bons moments» dans l'univers. Seulement quelques instants propices. En prendre conscience ébranla les croyances absurdes de Brooke : «si seulement» elle avait dit, fait ou pensé ceci ou cela, cela aurait pu changer la donne. Comme il était épuisant de vivre selon ce schéma mental. C'était même toxique.

La seule façon d'améliorer l'avenir était de créer un présent satisfaisant. L'avenir était une excuse humaine grossière, un romantisme du temps, pour essayer de naviguer dans l'incertitude constante que l'on traversait chaque jour. La seule vérité pour laquelle on pouvait se battre, jusqu'à son dernier souffle, c'était l›amour, car l'unité que ce sentiment provoquait était le seul moyen de créer un lien invisible avec un autre être humain.

Ça n›avait pas besoin d›être un amour romantique, bien sûr que non. Juste de l'amour pour quelque chose ou quelqu'un. Le concept était si simple et si libérateur que la seule difficulté était que les gens le niaient. Elle soupira et sourit, alors qu'elle regardait les boutiques et les lieux emblématiques défiler, voyait des couples, des familles prendre des photos, rire, marcher, se disputer, crier....

— Vous avez fait un bon voyage ? — demanda Federico, un immigrant argentin. Son accent était perceptible, et Brooke trouva qu'il avait une mélodie très agréable.

— Si vous voulez manger quelque chose, je m'arrêterai volontiers où vous voudrez, Mlle Sherwood.

— Oh non, merci Federico — répondit-elle en souriant. Le repas était bon sur le jet.

— Mlle Dionni a suggéré que nous nous arrêtions à un barbecue coréen, car elle m'a dit que c'était l'un de vos plats préférés à Los Angeles.

Brooke rit doucement. Elle aimait le barbecue à la coréenne.

— Nous pouvons faire un détour — dit-elle, mais seulement si vous acceptez que j'achète aussi pour vous, parce que je détesterais manger et savoir que vous n'allez pas y emmener votre famille.

— Non, Mlle Sherwood, merci. Si je rentre à la maison avec le ventre plein, alors je vais me disputer avec ma femme, parce qu'elle fait du rôti argentin aujourd›hui. Vous avez déjà goûté ?

— Ça a l›air très bon, un jour j'essaierai.

— Pendant que vous attendez votre commande au restaurant, je vais lister les meilleurs barbecues argentins de Los Angeles. Qu'en pensez-vous ?

Brooke éclata de rire. L'homme pourrait être un bon vendeur.

— Une excellente idée, Federico. Merci.

Une fois sa commande prête, la voiture démarra pour Los Felices.

Après s'être installée dans le joli appartement à deux chambres, Brooke prit une douche. Les avocats la recevraient le lendemain afin qu'elle puisse connaître les procédures à suivre pour entamer les démarches qui lui garantiraient trois millions de dollars.

Yves l'avait appelée, une nouvelle fois, pour lui dire que si elle avait besoin de documents, il l'attendait dans son bureau. Brooke avait décidé d'engager d'abord les avocats, puis de leur donner une décharge pour traiter avec Yves. Elle voulait repousser le moment de dire au défenseur de son père menteur qu'elle était sur le sol californien.

Certains cercles de la vie ne se fermaient jamais. Elle savait qu'avec ses parents, il était inutile de passer son temps à essayer de les rapprocher ou d'obtenir des excuses. Ils faisaient partie de son passé.

Elle se prépara une tasse de thé puis regarda sur le balcon. Le temps à Los Angeles était très agréable à la fin de l'été. La brise ébouriffa ses cheveux blonds, elle soupira. Kristy l'avait contactée pour lui dire qu'elle avait eu un casting de dernière minute pour un éventuel petit rôle dans une série chez Amazon Studios, et elle avait donc quelques heures de retard à cause de cela. Elle lui avait dit de se reposer, car elles avaient une invitation à un feu de camp à minuit ce jour-là. Brooke ne comprenait pas ce qu'ils célébraient ni qui ils célébraient, mais elle avait hâte d'aller à la plage et de mettre ses pieds dans le sable.

La lumière de son portable s'alluma, l'avertissant d'un message. Elle le lut avec une boule dans la gorge. Elle n'avait pas dit à Lincoln qu'elle quittait Austin, car il l'aurait suivie. D'ailleurs, elle ne lui devait aucune explication. Elle avait besoin de cette distance, non seulement pour gérer ses papiers, mais aussi pour s'oxygéner.

**Lincoln :** *Chérie, je suis passé au ranch aujourd'hui... Je ne supportais pas de ne plus te voir... Je t'apportais le plat du restaurant où je suis allé aujourd'hui, de la nourriture libanaise, mais les lumières étaient éteintes *émoji visage triste*. Rester assis seul à t'attendre au restaurant n'a pas été très agréable, même si j'espère que ça ira mieux demain, jusqu'à ce que tu me rejoignes. Je t'enverrai l'adresse. J'espère que tu as bien dormi et que tu as passé une bonne journée. ....*

Elle ne répondit pas et rangea le téléphone.

Lorsqu'elle arriva à la plage avec Kristy, son ami la présenta à un groupe de vingt personnes. Brooke, à part Matteo, ne connaissait personne de plus sociable et prêt à s'amuser avec des inconnus que sa meilleure amie. Elles marchèrent jusqu'à une zone isolée et sûre de la plage de Malibu. Certaines personnes faisaient fondre des marshmallows avec des biscuits tout en écoutant Dua Lipa et Lizzo à volume modéré. Brooke rit avec un couple qui avait travaillé au Cirque du Soleil et qui racontait des anecdotes sur les questions ridicules que les gens leur posaient parfois sur leur métier de contorsionniste. Ils discutèrent de musique, des derniers potins de célébrités, de films et même d'un peu de philosophie de vie. Brooke trouvait que les personnes comme celles qui faisaient partie de troupes de cirque ou de théâtre, menaient une vie de bohème, enrichie d'expériences uniques et particulières.

Le ciel était étoilé, les gens riaient autour du feu de camp. Brooke décida de s'éloigner un moment pour aller sur le rivage et tremper ses pieds dans l'eau salée. Jusqu'à ce qu'il lui tape sur l'épaule, elle ne remarqua pas qu'un des hommes du feu de camp s'était approché d'elle. Elle détourna son regard de l'horizon où scintillaient les lumières des manoirs, ce qui l'amena à se demander combien de ces personnes étaient réellement heureuses.

— Oui ? — demanda-t'elle à l'homme.

Il était grand, avait des cheveux noirs et des yeux verts. Il n'était pas très beau, mais il avait du charisme et un sourire amical. Elle avait remarqué qu'il lui jetait sans cesse des regards en coin quand il pensait qu'elle ne le remarquait pas. Kristy qui semblait avoir des superpouvoirs, l'avait vu et elle lui avait dit à l'oreille que cet homme avait le même âge qu'elles et que c'était le fils d›un chanteur célèbre. Elle avait ajouté qu'il débutait dans le monde de la musique, qu'il n'était pas encore connu et qu'il préférait se faire un nom sous un pseudonyme.

— Kristy nous a dit qu'elle avait une amie qui venait avec elle, mais je ne savais pas que tu allais être si jolie — dit-il en lui tendant la main. On m'appelle Time Song, mais mon nom est Taddeus Morgan. Ravi de te rencontrer — dit-il avec un clin d'œil, et d'apprendre à te connaître.

Elle sourit.

— C'est une excellente façon d'aborder une femme, merci pour le compliment — dit-elle en serrant la main fine et ferme. Préfères-tu que je t'appelle Time ou Taddeus ?

— Tout le monde m'appelle Tad, sauf quand je suis dans la rue ou que je me produis dans des bars, alors on m'appelle par mon nom de scène.

— Je m'appelle juste Brooke — dit-elle avec un sourire. Cette activité sur la plage m'avait manqué. Je sais que les feux de camp sont interdits, alors tu dois avoir une certaine influence — dit-elle en faisant un geste vers le groupe, remarquant que Kristy lui levait le pouce, car bien sûr son amie était très mature.

Il rit, mais même s'il n'était pas sexy ou méga-attrayant, son rire était contagieux. Brooke détestait les comparaisons, mais c'est ce qu'elle avait fait : elle avait comparé tous les hommes qu'elle voyait à Lincoln, et résultat ? Ils avaient tous perdu.

Comme elle aurait aimé partager une soirée ou un après-midi sur la plage avec Linc. Il était spectaculaire, alors en maillot de bain il serait parfait, le corps parsemé de gouttelettes d'eau sous le soleil. Si elle parlait un jour à Lincoln de son fantasme de faire l'amour sur une plage privée, cela cesserait d'être une simple aspiration, car Lincoln en ferait une réalité.

Elle avait le corps de ce cow-boy aux yeux bleu cobalt dans la peau. Il lui manquait. La situation était cauchemardesque. Elle espérait que le fait d'être avec Kristy et de boucler l'action en justice à venir, aiderait à calmer un peu le chaos.

— Chacun obtient ce qu'il peut, pour être heureux, tant que cela n'affecte pas les autres. Un feu de camp avec toutes les mesures de sécurité n'est pas un danger.

— Non, ça ne l'est pas — répondit-elle.

Elle voulait rentrer chez elle. Elle était très fatiguée. Elle avait passé le vol depuis le Texas à dormir. Elle avait besoin de retrouver son énergie et de faire enfin de bonnes nuits. Le jour suivant était important et elle aurait besoin que ses cinq sens soient en alerte pour parler aux avocats.

— Tu veux aller boire un verre avec moi demain ? — demanda-t'il, les mains dans les poches, en la regardant avec un sourire que, sûrement, les autres femmes trouveraient charmant.

Pour elle, cependant, c'était juste un sourire, point final. Parce que ce n'était pas celui qui faisait palpiter son cœur de joie.

— Je suis dans une situation émotionnelle un peu… compliquée, pour dire les choses simplement — dit-elle en penchant la tête. J'apprécie l'invitation, toutefois — répondit-elle gentiment.

— J'espère que l'homme qui t'a mis dans cette situation en vaut la peine — dit-il en souriant. On retourne au feu de camp ? Je pense qu'un des garçons va chanter.

Les jours suivants furent assez épuisants pour Brooke.

Le cabinet d'avocats l'avait acceptée comme cliente, mais ils avaient dû rassembler beaucoup d›informations, car certains points devaient être vérifiés, surtout si l'on considérait la position de Nicholas sur le plan juridique. La procédure, initialement prévue pour une semaine, serait finalement plus longue. Elle avait déjà effectué un voyage éclair aux îles Caïmans pour rencontrer la banque qui détenait le compte et ses millions.

La prochaine visite dans les îles ne serait plus personnelle, car, une fois les documents vérifiés, ce serait ses avocats qui voyageraient et agiraient en son nom.

Chaque jour, pendant cette semaine, elle reçut un message de Lincoln indiquant une adresse de restaurant avec une photo du plat qu'il avait commandé. Il l'avait appelée, mais il était tombé directement sur la messagerie vocale. En ne prenant pas ses appels, elle ne savait pas si elle le punissait ou si elle se punissait elle-même, car en fait, elle avait envie de l'entendre. Sa voix avait un effet hypnotique et captivant.

Ce n'était pas suffisant pour Brooke d'écouter les messages qu'il laissait sur son répondeur, même s'il lui disait combien il l'aimait, qu'il voulait une nouvelle chance avec elle, qu'il voulait savoir où elle était, et si elle allait bien. Elle voulait lui parler, mais elle pensait qu'elle serait sur la défensive encore un moment et que ce serait une perte de temps. Sa colère s'était apaisée, sa tête était plus calme, mais elle se méfiait toujours de Lincoln. Elle ne savait pas comment traverser ce pont fragile entre eux deux.

Brook se rendait compte que Lincoln essayait d'apporter une touche d'humour à ses messages vocaux, mais elle savait qu'il était triste et désespéré. Même si elle ne voulait pas l'admettre, elle souffrait, et son cœur était empli d'émotions contradictoires. L'un des derniers textos de Lincoln l'incita à lui répondre.

**Lincoln :** *Hé, Brooke... Où es-tu, chérie ? Je suis désespéré. Personne ne peut me dire où tu es. Pas même Mildred, ni Joseph, ni Pete. Brooke, tu vas bien ? Dis-moi juste que tu vas bien, s'il te plaît.*

Elle ne comprenait pas ce qu'il faisait : il allait à Blue Oaks pour questionner le personnel, alors qu'il avait une affaire à gérer et le ranch du clan Kravath à maintenir sur la voie du succès. Elle savait pertinemment qu'il était sincèrement inquiet.

Si la situation avait été inversée et que Lincoln avait quitté la ville soudainement, sans la prévenir, après une rupture ou une dispute monumentale, et que personne ne savait où il se trouvait, sauf son pire ennemi qu'elle ne songerait même pas à contacter, alors elle se serait aussi sentie désespérée. Elle fit preuve d'empathie, plutôt que de méchanceté. Pas pour être une meilleure personne, mais pour trouver la paix de l'esprit, et elle en avait bien besoin. Elle ne voulait pas se montrer cruelle avec Lincoln, même si s'abstenir de répondre pourrait être une belle vengeance.

**Brooke :** *Salut, Lincoln. Je vais bien. Il ne m'est rien arrivé. Je prends juste quelques jours de repos.*
**Lincoln :** *Mon dieu, Brooke, j'étais en panique. J'ai appelé Kristy, mais elle ne pouvait pas non plus me dire où tu étais. Je suppose que même si elle savait, elle ne me l'aurait pas dit... Ne pas avoir de nouvelles de toi et ne pas savoir si tu vas bien m'a anéanti... Si tu as décidé de prendre quelques jours loin d'Austin, alors je dînerai seul jusqu'à ton retour.*
**Brooke :** *Pourquoi penses-tu que je vais revenir ? J'ai pris quelques jours de congés, mais une année comprend plusieurs jours, n'est-ce pas ?*
**Lincoln :** *Tu ne laisserais pas Blue Oaks trop longtemps et tu sais, même si tu ne veux pas m'aimer, qu'une partie de toi croit encore que nous avons une chance.*
**Brooke :** *Je ne savais pas que tu avais développé des pouvoirs psychiques cette semaine. Tu es peut-être un médium sans le savoir.*

Elle rit doucement dans sa chambre.

**Brooke :** *Si tu pouvais ne pas mentir ni cacher des informations précieuses pour les autres ? Ce serait génial.*
**Lincoln :** *Sans mentir ni cacher des informations qui pourraient nuire aux autreṣ. En plus de t'attendre pour le dîner, ce qui n'a pas l'air de bien se passer* *émoji rires aux larmes*, j›*ai un autre projet. Je pense que tu vas beaucoup l'aimer. Cela demande beaucoup d'efforts, mais je sais que cela en vaut la peine. Pourrais-tu* répondre à *un de mes appels, un de ces jours ? J'ai envie d'entendre ta voix.*
**Brooke :** *Bonne nuit, Lincoln.*
**Lincoln :** *Je t'aime, Brooke. Tu me manques.*

Lincoln la contactait deux fois par jour : à midi pour lui indiquer l'adresse du nouveau restaurant où il allait l'attendre, et le soir, lorsqu'elle ne se présentait pas au restaurant pour des raisons évidentes, en lui envoyant une photo du plat qu'elle avait manqué.

Dans ce message, Lincoln lui racontait des anecdotes amusantes sur le bureau ou les choses stupides que faisaient les employés inexpérimentés qui venaient d'arriver chez Golden Ties. Il ne cessait de lui envoyer des photos des tournesols qui poussaient magnifiquement dans le jardin de Blue Oaks. À la fin de chaque message, il lui demandait si elle accepterait de prendre un appel, mais elle répondait par un simple «non». C'était la routine de leurs échanges. C'était impossible pour elle de le faire sortir de son esprit. Et de son cœur, encore pire.

Durant sa seconde semaine à L.A., Brooke obtint finalement que l'argent soit libéré des îles Caïmans. Il ne lui restait plus qu'à attendre que le transfert soit effectué sur son compte bancaire américain. Les avocats seraient payés, Brooke n'aurait plus de dettes et elle pourrait commencer à créer sa société virtuelle sans avoir besoin d'investisseurs.

Pendant ces deux semaines, elle surveilla à distance le logiciel de Blue Oaks, grâce au système qu'elle avait créé. Elle fut surprise de constater que les transactions semblaient se dérouler sans problème. En fait, les bénéfices avaient commencé à augmenter de façon constante. Cela semblait inédit, mais elle supposait que le personnel, qui travaillait désormais selon une ligne directrice, faisait un travail exceptionnel.

Elle était heureuse que Matteo ait tenu sa promesse en son absence : il veillait effectivement à ce que tout se passe bien. Brooke se dit qu'il avait besoin de ce contact avec le ranch pour comprendre la valeur réelle de la propriété.

Puisque sa meilleure amie avait insisté, Brooke accepta de rester une troisième et dernière semaine à Los Angeles. Cette semaine-là, elles firent un voyage à San Diego et osèrent même traverser la frontière mexicaine. Brooke adorait la nourriture mexicaine et se régala dans un bon restaurant où elles furent traitées comme des reines.

À son retour de voyage, Brooke, dès qu›elle entra dans l'appartement de Kristy, se rendit directement dans la salle de bains pour vomir. Elle était malade à cause d'un taco qu'elle avait mangé par gloutonnerie, et elle resta au lit pendant trois jours. L'envie de vomir perdura. Kristy était inquiète et décida d'appeler un médecin, mais Brooke lui dit qu'elle avait juste mis trop de chili dans sa nourriture. Quand elle se sentit mieux, elle décida de profiter au maximum de ses derniers jours en Californie.

L'après-midi, quand Kristy n'était pas disponible, Brooke allait à Santa Monica ou à Laguna Beach. Elle voulait profiter de la plage, car à Austin, il n'y avait que des lacs et des montagnes. Elle avait utilisé son temps pour se détendre, mais aussi pour apprendre à cuisiner des plats non préparés. Ce n'était pas très concluant, même si elle avait fait de son mieux. Le ranch lui manquait : la routine quotidienne, les visites aux écuries, les promenades le long du ruisseau, et l'administration. Il y avait une véritable *cowgirl* en elle, et si elle n'avait pas demandé l'aide de Matteo, elle ne l'aurait jamais découvert. La nature sauvage et Rebel Thunder lui manquaient. Ce pur-sang était un excellent compagnon de route.

Mais ce qui lui manquait le plus, c'était Lincoln. Même s'il n'avait jamais cessé de lui écrire ou de l'appeler, elle ressentait le désir physique d'être près de lui et de l'embrasser, d'être entouré de sa force. La compagnie virtuelle ne valait pas le face-à-face. Elle avait de plus en plus de mal à refuser ses appels. Elle avait de plus de mal à le détester.

Lors de son dernier samedi après-midi, Kristy et Brooke se rendirent à Rodeo Drive, car son amie avait reçu une carte cadeau, grâce à un *influenceur*, pour acheter un sac à main chez Fendi. N'était-ce pas incroyable ? Brooke ne se souciait pas de telles banalités, mais elle aimait se promener, et regarder les vêtements et les accessoires. Elle aimait bien s'habiller, mais elle avait aussi appris à le faire avec un budget limité, de sorte qu'elle considérait les prix autrefois «normaux» comme ridiculement élevés. Elle avait grandi dans le milieu de la mode et avait donc compris que ce n'était pas le coût du vêtement qui faisait la différence, mais la combinaison de matériaux bien coupés.

En quelques mois, les gens avaient oublié son existence et le scandale de Sherwood, car les mêmes personnes qui lui avaient tourné le dos lors du procès de son père, lorsqu'elles l'avaient reconnue dans une boutique avec Kristy, étaient venues la saluer comme si elles étaient de grandes amies. Brooke en avait conclu que vivre à Los Angeles lui serait désormais impossible. Ce n'était pas sa place, plus maintenant. Mais quand Kristy le lui demanderait, elle lui rendrait visite.

Alors que Brooke, lors de sa dernière nuit, finissait de faire ses valises, Kristy s'assit sur le lit. Elle la regarda ranger ses affaires, qui comprenaient quelques nouvelles tenues pour s'adapter à toutes les occasions de la journée. Elles avaient passé beaucoup de temps ensemble, elles avaient ri comme jamais auparavant, elles étaient allés à des spectacles, à des matchs de la NBA, à des matchs de hockey sur glace, elles avaient pris des bains de soleil, elles avaient goûté des plats élaborés, bien que la plupart d'entre eux aient été désagréables pour Brooke, car elle s'était habituée à manger aussi naturellement que possible à Austin.

— Est-ce que tu es prête à rentrer ? — demanda Kristy d'un ton pensif.

Ces derniers jours, son amie semblait un peu différente, comme si elle l'observait de plus près ou essayait d'analyser davantage ses réponses ou ses paroles, notamment par rapport à Lincoln. Brooke ne savait pas à quoi elle pouvait attribuer ses attitudes analytiques inhabituelles. Ça semblait étrange pour elle. Malgré tout, Kristy continuait à être facétieuse : elle fit par exemple venir une strip-teaseuse à la maison pour lui apprendre de nouveaux trucs de séduction, ou l'emmena dans un restaurant où tout était dans le noir, on ne pouvait rien voir. Cela avait été l'expérience la plus terrifiante de Brooke, car elle craignait qu'on lui donne un morceau de grenouille frit et qu'on le fasse passer pour du saumon. C'était les pires bêtises expérimentales de sa meilleure amie.

— Je me sens prête car, malgré mon absence, les chiffres du ranch se sont améliorés. Cela signifie que j'ai fait du bon travail dans l'ombre — dit-elle en souriant avec satisfaction. A moins que tu ne me poses la question à propos de Lincoln, alors je ne sais pas quoi te dire.

Kristy se toucha le menton.

— Tu as déjà passé trois semaines sans lui. Pas une seule fois, tu n'as accepté de répondre à ses appels. De quoi as-tu peur ? — demanda-t'elle, en penchant la tête sur le côté.

Une fois sa valise fermée, Brooke s'en éloigna et s'assit à côté de Kristy.

— De ne plus pouvoir le croire — dit-elle honnêtement. Parce qu'il a brisé ma confiance.

— Et tu es parfaite ? — demanda son amie à brûle-pourpoint, tout à fait dans son style.

Brooke rigola.

— Bien sûr que non, mais je sens qu'il y a un sous-entendu dans tes questions. Qu'est-ce que tu veux vraiment me dire ?

Kristy mit une main sur sa poitrine comme si Brooke l'avait offensée. Brooke rit.

— Te dire ? Oh, je ne veux rien te dire. Attends ici — dit-elle en se levant du lit. Ce que j'ai, c'est quelque chose pour toi que j'ai gardé pour le moment où tu déciderais d'être honnête avec toi-même, mais je vois que tu ne l'as pas fait, alors je vais devoir te forcer.

— Je ne sais pas...

Brooke ne finit pas sa phrase, parce que Kristy était déjà en train de quitter la pièce. Après quelques instants, elle revint, sérieuse, les bras derrière le dos. Comme si elle cachait quelque chose. Elle avait l'air sérieux et conspirateur.

— Kristy, je t'aime, parce que tu es excentrique et que tu as des méthodes étranges pour me faire sourire, me faire sentir mieux et me faire comprendre que je peux compter sur toi, mais là, je ne te comprends pas.

— Commençons par les choses importantes. Tu es ici depuis des semaines : tu as dansé, ri, tu t'es amusée, tu es sortie dans des pubs avec moi et tu as même reçu quelques propositions indécentes. Tu n'as pas bu d'alcool, bien que tu apprécies un bon cocktail, alors pourquoi avoir refusé ?

Brooke fronça les sourcils.

— Parce que, depuis mon intoxication alimentaire au Mexique, je préfère ne pas forcer, et j'attends un délai raisonnable pour que mon estomac, qui est sensible, se stabilise.

Kristy jeta sa tête en arrière et rit. Brooke commençait à se mettre en colère contre sa meilleure amie, et c'était extrêmement inhabituel.

— Ecoute, Kristy... Ecoute, Kristy...

— Ah, non, mademoiselle, aujourd'hui je pose les questions et tu y réponds. Lorsque je te donnerai la conclusion de mon analyse, nous verrons alors qui a raison et s'il est pertinent de débattre.

Brooke croisa les bras, déconcertée par ce commentaire.

— Maintenant dis-moi, avec toutes les propositions de drague que tu as eues, pourquoi n'en as-tu accepté aucune si tu es libre ?

— Je n'ai pas réglé ma situation avec Lincoln.

Kristy sourit comme si elle avait gagné à la loterie.

— Tu comprends ce que tu viens de me dire ? — dit-elle en riant, satisfaite d'elle-même.

Brooke leva les yeux au ciel, parce que Kristy était une énigme.

— Toutes nos conversations ces jours-ci ont porté sur la façon dont Lincoln t'a menti, dont il a trahi ta confiance, dont il t'a blessée. Ce sale type s'est vraiment comporté de façon répréhensible envers toi, mais tu n'as pas pensé à autre chose.

— Voyons, éclaire-moi, puisque tu es la nouvelle Oprah Winfrey.

— Tu ne vois pas que Lincoln t'a dit de mille façons qu'il était désolé et qu'il t'aimait, que tu devrais lui donner une chance ? Il ne peut rien te prouver alors que c'est ce que tu attends vraiment de lui, parce que tu es hors de sa portée et qu'il n'a aucune idée de l'endroit où tu t'es cachée. Il m'a appelée, et je t'en ai parlé, tout comme je t'ai dit que je lui avais dit que tu n'étais pas ici en Californie. Pourquoi je lui ai menti ? Parce que je suis loyale envers toi. Maintenant, il n'ira pas demander où tu es à Sarconni, parce que Matteo le frapperait et ça ferait encore des histoires entre eux deux. Alors, quelle est la marge d'action de Lincoln pour essayer de regagner ta confiance ? — demanda-t'elle en levant un sourcil.

Brooke grogna et leva les mains au ciel en signe de frustration.

— Ce n'est pas mon problème, car je n'ai pas provoqué cette séparation.

— Brooke, il s'est excusé auprès de toi plus qu'il ne l'aurait dû, il t'écrit, il t'appelle, mais tu rejettes tout contact de sa part. Ce qui se passe, en réalité, c'est que tu ne penses pas que la relation avec lui est vraiment terminée, parce que «*tu n'as pas réglé ta situation avec Lincoln*», comme tu viens de le dire, tu l'as dit très clairement. Tu lui fais payer sa culpabilité par ton silence. Tu le punis.

— Kristy, ce que tu dis...

— Chhh, tu vas écouter aujourd'hui.

Brooke fit la moue.

— Oh, et tu sais que je m'en fous si tu t'énerves, parce que la vérité fait mal, mais puisque tu ne bois pas d'alcool, dit-elle avec sarcasme, la tequila ne pourra pas calmer tes nerfs en ce moment.

Brooke rit, parce que c'était toujours comme ça avec Kristy.

— En tout cas, dans une certaine mesure, je comprends que tu veuilles le punir, et je pense que c'est, disons, juste. Tu pourrais même rester ici pendant deux mois de plus et faire perdre la raison à cet homme, si tu en as envie, et tu auras assouvi ton besoin de réparation à un niveau qui est assez destructeur pour Lincoln qui, de toute évidence, est désespéré de ne pas savoir où tu es et comment essayer d'avoir une nouvelle chance. Donc, si tu as l'intention de le faire souffrir, mais de ne pas lui donner une vraie chance de se racheter, parce que tu ne veux plus qu'il s'approche de toi et parce que tu penses que la relation n'a aucun espoir, alors sortons ce soir et choisissons un beau garçon pour confirmer que tu n'as vraiment pas d'avenir avec Lincoln, que tu t'en fiches, que tu ne lui fais pas confiance. Que tu peux passer à autre chose, sans problème. Que tu t'en fiches vraiment. Alors écris-lui et dis-lui que tu le laisses partir, que peu importe ses efforts, c'est terminé. Que tu ne veux pas le blesser en le faisant attendre en vain et qu'il devrait chercher le bonheur avec quelqu'un d'autre.

Kristy désigna le portable de Brooke.

— Vas-y, fais-le. Faites-le maintenant.

Brooke sentit les larmes lui monter aux yeux.

— Kristy...

— C'est vrai, bon sang de bonsoir, Brooke ! — dit-elle avec frustration, car lorsque son amie se repliait sur elle-même, il était difficile de lui faire comprendre les choses.

— De l'extérieur, tout te semble facile, parce que tu ne l'as pas vécu...

— De l'extérieur, Brooke, tout est plus clair. De plus, j'ai le privilège de te connaître depuis que nous sommes enfants — répondit-elle, alors quand je te dis quelque chose, je n'invente rien et je ne spécule pas. Je sais comment ta tête et ton cœur fonctionnent, mon amie. Si tu fonctionnais comme moi, tu aurais déjà accepté le massage érotique de Paolo, mais bien sûr, tu n'as pas profité des opportunités offertes par ta meilleure amie.

Brooke, devant le changement soudain de sujet, éclata de rire.

— Tu es comme un tourbillon, je ne sais pas comment je ne m'emmêle pas dans tes changements soudains de sujet.

— Nia nia nia — dit Kristy en riant.

Puis elle redevint sérieuse :

— Revenons à la question principale. Soit tu lui dis carrément non et tu commences à rencontrer d›autres hommes, pour ouvrir ton éventail de possibilités, soit tu acceptes que vous avez un avenir commun, et demain, quand tu arriveras toute détendue à Austin grâce à ton séjour à Los Angeles, tu écouteras ce *cow-boy* prêt à décrocher la lune pour toi. Si, après l'avoir écouté patiemment et avec objectivité, tu ne te sens pas capable de lui donner une chance de te prouver qu'il peut regagner ta confiance, alors je te soutiendrai. Nous avancerons ensemble, nous transformerons cette expérience en anecdote et tu finiras par aimer à nouveau quelqu'un d'autre. Qu'en penses-tu ?

Brooke baissa les yeux et des larmes commencèrent à rouler sur ses joues. Sa meilleure amie venait de la gifler avec ses mots. Avec la vérité. C'était l'un des effets de Kristy quand elle n'était pas prête à accepter les conneries ou les mensonges de Brooke, parce qu'ils s'opposaient à un problème qui pouvait être résolu, mais son entêtement et sa fierté l'empêchaient de penser correctement.

Elle avait puni Lincoln ces dernières semaines parce qu'il le méritait, mais elle ne pouvait plus le faire attendre. Elle devait être franche avec lui, sans la faire espérer si elle décidait de ne pas lui donner de seconde chance, parce qu'alors elle deviendrait le genre de personne qu'elle ne tolérait pas. Elle deviendrait, en quelque sorte, l'égale de Lincoln, qui lui avait menti afin de la mettre à la porte pour que Matt puisse lui vendre Blue Oaks. En donnant de vagues réponses à ses messages, elle lui faisait croire qu'il y avait une infime possibilité qu'elle lui donne une chance de se racheter, alors qu'en réalité elle voulait juste qu'il souffre pour lui avoir menti aussi longtemps.

Elle était aussi méchante que Lincoln l'avait été, et une telle attitude impactait le cœur et la confiance. Kristy avait raison.

— Je te déteste quand je sais que tu as raison.

Kristy sourit.

— Et maintenant, ne te transforme pas en Lincoln, en te mentant à toi-même — dit-elle en tendant la main et une petite boîte.

Brooke fronça les sourcils.

— En cinq minutes, tu auras le résultat.

C'était un test de grossesse.

— Non...

— Tu sais que l'envie constante de dormir, l'envie de vomir quand tu sens des fruits de mer dans un restaurant, le mal-être dans le restaurant mexicain, et le dégoût de l'alcool à cause de la «sensibilité de ton estomac» sont des excuses merdiques. Je les supporte, parce que je t'adore. Lorsque tu as commencé à «dormir» constamment, je t'ai demandé de rester une semaine de plus, parce que j'aime ta compagnie, je t'aime comme la sœur que je n'ai jamais eue, et parce que j'attendais de toi que tu te regardes dans le miroir avec sincérité. Tu ne l'as pas fait.

Brooke essaya d'accepter l'inévitable, car ses règles avaient vingt jours de retard. Elle ne s'en était pas rendu compte quand elle était à Austin, car tous les symptômes avaient commencé à Los Angeles. Elle avait même senti que ses seins lui faisaient un peu mal et que son corps réagissait de manière un peu étrange. Mais elle était terrifiée à l'idée d'affronter la situation, et au moindre détail qui lui faisait penser qu'elle était enceinte, elle essayait de le justifier par le stress ou son chagrin d'amour. Elle ne voulait pas que l'histoire de la fausse couche se répète et donc elle faisait comme si de rien n'était. Elle faisait comme si tout était normal alors que ce n'était pas le cas, comme Kristy venait de le lui dire.

— Kristy, j'ai peur — avoua-t'elle franchement, en serrant la boîte.

Son amie s'approcha et la serra dans ses bras.

— J'ai peur de perdre ce bébé....

— La vie, c'est pour les mauviettes ? Bien sûr que non, Brooke. En cinq minutes, tu vas confirmer ce que ton cœur et ta tête savent déjà. Ce bébé va sortir, il sera fort, un peu têtu comme son père, c›est sûr, mais magnifique comme sa mère. Intelligente comme sa tante Kristy et logique comme son oncle Raffe.

Brooke rigola.

— Donc, dès que tu sors des toilettes, tu appelles Lincoln Kravath, tu lui dis que tu retournes à Austin demain et que tu veux lui parler.

Ensuite, tu vas être très courageuse et dire à ce cow-boy, face à face, que tu attends son bébé. Tu trouveras alors le meilleur gynécologue d'Austin et vous irez le voir ensemble. Si tu es suffisamment honnête, tu diras également au père du bébé que tu es prêt à lui donner une chance de regagner ta confiance.

— Ce n'est pas facile, Kristy.

— Mais tu as un avantage, Brooke. Tu sais qu'il voulait te parler de ce sabotage prémédité, mais il a été idiot et a laissé passer le temps. Ça n'a plus d'importance maintenant. Il faut être deux pour danser à nouveau. Décide simplement si tu veux qu'il soit le père de ton enfant, et si tu veux vraiment une relation avec lui qui soit plus franche.

— Kristy, parfois je pense que tu devrais être coach — dit Brooke en se levant pour aller dans la salle de bains.

— Oh, je ne te l'ai pas dit ? J'ai eu le rôle pour le casting d'aujourd'hui et je jouerai la femme dans un couple de psychologues. Je suis un génie de la comédie, et tu viens de le confirmer !

Brooke éclata de rire.

Cinq minutes plus tard, Brooke pleurait, elle allait devenir mère.

# CHAPITRE 21

Lincoln Kravath venait de vivre les trois pires semaines de sa vie. Il n'avait gardé la face que parce que des centaines d'employés dépendaient de sa gestion. Au ranch, Untamed Fire, l'un de ses chevaux, avait été son compagnon lors de longues chevauchées nocturnes, tandis que le ciel était le témoin de son désespoir. Il était sûr que, si Golden Ties brûlait, cela ne lui ferait pas aussi mal que la douleur qu'il ressentait en ce moment, sachant que la femme qu'il aimait avait quitté Austin et qu'il n'avait aucune idée de l'endroit où elle se trouvait. La meilleure amie de Brooke savait sûrement où elle était, mais elle lui était loyale. Ce dernier point était quelque chose qu'il pouvait respecter, car ses frères et sœurs et ses meilleurs amis appliquaient la même philosophie les uns envers les autres. Bien sûr, cette fois-ci, c'était à son désavantage.

Comme Lincoln avait dit qu'il le ferait, il se rendait dans les restaurants branchés d'Austin à 20h30 tous les soirs. Après le dîner, puisque Brooke ne venait jamais, il lui envoyait simplement une photo du plat qu'il avait commandé et lui demandait si elle voulait bien prendre un appel. La réponse était la même chaque soir : non. Lorsque Brooke suggéra qu'elle serait de retour dans quelques jours, et non dans quelques années, Lincoln cessa d'aller au restaurant et adopta un autre plan.

Pour essayer de ne pas penser à elle, car plus les jours passaient, plus son chagrin augmentait, plus il s'épuisait au ranch. Il demandait à son assistante au bureau d'organiser autant de réunions que possible. Candace le regardait avec inquiétude, mais se conformait à ses ordres. Willa se mit à lui apporter des biscuits à l'avoine pendant qu'il étudiait les chiffres de Golden Ties, et proposa de l'inscrire à un cours pour retrouver sa motivation. Il était reconnaissant pour les biscuits et lui demanda de le laisser travailler. Il ne manquait pas de motivation, c'était la femme qu'il aimait qui lui manquait.

Quand Jonathan revint d'Irlande, Lincoln et lui se retrouvèrent avec le reste de leurs amis pour boire quelques bières. Entre eux, ils essayèrent de convaincre Lincoln d'accepter un rendez-vous à l'aveugle, prétextant que Brooke ne voudrait finalement pas entendre parler de lui. Il leur dit d'aller se faire foutre, mais il continua à boire avec eux et changea de sujet de conversation. Il ne vivait pas, il survivait.

— Hé, tu as perdu un peu de poids, Linc — dit Lenox en fronçant les sourcils ce soir-là. Nous pouvons comprendre que ta situation est compliquée, mais t'épuiser sans prendre soin de ta santé ne va pas te servir.

— A-t'elle au moins répondu à tes messages ? — demanda Jonathan.

Lincoln fit un bref signe de tête.

— C'est une petite victoire, n'est-ce pas ?

— Toutes ses réponses sont tranchantes et elle me fait comprendre que j'ai omis quelque chose de très important. Je suis coupable, je sais.

Billy lui tapa sur l'épaule. Il venait de gagner son dernier rodéo et le prix s'élevait à  quarante mille dollars, donc c'est lui qui allait payer ces tournées de bière. C'était la première soirée où Lincoln ne faisait pas que de penser au travail.

— D'après ce que tu nous as dit, Brooke a entendu toute ta conversation avec Samuel, y compris ton intention de révéler la vérité. J'espère sincèrement que tu pourras la récupérer. Nous l'aimons beaucoup. Santé à Brooke ! — dit Ernest.

— Félicitations à Brooke ! — dirent-ils, en commençant à boire.

Quelques instants plus tard, un groupe de filles arriva au bar. Elles devaient avoir la vingtaine. Dès qu'elles entrèrent, elles s'approchèrent d'eux en gloussant et en leur faisant des signes de la main. Ils répondirent, sauf Lincoln et Jonathan. Sans accorder de temps aux files, Ernest annonça à ses amis qu'il envisageait de prendre sa retraite, arguant que la blessure au genou qu'il avait depuis deux ans le gênait trop et qu'il préférait continuer à marcher plutôt que de boiter ou de devoir subir une autre opération. Cette dernière était risquée.

— Bonjour — dit une fille aux cheveux noirs et aux yeux bleu clair lumineux à Lincoln, en lui tapant sur l'épaule.

Elle faisait partie du groupe de filles qui venait d'arriver.

— Je m'appelle Amber. Mes amis et moi venons de Houston — dit-elle en souriant. Veux-tu jouer au billard ? Si tu gagnes, je te laisserai faire ce que tu veux de moi. Et si tu perds... — laissa-t'elle échapper avec un petit rire idiot.

Elle avait un corps très attirant. Des seins volumineux, avec des tétons en érection qui dépassaient du chemisier en coton blanc qu'elle portait. Elle avait une taille fine, un jean qui mettait ses hanches en valeur, et un visage comme sorti d'une publicité pour des produits de beauté. Billy donna un coup de coude à Lincoln, lui faisant comprendre que c'était l'occasion de flirter et d'oublier une femme qui préférait s'en aller et qui lui accordait à peine quelques secondes d'attention.

— L'offre ne s'adresse-t'elle qu'à Lincoln ? — demanda Lenox en souriant. Je demande, parce que j'aime le billard, mais je m'en fiche de gagner ou de perdre.

La fille ne le regarda même pas, car son attention était portée sur Lincoln.

— Ne perds pas ton temps, Amber — dit Lincoln en riant.

Il s'assit et laissa cent dollars sur la table pour contribuer à la facture. La jeune fille pensait qu'il allait l'embrasser, car lorsqu'il s'était levé, comme elle était près de lui, leurs corps s'étaient encore rapprochés. Ses amis semblaient le penser aussi, car ils le regardaient très attentivement. Cependant, Lincoln serra la main de chaque personne, puis regarda Amber, toucha son chapeau après l'avoir mis, et quitta le bar.

C'était sa seule issue, car il avait beaucoup de travail à faire. Il n'était pas devenu un bourreau de travail, mais il voulait montrer à Brooke que son bien-être et ses émotions faisaient partie de ses priorités.

Depuis les deux fois où il avait vu Blue Oaks sans lumière, il s'y rendait de manière récurrente. Il cessa finalement d'aller au restaurant, ne sachant pas quand Brooke reviendrait vraiment, et prit la décision de s'occuper du ranch à sa place. Dès qu'il rentrait du bureau d'Austin, il se rendait à Golden Ties pour faire les courses dont il avait besoin, mangeait un bout, puis se rendait à Blue Oaks pour proposer d'aider les employés en service. Il leur donnait des conseils professionnels sur le terrain et sur les affaires, mettait la main à la patte si nécessaire, et s'assurait que s'ils avaient besoin de matériel supplémentaire, ils l'auraient le jour suivant. Comme Brooke l'aurait fait.

Il se fichait que cela prenne des mois ou des années, il avait décidé d'attendre Brooke. Sauf s'il était trop affecté émotionnellement, auquel cas il engagerait un détective privé pour la chercher. Sa journée de travail se terminait à 22h. Lorsqu'il terminait à Blue Oaks, parfois, au lieu de retourner monter son cheval à Golden Ties, il choisissait de descendre au ruisseau pour se baigner. Il n'avait pas peur des animaux nocturnes, car il avait grandi sur ce territoire et le connaissait bien.

Il avait personnellement guidé les constructeurs pour s'assurer que le bungalow soit solide. Les équipements de base avaient été améliorés pour en faire un lieu luxueux, mais sans perdre la touche rustique. Lincoln engagea un décorateur spécialisé dans l'hôtellerie afin d'installer les équipements nécessaires à une famille qui louerait le bungalow pour un week-end. Ce n'est que lorsqu'il pleuvait à verse que Lincoln restait à la maison et faisait des calculs chiffrés, non seulement pour son entreprise, mais aussi pour trouver d'autres moyens de faire prospérer Blue Oaks. Il ne le faisait pas pour le trou du cul de Sarconni, bien sûr que non. Si Brooke n'était pas impliquée, alors il ne se soucierait pas une seconde de ce qui se passait dans ce ranch. Sarconni ne respectait pas la terre, et c'était intolérable aux yeux de Lincoln.

Il avait donné des conseils à Joseph, lui avait envoyé un expert en médias sociaux pour lui montrer comment publier de bonnes photos et du contenu sur Rainbow Blue. Il avait remplacé les anciennes machines de Pete par de meilleures machines, payées de son propre argent, pour accélérer la récolte. Il avait engagé une équipe de vétérinaires pour les vaches laitières et avait fait construire une tente sur l'emplacement où l'une des granges avait été démolie pour créer le marché que Brooke souhaitait faire, et qui n'était pas encore opérationnel pour des raisons évidentes.

Au fil des jours, Pete et Patrick l'informaient que le nombre de commandes commençait à augmenter, et que la facturation quotidienne, grâce au logiciel que Brooke avait créé, se déclenchait plus rapidement. Tout le monde était reconnaissant envers Lincoln, mais il ne voulait les remerciements de personne, juste savoir quand il reverrait Brooke.

Il n'avait toujours aucune réponse lui indiquant son retour.

Il avait été particulièrement préoccupé par les tournesols du jardin devant la maison. Ils semblaient maintenant en bon état. Mildred lui avait dit que ce n'était pas un problème s'il voulait décorer une pièce spécifique ou peindre l'intérieur de la maison. Se fiant à la parole de la gouvernante qui, en l'absence de Brooke, était en charge de la propriété à deux étages, il engagea un décorateur d'intérieur. Il lui donna des instructions claires pour rénover la bibliothèque de Blue Oaks, et y ajouter un assortiment de livres. Lincoln fit appel à quelques contacts et acquit une impressionnante collection de romans de tous les auteurs les plus célèbres, qu'il fit classer par ordre alphabétique.

Ensuite, dans un coin de cette bibliothèque, il acheta et installa une petite console pour le café, le thé et les snacks. La pièce rendait hommage à la littérature du 18ème siècle. Il savait combien Brooke aimait cette époque et la littérature de ce siècle.

Il paya une très grosse somme d'argent pour que les fondations de la maison soient renforcées et que des caméras de sécurité soient installées. Phillip lui assura que ce n'était pas nécessaire, mais Lincoln lui dit que n'importe quel animal sauvage pouvait pénétrer sur le terrain et que la prudence était toujours de mise. Tout le monde à Blue Oaks croyait que Lincoln avait perdu la tête, car il travaillait des heures comme s'il était payé pour le faire. De plus, il avait puisé dans ses propres fonds afin que les projets prévus puissent être exécutés rapidement, sans attendre l'approbation du budget par le bureau de Sarconni.

Une fois sa croisade personnelle terminée, lorsqu'il pensa avoir laissé le ranch dans l'état où Brooke méritait de le retrouver à son retour, Lincoln prit une décision importante et délicate, qui ne pouvait être reportée. Vers la fin de la troisième semaine, Lincoln fit ses adieux aux employés de Blue Oaks, leur assurant que s'ils avaient besoin de quoi que ce soit, ils pouvaient passer chez Golden Ties et venir le lui demander, ou à Ben.

— Regardez ce que la fin de l'été a apporté à mon bureau — déclara Matteo en voyant Lincoln dans la salle d'attente de son bureau de Wild Homes.

Il regarda son assistante.

— Georgia, ne me passe aucun appel et veille à ce que je ne sois pas interrompu. A moins que je ne te demande d'appeler le personnel de sécurité pour qu'il vienne me voir.

— Bien sûr, Matteo — répondit-elle, confuse, avant de reprendre son travail.

Lincoln n'avait pas demandé de rendez-vous, il s'était simplement présenté et avait été reçu. C'était chose normale à Austin avec les Kravath. Mais ce fils de pute de Sarconni l'avait fait volontairement attendre une heure.

— Bienvenue dans mon monde fantastique de l'immobilier, Kravath.

— J'apprécie que tu daignes me recevoir — dit Lincoln avec sarcasme.

Matteo répondit par un geste moqueur, comme dans une pièce de théâtre à la fin d'un acte, pour qu'il entre dans son bureau lumineux.

— Que ma vaut le gigantesque plaisir de te voir, Kravath ?

Lincoln ne s'assit pas. Il tenait un dossier bleu à la main.

— Si tu sais où elle se trouve, dis-le moi — dit-il sans tourner autour du pot.

Matteo rit, puis redevint rapidement sérieux. Il se pencha sur le bureau, posa ses deux coudes sur la table et jeta un regard agacé à Lincoln.

— Tu as blessé quelqu'un que j'aime beaucoup, Lincoln. Je ne te dirai pas où elle est, mais je veux que tu comprennes que ce que tu as fait est répréhensible. Elle ne méritait pas ton sabotage, surtout après avoir vécu une histoire familiale difficile, dont, si je ne me trompe pas, elle t'aura parlé. Brooke est l'une des rares personnes dans ce monde qui agit avec le cœur. Je ne sais pas ce que ça t'aurait coûté d'ouvrir ta grande gueule et de lui dire la vérité, au lieu d'attendre si longtemps — dit-il en secouant la tête. Donc, si tu es venu ici pour obtenir des informations, je ne vais pas te les donner.

— Ecoute bien, Sarconni, la situation entre Brooke et moi ne concerne qu'elle et moi. Je n'ai pas à te donner d'explications ni à argumenter — dit-il entre ses dents, en retenant son envie de lui casser la figure. Sais-tu où se trouve Brooke, oui ou non ?

— Oui — répondit-il d'un ton irrité, en le regardant d'un air las.

— Sais-tu si elle va bien et si elle est en sécurité ?

Matteo fronça les sourcils.

— Elle va bien et elle est en sécurité.

Lincoln souffla de soulagement et acquiesça.

— As-tu une idée de sa date de retour ?

— Non — répondit-il, parce qu'il ne le savait pas.

Son amie était à Los Angeles, mais elle avait déjà reporté la date de son retour une fois, elle pouvait le faire à nouveau, donc il n'avait aucune idée du jour où elle prévoyait de rentrer à Austin.

— Je reconnais que tu as des couilles de venir voir la dernière personne qui voudrait t'aider...

— Parce que c'est réciproque, Sarconni, tu es con.

— C'est l'hôpital qui se fout de la charité — dit-il en riant. Après toutes ces années, tu es toujours aussi arrogant. Je ne sais pas ce que ma pauvre Brooke a vu en toi, mais la prochaine fois que je la verrai, je lui suggérerai de faire un contrôle chez l'ophtalmologue. Elle doit avoir un problème de cornée ou d'iris.

— Tu es vraiment ridicule, Sarconni, vraiment. Maintenant que je sais qu'elle va bien, parlons d'autre chose — dit-il, avant de s'asseoir.

Il posa le dossier bleu sur le bureau en verre.

— Lis ces documents. Même un idiot peut comprendre.

— Oh, ton charme te mènera loin — dit Matteo, mais pas avec Brooke.

Lincoln serra les dents, tandis que Matteo lit la proposition qu'il avait rédigée avec son avocat pendant deux heures la veille, entre deux réunions, noyé par la quantité de travail qu'il s'était imposé. Sa consolation, c'était que dès qu'il posait sa tête sur l'oreiller, il oubliait tout dormait comme un bébé. Jusqu'à l'aube, jusqu'à ce qu'il se souvienne que la place de Brooke à ses côtés était vide.

Puis, une autre journée terne commençait, sans l'éclat habituel que Brooke lui donnait par sa présence. Même quand ils se disputaient. Il préférait avoir une discussion légère et inutile avec elle plutôt qu'une discussion intelligente et cohérente avec quiconque.

Après dix minutes de lecture, Matteo posa lentement le dossier sur le bureau. Il avait regardé toutes les clauses, et observé les impressionnantes photographies.

— C'est la meilleure proposition que j'ai faite depuis des années — dit Lincoln avec confiance.

— Tu l'aimes vraiment — murmura Matteo, sur un ton sérieux et sincère, sans plus aucune moquerie ni animosité.

Lincoln acquiesça.

— Tu es prêt à faire tout cela, même si tu ne peux pas récupérer les apports financiers personnels que tu as faits ? Même si tu ne récupères pas ce que tu offres à Blue Oaks ?

— Oui, Matteo — répondit-il fermement.

Matteo siffla.

— C'est beaucoup plus que ce qu'il vaut....

— La valeur économique est relative, du moins pour Brooke, elle l'a toujours été. Si tu refuses, tu rates une excellente occasion de gagner de l'argent. Brooke aura besoin d'au moins six ans pour la remettre sur pieds, mais elle y arrivera, sans aucun doute.

— Ah — dit Matteo, en plus, tu lui fais confiance en tant que femme d'affaires, même si elle n'avait aucune idée du fonctionnement d'un ranch il y a quelques mois.

— J'ai foi en Brooke, point final. Maintenant, arrête de tergiverser, est-ce que tu vends ou pas ?

— Dans ces conditions ? Je serais idiot de ne pas le faire, Kravath. Et toi, bien sûr, tu es un idiot de faire ça. Ah, ce que l'amour peut faire — dit-il, en apposant sa signature sur chaque page. Je vais envoyer le contrat au service juridique qui le vérifiera point par point. Dans trois jours maximum, le ranch ne sera plus à moi. Je t'enverrai une copie du document et tu choisiras ce que tu veux en faire, et quand annoncer la grande nouvelle ou la garder secrète jusqu'à ce que tu juges nécessaire de communiquer. C'est toi qui vois.

Matteo se leva et s'approcha de Lincoln. Il tendit la main.

— Tu es un connard depuis le lycée, Matteo, mais au moins tu fais preuve de bon sens en signant ce document aujourd'hui — dit Lincoln en serrant fermement la main de Matteo.

Matteo haussa les épaules, mais avant que Lincoln ne parte, il l'arrêta.

— Kravath.

Lincoln le regarda par-dessus son épaule.

— Je n'aurais jamais parié sur toi. En aucun cas, après ce que tu as fait à Brooke. Cependant, je pense que le geste que tu fais aujourd'hui rachète amplement tes actes passés. J'espère qu'elle pourra le comprendre aussi.

Lincoln quitta le bureau, puis le bâtiment.

Quatre jours plus tard, alors qu'il finissait de se raser avant d'aller dîner avec ses parents, il reçut un sms qu'il n'ouvrit pas immédiatement. Dehors, une tempête s'annonçait. Lincoln savait qu'Osteen et Rosalie étaient aussi têtus que lui, et que s'ils voulaient aller dîner quelque part, ils iraient dîner, peu importe qu'il pleuve ou qu'il vente. Ils avaient prévu d'aller dans un endroit élégant, c'est pourquoi Lincoln portait un costume Brioni bleu marine, avec une cravate assortie, et des chaussures Louis Vuitton. Ses cheveux étaient gominés. Il savait que ses parents aimaient bien s'habiller, mais il le faisait plus pour leur faire plaisir que par choix personnel. Ses frères et sœurs l'appelaient régulièrement pour le questionner au sujet de Brooke, pour lui demander comment il allait, mais il leur répondait qu'il avait beaucoup de travail à faire, qu'elle était loin d'Austin et qu'il n'avait aucune idée de ce à quoi aboutirait cette longue attente.

— N'abandonne pas — lui avait dit Samuel. Ce n'est pas dans notre ADN.

— Je sais, je fais mes propres plans.

— J'espère qu'ils seront raisonnables cette fois-ci — avait dit Tristan lors d'un appel vidéo entre eux trois. Nous serons toujours là pour toi. Même si tu ne veux pas parler de femme, on peut au moins se retrouver autour d'un verre ou regarder le football.

— Garde le contact avec nous, Linc — dit Samuel, ne te replie pas sur toi-même. Rappelle-toi que Brooke n'est pas Heidi. Fais les choses bien cette fois, que ça marche ou pas, mais fais-les bien. D'accord ?

— Merci, mes frères — avait sincèrement répondu Lincoln avant de couper la conversation.

Lincoln pensait ignorer le téléphone et le message, car il s'agissait probablement d'un de ses amis qui lui annonçait qu'un bar proposant des services exclusifs venait d'ouvrir. Ou bien ça pouvait être Billy, qui n'avait pas encore repris ses tournées de rodéo avec ces emmerdeurs de Lenox et Ernest, et qu'il lui envoyait des catalogues d'escortes de luxe. Il se demandait pourquoi ils faisaient toujours partie de ses meilleurs amis. Ils avaient un pois chiche dans le crâne dès qu'une belle femme se trouvait dans les parages. Il avait parfois envie de fuir ses amis comme la peste.

Par pure habitude, il prit son téléphone portable.

Le message venait de la dernière personne supposée le contacter en ce moment. Cela lui coupa le souffle. C'était la première fois que Brooke lui écrivait depuis des semaines.

**Brooke :** *Salut, Lincoln. Je suis arrivée à Austin cet après-midi. Il y a quelque chose dont j'aimerais te parler. Peux-tu venir à Blue Oaks ? Je sais que tu as probablement des projets parce qu'on est vendredi soir, alors dis-moi... Si ce n'est pas possible, tant pis.*

**Lincoln :** *Salut, chérie. Je suis en route.*

Il voulait lui dire beaucoup de choses, mais ses doigts n'arrivaient pas à taper assez vite car son esprit s'emballait. Il allait la voir ! Il se sentit excité comme s'il venait de boire un million de RedBull. Ni plus, ni moins.

Il se sentait comme un prisonnier soudainement libéré. Un prisonnier libéré de la tristesse, du regret, de la frustration, de la culpabilité. Après cette longue période d'attente, il allait enfin respirer l'air frais dont il avait besoin, le seul air qui empêchait son monde de devenir gris : Brooke Sherwood.

Il se lava rapidement le visage, appela ses parents et leur dit qu'il ne pourrait pas se joindre à eux pour le dîner, car il avait un imprévu à régler. Lorsque Rosalie lui demanda quelle affaire pourrait être plus importante que d'essayer un nouveau restaurant indien, Lincoln mentionna simplement le nom de Brooke. Sa mère et son père rirent et lui souhaitèrent bonne chance.

Lincoln ne pensait pas qu'il aurait pu courir un jour aussi vite pour sortir de chez lui. Au moins, son cerveau fonctionnait bien, et il n'avait pas oublié de prendre le document certifié et notarié qu'il avait reçu la veille. Brooke était certainement loin d'imaginer que son projet pour ce soir, c'était juste un dîner avec ses parents. Elle était loin de se douter qu'il remarquait les femmes les plus éblouissantes, les plus suggestives, les plus jolies parce qu'il n'était pas aveugle, mais qu'elles pouvaient bien croiser son chemin, cela ne l'affectait ni ne l'intéressait. Il ne leur portait pas la moindre attention. Seule Brooke le captivait.

Lincoln ne se souvenait pas s'être senti aussi exalté que le jour où elle lui avait avoué qu'elle l'aimait. Aujourd'hui était aussi un moment important pour lui. Il monta dans son van et se dirigea vers Blue Oaks.

Brooke était absolument stupéfaite de l'état de Blue Oaks. La maison avait été peinte en blanc avec des touches de jaune pastel et de légères touches de violet, une combinaison de couleurs qui créait une atmosphère chaleureuse. Ses tournesols, contrairement à ce qu'elle aurait pensé, étaient devenus plus vifs et plus brillants. C'était divin. Et lorsqu'elle monta dans sa chambre pour déposer sa valise et qu'elle passa devant la bibliothèque, elle ne put retenir ses larmes.

Elle savait que Matteo détestait la littérature et qu'il préférait les BD. Son projet de bibliothèque, qu'elle avait un jour mentionné rapidement à Lincoln, était désormais concrétisé. Elle pleura en touchant le dos des livres. Il y avait même une console pour le café et le thé. Le bureau était d'époque, tout comme la chaise. Sur le bureau en bois, se trouvait un cadre avec une photo de Lincoln et d'elle, sur laquelle il l'embrassait, lors de la fête de mariage de Jonathan et Renatta.

Elle eut un pincement au cœur, et se rendit compte combien elle aimait Lincoln. C'est pourquoi ses mensonges lui avaient fait si mal. Plus on aimait, plus on risquait d'être affecté si l'autre était incapable de prendre soin du trésor qu'il recevait, le cœur et les rêves d'une autre personne.

Il était évident que ce *cow-boy* têtu ne voulait pas qu'elle l'oublie. Grâce à lui, la maison toute entière reflétait ses rêves. Elle détestait pleurnicher, mais elle ne put s'en empêcher. Ses hormones étaient en ébullition, et les nouveautés à Blue Oaks ne faisaient que les agiter davantage. Dans la bibliothèque, un large tapis tissé dans des tons bruns parachevait la décoration. Un fauteuil à bascule, disposé dans le coin opposé à la cafetière, donnait sur le jardin arrière. Elle n'avait aucun doute sur l'identité de la personne qui avait fait de la maison un bel endroit pour elle.

Quand elle descendit, elle chercha Pete. Il lui expliqua en détails comment chaque jour depuis quelques semaines, Lincoln était allé aider aux travaux de reconstruction. Pete avait ajouté, comme s'il s'agissait d'un méga secret, que Lincoln pensait que personne n'avait remarqué qu'il avait mis son propre argent, et non celui de Matteo Sarconni, dans l'implémentation de nouvelles technologies, l'achat de machines et la rémunération des consultants. Pete et Patrick avaient emmené Brooke là où elle voulait initialement installer un marché alimentaire, à l'endroit où l'une des écuries avait été démolie. Une petite boutique avait été créée, et l'enseigne peinte en bleu indiquait : «Les rêves de Brooke». Cela la fit fondre en larmes. Pete, inquiet, contacta Mildred par radio, et elle se précipita, une limonade à la main.

Brooke assura à Pete que tout allait bien, que c'était juste l'excitation de voir ce ranch étincelant. Elle ne précisa pas que ce ranch était désormais comme elle l'aurait façonné si Lincoln n'avait pas d'abord saboté les travaux, si elle n'avait pas perdu du temps et de l'argent. Ce n'était pas un sujet qu'elle voulait partager avec lui.

Ensuite, le mari de Mildred la conduit au ruisseau. Quand elle entra dans le bungalow, elle fut étonnée par les touches sophistiquées qui n'altéraient pas l'aspect authentique que Brooke recherchait : il alliait une atmosphère naturelle, la technologie et le confort. Elle aimait écouter le doux bruit de l'eau. Il lui rappelait ce jour où elle s’était abandonnée aux caresses de Lincoln. Mais, parce qu’elle ne voulait pas effrayer Pete en pleurant à nouveau, elle se contrôla.

Quand ils rentrèrent à la maison, Mildred dit au revoir à Brooke, qui monta pour défaire ses bagages.

Quelques heures plus tard, Brooke était devenue nerveuse. Très nerveuse. Entre l’écriture et la réécriture de son sms, elle prit deux heures pour écrire un bref message à Lincoln. Après avoir déballé ses affaires et pris un bain chaud, elle opta pour une robe en coton rose pâle. Elle avait lâché ses cheveux, qui formaient de légères vagues. Elle préférait qu’ils sèchent naturellement, puisqu’elle n’avait pas l’intention de sortir à Austin. Elle appliqua de l’eye-liner noir sur la ligne de ses cils supérieurs, ainsi que du mascara. Elle enfila une paire de sandales rouges basses à lanières.

Alors qu’elle descendait pour faire du thé, un coup de tonnerre retentit dehors. Quelques minutes plus tard, un gros orage éclata. Elle sourit, car le ranch lui avait manqué. Tout semblait si naturel, si vivant, si accueillant. Brooke ne se rendit pas compte qu’elle avait verrouillé la porte, ce qu’elle faisait habituellement à Los Angeles. Elle avait oublié qu’à Blue Oaks, c’était ridiculement inutile. C’est alors que quelqu’un frappa à la porte avec insistance.

Elle prit une profonde inspiration et ouvrit la porte.

Devant elle, trempé de la tête aux pieds, impeccablement habillé, d’une élégance absolue, le visage un peu plus fin qu’avant, mais toujours attirant, se tenait Lincoln. Ses yeux bleus perçants la fixaient comme pour s’assurer qu’elle était réelle. L’eau dégoulinait sur son visage, et n’avait jamais été aussi sensuel qu’à cet instant. Il rayonnait peu importe l’endroit où il se trouvait, peu importe l’état de ses vêtements. Et quand il ne portait rien, c’était encore plus vrai.

Ils se fixèrent pendant un long moment.

— Brooke — dit-il à voix basse, comme s’il s’apprêtait à réciter une prière.

Il lui tendit un bouquet de tournesols.

— Je les ai cueillis dans le jardin de mon ranch. En guise de bienvenue.

Il était dingue de cette femme. Elle était belle, encore plus que la dernière fois qu’il l’avait vue. Il percevait quelque chose de différent chez elle, mais il ne parvenait pas à identifier ce que c’était. La couleur de ses cheveux n'avait pas changé, son maquillage était toujours quasi-inexistant. De toute façon, elle était belle sans aucun artifice. Et nue, Brooke nue était la quintessence de l'érotisme, de la beauté et de la féminité. Elle lui manquait terriblement. Il l'absorbait du regard, buvait sa présence, et l'amour, plus fort que tout, inondait son âme.

— Bonjour Linc — murmura Brooke, la gorge nouée. Entre, je t'en prie. J'ai oublié de laisser la porte ouverte. À Los Angeles, on ferme toujours la porte à clef — dit-elle en prenant les tournesols pour les disposer dans un vase, dans la cuisine.

Il la suivit, silencieux, en la regardant faire. Elle posa le vase au centre de la table.

— Donc, tu étais en Californie pendant tout ce temps ?

Elle se détourna de la table et le regarda.

— Oui, j'étais avec Kristy. Je sais que tu l'as appelée, mais...

— Elle t'est loyale — interrompit Lincoln.

Brooke se rendit dans la salle de bain des invités et attrapa une serviette qu'elle tendit à Lincoln. Il marmonna un merci et s'essuya le visage, enleva sa veste et ses chaussures, puis sa cravate. Il garda son pantalon et sa chemise bleue.

— Oui — murmura-t'elle nerveusement.

Il fit un pas vers elle, lui caressa la joue. Ils fermèrent les yeux. Le silence n'était rompu que par les bruits de la nature.

— Tu es magnifique, et te revoir, ma chérie, me rend très heureux. Merci de m'avoir fait savoir que tu étais de retour — dit Lincoln sincèrement. Ces semaines sans toi, ça a été l'enfer.

Brooke rougit et hocha la tête.

— Cet après-midi, Pete m'a montré tout ce que tu as fait, tout ce sur quoi tu as travaillé à Blue Oaks. Avec ton argent, pas celui de Matteo. Tu as fait des heures supplémentaires... Tu as fait de ce lieu l'endroit dont j'ai toujours rêvé. Pourquoi ?

— Je sais — répondit-il humblement.

Il mourait d'envie de l'embrasser et de la serrer contre sa poitrine. Il ne voulait plus jamais la laisser partir, mais cette décision n'était pas de son ressort.

— Cet endroit symbolise le nouveau départ dont tu avais besoin après les déboires de ta famille, un moyen de te prouver à toi-même que tu étais capable de relever n'importe quel défi. J'ai détruit cette possibilité, je l'ai retardée, je l'ai sabotée. Lorsque je suis tombé amoureux de toi, j'ai regretté d'avoir agi ainsi. Plus rien ne comptait pour moi et j'avais peur de te perdre si tu découvrais ce que j'avais fait délibérément. Mais je n'ai pas trouvé le temps de te le dire, de t'ouvrir mon cœur pour ne pas gâcher ce que nous construisons ensemble. Pourtant, c'est exactement ce qui s'est passé : je t'ai perdue, et en te perdant, tout a perdu son sens. Te rendre le ranch, comme ça aurait toujours dû être le cas si je n'étais pas intervenu, était le moins que je puisse faire, Brooke. C'était la chose juste à faire.

Elle le regarda dans les yeux. Ils étaient d'une nuance intense, la plus puissante qu'elle se souvienne avoir vue.

— Même si tu ne savais pas quand je reviendrais ? Même si ça t'a coûté du temps et de l'argent ? — demanda-t'elle dans un murmure, en réprimant un sanglot réprimé.

Kristy avait raison : pendant toutes ces semaines, elle avait puni Lincoln, mais elle s'était aussi blessée elle-même. A quoi servaient la rancune et la vengeance si elles signifiaient perdre de vue la vraie valeur : l'amour imparfait, unique et réciproque ?

— Je voulais juste que tu aies ce que tu mérites, Brooke — répondit-il en la regardant dans les yeux. Je ne veux rien en retour. Pas de remboursement. Pas même des remerciements. Juste que tu sois heureuse.

— Loin de toi ? — demanda-t'elle doucement.

Lincoln baissa les épaules et prit une profonde inspiration. Si c'était le verdict pour lequel il avait été convoqué, alors il l'acceptait. Il s'était battu comme il avait pu : avec du travail, de la persévérance, en maintenant un contact permanent avec Brooke, en rendant transparentes ses intentions, en avouant qu'il l'aimait et qu'il avait besoin d'elle, en lui demandant de lui accorder une nouvelle chance. Dans les batailles, il y avait différents moyens de gagner. Parfois, accepter la défaite pour une cause supérieure, c'était aussi gagner. Dans ce cas, la cause supérieure, c'était la paix de l'esprit de Brooke.

Il fit un pas en arrière et baissa la tête un moment.

— Si c'est ce que tu veux, et si c'est ce pourquoi tu m'as fait venir, alors je respecte ta décision.

Brooke voulut protester, mais Lincoln lui tendit le dossier contenant les documents qu'il avait en main et qui, par miracle, avaient survécu à la pluie torrentielle qui s'abattait sur Austin.

— Je ne peux pas partir sans te donner d'abord ceci. Sarconni devrait m'être reconnaissant car je n'ai pas frappé ce connard, et nous avons fini par trouver un accord.

Brooke le regarda avec inquiétude.

— S'il te plaît, ouvre-le, ma chérie.

Elle ouvrit l'enveloppe et en sortit les documents. C'était un acte d'achat, une transaction de neuf millions de dollars. Lincoln Noah Kravath avait acheté Blue Oaks, ancienne propriété de Matteo Spiro Sarconni, et en cédait la totalité à Brooke Amelie Sherwood, sans option d'annulation possible. Il renonçait aux bénéfices et aux profits générés. La main de Brooke se mit à trembler quand elle vit les papiers signés et notariés.

Brooke leva les yeux et remarqua l'expression tourmentée de Lincoln.

— Pourquoi... ?

— Parce que cet endroit t'appartient. Mon rêve de posséder un vignoble n'a aucun sens si tu n'es pas là pour partager ma vie, mes rires, mes objectifs, pour me mettre au défi, pour m'aimer ou m'envoyer au diable quand je le mérite. Il est logique que Blue Oaks t'appartienne, car c'est le symbole de ta renaissance, ta réponse aux belles cicatrices qui ont façonné la femme que j'adore et admire. Blue Oaks est à toi, cela coule de source, c'est juste logique. Ta place est ici, il y a ton esprit et ton cœur dans chaque coin. Je voulais seulement donner au ranch la splendeur que tu aurais pu lui donner si je ne t'avais pas privée de cette chance en pensant égoïstement. C'est ma façon de te dire que tu comptes plus que n'importe quel rêve. Cet endroit a toujours été et sera toujours le tien.

Brooke éclata en sanglots et se rapprocha de Lincoln pour l'enlacer par la taille. Elle posa son visage contre sa chemise humide, sentit son parfum. Lincoln l'entoura immédiatement de ses bras, et sentit chaque molécule de son corps recommencer à tourner dans le bon sens. L'énergie de Brooke se lia à la sienne, et créa une bulle lumineuse, invisible, et solide qui les enveloppa.

Ils restèrent longtemps dans les bras l'un de l'autre, à écouter le tonnerre au loin, le bruit des gouttes de pluie contre les fenêtres de la maison. Puis Brooke s'éloigna lentement. Lincoln essuya ses joues avec ses pouces, lui sourit, tremblant.

— Je ne pourrais jamais t'oublier Brooke, tu seras toujours l'amour de ma vie. Je t'aime de toutes les fibres de mon cœur. Peut-être qu'un jour, même — dit-il en souriant tristement, nous pourrons être amis. Nos ranchs sont voisins, après tout.

Elle fronça les sourcils et posa les papiers qui la désignaient légalement comme propriétaire de Blue Oaks sur la console en bois. Elle pencha la tête sur le côté. Elle ne comprenait pas à quoi Lincoln faisait référence. Après tout ce qu'il avait fait, travailler, investir son argent, et même aller parler à Matteo malgré le fait qu'il ne l'aimait pas, Brooke ne pouvait pas imaginer une plus grande preuve d'amour et d'attachement.

Le rêve de Lincoln, depuis des années, c'était de posséder un vignoble. Il abandonnait un rêve qui aurait signifié beaucoup pour le patrimoine des Kravath : la satisfaction d'avoir ses propres bouteilles de vin portant les armoiries de sa famille. Mais Lincoln considérait que Brooke était plus importante que son rêve.

La résignation dont Lincoln avait fait preuve, ainsi que le travail sans attente de reconnaissance ni d'amour, son ouverture pour parler ouvertement de ses sentiments, sans tenir compte de l'argent en jeu, fit comprendre à Brooke l'ampleur des regrets de Lincoln, la grandeur de son geste, et la grandeur de son amour pour elle. Elle l'appréciait, mais elle avait aussi quelque chose à dire.

— C'est un adieu ? — demanda Brooke en levant les yeux.

— Si c'est ce que tu souhaites...

Brooke secoua la tête.

— Non, Lincoln, ce n'est pas ce que je souhaite. Je ne t'ai pas appelé pour te voir en personne, et te dire que je ne voulais plus jamais te revoir. Cela aurait été ignoble, car j'aurais pu le faire de vive voix par téléphone ou dans un sms percutant. Maintenant, suis-moi, s'il te plaît — dit-elle en le prenant par la main pour l'entraîner dans les escaliers.

Il entrelaça ses doigts avec les siens. C'était une simple caresse, mais tellement significative ! Il caressa ses doigts tout en montant les marches.

Une fois qu'ils furent dans la suite, Brooke ouvrit un tiroir et en sortit une écharpe violette. Elle fit signe à Lincoln de s'asseoir sur le lit.

— Tu vas essayer de me charmer ? — demanda-t'il en souriant.

C'était le premier sourire de Lincoln depuis le départ de Brooke pour la Californie. C'était triste.

— Tu aimerais beaucoup, n'est-ce pas ? — dit-elle en riant, se positionnant devant lui.

Lincoln releva le visage et rit.

— Comme un homme assoiffé au milieu du désert qui a devant lui la seule source d'eau accessible.

Brooke lui tendit l'écharpe.

— Avant que tu ne découvres ce qu'il y a à l'intérieur, je veux que tu saches que j'ai peur de ce qui va se passer, j'ai peur que tu me fasses encore faux bond, j'ai peur de tout ça — dit-elle sincèrement, en tendant la main vers lui et en caressant ses cheveux.

Il ferma les yeux et soupira.

— La confiance est une chose fragile. Facile à perdre, difficile à reconstruire une fois qu'elle est perdue. J'ai l'intention de la reconstruire si tu m'en donnes la chance, Brooke. Je t'aime chaque jour un peu plus. Chaque jour, mon cœur bat de plus en plus pour toi.

— Cette chance, c'est pour nous deux. Parce que je t'aime toujours — réussit-elle enfin à dire, ce qui fit couler des larmes dans les yeux bleus. Je t'aime, je t'ai dans la peau. Je t'ai puni ces dernières semaines en refusant de te parler, en te donnant des informations vagues et imprécises, et j'ai voulu te voir souffrir. En agissant ainsi, j'ai aussi souffert. Je veux que nous nous donnions la chance de continuer ce voyage que nous avons commencé. Je veux continuer à t'aimer et à apprendre à tes côtés, explorer nos faiblesses et nos forces. Les relations ont toujours été chaotiques pour moi, mais malgré tes erreurs, Lincoln, je me sens protégée et calme à tes côtés. Tu es mon port d'attache. En outre, dans cette écharpe, il y a quelque chose qui renforce cet amour incommensurable que j'ai pour toi, mais si tu n'es pas à mes côtés, dans cette aventure merveilleuse qui m'attend, je ne pense pas que je serai capable de faire face à la force requise pour relever un tel défi de la vie.

Lincoln la regarda avec adoration et ouvrit l'écharpe. Il resta bouche bée pendant plusieurs secondes, à fixer le test de grossesse. Puis il leva les yeux. Pour la première fois de sa vie, Lincoln laissa des larmes de joie rouler sur ses joues. Il rit, avant de les essuyer en secouant la tête.

— Oh, Brooke... On va être parents ! — s'exclama-t'il, en la prenant dans ses bras.

Il embrassa ses joues en riant.

— Après t'avoir enfin retrouvée, c'est la plus grande joie que la vie puisse m'offrir. Mon amour, quelle belle nouvelle. Merci pour ce cadeau.

Elle rit en pleurant en même temps. Il la plaça debout devant lui, posa le test de grossesse et prit son visage dans ses mains.

— Je t'aime, Brooke.

— Je t'aime, Lincoln.

— Qu'est-ce qui te préoccupe ? — demanda-t'il, remarquant l'agitation dans les yeux verts de Brooke.

Elle prit une longue inspiration.

— Répéter mon expérience passée... Perdre ce bébé — dit-elle en couvrant son ventre des deux mains.

Il couvrit sa main avec la sienne. Il fit non de la tête.

— Cela n'arrivera pas — dit-il avec conviction, je vais m'occuper de toi. As-tu déjà pris rendez-vous avec un gynécologue ? Sinon, nous trouverons le meilleur ensemble et nous irons à la première heure demain matin. Ca te va ?

Brooke rit et hocha la tête. La certitude et la sécurité qui émanaient des mots de Lincoln, son expression d'amour et de bonheur, lui firent comprendre que, s'il était à ses côtés, alors peu importe les hauts et les bas de cette grossesse, ce serait une expérience qui les aiderait tous les deux à être de meilleures personnes, un couple solide.

— Je suis tout à fait d'accord — dit-elle en entourant le cou de Lincoln de ses bras.

— Tu me pardonneras un jour ? — demanda-t'il avec regret.

— Le cœur est capable de pardonner quand l'amour l'emporte sur la raison, mais pas sur le sens de la dignité. Tu as perdu ma confiance et je te donne la chance de la regagner, parce que c'est ce que je veux, c'est comme ça que je le sens. Parce que je t'aime et, parce que maintenant, nous serons trois.

Lincoln baissa la tête et embrassa la bouche de Brooke avec un grognement d'extase et de plaisir. Les trois semaines passées avaient semblé être trois décennies sans elle. Leurs lèvres s'embrassèrent avec férocité et passion. Le cerveau de Brooke semblait court-circuité, mais c'était habituel avec Lincoln.

L'intensité de leur connexion, fébrile, subtile et amoureuse, provoqua comme un choc électrique en Lincoln. Ce qu'ils avaient était profond et indescriptible. Les dents de Brooke grignotèrent ses lèvres, et il sourit. La femme de sa vie était de retour, à ses côtés.

— Je veux te faire l'amour, Brooke, je ne peux pas attendre pour.....

— Rien ne me rendrait plus heureuse aujourd'hui — dit-elle en l'interrompant alors que, entre baisers et rires, ils se laissèrent tomber sur le matelas. Tu m'as tellement manqué.

— Et je t'aime — murmura-t'il, avant de l'embrasser à nouveau.

Entre chaque baiser, il lui disait combien il l'aimait et qu'elle ne regretterait pas de lui avoir donné cette chance.

Il la déshabilla avec révérence, progressivement, tout en embrassant chaque parcelle de peau exposée. Brooke enleva la chemise de Lincoln. Bien qu'il ait perdu du poids, ce dont elle se sentait coupable, Lincoln conservait une bonne masse musculaire lisse et forte. Ses muscles étaient plus définis. C'était toujours l'homme le plus sexy qu'elle connaissait.

Une fois nus, ils se sourirent l'un à l'autre. Lincoln écarta les cheveux du visage de Brooke, caressa sa joue du dos de sa main, et la regarda dans les yeux. Puis il glissa ses mains vers le bas et caressa ses mamelons en érection. Il les pressa et elle gémit.

— Mon corps est plus sensible, Linc.

— Ton corps me rend fou. Je veux découvrir et expérimenter avec toi toutes les nouvelles sensations que tu éprouves pendant la grossesse — répondit-il en faisant glisser sa main jusqu'à son sexe. Brooke, chérie, tu es si mouillée, je t'aime — dit-il en caressant son intimité.

Elle gémit. Elle était allongée sur le dos et lui était positionné sur le côté, il pouvait donc librement faire courir ses mains et ses yeux sur elle. C'est ce qu'il avait l'intention de faire, il voulait la vénérer et lui donner du plaisir.

Il baissa la tête pour l'embrasser, tandis que ses doigts se déplaçaient entre les plis de son intimité. Elle haleta contre sa bouche. Lincoln retira sa bouche de la sienne pour sucer ses tétons, tout en accélérant les mouvements de ses doigts. Elle écarta les cuisses plus largement, leva les hanches, parce qu'elle en voulait plus, elle en voulait toujours plus de lui. Elle ne voulait rien faire à moitié, elle voulait du plaisir.

Lincoln sourit et s'occupa de l'autre sein avec sa bouche et sa langue. Il lécha les contours des aréoles, tripota le mamelon rosé avec sa langue, puis le mordit au moment même où il la pénétra de ses deux doigts. Elle cria de plaisir, arqua son dos, et les doigts de Lincoln commencèrent à bouger plus rapidement.

— Lincoln, je te veux en moi, maintenant ! — cria-t'elle, levant les yeux vers lui, les yeux brillants de désir, excitée, amoureuse.

Il ignora sa demande, il voulait lui donner un orgasme avant de la pénétrer. Il continua à sucer ses seins, accéléra les caresses dans son sexe, la pénétra, et lorsqu'il sentit les muscles féminins intérieurs commencer à se contracter autour de ses doigts, il se mit sur elle, et la pénétra doucement. Il modéra son élan, car il se souvenait que sa première grossesse avait été délicate. Il voulait être prudent. Il voulait lui donner du plaisir, quand elle le voulait, quand ils en avaient besoin (ce qui était toujours le cas), mais ne pas mettre cette vie qui grandissait à l'intérieur de Brooke en danger. Une vie qu'ils avaient créée ensemble.

Il était à la fois humble et enthousiaste. Il pouvait se retenir et onduler ses hanches, entrer et sortir de Brooke sans éjaculer. Pour lui, il n'y avait rien de plus exquis que la passion maîtrisée, contrôlée, telle qu'il avait l'intention de la prodiguer, jusqu'à la rendre folle.

— Ma chérie, tu es toujours si serrée, si délicieuse pour moi — dit-il à son oreille, en mordant fortement son lobe.

Elle gémit.

— Tu aimes ce rythme ?

— Oui, plus vite — exigea-t'elle, en attrapant son visage et en guidant ses mains vers ses seins. Mes seins sont plus sensibles. Un seul contact de ta part triple les sensations… Lincoln, j'ai besoin de toi… Oh, bon sang, oui — dit-elle alors qu'il suçait ses seins avec l'intensité qu'elle appréciait.

Lincoln se déplaça à l'intérieur du paradis qui lui avait été interdit pendant des semaines. Un paradis qu'il avait l'intention de chérir pour toujours. Il la pénétra de son membre épais et puissant. Il interrompait temporairement ses pénétrations pour vérifier si elle était d'accord, puis reprenait son rythme passionné. Pour lui faire savoir qu'elle avait besoin de lui plus rapidement ou plus profondément, Brooke gémissait et plantait ses ongles dans son dos, enroulait ses jambes autour de ses hanches et le poussait à plonger plus profondément en elle.

— Brooke, je dois faire attention…

— Mais ne vas pas si lentement, j'aime quand c'est rapide… J'aime ça, oh, oui, comme ça — dit-elle en haletant, alors qu'il remuait les hanches pour qu'elle puisse bien le sentir.

Il l'embrassa, lui dit combien elle était belle, combien il se sentait privilégié qu'elle soit revenue vers lui, et qu'il ne la laisserait pas tomber. Nue et grande ouverte pour lui, Lincoln la trouvait sacrément belle. Ses cheveux blonds formaient un rideau soyeux sur les oreillers, ses mamelons étaient gonflés par les baisers. Ses seins étaient généreux, réceptifs et prêts pour le plaisir. Le sien. Il ne la laisserait plus jamais partir.

— Brooke… Je vais jouir… — dit-il en mordant sa lèvre inférieure, et en la regardant dans les yeux avec intensité.

Son membre fut pris de spasmes continus à l'intérieur d'elle, et les parois intimes de Brooke l'aspirèrent pendant cet orgasme qu'ils savouraient ensemble. Après un moment, Lincoln sortit doucement de l'intérieur de Brooke. Il l'embrassa longuement en la regardant, jusqu'à ce que leurs respirations redeviennent calmes. Il s'éloigna de la bouche addictive de Brooke et baissa son visage pour embrasser tendrement son ventre encore plat. Le fait d'avoir un bébé que Brooke et lui avaient créé lui semblait être un miracle généreux de l'univers et il avait l'intention de le chérir.

— J'espère te rencontrer bientôt — dit-il à son futur enfant.

Quand il leva les yeux, Brooke le regardait en pleurant.

— Lincoln, tu seras un père formidable.

— Et un bon mari ? — lui demanda-t'il en souriant.

Elle ouvrit les yeux en grand.

— Je n'ai pas la bague avec moi, mais je l'ai achetée à Las Vegas. Je n'avais pas prévu tout ça non plus, mais je ne veux pas être séparé de toi. Epouse-moi. S'il te plaît — dit-il en appuyant son front contre le sien.

Brooke caressa sa joue.

— A cause du bébé ? — demanda-t'elle en chuchotant.

— Parce que je t'aime désespérément et sincèrement. Je ne peux pas passer un jour de plus sans toi. Je veux me réveiller avec toi, vivre ta grossesse avec toi, les hauts, comme les bas. Je veux que ma famille soit aussi la tienne, que tu partages mon nom et la fierté que j'en tire. Je veux que les autres Kravath te soutiennent. Je veux partager des loisirs, me disputer pour mieux me réconcilier avec toi. Je veux tout vivre avec toi, Brooke. Juste avec toi.

Elle lui sourit gentiment et prit son visage dans ses mains, le rapprocha du sien et l'embrassa.

— Peut-être pouvons-nous nous mettre d'accord, M. Kravath — dit-elle en riant.

— C'est un oui ? — demanda-t'il en fronçant les sourcils, sur un ton plein d'espoir.

Brooke éclata de rire.

— Ca dépend...

— Tu es vilaine, Brooke, de quoi est-ce que ça dépend ?

— Si tu acceptes d'épouser une millionnaire. Je suis allé à Los Angeles pour toucher un héritage qui me revenait de droit. Trois millions de dollars.

— Une millionnaire, tu dis ? — demanda-t'il d'un ton conspirateur, en écartant les cuisses de Brooke et en plaçant sa bouche sur son clitoris.

— Lincoln... Qu'est-ce que tu fais ?

— Je veux que ma future femme, qui est maintenant millionnaire, soit heureuse — dit-il avant de lui lécher le sexe. Parce qu'elle doit savoir que les orgasmes que je lui procure ne viennent pas de l'argent, mais de sourires, de baisers et de nuits à faire l'amour sous les étoiles... ou dans un ruisseau — murmura-t'il, alors qu'il la rendait folle avec ses doigts et sa langue.

Brooke laissa échapper un gémissement d›extase quand elle jouit, en haletant.

— L'accord est-il validé ? — demanda-t'il en s'installant sur le corps de Lincoln.

— Cela dépend...

Elle éclata de rire.

— Tu es un négociateur rusé, de quoi cela dépend-il ?

— Que ma future épouse millionnaire prenne plaisir à me donner le même plaisir —dit-il avec un clin d'œil.

Elle sourit et commença à ramper le long du corps de Lincoln, laissant une traînée de baisers et de morsures légères sur son torse.

— Quelque chose comme ça ? — demanda-t'elle avant de prendre son membre en érection dans sa bouche et de commencer à donner du plaisir à Lincoln.

— Oh Brooke... Oui, comme ça... — dit-il en gémissant.

Après un moment, ils prirent une douche ensemble, tout en douceur. Ils se choyaient, se touchaient avec révérence, s'embrassaient. Quand ils retournèrent au lit, Brooke se blottit contre lui.

— Linc.

— Dis-moi, chérie — dit-il en caressant son dos alors qu'elle posait sa paume sur son cœur.

— J'ai apprécié de négocier avec toi. Je pense que nous avons un accord.

Il laissa échapper un rire satisfait.

— J'accepte d'être ta femme.

Ils se tournèrent jusqu'à ce que Brooke soit sur le côté, et il l'enlaça par derrière. Comme ça lui avait manqué de l'avoir comme ça, dans ses bras.

— Ne me quitte plus jamais, s'il te plaît.

— Ne me fais plus jamais mal comme tu l'as fait, Linc. Un mensonge entre nous deux ruinerait notre relation et je ne te donnerai pas de chance supplémentaire. Marié ou non. Une seconde chance, comme celle que je te donne, est délicate, car j'y mets tout mon cœur, et en plus, nous créons un petit être ensemble. Mais je t'aime tellement, et tu as montré que tu m'aimais sincèrement en retour, que te donner, nous donner, une nouvelle chance est quelque chose que je ne pouvais pas nous refuser.

Lincoln acquiesça, reconnaissant envers la femme avec laquelle il allait partager sa vie, ses espoirs, ses problèmes aussi, les moments de gloire et de chaos. Tant qu'ils étaient unis, le reste n'avait plus d'importance. La tempête passerait, mais ils resteraient debout, et reconstruiraient ensemble.

— Je sais que je vais faire des erreurs, beaucoup d'erreurs, probablement des erreurs stupides, mais je te promets que je me rattraperai toujours, et que je ne laisserai rien en suspens. Plus de fuite, Brooke — dit-il en frottant doucement son nez contre son oreille, avant de l'embrasser dans le cou.

— Je me tromperai aussi, mais il n'y aura plus de fuite — murmura-t'elle.

— Je t'aime et je serai toujours honnête avec toi — dit-il sincèrement à son oreille en fermant les yeux, tandis qu'à l'extérieur, la tempête faisait toujours rage.

— Et moi avec toi — murmura-t'elle doucement en soupirant, avant de s'endormir dans les bras qu'elle voulait sentir autour d'elle pour le reste de ses jours.

# EPILOGUE

*Austin, Texas.*
*Brooke et Lincoln.*
*Trois mois plus tard.*

Le nouveau couple Kravath se maria à Blue Oaks, dans la zone du ruisseau. L'endroit avait été décoré pour l'occasion avec de jolies lumières, des tables et des chaises en bois, et il y avait des chauffages extérieurs car l'air de l'automne était frais. Le buffet ne comprenait pas de fruits de mer, car la mariée en était à son quatrième mois de grossesse et, même si elle n'avait pas encore beaucoup de ventre, elle avait des nausées à cause des aliments forts en goût.

Les lieux avaient été décorés de manière professionnelle comme les jardins du *Songe d'une nuit d'été* de Shakespeare. C'était un univers de magie, d'amour et de séduction, les trois composantes de la relation de Brooke et Lincoln. Ils échangèrent leurs vœux au son de la musique du ruisseau qui clapotait doucement contre les rochers, tandis que les notes du violon se mêlaient au vent. Lorsque l'officiant dit à Lincoln qu'il pouvait embrasser la mariée, il prit la suggestion à cœur et l'embrassa passionnément. Elle lui rendit son geste, sous les acclamations du public, ainsi que les commentaires de Samuel et Tristan qui criaient à Lincoln de ne pas faire rougir Rosalie. Lincoln réalisa alors avec joie que Brooke était officiellement à lui, et qu'il pourrait la rendre heureuse pour le reste de sa vie. Ils pourraient se disputer, se défier, et faire l'amour aussi souvent qu'ils en avaient envie. Il adorait cette petite blondinette. Sa *petite princesse*.

— Lincoln, tu me fais rougir et oublier qu'il y a des gens autour de nous — dit-elle en lui tapotant le torse alors qu'ils se détournaient de l'officiant.

— Je peux leur dire de partir et nous resterons seuls, mon amour — répondit-il avec une expression si sérieuse sur le visage que Brooke le crut.

— Passons de bons moments avec nos invités. Nous avons de nombreuses années à passer seuls ensemble. D'accord, ma chérie ?

— Tant qu'ils ne s'habituent pas au fait que je vais te partager — répondit-elle en haussant les épaules et en l›embrassant doucement sur les lèvres.

Il baissa la voix et ajouta :

— Merci d'avoir fait de moi l'homme le plus heureux du monde. Maintenant, ma vie est complète avec toi comme épouse. Tu m'as sauvé du cynisme et donné à mon cœur la volonté de battre à nouveau.

Brooke le regarda les yeux emplis de larmes.

— Linc, tu me dis vraiment de belles choses — chuchota-t'elle, mais tu me fais pleurer. Je suis très émotive en ce moment, chérie.

— Puis-je t'aider à exprimer tes émotions autrement ? — demanda-t'il en lui faisant un clin d'œil.

— Tu es insupportable, Lincoln — dit-elle en repoussant doucement la main qu'il posait sur ses fesses. Tu ne tiens pas en place.

— Tu me désires en permanence, tout comme je te désire aussi. A qui la faute si je me comporte comme un adolescent excité, parce qu'une certaine petite femme se promène en lingerie sexy ou m'attend nu au bord de la piscine quand je rentre du bureau ? Hein ?

Brooke éclata de rire. Oui, elle était à blâmer. Son corps avait besoin de l'attention de la seule personne capable d'apaiser son besoin d'amour physique et d'érotisme. Ses hormones faisaient des siennes, alors parfois elle pleurait, parfois elle riait, mais elle était toujours excitée. Parfois, c'était embarrassant, mais Lincoln se contentait de sourire et l'emmenait au paradis avec sa bouche et son corps.

— Vive les mariés ! — dit Kristy en s'approchant d'eux.

Elle serra très fort sa meilleure amie dans ses bras, puis fit un câlin à Lincoln.

— Je suis heureuse pour toi. Mon cadeau pour vous, c'est un massage érotique en couple.

Brooke rit, car elle ne s'attendait pas à un commentaire ni un cadeau conventionnel de sa part.

— C'est très à la mode à Hollywood en ce moment. Je vous raconterais bien les détails, mais alors quelqu'un va commencer à me poser des questions et aujourd'hui, c'est un jour de célébration, pas de recommandations sensuelles, si vous voyez ce que je veux dire — dit-elle en lui faisant un clin d'œil.

Mari et femme rirent de bon cœur.

— En tout cas, vous pouvez utiliser la petite carte cadeau quand vous le souhaitez, que ce soit à Austin ou à Houston. J'ai hâte de rencontrer mon futur neveu ! — dit-elle, en tapotant le ventre de Brooke.

— Il te reste encore cinq mois à attendre — répondit Brooke en souriant. Ça ne se voit pas encore — sourit-elle. S'il te plaît, puisque tu vas être sa marraine, essaie de ne pas corrompre mon enfant.

Kristy la regarda, offensée, puis se mit à rire.

— Cet enfant recevra différents types d'informations. Ça, c'est sûr.

Pour l'occasion, Kristy était venue en avion de Los Angeles, accompagnée de sa nouvelle conquête. Elle ne voulait pas manquer de jouer son rôle de demoiselle d'honneur.

Le témoin de Lincoln était son frère Samuel, parce que dans tout le chaos, c'était celui qui avait été le plus présent lors de sa débâcle émotionnelle avec Brooke. Il l'avait aussi aidé à choisir une bague de fiançailles à Las Vegas. C'était un achat de dernière minute pendant l'enterrement de vie de garçon de Jonathan. Le bijou avait coûté un demi-million de dollars. Parmi les invités, il y avait les meilleurs amis et les frères et sœurs de Lincoln, ses belles-sœurs, ses parents, ses nièces et ses neveux, plus quelques employés de Golden Enterprises et de Blue Oaks, dont ce crétin de Sarconni, *à la* demande de Brooke. Lincoln ne pouvait rien refuser à sa femme.

Il y avait une soixantaine d'invités. Ils étaient joyeux, dansaient, papotaient, mangeaient et s'extasiaient sur le magnifique ranch de Brooke. Lincoln n'avait d'yeux que pour sa femme. Il ne se souciait pas de ce que les autres disaient ou faisaient. Ils auraient pu s'évaporer comme par magie qu'il ne s'en serait pas aperçu. Pendant la séance photos, puis quand il coupa le gâteau, quand il dansa aussi, il se montra très attentif envers sa femme. Au moindre petit malaise, il voulait être à ses côtés.

Le gynécologue, lorsqu'elle commença à saigner un après-midi, lui dit que la grossesse n'était pas risquée, mais qu'étant donné ses antécédents médicaux, elle devait se détendre, procéder à des contrôles réguliers, et respecter un régime alimentaire spécifique. Lincoln était présent à tous les contrôles et rendez-vous médicaux, que les horaires coïncidents ou non avec une réunion importante de son entreprise. La priorité était Brooke et leur futur enfant.

Brooke avait engagé un chef spécial que Willa détestait car elle disait qu'il était snob, et Lincoln avait engagé un chauffeur, une infirmière et une masseuse pour femmes enceintes. Lorsque tous ces gens arrivèrent à la maison (ils avaient décidé que la résidence principale serait Golden Ties, Blue Oaks devenant un bureau secondaire et un bureau d'exploitation), Brooke se mit simplement à rire. Lincoln la gâtait. Au moindre petit souci dû à la grossesse, si elle ne l›arrêtait pas, il était capable d›appeler un hélicoptère-ambulance.

Brooke savait qu'il était nerveux à cause de son état, parce qu'il connaissait le passé, parce qu'il était père pour la première fois. Cependant, au lieu d'être agacée par ses soucis constants, il était attendri par son comportement attentif, même s'il exagérait parfois. Il savait qu'il le faisait par amour et il ne voulait pas qu'elle se sente seule dans cette aventure de la maternité. Bien sûr elle ne l'était pas, elle n'aurait pas pu choisir un meilleur partenaire de vie.

— J'ai compris que c'est un enfant que vous désirez tous les deux très fort.

Le médecin ne leur donna pas d'instructions particulières sur le sexe en couple, mais leur suggéra de ne pas être impétueux. Lincoln, fidèle à lui-même, imagina de nombreuses façons de torturer Brooke, sans la pénétrer. Quand elle menaçait de le jeter hors de la maison, il riait et fondait lentement son corps dans le sien. Il était fasciné par la sensibilité physique de sa femme, par chaque petit changement dans son anatomie. Ses seins grossissaient, ses hanches s'élargissaient et ses hormones devenaient plus volubiles. L'appétit sexuel de sa femme avait considérablement augmenté et Lincoln ne s'en plaignait pas, car son désir était tout aussi intense. Il prenait plaisir à lui donner du plaisir, à la tenter et à se laisser emporter par la passion. Il aimait faire partie de l'incroyable processus consistant à mettre au monde un autre être humain. Avec Brooke.

— Puis-je danser avec ta femme ? — demanda Matteo en souriant à Lincoln, juste pour l'embêter. Tu sais, ça fait partie des usages.

— Eh bien, tu devrais savoir que je suis très rude et que je ne comprends pas ce genre de merde — répondit-il en attrapant Brooke par la taille alors qu›elle éclatait de rire.

— Chéri, ne sois pas comme ça, c'est juste une danse, ok ? — dit Brooke.

Lincoln grogna et regarda Matteo avec ennui.

— Une danse. N'en fais pas trop, Sarconni.

Lincoln, agacé, se demandait si cet imbécile n'avait rien d'autre à faire que de jouer avec ce qu'il ne lui appartenait pas.

— Dieu merci, j'aime les hommes, Kravath, sinon malheur à toi — dit-il en riant, en prenant son amie dans ses bras pour danser avec elle.

Lincoln partir en boudant, puis discuta avec ses frères et les autres invités.

— Matt, tu ne devrais pas le charrier comme ça — dit Brooke, alors qu'elle bougeait avec lui au rythme de la musique. Il a fait une grande concession en acceptant que tu sois toujours dans ma vie, et que tu sois le parrain de Ryan.

— A-t'il déjà accepté ? — demanda-t'il, les yeux écarquillés.

Elle rejeta la tête en arrière et rit.

— Oui, parce que j'ai d'abord accepté que Ryan ait plusieurs parrains : ses deux frères, ses meilleurs amis et toi, sinon il n'aurait pas voulu.

— On dirait que Ryan est le prince d'Angleterre avec autant de parrains. La marraine, j'imagine, sera Kristy. Je suis heureux pour toi, pour ce que tu as accompli, parce que tu as trouvé ta place dans le monde, dans ta famille. Je sais que Raffe serait heureux s'il était parmi nous, car sa sœur unique a trouvé le chemin du bonheur.

— Je sais — dit-elle sans tristesse dans la voix. J'ai parcouru un long chemin. Je me suis réinventée, j'ai appris de nouvelles choses, j'ai créé ma propre entreprise, mon mari m'a offert un magnifique ranch, et je vais être mère. Le puzzle de la vie est inattendu, mais il rassemble toujours exactement les bonnes pièces pour chaque personne.

— Je suis heureux de faire partie de ta vie, ma chérie — dit Matteo en la serrant dans ses bras.

— Bien, Sarconni, la danse est terminée — dit Lincoln, sans cérémonie, en attrapant doucement Brooke et en la tirant loin de lui. Allez, dégage, vas manger un bout.

Matteo éclata de rire et alla danser avec Kristy.

D'autres invités vinrent les féliciter, prendre des selfies, discuter avec les jeunes mariés. Les parents de Lincoln passèrent un long moment à discuter avec eux deux. Brooke avait vraiment l'impression d'avoir trouvé de nouvelles racines, et surtout une famille. Elle adorait les Kravath et ils l'avaient accueillie comme l'une des leurs.

— Tu ne devrais pas être jaloux de Matteo — lui dit Brooke après avoir dansé avec les meilleurs amis, les frères et belles-sœurs de son mari. Il est de la famille maintenant.

— Je m'en fiche — répondit-il en boudant.

Brooke rit et secoua la tête en signe d'incrédulité. Pour son mariage, elle avait choisi une robe courte, blanche, en dentelle, avec un décolleté rond et des manches courtes. La robe avait un décolleté en V dans le dos qui arrivait à quelques centimètres des deux fossettes au-dessus du coccyx. C'était à la fois provocant et chic. Parfait pour elle. Ses cheveux étaient tressés sur le dessus de sa tête et décorés de petites fleurs en cristal. On aurait dit qu'elle sortait d'un conte de fées. De plus, ses talons hauts magnifiaient ses jambes.

Lincoln voulait que tout le monde parte pour pouvoir être seul avec Brooke. Il ne se souciait pas de ce que les autres pensaient.

Le reste de la fête fut amusant, avec de la bonne nourriture, de la musique et des gens qui appréciaient les jeunes mariés et qui s'appréciaient aussi les uns les autres, car la plupart d'entre eux étaient des amis ou des employés des Kravath. La fête dura jusqu'à 1h du matin, moment où les invités commencèrent à se dire au revoir.

La lune de miel devait avoir lieu sur la Côte d'Azur, mais Brooke demanda à son mari de reporter le voyage jusqu'à la naissance de leur fils, car elle ne voulait prendre aucun risque. Lincoln accepta, mais l'emmena dans d'autres villes des États-Unis : San Francisco, Seattle, Chicago et ils finirent par Savannah. Ces quelques semaines furent magnifiques.

Cinq mois plus tard, lors d'un accouchement naturel qui dura près de six heures, Ryan Liev Kravath naquit. Un petit garçon en bonne santé qui remplit la vie de ses parents de joie et de fierté.

*Brooke et Lincoln.*
*Trois ans plus tard.*
*Austin, Texas.*

Après mûre réflexion et de longues discussions, Brooke accepta la suggestion du gynécologue : après Ryan, elle retomba enceinte, mais elle perdit le bébé. Le médecin lui dit qu'une autre grossesse mettrait sa vie en danger.

Ce fut une période très difficile pour elle et Lincoln, mais ils ne se quittèrent pas. Il resta à la clinique, délégua la gestion du ranch aussi longtemps que nécessaire, dormit sur une civière à côté de sa femme, s'occupa d'elle lorsqu'elle rentra à la maison, essuya ses larmes et essaya de lui remonter le moral, même si son cœur avait également été brisé par cette perte.

Lincoln la serrait dans ses bras quand elle pleurait, et pleura avec elle. Il l'écouta réfléchir et se défouler quand elle en avait besoin, et Brooke lui rendit la pareille. Chacun d'eux évolua beaucoup grâce à leur couple. Ils décidèrent de suivre une thérapie de couple, car il voulait comprendre comment l'aider à surmonter cette perte et lui faire comprendre que ce n'était pas sa faute. Il voulait aussi surmonter son propre chagrin, car ils souffraient tous les deux.

Finalement, au fil des mois, ils commencèrent à surmonter ce chagrin, car ils avaient un petit diablotin, Ryan, qui avait besoin qu'ils soient émotionnellement et mentalement stables. Le garçon était le portrait craché de Brooke, mais il avait les yeux bleu cobalt caractéristiques des Kravath. Il n'était pas seulement intelligent, il était aussi malicieux, et turbulent. Lincoln et Brooke décidèrent de l'inscrire à des leçons avec Joseph à Rainbow Blue pour qu'il puisse brûler son énergie et apprendre à monter à cheval. Ils lui achetèrent un poney qu'ils appelèrent Melcocha. Le petit garçon s'amusait et faisait des tours avec ses oncles et tantes ou ses cousins lorsqu'ils lui rendaient visite. Comme il était l'enfant le plus jeune du clan Kravath, il était aussi le plus gâté.

Une nuit, alors que Ryan était déjà endormi, Brooke traversa le hall et entra dans la chambre qu'elle partageait avec Lincoln. Elle se dirigea vers son mari et s'installa sur ses genoux. Il l'accueillit à bras ouverts.

Tous deux appréciaient le temps passé en couple, car leur travail les accaparait beaucoup et ils se manquaient mutuellement. Ils essayaient de trouver du temps l'un pour l'autre et de profiter de chaque moment libre qu'ils avaient pour se retrouver. Leur amour pour l'autre grandissait. Même si leurs disputes étaient intenses car leurs tempéraments étaient assez forts, quand ils faisaient l'amour après réconciliation, c'était toujours spectaculaire. Leur vie sexuelle continua d'être fabuleuse, car ils connaissaient leur corps à fond et savaient comment se taquiner et s'aguicher mutuellement.

Lincoln prit Brooke par la taille et elle posa sa tête sur son épaule.

Après la perte de leur bébé, ils avaient maintes fois parlé du sujet, mais cette fois-ci, ils allaient trouver une solution au problème évoqué. Ils ne pouvaient pas rester indécis sur quelque chose d'aussi important : l'expansion de la famille. C'était quelque chose qu'ils désiraient tous les deux.

— Brooke, je ne veux pas continuer à jouer à la roulette russe, car à chaque fois qu'on fait l'amour, ce qui est assez fréquent, il y a un risque de grossesse inattendue. Peu importe que nous utilisions des protections pendant les rapports sexuels, ma chérie, il n'existe pas de méthode totalement sûre. La plus grande satisfaction dans ma vie, c'est notre enfant, mais plus que tout, c'est ton bien-être et ta joie. Tu es ma partenaire de vie, ma priorité, Brooke. Je ne vais pas te laisser prendre de risques.

— Qu'est-ce que tu dis, Linc ?

— Tu as traversé la partie la plus difficile : porter notre enfant pendant neuf mois, supporter les douleurs, les vomissements, le processus douloureux de l'accouchement. Puis la perte de notre bébé. Au final, c'est quand même moi qui te fais tomber enceinte. Alors, Brooke, j'ai décidé de me faire faire une vasectomie.

Elle se détourna de son épaule pour le regarder. Il était toujours aussi beau, encore plus avec les années, mais ce qui n'avait pas changé, c'était son éthique, sa passion, sa constance et l'amour inébranlable qu'il avait pour elle et Ryan. Elle se sentait chanceuse et chaque jour, elle était reconnaissante de s'être donné une autre chance avec Lincoln.

— Linc — dit-elle avec inquiétude en lui caressant la joue, non. Nous allons continuer comme nous l'avons toujours fait, nous n'en avons pas besoin.

— Ce n'est pas parce que je dois ou ne dois pas le faire, mon amour. Je veux le faire. Je dois te protéger. C'est 50-50, ma chérie. Il est probable qu'en s'envoyant en l'air, tu tombes quand même enceinte, et je ne veux pas que l'on prenne le risque, aussi infime soit-il. Si nous agissons tous les deux pour éviter cela, alors nous annulons complètement les chances. C'est pourquoi je vais me faire faire une vasectomie. Pour nous deux.

Elle pleura doucement.

— Linc, on ne peut pas avoir d'autres enfants... Mais je voulais un autre bébé... Et...

Il caressa ses joues tendrement. Il aimait cette femme depuis qu'il s'était rendu compte que, sans elle, il ne pouvait pas se sentir complet. Au fil du temps, elle continuait à le surprendre par ses facéties, sa résilience, sa sensualité, son talent et sa générosité. Il n'aurait pas pu être plus chanceux, car Brooke n'était pas seulement sa partenaire, son amante et sa confidente, mais la meilleure mère qu'ils pouvaient avoir pour leur fils.

— Adopter pourrait-être une bonne idée, non ? — demanda-t'il avec un sourire.

L'expression de Brooke changea complètement. Elle s'illumina.

— Vraiment, mon amour ? J'aimerais pouvoir donner un foyer à un bébé. Une petite sœur pour Ryan. Ce serait parfait, un garçon et une fille.

— Alors tu veux une fille, hein ?

— Oui, adoptons. Nous avons beaucoup d'amour à donner.

— Je suis heureux que nous voulions la même chose, Brooke.

Après un long processus qui dura deux années, entre paperasse, paiements, attente, tests, avocats, Camille Kravath arriva enfin à Golden Ties, pour le grand bonheur de ses parents et de son frère. Elle devint rapidement la faiblesse de Lincoln, son talon d'Achille. Au même titre que Ryan était le talon d'Achille de Brooke. Ils aimaient profondément leurs deux enfants et espéraient leur donner la sécurité émotionnelle dont ils auraient besoin pour bien grandir et survivre au monde extérieur toxique et obtus. Ils voulaient que leurs enfants s'épanouissent. Les Kravath étaient fiers de la famille qu'ils avaient formée.

Un après-midi, alors que Camille jouait à cache-cache avec Ryan, surveillés par leur nounou et Willa, fière d'aider une autre génération de Kravath, Brooke et Lincoln observèrent le champ de tournesols que Lincoln avait planté en l'honneur de sa femme le long d'une bonne partie des terres des Golden Ties des années auparavant.

Lincoln la prit par la taille, et elle appuya son dos contre ses pectoraux. Elle se sentait complète.

— Je suis heureuse, Linc — dit-elle franchement.

Il posa ses mains sur le ventre de Brooke. Elle entretenait son corps galbé grâce à des cours de zumba et des séances de yoga. Lincoln continuait à boire de bon cœur pour sa femme, comme il l'avait fait le premier jour où il l'avait embrassée. Il ne pouvait s'empêcher de la convoiter, admirait la façon dont elle avait fait de Blue Oaks l'un des plus beaux ranchs de la région. De plus, sa société de conseil et de développement de logiciels industriels était un succès au Texas et, grâce aux contacts de Kristy, elle avait aussi des clients en Californie.

— Tu sais, avant d'être avec toi, je ne savais pas ce qu'était un foyer, ni comment trouver les mots pour le définir.

Elle se retourna dans ses bras et l'embrassa. Elle leva son visage vers lui.

— Tu comprends maintenant ? — demanda-t'elle gentiment.

— Oui — dit-il en souriant, tout en caressant affectueusement sa joue. Le foyer est un ressenti chaleureux. C'est le frisson que je ressens en te regardant toi et nos enfants. C'est le frisson de t'aimer la nuit entre les draps et de me battre avec toi quand il le faut.

Elle rit doucement.

— C'est ce frisson qui me donne la certitude, où que j'aille, que je reviendrai toujours vers toi.

*J'espère que vous avez aimé l'histoire de Lincoln et de Brooke !*

Si vous avez un petit moment devant vous, peut-être 30 secondes, je vous serais très reconnaissante de bien vouloir donner votre avis sur **BELLES CICATRICES.**

Les critiques, pour une auteure indépendante comme moi, constituent une aide très importante.

Bisous,
Kristel.

Continuer la lecture : **Le plaisir de tromper**

## SYNOPSIS

**Dimitri** vit dans une réalité perverse camouflée derrière l'opulence des milleux d'affaires. C'est lui qui décide des lois et des peines dans un monde où défendre son territoire se dicte par la mort et le chantage. Les chefs des syndicats payent leurs dettes du passé, et ils honorent leur parole; dans le cas de Dimitri, sa dette se présente à lui sous le nom de Sienna Farbelle. L'impudence de cette femme l'agace, et Dimitri n'a pas besoin d'une épouse, quand bien même leur accord marital ne durerait que trois mois. Sa priorité est de conclure un accord financier des plus ambitieux pour son syndicat, Péchés Sanguinaires. Si, pour accomplir sa tâche, il doit en passer par des affaires suspectes, et forcer Sienna à raccourcir la durée de leur mariage, alors Dimitri Constinou sera prêt à le faire. Quelle importance peut avoir une femme à laquelle il ne peut s'empêcher de penser, et qui, sans même essayer de le faire, semble transpercer sa robuste carapace recouvrant sa perfidie ?

**Sienna** n'a pas eu une vie facile, et elle a appris à choisir ses batailles intelligemment. Tout change pour elle lorsqu'un homme fascinant d'origine grecque devient propriétaire de la société pour laquelle elle travaille depuis deux ans à Londres. Dans un premier temps, elle croit qu'il s'agit d'un entrepreneur à succès qui veut apporter ses connaissances à l'entreprise et la faire bénéficier d'une stratégie pour se développer. Quelle grave erreur ! Quand, de la pire des façons possibles, elle découvre qui est vraiment Dimitri Constinou, le monde de Sienna explose en mille morceaux. Puis, son angoisse se dissipe et laisse place à la détermination de faire payer Dimitri pour sa tromperie. Elle a la ferme intention de lui rappeler qu'il n'y a pas pire adversaire que celui qui méprise l'autre.

*Roman de mafieux / ennemis et amants.*

# Le Plaisir de Tromper

Kristel Ralston

# PROLOGUE

Sans précipitation, Dimitri Constinou s'avança jusqu'au mini-bar installé dans un coin discret de son grand bureau de Manhattan et se servit un cognac. Ses yeux d'un bleu intense observaient avec indifférence l'homme confortablement assis dans le fauteuil en cuir à qui il avait offert un verre. Il ne s'agissait pas d'une visite de courtoisie, mais ce n'était pas non plus une visite quelconque. Constinou en était bien conscient. Ce matin-là, il aurait dû prendre un avion pour sa Grèce natale, mais cette réunion l'avait forcé à revoir son plan. Non pas parce qu'il trouvait importante la présence d'Anksel, mais parce qu'il lui devait un service, et que Dimitri acceptait ses responsabilités. Il remboursait toujours ses dettes, sans un soupçon de repentir ou de scrupule.

—Le développement de ta société a accéléré ces deux dernières années —affirma le visiteur.

Anksel était habillé élégamment, même si le résultat n'était pas distingué, mais plutôt sinistre. Il frotta sa barbe grise, tandis que son visage calculateur étudiait l'environnement autour de lui. C'était la première fois qu'il se trouvait au siège de Constinou Security, une société qui offrait des services de sécurité numérique et des services de sécurité personnalisés par le biais d'agents opérationnels.

L'entreprise étendait ses tentacules jusqu'aux grandes capitales du monde, en particulier celles qui possédaient des quais pour le commerce international, et dont les contrôles aux frontières aériennes et terrestres étaient facilement influençables avec des pots-de-vin.

Dimitri hocha la tête et but une longue gorgée. Il retourna à son bureau, et appuya son corps contre le dossier de la chaise. Il mit le verre de côté, puis il regarda son interlocuteur. Les années avaient beau passer, les seuls signes de vieillissement visibles sur Anksel étaient la couleur de ses cheveux et une tonsure. L'éclat pervers et sinistre qui dansait dans ses yeux, qui avaient vu tant de choses cruelles, demeurait intact. Ce regard aurait fait peur à n'importe qui. Mais pas à Dimitri, car il avait franchi à plusieurs reprises le seuil entre la vie et la mort, et rien ne pouvait plus l'affecter.

—Je ne pensais plus te revoir —dit-il avec ennui, tandis qu'Anksel souriait avec malice.

—Cela aurait été le cas si... une situation particulière ne s'était pas présentée —répondit-il sur un ton sarcastique. Nous, les chefs, nous ne formulons pas de demande.

—Pas de demande en effet, mais nous passons des accords —convint Dimitri.

Anksel acquiesça.

—Donc, puisque nous avons tous les deux des affaires à régler, allons droit au but, quelle est la raison de cette visite?

La mafia calabraise et la mafia grecque n'étaient pas ennemies, et Dimitri voulait que cela continue ainsi. Les bains de sang ne le dérangeaient pas, et s'il devait en créer, il le faisait. Toutefois, pour le moment, un affrontement irait à l'encontre de son objectif principal pour les mois à venir. Il rassemblait toutes les informations nécessaires pour étendre son influence et infiltrer la contrebande de pièces archéologiques.

Il dirigeait Péchés Sanguinaires, le plus grand groupe mafieux grec, et le plus agile quant à ses méthodes d'expansion et de protection territoriale. Dimitri était connu pour le nombre de personnes qu'il avait égorgées à Athènes, depuis le jour où son père l'avait reconnu comme son fils et lui avait légué la succession de Péchés Sanguinaires. Son couteau, dont le manche était recouvert d'or, était l'héritage qui passait d'un *capo* au suivant. Il le portait sur lui la plupart du temps. Au quotidien, les hommes qui assuraient ses arrières étaient armés d'AK47 et de 9mm. De gros calibres étaient aussi stockés dans des entrepôts stratégiques, dans plusieurs villes où Dimitri faisait des affaires. Par simple précaution.

Au fil des années, il était devenu plus ambitieux et il dominait maintenant les zones grecques de Manhattan, Toronto, Londres et Budapest. Le système de surveillance de ces zones utilisait une technologie de pointe spécialement développée par Constinou Security, c'est pourquoi il n'était pas disponible sur le marché. C'était l'un des avantages de posséder beaucoup d'argent. Les hommes qui travaillaient pour Dimitri, s'ils voulaient garder la tête sur leurs épaules, savaient qu'un mensonge impliquait le début d'un calvaire qui pouvait non seulement détruire leurs futiles existences, mais aussi faire basculer celles de leurs proches dans le sang et le désespoir. C'était le mode de vie qu'ils avaient accepté en échange d'un salaire très élevé, ainsi que l'accès aux privilèges qu'un employé moyen n'atteindrait jamais. Une fois qu'ils avaient conclu un accord avec Péchés Sanguinaires, il n'y avait plus d'issue possible.

Les autorités ne pouvaient pas épingler Dimitri, car il ne donnait pas de raison de le soupçonner, et sa société de sécurité appliquait toutes les règles légales pour couvrir ses accords illégaux. De plus, Constinou Security apportait une contribution financière importante à des organisations à but non lucratif à Manhattan. Les membres de la mafia grecque étaient plus discrets et plus efficaces que les *capos* qu'Hollywood montrait dans les films pour dépeindre le monde du crime. La notoriété, pour un chef grec, était synonyme de ruine anticipée et de honte.

En Crète, il y avait sept mois, Dimitri avait assassiné le dirigeant d'une organisation qui avait l'habitude de percevoir des tributs pour prostitution, alcool et drogue. Il lui avait tiré deux balles dans la tête, et avait ainsi vengé l'affront. Achille Karimides ne s'était pas contenté de le traiter de patron incompétent, il avait aussi eu l'audace de le défier de se battre. Or, personne ne défiait Dimitri, ni ne choisissait s'il décidait de combattre et comment il le ferait.

Le coup de feu avait frappé avec la précision irréprochable que seule une pratique assidue permettait. La police grecque, bien sûr, n'était même pas apparue dans les environs. Les hommes d'Achille évacuèrent son corps et, à la fin de cette journée, ils jurèrent allégeance à Dimitri. Il méprisait les proxénètes, car il était convaincu qu'aucun être humain ne méritait d'être vendu comme une vulgaire marchandise. Il était peut-être le roi du crime, mais son protocole n'incluait pas la traite des blanches. Depuis ce soir-là, *personne* n'osa plus se mettre sur son chemin ou l'affronter comme un égal. Personne ne l'était, et le fait d'être soutenu par quelques disciples ou d'avoir du pouvoir sur un territoire, n'élevait personne à son rang.

Dimitri résidait aux États-Unis, et il utilisait sa société de sécurité comme couverture pour ne pas avoir à traiter avec la police américaine quand il travaillait sur son vrai secteur d'activité, la contrebande et les règlements de comptes. Toutefois, son bastion principal se trouvait à Skiathos, en Grèce, et il avait l'habitude d'y passer une grande partie de l'année. Tout le monde savait ce qu'il faisait, mais comme il possédait la plupart des affaires sur l'île paradisiaque de la mer Égée, les habitants lui prêtaient allégeance. Il aurait été impensable de ne pas le faire, car Dimitri fournissait des emplois, un salaire correct, et les familles étaient protégées des autres mafias qui tentaient d'entrer sur ce territoire.

Dimitri savait que son équivalent hiérarchique dans l'une des organisations italiennes les plus dangereuses, qui gérait les affaires de la 'Ndrangheta dans une grande partie du territoire anglais, était à New York pour recouvrer une dette contractée il y a des années. Il n'y avait pas d'autre explication pour qu'Anksel se trouve aux États-Unis, au lieu de profiter de l'une des nombreuses propriétés qu'il possédait en Europe.

Aucun homme, dans son entourage, ne tendait la main à quelqu'un sans un motif caché ou un intérêt particulier. Et inutile de le préciser, aucun de ces motifs ou intérêts n'était conforme à la légalité. Du moins du point de vue du citoyen naïf et ordinaire. Quand il avait commencé à s'impliquer davantage dans le crime organisé, il avait rapidement soupçonné qu'Anksel avait prévu à l'avance leur rencontre en Grèce. Il se demandait ce qu'il exigerait de lui pour lui avoir sauvé la vie il y a près d'une décennie. La conversation de cet après-midi allait l'éclairer. Anksel, souvent croisé dans des fêtes un peu partout dans le monde, n'avait jamais rappelé à Dimitri qu'il avait une dette à rembourser. Alors pourquoi le faire maintenant?

Quand il avait rencontré l'Italiano-britannique pour la première fois, Dimitri avait un sac à dos plein de drogue qu'il avait fait l'erreur de voler à un dangereux vendeur de Mykonos. Son corps maigre était roué de coups, et ses espoirs de survie quasi nuls. Anksel Farbelle faisait partie d'une dynastie dangereuse en Grande-Bretagne. Il était le représentant légitime du Don de Calabre, mais il ne possédait plus la même influence qu'à ses débuts. Cependant, le respect qu'il avait gagné restait intact.

La rumeur selon laquelle Anksel était sur le point de se retirer du poste de chef de la *Famiglia* Farbelle pour remettre le business aux mains de son fils aîné, Pietro, persistait derrière les écrans de fumée qui polluaient le monde de la mafia. Les vautours commenceraient bientôt à errer de manière plus agressive pour essayer de tirer parti de l'apparente faiblesse d'un collègue.

—Le jour où tu as découvert qui était ton père biologique, la vie telle que tu la connaissais a changé —répliqua Anksel.

—Si je n'avais pas été arrêté, et que l'un des hommes qui était avec moi dans la cellule n'avait pas fait d'association physique entre moi et Laslos Constinou, alors me sortir de la rue n'aurait rien changé —dit-il en le regardant avec lassitude. Tu pensais que j'avais envie de faire un tour dans la rue des souvenirs?

«Putain de vieux qui radotait».

À l'extérieur du gigantesque bâtiment de Constinou Security, à l'abri du bruit et de la précipitation de milliers de citoyens qui terminaient leur journée de travail, le soleil commençait à laisser des traces de tonalités orange et violette dans le ciel. Rares étaient les privilégiés qui avaient la possibilité d'observer cette scène particulière avec la pleine conscience qu'ils avaient une influence particulière sur la société, sur cet amas de fourmis ouvrières, et de marionnettes.

Dimitri avait appris à tirer les bonnes ficelles pour se frayer un chemin dans une sphère sociale pourrie. On y croisait des fortunes impressionnantes, et toute demande impliquait un prix à payer. À trente-quatre ans, Dimitri était le chef le plus puissant du crime organisé dans le monde.

De père grec et de mère américaine, il voyageait pour surveiller personnellement ses boîtes de nuit et ses restaurants. Il était le seul héritier de Laslos Constinou, un redouté tueur à gages et trafiquant d'armes qui, pendant des décennies, avait terrorisé plusieurs pays d'Europe de l'Est. Lorsque Laslos était tombé entre les mains de l'ennemi et avait été abattu en plein jour en Pologne, Dimitri s'entraînait déjà à prendre la relève. Son ascension ne s'était pas fait attendre, et peu à peu, il avait gagné le respect au sein de Péchés Sanguinaires.

Il avait une sœur, Caliste, mais celle-ci ne voulait pas avoir de lien avec ses souvenirs d'enfance dans une maison symbole de méchanceté et de perfidie. En tant que femme dans un milieu machiste, elle ne pouvait pas hériter de l'héritage de Laslos. Ce fut donc un grand soulagement pour elle le jour où Dimitri arriva à la maison, que son père le reconnut, et lui donna le nom de Constinou. À la première occasion qui se présenta, Caliste demanda la bénédiction de son frère pour aller vivre à Londres et choisir une nouvelle identité. Dimitri lui accorda cette liberté.

Dimitri aimait profiter des excès que sa position lui offrait, malgré les cicatrices qui marquaient son corps et le sang qu'il avait versé. Sa nature indomptable et sa facilité à manier couteaux, revolvers et arts martiaux formaient une combinaison redoutable. Pour lui, l'adrénaline qu'impliquait la torture ou l'exsanguination d'un ingrat était la chose la plus normale qui puisse exister. Aussi normale et stimulante que de pénétrer le sexe humide d'une femme, qu'il dégageait hors de sa vue une fois qu'il avait éjaculé.

A cause de sa mère, il avait une opinion très basse des femmes. Aucune de ses maîtresses n'avait réussi à le faire reconsidérer sa position. En fait, elles semblaient plutôt exacerber ses convictions. Les difficultés qu'il avait éprouvées pendant son enfance, jusqu'à ce qu'il ait les couilles de s'échapper et d'errer dans les rues des îles grecques, avaient pour origine la négligence et les abus de sa mère. Sa petite sœur vivait à Londres, à l'abri des griffes de la mafia, mais elle savait qu'elle devait toujours être vigilante. La relation de Dimitri avec sa sœur était limitée, mais elle existait. Si l'un des deux devait porter les péchés de sa famille, c'était lui, pas Caliste.

Dimitri ne faisait confiance qu'à ses deux meilleurs amis, Corban et Aristide, qu'il avait connus dans les rues grecques. Quand il était devenu chef, il les avait recrutés, parce qu'ils avaient toujours fait preuve d'une loyauté infaillible. Maintenant, ils coordonnaient le trafic d'armes entre l'Espagne et la Grèce. Un monde complexe, mais aucun des trois amis ne connaissait de réalité différente. Certains naissaient avec le crime dans les veines, et ils apprenaient à perfectionner cette spécialité tôt ou tard dans leur vie.

Corban Zabat, qui était le bras droit du chef, avait un cerveau logique similaire à celui d'un génie et était chargé de programmer les systèmes de sécurité. Quant à Aristide Katzaros, le conseiller juridique de Dimitri, il parlait cinq langues. Dieu seul savait quand il avait acquis de telles compétences, en plus de la maîtrise parfaite des lois qui régissaient le commerce dans les ports où l'organisation Péchés Sanguinaires opérait.

Dimitri n'était pas un homme qui apparaissait dans les journaux ou les magazines. Il aimait travailler dans l'ombre, et si une apparition était impérative, à contrecœur, il assistait à l'un des stupides galas ou fêtes d'entreprise ridicules. Son rôle consistait à empêcher les petits malins d'échapper au paiement des taxes quand ils passaient des marchandises dans les ports maritimes qui lui appartenaient. Ce qui l'intéressait, c'était d'utiliser des méthodes diverses et variées pour les attraper. Mais rien n'était aussi stimulant que d'attraper des mules ou des policiers corrompus qui tentaient de l'escroquer. Il se déplaçait furtivement et ses tactiques étaient aussi brutales qu'imperceptibles. Il n'avait aucune pitié. Pourquoi devrait-il en avoir?

On spéculait toujours sur son mode de vie, parfois on exagérait, parfois on avait raison. On chuchotait à son sujet dans les milieux politiques et les milieux d'affaires comme s'il s'agissait d'une légende urbaine. Mais Dimitri s'en fichait. On l'appelait le *Crack du Diable*, parce que les os des êtres humains craquaient lorsqu'il les cassait.

L'aura de danger qui l'entourait, les secrets que semblaient cacher ses profonds yeux bleus, ainsi que ses traits ciselés attiraient le sexe opposé comme un aimant. Le jour où Dieu avait fait Dimitri, il n'avait pas bâclé son travail. Il avait pris le temps de perfectionner chaque ligne et chaque angle, et donné la consistance parfaite à ses muscles. Même cette cicatrice en zigzag qui allait de son menton jusqu'au début de sa clavicule gauche, semblait intéresser les femmes qui cherchaient à comprendre qui était vraiment cet homme. Dommage, parce que Dimitri ne discutait pas quand il baisait. Il disait ce qu'il voulait, il demandait ce dont il avait besoin, et c'était la fin de l'interaction. Une fois l'action terminée sur le lit ou ailleurs, il passait à autre chose.

—Ni toi, ni moi, ne croyons à la chance, mais au destin si —dit Anksel en passant ses doigts sur sa moustache. Mais je ne suis pas là pour te donner des cours de philosophie existentielle.

—Mon temps est compté, Anksel.

Le vieil homme fit une grimace qui pourrait s'apparenter à un sourire.

—Tu as trente-quatre ans. Un jour, tu auras besoin d'un héritier qui défendra ton territoire quand d'autres le réclameront à ta mort. Est-ce qu'une des femmes qui passent dans ta vie a les qualités nécessaires pour devenir Mme Constinou? —demanda-t'il. Tu contrôles un grand nombre de zones dans différents pays, et je suis certain que tu as un nombre considérable de détracteurs. Nous les *capos*, on est né avec une cible dessinée sur le dos, et c'est à nous de prendre soin d'elle.

Puisque l'expression d'Anksel restait imperturbable, comme s'il était certain que Dimitri était vraiment intéressé par ses paroles, il éclata de rire et secoua la tête avec incrédulité en regardant son visiteur.

—Je n'avais pas besoin d'un rappel de ma biographie, même si j'apprécie que tu aies pris le temps d'étudier ma vie —répliqua-t'il avec sarcasme. Quand je voudrai un héritier, alors je ferai en sorte de l'avoir, sans pour autant m'attacher à une femme.

Il se pencha vers l'avant et serra ses doigts, tout en posant ses avant-bras sur le bureau, puis dit:

—Je suis sûr que t'occuper de la vie personnelle des autres seigneurs du crime ou parrains de la nuit, peu importe comment tu nous appelles, ne fait pas partie de tes hobbies habituels. Et si tu arrêtais tes conneries et que tu me disais ce que tu veux?

Anksel sortit un cigare, et le porta à sa bouche par habitude, sans l'allumer. Il avait arrêté de fumer quand on lui avait diagnostiqué une insuffisance rénale, parce que la dialyse n'était pas compatible avec la nicotine. Cette information médicale ne faisait pas partie des données qu'il voulait partager avec le jeune chef de la mafia grecque.

—Libère-moi d'un inconvénient, et je te libère de ta dette envers moi.

Dimitri leva le sourcil et but ce qui restait de son cognac.

—Il y a quelques mois, j'ai eu la confirmation que j'ai une fille. Les détails n'ont pas d'importance. Le problème, c'est que non seulement je l'ai appris, mais Joe Brimbella aussi —dit-il, le cigare en équilibre sur les lèvres. La personne qui a laissé filtrer cette information n'est plus de ce monde —ajouta-t'il avec un sourire cruel, mais je sais que c'est vrai.

—C'est le chef de tous les capos de la Cosa Nostra —dit Dimitri reconnaissant le nom de famille de Brimbella.

Anksel hocha de la tête.

—Il veut utiliser ma fille pour forger une alliance de sang et envahir mon territoire de son influence. L'arrivée de la Cosa Nostra, par union de sang ou non, serait un grand inconvénient pour mes intérêts. J'ai des affaires en cours.

—Je suppose…

—Je représente la mafia calabraise en Grande-Bretagne, et la dernière chose que je veux, c'est un bain de sang pour maintenir mon leadership. La situation en Europe est déjà assez merdique comme ça pour en rajouter. Si j'avais été dans une situation différente, je ne serais pas ici à Manhattan, et j'aurais déjà agi seul. Nous ne sommes pas dans les années 80, pendant lesquelles le sang versé était bien vu. Aujourd'hui, nous devons nous protéger avec des putains de systèmes de surveillance.

Pour Dimitri, le temps semblait passer plus lentement que d'habitude, ou peut-être était-ce l'ennui que cette conversation lui causait qui lui donnait cette impression.

—Mmm —murmura le grec en guise de réponse.

—Brimbella veut aller à Londres avec son fils aîné, Enrico. Ce bellâtre arrive à peine à tenir une arme sans que sa main ne tremble. A vingt-neuf ans, il a la réputation d'un tendre —dit-il avec mépris et dérision. De mon temps, la valeur d'un chef se mesurait à sa capacité à prendre des risques et à mettre sa peau en jeu pour maintenir ses intérêts. Joe doit intervenir dans toutes les situations où Enrico est impliqué, parce que ce que son fils fait de mieux, c'est de tout foirer. Je sais qu'il ne tardera pas à être tué à cause de son incompétence, et s'il met la main sur la vie de Sienna, alors elle sera exposée. Et des portes que je préfère garder fermées vont alors s'ouvrir.

—Les groupes italiens n'ont rien à voir avec moi, Anksel.

Dimitri décroisa les doigts et regarda son interlocuteur avec suspicion. Il connaissait l'existence d'Enrico Brimbella, et les rumeurs sur son manque de leadership étaient un sujet de commérages entre capos, dans le dos de Joe. Une organisation comme la Costa Nostra avec un leader dont la progéniture était faible constituait une cible sûre pour l'insurrection.

—Tu peux éviter un conflit inutile, et régler une dette.

—Tu veux que je trouve un moyen pour ta fille d'être en sécurité dans un autre pays avec une autre identité? —demanda-t'il cyniquement.

Il voulait que l'homme lui dise clairement, point par point, ce qu'il avait l'intention de lui demander cet après-midi-là.

—Ca, je peux le faire —répondit Anksel.

Il retira son cigare de sa bouche et le jeta, d'un tir parfait, dans la poubelle la plus proche. Dimitri ne prit pas la peine de suivre le cours de l'action, car il était irrité par la réponse de son visiteur inattendu.

—Alors, qu'attends-tu pour le faire? Tu me fais perdre un temps précieux. Si tu étais quelqu'un d'autre, je t'aurais déjà fait escorter vers la sortie.

Anksel sourit, et les rides des coins de sa bouche lui donnèrent une expression dure. Sa peau était brune, et ses yeux verts vibraient de méchanceté.

—Sienna ne sait pas que je suis son père, et je n'ai aucun intérêt à ce qu'elle l'apprenne ni maintenant, ni jamais. Les enfants illégitimes n'ont pas leur place dans notre monde, et tu ferais bien de t'en rappeler plus tard. Elle ne fait donc pas partie de mes problèmes, mais elle pourrait en devenir un si je ne prends pas rapidement des mesures. L'assassiner, à moins d'y être forcé, ne règlera pas le problème avec les Brimbella... —dit-il en haussant les épaules. Ce serait terrible, mais rien qui ne s'éloigne de mon mode opératoire habituel.

—Tes conseils ne sont pas les bienvenus. Si tu as envie d'en donner, alors tu ferais mieux de sortir par cette porte ou d'écrire un livre pour les enfants des groupes mafieux —rétorqua Dimitri sans hésitation.

Anksel respectait Dimitri en tant qu'homme d'affaires, mais il pensait que c'était une grave erreur de ne pas écouter les anciens, surtout quand ils avaient vécu si longtemps parmi des voyous de haut vol.

—Si tu veux tuer cette femme, fais-le. Elle ou une autre, je m'en fous. Bâtarde ou légitime.

Le vieux écarquilla les yeux.

—Je compte utiliser un atout avant d'envisager de faire ce pas —dit-il calmement, et c'est pourquoi je suis là.

—Je ne sais pas quel est l'atout dont tu parles, car plus le temps passe, plus les Brimbella vont se rapprocher de ta fille. La seule solution est que tu la sortes du pays en lui donnant une autre identité ou que tu achètes son transfert vers un autre continent.

—Que tu ne saches rien de Sienna pourrait être une bénédiction, mais ça ne l'est pas pour moi —dit Anksel en s'inclinant vers l'avant, regardant son interlocuteur avec intensité. Ce que je veux, pour t'avoir sauvé la vie il y a des années, c'est que tu l'épouses. C'est le prix à payer aujourd'hui.

Dimitri éclata de rire.

—Je ne savais pas que tu étais déjà sénile.

—Ni moi que ton arrogance s'était transformée en bêtise. Je veux empêcher une guerre entre les familles —ajouta-t'il sans hésiter.

—En insultant le chef d'une autre famille? —demanda Dimitri en se redressant.

—Ce sera une affaire mutuellement bénéfique.

—Difficile de tirer quelque chose de positif de cette conversation —persiffla Dimitri.

—Tu empêcheras les Brimbella d'entrer sur mon territoire via Sienna. Bien qu'Enrico n'ait pas les compétences nécessaires, pour le moment, pour mener les affaires de sa *famiglia*, il est beau garçon. Il n'aura pas besoin d'argent pour conquérir une femme alors que son physique parle pour lui. Je ne connais pas Sienna, mais le fils de Joe a une réputation de *Don Juan*, et je doute que ce soit à cause de son habileté à manier les armes —dit Anksel avec ironie. Protéger mon territoire des Brimbella sera ma récompense. Et toi, tu pourras avoir un héritier. Si tu veux divorcer, ça ne regardera que toi, et avoir la garde de l'enfant ne sera pas bien difficile au vu de tes relations. Les *capos* grecs et italiens ne sont pas des ennemis, et il n'y a aucune raison pour que la Cosa Nostra sache que nous avons eu cette conversation.

—Qu'est-ce qui te garantit que je n'enregistre pas cette conversation? Après tout, étendre mon territoire ne me ferait pas de mal.

—Tu es plutôt intelligent Dimitri, et je sais que tu tiens à ta peau.

—J'espère que ce n'est pas une menace, parce que je n'ai pas peur, et j'ai déjà perdu une grande partie de mon après-midi à écouter tes commentaires.

Le fait qu'Anksel ait voulu le coincer de cette façon l'exaspérait. Sa patience était à bout.

—Mettons carte sur table.

—C'est ta fille, ça ne te dérange pas que je la jette comme n'importe quelle femme quand je me lasserai d'elle ou qu'elle m'aura donné un héritier? Un héritier qui, d'ailleurs, serait grec et non italien dans le cas où avoir un descendant m'intéresserait. De plus, tu n'aurais aucun droit sur lui ni sur son héritage.

Anksel haussa les épaules, puis saisit sa canne, qui était plus une arme qu'une aide à la marche, et observa le jeune leader.

—Sienna est un prénom et un visage. Point. Bien sûr, c'est une très belle femme, mais, même si ce n'était pas le cas, le sexe n'a pas besoin de beauté quand il s'agit d'assouvir des pulsions —dit Anksel avec cruauté. Il n'y a pas d'affection paternelle de mon côté ni d'intérêt à la cultiver. Cependant, le fait que la Cosa Nostra ait aussi connaissance de l'existence de cette fille transforme complètement cette affaire. J'ai déjà des enfants et des petits-enfants. Je n'ai pas besoin de membres supplémentaires dans ma *famiglia*. Épouse Sienna, empêche les Brimbella de forger des liens de sang avec moi à travers elle, et ensuite, quand tu seras fatigué, tu seras libéré de ta dette envers moi.

—Est-ce tout? —demanda Dimitri avec ironie.

Un sourire lugubre et sinistre se dessina sur le visage du tyran calabrais.

—Ta dette sera remboursée quand Sienna portera ta bague au doigt ou ton enfant dans son ventre. Peu importe ce qui arrivera en premier. Mais il faut que tu rendes cette histoire crédible. Le moindre soupçon nuirait à la paix entre *famigli*.

Dimitri leva un sourcil.

—Le mariage doit durer au moins trois mois.

—Me marier est une chose, mais accepter une durée imposée comme condition supplémentaire implique une rétribution de ta part.

—Tu me demandes plus que je ne pourrais te donner —grimaça Anksel.

—Tu pensais peut-être que j'accepterais toutes tes conditions sans rien dire? —demanda Dimitri en bougeant la tête avec condescendance.

—Je ne serais pas là si c'était le cas —répliqua Anksel en serrant sur le manche de la canne ses doigts abîmés par tant de vices, d'armes et de vie dissolue.

—Tu fais bien...

—Alors, quel est ton prix pour rester marié trois mois? —demanda Anksel à contrecœur.

—Je veux que tu investisses 250 millions de dollars dans une société.

Anksel fronça les sourcils.

—Peux-tu détailler ta proposition?

—C'est une société de production de navires marchands et d'hélicoptères pour la Méditerranée. Bien sûr, je serai l'associé majoritaire, avec un investissement de 400 millions de dollars pour mettre en place l'infrastructure du système de production de fer. Personne ne pourra jamais avoir de vote décisif dans mon business, personne.

—Ca implique le transfert de substances interdites? —demanda Anksel avec prudence.

—Il n'y a rien d'illégal dans mon business —répliqua Dimitri avec désinvolture. Je respecte les règles et les protocoles, je choisis les marchandises à expédier d'un port à l'autre. L'investissement utilisé, je te rembourserai. Ensuite, tu resteras hors du marché.

Le montant que Dimitri lui demandait était une bagatelle, mais Anksel ne voulait pas prendre le sujet à la légère. Par ailleurs, il était impératif pour l'Italien de poursuivre son plan. Ce Grec colérique était le seul capo qui n'avait pas d'intérêts en conflit avec les siens.

—Au bout de trois mois de mariage, ou si Sienna tombe enceinte, je signerai le contrat. Les détails seront négociés au moment de la signature, en présence de nos avocats respectifs, bien sûr. Pour moi, le plus important est de me débarrasser de l'inconvénient que représente Sienna sur mon territoire si Enrico est le premier à la trouver. Tu choisis la stratégie que tu veux appliquer —dit Anksel en tendant la main. Nous avons un accord?

Dimitri avait envie de le frapper. Ce putain d'Italien lui avait gâché la journée, mais au moins il venait de trouver un investisseur pour consolider son expansion en tant que leader de Péchés Sanguinaires. Il avait assez d'argent, bien sûr, mais l'idée de prendre quelques millions à ce gros bonnet pour avoir essayé de lui dicter comment il devait gérer son temps avec une femme, lui procurait une grande satisfaction.

—Tu as ma parole, Anksel. C'est mon affaire à partir de maintenant.

—Je t'enverrai les dossiers que j'ai compilés sur Sienna, même si j'imagine que tu feras ta propre enquête.

—Bon retour —dit Dimitri en guise de réponse.

Il lâcha la main d'Anksel. L'homme était froid comme un reptile. Il ne le blâmait pas, parce qu'il était de la même espèce.

—Tu entendras parler de moi en temps voulu.

# CHAPITRE 1

Après d'interminables heures passées en tant qu'assistante personnelle du PDG des galeries ArtDm, ses références professionnelles étaient enfin utiles. Le prêt bancaire que Sienna avait demandé pour acheter sa première voiture était approuvé. Elle ne souhaitait rien de plus que de quitter le bureau pour finaliser le dossier, mais elle avait encore du travail à finir, notamment régler les détails du cocktail d'ouverture de l'exposition de ce soir-là. Il s'agissait d'un jeune artiste de Cornouailles qui dévoilait ses créations picturales au public.

Elle regarda l'horloge murale de son bureau. Dans trois heures, elle commencerait ses heures supplémentaires et superviserait l'événement. Son salaire était élevé quand ce genre d'activité se produisait. Cela compensait les longues journées sous les ordres d'un homme aussi exigeant qu'Anthoine Luxor.

Le mari d'Anthoine, Hugo, était le plus détendu et le plus amusant du couple. Il voyageait régulièrement pour superviser les succursales de l'entreprise. Il y en avait une à Manchester et une dans le Derbyshire. Sienna avait assisté à d'innombrables dîners à la villa du couple à Notting Hill, car Londres était le siège de la compagnie. Elle connaissait le cercle le plus élitiste du milieu de l'art. Ce n'était pas des soirées particulièrement agréables, parce que flatter les egos n'était pas très motivant, mais elle y apprenait toujours quelque chose de nouveau, et elle s'y amusait parfois. De plus, elle se faisait des contacts qui serviraient ses ambitions: elle voulait, à l'avenir, devenir sculptrice à plein temps.

Elle ne vivait pas à Londres, et le trajet direct de la gare de Waterloo à sa maison de Winchester était agréable, mais fatigant après une journée de travail. Elle ne faisait pas toujours de longues journées, et parfois elle avait même l'occasion de sortir et de se distraire, en faisant une course dans les environs. C'est ainsi qu'elle avait découvert des endroits secrets et fascinants de la capitale.

Elle appréciait que les Luxor lui paient le taxi quand elle devait rester après l'heure de son dernier train pour des raisons professionnelles. Elle savait que c'était un luxe que peu, voire aucune entreprise n'offrait aux employés. Une fois, les Luxor lui avaient même proposé de rester chez eux car une soirée s'était prolongée jusqu'à deux heures du matin. Mais Sienna avait refusé avec amabilité.

Elle préférait l'ambiance paisible qu'elle trouvait dans la petite maison dont elle avait hérité à la mort de sa mère, Terry, il y a sept ans, et dans laquelle elle vivait avec sa grand-mère, Margareth. La vieille femme racontait des tas d'histoires qu'elle construisait à partir des souvenirs qui semblaient aller et venir selon la volonté d'Alzheimer. Sienna payait une infirmière pour s'occuper de sa grand-mère, car elle ne voulait pas la laisser dans une maison de retraite.

En fait, elle avait investi beaucoup d'argent pour construire dans le jardin une petite maison d'hôtes confortable et sécurisante pour Margareth. La seule chose qui empêchait Sienna de vendre sa maison, c'était cette vieille dame qui s'était toujours occupée d'elle et lui avait donné tant d'affection.

Pour Sienna, travailler à Londres était source d'intérêt et d'apprentissage. Les musées, l'histoire, les rues, les boutiques, les quartiers secrets qu'on ne peut connaître qu'en passant suffisamment de temps à flâner, les pubs, les monuments... Pour Sienna, Londres était une porte ouverte sur de nombreuses opportunités professionnelles.

—Sienna —appela Candie, la réceptionniste. La représentante du nouveau traiteur est arrivée, elle apporte la facture que tu lui as demandée, et tout le menu pour le cocktail est prêt. Tu veux que je la fasse monter dans ton bureau ou dans la salle de réunion?

—Dis-lui de m'attendre dans la salle de réunion et que j'arrive dans cinq minutes, s'il te plaît. Ah, et n'oublie pas que sans badge, on ne peut pas entrer dans le bâtiment. Aujourd'hui, c'est une soirée spéciale, et il y aura beaucoup de médias spécialisés en raison du thème de l'exposition.

—Les Indiens d'Amérique et leur transition de la vie traditionnelle à la vie moderne —répliqua Candie.

Tous les collaborateurs de l'entreprise sans exception devaient connaître à la lettre les activités en cours. Il y aurait une pénalité élevée si un invité ou une personne intéressée par un achat d'art posait une question et que l'employé questionné ne savait pas répondre.

—Exactement. Si tu peux rester pour le cocktail, je pense que tu aimeras beaucoup rencontrer l'artiste en personne. C'est un garçon avec une vision intéressante de l'histoire.

—Je vais essayer —dit Candie.

—Bien.

Les précautions n'étaient pas superflues, en particulier lorsqu'il s'agissait d'œuvres d'art en exposition permanente, qui pourraient être cotées sur le marché noir pour le triple de leur valeur réelle. Il était donc impératif pour Sienna de faire une inspection complète, par téléphone ou personnellement, avec les principaux employés impliqués dans chaque exposition ou événement public. Les systèmes de sécurité étaient synchronisés et utilisaient les technologies des plus modernes.

Sienna saisit la tasse de café à moitié consommée sur son bureau, et finit le contenu sucré en quelques gorgées. Quelques heures s'écoulèrent avant qu'elle ne termine tous ses dossiers en cours. Une heure avant le début de la soirée, elle s'approcha de la petite salle de bain contigüe à son bureau. Ce n'était pas très grand, mais parce que les propriétaires connaissaient de bons designers et des experts en matière de décoration, les pièces de toutes les succursales d'ArtDm étaient optimisées et confortables.

L'un des avantages supplémentaires de son poste était d'avoir un endroit où elle pouvait se doucher, changer de vêtements, et être prête à faire face à toute activité imprévue. Les événements, les dîners et les voyages qu'elle organisait pour les Luxor, ainsi que son agenda au sein de l'entreprise, l'avaient poussée à faire appel à un service de location de vêtements. C'était la seule façon de faire face à toutes les occasions qui exigeaient des tenues spécifiques. Sienna ne pouvait pas aller jusqu'à Winchester pour se changer ou dépenser une fortune sur Oxford Street. Les Luxor payaient la location de tenues, il ne pouvait en être autrement.

Dans les locaux d'ArtDm, Sienna était toujours impeccablement habillée. Elle prenait soin de son image et arborait de coûteuses marques de vêtements. Quand elle rentrait à la maison, elle se mettait en jean et baskets. Elle aimait le confort, et si les circonstances n'avaient pas été si complexes, elle se serait consacrée à sa passion: la sculpture. Malheureusement, elle devait finir de payer l'hypothèque de la maison, et sans les revenus réguliers d'un emploi à temps plein, c'était impossible. De plus, elle devait payer l'infirmière de sa grand-mère, parce que Margareth dépendait d'elle.

Un appel à la porte de son bureau arrêta le cours de ses pensées. Elle finit de se brosser les dents, et elle sortit rapidement.

—Sienna —dit Anthoine, la voix tendue —j'ai besoin que tu viennes à mon bureau dans quinze minutes.

Elle haussa les sourcils parce qu'elle perçut de la rigueur dans sa voix, alors que d'habitude il était plutôt charismatique.

—J'espère que, comme toujours, tout est prêt pour l'exposition de ce soir.

—Bien sûr, j'étais sur le point de changer de vêtements, puis de descendre et de vérifier que tout se passait comme prévu pour l'artiste, et pour toi.

C'était plutôt rare qu'elle aille à son bureau, car il avait l'habitude de l'appeler ou de lui envoyer un courriel. Dernièrement, Anthoine était rentré assez contrarié de réunions auxquelles il ne l'avait pas conviée. Elle mentirait en disant qu'elle n'était pas curieuse. Les Luxor possédaient d'autres entreprises qui n'avaient rien à voir avec l'art, alors elle préférait se concentrer sur les questions pour lesquelles elle recevait un salaire généreux.

—Bien, je te vois dans un moment —dit Anthoine en écartant la main de la poignée de la porte.

Sienna se leva et ajusta le revers de sa veste. Elle avait l'habitude de porter un tailleur tous les jours: chaussures à talons hauts, jupe, haut en soie de couleur selon sa préférence du jour, et une veste assortie. Son temps était chronométré, et la convocation d'Anthoine lui paraissait inhabituelle, d'autant plus qu'il avait l'habitude d'être super organisé et méticuleux. Même les événements inattendus avaient déjà été planifié dans la tête de son patron avant qu'ils ne se produisent, mais il ne les lui communiquait pas jusqu'à ce qu'il soit sûr de vouloir s'en occuper ou de les organiser. « La subtilité de l'art et de ses adeptes ».

—Tu as besoin que j'apporte quelque chose en particulier? —demanda-t'elle.

Elle le tutoyait car c'était ce qu'il préférait, tout comme Hugo. L'homme passa sa main dans les cheveux emmêlés, puis répondit par la négative.

—Fais en sorte d'être moins frontale pour cette fois, Sienna. J'apprécie ton honnêteté, mais je ne voudrais pas qu'il y ait de malentendu, aujourd'hui plus que jamais. J'ai peu de temps, et il y a beaucoup en jeu. C'est une occasion importante sur laquelle Hugo et moi avons travaillé ces trente derniers jours.

Elle inclina légèrement la tête, appuya sa hanche contre le bureau et croisa les bras.

—Je ne comprends pas... Je n'avais plus de point à l'ordre du jour.

—C'est une affaire que j'ai menée avec Hugo, sans tierce partie. Je sais combien tu fais pour l'entreprise, mais il s'agit d'autre chose. Dans quinze minutes, tu dois être dans mon bureau, Sienna. D'accord?

—Je... —réussit-elle à répliquer quand la porte vitrée se referma.

Elle poussa un soupir, résignée, et baissa les bras. Son patron était plein de surprises, alors elle allait essayer de contourner les vagues en fonction du courant. Sienna avait toujours été capable de relever les défis lancés par Anthoine.

La robe bleu foncé pour l'événement attendait déjà derrière la porte, et le maquillage était offert gracieusement sur le budget annuel d'ArtDm pour l'assistante personnelle du PDG. Un maquilleur professionnel était venu la voir au bureau et lui avait placé un serre-tête sur les cheveux pour mettre en valeur ses pommettes hautes et ses lèvres sensuelles. Ses yeux verts étaient bordés de noir, et des ombres dorées et rose brun sur ses paupières rendaient son regard plus vif et plus intense. Elle avait juste une touche légère de gloss cacao sur les lèvres pour ne pas souiller ses vêtements en les mettant ou les enlevant.

Travailler dans le luxe et l'art lui donnait accès à des privilèges que d'autres emplois n'offraient pas. De ce point de vue, elle était chanceuse. Sienna sortit ses chaussures à talons du sac noir dans lequel elle les avait rangées et les mit. Elle tourna sur elle-même devant le miroir. Elle appréciait que la robe couvre ses courbes avec précision. Elle mesurait un mètre soixante-huit, et le tissu de soie lui donnait une silhouette élégante et sensuelle. Ce soir-là, elle se sentait particulièrement optimiste. Le lendemain, elle aurait une voiture!

Elle voulait terminer rapidement la réunion imprévue dans le bureau d'Anthoine, et ensuite descendre dans la salle principale pour faire le travail qui, bien qu'épuisant, lui plaisait. Un jour, ce serait elle qui serait de l'autre côté. Un jour, elle serait l'artiste montrant ses sculptures à un public averti qui saurait les apprécier.

Elle se parfuma avec une touche de J'Adore, et éteint les lumières du bureau.

En général, les expositions et les vernissages s'achevaient tôt, ce qui lui laissait amplement le temps d'arriver à la gare sans encombre. Cette fois, elle n'aurait aucun problème à prendre le dernier train qui partait de Waterloo à 22h35. Pour le moment, elle avait juste besoin d'un de sourires et de charme pour faire face à la soirée.

—Bonsoir —dit Sienna, en ouvrant la porte du grand bureau des Luxor.

Anthoine était avec un visiteur, et comme les volets du bureau étaient fermés, elle ne pouvait pas voir qui était la personne en question. Peu importe. Elle imaginait que c'était un sponsor financier pour les artistes qu'ils exposaient. Certains des mécènes avaient un œil imbattable, au-delà des capacités de Luxor, pour reconnaître un talent potentiel. Ils réussissaient ainsi à s'enrichir quand l'artiste en question travaillait pour eux. C'était une bonne affaire pour toutes les parties concernées.

—Je suis heureux que tu sois là —dit Anthoine sur un ton réservé. S'il te plaît, assieds-toi.

Elle fronça les sourcils.

—C'est un moment important pour la société, Sienna, et en tant qu'assistante personnelle, tu es la première collaboratrice à apprendre une nouvelle aussi importante pour ArtDm.

Elle trouvait curieux que l'inconnu ne se soit pas manifesté. Il continuait à lui tourner le dos. Il la regarda de travers quand elle s'assit sur la chaise voisine. Il avait un profil ciselé, anguleux et très masculin. En tant que sculptrice, elle visualisait dans son esprit comment dessiner n'importe quelle forme, et elle pouvait affirmer qu'essayer de reproduire ce profil masculin serait un défi.

—Merci Anthoine —murmura-t'elle d'un ton prudent, bien que la tension qu'elle percevait chez son patron ne lui paraissait pas de bon augure. Que se passait-il?

Son cœur se mit à battre très vite, et elle ne savait pas pourquoi. L'espace dans lequel elle se trouvait était immense, et pourtant elle avait l'impression d'être dans une minuscule cellule où tout l'oxygène était absorbé par une force inexplicable. Elle essayait, en vain, de donner un sens à la façon dont son corps réagissait à quelque chose d'aussi banal que la visite d'un inconnu.

—Je veux que tu rencontres M. Miklos Constinou —dit Anthoine en regardant le visiteur. C'est le nouveau propriétaire de l'entreprise que j'ai dirigée avec Hugo pendant des décennies. Nous avons conclu l'affaire il y a deux jours, et aujourd'hui, nous avons signé les documents qui le nomment propriétaire et lui donnent possession de la société. Il répondra aux questions du personnel et des artistes qui entretiennent un lien étroit avec nous. Je t'ai convoquée, parce qu'ayant travaillé directement avec moi, tu es la mieux placée pour donner à M. Constinou les informations dont il a besoin pour se familiariser avec ArtDm.

Quand l'incrédulité se figea sur le visage de Sienna, ce Miklos se tourna pour l'observer. Il ne fit pas de geste qui aurait laissé entendre qu'il était une personne chaleureuse ou aimable comme l'avait fait Anthoine le jour où il l'avait embauchée. C'était tout le contraire. La froideur des ces yeux bleus l'affola. Sienna essaya d'amener de l'air dans ses poumons, mais jamais une tâche aussi simple ne lui parut si compliquée. Elle s'éclaircit la gorge. Elle ne croyait pas aux intuitions, mais à l'instant T, elle était prête à reconsidérer sa position. Tous ses sens semblaient éveillés et la poussaient à se lever pour s'éloigner le plus loin possible de cet homme qui lui tendait la main.

—On m'a donné d'excellentes références sur votre travail, mademoiselle...

—Sienna Farbelle —compléta-t'elle en serrant la main qu'il lui présentait.

Elle feint le calme, même lorsque l'électricité qui traversa ses doigts la poussa à écarter ses mains immédiatement. Elle se retint à peine. Donner l'impression qu'elle était effrayée, sans raison apparente, renverrait une mauvaise image. L'idée de perdre la maison de sa mère si elle n'était pas en mesure de payer les frais de l'hypothèque, et de laisser Margareth sans les soins dont elle avait besoin, lui semblait atroce. Si cet homme, dont elle n'avait jamais entendu parler dans les milieux artistiques du pays, décidait de se passer de ses services, alors elle allait devoir faire face à de graves problèmes.

Ses économies lui permettraient de survivre deux mois, mais que ferait-elle ensuite de sa vie? Même la possibilité d'exposer ses sculptures semblait s'évaporer. Pourrait-elle montrer son travail en toute confiance à cet homme? Comment pouvait-elle savoir s'il était un connaisseur d'art ou un simple entrepreneur sans vision artistique? À quel moment les Luxor avaient-ils décidé de mettre la société en vente? Tant de questions, et aucune réponse.

La décision des Luxor lui paraissait abrupte et incohérente avec le rythme de croissance de l'entreprise. Le pire, c'était que la presse spécialisée était sur le point d'arriver à l'exposition ce soir-là, et elle avait besoin de réfléchir à la façon dont elle allait annoncer que la société appartenait maintenant à quelqu'un d'autre. A un inconnu.

—À partir de lundi, j'aurais besoin que vous rassembliez tous les employés et que vous organisiez une visioconférence pour ceux qui sont en dehors de Londres. Je veux qu'ils apprennent de ma bouche et non par la rumeur, en quoi consistera le travail dans cette entreprise désormais —dit-il d'une voix ferme, et aussi douce qu'un chocolat chaud.

Elle laissa retomber ses doigts seulement quand il eut fini de parler. Elle tourna son attention vers Anthoine, comprenant que le temps que l'inconnu venait de lui consacrer suffisait pour lui.

—Bien sûr —répliqua Sienna avec un sourire affable, le genre d'attitude qu'elle adoptait en public ou face aux personnes qui empoisonnaient son existence. Cela signifie-t'il que je vais pouvoir garder mon emploi? —demanda-t'elle sans détour.

Elle n'allait pas accepter de s'inquiéter en attendant que cet homme décide de son sort en tant qu'assistante personnelle. Soit il la renvoyait maintenant, et elle commençait à rechercher frénétiquement un autre poste dans une autre compagnie, soit il lui disait qu'elle pouvait rester le temps qu'elle voulait chez ArtDm.

Miklos esquissa un demi-sourire. Si l'on pouvait l'appeler ainsi, car Sienna y voyait plutôt une grimace agaçante. Comme si elle n'avait pas le droit d'avoir une opinion. « Mauvais début, monsieur Constinou, mauvais début ». Il était clair que le tutoiement et les traitements de faveur allaient disparaître du bureau à partir de maintenant, et c'était dommage.

—Cela signifie, Mlle Farbelle, que vous ferez ce que je vous dis à partir de lundi —répondit-il d'un ton indifférent.

Il détourna ensuite le regard pour observer son interlocuteur initial. Le message était clair: il n'avait plus rien à dire à une subalterne. Sienna compta mentalement jusqu'à deux avant de parler.

—Puisque c'est le cas, M. Constinou —dit Sienna, en fixant le regard bleu tandis qu'Anthoine faisait une brève négation de la tête qu'elle ignora, je vous informe que nous sommes vendredi et que je suis sous les ordres des Luxor. Je voudrais juste savoir si je dois suivre vos instructions en vertu d'un nouveau contrat de travail ou en tant qu'assistante personnelle du PDG d'ArtDm sur le point de passer le poste à quelqu'un d'autre.

Si la situation avait été différente, et elle, un homme, Dimitri lui aurait cassé le nez pour avoir osé lui parler de cette façon ou même avoir osé lui poser des questions alors qu'il était évident qu'il ne voulait pas poursuivre le dialogue et ne l'avait pas invitée à le faire. Dimitri acceptait que cette femme ait des couilles, mais elle était sur un terrain dangereux. Puisque Sienna Farbelle était magnifique, coucher avec elle pendant un certain temps, profiter de son corps, puis le jeter pour un autre, ne serait pas un problème.

Constater que Sienna était une femme forte, défiante, le stimulait... Il n'y avait rien de plus satisfaisant que de briser la volonté d'une personne apparemment forte. Il avait déjà observé les courbes de cette femme sur les photos, sous tous les angles possibles, parce qu'il ne faisait pas de demi-travail.

Jamais une personne du sexe opposé n'avait réussi à capter son intérêt pour plus de quelques nuits. Cette occasion ne devait pas être différente. Les chatouillements qu'il avait ressentis sur ses mains à l'idée de déshabiller Sienna et de voir ce que cachait cette putain de robe l'avaient excité. C'était une réponse très primaire qu'il n'avait pas expérimentée depuis longtemps.

Il désirait toucher de ses mains la chaleur de son corps, sucer ses seins pour en connaître la saveur, lécher ses plis intimes et la soumettre à sa volonté. Peut-être que cette nuit-là, et jusqu'à ce que le moment soit venu, Dimitri pourrait imaginer que la femme qui l'attendait dans son hôtel et qu'il baiserait tant qu'il le voulait, était Sienna. Ainsi, les nuits des mafieux à Londres seraient très calmes, du moins jusqu'à ce que la femme qui devait devenir la sienne trouve le seul endroit où Dimitri voulait lui consacrer du temps: son lit.

Il sourit pour lui-même. Il était surpris que la fille de Farbelle n'arrive pas à lire la terreur dans les yeux de ce crétin derrière le bureau. Luxor était un imbécile avec un ego trop élevé pour comprendre que son temps sur Terre était compté, surtout s'il tentait de détruire son existence comme ce bon à rien d'Hugo. Le couple avait essayé de faire de la contrebande d'art entre la Grèce et New York, dans l'intention de faire entrer des marchandises sur le territoire sans payer la redevance correspondante. La pénalité était simple: Hugo avait un orteil en moins à chaque pied. Selon Dimitri, la mutilation était efficace parce qu'elle créait une psychose de terreur, et les coupables réitéraient rarement la même erreur. Dommage que les Luxor n'aient pas eu le sens de la survie, ou qu'ils aient cru que lui, parce qu'il était loin du Royaume-Uni, n'allait pas sévir. Leur deuxième tentative pour éviter la taxe avait eu lieu il y a un mois, quelques jours après la visite d'Anksel à Manhattan. L'opportunité était tombée à pic pour Dimitri.

Il offrit d'épargner la vie des Luxor si ceux-ci lui vendaient la compagnie pour la modique somme de dix mille dollars. Bien sûr, ce n'était pas une demande. Ils furent tous les deux horrifiés, mais Dimitri eut la générosité de leur consacrer du temps pour leur expliquer que c'était le montant équivalent à l'impôt qu'ils devaient payer pour chacune des quarante pièces d'art qu'ils avaient essayé d'introduire entre Santorin et la Crète. Il leur assura que s'ils refusaient son offre généreuse, ils devraient commencer à écrire leurs épitaphes.

Une semaine après une conversation téléphonique fructueuse, incluant des avocats, la société qui valait plus de dix millions de livres sterling, appartenait à Dimitri pour seulement dix mille dollars. Il avait décidé d'utiliser son deuxième prénom, Miklos, pour se présenter à Sienna. Les Luxor étaient au courant, mais ils savaient qu'il valait mieux garder le silence jusqu'à ce que Dimitri décide autre chose. Ils avaient déjà perdu la compagnie. Ils ne voulaient pas mourir et que leurs homicides non élucidés fassent la une des informations.

—Est-elle toujours aussi insolente? —demanda Dimitri, dévisageant Sienna de haut en bas.

—Ne confondons pas honnêteté et insolence, M. Constinou.

Dimitri fronça les sourcils. Il regarda Anthoine, et celui-ci ajusta le col de sa chemise comme s'il était soudainement trop serré.

—La société aura besoin d'avoir une personne qui comprend comment les postes de management sont gérés dans les galeries —déclara Dimitri sans trop d'intérêt.

Anthoine hocha simplement la tête. Que pouvait dire ce pauvre diable, si la mafia grecque avait maintenant le contrôle de sa vie, et possédait son entreprise?

—Alors —dit Dimitri en regardant Sienna, Mlle Farbelle peut vaquer à ses occupations. Je crois savoir qu'une exposition est sur le point d'avoir lieu.

—Tout à fait —répliqua Sienna avec prudence en se levant.

Elle remarqua que sa tête atteignait la hauteur de l'épaule de Miklos Constinou. Il était très grand, très intimidant, et ce n'était pas juste qu'il soit en plus ultra séduisant. Elle n'allait pas être une de ces femmes qui se pâment devant un visage que la nature avait gâté, sauf si sa survie financière dépendait de ce spécimen masculin.

—J'aimerais que vous me montriez comment vous faites votre travail. Peut-être que les idées que j'ai en tête pour ces galeries pourraient se concrétiser bientôt —mentit-il.

Il voulait juste comprendre comment l'esprit de Sienna fonctionnait. Il avait un talent particulier pour déchiffrer les autres. Cela lui permettait de mieux travailler. Elle hocha la tête avec soulagement. Elle se dit qu'elle jugeait peut-être Miklos un peu hâtivement.

—Je suis sûre que je peux vous aider à exécuter votre plan pour la société, M. Constinou. J'imagine qu'il concerne l'art abstrait —dit-elle doucement, conscient qu'Anthoine l'observait avec inquiétude.

Elle se concentrait pour ne pas laisser la force qui émanait de Miklos l'affecter.

—L'exposition d'aujourd'hui est très importante. La thématique...

—Que ce soit important ou pas, c'est moi qui le décide —l'interrompit-il, sa voix résonnant comme un fouet dans le silence du bureau.

Sienna et Miklos sortirent du bureau.

—Maintenant, si vous voulez que je ne reconsidère pas l'idée de vous virer, arrêtez de parler et commencez à gérer le temps efficacement.

Sienna s'arrêta brusquement quand ils arrivèrent à l'ascenseur. Elle se tourna pour le regarder.

—Vous pouvez me virer, mais former un autre professionnel qui a les connaissances que j'ai acquises en vingt-quatre mois dans ces galeries vous coûtera beaucoup plus en temps et en argent que de me garder. J'imagine qu'un homme qui a acquis un conglomérat de plusieurs millions de livres sait combien ses ressources sont importantes.

Dimitri haussa un sourcil.

—Vous essayez de me dire que vous êtes indispensable?

Elle haussa les épaules. Elle aurait aimé descendre les escaliers, au lieu d'attendre l'ascenseur, car elle aurait au moins eu la possibilité de s'éloigner le plus possible du magnétisme rayonnant de Miklos.

—Je n'essaie pas de vous dire quoi que ce soit qui ne soit une certitude —répliqua-t'elle.

Lorsque les portes de l'ascenseur se fermèrent, Dimitri s'approcha d'elle. Elle recula jusqu'à avoir le dos contre le mur d'acier.

—Vous n'avez pas besoin de me combattre. Je comprends que votre loyauté envers les anciens propriétaires et votre surprise d'apprendre ce changement de direction, mais ne confondez pas les rôles. Je suis votre patron à partir de maintenant, et si je veux votre avis, je vous le demanderai. Tout changement est une leçon, et la vôtre en cette occasion consiste à oublier votre loyauté envers des dirigeants qui ont été remplacés.

—M. Consti...

Il s'approcha davantage de Sienna, et baissa le visage jusqu'à ce qu'elle n'eut d'autre choix que de le regarder. Elle était si proche qu'elle pouvait observer les petits éclats brillants éparpillés dans le bleu intense de ses yeux. La cicatrice qui commençait sur le menton de Miklos éveilla sa curiosité, et elle eut la tentation soudaine de tendre la main pour la parcourir. Elle associa son ressenti à celui de la princesse Aurora quand elle vit briller la pointe de l'aiguille sur la roue qui lui fit finalement perdre conscience.

Dans ce cas, elle savait que si elle touchait Miklos, elle courait le risque de perdre son travail, et c'est donc toute une partie de sa vie qui s'effondrerait. Les idées qui surgissaient en Sienna, devant une personne qu'elle venait juste de rencontrer, lui faisaient peur. Jamais un autre être humain n'avait créé autant d'émotions chez elle en si peu de temps. Peut-être était-ce dû au manque de sommeil ou au stress de l'événement qui se déroulait à l'étage inférieur de l'immeuble. C'était la seule justification qui lui venait à l'esprit.

—Acceptez qu'à partir de maintenant, votre vie sera différente... dans cette compagnie —l'interrompit-il.

Ensuite, il s'écarta. Sa déclaration avait un double objectif, et Sienna ignorait complètement le rôle qu'elle allait jouer dans peu de temps. Ce jeu de mots rendait tout ce scénario plus supportable pour Dimitri.

# CHAPITRE 2

Ce n'était pas son habitude de réagir comme elle l'avait fait dans le bureau qui appartenait désormais à Miklos Constinou. La nouvelle de la vente de la société l'avait prise au dépourvu. Elle était surprise de ne pas avoir été informée avant. Elle ne s'attendait pas non plus à ce que les Luxor lui rapportent tous les détails de leurs réunions externes, mais la vente des galeries était certainement le type d'informations qu'un PDG communiquait à son assistante personnelle.

Elle se sentait un peu stressée, et n'aimait pas du tout cette sensation, à part quand elle avait un événement à organiser. De plus, l'expression calculatrice et distante de ce Miklos l'inquiétait. Elle était certaine que ce visage séduisant et un peu intimidant cachait quelque chose de dangereux. Son instinct lui criait de sortir le plus vite possible de l'immense salle d'exposition sans se retourner. Elle avait besoin de mobiliser toute sa volonté pour continuer à gérer la soirée, parce que son avenir dans la compagnie était sur la corde raide. Il ne lui restait plus qu'à affronter les prochaines minutes avec professionnalisme.

Elle était la source d'information la plus fiable pour comprendre les décisions prises par la direction d'ArtDm. La renvoyer serait une erreur, mais cela ne dépendait pas de son bon vouloir. Peu importe ce qui se passerait dans un futur proche, en ce qui concerne sa carrière, elle trouverait sûrement un moyen de retomber sur ses pieds.

Sienna n'avait pas l'intention de passer une minute de plus que prévu dans la galerie une fois la soirée terminée. La dernière chose qu'elle voulait, c'était se retrouver seule avec Constinou. Elle avait besoin d'espace et d'oxygène: ce grec semblait capable de tout absorber, par sa seule présence. Il était l'un des rares hommes à pouvoir dominer tout l'environnement dans lequel il se trouvait avec une étonnante aisance. Elle n'était pas du genre à agir impulsivement, et elle était surprise d'elle-même.

—Je veux qu'on la suive —dit Dimitri avec discrétion quand un de ses gardes du corps, mêlé aux invités de la soirée, s'approcha. Peu importe où elle va. J'attends un rapport complet. Si vous voyez un de ces journalistes agaçants qui me tournent autour, repoussez-les. Sans attirer l'attention. C'est clair, Frisco?

L'homme à la barbe foncée hocha la tête, avant de se mêler à nouveau à la foule. Il travaillait chez Constinou Security depuis trois ans. De toute l'équipe, c'était lui le meilleur pour approcher des tiers sans leur faire comprendre qu'ils étaient en danger s'ils ne suivaient pas ses instructions.

Dimitri ne comprenait pas que tant de personnes assistent à ce genre d'événements, en particulier lorsque l'exposant était inconnu au bataillon. Il n'était pas un expert dans ce genre de sujet, mais au fil des années, il avait eu l'occasion de s'engager dans des voies où l'art produisait de l'argent. C'est peut-être pour ça qu'il avait un Degas dans le salon de son penthouse à Manhattan, et un Carvalho dans son manoir en Grèce.

Dimitri observait la façon dont Sienna se débrouillait. Elle marchait librement, souriait quand il le fallait, semblait écouter attentivement tout interlocuteur présent dans la salle. Il étudiait la façon dont le tissu de la robe se déplaçait au rythme de ses hanches. Il ouvrit et ferma les doigts fermement, parce que l'intention soudaine de laisser sa marque sur cette chair ferme était trop intense. Contenir ses pulsions les plus primaires était étranger à sa manière habituelle de procéder. Il savait que ce ne serait que pour un court laps de temps, mais ce rappel l'ennuyait. Purée d'Anksel.

L'image que présentait cette femme curviligne à ce moment-là était différente de l'Amazone qui l'avait affronté dans le bureau des Luxor, ignorant que si elle avait été quelqu'un d'autre, elle serait déjà morte. Toute la semaine dernière, Dimitri s'était consacré à l'étude de la vie de Sienna Marie Elizabeth Farbelle.

Il était surpris qu'une femme aussi belle, dont aucune des photos qu'il avait en sa possession ne lui rendait justice, ait si peu d'amis et une vie sociale limitée par le travail. Mais il y avait un homme avec qui elle sortait depuis quelques semaines. Il représentait un obstacle pour Dimitri, qui savait très bien comment écarter les obstacles de son chemin.

—Vous faites ça souvent? —demanda-t'il en regardant le plus grand tableau de l'exposition, situé sur le mur central de la grande salle blanche et dorée.

Impossible de ne pas sentir le doux parfum féminin qui émanait de Sienna. C'était un mélange de pomme et de lavande très subtile. Attirant.

Sienna n'avait pas besoin de se retourner pour savoir qui parlait. Le fait que ses cheveux se soient dressés sur sa nuque était révélateur. Une coupe de champagne à la main, les pieds endoloris à cause des talons, et la gorge un peu sèche d'avoir tant parlé ce soir, elle tourna légèrement son visage sur le côté pour le voir.

—Vous voulez dire travailler au-delà de mes heures normales, et payée en heures supplémentaires? Oui —répondit-elle avec audace.

L'artiste de la soirée avait été très divertissant et s'était bien occupé de ceux qui s'intéressaient à son œuvre. Malgré son extrême jeunesse, Sienna voyait en lui un avenir prometteur.

—C'est bon à savoir. Une de mes certitudes, c'est que tout le monde a un prix, je suis heureux de constater une fois de plus ma théorie.

Sienna serra fermement la base de sa coupe de champagne. Elle n'avait pas l'habitude de boire, et dans ce genre d'événements, elle gardait le même verre toute la nuit. Cette soirée ne faisait pas exception.

—Pourquoi avoir acheté ArtDm? —demanda-t'elle en tournant vers l'homme à la voix sensuelle. Je n'ai jamais entendu parler de vous, et pourtant il n'existe pas une multitude d'experts. Je ne peux pas vous placer dans un courant artistique spécifique… Peut-être pourriez-vous m'aider, et me le dire, M. Constinou.

Il inclina la tête sur le côté, tout en l'étudiant. Avec la lumière de l'exposition, et en s'approchant, il pouvait voir les taches de rousseur légères éparpillées sur son nez retroussé. Il savait qu'elle était sur la défensive, qu'elle était mal à l'aise et qu'elle ne voulait rien d'autre que s'éloigner, mais Dimitri avait d'autres plans. Sienna n'avait pas le choix.

Toutes les étoiles du firmament avaient une durée de vie. Elles brillaient, s'illuminaient, ornaient le ciel, et finissaient par devenir de simples lueurs décadentes sur le point de disparaître. L'analogie idéale concernant les prochains mois de la vie de la fille d'Anksel, selon Dimitri. Il n'avait aucune raison de la haïr. Il la désirait, et bien sûr, il l'aurait.

Dimitri n'avait jamais pensé à se marier, parce que ça lui paraissait absurde. Heureusement, ce mariage-là était une farce qui allait de paire avec une date d'expiration. Au vu de l'expérience avec sa mère, il était hors de question d'avoir des enfants. Quel genre de père pourrait-il être? Quel genre d'enfant voudrait savoir que son père avait les mains tachées de sang, et que son empire était construit sur les mauvaises actions et la vengeance?

Ce mensonge ne durerait que jusqu'à ce que Sienna l'épouse, et comme il était un égoïste sans espoir, il ne pensait pas aller seul en enfer, il la traînerait à ses côtés, jusqu'à ce qu'elle soit fatiguée ou le haïsse assez pour sortir de sa vie et ne jamais y revenir. Anksel se fichait de ce qui se passait dans la vie de sa fille biologique, tant que son territoire en Angleterre était sauf, alors pourquoi Dimitri lui témoignerait-il de la considération?

Comme un magicien, il avait la capacité de transformer ce qu'il désirait en réalité, et il pouvait aussi transformer la réalité en mensonge dans le seul but d'atteindre ses objectifs. Certains le percevaient comme une personne juste, même généreuse. Il était enveloppé par le succès, adulé, craint, et respecté, mais Dimitri ne s'attachait jamais à quelqu'un en particulier.

—J'aime les affaires, et celle-ci en est une très lucrative —répondit -t'il.

Il avait besoin de contenir l'irritation que lui causaient les questionnements. Aussi loin qu'il se souvienne, il ne répondait à personne. Même les fois où il avait été arrêté, puis libéré immédiatement grâce aux gangs qui travaillaient pour des criminels en Grèce, il avait préféré recevoir des gifles des policiers plutôt que de répondre à des questions stupides.

Anksel avait agi avec audace le jour où il s'était présenté au bureau de Manhattan, non pas pour réclamer le paiement d'une vieille dette, mais pour le genre de compensation qu'il lui demandait. Même un tueur comme Dimitri avait une parole d'honneur, et Dimitri ne se considérait pas meilleur que les autres criminels. Il devait honorer cette dette.

—Même si les achats et les investissements dans le secteur de l'art ne sont généralement pas les opérations les plus rentables dans ce pays. À en juger par le ton de votre voix et votre accent, M. Constinou, vous n'êtes pas britannique, je me trompe? —demanda Sienna en buvant une gorgée de sa coupe.

Le liquide n'était plus froid. Il avait mauvais goût. Elle regarda discrètement la montre de sa main gauche. Il était encore temps d'aller à la gare et de s'acheter un café chaud.

—Je suis moitié grec et moitié américain —dit-il avec sérieux. Vous semblez très compétente en affaires —ajouta-t'il calmement. Pourquoi travaillez-vous comme assistante personnelle si vous avez la capacité intellectuelle de relever un défi beaucoup plus grand?

Elle haussa les épaules devant l'insulte à peine dissimulée.

—Chaque personne choisit ce qui lui convient, et travailler pour les Luxor a été une source d'apprentissage intéressante pour moi. M. Constinou, y a-t-il une raison particulière pour laquelle vous êtes venu me voir? J'aimerais vous dire que je peux vous aider, mais je dois clôturer l'événement, et j'aime être productive pendant mes heures de travail, même les heures supplémentaires.

Dimitri esquissa un demi-sourire, et Sienna passa inconsciemment sa langue sur ses lèvres, les humidifiant. Il l'observa. Comme si elle avait été aveuglée par des lumières intenses, elle resta statique pendant une très courte période.

—Mlle Farbelle, je ne veux pas interrompre votre travail. Je vous vois lundi prochain. J'aime le café fort, sans sucre, très noir. Je veux lire un rapport financier complet, et un résumé de toutes les expositions qui ont été faites au cours des six derniers mois. Je veux une liste de tous les employés avec leurs salaires, leurs fonctions, et une annotation s'ils ont un souscrit un prêt auprès de la société. Si je ne trouve pas tout ce que je vous demande sur mon bureau, lundi à 7h20 du matin, alors ne vous embêtez pas à sortir du lit.

Sans lui laisser le temps de répondre, il s'éloigna. Sienna ne pouvait pas accepter le fait qu'une personne qu'elle venait de rencontrer il y a moins de deux heures et demie lui cause plus de conflits avec elle-même que le volume de travail accumulé en une semaine. Elle avait vraiment besoin du répit qu'allait lui procurer ce week-end. En fait, le dîner du lendemain avec Matteo serait idéal pour apaiser ses inquiétudes. Lundi, tout irait bien, tout serait calme, tout rentrerait dans l'ordre.

Ces dernières semaines, elle avait commencé à sortir, quand elle en avait le temps, avec Matteo Vionne, un professeur de philosophie et d'histoire à l'université. Ils partageaient la même passion pour la photographie, le cinéma et la sculpture. Ils s'étaient rencontrés lors d'une des réunions organisées par les Luxor et avaient commencé à discuter du cubisme. Ils avaient flashé l'un sur l'autre, mais elle avait gardé ses distances pendant un certain temps parce qu'elle ne laissait pas entrer facilement de nouvelles personnes dans son cercle personnel. Après la tragédie de son enfance, au cours de laquelle elle avait perdu son beau-père et son seul frère, elle avait cherché à établir le moins de liens possibles, sauf pour ceux qu'elle avait connus de toute sa vie, et ceux-ci étaient peu nombreux.

Avec Matteo, ils avaient eu quatre rendez-vous, mais il n'y avait pas d'étincelle quand ils s'embrassaient, du moins pas comme cela aurait été décrit dans un livre romantique. Parce que ce n'était pas la réalité de la vie. Il avait réussi à donner à Sienna le sentiment qu'elle pouvait lui faire confiance, et c'était beaucoup plus que ce qu'elle pouvait dire de ses anciennes amies. À vingt-quatre ans, elle n'avait pas eu une vie sexuelle dense, peut-être trois petits amis au total, mais aucun mémorable. Elle était consciente qu'elle utilisait parfois sa profession comme un bouclier protecteur, y investissant plus de temps que nécessaire. Elle ne voulait pas s'empêtrer dans des amours agitées comme celles qui avaient tourmenté sa mère.

Peut-être que son rendez-vous de samedi était le bon compromis pour elle. Avec Matteo, elle se sentait en confiance, à l'aise.

Dimitri sortit de la galerie par la porte d'urgence, ses hommes de sécurité l'attendaient. Il avait stoppé la conversation avec Sienna parce que, dans le petit casque qu'il portait à l'oreille, il avait reçu une information importante. C'était peut-être mieux comme ça, parce qu'il ne voulait pas se précipiter et gâcher ainsi le plaisir de réaliser chaque étape de ses plans. Sa maîtrise de soi était à bout. Il replaça bien son écharpe car il faisait froid.

Dès que son chauffeur lui ouvrit la porte de la Range Rover aux fenêtres teintées, Dimitri s'installa sur un siège en cuir. Il se pencha en avant, et ouvrit le compartiment qu'il avait demandé de construire non seulement dans cette voiture à Londres, mais dans toutes les villes où il avait des affaires importantes à traiter. Une précaution de plus, qui lui donnait un avantage. Toutes ses voitures étaient fabriquées avec des matériaux pare-balles et disposaient d'un système de remplacement des jantes au cas où celles-ci se rompaient ou se fissuraient.

Il sortit le pistolet et vérifia la charge. Puis il enleva sa veste, ajusta les manches de sa chemise blanche, les remonta jusqu'au coude. Il mit son écharpe noire de côté. Il ressentait le besoin d'évacuer son adrénaline, et quand ce serait fait, alors il chercherait une femme qui s'adapterait à son humeur. Rien de différent de ce qu'il avait l'habitude de faire.

—Nous nous dirigeons vers le nord-est —dit-il au chauffeur qui l'accompagnait dans tous ses voyages.

Victor travaillait avec lui depuis onze ans. Il ne prenait jamais de décisions qui ne lui appartenaient pas, et il semblait apprécier lorsqu'il assistait à l'une des visites spéciales qu'ils effectuaient. Sadique ou pas, tout ce qui comptait, c'était sa loyauté.

—Il en sera ainsi, chef —répliqua Victor en mettant la voiture en marche.

Deux autres voitures, avec quatre hommes dans chacune d'entre elle, les suivirent. Dimitri ne voyageait jamais seul. Il veillait à ce que son équipe garde ses distances, à moins que, comme cette fois-ci, il fût indispensable qu'elle soit près de lui. À Manhattan, il fonctionnait de la même manière, son but était toujours de ne pas attirer l'attention. Il avait appris que la discrétion était une arme aussi puissante que le couteau le plus tranchant.

Lorsque Dimitri apprit qu'un de ses hommes avait été égorgé dans l'une des nombreuses boîtes de nuit dont il était propriétaire à Londres, il fut furieux. Il s'entendait bien avec le chef de la zone où le meurtre avait été commis, Sandro Paloupos. Le fait d'être originaire du même pays octroyait, de temps en temps, certaines indulgences quant aux redevances, en particulier lorsque Sandro entrait dans les eaux grecques. Bénéfice mutuel. C'est pourquoi, lorsque Dimitri l'appela pour lui dire qu'il allait régler une affaire dans la zone qu'il dirigeait au nord-est de Londres, Sandro répondit très simplement: «Vas-y».

Il devait faire justice de ses mains et marquer les esprits, parce que laisser quelqu'un porter atteinte à son peuple et s'en sortir indemne n'était pas une possibilité envisageable. Nulle part. Dimitri n'allait pas déléguer cette responsabilité. Tuer n'était pas agréable, mais il le faisait au nom de la justice, de l'équité, et du respect. Il tuait parce qu'il n'avait pas d'autre issue. Parce que c'était nécessaire, pas parce qu'il avait la prétention, comme certains imbéciles, de se croire plus masculins ou plus virils parce qu'ils avaient appuyé sur une putain de gâchette. Peut-être que dans ce monde lumineux, la mort n'était régie que par un Dieu ou une croyance particulière, mais dans son monde obscur, la seule façon de faire face au quotidien était de vivre selon ses propres règles ou de tuer pour survivre.

Quarante minutes plus tard, ils atteignirent la zone périphérique de Hackney. Il y a quelques temps, Dimitri y avait engagé des discussions avec Sandro pour y organiser des combats illégaux dans des caves. Mais depuis que la police était plus fréquente dans la région, les affaires avaient cessé d'être aussi divertissantes et rentables. Sandro et Dimitri avaient donc décidé de rompre leur accord.

Corban, alors qu'il était en ville avec le groupe grec basé à Londres, avait piraté les caméras de sécurité publiques du coin, et quand le chemin fut libre, les autres descendirent Grant Lawrence. Ce n'était qu'un petit dealer de méthamphétamine, mais il avait toujours beaucoup d'ennuis: il était tellement défoncé qu'il ne savait pas pour quel camp il travaillait. Dommage —pensa Dimitri en passant la zone au peigne fin, qu'il se soit égaré au point d'assassiner l'un des siens.

Burren était savait rapidement analyser qui était susceptible d'être corrompu ou pas. Son assassinat était une pure perte pour Péchés Sanguinaires. Le Parlement britannique était aussi corrompu que la Maison Blanche. L'emplacement géographique ne changeait en rien la façon putride d'atteindre le pouvoir, de mentir effrontément, de voler en revêtant un sourire éclatant et un costume Canali sur mesure. Dimitri n'était pas hypocrite, et ceux qui le connaissaient savaient exactement ce qu'il faisait, et qu'ils ne pouvaient pas le poursuivre parce qu'il valait mieux agir en marge de la loi. Il n'était pas un politicien, et au moins, il jouait selon ses propres règles. Ceux qui faisaient appel à lui connaissaient pertinemment le pour et le contre d'une telle décision.

—Lawrence —dit Dimitri en ouvrant la porte d'un coup de pied.

Il trouva la vermine dans une maison qui avait connu des jours meilleurs, mais qui conservait une façade extérieure assez décente. Le gars écarquilla les yeux, et en le reconnaissant, il regarda de part et d'autre pour essayer de trouver la meilleure échappatoire. Mais il n'y en avait pas.

Les deux femmes qui étaient nues de la taille jusqu'aux pieds, et qui semblaient aussi gavées de substances que leur hôte, se contentèrent de monter les escaliers. Obéissant à un geste de Dimitri, ses hommes les suivirent. Il n'allait pas laisser de trace, et il préférait écouter ce que ces salopes avaient à dire avant de les laisser partir... ou pas.

Il s'approcha de Grant, l'attrapa par la chemise et le jeta contre le mur. Le Britannique mesurait un mètre quatre-vingt et pesait au moins 95 kilos avec ses muscles de lutteur. Drogué ou pas, le type fonça sur Dimitri. Quand le chef de Péchés Sanguinaires se battait, personne ne s'en mêlait, et cette fois-ci, ce n'était pas différent.

Avec des mouvements fluides, Dimitri réduisit Lawrence à néant, même s'il ne parvint pas pour autant à esquiver un coup de poing dans la figure. Il déversa toute sa force et sa frustration, jusqu'à ce que ses articulations saignent. Puis il s'écarta.

—Non, non! Attends, Dimitri —cria désespérément Grant sur le sol. Donne-moi une seconde chance, je ne voulais pas le tuer...

Il leva les mains et regarda Frisco avec effroi. Le crâne rasé, une barbe touffue, les yeux sans émotion, le type était un cauchemar ambulant.

—Il me devait de l'argent. Et... je suis désolé... écoute...

Il cracha un peu de sang et commença à ramper, mais Frisco l'attrapa par le cou.

—J'ai des informations pour toi... Attends... Des informations importantes.

Dimitri se retourna, et leva la main pour que Frisco ne tire pas, mais pas pour libérer ce ver de Lawrence.

—J'écoute.

—Av... avant—dit-il en toussant, avant de savoir que Burren volait mes commissions sur les ventes, je suis passé chez Tulette.

—Qu'est-ce que tu faisais dans ce club? —demanda Dimitri en croisant les bras.

—C'était l'endroit où Burren m'avait convoqué avant qu'il ne change d'avis et décide d'aller à quelques pâtés de maisons, dans la zone de Sandro.

Dimitri hocha la tête.

—As-tu entendu parler de Leandros Mirikiades?

—Ce n'est pas toi qui pose les questions —dit-il d'un ton menaçant.

Le reste de ses gardes du corps l'attendaient aux alentours. Et il vit du coin de l'œil que ceux qui suivaient les putes en haut étaient de retour. Sans elles.

—Bien sûr, je le sais, je le sais.

Lawrence regarda Frisco, mais celui-ci ne lâcha pas un millimètre du col de sa chemise.

—Mirikiades cherche ta sœur. Je ne savais pas que tu en avais une, Dimitri...

Cette remarque lui valut un coup de pied de Frisco.

—Merde —dit-il en se tordant de douleur.

—Continue, Lawrence —le pressa Dimitri. On ne joue pas au jeu des devinettes.

Le trafiquant acquiesça. Son visage commençait à prendre d'autres couleurs, et pendant qu'il parlait, le sang lui sortait du nez.

—Je sais juste qu'il veut retrouver ta sœur...

—Pourquoi il est là?

—Apparemment, avant de quitter la Grèce, ta sœur lui a dit où elle allait vivre...

Il toussa encore et tenta de se déplacer du sol, en vain.

—Elle n'a pas laissé d'adresse, juste le nom du pays... Sa destination, si vous ne la trouvez pas, c'est Edimbourg.

—La bêtise de Caliste et son sentimentalisme —pensa Dimitri avec colère, parce qu'il avait été très clair avec sa sœur quand ils avaient fait un pacte pour la faire sortir de Grèce. Quand l'humanité comprendrait-elle que les émotions poussent à faire des erreurs?

Dimitri s'était déjà éloigné de cette logique émotionnelle.

—Es-tu certain de ce que tu as entendu?

—Oui, bien sûr, je ne pourrais pas te mentir... —répondit-il en fanfarant.

Leandros Mirikiades était le gars qu'il avait viré de sa maison en Crète, bien avant de vivre à Manhattan la moitié de l'année. L'ordure pensait qu'il avait le droit de s'intéresser à Caliste. Elle lui avait demandé de laisser Leandros tranquille. Alors il lui avait donné deux options. Elle laissait ce vaurien de côté et partait à Londres sous une autre identité, ou il l'obligeait à épouser ce crétin et sous aucun prétexte elle ne pouvait quitter la Grèce. La décision de sa sœur unique était évidente, et lui permit de reconnaître, avant de prendre l'avion pour le Royaume-Uni, que Mirikiades était juste un caprice d'été.

—Qu'est-ce que ces femmes faisaient avec toi tout à l'heure? —demanda-t'il à Grant, se référant à la scène dans laquelle il l'avait trouvé quand il avait défoncé la porte.

—Des putes. Ce sont des putes que j'ai payées ce soir. C'est tout. La table avec la cocaïne, la méthamphétamine, les aiguilles, et quelques cigarettes était déjà là. Je te le promets.

Dimitri regarda Moretz et Pianello.

—Quelque chose dont je devrais m'inquiéter? —leur demanda-t'il.

Ils firent non de la tête.

—D'accord. Veillez à ce que ces salopes arrivent à destination et qu'elles soient assez défoncées pour ne se souvenir de rien. Elles sont déjà assez misérables pour en arriver à vendre leurs corps —dit-t'il.

Les hommes acquiescèrent. Puis Dimitri regarda Grant:

—Justice à un frère déchu—dit-il en référence à Burren. Œil pour œil, Lawrence—ajouta-t'il en faisant un signe de la main à Frisco. On se reverra en enfer.

Dimitri ne revint pas en arrière, et ce n'était pas nécessaire. Le silence était éloquent. Le travail de Frisco était fait. Il monta dans la Range Rover et demanda à Victor de se rendre à l'hôtel Ritz. Il devait calmer l'adrénaline qui bouillait dans son sang, et il n'y avait qu'un moyen d'y parvenir. Mirikiades n'était pas un inconvénient. Il donnerait à Aristide la tâche de neutraliser Leandros et de chercher d'éventuelles solutions. À ce moment-là, son ami était probablement en train de jouer au poker à l'une des tables d'une propriété privée en périphérie de Londres. Dimitri s'en fichait complètement. Il devait rendre visite à sa sœur et lui dire clairement que, malgré leurs liens de sang, il ne tolérerait plus de dérapage comme celui-là.

—Ecarte les jambes avec le même empressement que tu bougeais ton cul pour que je te pénètre—exigea Dimitri, pendant que ses mains pressaient les cuisses de la femme pour les écarter, le sexe exposé, pendant qu'il la fourrait bestialement.

La femme était la gérante d'un des clubs les plus fréquentée de Londres, et chaque fois que Dimitri passait en ville, il l'appelait. Par facilité et commodité, mais pas seulement.

—Avec violence, oui... tu es impressionnant... Oh, oui—murmura-t'elle, se pinçant les mamelons avec la même vigueur dont Dimitri la pénétrait.

—Tu sens les parois de ta chatte s'étirer? Touche-toi le clitoris—commanda-t'il. Fais-le, et regarde-moi, putain, Regina—exigea-t'il, avant de se pencher pour lui sucer les seins.

Elle cria de plaisir et de douleur. Il savait que certaines femmes aimaient cette combinaison, et il était un expert en la matière. Il ne le faisait pas pour leur faire plaisir, mais comme elles devenaient rapidement très humides, la friction de son pénis contre leur vagin devenait très excitante et le rapport pouvait finir plus vite.

Il n'aimait pas passer plus de temps que nécessaire avec ses maîtresses. Il restait avec elles jusqu'à ce qu'il soit rassasié, et s'il avait envie de se trouver une autre femme ou d'aller dans un club échangiste, il le faisait. Même si cela faisait longtemps qu'il n'avait pas participé à une orgie.

Il saisit les joues de Regina avec ses doigts, tandis qu'avec sa main gauche, il prenait appui pour la pénétrer avec vigueur. Il n'embrassait jamais les femmes qu'il baisait.

—Dimitri…

Il s'arrêta net puis se pencha vers l'avant. Il avait besoin d'une couverture pendant son séjour au Royaume-Uni, et il préférait éviter de laisser des traces où il passait. C'est pourquoi il avait choisi la compagnie de la gérante de son club, Sin Road, située à la périphérie de Camden. Il avait donné des instructions pour qu'elle l'attende dans la suite qu'il avait réservée au Ritz. Il n'emmenait jamais une maîtresse chez lui. Il allait toujours dans des hôtels, dans les couloirs et les bureaux d'un de ses clubs, ou n'importe où loin des regards des curieux. Il ne dénigrait pas le sexe, ni le plaisir, mais il ne prétendait pas élever le statut de ce qu'il en faisait: il baisait. Point. Il n'en tirait pas une expérience sentimentale, mais une expérience physique et charnelle.

Quand Regina le vit arriver quelques heures avant dans la suite du Ritz, Dimitri avait des traces de sang sur les doigts, et la marque d'un coup sur la pommette gauche du visage. Pour des yeux innocents, ces détails passeraient inaperçus, mais c'était une femme qui avait un certain passé, en particulier avec des hommes tels que Dimitri Constinou. Elle ne fit aucun commentaire, se déshabilla et exposa sa peau brune pour qu'il puisse regarder ses courbes, ses tétons en érection et son pubis complètement épilé. Il sourit, et quand il la retourna, elle ne fut pas offensée. Ce n'était pas la première fois qu'ils couchaient ensemble. Elle savait comment ça fonctionnait entre eux deux.

—Pendant que je suis à Londres, je suis Miklos Constinou, et c'est sous ce nom que tu t'adresseras à moi —dit-il en serrant ses joues avec une main. Est-ce clair pour toi? On baise, tu gères la boîte de nuit, et c'est tout. Ne mélange pas les rôles. Je ne te paie pas pour écarter les jambes, mais pour faire du bon boulot à Sin

Road. Coucher avec moi pendant que je suis en ville, c'est juste un plus pour lequel tu dois être reconnaissante. Si ce n'est pas toi, ce sera une autre.

—Je sais... —murmura-t'elle en lui souriant.

Le commentaire ne la fâcha pas. Elle savait que voir Dimitri de bonne humeur était un plus. Le gars était bien équipé physiquement, et il savait comment utiliser son membre pour plaire à une femme. Regina était plus que satisfaite d'être sa maîtresse, alors une seule nuit ou plusieurs, cela n'avait pas d'importance. Parmi tous les hommes qui couchaient avec elle, Dimitri était le seul qui ne la faisait pas se sentir bon marché. Il ne la payait pas pour du sexe, ni elle ni personne d'autre. Les femmes déshabillaient ce beau mec du regard sans aucune retenue quand il était là. Il était frontal, et il la satisfaisait. De plus, le corps musclé à point par des exercices était un luxe qu'elle savait apprécier.

—Bien —dit-il, et bientôt le rythme de ses assauts reprit son élan.

Avant de répandre sa semence dans le préservatif, Dimitri ferma les yeux en pensant que l'orgasme qui était sur le point de balayer sa conscience pendant un bref laps de temps, était provoqué par une déesse aux lèvres charnues et au regard suspicieux qui travaillait dans une galerie d'art ennuyeuse. Une femme qu'il allait bientôt épouser, et qu'il apprécierait de dompter plus que n'importe quelle autre femme. Ce n'était qu'une question de temps. À en juger par son caractère, ce serait très stimulant de la pousser à bout.

Il ne pensait pas changer sa routine avec le sexe opposé à cause de sa dette envers l'homme qui lui avait sauvé la vie. Dimitri avait des maîtresses et voulait continuer à s'amuser avec elles après son mariage. Une femme ne changerait pas ses appétits. En plus, c'était un mariage blanc. Il aimait voir une variété de corps passer entre ses mains. Il apprenait d'eux, parce que la nature humaine était fascinante.

Il ne laissait pas le désir obscurcir sa raison. Même au lit, il gardait le contrôle. C'était sa partenaire qui le perdait. Les femmes étaient un réceptacle pour qu'il puisse se vider et prendre son pied. Et si elles n'aimaient pas sa façon de penser? Il s'en fichait, car il y aurait toujours une femme désireuse de lui plaire. Dans son monde, il établissait les règles, et ceux qui ne s'y conformaient pas pouvaient s'en aller.

Quand Regina quitta la suite, Dimitri se doucha et prit sa veste. Il quitta ensuite l'hôtel pour que Victor l'emmène à son manoir d'Eaton Square. Ce n'est que lorsqu'il fut dans son immense lit, et qu'il ferma les yeux, qu'il considéra qu'il fallait rendre visite à sa sœur et tenir une conversation productive sur la façon d'obéir aux ordres, en plus d'apprendre à garder le silence.

Sienna ferma la porte d'entrée. Elle était enfin à la maison. Après s'être assurée que sa grand-mère était endormie, et que l'infirmière, Wallis Douglas, lui ait dit que sa grand-mère allait bien, qu'elle avait mangé et pris ses médicaments, Sienna monta au deuxième étage de la maison où se trouvait sa chambre, et se déchaussa.

Elle se déshabilla et entra dans la salle de bain. Elle augmenta la température de l'eau de douche jusqu'à ce qu'elle soit à son goût. Elle laissa le jet puissant la couvrir. Elle ferma les yeux et appuya la paume de sa main contre le mur, baissa la tête, et essaya de se détendre. Elle n'aimait pas être la marionnette de ceux qui possédaient les outils pour manipuler les autres. Elle était déçue par les Luxor, même si elle savait que dans quelques semaines, elle oublierait tout ça.

Tout au long de sa vie, elle avait subi bien des déceptions, et une de plus ou de moins n'allait pas changer grand chose. Ce qu'elle regrettait simplement, c'était d'avoir cru que les Luxor étaient vraiment sincères avec elle.

Pendant que l'eau tombait sur elle, elle essayait de ne pas penser à Miklos Constinou, en vain. L'image de ces yeux bleus hypnotiques la hantait. Elle sentait un battement entre ses jambes qui lui était bien connu, aussi connu que la sensation de ses mamelons douloureusement dressés. Elle ne pouvait pas croire qu'elle était excitée par un homme qui représentait tout ce qu'elle rejetait en bloc: arrogance, excès de pouvoir et mystère. Son esprit était en totale contradiction avec son corps, qui lui passait des messages très clairs.

Elle prit le flacon de gel douche et répandit le liquide parfumé à la lavande sur son cou, puis commença à descendre ses mains sur son corps. Elle attrapa ses seins et agrippa les mamelons entre le pouce et l'index de chaque main en les serrant fermement. Avec sa main gauche, elle continua à les frotter, tandis que sa main droite descendait sur son ventre ferme, pus atteignait son intimité couverte d'un triangle de poils coupés quelques jours auparavant.

Son seul compagnon était le son de l'eau qui tombait et résonnait dans la pièce. Sa conscience était le seul témoin de ce qu'elle faisait, et de ce qui motivait son acte. Dans ces moments-là, elle se fichait de tout.

Elle commença à se frotter le sexe, sa respiration se saccada, l'intensité augmenta... Elle imaginait que ses doigts n'étaient pas les siens, mais ceux, longs, élégants, portant des traces de dur labeur. Les doigts masculins qu'elle avait serrés il y a quelques heures. Dans son fantasme, la main gauche n'était pas non plus la sienne, mais celle de Miklos qui touchait ses seins, dans la tension et le désir…

Elle s'imaginait qu'il la prenait par derrière, lui ouvrant les jambes avec les siennes pour se faire un espace. Elle imaginait que le membre de Miklos était aussi puissant et ferme que la personnalité de son propriétaire. Elle le visualisait en train de frotter son sexe avec sa main, appuyant sans pitié, pendant qu'il la pénétrait et que ses testicules frappaient son sexe, avant d'avoir un orgasme magistral. Elle imaginait ses seins s'agiter, se mouvant au son des assauts, au rythme du désir, car aucune fantaisie n'était interdite, peu importe qui l'initiait.

Alors qu'elle était sur le point d'atteindre l'orgasme, Sienna lâcha ses seins et posa sa main contre le mur, baissa la tête, et les doigts de sa main droite commencèrent à se déplacer rapidement sur ses lèvres intimes, pour les lubrifier. Elle ne s'arrêta pas, et bientôt elle entendit son propre cri, l'écho de l'orgasme, résonner sur les murs qui l'entouraient.

Haletante, et sans pouvoir l'éviter, elle esquissa un sourire. Cet orgasme serait son petit secret, parce que dans son fantasme, elle était celle qui demandait, exigeait et dominait. Miklos était seulement au service de son plaisir. N'était-ce pas fantastique? —se dit-t'elle en bougeant la tête pour récupérer son souffle. Ce n'est que lorsque ses jambes furent en état de la porter qu'elle finit de se doucher.

Une fois ses cheveux secs, Sienna se prépara pour dormir. Elle avait beaucoup de travail à faire ce week-end, et elle n'avait pas l'intention de donner à Miklos la satisfaction de la voir échouer ni de lui donner une chance de la virer, peu importe ce qu'elle avait à faire.

Elle s'accorderait juste un moment de détente quand elle sortirait avec Matteo. Elle était certaine qu'il la surprendrait au lit, car elle savait que beaucoup d'hommes et de femmes ont une attitude différente dans la vie intime et dans la vie quotidienne. Se donner du plaisir était stimulant, sain même, mais jamais aucun jouet ni aucun fantasme ne remplacerait un corps à corps. Elle était prête à se donner l'occasion d'explorer l'intimité avec Matteo.

# CHAPITRE 3

—Tu n’es pas fâchée?

—Bien sûr que non, Matteo, je pense que c’est une magnifique opportunité —dit-elle en souriant, et je me sentirais coupable de te faire hésiter à la saisir. Je suis certaine que les étudiants de cette université sauront apprécier leur nouveau professeur.

Ils dînaient dans un restaurant traditionnel.

—Après toute l’énergie que j’ai mis pour que tu acceptes de sortir avec moi —murmura-t’il, résigné. Je veux que tu me promettes que tu me rendras visite à Milan dès que tu le pourras —demanda-t’il en prenant sa main sur la table.

Sienna ne ressentit aucune tristesse ou déception en apprenant qu’elle ne reverrait plus Matteo dans les parages. Ce matin-là, il avait reçu un e-mail du doyen d’une prestigieuse université italienne lui offrant une place comme professeur principal de philosophie, en plus d’un salaire fabuleux et d’un petit appartement dans un beau quartier de Milan.

—J’ai toujours voulu aller en Italie —dit-elle en lui faisant un clin d’œil, même si je n’ai pas beaucoup de temps libre pour prendre des vacances comme je le voudrais.

Dans le contexte actuel, sa priorité était de conserver son emploi ou d'en trouver un autre dès que possible. Les frais de voyage étaient un luxe qui n'était pas dans son agenda financier pour le moment. Elle avait des économies, bien sûr, mais elle ne pouvait pas se permettre de gaspiller.

—Je voudrais que ce soir soit spécial —murmura Matteo en faisant tourner le liquide rouge dans son verre. J'imagine que mes perspectives professionnelles changent tout entre nous deux.

Sienna remarqua qu'au lieu d'être super content à l'idée de vivre dans un pays aussi beau que l'Italie, Matteo paraissait plutôt nerveux et inquiet. Il se rendait déjà de temps en temps dans différents pays d'Europe pour y donner des conférences, donc elle ne comprenait pas cette réaction. Elle n'avait pas non plus un ego assez élevé pour se dire qu'il était inquiet parce que son départ impliquerait de ne plus sortir avec elle. C'était ridicule.

Matteo, avec son charme naturel et sa douceur, passa ses doigts entre ses cheveux bruns épais. Il prit le verre de vin rouge et but une longue gorgée. Il possédait une beauté masculine classique, mais n'était pas électrisant.

—Nous resterons en contact, cela ne changera pas —dit-elle en souriant. Maintenant, parle-moi de cette opportunité qui se présente à toi.

—Il y a deux ans, je me suis intéressé au programme académique qu'ils développaient à l'Université Vita Salute San Raffaele, et je leur ai envoyé mon curriculum vitae, ainsi que des recommandations —répondit-il sans la regarder dans les yeux. Mais à ce moment-là, on m'a dit que tous les postes étaient occupés et que les enseignants étaient pour la plupart des résidents stables. Alors j'ai décidé de continuer mon petit bonhomme de chemin ici.

Elle hocha la tête.

—Après le rejet de ma demande, j'ai complètement oublié la possibilité d'aller enseigner dans d'autres pays. Le courrier que j'ai reçu aujourd'hui m'a étonné. Tu es la première personne avec qui je partage la nouvelle! —dit-il en fronçant le sourcil. Bon sang, je dois organiser mon départ le plus tôt possible.

—Je me réjouis pour toi.

Elle se pencha sur le dossier du siège, écartant doucement sa main de celle de Matteo. Quelle déception. Le jour où elle avait décidé d'utiliser sa plus belle lingerie, on lui disait que cette éventuelle romance n'avait pas d'avenir. Le sexe pour une nuit ne lui semblait pas du tout mauvais, mais son intuition la poussait à ne pas faire ce pas. Elle se demandait si, dans le cas d'une proposition directe, Matteo refuserait ou accepterait son offre, car il semblait quelque peu déstabilisé. Elle serait probablement dans le même état si on lui offrait la chance de sa vie.

—Ils t'attendent à Milan dans combien de temps?

—Une semaine —dit-il en ajustant le col bleu de sa chemise.

—Ça a été très soudain —commenta Sienna, mais je veux que tu saches que sortir avec toi ces dernières semaines a été génial.

Il esquissa un sourire, le genre de sourire que Sienna imaginait pouvoir faire  accélérer le cœur. Avec Matteo, au moins, ce n'était pas le cas.

—On dirait presque que tu décris une sortie avec un bon ami, mais sans perspective romantique. Je plaisante —ajouta-t'il alors que Sienna allait répliquer. Tu veux boire autre chose ou prendre un dessert peut-être? —lui demanda-t'il, tout en faisant signe de la main au barman de s'approcher.

Ce que Sienna voulait vraiment, c'était dormir. Elle s'était réveillée à cinq heures du matin, et avait appelé tous les contacts qu'elle avait dans son répertoire. À 18h, sans avoir pris le temps de manger, elle avait achevé la première partie de la commande de Constinou. Elle avait à peine eu le temps de se préparer pour le dîner avec Matteo, et il lui restait encore beaucoup de travail à faire. Elle ne s'inquiétait pas de la complexité, mais de la longueur du processus.

—J'adorerais, mais je dois rentrer travailler.

Il hocha la tête et demanda l'addition au barman.

—Je te souhaite beaucoup de chance avec ce nouveau patron —répliqua Matteo, tout en signant *le bon* de la carte de crédit. Puis il aida Sienna avec sa chaise.

Elle lui avait brièvement parlé de la vente de la société, bien qu'elle n'ait pas voulu entrer dans les détails sur Miklos. Elle lui avait juste dit que le nouveau propriétaire avait une double nationalité et semblait assez réservé.

—Merci —dit-elle en souriant, parce que j'ai le sentiment que je vais en avoir besoin.

—J'aimerais pouvoir marcher jusqu'à chez toi pour que je puisse passer un peu plus de temps avec toi...

Elle le regarda avec suspicion. Pour un homme qui avait attendu et insisté pendant six mois pour avoir un rendez-vous avec elle, Matteo était très calme quant au fait qu'il ne la reverrait jamais. Une fois sur le trottoir, elle se retourna pour le regarder.

—Matteo, est-ce que l'université est une excuse, même si la proposition qu'on t'a faite est vraie, pour ne pas me dire en face que tu as reconsidéré l'idée de sortir avec moi… Il y a peut-être quelqu'un d'autre?

Pendant un instant, il sembla en état de choc, mais après, il éclata de rire. Il la regarda longuement, et la saisit par les épaules pour avoir toute son attention.

—Tu es la femme la plus sexy et la plus intéressante que j'ai rencontrée depuis longtemps, n'aies aucun doute là-dessus. Si ça ne tenait qu'à moi, je ne serais pas là à te dire au revoir...

—Que veux-tu dire? —demanda-t'elle.

Il s'éclaircit la gorge, puis souffla de manière sonore.

—L'université est une grande opportunité pour moi. Il n'y a pas de meilleur endroit que l'Italie pour approfondir mes recherches. Si j'ajoute à cela les avantages qu'on m'offre à Milan, c'est clairement une excellente opportunité de travail. Ça n'a rien à voir avec toi, Sienna, tu ne te vois pas dans le miroir? Tu es le fantasme de tout homme digne de ce nom.

Elle secoua la tête avec incrédulité, et ses cheveux lâchés retombèrent sur ses épaules dans de douces ondulations.

—Eh bien, merci pour la clarification —murmura-t'elle, les joues rouges. Maintenant, c'est clair. Tu m'accompagnes à l'arrêt de bus?

—On est venu en voiture, et je vais te ramener à la maison en voiture.

Il plaça sa main sur le bas de son dos et la guida le long du petit parking jusqu'à l'Audi A3. Retenant un bâillement, elle hocha la tête.

Après avoir dit au revoir à Sienna, non sans d'abord tenter de l'embrasser sur la bouche, Matteo se dirigea vers sa voiture. Il l'avait garée à un pâté de maisons, parce qu'elle ne rentrait pas sur la place de parking devant la maison, et que tous les endroits proches étaient occupés.

Le téléphone vibra dans sa poche. Il n'avait pas besoin de vérifier l'écran pour savoir de qui il s'agissait. Il répondit immédiatement.

—Avez-vous rempli votre part du contrat? —demanda la voix grave à l'accent étranger marqué.

—Je ne la reverrai plus, je le lui ai fait comprendre clairement —répondit-il, alors qu'il mettait sa ceinture de sécurité. Elle sait que je pars pour Milan la semaine prochaine. Je ne la recontacterai pas. Vos paroles étaient très claires, et je tiens à ma peau.

—Demain, le montant convenu sera disponible sur votre compte en banque. Essayez de contacter Sienna ne serait-ce qu'une fois, et vous ne vivrez pas assez longtemps pour utiliser l'argent. Nous avons les coordonnées de toute votre famille, même votre cercle le plus proche, et bien sûr, votre maison sera surveillée jusqu'à votre départ pour l'Italie.

Un clic plus tard, l'appel était terminé, privant Matteo de toute possibilité de répliquer. Il resta immobile, à regarder autour de lui, respirant difficilement. Le rôle qu'il avait joué ce soir-là au restaurant méritait un award. Avoir menti à Sienna le dérangeait, il se sentait furieux et impuissant.

Il secoua la tête et démarra sa voiture. S'il avait eu le moindre soupçon qu'elle ait pu mettre le chaos dans sa vie, il ne l'aurait jamais invitée à sortir. Mais il était convaincu que Sienna ignorait la véritable nature de l'homme qui venait d'acheter les galeries ArtDm.

Matteo se disait qu'aucune femme ne valait la peine de risquer sa vie. Quand ce matin-là, il entendit la voix au léger accent grec lui donner des ordres, le menacer et lui imposer un ultimatum, il n'essaya pas de s'opposer, surtout quand il aperçut par la fenêtre deux voitures aux vitres teintées garées devant chez lui. Elles n'appartenaient à aucun voisin ni ami.

Il n'était pas impliqué dans des affaires louches ou des situations dangereuses, donc ces menaces devaient venir de quelqu'un qui en vivait. Ce n'est pas parce qu'il était stupide ou avait un QI médiocre que Matteo avait obtenu un doctorat. Loin de là. Il préférait ne pas connaître les tenants et les aboutissants des histoires de Dimitri avec Sienna, et encore moins leurs motivations.

Sienna n'avait pas de famille grecque... pas qu'il sache. C'était plus sécurisant pour lui de vivre dans un autre pays, même pour une durée indéterminée, plutôt que de mettre son cou à disposition sur une guillotine. Il poussa un soupir résigné, et fut furieux de ne pas pouvoir, à cause de son sens de la conservation, descendre de la voiture et dire à Sienna qu'il y avait des gens dangereux qui rodaient autour d'elle et de faire attention. Il avait déjà pris sa décision. Il appuya sur l'accélérateur pour ne pas revenir en arrière.

—Noir, sans sucre... et avec un soupçon de cyanure si j'en avais —murmura Sienna en déposant la tasse de café, fumante, sur le bureau.

Elle posa les dossiers qu'elle avait créés, un par un, dans l'ordre dans lequel le nouveau PDG les lui avait demandés. C'était un soulagement d'avoir un maquillage de si bonne qualité et de connaître les astuces d'application, parce que ses cernes ce matin-là étaient très marqués.

Via un e-mail urgent envoyé dimanche soir, elle avait convoqué le personnel de la centrale à 6h ce matin. Elle avait aussi contacté les directeurs des succursales d'ArtDm. À 6h45, une courte vidéoconférence avait eu lieu avec les Luxor, qui avaient expliqué que la société était entre de bonnes mains, qu'il n'y avait pas de problème de solvabilité et que la vente, qui paraissait soudaine, se négociait depuis plusieurs mois avec Miklos Constinou et ses avocats.

Les Luxor étaient en route vers Stockholm pour recevoir un prix pour leur travail culturel en Europe, et ils profitèrent de la visio pour faire savoir que chaque employé recevrait une prime pour ses services, quel que soit son ancienneté. Surpris, et en quelque sorte reconnaissant, l'inquiétude du personnel quant à son avenir suite à l'arrivée du nouveau PDG diminua quelque peu.

Les directeurs des autres galeries coupèrent la communication en même temps que les Luxor, et le personnel de Londres quitta la salle de réunion. Sienna avait embauché un traiteur pour le petit déjeuner, en raison de l'heure inhabituelle de la convocation. Il n'était pas surprenant qu'en plein mois de Novembre, avec le froid anglais, le café et le thé offerts soient vite terminés. Après divers commentaires, les douze employés du siège rejoignirent leurs espaces de travail.

Tout le monde attendait l'arrivée de Miklos Constinou. Sienna s'était réveillée d'humeur optimiste. Elle devait admettre la réalité: les affaires étaient les affaires, même si la façon dont tout s'est passé était très brusque. Peut-être que Constinou n'était pas aussi crétin qu'il en avait l'air. Elle était prête à se calmer et à tout gérer, à partir de maintenant, avec son sourire habituel.

Elle ne put s'empêcher de penser à Matteo. Il avait certainement déjà commencé à s'organiser pour être prêt à temps. Il lui restait une semaine avant de partir pour l'Italie. Elle n'était pas amoureuse de lui, mais son départ ne lui était pas indifférent. Elle sortit son téléphone de son sac, et s'installa sur le petit divan de son bureau. Les environs étaient de nouveau dans le silence habituel, et elle avait déjà organisé toutes les tâches de la journée.

Elle chercha son contact dans son répertoire, puis elle commença à écrire: salut Matteo, ça y est, tu as tout préparé pour ton départ en Italie?

Au son de sa messagerie, elle glissa tout de suite son doigt sur l'écran. Le message n'avait pas pu être envoyé au destinataire. Elle fronça les sourcils et tenta de le renvoyer. Elle obtint la même réponse. Impossible se dit-elle. Alors elle appela, mais le répondeur lui indiqua que le numéro n'existait pas, et point. Mais que se passait-il donc?

—Si tôt dans la journée, et déjà vous perdez votre temps sur le téléphone... Je ne pense pas que ce soit une bonne première impression pour votre première journée de travail. Si vous aviez été plus attentive, vous auriez remarqué que je suis au bureau depuis dix minutes, j'ai bu ce café, d'ailleurs de très mauvaise qualité, et j'ai lu les rapports que vous avez produits, ils sont médiocres.

Sienna leva le regard, le téléphone à la main. Il lui brûlait la paume. C'était ridicule, mais on aurait dit qu'il s'agissait d'une farce. Elle s'éclaircit la gorge et se ressaisit.

—J'espère que ce n'est qu'une incompréhension quant à ma façon de travailler, ce qui serait légitime, mais à l'avenir, je ne laisserai plus rien passer.

Miklos n'était pas seul. Derrière lui se trouvait un homme aussi intimidant que lui, avec des cheveux noirs épais et une barbe lisse. Les yeux de ce type lançaient des avertissements sans qu'il ne bouge un seul muscle. Un problème avec son taux de testostérone? —se demanda Sienna. Elle regarda les deux hommes, mais sa prochaine réplique n'avait qu'un seul destinataire. Adieu ses bonnes intentions de sourire.

—Bonjour, M. Constinou —dit-elle d'une voix calme.

Elle avait un goût acide dans sa gorge. Elle n'en était pas au stade de la gastrite, mais son corps se manifestait quand même face aux stress causé par son travail.

Médiocres? Pardon? Elle devrait être promue pour avoir recueilli une telle quantité de données en moins de temps qu'une équipe de trois personnes spécialisées n'aurait pu le faire. Elle compta mentalement jusqu'à dix. Elle était déterminée à garder le contrôle. Savoir qu'il avait reçu l'information était suffisant. Et elle savait, bien sûr, que les données étaient concises et suffisantes pour se faire une idée globale de l'entreprise. Dans chaque domaine, il y avait un responsable qui pourrait bien répondre aux doutes de Constinou. Ce genre de travail ne relevait pas de la compétence d'une assistante personnelle, du moins pas quand il fallait avoir une connaissance approfondie de la situation.

—Je veux que vous rassembliez tous les employés. Coordonnez ça avec les RH.

—Il en sera fait ainsi —répliqua Sienna.

Elle portait une jupe noire qui arrivait quelques centimètres sous le genou, des chaussures à talons gris, un chemisier en soie et une veste fuchsia. Ses cheveux étaient relevés en queue de cheval. Elle se sentait à l'aise. Elle n'allait pas se décourager. Il n'y avait rien de mal à ce qu'elle utilise son téléphone, surtout qu'elle avait déjà fait le travail demandé.

Elle ne put que remarquer l'élégant costume noir sur mesure de Miklos, sa fine cravate argent foncé, et ses chaussures qui semblaient tout juste sorties de leur boîte. Ce type savait ce que c'était que de s'habiller avec style. Cette même tenue ne conviendrait pas à un autre homme, peu importe sa richesse. Ce n'était pas l'argent qui le rendait impressionnant ou maître de son environnement. C'était juste le fait d'être lui. Ses épaules larges remplissaient parfaitement sa veste classique, et le pantalon en tissu sombre, repassé avec précision, lui apportait de la distinction… à en couper le souffle.

—Envoyez les rapports que vous avez laissés dans mon bureau aux départements concernés pour correction.

—Ce sont ces mêmes personnes qui m'ont fourni les données ce week-end pour que je puisse créer ces rapports. Je suis sûre que...

—Je ne vais pas vous payer pour être sûre ou non de vos conjectures sur des sujets qui, une fois mes ordres donnés, ne vous concernent plus.

Sienna fit une grimace subtile, mais les gestes les plus délicats n'échappaient pas à une personne qui, comme Dimitri, vivait en profitant des détails que d'autres oubliaient.

—Je comprends —répliqua-t'elle, se souvenant que se contenter de réponses minimales était important à ce moment-là.

Sa grand-mère Margareth dépendait de ses revenus fixes. Épuiser les économies de son compte bancaire n'avait pas de sens. Elle devait seulement apprendre à garder sa bouche fermée jusqu'à ce que son contrat de travail soit renouvelé légalement selon les directives du nouveau nom du propriétaire d'ArtDm. Sa grand-mère ne pouvait pas rester sans son soutien et l'assistance de l'infirmière qui s'occupait d'elle.

—Vous vous y mettez? —demanda Dimitri avec un sourire sarcastique.

Tenir sa libido à distance quand Sienna était dans le coin devenait problématique. Sa réaction était ridicule. La position dans laquelle il se trouvait l'énervait, d'autant plus qu'il mettait un point d'honneur à ne pas penser deux fois à une même femme.

Il était le roi de son entourage, il donnait le rythme et recevait ce qu'il demandait. Il aimait bien chasser sa proie, sa femme, son commerce, tout en fait, mais avec cette femme en particulier, c'était différent. Que se passait-il? Il l'ignorait, mais il sentait qu'il allait jouer avec plaisir un rôle qu'il n'avait jamais eu à jouer: un homme engagé à long terme, avec un anneau au doigt, et un papier signé qui le corroborerait. Même si, finalement, tout était un simple jeu d'échecs. La seule loi qu'il suivait vraiment était celle de la vengeance et du règlement de comptes.

Les Péchés Sanguinaires lui servaient à étendre son territoire d'influence, créer des entreprises avec de l'argent propre qui couvraient les chantages, les pots-de-vin et le transfert illégal de marchandises d'un endroit à l'autre. Il ne mélangeait pas ses objectifs, et son esprit avait toujours un train d'avance par rapport à ceux qui l'entouraient. Parfois, il ne se sentait pas libre d'étendre sa portée comme il le voulait, mais il était très clair que pour dominer dans son monde, il devait faire preuve d'agilité.

—Melle Farbelle, voici le nouveau directeur informatique, Corban Zabat —dit-il en montrant son ami.

Corban ne fit qu'un très léger hochement de tête en regardant Sienna.

—Vous pouvez expliquer à la personne qui gère actuellement la partie numérique que nous allons la prendre en charge à partir de maintenant. En plus de ça, j'ai besoin que vous organisiez une réunion avec les RH pour coordonner les licenciements et les nouveaux recrutements, ainsi que les politiques de travail internes. Il y aura une restructuration. Si les employés ne sont pas productifs et n'ont pas donné de résultats quand ils travaillaient pour ArtDm, ils ne resteront pas ici.

Quand il avait parlé à Corban de ce qui se passait avec Anksel, son meilleur ami n'avait pas hésité à lui dire que c'était une mission dangereuse car, si Sienna s'avérait être rebelle et grande gueule, elle pourrait commettre des indiscrétions sur le chef. Ces indiscrétions rendraient l'organisation fragile si elle mettait tout en œuvre pour s'échapper. Dimitri l'alors avait rassuré en lui expliquant son plan: ils n'iraient pas aux États-Unis, ils allaient passer un moment à Skiathos et après, quand il aurait obtenu le divorce, il achèterait une nouvelle identité à Sienna, et il pourrait retourner à Manhattan sans se soucier du passé.

Corban avait créé de faux profils pour lui, Dimitri et Aristide. Non seulement l'argent avait acheté le silence et l'effacement des données sur le web, mais aussi la possibilité de pirater des systèmes de sécurité multidimensionnels. Finalement, les grands moteurs de recherche étaient vulnérables. Dans le monde de Dimitri, l'information n'était pas seulement un pouvoir créatif, mais aussi une arme meurtrière.

Sienna regarda l'un et l'autre avec incrédulité, mais elle ne put s'exprimer car Miklos lui coupa la parole. Encore une fois. À aucun moment, il n'éleva la voix, ni ne menaça, mais il signifia clairement que si elle faisait la moindre erreur, elle serait licenciée. Si Constinou envisageait de licencier le personnel de Londres, il était évident que les succursales de Manchester et du Derbyshire subiraient également une réduction de personnel. Il y avait seulement quatre personnes par galerie. Les prochains jours promettaient d'être compliqués.

—Je comprends. En plus de demander à Nancy, la directrice RH, de coordonner la visite des membres du personnel, un par un, dans votre bureau, et ensuite d'organiser une réunion privée avec elle, y a-t-il autre chose que je puisse faire pour vous ce matin, M. Constinou? —demanda Sienna en penchant la tête sur le côté.

Corban inclina la tête avant de laisser son patron seul. Il ferait tout son possible, avec Aristide, pour que Dimitri ne perde pas de vue ses objectifs. Si le pénis entrait et sortait du vagin, de la bouche ou de l'anus d'une femme, l'échange de fluides ne donnait droit à aucun échange émotionnel. Aucune femme ne valait la perte du pouvoir, de l'influence et des possessions matérielles obtenues par le poing, la mort, la vengeance et la persévérance. Les trois grecs avaient à devenir persévérants au gré de leurs expériences à différentes périodes de leur vie. Naturellement, aucune n'était exempte de barbarie.

Dimitri esquissa un sourire félin, et Sienna voulut détourner le regard. Il n'allait pas lui donner la possibilité, aussi longtemps qu'il déciderait de rester dans la compagnie, de lui faire perdre patience. Bien sûr que non.

—Quand je saurai si j'ai besoin de quelque chose de plus de votre part, Mlle Farbelle, je vous le dirai.

—Je vois.

Il haussa un sourcil.

—Restez à l'écoute de l'interphone de votre bureau et essayez de ne pas être distraite —dit-il en regardant avec mépris le téléphone qui se trouvait encore dans la main de Sienna, et il ajouta: si vous avez un petit ami, un mari ou un amant qui attend une réponse, vous feriez mieux de réfléchir à deux fois à vos priorités à partir de maintenant si vous voulez garder ce poste et le salaire qui, j'en suis convaincu, vous permet de payer votre loyer à Londres.

Elle avala sa salive de travers.

Dimitri savait qu'il n'y avait plus d'obstacle sur son chemin, et le commentaire concernant un éventuel couple n'était qu'accessoire. Aristide s'était occupé du professeur d'université italien. Il serait mieux dans sa nouvelle vie à Milan.

—Ma vie personnelle n'a pas d'influence sur ma vie professionnelle —déclara Sienna.

Dimitri s'approcha d'elle en moins de temps qu'il ne le fallait pour le dire. Respirer l'air mêlé à son parfum féminin, une odeur presque pure par rapport aux prostituées qui l'entouraient ou aux salopes qui cherchaient à coucher avec lui, lui donna une pulsion instinctive de possession. Pendant les prochains mois, Sienna serait à lui. Très vite, elle comprendrait.

Se penchant de toute sa hauteur, il la regarda directement dans les yeux. Sienna ne céda pas un centimètre, parce qu'elle savait que, tactiquement, reculer, c'était accorder un petit triomphe au camp adverse. Elle ne pensait pas être en guerre avec Miklos, mais elle se sentait affaiblie et dépourvue de son confort habituel dans ce milieu de travail.

Il releva le menton.

—Ah bon, Melle Farbelle? —demanda-t'il d'un ton doux, presque aussi doux que le fer qui fond sous un feu intense, et prêt à être moulé par l'orfèvre.

—Je ne sais pas pourquoi vous pensez que j'ai quelque chose à prouver —dit-elle en frončant les sourcils.

—Ce commentaire est-il le reflet de vos propres insécurités? —demanda-t'il en soulevant la commissure de ses lèvres, sans arriver à sourire vraiment.

—Peut-être que j'essaie de lire ce qui se passe dans votre esprit... peut-être que vous êtes le Diable incarné ou peut-être que vous prétendez l'être? Essayez-vous de m'intimider? Parce que je sais me défendre, et soyez assuré que je deviendrai un cauchemar pour vous, à l'intérieur et à l'extérieur de la société, y compris dans les médias —dit-elle avec détermination.

Dimitri éclata de rire et se retira. Elle sentit l'air revenir dans ses poumons.

Le parfum de Miklos était mêlé à un soupçon indiscutable de danger. Il la perturbait. De loin, elle lui trouvait le même effet que la kryptonite avait sur Superman... De près, c'était mortel. Miklos la perturbait-il à ce point? —se demanda-t'elle, tandis qu'un frisson parcourut sa peau.

—Comme vous êtes naïve d'essayer de me menacer, S-i-e-n-n-a —dit-il en épelant les lettres de son prénom une par une, comme pour la tester. Si un jour je pense que vous devez le savoir, je vous dirai ce que d'autres ont vécu après avoir prononcé une remarque beaucoup moins osée que la vôtre.

—Alors quoi, maintenant vous allez m'appeler par mon prénom? Et vous allez aussi me tutoyer peut-être? —répliqua-t'elle.

Quand elle remarqua le scintillement sur les pupilles de Miklos, elle se dit qu'elle aurait mieux fait de se taire. Il se rendit jusqu'à la porte, et la regarda par-dessus son épaule. Sienna se tenait près du bureau de verre et de fer.

—Ce serait peut-être une bonne chose —répondit-il ironiquement avant de s'éloigner.

Le sort de la compagnie était fixé. En milieu d'après-midi, Sienna envisagea sérieusement de boire trois canettes de RedBull. Elle n'avait pas l'esprit assez clair pour tout ce que Miklos lui déléguait. En quelques heures, il avait donné l'ordre de fermer les succursales d'ArtDm en dehors de Londres, et de ne pas relocaliser le personnel y travaillant.

Elle ne savait pas si elle garderait son emploi dans l'entreprise, parce que son rendez-vous avec Miklos aurait lieu quand toutes les urgences du jour auraient été expédiées. Sienna ne croyait pas en sa capacité à résister à l'horrible incertitude et, en même temps, à rester zen. Elle avait perdu le compte des différentes hypothèses qu'elle avait élaborées sur la façon dont elle paierait l'infirmière de sa grand-mère, l'hypothèque de la maison, et en plus, ses dépenses personnelles si le nouveau PDG décidait que ses services professionnels n'étaient pas requis dans la nouvelle organisation. Et que dire de ce que certains de ses collègues subissaient: plusieurs d'entre eux avaient jusqu'à trois enfants. Comment pourraient-ils trouver un nouveau poste alors qu'on était presque en fin d'année? Aucune entreprise, aussi grande soit-elle, ne prendrait le risque de conclure des contrats à long terme au cours du dernier trimestre.

C'était un véritable désastre.

Vers 21h, le bureau grouillait d'avocats, mais aussi d'artistes et d'agences de vente aux enchères qui avaient l'habitude de signer des contrats avec la galerie. De l'avis de Sienna, l'équipe de travail de Miklos ressemblait plutôt à un groupe d'agents d'élite, vêtus de costumes sombres, portant des écouteurs, et observant tout avec suspicion. Il lui suffisait de les voir pour comprendre qu'ils devaient avoir des armes cachées sous leurs vêtements. Quelle importance pouvait donc avoir ce Miklos Constinou?

Entre les tâches et les urgences, elle profita d'un instant sur le web pour chercher des informations sur son nouveau patron. Les Luxor ne lui avaient donné aucune indication ou suggestion pour faire face à cet homme. Elle se sentait à la dérive, et elle ne l'aimait pas du tout. Sienna était le genre de personne qui préférait être surchargée d'informations plutôt que de ne pas en avoir. Comme c'était le cas maintenant.

Le moteur de recherche précisait seulement que Miklos était un grec américain, âgé de trente-quatre ans, et qu'il travaillait dans la sécurité avec des clients dans le monde entier, en plus d'être un grand amateur d'art. Ce dernier détail, Sienna ne le trouvait pas cohérent, mais elle ne pouvait pas non plus donner 100% de crédibilité à internet. C'était illogique. Il n'était pas mentionné s'il était marié, célibataire ou s'il avait une famille. Les réseaux ne donnaient aucune information sur sa vie personnelle.

Elle trouva quelques photos. Sur l'une d'entre elles, il était sur un yacht, en Grèce apparemment, et il tenait la barre bien sûr. Sur une autre photo, Miklos était dans une salle de réunion et affichait une expression sérieuse et déterminée, mais le fond était flou. La dernière prise de vue le représentait lors d'un événement nocturne, habillé d'un smoking bleu foncé, ses cheveux abondants peignés en arrière. Il avait l'air superbe. Elle trouva un plaisir coupable à *zoomer* sur la photographie pour mieux l'étudier. Ce plaisir coupable s'ajoutait à celui où elle s'était masturbée sous la douche en pensant à lui.

Elle commençait peut-être à délirer de fatigue, mais ses yeux fonctionnaient parfaitement bien. Il était impossible de ne pas remarquer à quel point Miklos était beau et sensuel. Sienna se dit que son patron capricieux était le genre de milliardaire qui choisissait de payer pour minimiser les données circulant sur lui sur le web. Sortait-il avec quelqu'un? —Deviendrait-elle l'assistante personnelle typique qui devait aller acheter des bijoux ou envoyer des fleurs, et écrire une note d'adieu pour les maîtresses dont Constinou avait marre? Mon Dieu, rien que d'y penser lui donnait des hauts le cœur.

Miklos lui avait dit qu'elle pouvait garder son emploi si elle était efficace et qu'elle s'acquittait de ses responsabilités sans trop poser de questions. Elle avait retenu son envie de répondre, parce qu'elle préférait ne pas prendre de risque.

La seule chose qui devait préoccuper Sienna, et c'était le cas, c'était de contrôler le chaos qui se déroulait dans l'entreprise et d'anticiper les exigences professionnelles d'un homme aussi occupé que Miklos Constinou. Un jour à la fois devait être son nouveau mantra, et elle verrait bien combien de temps tout cela durerait.

Les deux bâtiments de Manchester et du Derbyshire devaient être mis en vente. Elle passa une grande partie de l'après-midi à dialoguer avec les représentants des artistes qui y exposaient leur travail pour ArtDm pour les informer du changement de logistique et leur assurer avec sincérité, parce qu'il n'avait pas d'autre choix, qu'elle ferait de son mieux pour coordonner la livraison des œuvres entreposées dans les caves des bâtiments dans le mois à venir. Elle passa les appels par ordre alphabétique. Elle en était rendue à la lettre P, ça allait donc l'occuper pendant les heures ou les jours à venir.

Sienna reposa son esprit quinze minutes avant d'entrer dans la zone de guerre. Son mal de tête s'était aggravé. Elle sortit une tasse et y versa du thé chaud. Elle ajouta un peu de crème, et une cuillère à soupe de sucre. Elle attendit qu'il fût parfait pour être bu, puis laissa le liquide caresser sa gorge.

Elle ne pensait pas pouvoir rentrer à temps à Winchester ce soir-là. Elle demanderait à Wallis de rester quelques heures supplémentaires avec sa grand-mère. Sienna espérait qu'il y aurait des chambres disponibles dans l'un des hôtels cinq étoiles de la ville, car ce serait un plaisir d'utiliser, pour la première fois, la carte de crédit de l'entreprise. La dernière chose qu'elle ferait serait de se mettre en danger en pleine nuit en prenant un taxi alors qu'elle savait que les cinq sens du chauffeur ne seraient pas en alerte. Et puis, elle ne voulait pas se retrouver avec un inconnu à traverser les rues sombres de la ville.

Les yeux fermés, elle écouta la pluie tomber sur la fenêtre qui donnait sur l'allée de la sortie d'urgence, faiblement éclairée. Londres était sombre, et la température proche des 8°C. Heureusement, elle avait toujours un manteau supplémentaire pour les jours les plus froids.

Elle ignorait comment les mécènes et les assistants allaient prendre l'absence des Luxor, la fermeture des galeries de Manchester et du Derbyshire, ainsi que l'arrivée d'un nouveau propriétaire. L'information ne tarderait pas à filtrer. Sienna allait préparer une explication appropriée, avec l'aide de PopTell, l'agence RP qui organisait leurs collectes de fonds.

Elle savait que son meilleur ami depuis le lycée, Frederick, serait encore dans son bureau, au sud de la ville. Il était accro au travail, mais il ne refusait jamais une sortie pour prendre quelques verres, et prenait même le temps d'aller rendre visite à Margareth le week-end. Frederick Hansen importait du matériel de nettoyage industriel et avait aussi une division chargée d'apporter du mobilier de bureau au Royaume-Uni depuis les pays scandinaves, et parfois depuis l'Ukraine. Selon lui, c'était économique, et très rentable à long terme. Sienna ne comprenait pas grand-chose à ces sujets, alors elle le conseillait seulement quand il s'agissait d'organiser l'espace du gigantesque magasin d'exposition pour les acheteurs à grande échelle, pour qu'il soit visuellement attrayant.

**Sienna:** Je séjourne à l'hôtel Connaught ce soir. J'ai besoin de te parler ou je vais devenir folle... Tu es libre aujourd'hui? Repousse ton rendez-vous avec la fille de ce soir, j'ai vraiment besoin de te parler.

Les points de suspension apparurent immédiatement sur son écran.

**Frederick:** C'est un vrai miracle. Tu as enfin compris 😉

**Sienna:** Ha, ha, ha. Très drôle.

**Frederick:** Je dois encore envoyer un e-mail, mais on se voit dans deux heures? Je t'invite, évidemment.

**Sienna:** Nan, on fera chauffer la carte de crédit de l'entreprise. Je compte sur toi?

**Frederick:** Je sens comme un vent de rébellion... 😉 Je pense que cette sortie en vaut carrément la peine.

**Sienna:** Ah, ah, à tout à l'heure.

**Frederick:** Je ne manquerais pas ça pour rien au monde.

Sienna finit de boire, posa sa tasse, et se frotta les tempes. Elle décida de se détendre et de se libérer de ses soucis. Quand elle verrait Frederick, tout irait mieux. Elle posa ses mains sur la table de marbre pour méditer cinq minutes. Ensuite, elle retournerait à son bureau.

Dimitri avait l'intention de démanteler l'entreprise, et il l'avait fait savoir aux avocats des Luxor. Il avait demandé à son équipe juridique de finaliser tous les aspects pour fermer les succursales, et toutes questions financières afférentes. Il leur avait donné une semaine pour organiser ce merdier. Le siège de Londres devait rester ouvert... pour le moment.

—Qu'as-tu pu tirer de ta visite à Leandros? —demanda Dimitri à Aristide.

Le grec au crâne rasé et au regard vif tourna la pomme qu'il tenait dans sa main, puis prit une grande bouchée. La veille, il avait gagné au poker, bien que cette dernière partie ait été interrompue par l'appel de Dimitri et qu'il ait dû prendre sur son temps pour aller chercher Leandros et mettre les points sur les i. Pour le moment, il n'avait pas voulu le déranger davantage, ni chercher des fantômes du passé qu'il n'était pas censé chercher.

—Il s'envole pour la Grèce parce qu'un incendie soudain dans l'usine de spiritueux a changé les plans qu'il avait à Londres. Je pense qu'il faudra un certain temps avant que la curiosité ne le pousse à poser des questions qui ne le regardent pas.

—Problème résolu.

Aristide sourit avec cruauté. Des trois amis, il était le plus vindicatif et le plus sanguinaire. Son calme apparent et ses manières diplomatiques de travailler en entreprise cachait en fait une cuirasse à l'épreuve des émotions. Il n'y avait vraiment rien de tendre en lui. Il ne cherchait pas non plus la rédemption ni une belle histoire pour oublier le cauchemar qui était le sien. Il avait perdu toute sa famille dans une embuscade, il y a sept ans, lors d'un affrontement mafieux. Il avait retrouvé chaque responsable, un par un. Il les avait tués lentement. Il était devenu sadique.

—Salvatore Brionni veut passer un marché avec toi. Il veut distribuer de la cocaïne en Finlande, car le gramme y coûte plus de 112 euros. Le plus cher de toute l'Union européenne. Et si tu ajoutes à cela que beaucoup de cargaisons devront passer par les ports contrôlés par Péchés Sanguinaires, alors le bénéfice est important. Il veut te voir dès que possible.

Dimitri fit une grimace de dégoût. Il aimait l'argent et contourner la loi, mais il détestait l'idée d'avoir à dépenser ses ressources pour ceux qui se consacraient à dépendre de ces substances. Qu'y avait-il d'excitant à tirer profit d'eux? Dimitri se nourrissait d'adrénaline, de défis, de circonstances complexes. Mobiliser ses hommes pour coordonner une bande de drogués le faisait plus rire qu'autre chose.

—Non. Je ne négocie pas avec les gens de la Cosa Nostra, même s'ils veulent payer le triple de la redevance pour traverser les eaux que je contrôle.

Aristide acquiesça.

—Le commerce de la drogue m'expose trop. Qu'as-tu d'autre à me dire?

—Sienna.

Dimitri hocha la tête et regarda l'heure sur la montre Cartier qu'il portait au poignet gauche. Presque 21h30. Il avait perdu la notion du temps.

—Tu l'as rencontrée? —demanda-t'il en enlevant sa cravate et en remontant sa chemise jusqu'aux coudes.

Il essayait de joindre Sienna au téléphone depuis plus de 20 minutes, et elle ne répondait pas. Il était trop occupé pour la chercher en personne, et ce n'était pas son putain de job de le faire. Si elle s'était enfuie, alors il faudrait la virer et adopter un plan différent de celui qu'il avait prévu.

Aristide marcha jusqu'à l'un des moniteurs que Dimitri avait fait installer dans le bureau ce matin-là et l'alluma. Immédiatement, sur les huit petits écrans apparurent les images des sites où Corban avait placé des caméras de sécurité. Il lui montra la septième image de l'écran, où se trouvait Sienna.

—Merde —murmura Dimitri en voyant l'image.

Aristide haussa les épaules, et s'approcha du portemanteau. Il décrocha la veste, puis fit la même chose avec le manteau bleu.

—Corban et moi irons boire un verre au Ivy Chelsea Garden dans un moment. Des amies russes vont se joindre à nous. Il serait peut-être bon de brûler un peu de calories —dit-il en ajustant les boutons de son manteau. Il y a un nouveau club de strip-tease. Le propriétaire semble être un fan de football, et il a de bons contacts au Parlement et à La City. J'ai reçu trois laissez-passer VIP ce matin —ajouta-t'il en sortant de sa poche une carte magnétique noire et or avec un diamant incrusté au centre. Open bar. C'est dans un sous-sol de la rue Molybeyx dans Marylebone. Nous avons déjà fait le repérage des lieux. Pas d'inquiétude à avoir.

—Nous verrons —dit-il en imaginant la bouche de Sienna autour de son pénis, haletante.

Il imaginait son pénis au fond de sa gorge, et se déverser sur ses seins qui, il en était sûr, étaient aussi sensibles au toucher que les convictions de Sienna étaient virulentes. Ce scénario lui sembla plus appétissant que d'aller boire pour ensuite baiser une russe ou une italienne ou toute autre européenne libertine aux gros seins.

—Pour l'instant, j'ai quelques points à marquer. Apparemment, ma nouvelle assistante a tendance à s'endormir pendant les heures de travail.

Aristide rit tout bas.

—Sienna est très séduisante, je ne pensais pas que...

En deux secondes, Dimitri attrapa son meilleur ami par le col de son manteau, et le mit contre le mur. Ses yeux étincelaient de fureur, et Aristide fronça les sourcils.

—Je ne t'ai pas demandé ton avis sur elle, et ce n'est pas à toi de dire à quoi elle ressemble. C'est clair? N'imagine pas que je vais te la passer comme les autres.

Totalement pris par surprise, Aristide leva les mains en signe de paix. La dernière chose qu'il ferait serait de considérer interchangeable la femme qui allait être, de manière temporaire ou pérenne, l'épouse du chef de Péchés Sanguinaires. Cela faisait des mois qu'une maîtresse ne couchait plus indifféremment avec l'un ou l'autre, et il s'en fichait.

Maintenant qu'il remarquait la réaction de Dimitri, Aristide pouvait dire que Corban avait raison. Ils devaient tous deux veiller à la réalisation des objectifs. Et ce ne serait pas un problème, parce que tous deux savaient comment gérer n'importe quelle situation à risque pour le chef de Péchés Sanguinaires.

Pour l'instant, Aristide comprenait pourquoi Dimitri était possessif, il avait l'habitude de cultiver cette émotion quand il avait besoin d'atteindre un but, jusqu'à ce qu'il réussisse, peu importe les tentatives de sabotage ou d'interférence. Toutefois, ce qu'il ne s'expliquait pas, c'était comment une femme qui n'avait même pas couché avec lui pouvait pousser son meilleur ami à réagir de cette façon. Il attendrait le moment où il pourrait échanger quelques mots avec Sienna pour tirer, peut-être, ses propres conclusions.

D'autre part, Péchés Sanguinaires avait besoin du vieux Anksel Farbelle pour profiter de ses contacts et s'étendre. Il était toujours plus facile de se forger une réputation, d'acquérir du respect et d'avoir des avantages si les propriétaires d'une entreprise appartenaient à deux mondes différents, dans ce cas deux mafias différentes, parce qu'ils diminuaient les risques et renforçaient le positionnement de l'entreprise parmi leurs pairs. C'était un coup astucieux.

—C'était juste une observation, désolé —murmura-t'il, confus. Cela ne se reproduira pas mon ami —ajouta-t'il en repositionnant ses vêtements.

Réalisant ce qu'il faisait, Dimitri lâcha son ami. Il lui donna quelques tapes sur l'épaule et secoua la tête. Qu'est-ce qui n'allait pas? Il n'avait pas à se soucier que quelqu'un d'autre remarque si Sienna était belle ou pas. Elle avait un rôle très spécifique à remplir sur son chemin, et c'est tout.

—Bien... Ok. C'est tout, Aristide.

Une fois seul, Dimitri finit le contenu de son verre de whisky. Au lieu de prendre l'ascenseur, il préféra descendre les escaliers vers la cafétéria. Tous les cadres étaient partis, il n'avait plus rien à gérer.

—Ne t'attends pas à ce que je te donne un bonus pour t'être endormie sur le comptoir de la cafétéria.

La cafétéria était équipée d'un mobilier haut de gamme. On pouvait s'y servir du thé, du café, et toutes sortes d'édulcorants. Il y avait aussi une zone de snacks et un réfrigérateur industriel avec des boissons, des fromages, de la charcuterie et de nombreuses bouteilles d'eau. Dans un coin se trouvait une cafetière professionnelle qui, semble-t-il, venait tout juste d'être utilisée.

Au centre de la salle, il y avait une grande table avec au moins six chaises. Sur l'une d'elles se trouvait Sienna, la tête sur les avant-bras et les cheveux éparpillés sur les épaules qui touchaient à peine le marbre blanc. La première impulsion de Dimitri fut de s'approcher et d'entremêler ses cheveux entre ses doigts. La seconde, plus cohérente, fut de se contenir et de se tenir debout au seuil de l'entrée.

Somnolente, Sienna cligna deux fois des yeux jusqu'à ce qu'elle soit consciente de ce qui se passait. Elle rougit, se redressa rapidement, et chancela. Avant qu'elle ne puisse se retenir par elle-même, Dimitri se tenait à ses côtés, lui tenant le bras et la poussant à lever les yeux. Le mouvement provoqua un impact entre le corps de Sienna et celui de Dimitri. Elle souffla légèrement.

—Je ne sais pas ce qui m'est arrivé —murmura-t'elle, encore à demi dans son rêve.

Quel désastre. Ça ne devait prendre que cinq minutes... Il la regarda de la tête aux pieds. L'effet de surprise était intéressant, car il pouvait voir Sienna sans son expression optimiste ni son sang-froid habituel. Elle avait les yeux plus clairs, et ses cheveux détachés lui donnaient un air plus serein, même innocent.

—Tout le monde est parti.

Sienna resta bouche bée.

—Je... Je suis désolée —dit-elle en essayant de s'excuser inutilement. Ca ne m'était jamais arrivé.

—En présence ou en l'absence des Luxor? —demanda-t'il.

—En aucune circonstance. Vous pouvez me lâcher.

—Dîne avec moi.

Sienna le regarda comme si les cornes de Maléfique lui étaient sorties de la tête. Elle ne put retenir un rire sceptique. Il s'écarta, tandis qu'elle réajustait sa veste et rassemblait ses mèches de cheveux en chignon, avant de le fixer avec la pince qu'elle avait laissée sur la table.

—Je travaille pour vous...

—Miklos. Tu peux m'appeler par mon prénom et me tutoyer.

—Pourquoi devrais-je dîner avec toi? —demanda-t'elle avec suspicion.

Elle se sentait un peu gênée, car même dans ses plus lointaines hypothèses, elle n'avait jamais considéré qu'elle puisse s'endormir au travail. Sans veste ni cravate, les manches relevées jusqu'aux coudes, Miklos était hyper séduisant. Savoir qu'ils étaient seuls accélérait sa respiration. Ce n'était pas quelque chose qu'elle pouvait contrôler. Elle voulait juste aller à l'hôtel qu'elle avait réservé cette nuit-là, et dormir sans entendre un seul bruit.

Il se pencha jusqu'à ce que leurs nez soient presque collés.

—Parce que tu t'es endormie en pleine journée de travail, heures supplémentaires ou non, et je veux en profiter pour aller dans un restaurant que j'aime beaucoup. Appelle ça un bénéfice mutuel.

—Nous avons une conversation en attente: je veux savoir si oui ou non tu vas me laisser à mon poste —dit-elle en le tutoyant pour la première fois.

Dimitri appuya sa hanche contre la table, et croisa les bras. Elle remarqua ses muscles se fléchir avec le mouvement. Elle ne put empêcher son regard de s'égarer brièvement sur le tatouage qu'il avait sur son avant-bras gauche. C'était une inscription en grec. Elle était curieuse, mais elle n'osait pas demander de quoi il s'agissait. Ce n'était pas comme s'ils étaient amis.

—Ce sera un dîner de travail —dit-elle en s'éloignant. Je te rejoins devant l'entrée principale dans cinq minutes.

Alors que Dimitri attendait déjà dans l'encadrement de la porte, elle demanda avec méfiance:

—Et si je refusais?

—Alors tu peux considérer que tu es sur la liste des chômeurs —répondit-il. Alors, tu m'accompagnes pour le dîner ou non?

Sienna fit une grimace. Ce qu'elle allait trouver au menu du restaurant ce soir-là, c'était certainement une indigestion.

—Je suppose que je n'ai pas vraiment le choix —murmura-t'elle.

Un sourire félin apparut sur les lèvres de Dimitri.

—Non, c'est certain —répondit-il en passant ses doigts entre ses cheveux noirs épais. Mais tu peux toujours refuser.

—À propos du dîner de ce soir?

Dimitri la regarda de travers.

—Tu peux utiliser ta suspicion pour décider dans quelles circonstances tu as le choix —dit-il avant de s'éloigner, pendant qu'elle observait sans réserve son pantalon se mouvoir sur ses fesses fermes.

Restez en contact avec Kristel Ralston

**FACEBOOK**
**INSTAGRAM**
**BLOG**
**TIKOK**

Retrouvez tous les livres de Kristel Ralston sur :
**AMAZON**

Merci à vous, mes lecteurs, car sans votre soutien et votre amour, il ne serait pas possible de continuer à écrire. Je sais qu'il y a une énorme offre de romans d'amour sur le marché, et je ne considère pas comme acquis le fait que vous choisissiez de lire le mien. C'est pourquoi je mets tout mon cœur et mon amour dans chaque histoire que je publie.

# A PROPOS DE L'AUTEURE

Écrivain de romance et lectrice avide du genre, Kristel Ralston est passionnée par les histoires qui se déroulent dans les palais et les châteaux d›Europe. Bien qu›elle aime son métier de journaliste, elle décide d›adopter une autre approche de sa carrière et de se rendre sur le vieux continent pour y suivre un master en relations publiques. C›est pendant son séjour en Europe qu›elle a lu plusieurs romans romantiques qui l›ont captivée et l›ont incitée à écrire son premier manuscrit. Depuis lors, ni sa bibliothèque personnelle haute en couleur ni son journal hebdomadaire ne manquent de livres de ce genre littéraire.

En 2014, Kristel a quitté son emploi de bureau régulier dans une grande entreprise en Équateur, où elle était directrice de la communication et des relations publiques, pour se consacrer entièrement à l'écriture. Depuis lors, elle a déjà publié dix-neuf titres, et ce nombre promet de continuer à augmenter. L'auteur équatorien travaille non seulement de manière indépendante sur la plateforme d'Amazon, KDP, mais a également des contrats avec des éditeurs tels que Grupo Editorial Planeta (Espagne et Équateur), HarperCollins Ibérica (avec sa marque de romance, HQÑ) et Nova Casa Editorial.

Son roman «Lazos de Cristal», a été l'un des cinq manuscrits finalistes annoncés lors du II Concurso Literario de Autores Indies (2015), sponsorisé par Amazon, Diario El Mundo, Audible et Esfera de Libros. Ce concours a reçu plus de 1 200 manuscrits de différents genres littéraires provenant de 37 pays hispanophones. Kristel était la seule latino-américaine, et le seul écrivain de romans d'amour parmi les finalistes. L'auteur a également été finaliste du concours de romans d›amour Leer y Leer 2013, organisé par Editorial Vestales d›Argentine, et du blog littéraire Escribe Romántica.

Kristel Ralston a publié plusieurs romans dont Sueños Robados, Seduciendo al Destino, Pasión Irreverente, Pasión Sublime, Silencio Roto, El Placer del Engaño, Los Mejores Planes, Tentación al amanecer, Votos de traición, Un hombre de familia, Reckless, Estaba escrito en las estrellas, Entre las arenas del tiempo, Brillo de luna, Mientras no estabas, Punto de quiebre, La venganza equivocada, El precio del pasado, Un acuerdo inconveniente, Lazos de cristal, Bajo tus condiciones, El último riesgo, Regresar a ti, Un capricho del destino, Desafiando al corazón, Más allá del ocaso, entre autres. Les romans de l'auteur sont également disponibles dans plusieurs langues telles que l'anglais, le français, l'italien, l'allemand, l'hindi et le portugais.

L'auteure a été désignée par une publication renommée en Équateur, Revista Hogar, comme l'une des femmes de l'année 2015 pour son œuvre littéraire exceptionnelle. La même année, elle a participé à la Foire internationale du livre de Guadalajara, sur le stand d'Amazon, en tant que l'un des auteurs de romance les plus vendus sur la plateforme et en tant que finaliste du IIe concours littéraire pour auteurs indépendants. Elle a réitéré l'expérience, en partageant son témoignage d'écrivain à succès pour Amazon KDP en espagnol, en mars 2016, en faisant la tournée de plusieurs universités de Mexico et Monterrey.

Kristel a été juge pour le concours littéraire Amazon Indie, éditions 2020 et 2021. Elle est le premier écrivain équatorien de romans d'amour à être reconnu au niveau national et international. Elle s'est installée temporairement à Guayaquil, en Équateur, et croit fermement que les rêves se réalisent. Elle aime voyager dans le monde entier et écrire des romans qui invitent les lecteurs à continuer de rêver à des fins heureuses.

Instagram : @kristel.ralston.auteur
Facebook : https://www.facebook.com/KRAuteur
Email : kristelralstonwriter@gmail.com

Printed in Poland
by Amazon Fulfillment
Poland Sp. z o.o., Wrocław

33418343R00289